Knaur

Im Knaur Taschenbuch Verlag sind bereits folgende *Lucky Santangello*-Romane von Jackie Collins erschienen:

Lucky Star
Lucky Boss
Lucky Player

Über die Autorin

Jackie Collins zählt zu den erfolgreichsten Autorinnen der Welt. Ihre Romane sind allesamt Bestseller und haben sich bisher fast zweihundert Millionen Mal verkauft. Jackie Collins lebt und arbeitet in Los Angeles.

Jackie Collins

LUCKY PANTHER

Roman • Aus dem Amerikanischen von Edith Walter

Knaur

Die amerikanische Originalausgabe erschien 1990 unter dem Titel *Lady Boss* bei Pan Macmillan, London.

Dieser Roman ist in Deutschland bisher unter dem Titel Lady Panther erschienen.

Besuchen Sie uns im Internet:
www.droemer-weltbild.de

Vollständige Taschenbuchausgabe 2001
Droemersche Verlagsanstalt Th. Knaur Nachf., München

Umschlaggestaltung: ZERO Werbeagentur, München
Umschlagabbildung: Stefan May
Satz: Ventura Publisher im Verlag
Druck und Bindung: Nørhaven A/S
Printed in Denmark
ISBN 3-426-61944-X

2 4 5 3 1

Für Tracy, Tiffany
und Roy.
Mädchen schaffen alles.

Prolog
September 1987

»Mach sie kalt«, sagte die Stimme.

»Wen?«

»Na, wen schon? Lucky Santangelo natürlich.«

»Das ist so gut wie gelaufen.«

»Hoffentlich!«

»Keine Sorge, die Lady ist praktisch schon jetzt tot.«

1

Lucky Santangelo und Lennie Golden – das war eine tödliche Verstrickung von Anfang an. Eine tödliche Verstrickung zweier eigensinniger, verrückter, hochintelligenter Menschen.

Lennie war groß und schlaksig mit schmutzig blondem Haar und ozeangrünen Augen. Er sah auf eine lässige Art gut aus. Den Frauen gefiel er. Mit siebenunddreißig hatte er es endlich geschafft, war er der Star. Er war die neue Generation – ein Komödiant der Eddie-Murphy-Chevy-Chase-Schule. Zynisch und komisch, und seine Filme spielten großes Geld ein.

Lucky Santangelo Richmond Stanislopoulos Golden war die Tochter des berüchtigten Gino Santangelo. Lennie war ihr dritter Ehemann. Mit sechsunddreißig Jahren eine dunkle, exotische Schönheit mit einer wilden Mähne jettschwarzer Locken, gefährlichen schwarzen Augen, glatter olivfarbener Haut, einem vollen, sinnlichen Mund und einem schmalen, geschmeidigen Körper. Sie war eine leidenschaftlich unabhängige, willensstarke Frau, die sich nie auf einen Kompromiss einließ und das Risiko liebte.

Zusammen strahlten sie lodernde Hitze aus.

Sie waren länger als ein Jahr verheiratet und freuten sich beide mit einer Mischung aus Erstaunen und Entzücken auf ihren zweiten Hochzeitstag. Mit Entzücken, weil sie sich sehr liebten. Mit Erstaunen, weil niemand geglaubt hatte, die Ehe werde halten.

Im Augenblick drehte Lennie bei den Panther Studios in Los Angeles; der Film hieß *Macho Man*. Er war eine komödiantische Persiflage auf Hollywoods Superhelden – Eastwood, Stallone und Schwarzenegger.

Zwar hatten sie in Malibu ein Strandhaus gemietet, doch während Lennie filmte, zog Lucky es vor, in New York zu bleiben, wo sie einer Milliarden-Reederei vorstand, die ihr zweiter Mann Dimitri Stanislopoulos ihr hinterlassen hatte. Außerdem wollte sie, dass ihr und Dimitris sechseinhalbjähriger Sohn Bobby in England erzogen wurde, und in New York hatte sie das Gefühl, seiner englischen Schule näher zu sein.

An den meisten Wochenenden besuchte sie entweder Bobby in London oder Lennie in Los Angeles. »Mein Leben ist eine einzige lange Flugreise«, scherzte sie ein bisschen kläglich vor ihren Freunden. Doch alle wussten, dass Lucky für ein ruheloses Leben geschaffen war; es hätte sie gelangweilt, neben Lennie zu sitzen und die Frau des Filmstars zu mimen. So war ihr Eheleben zwar unbeständig, aber umso leidenschaftlicher.

Macho Man machte Lennie nur Probleme.

Jeden Abend rief er Lucky an und überschüttete sie mit einer ganzen Litanei von Klagen. Sie hörte geduldig zu, während er ihr erklärte, der Produzent sei ein Trottel, der Regisseur ein abgewrackter Säufer, die Hauptdarstellerin gehe mit dem Produzenten ins Bett, und die Panther Studios würden von geldgeilen Ignoranten geleitet. Er wollte raus!

Vor sich hin lächelnd, hörte Lucky zu. Sie verhandelte wegen eines Geschäfts, das ihn – wenn sich alles planmäßig entwickelte – von einem Regisseur unabhängig machen würde, den er verabscheute, unabhängig von einem Studio, in dem Leute das Sagen hatten, mit denen er nie wieder arbeiten wollte, obwohl er törichterweise und gegen Luckys Rat mit Panther für drei Filme abgeschlossen hatte.

»Ich bin drauf und dran, auszusteigen«, drohte er zum hundertsten Mal.

»Tu's nicht«, bemühte sie sich, ihn zu beschwichtigen.

»Ich halte es mit diesen Arschlöchern nicht mehr aus!«, stöhnte er.

»Diese Arschlöcher können dich auf eine horrende Konventionalstrafe verklagen. *Und* dir verbieten, woanders zu arbeiten«, fügte sie, Stimme der reinen Vernunft, hinzu.

»Scheiß drauf«, sagte er grob.

»Halte dich zurück, bis ich bei dir bin«, beschwor sie ihn. »Versprich mir das!«

»Wann wird das sein, um Himmels willen? Langsam komme ich mir schon wie eine Jungfrau vor.«

Ein leises, kehliges Lachen. »Hm – ich hatte ja keine Ahnung, dass deine Erinnerung so weit zurückreicht.«

»Beeil dich, Lucky! Du fehlst mir sehr.«

»Vielleicht bin ich früher bei dir, als du glaubst«, sagte sie geheimnisvoll.

»Ich bin sicher, dass du mich noch erkennst«, erwiderte er trocken. »Ich bin der Typ mit dem ewigen Ständer.«

»Sehr komisch.« Noch immer lächelnd, legte sie auf.

Lennie würde zuerst schockiert und dann begeistert sein, wenn er erfuhr, was für eine Überraschung sie für ihn hatte. Und wenn es so weit war, wollte sie bei ihm sein, um seinen Gesichtsausdruck zu sehen und zu genießen.

Rastlosigkeit überkam Lennie, nachdem er aufgelegt hatte. Seine Frau war das aufregendste weibliche Wesen der Welt, aber verdammt – langsam hatte er die Schnauze voll. Warum konnte sie nicht sagen: »Lennie, wenn's dir mies geht, komm ich sofort zu dir.« Warum konnte sie nicht alles andere vergessen und bei ihm sein?

Lucky Santangelo. Fall tot um, Süße! Stark. Entschlossen. Ungeheuer reich. Und viel zu unabhängig.

Lucky Santangelo. Seine Frau. Manchmal kam ihm alles fantastisch vor – ihre Ehe, seine Karriere, alles. Vor sechs Jahren war er ein Komödiant unter vielen gewesen, immer auf der Suche nach einem Engagement, nach ein paar Dollars, nach irgendwas.

Lennie Golden. Sohn des schmierigen alten Jack Golden

und der hemmungslosen Alice, einer Stripperin aus Las Vegas. Mit siebzehn ging er nach New York auf und davon und schaffte es aus eigener Kraft, ohne Unterstützung seiner Eltern. Sein Vater war schon lange tot, aber Alice gab es noch. Fünfundsechzig Jahre alt und munter wie ein überreifes Starlet, hatte Alice Golden sich im Netz der Zeit verheddert. Sie hatte sich nie damit abfinden können, dass sie älter wurde, und zu Lennie bekannte sie sich nur, weil er so berühmt war. »Ich war noch ein Kind, als ich heiratete«, erklärte sie jedem, der ihr zuhörte, klimperte mit den falschen Wimpern und verzog die zu stark geschminkten Lippen zu einem lüsternen Lächeln. »Als ich Lennie bekam, war ich zwölf.«

Lennie hatte ihr ein kleines Haus in Sherman Oaks gekauft. Sie war nicht gerade begeistert, dass sie ins Valley abgeschoben wurde, aber was konnte sie dagegen tun? Alice Golden lebte von dem Traum, dass sie eines Tages selbst ein Star sein würde, und dann wollte sie es ihnen zeigen. Allen.

»Sie werden in der Dekoration erwartet«, sagte Cristi, die zweite Regieassistentin, die an der Tür von Lennies Garderobewagen erschien.

Cristi war Kalifornierin mit echtem Blondhaar, einem ernsthaften Gesicht und ungewöhnlich langen Beinen, die in geflickten Baumwollhosen steckten. Lennie wusste, dass ihr blondes Haar echt war, denn sein Freund und Gegenspieler in *Macho Man*, Joey Firello, hatte entsprechende Forschungsarbeit geleistet, und wenn es um Frauen ging, hatte Joey ein berüchtigt großes Mundwerk. Ganz zu schweigen von seinem berüchtigt großen Glied, das er liebevoll »Joey Senior« getauft hatte.

Lennie blieb jedoch völlig uninteressiert. Seit er Lucky kannte, machte er sich nicht einmal mehr die Mühe, die Mädchen anzusehen, und es war ihm auch nicht recht, dass Joey ihn über die Sexualpraktiken sämtlicher bei *Macho Man* beschäftigter Frauen aufklärte. »Du bist ja nur eifersüchtig,

Mann«, hatte Joey lachend erwidert, als Lennie sich bei ihm beschwerte. »Du bist weg vom Fenster und kommst auch nicht mehr ran.«

Lennie hatte nur den Kopf geschüttelt und Joey mit einem Blick angesehen, der sagte: Warum wirst du nicht endlich erwachsen? Früher hatte auch er nichts anbrennen lassen. Wenn es blond ist und sich bewegt, dann nichts wie drauf, war sein Motto gewesen. Jahrelang hatte er jede Möglichkeit ausprobiert, war es ihm gelungen, jeder festen Bindung aus dem Weg zu gehen.

Ein paar Frauen hatte es gegeben, die einen tieferen Eindruck hinterließen. Eden Antonio, zum Beispiel.

Ach, Eden, dachte er bedauernd. Sie war etwas Außergewöhnliches gewesen, eine echte Wucht.

Arme Eden. Sie hatte große Träume gehabt, war dann aber im Bett eines skrupellosen Gangsters gelandet, der sie in einer Reihe von Pornofilmen einsetzte. Nicht unbedingt die Zukunft, die sie für sich geplant hatte.

Und dann war da noch Olympia. Er hatte die plumpe, verwöhnte Erbin einer Schifffahrtslinie geheiratet, weil sie ihm Leid tat. Unglücklicherweise hatte auch er sie nicht vor ihren selbstzerstörerischen Exzessen retten können. Am Ende waren sie und der durch Drogen verseuchte Rockstar Flash in einem schmierigen New Yorker Hotel an einer Überdosis elend zugrunde gegangen, und Lennie war wieder frei gewesen.

Jetzt hatte er Lucky, und das Leben wurde auch nicht besser.

Lennie schnappte sich eine Zigarettenpackung vom Garderobentisch und sagte: »Okay, Cristi. Bin schon unterwegs.«

Sie nickte dankbar und ernst wie immer. Bei diesem Film mitzuarbeiten, war nicht leicht, und wenn etwas zur Abwechslung mal reibungslos funktionierte, war es eine Erleichterung.

In der Dekoration diskutierte Joey Firello mit Regisseur Grudge Freeport, einem Ewiggestrigen, über die nächste Szene. Grudge trug eine schlechtsitzende Perücke und kaute Tabak, den er brockenweise ausspuckte, wo er gerade ging und stand. Wie gewöhnlich war er fast betrunken.

Marisa Birch, Lennies Partnerin und – in einer Doppelrolle – Freundin des Produzenten, lehnte an einem schiefen Brett und zupfte gelangweilt an ihrer Nagelhaut herum. Sie war eine auffallende Erscheinung, einszweiundachtzig groß mit silbernem Stiftenkopf und erschreckend riesigem Silikonbusen – einem Geschenk ihres Exmannes, dem neunzig Zentimeter nicht genügt hatten. Marisa war eine miserable Schauspielerin und verdarb, Lennies Meinung nach, den Film gründlich.

Macho Man, dachte er erbittert. Eine Komödie, die, obwohl er die Hauptrolle spielte, schon tot sein würde, bevor sie die Kinokassen erreichte. Seine anderen Filme waren Hits gewesen – jetzt steckte er mittendrin in einer echten Katastrophe und konnte nichts dagegen tun. Die Crux war, dass er sich von der astronomisch hohen Summe hatte blenden lassen, die Mickey Stolli, der Chef der Panther Studios, ihm geboten hatte. Und wie ein geldgieriger Idiot hatte er sich für drei weitere Filme verpflichtet.

»Tu's nicht«, hatte Lucky ihn gewarnt. »Eben erst haben dich die Anwälte aus deinem anderen Vertrag herausgepaukt, und jetzt gehst du schon wieder eine neue Verpflichtung ein. Wann wirst du's endlich lernen? Ich rate dir, bewahr dir deine Entscheidungsfreiheit, die Herausforderung ist dann größer.«

Seine Frau liebte Herausforderungen. Der Jammer war, dass er der Verlockung von Mega-Dollars nicht widerstehen konnte. Denn Mega-Dollars brachten ihn dem unübertroffenen Reichtum seiner Frau einen Schritt näher.

O ja, er hätte auf Lucky hören sollen, das wusste er, sie hatte das Talent der Santangelos, immer das Richtige im richtigen Moment zu tun. Ihr Vater Gino hatte sogar aus dem Nichts Kapital geschlagen. Der alte Knabe hatte Stil, und Lennie bewunderte ihn. Aber zum Teufel – viel Geld blieb viel Geld, und er wollte nie der arme Verwandte sein.

Zum Glück drehten sie wieder Innenaufnahmen im Studio. Letzte Woche waren sie zu Außenaufnahmen in den zerklüfteten Santa-Monica-Bergen gewesen. Eine echte Qual. Und vor ihnen lagen fünf Wochen Dreharbeiten in Acapulco.

Mit einem Seufzer betrat er die Arena.

Marisa spitzte üppige, geschwollene Lippen und warf ihm eine Kusshand zu. Sie war vom ersten Augenblick hinter ihm her, doch er war absolut uninteressiert geblieben. Auch wenn er Lucky nicht gehabt hätte, Silikon hatte ihn noch nie angemacht.

»Hei, Lennie, Zuckerplätzchen!«, flötete sie, und ihre harten, spitzen Brustwarzen drängten in seine Richtung.

Scheiße, dachte er. Wieder ein fröhlicher Tag im Studio.

Rasch verließ Lucky das hohe Gebäude aus Chrom und Glas in der Park Avenue, das noch immer den Namen Stanislopoulos trug. Sie hatte auch nicht die Absicht, das zu ändern. Eines Tages würde alles ihrem Sohn Bobby und Dimitris Enkelin Brigette gehören, also blieb der Name.

Lucky liebte Brigette sehr. Die Sechzehnjährige erinnerte sie an ihre Mutter Olympia im gleichen Alter. Olympia und Lucky waren einmal eng befreundet gewesen. Aber das war lange her und weit, weit weg, und viel war geschehen seit ihren wilden Teenagerjahren, als sie zusammen in einem Schweizer Internat gewesen und zusammen hinausgeworfen worden waren.

Olympias früher Tod war eine sinnlose Tragödie gewesen. Das einzig Positive daran war die Tatsache, dass Lennie von einer lebenslangen Verantwortung befreit worden war. Aber zum Teufel – so war das Leben nun mal. Das ihre war auch nicht gerade ein unbeschwerter Sonnentag am Strand gewesen. Im Alter von fünf Jahren hatte sie im Familien-Swimmingpool die Leiche ihrer Mutter entdeckt. Zehn Jahre später war Marco, ihre erste Liebe, auf dem Parkplatz des Magiriano Hotels niedergeschossen worden. Bald darauf hatte man ihren Bruder Dario erschossen. Drei tragische Morde.

Lucky hatte sich gerächt. Schließlich war sie eine Santangelo. *Hände weg von einem Santangelo* hieß das Familienmotto.

Als sie das Gebäude verließ, entdeckte sie Boogie, der an einem dunkelgrünen Mercedes lehnte. Als er die Chefin schnell und zielbewusst auf sich zukommen sah, nahm er hastig Haltung an und riss die Beifahrertür auf. Boogie war ihr Chauffeur, ihr Leibwächter und ihr Freund. Sie waren seit vielen Jahren zusammen, und auf seine Loyalität konnte sie bauen. Er trug das Haar lang, war groß und mager und hatte die fast unheimliche Eigenschaft, immer zur Stelle zu sein, wenn sie ihn brauchte. Boogie kannte sie fast besser als sonst ein Mensch.

»Zum Flugplatz«, sagte sie und glitt auf den Beifahrersitz.

»Haben wir's eilig?«, fragte er.

Luckys schwarze Augen funkelten vor Vergnügen. »Wir haben es immer eilig«, antwortete sie. »Das macht doch das Leben erst spannend, oder?«

2

Auf seinem Morgenspaziergang nahm Gino Santangelo immer denselben Weg. Von seinem Appartementhaus in der vierundsechzigsten Street quer durch den Park in die Lexington Avenue und dann, energisch ausschreitend, mehrere Blocks die Lexington entlang.

Ihm gefiel die Routine. Um sieben Uhr morgens waren die Straßen New Yorks noch nicht überfüllt und das Wetter meistens erträglich.

In seinem Lieblingscafé aß er regelmäßig ein Stück Blätterteiggebäck und holte sich dann beim Händler an der Ecke seine Zeitung.

Für Gino war das die angenehmste Stunde des Tages. Außer wenn Paige Wheeler aus Los Angeles ihn besuchte – was seiner Ansicht nach leider viel zu selten vorkam.

Wenn Paige in der Stadt war, gab es keine Spaziergänge, dann verbrachte er herrlich faule Morgen mit ihr in seinem gemütlichen Doppelbett. Nicht übel für einen alten Mann in den Siebzigern. Überflüssig zu betonen, dass Paige das Beste aus ihm herausholte.

Verdammt, er liebte diese Frau, obwohl sie sich noch immer standhaft weigerte, sich von ihrem Mann, einem Filmproduzenten, zu trennen, mit dem sie seit zwanzig Jahren verheiratet war.

Schon seit langem bat er sie immer wieder, sich scheiden zu lassen. Aus einem ihm unbekannten Grund sagte sie jedesmal nein. »Wenn ich nicht bei ihm wäre, wäre es Ryders Ende«, hatte sie schlicht gesagt, als sei das eine ausreichende Erklärung.

»Scheiße!«, war Gino explodiert. »Und was wird aus mir?«

»Du bist stark«, hatte Paige erwidert. »Du kannst ohne mich leben. Ryder würde zusammenbrechen.«

Zusammenbrechen! Was für ein Blödsinn, dachte Gino, während er die Straße entlangging. Ryder Wheeler war einer der erfolgreichsten unabhängigen Produzenten von Hollywood. Wenn Paige ihn verließe, würde er das nächstbeste Flittchen bespringen, und damit hätte es sich.

Wieso bildete Paige sich ein, so gottverdammt unersetzlich zu sein? Für Gino war sie es, o ja. Für Ryder war sie nur die

Ehefrau, mit der er seit zwanzig Jahren verheiratet war. Der Kerl würde für seine Freiheit wahrscheinlich noch was zahlen.

Gino hatte sich ernstlich überlegt, ob er nicht einen Dritten damit beauftragen sollte, den Fall zu bereinigen. Biete Ryder eine Million Dollar, und auf Wiedersehen, Schmock.

Unglücklicherweise hatte Ryder in den letzten anderthalb Jahren zwei Filme herausgebracht, die Mega-Hits geworden waren, und brauchte kein Geld – von niemandem. Der Blödmann scheffelte es förmlich.

»Zur Hölle mit dem Mistkerl«, sagte Gino laut vor sich hin, denn schließlich wurde er selbst nicht jünger und wollte Paige immer an seiner Seite haben.

Ein frischer Wind kam auf, als er bei seinem Zeitungsstand stehen blieb und einen Augenblick gemütlich mit Mick, dem mürrischen Waliser, schwatzte, der ein Glasauge und schlechtsitzende, gelbliche dritte Zähne hatte. Mick führte sein kleines Königreich mit unwandelbar düsterer Laune und Verbitterung.

»Was tut sich in der Nachbarschaft?«, fragte Gino beiläufig und stellte den Kragen seiner Windjacke auf.

»Huren und Taxifahrer«, antwortete Mick mit einem bösartigen Funkeln im gesunden Auge. »Erschießen müsste man sie, die verdammte Bande. Zwei von diesen Mistkerlen haben mich vor ein paar Tagen fast erwischt. Nur gut, dass ich noch alle beisammen hab – ich hab's ihnen richtig heimgezahlt.«

Gino war gewitzt genug, nicht weiterzufragen. Er wusste, dass Mick dazu neigte, lange fantastische Geschichten zu erfinden. Er warf Kleingeld auf die Theke, nahm sich eine *New York Post* und flüchtete.

Die Schlagzeilen waren schauerlich. Gangsterboss Vincenzio Strobbinno vor seinem Haus erschossen. Man sah Vincenzios Gesicht in seinem eigenen Blut.

Der Blödmann hat das selber herausgefordert, dachte Gino

nicht sonderlich überrascht. Junge Idioten. Hitzköpfe. Die Arschlöcher warteten nie, ob sich nicht eine andere Lösung finden ließ, sie knallten sich einfach gegenseitig ab, als sei das die einzig schlüssige Antwort auf alles. Heute Vincenzio – morgen ein anderer. Die Gewalttätigkeit war heutzutage gnadenlos.

Gino war froh, dass er draußen war. Vor vielen Jahren wäre er mittendrin gewesen und hätte jede Minute genossen. Jetzt nicht mehr. Jetzt war er ein alter Mann. Ein reicher alter Mann. Er konnte es sich leisten, nichts zu sagen, nur zu beobachten.

Gino sah nicht wie ein Neunundsiebzigjähriger aus. Er war erstaunlich, konnte mit seinem kraftvollen Gang, dem dichten grauen Schopf und den durchdringenden schwarzen Augen leicht als Mittsechziger durchgehen. Seine Ärzte waren immer wieder überrascht über seine Energie und seine Lebensfreude, ganz zu schweigen von seiner bemerkenswerten physischen Erscheinung.

»Was hat es mit diesem AIDS-Problem auf sich, von dem man jetzt ständig hört?«, hatte er vor kurzem seinen Hausarzt gefragt.

»Darüber brauchen Sie sich den Kopf nicht mehr zu zerbrechen, Gino«, hatte der Doktor mit einem herzlichen Lachen erwidert.

»Ach ja? Und wer sagt das?«

»Nun ja …« Der Arzt hatte sich geräuspert. »Sind Sie etwa noch aktiv?«

»Aktiv?« Gino hatte gebrüllt vor Lachen. »Soll das ein Witz sein, Doc? An dem Tag, an dem ich ihn nicht mehr hochkriege, lege ich mich hin und sterbe. *Capisce*?«

»Was ist Ihr Geheimnis?«, hatte der Doktor neidisch gefragt. Er war sechsundfünfzig und müde. Und auch voller Bewunderung für seinen munteren Patienten.

»Mir darf keiner blöd kommen.« Gino grinste – die meisten

seiner kräftigen weißen Zähne waren noch intakt. »'tschuldigen Sie, Doc, muss mich korrigieren. Ich kann Idioten nicht ertragen. Vor Idioten soll man sich hüten, hab ich irgendwo gelesen. Das klingt plausibler, wie?«

Gino Santangelo hatte ganz offensichtlich ein faszinierendes Abenteuerleben geführt. Der Doktor dachte düster an seine fünf Studienjahre zurück, denen über zwanzig Jahre in seiner Privatpraxis gefolgt waren. Das einzige Abenteuer, das er erlebt hatte, verdankte er einer Patientin, die auf ihn scharf gewesen war und mit der er sechs Wochen lang eine heimliche Affäre gehabt hatte. Berauschend war das nicht.

»Ihr Blutdruck ist ausgezeichnet«, hatte er Gino versichert. »Auch der Cholesterintest war in Ordnung. Eh – was Ihr Sexleben anbelangt, vielleicht wäre es nicht schlecht, wenn Sie ein paar Dollar in Kondome investieren würden.«

»Kondome, Doc?« Gino hatte zu lachen angefangen. »Die haben wir früher ›Lustmörder aus Gummi‹ genannt. Sie wissen schon – wie wenn man in Stiefeln schwimmen wollte.«

»Sie sind heutzutage viel besser. Dünnes Latex, fühlen sich weich und glatt an. Man kriegt sie sogar in verschiedenen Farben, wenn man so was mag.«

»Ist das Ihr Ernst?« Gino hatte wieder lachen müssen. Er stellte sich Paiges Gesicht vor, wenn er sich einen schwarzen Pariser über den Schwanz stülpte.

O Junge! Vielleicht war das keine so schlechte Idee. Paige liebte das Thema mit Variationen. Vielleicht würde er es versuchen. Vielleicht ...

Auf dem Flugplatz Menschenmassen, Lärm und Hektik – wie üblich. Lucky wurde von einem tüchtig aussehenden jungen Mann im dreiteiligen Straßenanzug erwartet, der sie von ihrem Wagen in die private TWA-Lounge begleitete.

»Ihr Flug hat fünfzehn Minuten Verspätung, Miss Santangelo«, entschuldigte er sich, als sei er persönlich dafür verantwortlich. »Kann ich Ihnen etwas zu trinken bringen?«

Automatisch warf sie einen Blick auf die Uhr. Es war schon nach zwölf. »Ich nehme einen J & B *on the rocks*«, sagte sie.

»Kommt sofort, Miss Santangelo.«

Die Augen schließend, lehnte sie sich zurück. Wieder eine Blitzreise nach L. A., von der sie Lennie nichts sagen durfte. Nur hoffte sie diesmal, das Geschäft endlich abschließen zu können, das ihren Mann wieder zu einem freien Menschen machen würde.

Mit diesem Flug nach Westen wollte sie die Sache endgültig unter Dach und Fach bringen.

3

Abedon Panercrimski – oder wie eine Welt ihn gekannt hatte, die sich seiner längst nicht mehr erinnerte – Abe Panther war achtundachtzig Jahre alt und sah auch so aus, wenn er sich auch nicht so benahm. Abe hatte seine Eier noch, obwohl viele – darunter zwei Exfrauen und unzählige Geliebte – versucht hatten, sie ihm abzuschneiden.

Abe stand jeden Morgen Punkt sechs Uhr auf. Zuerst duschte er, dann schob er sich sein neues, strahlend weißes Gebiss in den Mund, kämmte die wenigen silbernen Haarsträhnen, schwamm zehn Längen in seinem Pool und genoss anschließend ein herzhaftes Frühstück, bestehend aus Steak, Eiern und drei Tassen bitterem, schwarzem türkischem Kaffee.

Als nächstes zündete er sich eine gewaltige Havannazigarre an und las die Tageszeitung.

Abe las leidenschaftlich gern, und er las alles. Er verschlang das *Wall Street Journal* und die englische *Financial Times*. Mit dem gleichen Vergnügen überflog er die Klatschspalten und genoss jedes saftige Skandälchen. Es machte ihm Spaß, in allem beschlagen zu sein – egal wie unnütz es war. Von Weltnachrichten bis zu Klatsch und Tratsch schluckte er alles.

Nach seiner Marathon-Lesestunde kam Inga Irving, seine langjährige Lebensgefährtin, zu ihm auf die Terrasse. Sie benutzte kein Make-up und hatte ihr schulterlanges, stumpf geschnittenes Haar ganz natürlich ergrauen lassen. Inga trug immer lose sitzende Slacks und einen formlosen Pullover. Obwohl sie sich nicht zurechtmachte, war sie noch immer eine auffallend gut aussehende Frau, die unverkennbar einst eine große Schönheit gewesen war.

Vor langer Zeit, als Abe der Industriemagnat von Hollywood war, der alle anderen Industriemagnaten von Hollywood überflügelte – eingeschlossen die Herren Goldwyn, Mayer, Zanuck und Cohn –, hatte er versucht, Inga zum Star zu machen. Es war ihm nicht gelungen. Die Kamera liebte Inga Irving nicht. Das Publikum liebte Inga Irving nicht. Und nach mehreren Versuchen in den großen Panther Studios hatte Abe schließlich resigniert. Jeder freie Produzent, jeder Regisseur und jeder Hauptdarsteller hatte wieder leichter geatmet. Obwohl Abe sich größte Mühe gegeben hatte, war es Inga Irving nicht bestimmt, die neue Greta Garbo zu werden.

Wenn sie wollte, konnte Inga ein richtiges Miststück sein, mürrisch, grob und beleidigend. Diese Eigenschaften wären eventuell akzeptabel gewesen, hätte sie Talent und Starpotenzial gehabt. Leider war das nicht der Fall. Und während ihres Aufstiegs ins Nichts hatte sie sich viele Feinde gemacht.

Inga hatte Abe nie verziehen, dass er nicht hartnäckiger an ihrer Karriere gearbeitet hatte, aber sie war trotzdem bei ihm geblieben – Partnerin des einst großen Abe Panther zu sein, war besser als alles, was sie sich sonst vorstellen konnte.

Nach seiner letzten Scheidung heiratete er sie nicht. Inga lehnte es ab, ihn zu erpressen oder zu bitten. Sie war eine stolze Frau – außerdem lebten sie ihrer Ansicht nach in einer eheähnlichen Verbindung, und wenn Abe starb, hatte sie die Absicht, alles zu fordern, was ihr nach Recht und Gesetz zustand.

Jeden Tag gegen Mittag nahm Abe eine leichte Mahlzeit zu sich. Am liebsten Austern – natürlich nur in der richtigen Jahreszeit – mit einem Glas trockenen Weißwein. Nach dem Lunch schlief er, wachte nach einer Stunde erfrischt auf und sah sich zwei seiner Lieblings-Seifenopern im Fernsehen an.

Abe Panther verließ nie sein Haus. Er hatte es seit zehn Jahren nicht mehr getan – seit seinem Schlaganfall.

Sechs Wochen im Krankenhaus, und er hatte geduldet, dass das Studio seinen Händen entglitt. Obwohl er, technisch gesehen, nie die Kontrolle verloren hatte und tatsächlich immer noch Präsident und Besitzer der Panther Studios war, hatte er keine Lust gehabt, zurückzukehren. Filme machen, das war nicht mehr wie früher. Abe war seit seinem achtzehnten Lebensjahr im Filmgeschäft gewesen und mit achtundsiebzig zu dem Schluss gekommen, dass es Zeit war, einmal eine Pause zu machen.

Die Pause hatte zehn Jahre gedauert, und niemand erwartete, ihn noch einmal im Studio zu sehen.

Sie erwarteten, das war ihm klar, dass er tot umfiel und ihnen alles vererbte.

Seine lebenden Verwandten waren zwei Enkelinnen – Abigaile und Primrose – und ihre Sprösslinge.

Abigaile und Primrose waren einander so unähnlich, wie Schwestern nur sein können. Ebenso wenig waren sie durch schwesterliche Liebe verbunden.

Abigaile war aufdringlich und habgierig. Sie hatte gern Gäste, liebte große Partys. Sie ging für ihr Leben gern Shopping und glänzte bei schicken gesellschaftlichen Anlässen. Eine wahre Hollywood-Prinzessin.

Primrose, die jüngere und hübschere, hatte sich für ein anderes Leben in England entschieden, wo sie ihre beiden Kinder in einer ihrer Meinung nach realeren Atmosphäre aufziehen konnte.

Dann gab es noch die Schwiegerenkel. Abigailes Mann, Mickey Stolli, der das Studio leitete, und Primroses Mann, Ben Harrison, der die Interessen der Panther Studios in Übersee vertrat.

Mickey und Ben verabscheuten sich gegenseitig, hatten jedoch um der Firma willen einen jeden Moment gefährdeten Waffenstillstand geschlossen. Es half, dass sie auf verschiedenen Seiten des Atlantiks lebten.

Für Abe waren beide Schwiegerenkel, »Schwiegerpenner«, wie er sie getauft hatte, betrügerische Intriganten, die alles stahlen, was nicht niet- und nagelfest war.

Es machte ihm Spaß, mit Inga über die »Schwiegerpenner« zu reden. Sie verzog den Mund kaum einmal zu einem Lächeln, obwohl sie eine gute Zuhörerin war und sich keine Einzelheit der jüngsten, wie Abe fand, skurrilen Aktivitäten der »Schwiegerpenner« entgehen ließ.

Abe hatte nur einen loyalen Angestellten in den Studios. Er hieß Herman Stone, ein bescheidener Mann mit dem unnützen Titel eines persönlichen Assistenten von Mr. Panther. Herman besuchte Abe einmal im Monat und berichtete ihm dann, was im Studio so vor sich ging. Da jeder wusste, dass er Abes Spion war, stand er allein auf weiter Flur und hatte nie Zugang zu einer wichtigen Information. Er hatte ein gemütliches Büro und eine ältliche Sekretärin namens Sheila. Herman und Sheila waren Relikte aus der Abe-Panther-Ära, absolut harmlos und absolut unkündbar bis zu jenem Tag, an dem Abe Panther starb.

Was, wenn es nach Mickey Stolli ging, hoffentlich bald sein

würde. Denn dann würde er die absolute Kontrolle über die Firma haben und konnte seinen Schwager Ben Harrison loswerden.

Ja, hoffentlich bald, dachte auch Ben Harrison. Denn dann wollte er nach Hollywood zurückkehren und seinem habgierigen Schwager das Studio gewissermaßen aus den Zähnen reißen.

Wenn Abe Panther starb, würden Abigaile Stolli und Primrose Harrison zu den mächtigsten Frauen Hollywoods gehören. Abe hatte die Panther Studios nie in eine Aktiengesellschaft umgewandelt. Sie gehörten ihm. Die ganzen wunderbaren sechzig Hektar erstklassigen Grund und Bodens. Daher würden die Mädchen alles erben.

Mickey Stolli beabsichtigte, sein ererbtes Königreich wie die Studiobosse vergangener Zeiten zu regieren.

Ben Harrison plante, das wertvolle Land parzellenweise zu verkaufen, wie die Twentieth Century Fox es getan hatte, und Multibillionär zu werden.

Die »Schwiegerpenner« konnten es nicht erwarten. Und der alte Abe Panther wusste es.

Deshalb hatte er andere Pläne. Pläne, die Abigaile und Mickey, Primrose und Ben dazu treiben würden, an einem Sonntagabend bei »Chasen's« Harakiri zu begehen, wenn sie davon erführen.

Abe plante, sein Studio zu verkaufen.

Je früher, desto besser.

4

Steven Berkeley küsste Mary-Lou, tätschelte ihr liebevoll den Bauch, eilte zur Tür und blieb nur stehen, um zu fragen: »Sind wir heut abend zu Hause oder gehen wir aus?«

»Wir gehen aus«, antwortete Mary-Lou.

Steven stöhnte. »Warum?«, fragte er wehleidig.

»Weil man's bald sehen wird. Und wenn das Baby mir erst einen dicken Bauch macht, geh ich nirgends mehr hin, Mann.«

Sie lachten beide. Mary-Lou war eine strahlend hübsche Schwarze, ein paar Monate von ihrem dreiundzwanzigsten Geburtstag und drei Monate von der Geburt ihres ersten Kindes entfernt. Sie waren seit fast drei Jahren verheiratet.

Steven Berkeleys Haut hatte die Farbe guter Milchschokolade, sein Haar war schwarz und lockig, seine unergründlichen Augen grün. Fast einsneunzig groß, siebenundvierzig Jahre alt, hielt er sich fantastisch in Form – trainierte dreimal wöchentlich im Fitnesscenter und schwamm jeden zweiten Tag in einem Hallenpool.

Mary-Lou war der Star einer beliebten Sitcom-Serie im Fernsehen, Steven ein sehr erfolgreicher Strafverteidiger. Sie hatten sich kennen gelernt, als ihre Manager an seine Firma mit der Bitte herangetreten waren, Mary-Lou in einem Prozess gegen ein Schmierblatt zu vertreten, das Nacktfotos von ihr veröffentlichte, zu denen man die damals Sechzehnjährige überredet hatte. Steven hatte den Fall übernommen, für sie ein Schmerzensgeld von sechzehn Millionen Dollar herausgeschlagen – die Summe war jedoch gekürzt worden, da das Blatt in die Berufung gegangen war – und Mary-Lou geheiratet. Trotz des Altersunterschieds von vierundzwanzig Jahren waren beide noch nie glücklicher gewesen.

»Und wie sieht der unglaublich aufregende Abend aus, der uns heute bevorsteht?«, fragte er spöttisch.

Mary-Lou lachte. Was es auch sein mochte, sie wusste, dass Steven viel lieber zu Hause geblieben wäre. Er kochte gern, saß gern vor dem Fernseher, schlief gern mit ihr – nicht unbedingt in dieser Reihenfolge.

»Wir sollten uns mit Lucky treffen«, sagte sie, »aber ihre

Sekretärin hat angerufen, dass sie einen wichtigen Termin hat und nicht in der Stadt ist. Deshalb habe ich Mutter gebeten, sich uns anzuschließen ...«

»Deine Mutter!«

Mary-Lou schüttelte übertrieben heftig den Kopf. »Du lie-ie-iebst meine Mutter. Hör auf, mich zu ärgern.«

»Natürlich lie-ie-iebe ich deine Mutter«, ahmte er sie nach. »Nur lie-lie-liebe ich meine Frau noch mehr. Warum können wir nicht einen ruhigen Abend zu Hause verbringen? Nur du und ich?«

Mary-Lou streckte ihm zuerst die Zunge heraus und züngelte dann wie eine Schlange. »Das ist das Einzige, wozu du Lust hast.«

»Und was ist falsch daran?«

»Raus mit dir, Steven! Geh arbeiten. Du bist ein alter Meckerer.«

»Wer? Ich?«

»Auf Wiedersehen, Steven.«

Er fuhr fort, sich zu verteidigen. »Ist es ein Verbrechen, dass ich mit meiner Frau allein sein will?«

»Raus!«, sagte Mary-Lou energisch.

»Einen Kuss, und ich bin weg«, versprach er.

»Gut, einen Kuss«, sagte sie streng. »Aber nur einen einzigen.« Aus einem Kuss wurden zwei, dann drei, und ehe sie sich's versahen, landeten sie wieder im Schlafzimmer, zogen sich gegenseitig aus und fielen atemlos aufs Bett.

Mary-Lou zu lieben glich einer süßen, wilden Fahrt auf der Achterbahn gemeinsamer Leidenschaft. Steven bemühte sich, sanft zu sein, er hatte Angst, das Baby zu verletzen. Mary-Lou schien nicht darauf zu achten, sie war voll überschäumender Liebe, presste ihn an sich, schlang die Beine um seine Taille, drängte ihm entgegen, passte sich seinen Bewegungen an, bis sie mit einer ganzen Serie kleiner, spitzer Schreie zum Höhepunkt kam.

Als es vorbei war, musste er frisch duschen und kam viel zu spät zu einem Termin.

»Nicht meine Schuld«, sagte Mary-Lou sittsam, als er aus dem Haus stürzte.

»Nicht deine Schuld!«, schrie er. »Finde dich damit ab! Du bist eine unkontrollierbare Sexmaschine! Wie soll ich eigentlich je meine Arbeit schaffen?«

»Wirst du wohl den Mund halten?«, zischte Mary-Lou, die in einem Seidenkimono mit strahlendem Gesicht in der Haustür stand. »Die Leute hören dich!«

Im Büro wartete Jerry Myerson, in der Anwaltsfirma Myerson, Laker, Brandon und Berkeley sein engster Freund und Partner, schon ungeduldig im Vorraum auf ihn. »Du kommst zu spät«, sagte Jerry scharf und tippte auf das Zifferblatt seiner Armbanduhr, als erwarte er eine Auseinandersetzung.

»Ich weiß«, antwortete Steven unbewegten Gesichts. »Musste meine Frau lieben.«

»Sehr komisch«, knurrte Jerry. Er war achtundvierzig, Playboy und Junggeselle mit der festen Überzeugung, dass einem der Steife schrumpfte und welkte, wenn man heiratete, und nie wieder zum Leben erwachte. »Gehn wir«, sagte er ungeduldig.

Es kam nicht oft vor, dass Jerry Myerson und Steven Berkeley Hausbesuche machten. Hin und wieder gab es Ausnahmen. Die Klientin, zu der sie unterwegs waren, war eine ungeheuer reiche Frau namens Deena Swanson. Deena war mit dem Milliardär Martin Z. Swanson verheiratet, dem Präsidenten und Besitzer von Swanson Industries – einer mächtigen Organisation, der in New York unschätzbare Immobilien gehörten, unter anderem Hotels, Kosmetikfirmen und Verlagshäuser.

Martin Z. Swanson war Mr. New York, ein charismatischer Mann von fünfundvierzig Jahren mit unbegrenzter Macht und einem unstillbaren Durst nach mehr. Deena hatte es verstanden, ihre Stellung als seine Ehefrau zu etwas Bedeutendem auszubauen. Sehr früh schon hatte sie eine Presseagentin eingestellt, die dafür sorgte, dass sie im Bewusstsein der Öffentlichkeit nicht nur »die Ehefrau« war. Aus einem Schickimicki-Schmetterling und Modegroupie war eine Berühmtheit geworden, die allen möglichen Erzeugnissen ihren Namen lieh – vom Parfüm bis zu eigenen Designer-Jeans. Sie war die Galionsfigur von Swanson Style, einer der zahlreichen Firmen ihres Mannes. Für fünf Millionen Dollar pro Jahr sorgte Deena dafür, dass der Name Swanson in den Gesellschaftskolumnen allgegenwärtig war.

Die Swansons waren seit zehn Jahren verheiratet. Sie passten gut zusammen. Deenas Gier nach noch größerem Ruhm, mehr Geld und mehr Macht war genauso unersättlich wie die ihres Mannes.

Als Deena Swanson angerufen und um ihren Besuch gebeten hatte, war Jerry entzückt gewesen. Die Firma hatte sie seit einigen Monaten in ein paar kleineren Angelegenheiten vertreten, aber Jerry meinte, dass es möglicherweise Großes zu bedeuten hatte, wenn sie sie aufforderte, sie zu Hause aufzusuchen, vielleicht sollten sie in Zukunft sogar ihren Mann vertreten. Der Gedanke gefiel ihm sehr gut.

»Warum soll ich denn unbedingt mitkommen?«, brummte Steven, als sie in Jerrys chauffeurgesteuerter Stadtlimousine zu Deenas Appartement in der Park Avenue unterwegs waren, einem der drei ständigen Wohnsitze der Swansons.

»Weil wir nicht wissen, was sie will«, antwortete Jerry geduldig. »Es kann etwas ganz Einfaches sein. Vielleicht aber ist es auch kompliziert. Zwei Köpfe sind besser als einer.« Eine Pause, dann mit einem hinterhältigen Seitenblick die Bemerkung: »Außerdem heißt es, dass sie ihren Kaffee gern schwarz trinkt.«

Steven kniff die Augen zusammen. »Was?«, fragte er scharf.

Jerry blieb ungerührt. »Du hast es gehört.«

»Du bist ein Arschloch, Jerry«, sagte Steven kopfschüttelnd. »Manchmal denk ich, du hast es im College liegenlassen.«

»Was hab ich im College liegen lassen?«, fragte Jerry arglos.

»Dein verdammtes Gehirn.«

»Vielen Dank.«

Der Wagen hielt vor einer roten Ampel. Jerry beobachtete zwei Mädchen beim Überqueren der Straße. Das eine, ein lebhafter Rotschopf, erregte seine Fantasie besonders. »Denkst du, dass die Kleine mit dem Mu ...«

»Sprich es ja nicht aus!«, fiel Steven ihm grimmig ins Wort. »Weißt du was, Jerry? Du solltest heiraten und aufhören, dich wie ein schmutziger alter Anwalt zu benehmen.«

»Heiraten?« Unverhohlenes Entsetzen klang aus Jerrys Stimme. »Wieso glaubst du, ich könnte je so dumm sein?«

Wie oft hatte Steven sich schon gefragt, wieso ihre Freundschaft seit dem College gehalten hatte. Sie waren beide so verschieden, und dennoch konnte er sich keinen loyaleren und beständigeren Freund vorstellen als Jerry Myerson. Jerry hatte ihm in so vielen schwierigen Situationen geholfen: unter anderem aus einer katastrophalen Ehe mit einer wilden puertoricanischen Tänzerin namens Zizi, aus den langen Jahren als kreuzfahrender stellvertretender Staatsanwalt und schließlich bei der langen, mühsamen Suche nach seinem Vater. Als er endlich festgestellt hatte, dass er der Sohn des berüchtigten Gino Santangelo war, hatte Jerry ihn beglückwünscht.

»He, jetzt hast du einen weißen und einen schwarzen Hoden«, hatte er gewitzelt. »Ein Mann wie du kann auf beiden Seiten spielen. Nicht schlecht, Steven. Bestimmt hast du ein bisschen was von seiner Schlitzohrigkeit abbekommen.«

Für Steven war die Entdeckung ein Schock, aber das Leben

ging weiter, und er kam darüber hinweg. Mit Jerrys Hilfe stürzte er sich in die Arbeit; sein Spezialgebiet war das Strafrecht. Er hatte seine Berufung entdeckt und liebte sie. Bald galt er als einer der besten Strafverteidiger von New York. Er war der Erste, der zugab, dass er ohne Jerry ganz gewiss nicht Partner in einer der erfolgreichsten Anwaltsfirmen New Yorks geworden wäre. Jerry hatte ihn von Anfang an gefördert. Was also machte es schon aus, wenn sein Privatleben wie das eines idealen Playboy-Abonnenten aussah? Unter der Fassade des Sexisten hatte er Herz, und nur das zählte.

Deena Swanson war eine auf kühle Weise attraktive Frau mit feingezeichneten Zügen, leblosen blauen Augen und sehr hellem Rothaar, das sie als Bubikopf im Stil der dreißiger Jahre trug. Sie gehörte zu den Frauen unbestimmbaren Alters – straffe weiße Haut ohne eine einzige Falte, perfektes Makeup, eine schlanke Figur unter grauem Schneiderrock und teurem Seidenhemd. Steven schätzte sie auf irgendwo zwischen dreißig und vierzig, unmöglich zu sagen, welchem Jahrzehnt sie näher war. Eines aber merkte er sofort – sie sah nicht glücklich aus.

Sie begrüßte sie mit einem laschen Händedruck in einem weitläufigen Wohnzimmer, das mit afrikanischen Artefakten, Skulpturen und schönen Gemälden angefüllt war. Über dem Kamin hing ein eindrucksvolles Ölgemälde vor Mr. und Mrs. Swanson. Sie trug darauf ein pinkfarbenes Ballkeid, ihr Mann einen weißen Smoking; beide hatten den gleichen Gesichtsausdruck – verbindlich und gleichgültig.

Im Hintergrund wartete ein libanesischer Diener auf ihren Befehl, den Kaffee zu bringen, und verließ dann, respektvoll rückwärts gehend, den Raum.

Deena forderte die beiden Anwälte auf, es sich auf einer Couch mit üppig schwellenden Polstern bequem zu machen, und als sie saßen, sagte sie mit leichtem Akzent: »Diese Unterredung ist streng vertraulich und muss unter uns bleiben. Kann ich mich darauf verlassen?«

»Selbstverständlich«, erwiderte Jerry rasch, ein wenig gekränkt, dass sie etwas anderes auch nur vermuten konnte.

»Auch mein Mann darf von unserem Gespräch nichts erfahren.«

»Mrs. Swanson, Sie sind eine hoch geschätzte Klientin. Was immer Sie sagen, ist ausschließlich für unsere Ohren bestimmt.«

»Gut.« Sie schlug die ansehnlichen, in Seide gehüllten Beine übereinander und nahm sich aus einem Silberkästchen eine dünne schwarze Zigarette.

Jerry sprang auf und gab ihr Feuer.

Deena nahm einen tiefen Zug, sah zuerst Jerry und dann Steven an und sagte: »Ich bin nicht dafür, Zeit zu vergeuden. Und Sie?«

»Ebenso wenig, ich bin ganz Ihrer Meinung«, antwortete Jerry entgegenkommend wie stets und hingerissen von dieser kühlen, kostspielig aussehenden Frau, obwohl sie eigentlich nicht sein Typ war.

Deena schnitt ihm mit einem Blick das Wort ab. »Hören Sie mich freundlicherweise zu Ende an«, sagte sie herrisch. »Keine Unterbrechungen, wenn ich bitten darf.«

Jerry richtete sich bolzengerade auf. Er war es nicht gewohnt, dass man ihn anschnauzte wie einen Lohndiener.

Deena begann wieder zu sprechen, ohne von seinen verletzten Gefühlen auch nur etwas zu merken. »Gentlemen«, sagte sie gelassen, »mir ist vor einiger Zeit der Gedanke gekommen, dass ich demnächst möglicherweise gezwungen sein werde, den perfekten Mord zu begehen.«

Lastende Stille hing über dem Raum, während Deena für lange Zeit verstummte, um ihren Worten das nötige Gewicht zu geben. Als sie sicher war, dass Jerry und Steven wirklich erfasst hatten, was sie gesagt hatte, fuhr sie fort: »Sollte es je dazu kommen und sollte es mir nicht gelingen, eine wirklich perfekte Tat zu vollbringen, erwarte ich natürlich von Ihnen, meinen Anwälten, dass Sie alles in Ihrer Macht Stehende tun, um mich erfolgreich zu verteidigen.« Ein langer, schlanker Finger, mit einem riesigen Diamantring geschmückt, zeigte auf Steven. »Sie. Ich möchte, dass Sie mich dann verteidigen. Ich habe gehört, Sie sind der Beste.«

»Jetzt warten Sie einen Moment«, unterbrach Steven sie hitzig. »Ich kann nicht …«

»Nein, Sie warten gefälligst einen Moment!«, fauchte sie, eine Frau, die es gewohnt war, ihren Kopf durchzusetzen. »Erlauben Sie mir, zu Ende zu sprechen.« Sie starrte sie beide an, als wollten die leblosen blauen Augen sagen: Wagt es ja nicht mehr, mich zu unterbrechen! »Ein Honorarvorschuss in Höhe von einer Million Dollar wurde heute auf Ihr Firmenkonto überwiesen. Dafür erwarte ich nicht mehr von Ihnen, Mr. Myerson und Mr. Berkeley, als dass Sie zur Stelle sind, wenn und falls – mit der ganz besonderen Betonung auf ›falls‹ – ich Sie brauche.« Sie lachte kurz und spröde auf, bevor sie langsam hinzufügte: »Wir wollen um unser aller willen hoffen, dass dieser Tag nie kommt.«

5

Abe Panther saß hinter seinem großen Nussbaumschreibtisch, und hinter ihm hatte Inga grimmig Posten bezogen.

Von Morton Sharkey, ihrem Anwalt an der Westküste, begleitet, betrat Lucky Santangelo den Raum.

Abe begrüßte Lucky mit einem freundlichen Nicken. Zwar waren sie sich erst einmal begegnet, doch er hatte sie sofort sehr sympathisch gefunden, hatte in ihr den echten Geist einer Einzelgängerin und Abenteurerin gespürt. So wie sie war er als junger Mann gewesen.

»Sie sehen gut aus, Mr. Panther«, sagte Morton Sharkey, noch immer leicht benommen von dem Schock, den es ihm versetzt hatte, dass Lucky imstande gewesen war, dieses Geschäft so weit voranzutreiben. Als sie das erste Mal mit ihrem wilden Plan zu ihm gekommen war, hatte er ihr fast ins Gesicht gelacht. »Ist Ihnen nicht klar, dass Sie das Unmögliche verlangen?«, hatte er sie gewarnt. »Die Panther Studios werden von Mickey Stolli und Ben Harrison kontrolliert. Und lassen Sie sich von mir gesagt sein, dass sie nicht einmal daran denken zu verkaufen, das weiß ich sicher.«

»Vergessen Sie nicht, dass die beiden die Firma nur leiten?«, hatte Lucky kühl erwidert. »Und so viel ich gehört habe, arbeiten sie hauptsächlich in die eigene Tasche. Keine Sorge, Morton, ich habe jedes Detail akribisch genau überprüfen lassen. Das Studio gehört noch immer zu hundert Prozent Abe Panther. Er kann damit machen, was er will. Und ich möchte, dass er an mich verkauft.«

»Der Mann ist hundertsechs«, hatte Morton gescherzt.

»Der Mann ist achtundachtzig und im Vollbesitz seiner geistigen und körperlichen Kräfte«, hatte sie voller Zuversicht geantwortet.

Morton Sharkey hätte es nie für möglich gehalten. Aber er hatte auch noch nie mit einer Santangelo zu tun gehabt. Wenn Lucky etwas ankurbelte, dann blieb sie bis zum Schluss dabei, und ihr Instinkt hatte ihr sofort gesagt, dass Abe Panther seinen diebischen Schwiegerenkeln liebend gern eins auswischen und ihnen das Studio – sein Studio – gewissermaßen unter dem Hintern wegziehen würde.

Geheime Verhandlungen hatten stattgefunden. Zuerst schien Abe nicht interessiert, bis Lucky darauf bestand, nach Los Angeles zu kommen, damit man sich persönlich kennen lernte.

Abe Panther mochte ein alter Mann sein, doch seit dem Moment, in dem sich bei ihrer ersten Begegnung ihre schwarzen Santangelo-Augen mit seinen schlauen blauen getroffen hatten, wussten sie, dass sie eines Geistes Kind waren.

»Woher, zum Teufel, wissen Sie denn, wie man ein Studio leitet und Filme macht?«, hatte er sie angebellt.

»Ich weiß es nicht – noch nicht«, hatte sie ehrlich geantwortet. »Aber ich habe eine feine Nase und rieche Mist schon von weitem, und dazu verkommt Ihr Studio allmählich. Zu billigem, nicht mehr verwertbarem Mist.« Ihre Augen leuchteten feurig. »Also kann ich's nur besser machen, oder?«

»Das Studio bringt Gewinn«, sagte Abe.

»Ja, aber die Filme, die es produziert, sind Scheiße. Ich möchte Panther wieder so groß machen, wie es einmal war. Und lassen Sie sich eins sagen – ich schaffe es. Das, ich versichere es Ihnen, ist ein Santangelo-Versprechen. Und ein Versprechen brechen die Santangelos nie.« Sie hielt inne, sah ihn an, hypnotisierte ihn mit den gefährlichen schwarzen Augen und fügte hinzu: »Wollen wir wetten?«

Er hatte sich sofort für sie erwärmt. Sie hatte Courage und war eine Draufgängerin, erfrischende Eigenschaften bei einer Frau.

Und Lucky hatte richtig vermutet. Für Abe war es ein Riesenspaß, seine Schwiegerenkel um das zu bringen, was sie schon als ihr rechtmäßiges Erbe betrachteten.

Man begann zu verhandeln. Ein Vertrag wurde aufgesetzt. Es fehlte nur noch Abes Unterschrift.

»Lasst mich mit Lucky allein«, sagte er, ungeduldig im Sessel hin und her rutschend.

Sie waren fast am Ziel, doch Morton spürte, dass Abe noch einen Trick auf Lager hatte. »Aber gewiss«, sagte er, sehr viel ungezwungener, als ihm zumute war. Er blickte zu Lucky hinüber.

Sie nickte unmerklich und gab ihm zu verstehen, dass er gehen sollte.

Und Morton ging.

Inga rührte sich nicht von der Stelle. Sie blieb hinter dem Schreibtisch des alten Mannes stehen, ein stoisches schwedisches Monument.

»Raus!«, befahl Abe.

Ein Zucken ihrer schmalen Lippen war das einzige Anzeichen dafür, dass sie gekränkt war. Beim Verlassen des Raums knallte sie die Tür hinter sich zu; ein weiteres Signal ihrer Missbilligung.

Abe kicherte. »Inga mag es nicht, wenn ich sie herumkommandiere. Sie nimmt mir noch immer übel, dass ich sie nicht zum Star gemacht habe.« Er schüttelte den Kopf. »Es war nicht meine Schuld. Sie hatte keine Ausstrahlung, von der Leinwand kam nichts rüber. Filmstars müssen zwei Eigenschaften haben – ohne sie sind sie tot.« Er legte den Kopf schief. »Wissen Sie, was das für Eigenschaften sind?«

Lucky nickte. Sie kannte Abe Panthers Credo auswendig. »Sie müssen Ausstrahlung haben und jede Menge Sex«, zitierte sie, ohne zu zögern.

Er war beeindruckt. »Woher wissen Sie das?«

»Ich habe alles über Sie gelesen. Jeden Presseartikel, jede Studiomitteilung, drei nicht autorisierte Biographien. Oh, und ein paar Selbstbiographien von sehr schönen weiblichen Stars, die nicht drum herumkamen, Sie zu erwähnen.« Sie lachte. »Sie sind zu Ihrer Zeit ganz schön rumgekommen, nicht wahr? Sie sind ein sehr berühmter Mann, Mr. Panther.«

Er nickte, freute sich darüber, dass sie seine Stellung so hoch einschätzte. »Ja, ich bin der Letzte«, sagte er stolz. »Der Letzte der Film-Dinosaurier.«

»Also einen Dinosaurier würde ich Sie nicht nennen.«

»Sie brauchen mir nicht zu schmeicheln, Kleine. Sie haben Ihren Vertrag schon fast in der Tasche.«

»Ich weiß.« Ihre schwarzen Augen glänzten. »Ich bin bereit, Ihren Preis zu bezahlen. Sie sind bereit, an mich zu verkaufen. Also kommen Sie schon, Mr. P. Was hält uns auf?«

»Nur eine Kleinigkeit, die Sie mir versprechen müssen.«

Sie versuchte ihre Ungeduld in ihrer Stimme zu unterdrücken. »Was?«, fragte sie nervös.

»Ich will Rache.«

»Was?«

»An den Schwiegerpennern und allen Blutsaugern um sie rum.«

»Ja?«

»Ich möchte, dass Sie sie fertig machen, Kleine. Gründlich fertig machen.«

»Das habe ich vor.«

»Auf meine Weise.«

Sie beherrschte sich noch immer. »Wie sieht die aus?«

»Bevor Sie die Kontrolle kriegen, nehmen Sie einen Job im Studio an. Und zwar als Assistentin von Herman Stone. Das ist mein Mann.« Abe sprühte, weil sein Leben wieder aufregend wurde. »Und wenn Sie dort sind, mittendrin im Getümmel, dann erwischen Sie einen nach dem anderen bei irgendetwas, was sie nicht tun dürfen.« Er gackerte vor Entzücken. »Sechs Wochen drin und dann – wumm! Sie sind der neue Boss, Kleine, und können alle rausschmeißen. Ist das nicht ein guter Plan?«

Lucky konnte kaum glauben, was sie da hörte. Es war eine verrückte Idee. Wie konnte sie sich für sechs Wochen gewissermaßen in Luft auflösen und eine andere Identität annehmen? Sie war der Kopf eines Imperiums, es gab für sie keine Möglichkeit zu verschwinden. Was sollte sie Lennie sagen? Und Bobby und Brigette? Ganz zu schweigen von ihren unzähligen geschäftlichen Verpflichtungen?

»Unmöglich«, sagte sie und schüttelte bedauernd den Kopf.

»Wenn Sie mein Studio haben wollen, müssen Sie es tun«,

entgegnete Abe, mit den falschen Zähnen klappernd. »Wenn Sie es wirklich haben wollen.«

Sie fuhr sich mit der Hand durch das dunkle Haar, stand auf und begann im Raum auf und ab zu gehen.

Klar, sie wollte das Studio, aber sie würde nicht durch Reifen springen, weil ein launischer, herrschsüchtiger alter Mann es von ihr verlangte. Oder würde sie es doch tun?

Hm … Vielleicht war die Idee gar nicht so verrückt … Vielleicht war es eine Herausforderung. Und Lucky liebte nichts mehr als Herausforderungen.

Im Untergrund agierend, konnte sie jeden überführen, der etwas tat, was er nicht tun durfte.

Abe beobachtete sie sorgfältig aus schmalen, intelligenten Augen, während er nach dem Glas Birnensaft auf seinem Schreibtisch griff. »Kein Untergrund – kein Verkauf«, sagte er, um ganz sicherzugehen, dass sie seine Regeln verstand.

Lucky fuhr herum und starrte ihn an. »Heißt das, Sie würden das Geschäft auffliegen, sich das viele Geld entgehen lassen?«, fragte sie ungläubig.

Abe lachte, schob die Reihe hübscher Porzellanzähne aus dem Mund und ließ sie wieder zurückfallen. Sie passten nicht zu seinem lederhäutigen, faltigen alten Gesicht. Sie sahen zu neu aus. »Ich bin achtundachtzig Jahre alt, Kleine, was kann ich mir schon für das Geld kaufen. Einen Steifen ganz bestimmt nicht. Kein Geld der Welt bringt meinen Schnickel wieder hoch.«

Lucky lachte. »Wer weiß.«

»Ich weiß es, Kleine.«

»Im Leben gibt es keine Gewissheit.«

Noch einmal schob Abe seine falschen Zähne heraus und ließ sie zurückrutschen, keine sympathische Gewohnheit. »Sechs Wochen«, sagte er mit überraschender Festigkeit. »Oder aus unserem Geschäft wird nichts.«

6

Brigette Stanislopoulos war siebzehn und unleugbar hübsch. Sie hatte langes naturblondes Haar und eine wohlgerundete, gut entwickelte Figur. Außerdem war sie die Erbin des halben Stanislopoulos-Vermögens, das ihr Großvater Dimitri hinterlassen hatte. Sie besaß schon das riesige Treuhandvermögen ihrer Mutter, und mit einundzwanzig würde sie zu einer der reichsten Frauen der Welt werden. Ein ernüchternder Gedanke, denn Brigette, obwohl noch ein Teenager, hatte schon ein Leben voller Leid und Verwirrung hinter sich und wusste instinktiv, dass ihr Erbe nur weitere Komplikationen mit sich bringen würde.

Geld hatte ihre Mutter nicht glücklich machen können. Arme Olympia – die in einem schmierigen New Yorker Hotel mit dem Rockstar Flash aufgefunden worden war. Beide tot, an einer Überdosis zugrunde gegangen. Kein sehr passendes Ende für Olympia, das Mädchen, das alles hätte haben können.

Brigette hatte sich fest vorgenommen, dass ihr Leben anders verlaufen sollte. Sie hatte nicht die Absicht, ihrer Mutter auf dem trügerischen Pfad ins Unglück zu folgen – drei Ehemänner zu haben und sich einem Exzess selbstsüchtiger Vergnügen hinzugeben.

Brigette war dreizehn, als Olympia starb. Ihren richtigen Vater hatte sie nie gekannt – einen italienischen Geschäftsmann, den ihr Großvater immer den »Glücksritter« nannte. Olympia hatte sich kurz nach Brigettes Geburt von ihm scheiden lassen, und ein paar Monate später war er in Paris von einer von Terroristen gelegten Autobombe in Stücke gerissen worden. Dass sie ihre Mutter und ihren leiblichen Vater so früh verloren hatte, war schlimm genug gewesen; aber es drohten ihr noch andere Tragödien. Ein paar Monate später sollten sie und Luckys Sohn Bobby gekidnappt werden. Santino Bonnatti – ein König unter den Kriminellen und lebenslanger Feind der Familie Santangelo – hatte die beiden Kinder im Haus seiner Freundin Eden Antonio mit der Absicht in eine Falle gelockt, sie sexuell zu missbrauchen. Es kam jedoch nicht so weit. Brigette konnte sich seiner Waffe bemächtigen und gab drei Schüsse auf ihn ab – genau in dem Augenblick, in dem Lucky erschien, um sie zu retten. Unmittelbar darauf stand die Polizei vor der Haustür, doch Lucky gelang es gerade noch rechtzeitig, die beiden Kinder durch die Hintertür hinaus- und sicher nach Hause bringen zu lassen. Natürlich machte man Lucky für Bonnattis Tod verantwortlich.

Monate später, bei Luckys Prozess, nahm Brigette ihren ganzen Mut zusammen, sprang auf und legte ein öffentliches Geständnis ab. Es war sehr tapfer von ihr, aber sie hatte nicht mehr ruhig dasitzen und zusehen können, wie Lucky die Schuld auf sich nahm. Zum Glück gab es ein Videoband, das deutlich bewies, dass Bonnattis Tod ein klarer Fall von Notwehr gewesen war.

Man hatte Brigette ein Jahr Bewährung zugebilligt, mit der Auflage, dass sie bei ihrer Großmutter Charlotte leben musste, der ersten Frau ihres Großvaters Dimitri.

Charlotte war keine liebevolle und gemütliche Großmutter im üblichen Sinn. Sie war eine elegante Gesellschaftslöwin der älteren Generation, damals zum viertenmal verheiratet, und zwar mit einem englischen Bühnenschauspieler, der zehn Jahre jünger war als sie. Sie teilten ihre Zeit zwischen einem Haus auf dem Londoner Eaten Square und einem von New Yorks rötlich braunen Sandsteinhäusern.

Dass sie sich um Brigette kümmern sollte, war für Charlotte nicht gerade die Erfüllung eines Wunschtraums. Sie meldete ihre Enkelin sofort in einer etwa eine Stunde von New York entfernten strengen privaten Internatsschule an.

Brigette wollte nichts anderes, als in Ruhe gelassen werden. Sie fühlte sich wie das typische kleine arme reiche Mädchen mit einer skandalösen Vergangenheit.

Sie wurde zur Einzelgängerin, lehnte Freundschaften ab, denn vor allem anderen hatte sie das wahre Geheimnis der Überlebenskunst begriffen – man durfte nie jemandem vertrauen.

»He, Stanislob, Telefon für dich!«

»Stanislob« war einer von den schöneren Spitznamen, die sie ihr gaben. Es war ihr egal. Sie wusste, wer sie war. Sie war Brigette Stanislopoulos. Person. Menschliches Wesen. Nicht das verzogene Gör, zu dem ein paar Boulevardzeitungen sie stempeln wollten.

Die Klatschpresse ließ sie nie in Ruhe. Immer war einer da, der sie belauerte, der spionierte. Ein Fotograf, der sich hinter einem Strauch versteckte, ein unverschämter Reporter, der ihr auf Schritt und Tritt folgte. Sie jagten sie gnadenlos.

Die Boulevardblätter hatten so ihre Lieblinge. Lisa Marie Presley, Prinzessin Stephanie von Monaco und Brigette Stanislopoulos. Drei junge Erbinnen. Immer gut für eine Story.

Den albernen Spitznamen überhörend, nahm Brigette einem langen Mädchen mit krausem Haar und einem Übermaß an Sommersprossen den Telefonhörer ab. Vielleicht hätten sie Freundinnen sein können – in einer anderen Zeit – in einem anderen Leben.

»Ja?«, meldete sie sich zögernd. Die Anrufe, die sie bekam, sollten immer aufgezeichnet werden, aber die Mühe machte sich niemand.

»Hei, meine Hübsche, ich bin's, Lennie. Ich habe, wie gewöhnlich, eine sensationelle Idee. Was hast du für den Sommer geplant?«

»Nichts.«

»Das gefällt mir. Ich werde Lucky vorschlagen, dass du für ein paar Wochen zu uns nach Malibu kommst. Wir haben ein sensationelles Haus gemietet. Hättest du Lust, uns zu besuchen?«

Brigette war außer sich vor Freude. Lennie Golden und Lucky waren die beiden einzigen Menschen, die sie liebte – Lennie, ihr Exstiefvater, jetzt mit Lucky verheiratet, und Lucky, die mit ihrem Großvater verheiratet gewesen war. Was für ein fast unentwirrbares Netz familiärer Beziehungskisten. Der Stanislopoulos-Clan ließ den Stammbaum der Onassis simpel erscheinen.

»Das wäre super!«, sagte sie aufgeregt.

»Großartig. Lucky wird Charlotte überreden, dich für ein paar Wochen zu uns zu lassen.«

»Guter Gott! Dazu braucht man Charlotte wirklich nicht erst zu überreden. Sag es ihr einfach, sie wird ausflippen vor Freude, mich los zu sein.«

»Aber, aber, sprich nicht so hässlich von deiner Großmutter, Kleine«, neckte er sie.

»Es ist die Wahrheit, Lennie!«

»Und sobald ich mit diesem Film fertig bin, hauen wir vielleicht alle ab nach Europa.«

»Brillant.«

»He, wo bleibt die Begeisterung?«

»Ach, hör doch auf! Ich würde glatt jemanden umbringen, um diese Reise machen zu können.«

»Das brauchst du nicht. Die Sache ist schon fast geritzt.«

»Ich kann's kaum erwarten.«

»Gut.«

»Wieso arbeitest du nicht? Ist es in L. A. nicht gerade Mittag?«

»Und wie steht's mit dir?«, konterte er.

»Es ist halb sechs. Ich bin ein freier Mensch.«

»Dann raus mit dir, und tob dich richtig aus.«

Sie kicherte. »Geht nicht. Heute ist ein Wochentag. Wochentags dürfen wir nicht raus.«

»Pfeif auf alle Vorschriften, leb gefährlich.«

»Solche Dinge darfst du mir nicht in den Kopf setzen«, sagte sie und musste daran denken, was über sie hereingebrochen war, als sie ein einziges Mal die Regeln missachtet hatte.

»Ach Quatsch! Ich an deiner Stelle würde es tun.«

Was tun? Sie hatte keine Freundinnen. Niemanden, der mit ihr die Schule geschwänzt hätte. Außerdem war sie nicht wie ihre Mutter, sie hatte nicht den Drang, auszubrechen. Der Preis war, wie sie festgestellt hatte, viel zu hoch.

»Wie läuft der Film?«, fragte sie, hastig das Thema wechselnd.

Er stöhnte. »Verdirb mir nicht den Tag.«

»Ist Lucky bei dir in L. A.?«

Er heuchelte Ärger. »Was sollen die Fragen? Brauchst du mich, weil du nichts Besseres zu tun hast, oder was?«

Sie lächelte. »Weißt du das denn nicht? Es ist der Sinn meines Lebens, dich auf die Palme zu bringen.«

Lachend sagte er: »Fein, dann lebe schön brav weiter, und ich ruf dich nächste Woche mit ein paar neuen Plänen an. Okay, Vögelchen?«

»Okay, schmutziger alter Mann.«

Mit Lennie fühlte sie sich immer großartig. Besonders wenn er sie »Vögelchen« nannte, eine Abkürzung von »Lockvögelchen«, seinem Lieblingskosenamen für sie. Sie revanchierte sich immer mit »schmutziger alter Mann«. Es war ein Spiel, nur zwischen ihnen. Ihre Art zu sagen, dass die Vergangenheit bedeutungslos war. »Sobald du über etwas lachen kannst, quält es dich nicht mehr«, hatte Lennie ihr oft gesagt.

Vielleicht hatte er Recht, aber das hieß noch lange nicht, dass sie ihr Visier öffnen musste. Sie war Brigette Stanislopoulos. Mensch. Erbin. Immer eine Erbin. Sie kam nicht los davon.

Mit einem tiefen Seufzer ging sie in ihren Schlafraum zurück, den sie mit drei Mädchen teilte. Auf dem Tisch neben ihrem Bett stapelten sich Hausaufgaben, und an der Wand hing einsam und allein ein Poster von einem schüchtern lächelnden Boy George in voller »Kriegsbemalung« und mit Ringellöckchen. Sie mochte seine Musik, und es gefiel ihr, dass er sich den Teufel um andere Leute zu scheren schien. Genau wie sie. Die anderen Mädchen hatten Poster und Bilder von allen möglichen Stars – angefangen bei Rob Lowe bis zu einem fast nackten Richard Gere. Na und? Auf romantische Gefühle wollte Brigette sich nie wieder einlassen.

Einen Moment lang erlaubte sie es sich, zurückzudenken. Zuerst tauchte Santino Bonnattis Gesicht vor ihr auf – dieses bösartige, höhnische, immer gegenwärtige Gesicht. Und dann kam Tim Wealth. Gut aussehend und jung. Ein ruhmsüchtiger junger Schauspieler, der Pech gehabt hatte, denn er hatte versucht, mit ihr und Bobby als Hauptdarsteller ein Gaunerstück aufzuziehen. Die Presse hatte den Mord an dem jungen Schauspieler nie mit den Geschehnissen um Bonnatti in Verbindung gebracht.

Dem Himmel sei Dank, dachte Brigette schaudernd. Sie hatte Tim geliebt, und er hatte sie hintergangen. Unglücklicherweise hatte er mit seinem Leben bezahlt. Es war nicht ihre Schuld. Bonnattis Männer hatten nur getan, was man ihnen gesagt hatte, und gesagt hatte man ihnen, Tim Wealth sei im Weg.

Denk nicht dran! befahl sie sich. Zwei Monate lang hatte man sie gezwungen, zu Psychiatern zu gehen. *»Denk nicht dran«*, hatte der Letzte ihr gesagt. Es war der einzige gute Rat, den sie bekommen hatte. Das ganze Gerede darüber, dass sie sich wie ein ausgesetztes Kind fühle, weil ihr leiblicher Vater tot war und ihre Mutter sie im Stich gelassen hatte, war völlig sinnlos gewesen.

Sie war nicht verlassen, nicht allein und nicht hilflos. Sie war stark. Sie würde überleben. Brigette Stanislopoulos brauchte niemanden.

7

Bei einem Interview stillzusitzen, war nicht gerade Lennies Lieblingsbeschäftigung. Besonders dann nicht, wenn der Interviewer darauf bestand, in die Dekoration einzudringen, alles beobachtete, alles belauschte und sich unzählige Notizen machte.

Lennie hatte sich von Shorty Rawlings, dem PR-Mann des Films, wider besseres Wissen dazu überreden lassen. Es war eine Titelgeschichte für *People* oder *US* – er wusste nicht mehr genau, wofür – und die Interviewerin eine pferdegesichtige Frau, die sich haarscharf an die Grenze seines Privatlebens heranpirschte, über das er nie redete, was den Pressefritzen jedoch immer schon vor dem Gespräch gesagt wurde.

Nicht, dass sein Privatleben ein Geheimnis gewesen wäre. Dass er zuerst Olympia Stanislopoulos und dann Lucky Santangelo geheiratet hatte, machte ihn zwar nicht gerade zu einem Veilchen, das im Verborgenen blühen konnte, aber, zum Teufel, er hatte keine Lust, den Klatsch zu schüren, daher schwieg er lieber.

Lucky hatte eine krankhafte Scheu vor der Presse, wollte nie etwas mit ihr zu tun haben. Sie weigerte sich, Interviews zu geben, und stellte, wie ihr Vater Gino, alles mögliche an, um nicht fotografiert zu werden. »Ich lege keinen Wert auf Publicity«, hatte sie Lennie vor der Hochzeit gewarnt. »Und ich werde mich nie ändern.«

Was nicht einfach ist, wenn man einen Filmstar heiratet. Besonders wenn der vorhergehende Ehemann einer der reichsten Männer der Welt und der eigene Vater zu seiner Zeit ständig in den Schlagzeilen zu finden gewesen waren.

Dennoch war es Lucky gelungen, sich einen gewissen Grad an Anonymität zu bewahren. Nur wenige Menschen wussten, wie sie aussah – man kannte ihren Namen besser als ihr Gesicht.

»Wie geht es Ihrer Frau?«, streute die pferdegesichtige Reporterin beiläufig ein, die offenbar seine Gedanken lesen konnte. »Stimmt es, dass Sie sich getrennt haben?«

Lennie fixierte sie mit seinen beunruhigend grünen Augen. »Ich muss wieder an die Arbeit«, sagte er und stand aus seinem Segeltuchsessel auf. Ihm reichte es.

Ungerührt fragte die Reporterin weiter: »Lucky Santangelo! Was für eine Frau. Ist sie zur Zeit in L. A.?«

»Haben Sie schon mal daran gedacht, etwas mit Ihrer Zunge zu machen?«, fragte Lennie scharf.

Sie sah ihn bestürzt an. »Verzeihung, ich hab nicht verstanden.«

»Nun, Sie wissen schon, sich ein Stückchen von der Zungenspitze abschnipseln lassen, zum Beispiel, nur damit Sie aufhören, genau die persönlichen Fragen zu stellen, die Sie nicht stellen dürfen, wie man Ihnen unmissverständlich erklärt hat.«

Bevor sie etwas dazu sagen konnte, erschien Shorty Rawlings, und Lennie stolzierte wortlos davon.

»Also wirklich!«, sagte die Frau mit feuerrotem Gesicht. »Hab ich vielleicht einen Nerv angebohrt?«

»Hoffentlich nicht«, antwortete Shorty nervös. Bei diesem Film bekam er unter Garantie Magengeschwüre: Joey Firello legte alles Weibliche um, das in seine Nähe kam; Grudge Freeport trank sich um den Verstand; Marisa Birch trieb es nicht nur mit dem Produzenten, sondern auch mit ihrem weiblichen Double; und Lennie Golden führte sich auf, als brauche er keine Publicity. Und das alles auf heimischem Grund und Boden. Der Himmel allein wusste, was während der Außenaufnahmen in Acapulco alles passieren würde, die fünf Wochen dauern sollten.

Shorty runzelte die Stirn. Lennie Golden war weder Nicholson noch Redford, du lieber Gott. Er war verhältnismäßig neu im Gewerbe, mit zwei oder drei Filmen auf seinem Konto, die großes Geld eingespielt hatten, und noch ohne solide Basis.

Shorty Rawlings war zweiundfünfzig Jahre alt, hatte sie kommen und wieder verschwinden sehen – blitzartig manchmal. Man brauchte eine Menge Publicity, um oben zu bleiben, hoffentlich wurde Lennie Golden schnell gescheiter.

Shorty legte der Journalistin den Arm um die Schultern. Sie war eine große Frau mit fettigem Haar und einer schlecht operierten Nase. Vermutlich eine verkrachte Schauspielerin – Hollywood war voll von ihnen, und sie endeten alle damit, dass sie irgendetwas anderes taten. »Kommen Sie, Schätzchen«, sagte er großzügig. »Ich lade Sie zu einem Drink ein.« Und vielleicht bläst du mir dann einen, fügte er in Gedanken hinzu. Man war schließlich in Hollywood, und der Job hatte so seine Vorteile.

»Was ist los, Mann?« Joey Firello fing ihn auf dem Rückweg zu seinem Garderobewagen ab.

Lennie zuckte gleichgültig mit den Schultern. »Ach, bloß so 'ne alte Kuh von Reporterin.«

»Scheiß drauf«, sagte Joey, Kavalier wie immer.

»Nein, leg du sie aufs Kreuz«, erwiderte Lennie.

Joey war der Idee nicht abgeneigt. »Wie sieht sie aus?«

Lennie musste lachen. Joey hätte es auch mit einem Tisch getrieben, hätte der ihn auf die richtige Weise anglupschen können. »Ich geh nach Hause«, sagte er. »Wir sehen uns morgen.«

»Nach Hause?«, wiederholte Joey, als sei das ein schmutziges Wort. »Und was ist mit meiner Party?«

»Ich hab dir gesagt, dass ich nicht kommen kann.«

»Da lässt du dir eine richtig wilde Zeit entgehen.«

Lennie ignorierte Joeys schlechtes Benehmen. »Die wilden

Zeiten, die ich erlebt habe, reichen mir für ein paar Leben, besten Dank.«

»Du weißt nicht, was du versäumst.«

»Eben darum geht's ja, Joey. Ich weiß es nur zu genau.«

Auf dem Weg zu seinem Wagen stieß er mit Cristi zusammen. Sie war eine echte kalifornische Schönheit. Schlanke bronzefarbene Glieder, helles Haar, schimmernde weiße Zähne und unendlich lange Beine.

»Guten Abend, Mr. Golden«, sagte sie höflich.

Mr. Golden! War er schon so alt?

Als er in seinen Ferrari stieg, wurde ihm bewusst, dass Lucky ihm nicht nur fehlte, er brauchte sie. Sie hatte versprochen, ihn für zwei Wochen am Drehort in Acapulco zu besuchen, doch so lange konnte er nicht warten.

Zusammen sein. War das nicht der eigentliche Sinn einer Ehe? Sie aber waren seit achtzehn Monaten häufiger getrennt als zusammen. Okay, natürlich hatte er gewusst, dass Lucky nicht die Frau war, die alles stehen und liegen ließ, um mit ihm Händchen zu halten. Sie musste sich um ein Multi-Milliarden-Dollar-Unternehmen kümmern, hatte einen Sohn und einen Vater, die sie so oft wie möglich sehen wollte. Irgendwie hatte er immer geglaubt, er könne damit fertig werden, es werde ihm nichts ausmachen. In letzter Zeit hatte er gemerkt, dass es nicht so war. Sie fehlte ihm sehr. Und eine konventionellere Ehe schien ihm gar keine so schlechte Idee. Er war gern verheiratet. Die Ehe gab ihm Sicherheit, er fühlte sich ausgeglichen, und sein Leben hatte endlich einmal einen festen Mittelpunkt. Nach seiner verrückten Kindheit brauchte er einen festigenden Einfluss. Bei Olympia hatte er ihn nicht gefunden. Lucky sollte dieser Einfluss sein.

Vielleicht sollten sie jetzt anfangen, an ein Kind zu denken. Ein Golden-Kind, mit Luckys Aussehen und seinem Humor. Er hatte es ein- oder zweimal erwähnt, doch Lucky hatte das

Thema gewechselt, bevor sie Gelegenheit hatten, sich ernsthaft damit zu befassen.

Ja, beschloss er, Acapulco war der richtige Ort und die richtige Zeit. Und je länger er darüber nachdachte, umso sicherer wurde er. Fröhliche Tage unter mexikanischer Sonne, Lucky zu einem Baby überreden und, wenn der Film fertig war, ein paar Wochen mit Brigette und Bobby in Malibu. Dann einen ganzen Sommer freinehmen, in Europa umherzigeunern und gar nichts tun.

Er dachte an das erste Mal, als Lucky und er sich geliebt hatten. Was für eine Erinnerung! Ein Spätnachmittag in Saint-Tropez. Ruhige See. Ein verlassener Strand, das Wasser wie Balsam. Ein fantastischer Trip.

Verdammt! Allein die Erinnerung machte ihn scharf.

Mit quietschenden Reifen hielt er vor einer roten Ampel, sehnte sich plötzlich nach einer kalten Dusche.

»Hei!« Ein Mädchen in einem weißen Cabrio hielt neben ihm. Es trug ein schulterfreies purpurnes Oberteil und einen passenden Augenschirm.

Bevor er dahinter kam, ob er die Kleine kannte oder nicht, löste sie sein Problem. »Ich liebe deine Filme«, schnurrte sie. »Du bist sooo komisch und sooo sexy.«

Wenn er gewollt hätte, hätte er sie auf der Stelle abschleppen können. Hübsch genug war sie auf jeden Fall.

Aber diese Zeit war vorbei. Er war ein glücklich verheirateter Mann mit einer unglaublichen Frau und einem Baby unterwegs. Nun ja, beinahe ...

Er lächelte dem Mädchen zu, murmelte hastig »vielen Dank« und flitzte, ohne noch einen Gedanken an die Kleine zu verschwenden, mit seinem Ferrari davon.

8

Wieder in New York, fasste Lucky einen Entschluss. Sie wollte es tun! Verdammt, wenn es die einzige Möglichkeit war, die Panther Studios zu bekommen, dann wollte sie es tun! Sich heimlich einschleusen und alles herausfinden, was Abe Panther wissen wollte. Obwohl sie nicht die Absicht hatte, es Abe zu sagen, fand sie den Gedanken allmählich faszinierend. Auf diese Weise würde sie alles wissen, wenn sie das Studio übernahm. Was für ein Vorteil für sie.

Sie hatte sofort nach ihrem Treffen mit Abe die nächste Maschine nach New York genommen. Morton Sharkey hatte sie in der Limousine hinaus zum LAX (Los Angeles International Airport) begleitet. Er hatte unterwegs ununterbrochen geredet – hatte ständig wiederholt, wie lächerlich Abes Idee sei, dass sie nie funktionieren könne und Abe Panther ganz unverkennbar allmählich senil werde.

Natürlich war Morton ihre Schweigsamkeit aufgefallen. »Sie denken doch nicht etwa daran, es tatsächlich zu tun?«, hatte er ungläubig gefragt.

Sie hatte langsam und unergründlich gelächelt. »Ich gebe Ihnen Bescheid, Morton.«

Jetzt war sie so weit, ihm sagen zu können, ja, wir machen es.

Selbstverständlich würde er einen Anfall bekommen, Anwälte beschworen stets Probleme herauf, überprüften jeden rechtlichen Standpunkt, machten auf Fallstricke aufmerksam.

Na und? Lucky Santangelo tat immer nur, was sie wollte. Und dieser Streich war so ganz ein Abenteuer nach ihrem Herzen. Sie überlegte schon, wie sie ihr Äußeres verändern konnte, damit niemand sie erkannte. Als Ginos Tochter, Witwe von Dimitri Stanislopoulos und Lennie Goldens Ehefrau tauchte ihr Foto ab und zu in den Zeitungen auf. Aber nicht sehr oft. Und sie hatte nie mit der Presse kooperiert – es gab keine offiziellen gestellten Aufnahmen, nur zufällige Schnappschüsse der Paparazzi.

Eine Perücke würde ihr Haar verändern. Außerdem musste sie eine Brille tragen. Nachlässige Kleidung und eine unterwürfige Haltung würden ein Übriges tun. Was für ein Spaß! Sechs Wochen Schauspielerei, und dann gehörten die Panther Studios ihr.

Es gab nur einen Haken. Wie sollte sie sechs Wochen Urlaub von ihrem normalen Leben nehmen? Wie sollte sie es Lennie erklären?

Als erstes beschloss sie, sich Gino anzuvertrauen.

Die Santangelos. Der schwarzäugige Gino und seine wilde Tochter. Sie hatten eine Menge miteinander erlebt, mehr als andere Familien in zehn Leben. Lucky liebte ihn heftig, unabänderlich und leidenschaftlich.

Sie rief ihn an und sagte, sie müsse ihn dringend sprechen. Gewöhnlich aßen sie ein paarmal im Monat zusammen. Unglücklicherweise hatte sie ihre letzte Verabredung absagen müssen, weil sie in L. A. gewesen war.

»Paige ist in der Stadt«, sagte Gino am Telefon. »Hat es nicht ein bisschen Zeit?«

Lucky blieb hartnäckig. »Dringend ist dringend.«

»Und Paige in der Stadt bedeutet, dass ein alter Mann sich verdammt wohl fühlt.«

»Wohl fühlen kannst du dich auch noch später. Meine Sache kann nicht warten.«

»Lucky, Lucky, du bist eine schwierige Person.«

»Und was hast du sonst noch für Neuigkeiten?«

»He, wie wär's, wenn ich Paige mitbringe?«

Lucky blieb fest. »Kommt nicht in Frage.«

Sie war nicht herrschsüchtig, aber Paige Wheeler durfte auf keinen Fall erfahren, was sie plante. Wer wusste denn, wie es um das Mundwerk der Frau bestellt war? Schließlich war sie mit einem Hollywood-Produzenten verheiratet. Ein Wort in die falsche Richtung, und die ganze Sache platzte.

Lucky war fest entschlossen, dafür zu sorgen, dass nichts schief ging. Die Panther Studios zu bekommen, war für sie lebenswichtig. Es durfte unterwegs keine Stolpersteine geben.

Sie trafen sich in einem kleinen italienischen Restaurant auf der Lexington Avenue. Lucky, dunkeläugig, schwarzhaarig, von exotischer Schönheit. Gino, der immer noch mit einer gewissen Großspurigkeit auftrat und eine Energie und Arroganz ausstrahlte, die seine Jahre Lügen straften.

Der Mann hat noch immer das gewisse Etwas, dachte Lucky bewundernd, als er auf ihren Tisch zukam. Was muss er für ein toller Hecht gewesen sein, als er noch jung war!

Sie hatte von Onkel Costa, ihres Vaters liebstem und ältestem Freund, genug Geschichten über ihn gehört. Costa Zennocotti, früher Ginos Anwalt, lebte jetzt, ein hoch geachteter Gentleman, in Miami im Ruhestand.

Ah! Wenn Costa anfing von den alten Zeiten zu erzählen, war es immer ein Fest. Wenn man ihn so reden hörte, hatte »Gino der Rammler« nie seinesgleichen gehabt. Was für ein Spitzname! Lucky musste unwillkürlich lächeln.

»Worüber grinst du?«, fragte Gino, setzte sich und zwinkerte ihrer Stammkellnerin zu – einer großen, mürrischen Frau, die ihre gute Laune ausschließlich für Gino aufbewahrte.

»Ich habe an deine finstere Vergangenheit gedacht.«

»Liebling, du hast ja keine Ahnung!«

»Scheiße!«

»Meine Tochter, die Lady.«

»Das wolltest du doch, oder?«

Sie sahen sich an, ihre Augen waren voller Wärme. Gino rief die Kellnerin, bestellte seinen Lieblingsrotwein und heißes Krustenbrot. Sofort.

»Ist schon unterwegs«, sagte die Kellnerin triumphierend.

Er kniff sie in den dicken Hintern, und sie war selig. »Was für ein Mädchen!« Dann konzentrierte er sich voll auf Lucky. »Wie geht es Bobby? Und, was wichtiger ist – wann bekomme ich ihn zu sehen?«

Gino war verrückt nach seinem Enkel und hörte nie auf, sich darüber zu beklagen, dass der Junge in England erzogen wurde.

»Bobby geht es gut«, antwortete Lucky. »Ich spreche jeden Tag mit ihm. Natürlich lässt er dich immer lieb grüßen. Du bist sein Liebling – als ob du das nicht wüsstest!«

»Der Junge wäre in New York besser aufgehoben«, brummte Gino. »Er ist Amerikaner, er sollte hier sein. Was können sie ihm denn in diesen hochgestochenen englischen Patatipatata-Schulen schon beibringen?«

Sie fand, es sei jetzt nicht der richtige Augenblick, ihn daran zu erinnern, dass Bobby zur Hälfte Grieche war. »Manieren«, sagte sie.

»Ha!« Gino schnaubte belustigt. »Ich hab dich in die Schweiz geschickt, damit du Manieren lernst, und schau, was aus dir geworden ist.«

»Tja, schau, was aus mir geworden ist, 'ne richtige Pennerin, nicht wahr?«

Die Kellnerin schenkte Gino ein paar Probiertropfen Wein ein. Er nippte und nickte. »Du bist eine verdammte Santangelo«, sagte er, seine Tochter ansehend. »Von mir hast du den Grips, von deiner Mutter die Klasse, und darüber hinaus bist du bildschön. Dich haben wir ganz gut hingekriegt, Schatz, oder?«

»Vielen Dank. Hab ich mir selbst gar nichts zuzuschreiben?«

»Es ist alles in den Genen.«

»Na klar doch.«

Gino ließ die Augen durch das Restaurant schweifen, während er trank und mit den Fingern große Bissen aus dem heißen Brot riss. »So«, sagte er bedächtig, »und jetzt will ich hören, was so wichtig ist, dass ich Paige allein lassen muss? Sie glaubt, dass ich irgendwo noch eine andere sitzen habe.«

»In deinem Alter?«, fragte Lucky, skeptisch eine Braue hochziehend.

»Hör zu, Kind. Das Alter hat mit nichts etwas zu tun. Vergiss das nie. In deinem Kopf bist du immer genauso alt, wie du sein möchtest – und ich halte mich an fünfundvierzig. *Capisce*?«

Mein Vater ist wirklich ein bemerkenswerter Mann, dachte Lucky. Er wird wahrscheinlich sterben, während er's treibt.

»Du grinst ja schon wieder«, sagte Gino. »Was ist los? Bist du schwanger? Ihr habt den Jackpot geknackt, der alte Lennie und du, ja? Wolltest du mir das sagen?«

»Keine Spur.«

»Okay, okay, reg dich nicht auf. Es wird allmählich Zeit, dass Bobby einen Bruder oder eine Schwester bekommt. Ich frag ja nur.«

»Wenn eine Frau ein Geheimnis hat, nimmt jeder Mann automatisch an, dass sie schwanger ist. Wieso eigentlich?«

»Gut, gut, renn mir das Messer in den Rücken. Ich habe falsch geraten.«

Lucky holte tief Atem und gab ihre Erklärung ab: »Ich werde eine Filmgesellschaft kaufen.«

»Du wirst – was?«

»Ich kaufe die Panther Studios«, fuhr Lucky aufgeregt fort. »Die Gesellschaft hat Lennie für drei weitere Filme verpflichtet.« Ihre Augen funkelten. »Und er findet schon bei diesem Film jede Minute unerträglich. Er möchte raus, und ich werde es arrangieren. Ihn nicht rausholen, ihm aber die Kontrolle übertragen. So viel Kontrolle, wie er nur will. Ist das keine sensationelle Idee? Mir gehört das Studio, und er gewinnt seine Freiheit zurück.«

Gino lachte spöttisch. »Was, zum Teufel, verstehst du vom Filmemachen?«

»Was hast du von Hotelmanagement verstanden, als du anno 1902 das ›Mirage‹ gebaut hast?«

»Es war 1951, Klugscheißer, und ich hab eine Menge davon verstanden.«

»Zum Beispiel?«, fragte sie herausfordernd.

»Jedenfalls mehr, als du von diesem verdammten Filmgeschäft verstehst.«

»Was ich nicht weiß, werde ich herausfinden. Ich habe vor, Unmengen bester Profis anzuheuern. Schau dir doch ein paar von den Idioten an, die große Studios leiten, dann merkst du sehr schnell, dass es nicht allzu schwierig sein kann. Panther hält sich mit billigem Kintopp und den Egotrips von Stars über Wasser. Ich werde das Studio auf den Kopf stellen und dafür sorgen, dass es wieder heiß wird.«

Gino zuckte mit den Schultern, trank noch etwas Wein und schüttelte den Kopf. »Ja, du bist wahrhaftig meine Tochter. Du bist eine Santangelo.«

Sie schmeichelte ihm mit einem Lächeln. »Hat es je Zweifel gegeben?«

Drei Stunden später hatten sie zwei Flaschen Wein geleert, einen Berg Spaghetti vertilgt, sich eine Platte hausgebackener Kuchen zu Gemüte geführt und waren jetzt bei heißem Irish Coffee angelangt.

»Ein Cholesterin-Himmel«, sagte Lucky selig. »Bist du sicher, dass du das in deinem Alter darfst?«

Er zwinkerte. »Vergiss nicht, ich bin fünfundvierzig.«

Sie beugte sich vor und küsste ihn auf die Wange. »Ich liebe dich sehr, Gino – eh – Daddy.« Daddy nannte sie ihn nur bei sehr seltenen Gelegenheiten.

Sich in ihrer Liebe sonnend, sagte er: »Das beruht auf Gegenseitigkeit, Kind. Das hast du doch nie bezweifelt, oder?«

O ja, sehr oft, wollte sie sagen. Als Mommy ermordet wurde und du dich gegen deine Kinder abgekapselt hast. Und wie war das damals, als du mich mit sechzehn mit dem blöden Sohn von Senator Richmond verheiratet hast? Mich vom Familienunternehmen ausgeschlossen hast? Mich behandelt hast, als wären Frauen eine niedrigere Spezies? Und als du dieses Miststück Susan Martino aus Beverly geheiratet und um ein Haar ihre dreckigen erwachsenen Kinder adoptiert hast?

O ja, es gab viele üble Erinnerungen. Aber jetzt konnte es nicht besser sein. Sie waren ein Team. Und irgendwie wusste sie, dass sich das nie mehr ändern würde.

9

Du bist schon seit drei Tagen gereizt und nervös«, sagte Mary-Lou und massierte Stevens linken Fuß. »Was bedrückt dich, Liebling? Wirst du es mir einmal sagen, oder muss ich weiterhin auf Zehenspitzen um deine schlechte Laune herumschleichen wie ein Geist?«

Steven trennte sich nur schwer von Johnny Carsons Monolog. »Über welche schlechte Laune redest du?«

Mary-Lou ließ seinen Fuß fallen und seufzte verärgert auf. »Entweder du sagst es mir, oder du sagst es mir nicht. Offensichtlich nicht. Dann aber hör mit den kurzen Antworten und dem langen Schweigen auf, sonst hau ich ab.« Sie hob die Stimme. »Hörst du, Steven? Ich h-a-u a-b.«

Er sah sie leicht belustigt an. »Und wohin, wenn ich fragen darf?«

»Wohin? Ich bin ein Star, Liebling, ich kann überallhin.«

Lässig griff er nach ihr. »Mit diesem großen Bauch?«

Sie befreite sich aus seinem Griff. »Versuch jetzt bloß nicht, mich zu beschwatzen. Dazu ist es zu spät.«

Seine Hände tasteten nach ihren geschwollenen Brüsten und blieben dort liegen.

Sie rührte sich nicht. Ein gutes Zeichen. Vielleicht konnte er einen Streit vermeiden und sich in ihrer Wärme verlieren. Er brauchte Trost und liebevolle Fürsorge, keine verdammte Auseinandersetzung.

»Steven«, murmelte sie mit einer Stimme, die weder Ja noch Nein war.

Ganz systematisch fuhr er fort, ihre Brüste zu streicheln, schob das beengende, mit Spitzen besetzte Nachthemd zurück und nahm eine Brust in die Hand. Dann senkte er den Kopf und begann mit der Zungenspitze spielerisch kleine Kreise um die Brustwarze zu ziehen.

»Steven Berkeley« – sie seufzte atemlos –, »ich hasse dich wirklich!«

Danach wurde nicht mehr gesprochen. Drei Jahre Ehe, und sie fuhren noch immer aufeinander ab, als sei es das erste Mal.

Im Fernsehen machte Johnny Carson unbeirrt weiter seine Show.

Im Haus der Berkeleys schaute niemand mehr zu.

Am nächsten Morgen stand Mary-Lou als Erste auf. Sie duschte, schlüpfte in einen praktischen Trainingsanzug, setzte sich auf die Bettkante und wartete darauf, dass Steven aufwachte.

Ganz langsam tauchte er aus den Tiefen des Schlafs auf, und ihm kam nebelhaft zum Bewusstsein, dass heute Samstag war, sein liebster Tag.

In dem Moment, in dem er die Augen aufschlug, fiel Mary-Lou über ihn her.

»Wird langsam Zeit, *Loverboy*«, sagte sie sachlich. »Wir wollen jetzt nämlich das Gespräch fortsetzen, das wir gestern nicht beendet haben.«

Stück für Stück zog sie es aus ihm heraus, bis er ihr schließlich die ganze Geschichte anvertraute. Was sollte er sonst tun? Sie war unbarmherzig, wenn sie etwas von ihm erfahren wollte.

Er berichtete ihr von Deena Swanson und der bizarren Unterredung in ihrem Haus. Und dann erzählte er ihr von Jerry – dem Idioten –, der über die ganze Sache nur gelacht und erklärt hatte, sie hätten es mit einer Verrückten zu tun – und auf keinen Fall gebe er die Million Vorschuss zurück. Das komme verdammt überhaupt nicht in Frage.

»Vielleicht ist sie wirklich verrückt«, sagte Mary-Lou nachdenklich. »Sie muss es sein, wenn sie euch erzählt, dass sie daran denkt, jemanden zu ermorden. Ich wette, sie hält euch zum Narren.«

»Großartig!«, entgegnete Steven sarkastisch und sprang aus dem Bett. »Einfach großartig. Du wettest, dass sie uns zum Narren hält. Damit ist die Sache also aus der Welt. Ich kann jetzt mit reinem Gewissen wieder an meine Arbeit gehen.« Er stolzierte ins Bad. »Wozu auch einen Gedanken an das arme Opfer verschwenden?«, rief er über die Schulter zurück.

»Es gibt kein Opfer«, erwiderte Mary-Lou logisch.

»Noch nicht«, sagte Steven unheilschwanger.

»Und es wird auch keins geben.«

Er war verärgert. »Um Christi willen, Mary-Lou! Tu bitte nicht so, als wüsstest du, zum Teufel, wovon du sprichst.«

Er knallte die Badezimmertür hinter sich zu und musterte sich im Spiegel. Zufrieden? Seine innere Stimme warf ihm vor: Du hast die Schweigepflicht gebrochen, die du gegen deine Klientin hast, und deine schwangere Frau gekränkt. Und alles an einem einzigen Morgen. Das war wirklich oberschlau.

Als er aus dem Bad kam, hatte Mary-Lou das Haus verlassen und ihm nur einen Zettel mit der kurzen Nachricht hingelegt, dass sie erst spät zurückkam.

Steven war jetzt wirklich sauer. Sie verbrachten die Samstage immer gemeinsam, kauften Lebensmittel ein, sahen sich einen Film an, schauten bei Bloomingdales vorbei, und wenn sie dann wieder zu Hause waren und Mary-Lou sich mit dem Haushalt beschäftigte, lümmelte er vor dem Fernseher auf der Couch und sah sich den Sport an.

Nun war ihr Tag dank Mrs. Deena Swanson gründlich verdorben.

Er überlegte, ob er nicht Jerry anrufen und ihm sagen sollte, was er mit Deena Swansons Million tun konnte. Aber vielleicht hatte Jerry auch recht, das Geld zu behalten und zu hoffen, dass nichts geschah. Deena Swanson war keine gefährliche Mörderin. Sie war eine sehr reiche Frau, die auf irgendjemand wütend war – und es würde bestimmt nicht so weit kommen, dass sie ihren Plan für den perfekten Mord je in die Tat umsetzte.

Außerdem, was konnten Jerry und er schon tun? Worte blieben Worte, und das Vertrauensverhältnis zwischen Anwalt und Klient sollte dem Anwalt heilig sein. Warum also hatte er gequatscht und Mary-Lou und sich einen wunderschönen Tag verdorben?

Weil die Sache ihn beunruhigte. Sie gefiel ihm nicht. Er hatte das Gefühl, in einer Falle zu sitzen.

Andererseits konnte er überhaupt nichts tun, nichts daran ändern.

Impulsiv griff er nach dem Telefonhörer und wählte Luckys Nummer. Er hatte sie ein paar Wochen nicht gesehen und wollte gern mit ihr sprechen. Sie war etwas Besonderes, seine Halbschwester. Eine wirklich unglaubliche Frau, die eine große Bereicherung für sein Leben war, besonders nach dem Tod seiner Mutter Carrie, die friedlich im Schlaf an Herzversagen gestorben war.

Carrie fehlte ihm sehr. Sie hatte ihn allein großgezogen und ihm trotz eines schrecklichen Anfangs ein Gefühl für Werte beigebracht, eine hervorragende Bildung ermöglicht und ihm dadurch die Chance gegeben, es zu schaffen.

Jahrelang hatte sie ihn wegen seines Vaters belogen, ihm gesagt, der Vater sei gestorben, als er noch ein kleiner Junge war. Eines Tages hatte er die Wahrheit herausgefunden. Sein leiblicher Vater war Gino Santangelo, ein Mann, mit dem Carrie nur ein einziges Mal geschlafen und dem sie von den Folgen dieser flüchtigen Beziehung nie etwas gesagt hatte.

Es war nicht leicht, die Wahrheit zu akzeptieren, auch nicht für Gino, doch im Lauf der letzten anderthalb Jahre hatten sie ganz allmählich eine Beziehung aufgebaut. Zwar keine Vater-und-Sohn-Beziehung, aber eine starke Bindung, die auf gegenseitigem Respekt beruhte.

Mit Lucky war es etwas anderes. Sie hatte ihn sofort mit großer Wärme als ihren Halbbruder akzeptiert. Und als Carrie noch lebte, hatte Lucky auch sie mit einer Umarmung in die Familie aufgenommen. Dafür würde er Lucky immer lieben. Sie war eine sehr ungewöhnliche Frau.

Der Anrufbeantworter meldete sich in ihrer Wohnung. Er hinterließ eine Nachricht und versuchte es dann bei Gino. »Wie wär's mit Lunch?«, fragte er.

»Was ist diese Woche nur mit meinen Kindern los?«, fragte Gino misslaunig zurück. »Ich habe Paige hier. Bedeutet euch das denn gar nichts?«

Steven freute sich riesig, dass Gino ihn so selbstverständlich zu seinen Kindern zählte. Es dauerte seine Zeit, aber er kam dem Ziel immer näher.

»Wie wär's, wenn ich euch beide zum Lunch einlade?«, schlug er vor.

»Wenn Paige hier ist, esse ich nichts«, antwortete Gino. »Du weißt ja, wie das ist.«

»He, tut mir Leid, dass ich gefragt hab.«

»Es braucht dir nicht Leid zu tun. Ruf mich Montag an.«

Paige Wheeler trug einen Strumpfhalter aus brauner Spitze, Seidenstrümpfe, sehr hohe Absätze und einen BH, der ihre Brüste schwellend nach oben drängte. Sonst hatte sie nichts an. Obwohl sie auf die Fünfzig zuging, war sie noch immer eine sehr attraktive Frau mit der Figur einer Bonsai-Venus, einer Fülle kupferfarbenen Kraushaars, einer heiseren Stimme und einem sinnlichen Lächeln.

Gino, der im Leben mehr Frauen gehabt hatte als die meisten Rockstars, konnte nie genug von ihr bekommen. Für ihn war sie die vollkommene Gefährtin, mit der man alt werden wollte – ein kluges, schickes Vollweib, das Frank Sinatra mochte, den Sex genoss und mit dem man mehr als nur durchschnittlich intelligente Gespräche führen konnte.

»Wer war das?«, fragte Paige, als er aufgelegt hatte.

»Steven. Wollte uns zum Lunch ausführen. Ich hab ihm gesagt, er soll's vergessen.«

»Warum?« Sie paradierte vor ihm und spreizte die Beine zu einer Ballettposition.

»Warum wohl, zum Teufel?«, antwortete er und packte sie. »Hat dir schon mal jemand gesagt, dass du eine heiße Nummer bist?«

Sie lächelte. »Ja, du, Gino. Du sagst es ununterbrochen. Und ich liebe es.«

Er legte die Hand auf den oberen Strumpfrand. »Knie nieder und sag's.«

»Wenn du darauf bestehst. Ich möchte dir nur zu bedenken geben – eine Dame spricht nicht mit vollem Mund.«

Als es vorbei war, fiel Gino aufs Bett. Sein Herz raste.

Pass ein bisschen auf dich auf, alter Mann, warnte er sich selbst. Du bist nicht mehr so jung wie früher.

Ach, wirklich nicht?

Als sein Herz wieder normal schlug, fiel ihm Steven ein, und er bedauerte, ihn so schroff abgefertigt zu haben.

Er griff zum Telefon und wählte Stevens Nummer. Es meldete sich niemand.

Paige schlief mit dem Gesicht nach unten auf seinem zerwühlten Bett. Diese Frau war einmalig. Wenn sie da war, konnten ihm die Schatten der Vergangenheit nichts anhaben.

Er stand auf, ging zu seiner Kommode, schloss die rechte obere Schublade auf und nahm eine Harry-Winston-Kassette heraus. Er machte sie auf. Sie enthielt einen Diamantring, so groß, wie nur Elizabeth Taylor sie trug.

Er hatte Paige schon früher Geschenke gekauft – gewöhnlich in der 47th Street, wo er Verbindungen hatte und man ihm einen hohen Rabatt einräumte. Mit diesem Ring war es etwas anderes. Diesen Ring hatte er im Einzelhandel erstanden.

Wenn Paige wollte, konnte sie ihn haben. Es gab nur einen kleinen Haken dabei. Wenn sie ihn wollte, musste sie sich endlich von Wheeler scheiden lassen – ohne weitere Ausflüchte – und ihn heiraten.

Gino Santangelo hatte lange genug gewartet.

Brigette zählte die Wochen bis zu den Ferien. Vom fünfzehnten Juni an war sie für den restlichen Sommer ein freier Mensch. Was für eine Erleichterung, der täglichen Schinderei dieser erstickend langweiligen Schule zu entrinnen. Brigette hatte schon mit ihrer Großmutter darüber gesprochen, dass sie einen großen Teil ihrer Ferien bei Lennie und Lucky verbringen wollte.

Charlotte hatte keinen Einwand gehabt. »Ganz wie du möchtest, Liebes«, hatte sie gesagt. Wahrscheinlich war sie entzückt, die Enkelin los zu sein.

Während der Englischstunde träumte sie davon, wie viel Spaß sie haben würden. Es musste mehr geben, als morgens aufzustehen, sich unter einen Haufen dummer, unfreundlicher Mädchen zu mischen und einer Reihe wenig begeisternden Lehrern zuzuhören, die sich eintönig über Dinge ausließen, die sie nicht interessierten.

Malibu mit Lennie und Lucky würde sicherlich eine Riesenwucht sein.

»Stanislopoulos!«, unterbrach der Englischlehrer Mr. Louthe ihre Tagträume. Er war ein grauhaariger Mann mit Frettchenzähnen und einem traurig herabhängenden Schnurrbart. »Was habe ich eben gesagt?«, fragte er scharf. Brigette sah ihn verständnislos an. »Ha?«

Zwei Mitschülerinnen flüsterten miteinander, riefen sich gegenseitig mit übertriebener Betonung »ha?« zu und kicherten.

»Ruhe!«, sagte Mr. Louthe streng. »Komm nach dem Unterricht zu mir, Stanislopoulos.«

Brigette stöhnte innerlich. Sie würde zu spät zur Trainerstunde auf den Tennisplatz kommen – ihrem einzigen Vergnügen. Und Mr. Louthe war berüchtigt für seine hochtrabenden Strafpredigten.

Nach dem Unterricht ging sie nach vorn und blieb vor seinem Tisch stehen. Er war mit irgendwelchem Papierkram beschäftigt und ließ sie eine Viertelstunde warten. Endlich blickte er auf. »Stanislopoulos«, sagte er, »ich will es kurz machen.«

Gott sei Dank, dachte sie.

»Du bist ein intelligentes Mädchen. Ein hübsches Mädchen ...«

O nein! Wollte er sie vielleicht anmachen? Nach Santino Bonnatti würde sie niemandem mehr erlauben, etwas mit ihr zu tun – es sei denn, sie wollte es.

»Du bist aber auch extrem ungesellig und kontaktarm.«

Vielen Dank, dachte sie bockig.

»Im Leben«, fuhr er mit sonorer Stimme fort, »hat alles seinen Preis. Womit ich kein Geld meine. Dir muss klar sein, junge Dame, dass du trotz deines Geldes und deiner Verbindungen kein sehr glücklicher Mensch sein wirst, wenn du deine Tage, Wochen und Jahre eingesponnen in einem kleinen Kokon verbringst. Lernen, mitmachen, lesen, sich unter andere Leute mischen, etwas von sich selbst geben – das alles sind Erfahrungen, die ein Heranwachsender machen muss. Lern zu wachsen, Miss Stanislopoulos, dann bekommt dein Leben vielleicht einen Sinn. Vielen Dank. Du kannst gehen.« Er senkte den Kopf und nahm seine Arbeit wieder auf.

Brigette war wie betäubt. Wie durfte er es wagen, so mit ihr zu sprechen! Sie wusste, wie man lernte – nur interessierte es sie nicht besonders. Sie wusste, wie man teilte – aber warum sollte sie teilen? Und was die Geselligkeit betraf – nun, es waren die anderen, die mit ihr nichts zu tun haben wollten, nicht wahr?

Noch immer innerlich kochend, ging sie in ihren Schlafraum. Was wusste er denn schon von ihrem Leben? Was kümmerte es ihn?

Dummer Mensch.

Dummer alter Mann.

Dummer alter Mann mit einem idiotischen Schnurrbart.

Unerklärlicherweise begann sie zu weinen, und plötzlich brach eine Tränenflut über sie herein wie die Sintflut, als strömten der ganze Schmerz, der Frust und die Kränkungen der letzten Jahre aus ihr hervor.

Ihr wurde bewusst, dass dies seit Tim Wealths Tod und dem Albtraum, der ihm folgte, das erste Mal war, dass sie weinte.

Als sie sich ausgeweint hatte, fühlte sie sich besser – bis sie sah, dass Nona, die erst seit kurzem ihre Zimmergenossin war, in der Tür stand. Guter Gott! Jetzt bekam sie also – zu allem anderen – auch noch den Ruf, eine Heulsuse zu sein.

»Bist du okay?«, fragte Nona mitfühlend.

Brigette rieb sich die Augen. »Ich hab mich nur verschluckt – man stirbt nicht dran.«

»Ich kenne das«, sagte Nona beiläufig. »Ich kriege diese

Anfälle auch immer, besonders wenn ich mir einen Vortrag von Louthe anhören muss.«

»Es war gar nicht so schlimm.«

Plötzlich redeten sie miteinander, was Brigette bisher immer zu vermeiden gewusst hatte.

»Okay«, sagte Nona vergnügt. »Ich verschwinde. Ich habe einen Ausgangsschein für die Stadt.« Sie nahm ihre Handtasche und zögerte dann einen Moment. »Du hast wohl keine Lust, mitzukommen, oder?«

Normalerweise hätte Brigette Nein gesagt, und das wär's dann gewesen. Aber heute war es anders. Heute fing etwas Neues an – heute fing sie an, sich Freunde zu suchen.

»Ich komme sehr gern mit«, antwortete sie schüchtern.

Nona war überrascht. Die anderen Mädchen würden sie umbringen, weil sie das arme kleine reiche Mädchen mitschleppte. Aber sie konnte nicht anders, Brigette sah so verloren und allein aus.

»Komm«, sagte sie warm und nahm Brigette beim Arm. »Ich weiß nicht, wie's dir geht, doch je früher ich aus diesem Gefängnis draußen bin, umso besser.«

10

Lucky war so voller Ungeduld und Tatendrang wie ein Rennpferd vor dem Start. Zuerst flog sie mit der Concorde nach London und besuchte Bobby. Es ging ihm gut. Er war zart und hübsch und hatte einen liebenswerten britischen Akzent. Gino würde Dünnschiss kriegen vor Wut.

Nachdem sie Bobby besucht hatte, flog sie nach Los Angeles, um ein paar Tage mit Lennie zu verbringen, bevor sie sich in ihr Abenteuer stürzte. Wenn sie mit Erfolg sechs Wochen lang verschwinden wollte, musste alles sorgfältig koordiniert werden.

Als sie in ihrem gemieteten Haus in Malibu ankam, war nur Miko, ihr winziger japanischer Hausboy, da. Er teilte ihr mit, er erwarte Mr. Golden um sieben Uhr.

Das war ihr sehr recht. Sie hatte Lennie gesagt, sie fliege erst am Sonntag, weil sie meinte, die Überraschung werde die Stimmung angenehm bereichern. Jetzt hatte sie Zeit, sich ein paar Stunden auszuruhen. »Okay, Miko«, sagte sie und schob ihm ein paar Banknoten in die Hand. »Hier sind fünfhundert Dollar, damit du verschwinden kannst. Das dürfte für dein Hotel und die anderen Spesen genug sein. Ich will dich achtundvierzig Stunden lang nicht mehr sehen. Verstehen wir uns?«

Miko nahm das Geld mit einer kleinen förmlichen Verneigung entgegen. »Ich bin schon nicht mehr hier, Madame«, sagte er in perfektem Englisch.

Als Miko aus dem Weg war, riss sie die Tür zum Strand auf, schüttelte die Kissen auf den großen Rattancouches auf, legte Luther Vandross auf den Plattenteller der Stereoanlage, rief »Trader Vics« an, bestellte für neun Uhr abends Lennies geliebten indonesischen Lammbraten und stellte alles für eine Margarita zurecht, die es in sich haben sollte.

Als das erledigt war, duschte sie lange und mit Genuss und schlüpfte in weiße Shorts und ein T-Shirt mit nichts darunter. Lucky trug nur sehr selten Unterwäsche; sie sah nicht ein, wozu. Sie steckte sich das dunkle Haar auf, betupfte den Mund mit ein bisschen mehr Lippenglanz und trug etwas Rouge auf, damit ihre scharf hervortretenden Wangenknochen noch mehr betont wurden.

Mitte der Dreißig war Lucky Santangelo immer schöner geworden, doch sie ging mit dieser Schönheit sehr lässig um, da sie von einem übertriebenen Ego nichts hielt.

Der Strand sah einladend aus. Der Abend brach allmählich herein, mehrere Jogger liefen mit ihren Hunden an der Wasserlinie entlang, und ein einziger Schwimmer hatte sich in den kühlen Pazifik hinausgewagt.

Sie hatte bisher nur ein paar Wochenenden in diesem Haus verbracht, doch es hatte etwas an sich, zu dem sie sich hingezogen fühlte. Es war so friedlich und still. Man hörte die Autos nicht, die über den nahen Pacific Coast Highway rasten, sondern nur den beruhigenden Rhythmus der Wellen, die sich am Strand brachen.

Vielleicht sollten wir es kaufen, dachte sie. Zwar war sie nicht gerade verrückt nach Kalifornien, aber sobald die Panther Studios einmal ihr gehörten, würden sie gezwungenermaßen oft hier sein.

Gedankennotiz: Immobilienmakler anrufen und feststellen, ob das Haus zum Verkauf steht.

Es ging auf sieben Uhr zu. Sie mixte die Margarita, schenkte sich ein hohes, mit Reif überzogenes Glas ein und setzte sich auf die strandseitig gelegene Veranda.

Luther Vandross brachte ihr mit *Superstar* ein Ständchen.

Sie lehnte sich zurück, schloss die Augen und schlief ein; die Zeitverschiebung forderte ihren Tribut.

Cristi machte ihn tatsächlich auf die für kalifornische Mädchen so typische Weise an. Den ganzen Tag schon. Es war nicht gerade überwältigend, aber Lennie spürte ihr Interesse deutlich.

»Ich geh mit der Tussi ins ›Spago‹, warum kommst du nicht mit?«, schlug Joey vor, der nie eine Möglichkeit ausließ. Für ihn waren alle Frauen »Tussis« oder »Tanten«. Die Tussis waren die knackigen, und knackig war Cristi wirklich.

Lennie sagte Nein.

»Du fährst wirklich lieber in ein leeres Strandhaus zurück, anstatt mit deinen besten Freunden Pizza essen zu gehen?« Joey bemühte sich, ein gekränktes Gesicht zu machen. Es gelang ihm nicht.

Joey Firello war klein und drahtig, mit sehr vollen Lippen, südländischen Zügen und außerdem ein Vulkan an nervöser

Energie. Zwar sah er im konventionellen Sinn nicht besonders gut aus, schien jedoch für Frauen unwiderstehlich zu sein. »Sie wollen mich bemuttern«, erklärte er mit ausdrucksloser Miene. »He, der Tag, an dem ich zu hübschen Titten Nein sage, wird der Tag sein, an dem alles vorbei ist, Mann.«

Als Lennie total pleite nach L. A. kam, nachdem er in Las Vegas aus einem Engagement geflogen war, hatte Joey ihm viel geholfen. Joey, der damals selbst erst am Anfang seiner Karriere stand, hatte Lennie einen Job im legendären »Foxie's Club« auf dem Hollywood Boulevard verschafft und war immer für ihn dagewesen.

Lennie vergaß nie, wenn jemand etwas für ihn getan hatte, und als er gewissermaßen wie ein Komet an Joey vorüberzog, der allmählich abrutschte, weil er ein ernstes Kokainproblem hatte, sorgte er immer dafür, dass es in allen Filmen, die er drehte, auch eine Rolle für seinen Freund gab. Jetzt war Joey wieder auf dem Weg nach oben.

»Kommst du nun mit zum Essen oder was?«, fragte Joey.

»Vielleicht lass ich mich von dir zu einer Pizza einladen«, gab Lennie nach. Schließlich war es in dem Haus in Malibu wirklich einsam, in dem er nur Miko und sich selbst zur Gesellschaft hatte. Und er war es müde, immer wieder an einem Script herumzufeilen, das nie ein Erfolg werden würde.

Joey schien sich zu freuen, er hatte seit Wochen versucht, Lennie einmal zum Ausgehen zu überreden. »Wir fahren in meine Wohnung, dort kannst du duschen, und dann ziehen wir um die Häuser, die ganze lange Nacht. O ja!«

»Abendessen, Joey. Damit hat es sich.«

Joey verzog enttäuscht das Gesicht. »Abendessen, Joey«, äffte er Lennie nach. »He, was ist eigentlich aus dem wilden Burschen geworden, den ich früher mal gekannt habe? Was ist aus dem King der Partyszene geworden?«

»Er hat geheiratet«, sagte Lennie.

»Ja, er hat geheiratet, aber er ist doch nicht tot?«

Die Klingel weckte Lucky. Sie fuhr in die Höhe und fröstelte, da sie noch auf der Veranda lag. Ein frischer Wind fegte über den Strand, und der Ozean war jetzt schwarz, die Wellen donnerten an den Strand.

Ein rascher Blick auf die Uhr sagte ihr, dass es neun war.

Sie lief durch die dunklen Räume zur Haustür und ließ den Kellner von »Trader Vics« herein. Das Essen war in Pappkartons eingeschweißt. Sie sagte ihm, er solle sie in der Küche abstellen, dann könne er gehen.

Neun Uhr, und wo war Lennie? Miko hatte gesagt, er erwarte ihn um sieben, und wie eine Idiotin hatte sie versäumt, sich zu vergewissern, weil sie ihn überraschen wollte. Offensichtlich war das nicht besonders schlau gewesen. Lennie war irgendwo unterwegs, und sie hatte keine Ahnung, wo sie ihn suchen sollte.

Deine eigene Schuld, Santangelo, sagte sie streng zu sich. Vielleicht begreifst du endlich, dass es nicht immer klug ist, so unvermutet irgendwo zu erscheinen.

Sie fragte sich, ob Abe Panther noch wach war, oder brachte die gestrenge Inga ihn allabendlich um acht ins Bett? Sie hatte Lust, mit dem alten Knaben ein bisschen zu schwatzen. Er war klug und gerissen. Sie mochte ihn.

Morton Sharkey hatte darauf bestanden, dass zwei Psychiater und ein Arzt Abe unabhängig voneinander untersuchten, bevor Lucky sich auf den Handel einließ. »Was, wenn er tot umfällt?«, hatte Morton gefragt. »Oder noch schlimmer – was, wenn nach seinem Tod die Familie behauptet, er sei nicht mehr voll zurechnungsfähig gewesen? Wir müssen uns da absichern.«

Abe hatte keine Einwände erhoben. Ihm machte das Spiel genauso viel Spaß wie Lucky. Er zog seinen eigenen Anwalt hinzu, und auch das winzigste Detail wurde vertraglich festgelegt.

Jetzt sollte, was im Vertrag stand, in die Tat umgesetzt werden. Von Montag an ging Lucky in den »Untergrund«. Sie konnte es kaum erwarten.

Joey war in dem Restaurant bekannt wie ein bunter Hund, so dass sich das, was als ruhiges Abendessen zu dritt begonnen hatte, allmählich zu einem Chaos entwickelte.

»Ich verschwinde jetzt von hier«, sagte Lennie um Viertel nach zehn. Er hatte genug.

Joey schnitt eine Grimasse. Ihn umdrängten Frauen in allen Größen und Hautfarben. »Ich mag ja talentiert sein, aber ich brauche Hilfe«, klagte er. »Du kannst mich nicht allein lassen, Mann!«

»Pass auf, wie ich das kann«, sagte Lennie und war schon aufgestanden.

»Können Sie mich bei meinem Wagen absetzen?«, fragte Cristi hoffnungsvoll. »Ich habe noch nie was für Massenansammlungen übrig gehabt.«

Wie konnte er Miss California die Bitte abschlagen? »Bleiben Sie nicht bei Joey?«, fragte er halbherzig.

Sie musterte die sieben Mädchen, die an jedem Atemzug von Joey Firello hingen. »Haben Sie Mitleid, Lennie.« Damit schob sie ihren Stuhl zurück und stand auf; ihm blieb keine Wahl, er musste sie mitnehmen.

»Bye, Joey«, sagten sie völlig unbeabsichtigt zur gleichen Zeit.

Joey streckte den Daumen nach oben. Nach vier Wodkas und mehreren Prisen Kokain (ganz heimlich geschnupft, weil er nach einigen Entziehungskuren dem Teufelszeug angeblich abgeschworen hatte) war er auf einem einsamen Höhenflug.

Instinktiv steuerte Lennie mit Cristi auf den Hintereingang

zu, der direkt auf den Parkplatz führte. Manchmal lungerten bei der Vordertür Fans und Fotografen herum, und er wollte nicht ertappt werden. Auch wenn die Situation ganz harmlos war – wenn man ihn mit Cristi fotografierte, würde es einen anderen Eindruck machen, und er hatte keine Lust, Luckys Verständnis allzu sehr zu strapazieren.

Als sie es sich auf dem Beifahrersitz seines Ferrari bequem gemacht hatte, seufzte Cristi leise auf und sagte – ganz die anständige und saubere Miss California: »Mir würde es wirklich Spaß machen, mit dir Sex zu haben, Lennie.«

Das klang so sachlich, dass er es fast nicht begriff. Aber als sie ihren Worten mit einer entsprechenden Geste Nachdruck verlieh, indem sie ihm die seidenweiche Hand zwischen die Beine schob, gab es über ihre Absichten wohl kaum noch einen Zweifel.

In einem dicken Pullover und ausgebleichten Levis wanderte Lucky den Strand entlang. Er war völlig verlassen, und es war windig und dunkel. Sie hielt sich dicht am Wasser und hörte den Wellen zu, die auf den Sand klatschten.

Sie genoss Einsamkeit, die ihr einen tiefen inneren Frieden schenkte.

Allein zu sein, hatte sie noch nie gestört. Von ihrem Bruder Dario abgesehen, hatte sie auch als Kind kaum Gesellschaft gehabt, und sie hatte sich daran gewöhnt.

Wenn sie an Dario dachte, fröstelte sie. Früher hatten sie sich aneinandergeklammert, waren einander alles gewesen – hatten jedes Geheimnis geteilt, bis sie in die Schweiz ins Internat gekommen war. Und nachdem man sie hinausgeworfen hatte, hatte Gino sie gezwungen, Craven, den dämlichen Sohn von Senator Richmond, zu heiraten.

Gino hatte geglaubt, er tue ihr damit einen großen Gefallen.

Ha! Und was für einen! Aber sie hatte es ihm gezeigt.

Marco fiel ihr ein, ihre erste Liebe. Der hinreißende Marco

mit dem dunklen, lockigen Haar, ein wenig mürrisch wirkenden südeuropäischen Gesichtszügen und dem muskulösen Körper.

Mit fünfzehn hatte sie sich in Marco verliebt, und mit zweiundzwanzig war sie zum ersten Mal mit ihm ins Bett gegangen. Er war zuerst Ginos Leibwächter gewesen und zum Casino-Manager aufgestiegen.

Als man ihn brutal niedergeschossen hatte, hatte sie ihn in den Armen gehalten und gefühlt, wie sein Leben erlosch.

Sich zu rächen war befriedigend gewesen. Denn vor allem anderen war sie eine Santangelo. Sie war Ginos Tochter.

Gino hatte sie immer ein wildes Kind genannt. Jetzt war sie erwachsen und hatte alles, was sie sich wünschen konnte. Lennie gehörte auch dazu. Er brachte sie zum Lachen. Er war ihr Fels, brachte Ruhe in ihr Leben. Er war fröhlich und warmherzig und liebevoll. Wenn sie zusammen waren, fühlte sie sich sicher und geborgen. Lennie gab ihr mehr Kraft, als sie je für möglich gehalten hätte, und sie liebte ihn dafür. Das war der Grund, warum sie ihm etwas zurückgeben wollte – und was konnte besser sein als ein Filmstudio?

Der Wind zupfte ihr ein paar Nadeln aus dem Haar, und es flog ihr ums Gesicht.

Zeit, zurückzugehen.

Es gab jenen Sekundenbruchteil fast automatischer männlicher Reaktion. Warum nicht? Wer würde es je erfahren? Dann nahm Lennie Cristis übereifrige Hand weg, schaltete in den höheren Gang und sagte: »Danke, aber nein, danke. Ich bin nicht interessiert.«

Offenbar war es in Cristis jungem Leben das erste Mal, dass sie zurückgewiesen wurde. Sie nahm es jedoch tapfer hin. »Mein Wagen steht bei Joey«, sagte sie, ohne mit der Wimper zu zucken.

Lennie bog mit dem Ferrari nach links auf den Sunset Boulevard ein und dann wieder in den Nichols Canyon. Sie schwiegen.

Joeys Haus stand auf halber Höhe – ein baufälliges Gebäude mit einem atemberaubenden Ausblick und fast lautlos durch die dichten Sträucher gleitenden Schlangen.

Als er auf der Zufahrt anhielt, beugte sich Lennie über sie und öffnete die Tür. »Nehmen Sie's nicht persönlich«, sagte er, weil er das Gefühl hatte, er müsse irgendwie zur Kenntnis nehmen, was sie getan hatte. »Ich bin ein sehr glücklich verheirateter Mann.«

Cristi war absolut nicht gekränkt. »Warum sollte ich es persönlich nehmen?«, erwiderte sie zuversichtlich. »Sie werden es sich noch anders überlegen.« Sie stieg aus, drehte sich um, winkte ihm noch einmal, und das Verandalicht fing sich in ihrem hellen Haar.

Vor Lucky wäre es vielleicht anders gelaufen. Jetzt konnte er es kaum erwarten, nach Hause zu kommen und seine schöne Frau in New York anzurufen.

Lucky machte kehrt und begann nach Hause zu joggen. Der Strand war noch immer verlassen. Die Wellen schlugen mit monotoner Regelmäßigkeit auf den Sand.

Schaudernd fragte sie sich, was draußen in diesem riesigen dunklen Ozean verborgen sein mochte. In den Nachrichten war kürzlich gemeldet worden, dass die Haie sich jetzt näher an Land wagten. Natürlich ließen sie sich nicht an den Strand spülen, doch plötzlich hatte Lucky das übermächtige Verlangen, so schnell wie möglich in ihr sicheres Haus zurückzukommen.

Der Ferrari gab ein Geräusch von sich, wie man es von teuren italienischen Sportwagen eigentlich nicht erwartet, stotterte und blubberte und blieb mitten auf dem Sunset stehen – gegenüber dem Roxy, wo Gruppen vollgekiffter, langhaariger Rockfans auf das nächste Heavy-Metal-Konzert warteten.

»Scheiße!«, murmelte Lennie. Die Panne kam ihm jetzt so gerufen wie ein Tripper.

Ein Streifenwagen fuhr vorbei und hielt vor ihm an. Ein Polizist stieg aus. Er sah besser aus als Tom Selleck und passte hervorragend in seine Uniform. Er spielte sich mächtig auf, als er auf Lennies Wagen zutänzelte. Großer Schwanz mit großer Pistole. Eine unschlagbare Kombination.

»Haben wir hier vielleicht ein kleines Problem?«, fragte der Cop näselnd, ein Import aus dem Süden.

»Nichts, was ein neuer Motor nicht sofort beheben könnte«, antwortete Lennie.

»Sie sind doch ... « Der Cop zögerte einen Moment, er wollte keinen Fehler machen. »Lennie Golden!«, verkündete er triumphierend. »Sie sind vielleicht ein lustiger Vogel.«

Glück ist, einen Polizisten zu finden, der ein Fan ist, dachte Lennie. Manchmal passierte das Gegenteil, und sie nahmen einen in die Mangel, weil man berühmt war.

»Ich schätze, wir müssen Sie hier wegbringen, bevor die Leute Sie entdecken«, sagte der Cop, tat aber nichts, sondern blieb neben dem defekten Wagen stehen, während sich hinter ihnen ein Riesenstau bildete und ein ungeduldiges Hupkonzert begann.

»Das wäre nett«, pflichtete Lennie ihm bei.

»Ich bin vor zehn Jahren nach L.A. gekommen«, fuhr der Cop ganz gemächlich fort. »Wollte Schauspieler werden. Ich schätze, es hat nicht geklappt.« Er spielte mit seiner Waffe, die in dem Halfter steckte. »Ein Cop zu sein, ist gar nicht so übel. Manchmal komme ich mir wie ein Schauspieler vor. Frauen fahren auf die Uniform ganz toll ab.« Er lächelte selbstzufrieden. »Verstehen Sie, was ich meine?«

»Ich verstehe«, sagte Lennie entgegenkommend und

wünschte, der Typ würde ihn mit seiner Scheiße in Ruhe lassen.

»Ich wette, hinter Ihnen sind eine Menge Frauen her«, sagte der Cop mit einem obszönen Blinzeln. »Auch berühmte, wie?«

Lennie ignorierte den Unsinn, den der Typ verzapfte. »Also was machen wir jetzt?«, fragte er und bemühte sich, nicht allzu gereizt zu sprechen. »Rufen wir einen Automobil-Club an oder was?«

Der Polizist strich mit einem Knubbelfinger über den glänzenden Lack des Ferrari. »Wenn Sie irgendwann einmal im Film einen echten Cop brauchen, rufen Sie einfach Marian Wolff an«, sagte er beiläufig.

Lennie runzelte die Stirn. »Wen?«

»Marian Wolff. Das bin ich. So heiße ich. Sehen Sie, meine Mama dachte, wenn der Name für John Wayne gut genug war, dann war er auch für mich okay. Und wissen Sie was? Meine alte Mama hat Recht gehabt. Mir gefällt der Name Marian. Er hat Charakter. Was meinen Sie?«

Lennie schüttelte den Kopf, in Gedanken verarbeitete er den Zwischenfall schon zu einer Szene in einer Slapstickkomödie. Keine Rolle für ihn, natürlich, über Klamauk war er längst hinaus. Aber es könnte eine hübsche Sache für Letterman oder Carson sein.

Ein älterer Polizist tauchte aus dem Streifenwagen auf. Ein grauhaariger Kerl voller Bosheit und Tücke, das verriet schon sein Gang, als er auf sie zustapfte. »Marian!«, schrie er wütend. »Was zum Teufel ist hier los? Willst du, dass der ganze Sunset zu einem einzigen Scheißstau oder sonst einer Scheiße wird? Schaff gefälligst diese beschissene italienische Blechbüchse hier weg!«

»Wally«, verkündete der erste Cop stolz, »weißt du, wer das ist? Lennie Golden persönlich!«

Völlig unbeeindruckt spuckte der alte Cop verächtlich aus.

»Marian«, sagte er müde, »das interessiert mich einen fliegenden Scheißdreck.«

Lucky dachte daran, dass Lennie es vielleicht in diesem Moment mit irgendeinem Flittchen trieb. Der Gedanke war ihr bisher noch nie gekommen, weil sie wusste, dass sie beide etwas ganz Besonderes verband, und das würden weder sie noch er aufs Spiel setzen.

Eifersucht war ein Gefühl, mit dem sie nicht zurechtkam. Sie konnte jedoch nicht ganz ignorieren, dass Lennie ein sehr attraktiver Mann, ein berühmter Mann und ein Mann war, mit dem die meisten Frauen gern ins Bett gegangen wären; und sie hatte ihn wochenlang vernachlässigt, weil sie so damit beschäftigt gewesen war, den Vertrag mit den Panther Studios unter Dach und Fach zu bringen.

Was, wenn – dachte sie immer wieder.

Was, wenn Lennie mit einer anderen …

Was, wenn es mehr gab als nur eine andere …

Was, wenn …

Das Telefon unterbrach ihre düsteren Gedanken. »Ja?«, meldete sie sich scharf.

»Wer spricht?«

»Wer spricht?«

»Lucky?«

»Lennie?«

»Wo bist du?«, rief sie.

Es dauerte fast eine Stunde, ehe sein Taxi vor dem Haus vorfuhr.

Lucky stürzte aus dem Haus, um ihn zu begrüßen, und warf sich ihm in die Arme.

Er drückte sie an sich und küsste sie lange und zärtlich; es war ein Kuss, der den total hingerissenen Taxifahrer in unglaubliche Aufregung versetzte.

»Bezahl den Mann«, sagte Lucky endlich und löste sich aus Lennies Armen. »Dann komm ins Haus, schließ die Tür ab, schalte den Anrufbeantworter ein und sprich während der nächsten vierundzwanzig Stunden mit keinem Menschen mehr ein Wort. Außer mit mir, natürlich.«

Der Taxifahrer grinste lüstern. »Das klingt gut.«

»Auf Wiedersehen«, sagte Lennie und schickte den Mann weg.

Sie fielen sofort ins Bett. Beide lechzten nach der Berührung, der Stimme, dem Geruch des anderen. Keine Gespräche. Zuerst Sex. Schnelle, reine, erregende Lust nahm von ihm Besitz, als er sich ihres glatten Körpers, ihrer seidigen Haut, der Flut schwarzer Locken und der Wildheit ihrer Lippen erinnerte.

Sie verlor sich in seinem Rhythmus, genoss die Sprache seiner Arme, seiner Beine und seines Körpers. Hielt ihn fest, selbst Gefangene ihrer starken Begierde.

»Ich liebe dich, Lady«, sagte er, als sie dem Höhepunkt entgegenflogen.

»Und ich liebe dich, mein Mann«, gelang es ihr eben noch hervorzustoßen, bevor sie in einem Orgasmus unterging, der eine Stunde zu dauern schien.

Später aßen sie im Bett aufgewärmten indonesischen Lammbraten mit Erdnussbuttersoße und chinesischen Erbsen.

Sie aßen mit den Fingern von Papptellern, zerrissen das Fleisch, tauchten es in die cremige Soße, fütterten sich gegenseitig und kicherten wie vollgekiffte Teenager.

»Aus diesem Bett will ich nie wieder raus«, sagte er glücklich. »Das ist es, Lady. Das ist es.«

»Wir haben so lange darauf gewartet«, sagte sie leise.

»Das haben wir. Und eine Menge Zeit vergeudet.«

»Nicht vergeudet, Lennie. Wir sind jetzt zusammen und werden immer zusammen sein. Das wissen wir beide, oder?«

Ihr Gesicht in seine Hände nehmend, küsste er sie genussvoll und leidenschaftlich.

Sie streichelte seine Brust, zarte Finger berührten seine Brustwarzen, wanderten dann nach unten bis zu ihrem eigentlichen Ziel.

Zu ihrem größten Entzücken reagierte er sofort.

»Wie schrecklich, wenn ich dich kennen gelernt hätte, als du neunzehn warst«, neckte sie ihn. »Ich wette, du warst der geilste Typ weit und breit.«

»Erzähl mir nichts. Du wärst verrückt nach mir gewesen, wenn du mich damals gekannt hättest. Das ist der größte unerfüllt gebliebene Wunsch deines Lebens.«

Sie lachte. »Wie Recht du hast.«

»Ich liebe dich, wunderschöne Lady.«

»Wie süß es ist ...« Sie begann Marvin Gaye zu singen.

»... von dir geliebt zu werden«, schloss er.

»Genug des Gesangs, reich mir die Erdnussbuttersoße«, sagte sie mit einem durchtriebenen Lächeln.

Er heuchelte Erschrecken. »Was willst du damit?«

»Leg dich zurück, Lennie, und frag nicht so viel.«

Am nächsten Tag wurden sie kurz vor Mittag wach und griffen automatisch nacheinander, als sei das die natürlichste Bewegung der Welt. Draußen bemühte sich die Sonne, durch die Wolken zu brechen, und ein Hund bellte unaufhörlich.

Sie liebten sich wieder, langsam und genießerisch. Und als es vorbei war, fragte Lennie: »Und was möchte die Liebe meines Lebens heute gern unternehmen?«

Lucky streckte sich lächelnd. »Mit dir duschen. Einen langen Strandspaziergang mit dir machen. Und danach ohne Umweg wieder ins Bett.«

»Das klingt nach einem absolut perfekten Tag für mich«, sagte er mit einem Grinsen. »Aber wie wär's, wenn wir uns die Dusche und den Spaziergang schenkten?«

»Glaubst du nicht, dass wir Bewegung brauchen?«, fragte sie unschuldig.

»Ich«, antwortete er, »kenne Bewegungen, bei denen sogar Jane Fonda vor Neid erblassen würde, weil sie ihr nicht eingefallen sind.«

»Ach, wirklich?«

»Ich bin dein persönlicher Übungsleiter.«

»Das lässt sich hören.«

Erst viel später begannen sie zu reden. Lennie hatte seine übliche Beschwerdeliste über den Film, und Lucky hörte wortlos zu und genoss den Gedanken, dass sich das bald ändern würde.

»Ich schreibe neue Dialoge, das Arschloch von Regisseur sagt: ›Großartig, einfach fantastisch, Lennie!‹ Und dann weigert er sich, sie zu drehen. Ich seh mir jeden Abend die Muster der Szenen an, die wir tagsüber gedreht haben, ich mache Vorschläge – sie ignorieren sie. Jesus, sie kriegen das alles umsonst von mir – ich habe geglaubt, sie würden sich darauf stürzen. Richtig?«

Sie nickte, streichelte ihm den Rücken, massierte ihm leicht den Nacken.

Er lag mit dem Gesicht nach unten auf dem Bett, zum erstenmal seit Wochen völlig entspannt. Lucky war die einzige Frau auf der Welt, die auch den letzten Rest innerer Anspannung von ihm nehmen konnte, so dass er sich unendlich wohl fühlte.

»Wir müssen uns eine Möglichkeit überlegen, wie wir dich aus diesem Vertrag rausbekommen«, sagte sie.

Er gab seine Niederlage zu. »Du hattest Recht, wie gewöhnlich. Ich werde mit meinem Anwalt sprechen.«

»Schieb's auf, bis *Macho Man* abgedreht ist. Dann ist es so weit, etwas zu unternehmen.«

»Tja, und auch das ist richtig. Wie kommt es, dass du immer Recht hast?«

Sie lachte. »Weil ich Ginos Tochter bin und bei ihm in einer guten Lehre war.«

»In einer verdammt guten.«

»In einer sehr guten. Vergiss das ja nicht, Ehemann.«

Er rollte sich herum und nahm sie fest in die Arme. »So – und jetzt die große Frage. Wann kommst du nach Acapulco. Ich brauch dich dort – auf der Stelle.«

Jetzt war es so weit. Sie holte tief Atem. »Ja, Lennie, über Acapulco wollte ich noch mit dir sprechen.«

»Wieso denn?«, fragte er misstrauisch.

»Du darfst nicht böse werden«, warnte sie ihn.

»Wieso?«, wiederholte er energisch.

Sie begann ihre sorgfältig einstudierte Rede. »Ich muss nach Japan, um dort ein riesiges Geschäft abzuwickeln. Wenn alles so geht, wie es soll, müsste es in zwei, drei Wochen erledigt sein. Dann unterbreche ich den Rückflug, besuche Bobby in London, und anschließend muss ich noch ein paar Tage nach New York ins Büro. Doch danach gehöre ich ganz dir.«

»Das kann nicht dein Ernst sein«, sagte er düster.

»Aber es ist mein Ernst.«

»Lucky«, sagte er mit großem Nachdruck, »du hast mir Acapulco versprochen.«

»Ich komm ja hin«, log sie.

»Wann?«

»Sobald ich kann.«

Verärgert setzte er sich auf. »Ich kann's verdammt noch mal einfach nicht glauben!«

»Ich bin selbst auch nicht besonders begeistert. Aber die Japaner sind sehr eigen, wenn es sich um Verträge handelt.« Sie nahm eine Zigarette aus der Packung. »Klar, ich könnte einen meiner Direktoren schicken, aber sie wollen mich. Es hat irgendetwas mit ihrer Ehre zu tun. Der Besitzer ihres Unternehmens will nur mit dem Besitzer meines Unternehmens sprechen, und solange Brigette und Bobby noch nicht großjährig sind, bin ich das. Es handelt sich um ein Riesengeschäft, wir arbeiten schon länger als ein Jahr daran. Ich kann nicht riskieren, dass es uns jetzt durch die Lappen geht.«

Glücklicherweise hatte Lennie keine Ahnung, was bei der Stanislopoulos Shipping vorging – er hatte nie Interesse gezeigt, und sie hatte ihm von sich aus nie Informationen gegeben. Ihre Geschichte klang plausibel.

»Scheiße!«, murmelte er. »Warum musste ich auch eine Industriemagnatin heiraten? Ich krieg dich verdammt nie zu sehen.« Er sprang aus dem Bett und ging steif aufgerichtet ins Bad.

»Weil ich dich so verrückt machen kann, dass du dich nicht mehr um Hölle und Teufel scherst!«, schrie sie ihm nach. »Und mit jeder anderen würdest du dich langweilen. Komm schon, Lennie, gib's zu!«

Das Prasseln der Dusche übertönte sie. Verdammt, er nahm das gar nicht gut auf.

Sie drückte die Zigarette aus, folgte ihm ins Bad, trat unter die Dusche und legte ihm von hinten die Arme um die Taille.

»Lass sein«, sagte er scharf und versuchte sie abzuschütteln.

»Jetzt mach's mir doch nicht so schwer«, antwortete sie, sich an ihn klammernd. »Es ist nur ein Aufschub. Ich komm nach Acapulco. Es ist ja nicht so, als wärst du dort ein freier Mann. Du wirst jeden Tag arbeiten, und ich weiß schon jetzt, dass ich's grässlich finden werde, rumzusitzen und die Rolle der Ehefrau zu spielen.«

»Ich hatte andere Pläne«, sagte er und griff nach der Seife.

»Was für Pläne?«, fragte sie, schob die Hände nach vorn, umfing seine Hoden und tastete sich dann zum Eigentlichen vor.

»Hör zu, Lady«, warnte er sie und wandte ihr das Gesicht

zu, während lauwarmes Wasser auf beide herunterprasselte, »Sex hilft dir aus dieser Geschichte nicht heraus.«

»Was für andere Pläne?«, fragte sie noch einmal und kniete nieder.

»Nein, das tust du nicht.« Kraftlos versuchte er sie wegzuschieben. »Du kannst mich peinigen und foltern, so viel du willst, aber ich verrate nichts.«

Sie ließ die Zunge über sein immer härter werdendes Glied zucken. »Sag es! Sag es! Oder du kommst in große Schwierigkeiten.«

»O nein!«, gelang es ihm gerade noch zu stöhnen.

Ihre Zunge streichelte ihn leicht, und er überlegte es sich anders, begann sich an sie zu pressen.

Jetzt war sie es, die zurückwich. »Sag es«, wiederholte sie streng. »Oder du wirst leiden.«

Sie begannen beide nachzugeben, sich fallen zu lassen. Die Krise war vorbei.

Verlangend packten seine Finger ihr schwarzes Haar, pressten ihren Kopf an sich.

Sie löste sich von ihm und schlüpfte aus der Duschkabine. Er stürzte ihr nach und packte sie. Sie fielen auf den Boden, nackt, glitschig, lachend.

»Ich hab dich!«, sagte er triumphierend, breitete ihre Arme aus und hielt ihre Beine mit seinem Körper fest, während er sich in die richtige Position manövrierte.

Und dann stieß er, während er in sie eindrang, Worte hervor, die sie beide überraschten.

»Ich – will –, dass – du – ein – Baby – von – mir – bekommst. Und – ich – will – keine – Ausreden – hören. Okay, Lucky? Okay?«

11

Unter Mickey Stollis Leitung hatten sich die Panther Studios völlig verändert. Nichts mehr war so wie zu Abe Panthers Zeiten. Früher eines der großen, alten Studios, das geschmackvolle und stilvolle Filme produzierte, setzte Mickey darauf, dass Panther mit der Zeit ging. Wie er so gern bei Besprechungen sagte: »Wir leben in den verdammten Achtzigern, um Himmels willen. Sollen die geistig Minderbemittelten und die Ungewaschenen doch kriegen, was sie wirklich sehen wollen.«

Was Mickey dem Publikum bieten wollte, waren brutale Gewalt und eine Lawine von Titten und Ärschen. Keine harmlosen Titten und Ärsche, sondern pornografische. Mädchen, denen die Kleider vom Leib gerissen, die gejagt, verstümmelt, vergewaltigt und ermordet wurden. Im Film natürlich. Mickey wollte buchstäblich alles, worauf sein Team williger Autoren, Regisseure und Produzenten sich gerade noch einlassen konnte, ohne mit dem Strafrecht in Konflikt zu kommen. Es gab in diesen Filmen keine großen Stars, und deshalb waren es auch keine großen Filme. Aber sie spielten auf der ganzen Welt Unsummen ein – jeder einzelne. Billig zu drehen, billig im Verleih und leicht zu produzieren.

O du großes Amerika. Sie konnten auf der Leinwand mit Frauen anstellen, was sie wollten, konnten sie schlagen, foltern, schänden; solange nur die Sexszenen nicht allzu deutlich ausgespielt wurden, kamen sie sogar mit einem Mord davon. Buchstäblich.

Die Panther Studios hatten begonnen, sich auf diesen billigen Kintopp zu spezialisieren. Dank Mickey Stolli, der das große Geld liebte, das sie einbrachten. Doch so mächtig er auch war, sogar er musste seinen Arsch bedecken, sein Ego auffrisieren und seinen Schwager Ben Harrison zum Schweigen bringen, der sich ständig über den billigen Schrott mokierte und beklagte. Daher schlossen die Panther Studios auch Verträge mit großen Stars – bezahlten ihnen mehr als alle anderen Filmgesellschaften und boten ihnen außerdem eine saftige Beteiligung an, zu der eigene Produktionsgesellschaften und eine Büroflucht auf dem Studiogelände gehörten.

Jedes Jahr produzierten die Panther Studios drei oder vier legitime große Filme wie *Macho Man,* den Film, der zur Zeit mit Lennie Golden, Joey Firello und Marisa Birch gedreht wurde. Und *Strut,* einen dramatischen Film über einen charmanten Betrüger und eine junge Frau, die sich, auf der Straße groß geworden, nicht so leicht ein X für ein U vormachen ließ; die Stars waren Venus Maria – die heißeste Entdeckung des Jahres – und Cooper Turner, der auch Regie führte. Ein echter Coup.

Und in Vorbereitung hatten sie die neueste Johnny-Romano-Action-Komödie *Motherfaker.*

Abigaile Stolli bestand darauf, dass Mickey Filme mit großen Stars drehte. Es wirkte sich wohltuend auf ihr gesellschaftliches Leben aus.

Mickey scherte sich, ehrlich gesagt, einen Dreck darum. Filmstars machten Schwierigkeiten, schufen immer Probleme, hielten alles auf und erwarteten mehr Geld und Aufmerksamkeit, als sie wert waren. Ihre Egos bewegten sich jenseits von kolossal.

Mickey zog es vor, seine Klamotten zu drehen. Hübsche, schnelle Produktionen, die die Kinokassen unter Garantie in Goldgruben verwandelten.

Selbstverständlich musste er auf Abigaile Rücksicht nehmen. Sie war schließlich Abe Panthers Enkelin, und ihr verdankte er, dass er heute da war, wo er eben war.

Und wo war Mickey Stolli?

Er saß in einem vollklimatisierten Büro, größer als das Haus, in dem er aufgewachsen war. Er war achtundvierzig

Jahre alt. Er war einsfünfundsiebzig groß. Er war kahl und trug keine Perücke. Er war rund ums Jahr sonnengebräunt, hatte blitzende weiße Zähne (alles noch eigene – die Zähne machten die fehlenden Haare wett), einen harten, durchtrainierten Körper (er spielte jeden Tag Tennis – und zwar mit Leidenschaft) und eine raue Stimme, der man die Bronx nur ganz leicht noch anhörte, wenn er wütend war.

Mickey lebte seit dreißig Jahren in Hollywood. Es hatte ihn als Achtzehnjährigen in den Westen verschlagen, und natürlich hatte er von einer großen Schauspielerkarriere geträumt. Er musste den Traum aufgeben, als er mit Zwanzig die Haare verlor, und hatte sich als Agent niedergelassen. Die Agentur hatte er verkauft, als er vor achtzehn Jahren Abigaile geheiratet hatte und Abes rechte Hand geworden war. Nach Abes Schlaganfall hatte Mickey die Leitung der Firma übernommen.

Mickey Stolli war ein glücklicher Mann. Er hatte eine Frau, eine dreizehnjährige Tochter, Tabitha (niemand wusste etwas von seinem unehelichen Sohn, den er mit neunundzwanzig Jahren gezeugt hatte, kurz bevor er Abigaile kennen lernte und heiratete), eine schwarze Geliebte, zwei Häuser (in Bel Air und Trancas), drei Autos (einen Rolls, einen Porsche und einen Jeep) und ein Filmstudio.

Konnte ein Mann sich noch mehr wünschen?

Olive, seine englische Privatsekretärin, betrat das Büro. Sie war eine schlanke Frau von Vierzig – ein Typ wie Deborah Kerr. »Guten Morgen, Mr. Stolli«, sagte sie lebhaft.

Mike grunzte. Am Montagmorgen legte sie ihm regelmäßig einen privaten und vertraulichen Bericht über die Studioaktivitäten der vergangenen Woche vor. Es interessierte ihn überhaupt nicht, dass sie das ganze Wochenende arbeiten musste, um den Bericht für die Besprechung um acht Uhr morgens bereit zu haben.

Er überflog ihn rasch und schrieb mit einer dicken roten

Feder seine Bemerkungen an den Rand. Als er fertig war, gab er ihr die Seiten zurück, und sie musste sie mit seinen Ergänzungen noch einmal tippen. War das geschehen, legte sie den Bericht in einem verschließbaren Schrank in seinem Büro ab.

»Saft«, fauchte Mickey. »Karotten.«

Olive enteilte in die kleine, blitzblanke Küche neben seinem Büro und bereitete ihm einen frisch gepressten Karottensaft zu. Mickey Stolli war Gesundheits- und Reinlichkeitsfetischist. Niemand außer der heiklen und peinlich sauberen Olive durfte seine Gemüse- und Obstsäfte zubereiten.

Während Olive an der Saftpresse beschäftigt war, rief Mickey seinen Produktionschef Ford Werne zu Hause an. Er wolle noch vor der üblichen Montagvormittagsbesprechung mit allen Abteilungschefs mit ihm unter vier Augen reden, erklärte er.

Ford sagte, okay, er komme, obwohl er nicht besonders glücklich darüber war, dass er eine Stunde früher als gewöhnlich aus seinem Haus in den Palisades losfahren musste.

Mickey nippte an seinem frischen Karottensaft und studierte die Liste der Stars, die derzeit Produktionsverträge mit Panther hatten. Es waren sechs eindrucksvolle Namen. Sechs Superstars. Und Mickey Stolli hatte sie alle an sich gebunden.

Früher einmal war Virginia Venus Maria Sierra ein dürres amerikanisches Mädchen italienischer Abstammung gewesen, das mit seinem verwitweten Vater und vier älteren Brüdern in Brooklyn lebte. Virginia Venus Maria arbeitete wie ein modernes Aschenputtel für sie – kochte, putzte, kaufte ein, wusch und bügelte –, was auch zu tun war, es war ihr Job.

Virginia Venus Maria Sierra war sehr gewissenhaft, sie opferte sich für ihre Fünf-Männer-Familie auf und wurde von ihr zum Dank als völlig selbstverständlich hingenommen. Ihrer Ansicht nach war sie als Frau dazu geboren, den Männern jeden Wunsch von den Augen abzulesen. Daher war es natürlich eine unangenehme Überraschung und ein Schock für sie alle, als sie eines Tages mit Ron Machio, dem langhaarigen, schwulen Sohn eines Nachbarn, durchbrannte, der als Tänzer in Broadway-Shows arbeitete.

»Was für eine Hurenschlampe habe ich denn da großgezogen!«, donnerte ihr Vater in übermächtiger Wut.

»Wir schlagen der Tunte den Schädel ein!«, kreischten ihre genauso wütenden Brüder.

Virginia Venus Maria Sierra war nicht dumm. Sie hörte von ihren Drohungen, und Ron und sie schüttelten den Staub New Yorks von den Füßen. Sie trampten quer durch den Kontinent nach Kalifornien, in das gelobte Land. Und landeten nach einiger Zeit und vielen Abenteuern – in Hollywood.

Ah – Hollywood. Nirwana. Paradies. Palmen, Sonnenschein und Filmagenten. Virginia Venus Maria Sierra und Ron waren zufrieden. Sie wussten, sie hatten den Himmel gefunden. Das Schicksal hing über ihnen wie eine reife Frucht, und sie brauchten nur die Hand auszustrecken, um sie zu pflücken.

In Wirklichkeit mussten sie viel mehr tun. Sie mussten ganz unten anfangen und stiegen nur sehr langsam auf – Ron als Choreograph und Venus Maria (der Künstlername, für den sie sich entschied) als Filmstatistin, die in billigen Clubs als Sängerin, Tänzerin und Schauspielerin auftrat.

Zwischen den Engagements hatten sie die unterschiedlichsten Jobs. Ron versuchte es als Kellner, Bote und Chauffeur. Venus Maria arbeitete in einem Supermarkt, einer Bank und schließlich als Nacktmodell an einer Kunstschule.

»Du musst doch eine Gänsehaut kriegen, wenn so viele fremde Typen deinen nackten Körper anstarren?« Ron schauderte.

»Aber gar nicht«, antwortete Venus Maria selbstsicher.

»Ich fahr richtig drauf ab.« Sie schüttelte die neuerdings auf Platinblond umgefärbten Locken und spitzte die frisch mit Lippenglanz nachgezogenen Lippen. »Es macht mir einen Riesenspaß, zu sehen, wie sie glotzen. Es ist ein richtiger Kick.«

Das war der Augenblick, in dem Ron Machio begriff, dass Virginia Venus Maria Sierra ein Mega-Star werden würde.

Es dauerte eine Weile, aber es geschah. Eines Tages wurde Venus Maria von einem kleinen Plattenproduzenten entdeckt, der dieselben die ganze Nacht geöffneten Clubs frequentierte wie sie und Ron. Es war unglaublich schwierig, ihn zu überreden, eine Platte mit ihr aufzunehmen, und dazu drehten sie und Ron ein schockierendes und widersprüchliches Video mit viel Sex. Venus Maria entwarf die Bilder und Szenen, und Ron setzte sie in Bewegung um.

Der Erfolg kam über Nacht. Schlug ein wie der Blitz, denn innerhalb von sechs Wochen war die Platte Nummer eins und Venus Maria gemacht.

Jetzt, drei Jahre später, im Alter von fünfundzwanzig Jahren, war sie ein Superstar, eine Kultfigur, eine Halbgöttin.

Venus Maria hatte es geschafft.

Gefangen im Netz der siebziger Jahre, war Charlie Dollar immer high, der Joint immer in Reichweite.

Man konnte Charlie kaum das übliche Matinee-Idol nennen. Er hatte Übergewicht, einen ansehnlichen Bauch, war fünfzig Jahre alt und wurde langsam kahl. Aber wenn Charlie Dollar lächelte, wurde die Welt hell, und jede Frau in seiner Nähe bekam heiße Höschen, denn er besaß einen durch Drogen aufgeputschten, wilden Charme, der für Männer und Frauen unwiderstehlich war.

Ein Film mit Charlie Dollar war dank seiner schrulligen Erscheinung und seiner ungewöhnlichen und brillanten Darstellungskunst garantiert ein Kassenschlager. Charlie hatte das Talent, sich in eine Rolle hineinzuversetzen und ihren Charakter so lange zu verbiegen, bis sie perfekt auf ihn zugeschnitten war.

Es gab Leute, die behaupteten, Charlie Dollar sei ein Genie. Andere erklärten, der da oben auf der Leinwand sei einfach der alte Charlie, der jedem, der es zuließ, das Fell über die Ohren ziehen konnte.

Niemand kannte Charlies wahre Geschichte. Er war als ausgebrannter Fünfunddreißigjähriger in einem Untergrund-Rock-'n'-Roll-Film, in dem er den irren Manager einer Heavy-Metal-Gruppe spielte, gleich mitten in die Szene geplatzt. Nach dieser einen brillanten, wahnwitzigen Rolle hatte er nie wieder zurückgeblickt. Hatte nie wieder zurückblicken wollen.

Charlie Dollar, der Held des drogensüchtigen Amerika. Er genoss den Ruhm, tat aber so, als sei er ihm verhasst. Es machte das Leben einfacher. Schließlich musste ein Mann wenigstens so tun, als habe er ein paar ethische Grundsätze.

Susie Rush wurde durch das Fernsehen bekannt. Süßlich hübsch, mit den neurotischen Eigenschaften des »Mädchens von nebenan«, war sie nach zwei bedeutenden Fernsehserien zum Film übergewechselt und hatte als Darstellerin leichter, komödiantischer Rollen große Karriere gemacht.

Susie war eine vom Ehrgeiz getriebene Frau, die niemandem erlaubte, sich ihr in den Weg zu stellen. Sie gab zu, zweiunddreißig Jahre alt zu sein, war jedoch den Vierzig wesentlich näher – eine Horrorvision für sie.

Susie trat gern für eine gute Sache ein – für Ökologie und Kanalisation. Sie glaubte fest daran, schon viele Leben gelebt zu haben, und sprach ganz offen darüber.

Das Publikum fand, sie sei über jeden Tadel erhaben.

Die Leute, die mit ihr arbeiten mussten, hatten sie »das größte Miststück von allen« getauft und verabscheuten sie. Ihr Spitzname im Studio lautete »die Mietmöse«.

Auf der Leinwand war Susie zuckersüß, sah zerbrechlich, zart und hilflos aus.

Wenn die Kameras nicht liefen, gebärdete sie sich wie eine Furie. Ihr Mann – die arme Seele – hatte schon vor langer Zeit seine Männlichkeit verloren und lebte unscheinbar in ihrem Schatten. Er war's zufrieden. Was konnte er, ein erfolgloser Schauspieler, mehr erreichen?

Susie Rush war Amerikas Herzensschatz.

Armes Amerika.

Johnny Romano war spanischer Abstammung, einsdreiundachtzig groß und schlank, hatte jedoch seinen Oberkörper so lange und verbissen trainiert, bis er mit mächtigen Muskeln protzen konnte. Er hatte volle, sinnliche Lippen, ein verschmitztes Lächeln und tiefliegende braune Augen – spöttische, herausfordernde, aber vor allem sexy Augen. Frauen konnten von ihm nicht genug bekommen.

Johnny Romano war achtundzwanzig Jahre alt. Er war der Star dreier ungewöhnlich erfolgreicher Filme. *Hollywood Dick*, *Lover Boy* und *Hollywood Dick 2*. Diese Filme, echte Knüller, hatten ihn zu etwas sehr Wertvollem und sehr berühmt gemacht. Falls jemand das bezweifeln sollte – er reiste mit einem Hofstaat, der ihm immer zu Diensten war: zwei bildhübschen Assistentinnen, eine weiß, eine schwarz; zwei furchterregenden Leibwächtern, deren Hauptaufgabe es war, für Johnny Frauen aufzureißen; einem ewigen Jasager und einem besten Freund, Stellvertreter und Chefzuhälter jeder jungen Dame, für die Johnny Romano sich interessierte.

Ein mannbares weibliches Wesen täglich war keine Seltenheit. Die AIDS-Gefahr ständig vor Augen, schützte Johnny

Romano sich mit zwei Kondomen und einem Kavaliersstandpunkt. Er konnte nie AIDS bekommen. Er war ein Mega-Star, um Himmels willen! Und mehr noch, er war ein heterosexueller Mega-Star. Die Kondome waren nur eine Geste in der richtigen Richtung, ein freundschaftliches Zugeständnis an den lieben Gott.

Johnny Romano war ein verantwortungsvolles menschliches Wesen, das gern bumste. Und warum nicht? Er hatte hart gearbeitet, um mit jeder Frau ins Bett gehen zu können, die er wollte.

Im Moment wollte er Venus Maria. Aber die Frau wollte ihn nicht. Das war unerhört! Lächerlich! Niemand wies Johnny Romano ab.

Natürlich, sie schwamm jetzt ganz oben, war auf jeden Fall der erfolgreichste junge weibliche Star weit und breit. Venus Maria ließ Madonna, Pfeiffer und Basinger weit hinter sich. Kein Zweifel, man riss sich um sie. Aber Johnny Romano abzuweisen ...

Die Frau musste den Verstand verloren haben.

Und dann war da noch Cooper Turner. Der gut aussehende, mysteriöse, an Schlaflosigkeit leidende Cooper Turner, der in einem Wolkenkratzer auf dem Wilshire Boulevard in einem Penthouse wohnte und im Lauf der Jahre nur ein paar Filme gemacht hatte, aber noch immer als großer Schauspieler angesehen wurde.

Coopers äußere Erscheinung strafte seine fünfundvierzig Jahre Lügen. Er sah auf eine jungenhafte Weise gut aus, hatte bräunliches Haar, durchdringende gletscherblaue Augen und einen straffen Körper.

Cooper lehnte es ab, Interviews zu geben. Sein Privatleben blieb privat, obwohl immer eine ungewöhnliche Frau sein Leben und seine Wohnung teilte, meist eine atemberaubende Schönheit oder ein großes Talent. Es machte Cooper Spaß, die Frau zu entdecken, die im Moment gefragt war. Seine sexuellen Heldentaten waren Legende.

Obwohl es in seinem Leben immer eine Frau gab, hatte Cooper nie geheiratet – wenn er manchmal auch verdammt nahe dran gewesen war. Er zog ein ewiges Junggesellendasein vor. Cooper Turner taugte nicht zur Ehe.

Im Moment waren alle Klatsch- und Boulevardblätter voll von seiner angeblichen Affäre mit Venus Maria. Er war in *Strut* der Partner des jungen Superstars, hatte auch die Regie dieses Films übernommen, und die ganze Stadt wetzte sich die Zungen. Das letzte Gerücht wusste von einem heftigen Streit, den die beiden *coram publico* in der Dekoration ausgetragen hatten, und der angeblichen anschließenden Versöhnung. In *Truth and Fact,* einem der skurrileren Skandalblätter, konnte man lesen, Venus Maria habe seinen Zorn besänftigt, indem sie ihm auf der Stelle und in aller Öffentlichkeit einen blies. Was gereicht hätte, um auch den schlimmsten Jähzorn zu beschwichtigen.

Cooper wollte die skandalöse Geschichte weder bestätigen, noch dementierte er. Er übte gern Zurückhaltung.

Ebenfalls mit einem Vertrag für vier Filme – von denen der erste derzeit gedreht wurde – an Panther gebunden war Lennie Golden. Tabithas Liebling. Sie quälte Mickey ununterbrochen. »Ich möchte ihn kennen lernen, Daddy. Meine Freundinnen lieben ihn alle. Wie ist er? Kann ich ihn irgendwann einmal heiraten?«

Mickey verstand nicht, was sie an ihm fanden. Für ihn war Lennie Golden einfach ein weiterer Komödiant, der im Augenblick hoch im Kurs stand. Ein Teil des Billie-Crystal-Robin-Williams-Syndroms. Aber da er derzeit so richtig heiß war, hatte Mickey auch ihn verpflichtet. Er war ein gutes Geschäft. Und wenn es etwas gab, in dem Mickey brillierte, dann in Geschäften.

Sechs Superstars. Und alle sechs gehörten Mickey Stolli. Er hatte sie mit den besten Verträgen der Stadt an die Panther Studios verpflichtet. Sie gehörten ihm. Mit Leib und Seele.

Panther Studios. Mickey Stolli. Was für ein Team!

Sein Schwager Ben Harrison zählte kaum. Und sobald der alte Abe Panther tot war, gedachte Mickey Stolli Ben Harrison auszuzahlen, ob er wollte oder nicht.

Die Panther Studios. Mickey Stolli. Eine gewinnbringende Verbindung.

Und wer sich ihm in den Weg stellte, sollte sich vorsehen.

12

Die Panther Studios waren das letzte der großen Studios, die einst Wahrzeichen von Hollywood gewesen waren. Sie hatten Hollywood-Geschichte gemacht. Vor fünfundvierzig Jahren erbaut und gegründet, waren sie gelegentlich ein bisschen modernisiert worden. Es gab einen brandneuen sechsstöckigen schimmernden Chrom- und Glasbau, Mickey Stollis besonderer Stolz – das Bürogebäude. Für ihn eine architektonische Großtat. Selbstverständlich beherbergte es auch seine luxuriöse Büroflucht und die von Ford Werne, dem Produktionschef; plus der Büros der Leiter der Abteilungen Marketing, Verleih und Internationale Produktion: Mickey Stollis Team. Sein »A Team«, wie er es gern nannte. Manchmal stand das »A« für Absolute Alleskönner. Ein andermal für Abgeschlaffte Arschlöcher. Der jeweilige Titel hing von Mickeys Laune und der Leistung seines »Teams« ab.

Hinter Mickeys Gebäude versteckt lag der alte Publicity-Bau mit Fotostudios und Büros wie Kaninchenställe; und ganz weit hinten, am Ende des Grundstücks, stand das älteste Bauwerk. Das Gebäude der Hauptverwaltung – mit Spitznamen Alcatraz, weil es düster und deprimierend war und tatsächlich an ein Gefängnis erinnerte. Alcatraz war zwischen die beiden größten Tonstudios gequetscht worden, massive Türme, die ihm alles Licht nahmen. Zwar sollte es abgerissen werden, beherbergte aber noch das Büro von Herman Stone, Abes einzigem Getreuen. Sheila, seine Sekretärin, war für sechs Wochen auf Kreuzfahrt geschickt worden. Die offizielle Version war – falls überhaupt jemand fragte oder sich dafür interessierte –, dass Sheila eine kranke Verwandte besuchte und Lucky (für dieses besondere Intermezzo in Luce umgetauft), ihre Nichte, vorübergehend aushalf.

Am Montag meldete sich Lucky Punkt zehn am Tor der Panther Studios zur Arbeit. Sie trug ein langes Schlabberkleid, eine lose Strickjacke und flache Schuhe. Ihr jettschwarzes Haar war unter einer schlecht gestylten mausbraunen Perücke mit dichtem Pony versteckt, und außerdem trug sie eine Brille mit Linsen aus dickem Bergkristall, durch die sie ständig blinzeln musste.

Sie fuhr Sheilas Wagen, den sie ebenso vorübergehend benutzen durfte wie Sheilas Wohnung, zwei deprimierende Zimmer in West Hollywood, in denen sie sich umzog, nachdem sie Lennie am frühen Morgen verlassen hatte, um angeblich nach New York und dann nach Japan zu fliegen.

Lennie hatte sie lange und fordernd geküsst. »Vergiss nicht, was du mir versprochen hast, Liebling!«

Wie konnte sie das vergessen? Sie hatte ihm ein Baby versprochen, ihm aber nicht gesagt, wann. In zwei Jahren – vielleicht. Im Moment hatte sie ein Studio, an das sie denken musste.

Lucky fühlte freudige und prickelnde Erregung, als sie mit Sheilas bescheidenem Chevrolet neben dem Fenster des Wachmannes anhielt und ihm sagte, was sie wollte.

Die Panther Studios betreten zu dürfen, war der Traum eines jeden Hollywood-Historikers. Ein riesiges bogenförmiges Tor, die Säulen mit wunderschönen Steinmetzarbeiten verziert, das Tor selbst aus fantastischen Art-déco-Motiven geschmiedet. Und auf dem Tor ein schlanker, geschmeidiger Panther aus schwarzem Granit, kurz vor dem Sprung. MGM hatte seinen Löwen – aber die Panther Studios hatten das echte Machtsymbol.

Eines schönen Tages würde alles hier ihr gehören – ein aufregender und belebender Gedanke.

Der Wachmann war unhöflich. Seine Fragen klangen schroff, und seine Richtungsangaben, als sie wissen wollte, wo sie ihren Wagen parken könne, waren höchst ungenau.

»Na, Kumpel, uns ist jetzt schon klar, was in sechs Wochen mit dir passiert«, murmelte sie vor sich hin, nachdem sie zweimal um das ganze Gelände herumgefahren war und feststellte, dass sie sich total verirrt hatte.

Als sie glaubte, wieder auf der Hauptstraße zu sein, hielt sie an und fragte eine schlanke Frau in einem geblümten Kleid, wo der Parkplatz für das Büro von Herman Stone war.

»Ist das nicht Sheilas Wagen?«, fragte die Frau, die mit starkem englischem Akzent sprach.

Test Nummer eins. »Ja«, antwortete Lucky gelassen. »Sheila muss eine kranke Verwandte pflegen. Ich bin ihre Nichte Luce. Ich springe für ein paar Wochen für sie ein.«

»Hoffentlich ist es nichts Ernstes«, sagte die Frau im Blumenkleid und machte ein besorgtes Gesicht.

»Ich glaube nicht.«

»Gut.« Die Frau erklärte ihr, wie sie fahren musste, und betrat dann ein Gebäude ganz in der Nähe.

Lucky fand den Parkplatz, stellte den Wagen ab und hatte noch ziemlich weit zu laufen. Anscheinend genossen Sekretärinnen nicht das Privileg, in der Nähe des Büros ihres Chefs parken zu dürfen.

Fang am besten gleich an, dir Notizen zu machen, Santangelo.

Energisch an einer Gruppe von Arbeitern mit nacktem Oberkörper vorbeimarschierend, fiel ihr natürlich sofort auf, dass keiner hinter ihr herpfiff oder ihr etwas nachrief. Keiner schrie: »Komm, gib's mir, Baby! Komm, Süße, zeig, was du hast! Lass mal deinen süßen Arsch sehen!«

Das war eine Premiere. Ihre Verkleidung war besser als erwartet. Es war ihr tatsächlich gelungen, sich in ein uneleganteres, nichtssagendes Arbeitstier zu verwandeln. Nicht einmal Lennie würde sie erkennen, wenn er plötzlich vor ihr stünde. Doch dass es dazu kam, war höchst unwahrscheinlich, da er am selben Nachmittag zum Drehort in Acapulco aufbrechen musste und fünf Wochen fortbleiben würde. Wenigstens hatte das Timing hervorragend geklappt.

Sie beschleunigte die Schritte, begierig, sich ins Abenteuer zu stürzen.

Herman Stone war ein nervöses Wrack. Mit den Armen wedelnd, schob er Lucky hastig in sein dunkles Büro, murmelte vor sich hin und stieß sie praktisch in den Sessel vor seinem Schreibtisch. »Sie kommen zu spät«, beklagte er sich.

»Ich musste zehn Meilen zu Fuß laufen, bevor ich endlich da war«, beschwerte sich Lucky. »Warum darf ich nicht vor dem Büro parken?«

»Das dürfen nur leitende Angestellte«, erklärte Herman.

»Scheiße!«, murmelte Lucky.

»Wie bitte?«

Herman Stone war ein Nervenbündel, und Lucky fragte sich, ob er noch sechs Wochen durchhalten würde. Ein kleines, verhutzeltes Männchen, sah er älter aus als Abe; sein Körper und sein glänzender blauer Anzug schlotterten miteinander um die Wette.

Sie hätte ihm am liebsten einen Schuss Brandy eingegossen

und gesagt, er solle sich beruhigen. Stattdessen lehnte sie sich in ihrem Sessel zurück und sagte bedächtig und beschwichtigend: »Mr. Stone. Alles, was ich von Ihnen brauche, sind Informationen. Und zwar jede Kleinigkeit, die Sie über jeden Einzelnen wissen, der hier arbeitet. Sobald ich mich mit den Spielern vertraut gemacht habe, schicken Sie mich ins Feld, damit ich selbst ins Spiel eingreifen kann. Okay?«

Herman atmete schwer und keuchend; gab kurze, ruckartige Schnaufer von sich, als wolle ihm jemand im nächsten Moment die Luft abschnüren.

»Keine Bange«, fuhr Lucky fort. »Diese ganze Operation ist nicht schwierig. Und da Sie Ihren Job hundertprozentig sicher haben, wollen wir uns ganz einfach entspannen. Okay?«

Herman schnappte wieder nach Luft. »Was immer Mr. Panther wünscht«, sagte er mürrisch und sah sie hasserfüllt an.

Lucky nickte. »Genau.« Und zum erstenmal kam ihr der Verdacht, dass die Sache vielleicht nicht so leicht sein würde, wie sie angenommen hatte.

Der Vormittag verging langsam, während Herman wiederholte, was sie schon über die Männer in den Schlüsselpositionen wusste. Mickey Stolli war Nummer eins. Gefolgt von Ford Werne, seinem Produktionschef. Teddy T. Lauden war der Betriebswirtschaftler. Zev Lorenzo, Chef der Fernsehabteilung. Und drei Vizepräsidenten: Buck Graham, Marketing, Eddie Kane, Verleih, und Grant Wendell, weltweite Produktion.

Das waren die wichtigsten Spieler. Aber es gab auch noch andere einflussreiche Figuren, ein paar Produzenten mit Verträgen für mehrere Filme. Die beiden wichtigsten waren Frankie Lombardo und Arnie Blackwood.

Und natürlich Mickey Stollis sechs »Haus«-Stars.

»Los, los, ich bin hinter richtigem Dreck her«, drängte Lucky. »Was Sie mir da erzählen, steht doch in allen Studio-Biographien.«

»Was für richtigen Dreck meinen Sie?«, fragte Herman verständnislos und fummelte an seiner dicken Hornbrille herum. »Ich habe Ihnen alles gesagt, was ich weiß.«

Was für einen jämmerlichen Spion hatte Abe da bloß eingeschleust! Herman war entweder zu alt oder überhaupt nicht mehr im Bild. Wahrscheinlich beides. Lucky wurde klar, dass sie ganz allein herausbekommen musste, wer wem was antat.

»Was machen Sie gewöhnlich so den ganzen Tag?«, fragte sie. Sie saß jetzt zweieinhalb Stunden in seinem Büro, und das Telefon hatte nicht ein einziges Mal geklingelt.

»Ich überprüfe Papiere.«

»Was für Papiere?«

»Memos über geschäftliche Transaktionen.«

»Die was betreffen?«

»Alles Mögliche.«

»Ich habe heute aber noch keins gesehen.«

»Man schickt sie mir gewöhnlich Ende der Woche herüber.«

»Darf ich die von der vergangenen Woche sehen?«

»Wenn Sie wünschen.«

Herman Stone war ein müder alter Mann. Er fürchtete ganz offensichtlich, dass sein nettes, ruhiges Leben bedroht war. Sie verstand sein Unbehagen, aber akzeptieren konnte sie es nicht. Er musste wissen, wo zumindest eine Leiche begraben war.

Die Memos erwiesen sich als ein Stapel Kopien, bei denen es um ganz alltägliche Dinge im Studio ging. Kein einziges war irgendwie von Bedeutung.

Lucky fand, dass es Zeit war, endlich anzufangen. »Rufen Sie Mickey Stolli an, und sagen Sie ihm, Sie wollen die Kopien der Budgets für *Motherfaker*, *Strut* und *Macho Man* sehen.«

»Und was für einen Grund hätte ich wohl dafür?«, fragte Herman, nervös blinzelnd.

»Den Grund, dass Sie hier Abe Panthers Interessen vertreten sollen und berechtigt sind, in alles Einblick zu nehmen. Sagen Sie ihm, Sie schicken Ihre Sekretärin um die Papiere. Okay?«

Herman Stone wurde auffallend bleich. Widerwillig tat er, was sie wollte.

Über das Studiogelände zu marschieren war kein Vergnügen, besonders nicht zu Mittag. Als Lucky bei Mickey Stollis Glas- und Chromwunder ankam, war sie erschöpft. Das schreckliche Kleid klebte ihr am Körper, und die schwere Perücke trug das ihre dazu bei, dass Lucky sich mies fühlte. Jeder Zentimeter ihres Körpers war schweißnass, und die dicke Brille drohte ihr ständig von der Nase zu rutschen. Diese »Kostümrolle« war kein vergnügliches Abendessen mit Al Pacino.

»Oh«, sagte Olive, die Frau mit dem englischen Akzent und dem geblümten Kleid, die ihr am Morgen den Weg beschrieben hatte. »Sie sind es wieder.«

Lucky bemühte sich um eine freundliche Miene. »Tut mir Leid. Mr. Stone schickt mich, ich soll ein paar Papiere holen.«

»Ja.« Olive schien verwirrt. »Mr. Stolli bringt sie Mr. Stone im Lauf der Woche hinüber.«

Warum? hätte Lucky gern gefragt. Was ist jetzt nicht mit ihnen in Ordnung? Stattdessen stöhnte sie übertrieben auf. »Sagen Sie bloß nicht, dass ich den ganzen Weg vergeblich gemacht habe!«

Olive sah sie mitfühlend an. »Es ist heiß, nicht wahr?«

Lucky fragte, ob sie ein Glas Wasser haben könne.

»Aber natürlich«, antwortete Olive lebhaft, obwohl ihr Blick zum Allerheiligsten hinüberflog, als brauche sie Mickey Stollis Erlaubnis.

Lucky ging zum Eiswasserbereiter und trank lange und gierig; es war sehr erfrischend. Sie nutzte die Zeit, um sich verstohlen umzusehen. Das Vorzimmer war in einem kühlen

Hellbeige gestrichen, der Ton-in-Ton-Spannteppich reichte von Wand zu Wand, und durch ein großes, modernes Fenster blickte man auf einen streng durchgestylten Garten. Was für ein Unterschied zu Herman Stones düsterem Büro. An den Wänden hingen Fotos von Mickey Stolli mit verschiedenen Berühmtheiten und Politikern.

Plötzlich entstand Unruhe, eine Frau fegte herein, blieb in dramatischer Pose stehen und fragte: »Olive, Liebes, ist er hier?«

Olive sprang auf. »Miss Rush! Er erwartet Sie.«

Ein klingendes, unechtes Lachen. »Aber selbstverständlich.«

Susie Rush war zierlich und schlank, hatte widerspenstige gelbe Haare, kunstvoll in ordentliche Locken gelegt, große hellblaue Augen, einen Porzellanteint und dünne Lippen. Sie war beinahe hübsch, ganz bestimmt launisch, und ihr fehlte die Ausstrahlung, die ein Filmstar brauchte. Sie war mehr Mädchen von nebenan als Marilyn Monroe.

Olive drückte auf den Summer, und Mickey zögerte nicht lange, als er hörte, wer gekommen war. Er riss die Tür seines Büros auf, breitete die Arme aus und rief: »Susie, mein Schatz! Komm rein!«

Susie »mein Schatz« lief direkt in seine Arme und schmiegte sich ein paar Sekunden fest an ihn. Man hörte leise Laute, einem Miauen ähnlich. Dann verschwanden die beiden, noch immer in ihre Umarmung verstrickt, in Mickeys Büro, und die Tür flog zu.

Olives Nasenflügel blähten sich. Ein Zeichen der Missbilligung? Lucky war nicht sicher. »War das nicht Susie Rush?«, fragte sie lebhaft.

»Sie dürfen die Stars nie um Autogramme bitten«, warnte Olive streng. »Das ist eine Studioregel.«

»Das hatte ich auch nicht vor.« Lucky konnte sich die Antwort nicht verkneifen.

Olive ignorierte sie, beschäftigte sich mit den Papieren auf ihrem Schreibtisch. Dass Susie Rush im Büro ihres Chefs war, schien sie nicht gerade glücklich zu machen.

»Bekommt man hier irgendwo Lunch?«, fragte Lucky in ihrem schönsten und höflichsten Ton, weil sie hoffte, Olive für sich zu gewinnen.

»In der Kantine«, antwortete Olive, ohne aufzublicken.

Lucky klopfte auf den Busch. »Vielleicht könnten wir zusammen essen.«

»Ich geh nur sehr selten zum Lunch«, antwortete Olive schroff. »Die Kantine liegt auf halbem Weg zwischen hier und Ihrem Büro. Grüßen Sie Ihre Tante herzlich von mir.« Lucky war entlassen, sehr direkt und energisch.

So, die englische Olive war also in ihren Boss verknallt, der Susie Rush ganz offensichtlich in den Hintern kroch – oder auch in andere Teile ihrer Anatomie.

Seeehr interessant.

Und Mickey Stolli wollte die Budget-Aufstellungen der drei großen Filme, die gerade in Produktion waren, nicht aus der Hand geben.

Das war sogar noch interessanter.

Es waren keine bedeutenden Entdeckungen, aber es war ein Anfang. Und außerdem hatte sie Gelegenheit gehabt, sich den ersten »Schwiegerpenner« Mickey Stolli genau anzusehen, eine Bronzekugel von einem Mann mit den Augen einer Kobra und einem geheuchelten Weißer-als-weiß-Lächeln.

Vor dem schimmernden Bauwerk zog sich ein hübscher, von schattigen Bäumen und Blumenbeeten gesäumter Gehweg hin. Neben einem kunstvollen Springbrunnen in der Mitte stand eine Bank. Lucky setzte sich und beobachtete das unaufhörliche Hin und Her im Hauptgebäude.

Ein paar Sekretärinnen kamen und gingen. Zwei leitende Angestellte – leicht zu erkennen an ihrer für Kalifornien typischen lässigen Kleidung. Eine hoch gewachsene Frau in einem eng gegürteten gelben Donna-Karan-Kostüm. Und schließlich tauchte Susie Rush auf, das Gesicht hinter einer großen Sonnenbrille mit weißem Rahmen verborgen.

Susie stand nur eine Minute auf der Treppe, dann fuhr lautlos ein schnittiger schokoladenbrauner Wagen vor, und sie stieg ein.

Fünf Minuten später erschien Mickey Stolli in Begleitung zweier Männer. Die drei entfernten sich rasch.

Lucky ging ihnen bis zur Kantine nach, wo sie in einen privaten Speiseraum geführt wurden. Sie fand in dem überfüllten Speisesaal einen Tisch für zwei und setzte sich.

In ihrer Aufmachung als graue Maus fühlte sie sich unsichtbar. Die Menschen schienen gar nicht zu bemerken, dass es sie gab. Eine gute Möglichkeit, sich einen massiven Minderwertigkeitskomplex zuzulegen. Zum Glück wusste sie, dass alles sofort anders aussehen würde, sobald sie ihre Verkleidung ablegte. Die Macht der äußeren Erscheinung war wirklich sehr stark. Luce und Lucky. Zwei verschiedene Menschen, die in verschiedenen Welten lebten.

Worauf habe ich mich da nur eingelassen? dachte sie. Nach einem einzigen Vormittag schon möchte ich mir diese lächerliche Maske abreißen und in mein richtiges Leben zurückrennen. Wie soll ich sechs Wochen durchhalten?

Weil es eine Herausforderung ist.

Richtig.

»Sie sitzen an meinem Tisch.«

Ein Mann. Leicht gebaut, mit Brille, unterernährt. Seine Stimme klang erregt.

Lucky musterte ihn. Über Fünfzig, vermutete sie. »Ich habe kein ›Reserviert‹-Schildchen gesehen«, antwortete sie kühl.

Er war unverkennbar verärgert. »Jeder weiß, dass das mein Tisch ist.«

»Warum setzen Sie sich dann nicht, ein Stuhl ist ja noch frei«, sagte sie ganz logisch.

Er zögerte einen Moment, kam dann zu dem Schluss, dass ihm kaum etwas anderes übrig blieb, zog ein sauberes Taschentuch heraus, wischte den freien Stuhl ab und setzte sich. Seine engstehenden braunen Augen hinter der Nickelbrille schwirrten überall im Raum umher, Lucky sah er kein einziges Mal an.

Eine mollige Kellnerin pflanzte sich neben dem Tisch auf. »Das übliche, Harry?«, fragte sie munter, an ihrer flügelförmigen, an den Spitzen mit Strass besetzten Brille fummelnd.

»Ja, besten Dank, Myrtle«, antwortete er und rieb an einem Fleck auf dem buntkarierten Tischtuch herum.

Myrtle wandte sich Lucky zu. »Und, Schätzchen? Wissen Sie schon, was Sie wollen?«

»Könnte ich einen Susie-Rush-Salat versuchen?«

»Warum nicht? Das haben alle schon mal.« Myrtle lachte schallend über ihren eigenen Witz. Harry ließ sich nicht einmal zu einem Lächeln herab. »Was trinken Sie?«, fragte Myrtle.

»Frischen Orangensaft«, antwortete Lucky.

»Aus der Büchse oder gefroren? Sie können sich's aussuchen.«

»Dann nehme ich ein Wasser.«

Myrtle blickte von Lucky zu Harry. »Ihr beide seid ein feines Paar. Die letzten der großen Verschwender.«

»Sie ist freundlich«, sagte Lucky, als Myrtle gegangen war.

»Myrtle ist nicht die beste Kellnerin hier«, antwortete Harry. »Das ist Leona. Sie hätte nie zugelassen, dass jemand sich an meinen Tisch setzt. Unglücklicherweise ist sie zur Zeit im Krankenhaus und lässt ihre Krampfadern behandeln. Hoffentlich kommt sie bald wieder.«

Wirklich ein seltsamer Kerl. »Kann's kaum erwarten«, sagte Lucky schnippisch.

Er warf einen Blick über den Tisch, sah sie endlich an. »Wie bitte?«, sagte er.

Hör auf dich aufzuspielen, Santangelo. Benimm dich so, wie du aussiehst.

»Arbeiten Sie hier?«, fragte sie höflich.

Harry überlegte eine Weile, bevor er antwortete. »Ich bin seit dreiunddreißig Jahren bei den Panther Studios«, verkündete er endlich. »Die Panther Studios sind mein Zuhause.«

»Ihr Zuhause?«

»Ja, weil ich wohl mehr Zeit hier verbracht habe als in meinem Haus. Meine Frau hat mich deshalb verlassen.«

»Ach, tatsächlich?« Sie bemühte sich, ein aufmerksames Gesicht zu machen. »Und was tun Sie hier?«

Hätte Harry gestanden, hätte er sich jetzt zu seiner vollen Höhe aufgerichtet. So straffte er nur die Schultern und antwortete stolz: »Ich bin der Chef-Filmvorführer.«

Oje. Es sah so aus, als würde er ihr eine Menge erzählen. »Wie interessant.«

»Ich habe für Mr. Abe Panther persönlich gearbeitet, als er noch hier war«, fuhr er würdevoll fort. »Dieses Studio war damals ganz anders, das sag ich Ihnen.« Da er merkte, dass das wie ein Vorwurf klang, schwieg er fortan.

»Ich wette, Sie vermissen die gute alte Zeit, wie?«, ermutigte Lucky ihn, weiterzusprechen.

Harry entdeckte einen anderen Fleck auf dem Tischtuch und rieb wie wild daran herum. »Alles verändert sich, das muss man verstehen«, antwortete er unverbindlich. »Besuchen Sie jemanden? Oder sind Sie hier angestellt?«

»Beides, könnte man sagen«, antwortete Lucky. »Ich bin Luce, die Nichte von Sheila Hervey. Sie kennen doch Sheila, die Sekretärin von Mr. Stone? Sie muss eine kranke Verwandte pflegen, und ich bin für sie eingesprungen.«

»Sheila hat keine Nichte«, sagte er, ein paar Mal hastig zwinkernd.

Mistkerl!

»Sie sitzt vor Ihnen«, antwortete Lucky ungerührt.

»Sheila hat eine Schwester, die kinderlos ist, und keine anderen noch lebenden Verwandten«, sagte Harry, an seiner Brille rückend. »Ich habe es mir zur Aufgabe gemacht, alles über die Leute in Erfahrung zu bringen.«

»Ich nehme an, Sheila hat ihre Geheimnisse«, entgegnete Lucky leichthin.

Harry schüttelte den Kopf, als glaube er ihr noch immer nicht, fragte jedoch nicht weiter. Und er sagte auch kein Wort mehr.

Myrtle brachte zwei Gläser Eiswasser, stellte sie auf den Tisch und zeigte auf Johnny Romano, den extravaganten Star, der, flankiert von seinem allgegenwärtigen Hofstaat, auf den privaten Speiseraum zusteuerte.

»Ist das nicht ein Prachtstück von einem Kerl?«, flötete sie und stieß Lucky leicht an. »Und sooo sexy! Ich sag Ihnen eins, Herzchen, ich hätte nichts dagegen, in einer langen dunklen Nacht in sein Zelt zu kriechen. Und Sie?«

»Wo bleibt mein Fisch?«, fragte Harry gereizt.

»Der schwimmt noch.« Myrtle gackerte und machte, dass sie wegkam.

Eine Stunde später saß Luce wieder vor Hermans Schreibtisch. »Warum will Mickey Ihnen nicht die Budget-Aufstellungen überlassen?«, fragte sie.

Herman trommelte mit den Fingerspitzen auf einem gläsernen Briefbeschwerer herum. »Ich habe keine Ahnung«, gestand er.

Sie steckte sich eine Zigarette an. »Sie müssen ihn eben unter Druck setzen.«

Herman gefiel ihr Ton nicht, doch er sagte nichts.

»Oh, und wer ist eigentlich dieser Filmvorführer – Harry Sowieso?«

Herman überlegte einen Moment und sagte dann: »Meinen Sie Harry Browning?«

»Ich nehme an.« Sie stieß eine Rauchwolke aus. »Dürrer

Mensch in den Fünfzigern – vielleicht schon fast sechzig. Pedantischer kleiner Kerl.«

Herman hüstelte und gab ihr zu verstehen, dass der Rauch ihn störe. »Ja, das ist Harry Browning. Einer der ältesten Angestellten hier. Warum fragen Sie?«

»Weil er mir, als ich ihm sagte, wer ich sei, rundheraus erklärt hat, dass Sheila keine Nichte hat.«

Herman gluckste nervös. »Harry bildet sich ein, alles zu wissen. Ignorieren Sie ihn, er ist ein bisschen seltsam.«

»Scheiße, Herman. Wenn Harry alles weiß, kann er mir vielleicht ein paar Infos über Mickey Stolli geben. Was meinen Sie?«

»Ich bin mir nicht ganz klar, was Sie suchen«, antwortete er zugeknöpft, nicht nur beleidigt, weil sie rauchte, sondern auch wegen ihrer höchst undamenhaften Ausdrücke.

»Alles, was Ihnen entgangen ist«, antwortete sie spitz.

In sechs Wochen würde sie diesen alten Knaben nach Hause schicken müssen, seine Tage als leitender Angestellter bei Panther waren gezählt.

»Okay, Herman, ich sage Ihnen jetzt, was Sie tun sollen. Rufen Sie Harry Sowieso an. Wenn er Sie fragt, versichern Sie ihm, dass ich ganz bestimmt Sheilas Nichte bin – lassen Sie sich irgendeine rührende Geschichte einfallen, etwas im Sinn von ›endlich wieder gefunden‹ oder so. Und wenn Sie schon dabei sind, arrangieren Sie eine Vorführung der Sequenzen von *Macho Man*, die täglich abgedreht worden sind. Ich möchte sehen, wie der Film wird.«

»Aber …«

Sie drückte ihre Zigarette aus. Das Rauchen war eine schlechte Gewohnheit, die sie sich abgewöhnen musste. »Versuchen Sie nicht einmal, sich dagegen zu wehren, Herman. Sie haben doch angeblich die Macht, also nutzen Sie sie zur Abwechslung einmal. Wir wollen nicht vergessen, dass Sie hier Abe Panther repräsentieren, und es wird allmählich

Zeit, dass Sie den Kerlen in den Arsch treten, denn wenn Sie es nicht tun, wird es mich ungeheuer reizen.«

Herman zuckte zusammen.

»Ich verschwinde jetzt von hier«, fuhr sie fort. »Mir ist heiß. Ich bin müde. Morgen fange ich neu an. Wir sehen uns.«

Sheilas Wagen gab auf dem Hollywood Boulevard seinen Geist auf. Lucky stieg aus, versetzte ihm einen heftigen Tritt – was ihr ganz gemein wehtat – und marschierte in das Pornokino, vor dem der Wagen seinen letzten Schnaufer getan hatte.

»Darf ich Ihr Telefon benutzen?«, fragte sie das Kaugummi mümmelnde Blondchen an der Kasse.

»Draußen auf der Straße ist eins«, lispelte Blondchen. »Zwei Blocks weiter.«

»Sie haben hier kein Telefon?«

»Dassis privat.«

Lucky nahm die grässliche Brille ab und starrte die Frau mit ihren tödlichen schwarzen Augen an. »Machen zehn Dollar es zu einem öffentlichen Telefon?«

Blondchen zögerte nicht. »Geben Sie her.«

Lucky wedelte mit einem Zehner. Blondchen grapschte danach, stopfte ihn in den fleckigen Ausschnitt und holte ein verdrecktes weißes Telefon vom Fußboden herauf.

Ein Mann verlangte eine Karte für *Hot Night Lust* und drängte sich an Lucky heran, während sie die Nummer eintippte. »Willst du mit mir reingehen?«, fragte er. »Ich spendier dir auch die Karte, Süße.«

Sie lächelte kalt. »Nimm deine und meine Karte, roll sie fest zusammen und schieb sie dir in deinen blöden Arsch. Okay, Süßer?«

Er schnappte seine Karte und rannte.

Lucky rief jämmerlich ins Telefon: »Boogie? Komm und hol mich ab. Die Schule ist aus, und ich hab alles satt.«

13

Wo ist Lucky?«, fragte Steven ungeduldig. »Ich versuche seit Tagen, sie zu erreichen, und niemand scheint imstande zu sein, mir eine intelligente Antwort auf meine Frage geben zu können.«

»In Japan«, log Gino, ohne mit der Wimper zu zucken. »Du weißt, dass sie die großen Geschäfte am liebsten selbst abwickelt. Und diesmal scheint es sich um eine gigantische Sache zu handeln, so weit ich informiert bin.«

Die beiden Männer saßen gemütlich Seite an Seite in einem Steakhaus mit Sägespänen auf dem Fußboden und signierten Fotos von Boxern an den Wänden.

Je öfter Gino mit Steven zusammen war, umso mehr genoss er seine Gesellschaft. Steven war wie er ein Kerl, der keinen Quatsch duldete. Sie stimmten zwar in ihren moralischen Ansichten nicht überein, aber auch das war okay.

Als Gino von Stevens Existenz erfahren hatte, war es ein ungeheurer Schock für ihn gewesen. Er bekam nicht nur die Nachricht: *Du hast einen Sohn,* sondern auch: *Dein Sohn ist schwarz.* Und das schmiss ihn beinahe um.

Luckys Begeisterung kannte keine Grenzen. »Ich habe mir schon immer einen zweiten Bruder gewünscht«, hatte sie erklärt. »Und jetzt habe ich sogar einen schwarzen Bruder. He, vielen Dank, Gino. Du bist wirklich für die wildesten Überraschungen gut. Du bist der Beste.«

Er bemühte sich, sich an die einzige Nacht zu erinnern, die er mit Stevens Mutter Carrie verbracht hatte. Und dann hatte er sich erinnert. Ein paar Stunden Vergnügen und fünfundvierzig Jahre später – ein Sohn.

Das war vor zwei Jahren gewesen. Jetzt hatte er den Schock überwunden. Bevor Carrie starb, hatte Steven noch ein Wiedersehen zwischen ihnen arrangiert. Sie war eine elegante Frau in den Sechzigern gewesen, die mit dem Teenager, mit dem er einmal geschlafen hatte, nicht die geringste Ähnlichkeit hatte. Sie hatten sich gut verstanden.

Gino hatte sich damit abgefunden, dass Steven ihm zwar nie Dario ersetzen konnte – den Sohn, den die Bonnatti-Familie heimtückisch ermordet hatte –, dass es aber ein echter Trost war, ihn in der Nähe zu wissen. Ganz zu schweigen von Mary-Lou, seiner hübschen, begabten Frau, die die beste Pasta diesseits von Little Italy machte.

»Warum bist du hinter Lucky her?«, fragte Gino.

»Nicht wichtig. Ich rede nur gern mit ihr. Normalerweise ruft sie zurück.«

»Es kann sein, dass ich in den nächsten Tagen mit ihr spreche. Soll ich ihr was ausrichten?«

Steven schüttelte den Kopf. »Das hat Zeit. Wann erwartest du sie zurück?«

»In einer Woche. Vielleicht später, vielleicht auch früher.« Gino attackierte sein Steak. »Erzähl mal, wie verläuft die Schwangerschaft? Ist Mary-Lou launisch? Ist sie fröhlich? Was?«

Steven grinste. »Leicht ist es nicht«, sagte er.

Gino nickte weise. »Als meine Maria mit Lucky schwanger war, hat sie mich zum Wahnsinn getrieben. Dauernd war irgendwas – da konnte nicht mal ich mithalten. Und damals war ich jung und stark.«

»Ach, komm schon, du wirst ewig jung und stark sein«, sagte Steven liebevoll. »Und da fällt mir ein: Wie wär's, wenn du endlich das Familiengeheimnis deines Sexuallebens an mich weitergäbst? Nach allem, was man so hört, sollst du unglaublich sein.«

»Ein guter Rat«, antwortete Gino weise. »Ein Steifer hält dich jung, und ich habe nicht die Absicht, je alt zu werden.«

Mary-Lou lag im Bett, als Steven nach Hause kam. Sie lehnte in mehreren spitzenbesetzten Kissen, schaute sich eine

Wiederholung von *Taxi* an und schlemmte Erdnussbutterpralinen von Reece.

»Was tust du da?«, fragte Steven.

»Ich seh mir den hinreißenden Tony Danza an und amüsiere mich großartig«, antwortete sie, selig Schokolade kauend. »Wie geht es Gino? Hast du ihm auch liebe Grüße von mir ausgerichtet?«

»Aber selbstverständlich. Er hat bedauert, dass du nicht mitgekommen bist. Ich habe ihm erklärt, dass du, wenn du das Haus verließest, Frauen und Pferde erschrecken würdest. Er hatte Verständnis dafür.«

Sie zog ein Kissen heraus und warf es nach ihm. »Also so schrecklich sehe ich wirklich nicht aus.«

»Du siehst sensationell aus, Babe.«

»Babe?«, fragte sie lächelnd. »Hast du bei Gino neue Vokabeln gelernt?«

Er lockerte die Krawatte, während er auf das Bett zuging. »Gino hat mich gelehrt, dass das Geheimnis ewiger Jugend ein Steifer ist, der immer steif bleibt. Was hältst du davon?«

»Steven! Jetzt fängst du schon an wie Jerry zu reden.«

»Möchste fühlen, was ich für dich hab?«

Mary-Lou fing an zu kichern. »Ich liebe dich, wenn du schmutzige Sachen sagst. Es passt so gar nicht zu dir.«

»He, wer sagt denn hier schmutzige Sachen? Ich versuche nur, dich scharf zu machen.«.

»Versuch's mit ein bisschen Pekannuss-Sahneeis und viel Schokolade. Das macht mich richtig an. Tut mir Leid, Schatz. Ich versprech dir, ich mach alles wieder gut, wenn ich aus dem Krankenhaus komme.«

»Ja, ja.« Er verzog sich ins Bad, ließ unterwegs seine Sachen fallen. »Weißt du, was? Fast hätte ich Gino von der Sache mit Deena Swanson erzählt!«, rief er.

»Ich hoffe, du hast es nicht getan«, antwortete Mary-Lou missbilligend.

»Nein. Ich hab's für mich behalten.«

»Sehr gut. Du bist Anwalt, Steven. Man erwartet von dir, dass du fähig bist, die Geheimnisse deiner Klienten nicht auszuplaudern. Weißt du noch?«

»Ja, Madame.«

Manchmal kam Mary-Lou sich als die zwanzig Jahre ältere vor. Sie wusste, dass die Sache mit Deena Swanson ihm Sorgen machte, aber warum konnte er sie nicht so gelassen hinnehmen wie Jerry? Es steckte bestimmt nichts dahinter. Eine reiche Frau spielte sich auf und bezahlte für das Privileg.

Steven musste lernen, die Dinge leichter zu nehmen. Sobald das Baby da war, würde sie es ihm beibringen. Oh, und wie sie es ihm beibringen würde!

Paige Wheeler hatte Ginos Antrag nicht abgelehnt, aber Ja gesagt hatte sie auch nicht.

»Deine Kinder sind erwachsen, die Zeit ist gekommen«, hatte er ihr erklärt. »Dieser ›Irgendwannmal-Scheiß‹ funktioniert bei mir nicht mehr.«

Paige hatte den riesigen Diamantring betrachtet, den er ihr präsentiert hatte. Sie hatte ihn übergestreift und bewunderte das funkelnde Feuer an ihrem Finger. »Ich kann nicht in New York leben«, hatte sie erwidert.

»Kein Problem. Wir werden leben, wo du willst. Tahiti, Tokio – du brauchst es nur zu sagen.«

Sie legte den Ring in sein Kästchen und gab ihn widerstrebend zurück. »Lass mir ein bisschen Zeit, dann bekommst du meine Antwort.«

»Soll ich den Ring bezahlen?«, scherzte er.

»Gib den Leuten eine Anzahlung«, ging sie auf den Scherz ein.

Seither waren zwei Wochen vergangen, und er hatte kein Wort von ihr gehört. Er versuchte so zu tun, als mache es ihm nichts aus, aber die Selbsttäuschung gelang ihm nicht. Dass er alt wurde, minderte die Stärke seiner Gefühle nicht. Er mochte Siebzig und noch was drüber sein, aber er war ganz bestimmt noch nicht tot. Natürlich hatte er ein paar Wehwehchen. Sogar mehr als nur ein paar, aber es war nie seine Art gewesen zu jammern.

Was hatte er doch für ein Leben gehabt! Ein richtiges Abenteuer. O ja! Und er bereute nichts. Gino Santangelo hatte es geschafft, jede Minute voll auszuleben. Jetzt wollte er sich nur noch mit Paige zur Ruhe setzen und diese Ruhe genießen.

Am Abend zuvor hatte Lucky ihn angerufen. Sie war aus dem gleichen Holz geschnitzt wie er. War bereit, alles zu versuchen. Er entdeckte in ihr so viel von sich selbst wieder.

»Worauf hab ich mich da nur eingelassen?«, hatte sie am Telefon gejammert. »Ich erfahre überhaupt nichts. Ich brauche Action!«

Sie hatten lange miteinander geredet, und sie hatte ihm von Olive, Mickey Stollis englischer Sekretärin, erzählt, von Harry, dem Filmvorführer, und von der »Memme Stone«, wie sie Herman nannte.

»Freunde dich mit dem Filmvorführer an«, hatte Gino ihr geraten. »Der weiß viel mehr, als du denkst.«

»Wieso das denn?«

»Weil er immer dabei ist, nicht wahr? Er steckt in dem kleinen, dunklen Raum, in dem keiner ihn sieht. Aber ich wette, er sieht alles.«

»Da könntest du allerdings Recht haben«, hatte sie nachdenklich erwidert.

»Ich habe ganz bestimmt Recht, Kind. Als ich mit dieser Schauspielerin rumzog, mit Marabelle Blue, hat sie mir erzählt, dass sie sich immer mit den kleinen Leuten anfreundete. Daher war sie stets auf dem Laufenden, was die Großen betraf, wusste, was sie vorhatten und so. *Capisce?*«

»*Capisce.*«

Er fragte sich, wie Lucky wohl den zweiten Tag in ihrem Job überstand. Vielleicht sollte er nach Kalifornien fliegen und einmal nachsehen. Aber vielleicht war das nur ein Vorwand, vielleicht wollte er ja nur nach L. A., um Paige eine Antwort abzuringen.

Doch warum auch immer ... Der Trip an die Westküste war gar keine schlechte Idee. Er hatte seine Routine, aber Routine kann langweilig werden. Manchmal war es gesund, die Dinge ein bisschen durcheinanderzuschütteln. Es war nichts Unrechtes daran, Paige auf ihrem eigenen Territorium zu überraschen.

Er griff zum Telefon und rief sein Reisebüro an. Stillsitzen und abwarten – darin war Gino noch nie sehr gut gewesen.

»Na, war's ein Volltreffer?«

»Was für ein Volltreffer?«

Joey beugte sich näher zu ihm hin. »Hast du bei Cristi 'n Volltreffer gelandet? Bei ›Miss Beine bis zum Hals‹.«

»Hör bloß auf!«

»Ich meine es ernst, Mann.«

»Krieg dich wieder ein. Ich bin nach Hause zu meiner Frau gefahren.«

»Lucky ist nicht hier.«

»Sie war übers Wochenende da.«

»Ach ja?«

»Ach ja.«

»Dann hast du was verpasst.«

»Was denn?«

»Cristi is 'ne Wucht.«

Lennie seufzte müde. »Merk dir bitte eins. Ich bin nicht auf dem Markt, und ich bin auch nicht zu haben, weder für diese noch für jene ›Wucht‹. Ich bin verheiratet, und es gefällt mir. Kann diese Tatsache nicht in das eindringen, was ich lächerlicherweise dein Gehirn nenne?«

Joey zuckte mit den Schultern. »Was die Kuh nicht weiß, hat der Bulle ihr nicht gesagt.«

Lennie schüttelte verwundert den Kopf. »Du hast keine Ahnung, was es bedeutet, nur mit einer Frau zusammen zu sein, nicht wahr?«

Joey heuchelte heftiges Erschauern. »Erzähl mir nie was darüber, es ist zu erschreckend.«

Sie saßen in einer Privatmaschine der Panther Studios, unterwegs nach Acapulco. Attraktive Stewardessen servierten Getränke, während Marisa Birch sich in den Aufmerksamkeiten ihres Produzenten-Liebhabers Ned Magnus sonnte. Grudge Freeport und Shorty Rawlings bildeten ebenfalls ein bewunderndes Publikum. Alle drei waren scharf auf sie.

»Weißt du, was ein Schrecknis ist – schau doch mal da rüber.« Lennie nickte in Richtung der amazonenhaften Marisa. »Mit diesen Bombendingern könnte sie Schwarzenegger plattwalzen.«

»Vielleicht sollte ich's mal versuchen«, sagte Joey.

»Vielleicht hättest du keine Chance. Sie bumst nur für eine Rolle, und die Rolle, für die sie's tut, kannst du ihr nicht geben, Romeo.«

»Wenn sie ihn zu sehen kriegte, würde sie schon wollen«, prahlte Joey. »Alle wollen ihn. Joey Senior kriegt sie alle rum, und das jederzeit.«

Lennie seufzte. »Kannst du wirklich nicht über was anderes reden?«

»Nein, eigentlich nicht«, antwortete Joey mit einem Schulterzucken.

Auf dem Flughafen in Acapulco wartete die Presse, und noch mehr Reporter drängten sich im Hotel. Lennie hasste das. Er konnte dieser Art der Aufmerksamkeit nichts mehr abgewinnen, obwohl sie ihn am Anfang richtig high gemacht hatte. Es war für ihn kein Spaß mehr, für die Fotografen zu lächeln und vor den versammelten Journalisten Männchen zu machen. Im nächsten Vertrag wollte er auf einer so genannten *No-Publicity*-Klausel bestehen. Es musste auch funktionieren, wenn man sich nicht von Hinz und Kunz angaffen ließ wie ein Affe im Käfig.

Was hatte es mit diesem Berühmtheitsscheiß überhaupt auf sich? Eines Tages würde er den ganzen Starrummel packen und irgendjemandem irgendwohin schieben. Er fand die Dreharbeiten für *Macho Man* grässlich, na und, verdammt noch mal? Es war doch nur ein Film.

Marisa Birch sonnte sich in der Aufmerksamkeit, die ihr zuteil wurde. Sie gab sich den Fotografen völlig preis. Sie gab ihnen ihre Augen, ihre Zähne und ihr Haar. Sie gab ihnen die hundert Zentimeter ihrer von einem dünnen Seidentop kaum bedeckten Silikonbrüste mit den aufgerichteten Brustwarzen, die sich ins Bewusstsein der Öffentlichkeit drängten.

Vom »Spielfeldrand« linste Ned Magnus lüstern herüber. Mister Produzent. Mister verheiratet. Mister Arschloch.

Lennie hatte seine Frau Anna kennen gelernt, eine schmallippige Giftspritze mit einem magersüchtigen Körper und einem Hang zur Wohltätigkeit.

Dankbar dachte Lennie an Lucky. Er konnte sich nicht vorstellen, mit jemand anders zusammen zu sein. Sie war die Beste, alles, was er sich je gewünscht hatte. Und bald würde sie ein Baby von ihm erwarten, und sie würden eine richtige Familie sein.

Er fasste einen Entschluss. Nach diesem Film wollte er ein Jahr Pause machen. Sich entspannen, nichts tun, nur bei Lucky sein. Und wenn Panther Studios ihn zu einer Konventionalstrafe verdonnerten, sollten sie doch. Er verdiente diese Zeit mit seiner Frau. Seit ihrer Heirat hatten sie beide nur gearbeitet. Allmählich wurde es zu viel.

Er wollte es Lucky sagen, sobald sie nach Acapulco kam. Er konnte sie überzeugen. Er wusste, sie würde ihn verstehen.

Ein Jahr. Keine Verantwortung. Keine Arbeit. Überhaupt gar nichts.

O ja!

14

Deena Swanson und ihr Mann Martin gehörten zu den begehrtesten Paaren von New York. Sie hatten, wonach alle anderen zu gieren schienen – Geld, gesellschaftliche Stellung, Macht, Schönheit und Einladungen zu jedem wichtigen Ereignis, zu jeder großen Party in der Stadt.

Deena mit ihrer eiskalten Erscheinung, Kennzeichen hellroter Bubikopf, hellblaue Augen, und diesem »Ich-bin-dafür-berühmt-dass-ich-berühmt-bin-Benehmen«, weckte in allen Frauen Neid und eine gewisse Art von Begierde in jedem Mann. Sie war kühl, sie war heiß. Das Grace-Kelly-Syndrom. Reiß ihr das Chanelkostüm herunter, das Hemdhöschen aus Spitze und den seidenen Strapsgürtel, und knack diese Fassade, die eine Temperatur von null Grad ausstrahlt.

Alle hielten Martin für einen glücklichen Mann, denn bestimmt wurde Deena zwischen den Satinlaken zur ungezähmten Tigerin, die jeden Mann mit ihrer Leidenschaft verrückt machen konnte. Und auch Martin musste einiges draufhaben mit seinem männlichen Profil, dem lässigen Lächeln, dem drahtigen Körper und dem charismatischen Charme.

Sollte je die Wahrheit ans Licht kommen, die unter dem glänzenden Äußeren der scheinbar so durchsichtigen Swansons lag, dann ergäbe das betrüblicherweise ein anderes Bild. Deena liebte ihren Mann und war bereit, alles für ihn zu tun. Aber Martin schlief nur gern mit Frauen, die selbst Stars waren – egal auf welchem Gebiet –, mit Erfolgstypen, und so berühmt seine Frau auch sein mochte, sie war es nur durch ihn, und das zählte für ihn nicht. Außerdem wusste jeder, dass Deena nur Galionsfigur war. Sie entwarf die Jeans nicht, denen sie ihren Namen lieh, und sie komponierte auch nicht das Parfum, das ihren Namenszug trug.

Als Martin sie geheiratet hatte, war er der Meinung gewesen, in ihr stecke ein ganz ungewöhnliches Potenzial. Deena war ein paar Jahre zuvor aus ihrer Heimat Holland gekommen und sehr bald Partnerin in einer unglaublich viel versprechenden kleinen Firma für Innenarchitektur geworden. Sie war schön, intelligent und schien alles zu haben, was Martin in seiner zukünftigen Frau suchte. Seine eigene Karriere ging steil nach oben, übertraf seine kühnsten Erwartungen, und es war an der Zeit, sich mit der perfekten Partnerin zu verbinden.

Während der Flitterwochen, die sie in einer einsamen Villa auf Barbados verbrachten, sagte ihm Deena, dass sie sofort nach ihrer Rückkehr ihren Job aufgeben werde.

»Das darfst du nicht«, hatte Martin energisch widersprochen. »Du bist Partnerin mit allen Rechten und Pflichten. Sie brauchen dich da.«

»Nun, eigentlich«, gestand sie, »bin ich eher eine Angestellte. Sie haben mich nach außen hin zur Partnerin gemacht und mein Image benutzt, weil das fürs Geschäft gut zu sein schien. Es macht dir doch nichts aus, wenn ich aufhöre, oder?«

O doch, es machte ihm etwas aus. Deena war nicht die Frau, für die er sie gehalten hatte. Und diskrete Nachforschungen ergaben, dass sie auch nicht aus einer der reichsten Familien von Amsterdam kam. Ihr Vater war Gastwirt, und ihre Mutter arbeitete als Übersetzerin bei der amerikanischen Botschaft. Außerdem war Deena sechs Jahre älter, als sie ihm gesagt hatte, und daher nur zwei und nicht acht Jahre jünger als er.

Martin Swanson war nicht besonders glücklich, als er das alles erfuhr. Er stellte seine junge Frau zur Rede. Sie nickte, völlig gelassen. »Ja, es stimmt. Aber was macht es schon? Und ganz nebenbei, wenn ich einen intelligenten Mann wie dich hinters Licht führen kann, dann gelingt mir das auch beim Rest der Welt, was mich zur perfekten Ehefrau für dich macht, findest du nicht auch?«

Zufällig hatte sie Recht. Das Image war vorhanden, was kümmerte sie die Vergangenheit?

So begann das Eheleben der Swansons, und beide waren entschlossen, es bis an die Spitze zu schaffen. Deena wurde zweimal schwanger und hatte zwei Fehlgeburten. Nach dem zweiten Mal nahm Martin sich seine erste Geliebte, eine Theaterschauspielerin, die schon den »Tony« gewonnen hatte; sie hatte eine leicht vorstehende Unterlippe und einen unersättlichen sexuellen Appetit. Das Wichtigste jedoch war, sie war berühmt, unglaublich talentiert, und was sie leistete, brachte Martin so richtig auf Touren.

Der Schauspielerin folgte eine Primaballerina; dann kam eine üppige blonde Autorin, die über Sex schrieb und ein paarmal die Bestseller-Liste der *New York Times* angeführt hatte. Die nächste war Rennfahrerin und ihre Nachfolgerin eine besonders gerissene Anwältin.

Deena hatte sich inzwischen an Martins taktlose Verhältnisse gewöhnt. Natürlich litt sie darunter, dass er sie betrog, aber was sollte sie dagegen tun? An Scheidung dachte sie natürlich nicht einmal im Traum. Sie war Mrs. Martin Z. Swanson auf Lebenszeit, und wehe dem, der das vergaß! Und dreimal wehe ihrem ungetreuen Ehemann, wenn er diese Tatsache auch nur einen Sekundenbruchteil außer acht ließ!

Als Deena beschloss, ihre gesellschaftliche Stellung in Dollars umzumünzen, blieb Martin unbeeindruckt. Nachdem sie ihm gezeigt hatte, wie viel Geld ihre verschiedenen Produkte einbrachten, war er noch immer ungerührt. »Geld ist kein Talent«, hatte er kühl erklärt.

»Aber etwas anderes als Geld hast du ja auch nicht«, hatte sie triumphierend erwidert.

Und er darauf: »Die Wahrheit ist, dass ich einem echten Talent näher bin, als du je sein kannst.«

»Wenn du dir einbildest, mit ein paar Schlampen zu schlafen, sei eine Vorstufe echten Talents, dann belügst du dich selbst.«

Martin grinste aufreizend und selbstzufrieden. »Versuch's doch, dann wirst du schon sehen«, sagte er.

Sie versuchte es. Hatte eine Affäre mit einem schwarzen Soulsänger. Nackt war er der fantastischste Mann, den sie je gesehen hatte. Aber er war nicht Martin, und obwohl das Verhältnis sie körperlich befriedigte, genügte es ihr nicht, und sie ließ den Sänger fallen.

Gerade rechtzeitig, denn als Martin davon erfuhr, war er wirklich wütend. »Wenn du mit mir verheiratet bleiben willst, dann schlaf nie wieder herum!«, warnte er sie. »Du bist meine Frau, Deena. Verstehst du mich? Meine Frau. Und du wirst mich nicht zum Narren machen.«

Sie sah ihn zornig an. »Und du bist mein Mann. Und dennoch erwartest du, dass ich es lammfromm akzeptiere, wenn du dich kreuz und quer durch alle möglichen Betten bumst. Ich tu nur, was du schon die ganze Zeit tust. Warum hast du etwas dagegen?«

»Weil du eine Frau bist. Und bei einer Frau ist es nicht dasselbe. Keine Affären mehr!«

»Und was soll ich tun?«, rief sie. »Du schläfst nie mit mir. Ich habe kaum Lust, Nonne zu werden.«

Sie schlossen einen Kompromiss. Jeden Sonntagabend würde Martin seinen ehelichen Pflichten nachkommen. Und als Gegenleistung würde Deena die treue Ehefrau bleiben.

Sie hieß ihn in ihrem Bett mit jedem Trick willkommen, der ihr einfiel. Nicht, dass Martin ein so großartiger Liebhaber gewesen wäre. Vom Vorspiel hielt er nichts, es sei denn für sich selbst. Und den Akt vollzog er schnell, heftig und klinisch.

Deena tröstete sich mit dem Gedanken, dass er wenigstens wieder in ihrem Bett lag, und kam es im Grunde nicht nur darauf an?

Obwohl Deena für die Frauen, mit denen ihr Mann schlief, gewiss nichts übrig hatte, taten sie ihr doch ein ganz kleines bisschen Leid. Alle, die Martin wirklich kannten, wussten, dass seine Arbeit bei ihm an erster Stelle stand. Der Mann hatte eine unersättliche Lust nach noch mehr Geld und noch mehr Macht. Er genoss auch die Schlagzeilen auf den Finanzseiten.

Seit einigen Jahren war der Name Swanson allgegenwärtig. Es gab ein Swanson-Sportstadion, eine Kette von Swanson-Einkaufszentren, den Swanson-Verlag, und eine Luxuskarosse, die »Der Swanson« heißen sollte, war bereits in der Entwicklung.

Ja, Martin hob ab, wenn er seinen Namen gedruckt sah – aber nur, wenn man sich positiv über ihn äußerte. Er verabscheute Skandale und Klatsch, empfand sie als entsetzlich peinlich. Als die Zeitungen Andeutungen über einige seiner Affären machten, war er wütend, und da sie nichts beweisen konnten, drohte er umgehend mit einer Klage.

Die Presse hatte gelernt, den großen Martin Swanson in Ruhe zu lassen, es sei denn, sie hatte etwas Positives über ihn zu schreiben oder konnte seine Frauengeschichten beweisen.

Eines schönen Tages, davon war Deena überzeugt, würde Martin seine Affären satt haben und ganz ihr gehören. Keine begabten Huren mehr. Keine Supererfolgstypen mehr. Sie konnte es kaum erwarten.

Dann tauchte »Das Miststück« auf, und Deena wusste, dass ihre nahezu perfekte Existenz ernsthaft bedroht war.

Zuerst nahm sie die neue Geliebte nicht wichtiger als alle anderen – sie kamen, sie gingen, und gewöhnlich war Martins neue Leidenschaft nach einem oder zwei Monaten schon wieder ausgebrannt.

Bei dieser letzten war es jedoch anders. Sie war gekommen, um zu bleiben, und Deena erkannte, dass sie die großartige Swanson-Ehe gefährdete.

Sie hatte sich lange überlegt, wie sie damit fertig werden sollte. Sie mit Geld abfinden? Keine gute Idee, denn »Das Miststück« hatte selbst tonnenweise Dollars und brauchte von keinem anderen was.

Ihr mit körperlicher Gewalt drohen? Schlecht, denn dann würde sie nur zu Martin rennen und um Schutz und Hilfe bitten.

Sie umbringen.

Ein extremer Gedanke, aber wenn sie zu gefährlich wurde, die einzige Lösung.

Monatelang hatte Deena darüber nachgedacht. Anfangs hatte sie gemeint, dass es am besten wäre, einen Profi anzuheuern. Es gab Männer, die Mordaufträge entgegennahmen, und sie hatte Bekannte, die wahrscheinlich den Kontakt herstellen konnten. Aber das Risiko war zu hoch. Und konnte man die Spuren tatsächlich so perfekt verwischen, dass sie nicht zu ihr führten?

Sie setzte sich auch der Gefahr aus, ihr Leben lang erpresst zu werden, und das wäre katastrophal. Sie durfte ihre Stellung durch nichts gefährden.

Darauf gab es nur eine Antwort. Wenn sie »Das Miststück« tot sehen wollte, würde sie es selbst töten müssen.

Nachdem sie diesen Entschluss gefasst hatte, fühlte sie sich sicher.

Blieben noch die drei großen Fragen.

Wie?

Wo?

Wann?

Das Wie war leicht. In Holland aufgewachsen, hatte sie ihrem Vater immer ganz besonders nahe gestanden – einem gut aussehenden Mann, der im Leben nur zwei Leidenschaften hatte, die Jagd und die Fischerei. Er hatte seiner einzigen Tochter beides beigebracht. Und sie war sehr gelehrig gewesen. Deena war eine hervorragende Schützin. Sie kannte sich mit Schusswaffen aus. »Das Miststück« mit einem einzigen Kopfschuss erledigen? Ein Kinderspiel für Deena.

Das Wo war eine andere Frage. Alles hing vom richtigen Timing ab.

Und das Wann lag einzig und allein bei Martin, denn wenn er »Das Miststück« abservierte wie alle anderen, dann würde überhaupt nichts passieren.

Unglücklicherweise hielt Deena das für sehr unwahrscheinlich. Ihr Instinkt sagte ihr, dass Martin demnächst zu ihr kommen und die Scheidung von ihr verlangen würde. Sollte es so weit kommen, war sie bereit, ihren Plan in die Tat umzusetzen.

Sie hatte sich schon rückversichert. Jerry Myersons Firma war die beste. Doch eigentlich hatte sie sie nur gewählt, weil Steven Berkeley den Ruf hatte, der größte Strafverteidiger in der Stadt zu sein. Falls sie gezwungen war zu handeln, hatte sie sich einen Plan zurechtgelegt. Natürlich beabsichtigte sie nicht, sich erwischen zu lassen. Aber manchmal entwickelten sich die Ereignisse anders als geplant, und Deena wollte auf alle Eventualitäten vorbereitet sein.

Etwas – und das war das einzige – wusste sie ganz sicher. Niemand sollte ihr Martin wegnehmen. Absolut niemand.

15

Schon seit längerer Zeit hatte Harry Browning sich vorgenommen, Olive Watson, Mr. Stollis englische Sekretärin – oder persönliche Assistentin, wie sie sich lieber nannte –, einzuladen und mit ihr auszugehen. Es war nicht direkt als Rendezvous, sondern mehr als freundschaftliches Beisammensein gedacht, obwohl er selbstverständlich die ganze Rechnung übernehmen würde, falls sie in ein Restaurant gingen. Schon seit acht Monaten dachte er daran – seit Olive ihm an seinem großen Tag zum Geburtstag gratuliert hatte. Aber solche Dinge durfte man nicht überstürzen, und daher war es eine ziemliche Enttäuschung für ihn, als sie – ganz kühl und gelassen – erklärte, sie habe sich verlobt.

»Verlobt?«, fragte Harry verblüfft. Sie telefonierten gerade miteinander, um festzulegen, wann Mr. Stolli in dieser Woche den Vorführraum brauchen würde.

»Ja«, bestätigte Olive glücklich. »Mein Verlobter hat gestern Abend aus England angerufen und gefragt, ob ich ihn heiraten möchte. Es war eine ziemliche Überraschung für mich.«

Es war auch für Harry eine ziemliche Überraschung, denn er hatte sich eingebildet, Olive werde zu haben sein, wenn er beschloss, dass er sie haben wollte.

Und jetzt diese Pleite. Harry war verärgert. So viele vergeudete Stunden, in denen er an Olive gedacht hatte, um am Ende dazustehen und zu hören, dass sie schon vergeben war.

Als Lucky Santangelo – die Harry nur als Luce kannte – sich am dritten von drei aufeinander folgenden Tagen in der Kantine an seinen Tisch setzte, platzte er impulsiv heraus: »Haben Sie Lust, einmal am Abend auszugehen?«

Lucky musterte den kleinen, bebrillten Mann, von dem sie bisher nichts erfahren hatte, obwohl Gino zu denken schien, dass Harry alle Geheimnisse der Panther Studios kannte. Bildete er sich wirklich ein, sie würde mit ihm ausgehen? Wau – ihre Verkleidung musste tatsächlich spektakulär sein.

»Wohin?«, entgegnete sie zurückhaltend, weil sie ihn nicht kränken wollte.

Ein »Wohin?« hatte Harry nicht erwartet. Ein »Ja« oder »Nein«, das schon, aber kein »Wohin?«

»Das weiß ich nicht«, antwortete er ehrlich.

»Vielleicht«, sagte Lucky und ließ ihm die Hoffnung.

Er betrachtete sie eingehender. Olive konnte sie nicht das Wasser reichen. Eigentlich sah sie sogar ziemlich merkwürdig aus in ihren altmodischen, uneleganten Kleidern, mit der schlampigen Frisur und der undurchdringlichen Brille. Aber wenn sie attraktiver gewesen wäre, hätte er nicht gewagt, sie einzuladen, hätte es nicht mal gewollt. Harry kannte seine Grenzen. Einmal hatte er eine hübsche rothaarige Statistin ausgeführt. Eine Verabredung, die katastrophal geendet hatte, als sie ihn in aller Öffentlichkeit hysterisch ankeifte: »Wenn Sie mich nicht mit Mr. Stolli zusammenbringen können, was, zum Teufel, tu ich dann hier mit einem Kretin wie Ihnen?«

Dieser hässliche und demütigende Zwischenfall war jetzt fünf Jahre her. Harry hatte ihn nie vergessen.

Er war vor Frauen auf der Hut. Die meisten Sekretärinnen und anderen weiblichen Angestellten des Studios waren, was er »lockere Tücher« nannte. Sie trugen frivole Kleidung und schliefen mit jedem. Viermal im vergangenen Jahr hatte er in Vorführräumen, die sie unbenutzt glaubten, Pärchen »dabei« ertappt. Jedesmal war er sie mit den ominösen Worten losgeworden: »Mr. Stolli wird in fünf Minuten hier sein.«

Damit kam er durch, wenn es sich um niedrige Chargen handelte. Bei den wichtigen Leuten lagen die Dinge anders. Sie konnten tun, was sie wollten, und sie taten es. Oft.

Gino Santangelo hatte Recht. Es gab nicht viel, was Harry in all den Jahren von seinem Kabäuschen aus nicht gesehen hatte, wenn er auf sie hinunterblickte – auf die Moguln und Produzenten, Regisseure und Filmstars, die seine Existenz zu vergessen schienen und im dunklen Vorführraum taten, wozu sie gerade Lust hatten.

Harry hatte schon oft daran gedacht, eines Tages vielleicht ein Buch zu schreiben. Ein schöner Traum, der seine Geheimnisse sehr wertvoll machte. Er hatte noch nie mit jemandem über die Vorkommnisse gesprochen, deren Zeuge er gewesen war.

Lucky holte tief Atem. Sie kam nicht weiter. Vielleicht würde Harry ihr ein paar Geschichten erzählen. Einen Versuch war es jedenfalls wert.

Sie beugte sich über den Tisch und sah ihn freundlich an. »Also – ganz zufällig koche ich heute Abend eine Lachs-Mousse. Warum kommen Sie nicht vorbei? Ich wohne in Sheilas Apartment. Ich weiß, dass Sie Fisch mögen.«

Natürlich wusste sie, dass er Fisch mochte, er hatte drei Tage hintereinander nichts anderes gegessen.

Harry dachte über die Einladung nach. Diese Luce hatte etwas an sich, was ihm merkwürdig vorkam. Aber ein Abend ohne Fernseher und ohne seine drei Katzen war eine verlockende Aussicht. Und Lachs-Mousse war seine Lieblingsspeise. »Ja, ich komme«, sagte er, entschlossen nickend.

»Gut«, erwiderte Lucky und dachte: Was, zum Kuckuck, tu ich denn da? »Sagen wir um halb acht?«

Harry sah jetzt fast ein bisschen lebhaft aus. »Ja«, antwortete er und zwinkerte schnell.

Ein Mann von wenig Worten. Lucky zwang sich zu einem Lächeln und stand auf. Woher sollte sie bloß eine Lachs-Mousse nehmen, zum Teufel? Warum hatte sie nicht Pizza oder Pasta oder sonst etwas Vernünftiges gesagt?

Die Brille rutschte ihr auf die Nasenspitze, und sie schob sie gereizt wieder hinauf.

»Später, Harry«, sagte sie und machte, dass sie schnell wegkam. »Ich erwarte Sie.«

Herman Stone war entsetzt. »Es ist gefährlich, sich mit jemandem außerhalb des Studios zu treffen.«

Lucky zog zynisch die Braue hoch. »Gefährlich, Herman? Ich will ja keine Kokainorgie veranstalten, ich versuche nur, mir ein bisschen Einblick in das zu verschaffen, was hier herum vorgeht.«

»Sie halten Harry Browning zum Narren. Er ist ein anständiger Mensch.«

Lucky war empört. Was war dieser Herman doch für ein pompöses Arschloch! »Ich habe auch nicht die Absicht, ihn zu bumsen«, sagte sie kühl. »Nur seine Zunge ein bisschen zu lösen.«

Herman stand auf. Er war feuerrot geworden. »Ich kann diese Narretei nicht länger mitmachen. Ich rufe Abe an. Sie reden wie ein – ein ...«

»Mann?«, half sie ihm freundlich aus.

Herman setzte sich wieder. Er nahm eine Feder und knallte sie auf den Schreibtisch. Zehn Jahre lang hatte er ein beschauliches Leben geführt. Zwei Stunden im Büro, vier Stunden auf dem Golfplatz. Kein Druck. Keine Kopfschmerzen. Keine Frau, die Gassenjargon redete und ihn quälte.

»Rufen Sie Abe ruhig an, wenn Sie wollen«, sagte Lucky. »Aber vergessen Sie nicht, dass ich es bin, für die Sie in Zukunft arbeiten werden.«

Sie wussten beide, dass das nicht stimmte. Lucky würde ihn in den Ruhestand schicken, sobald sie die Kontrolle über Panther hatte. Und er würde für Lucky Santangelo nicht arbeiten, wenn sie sein Gehalt verdreifachte.

»Machen Sie doch, was Sie wollen«, sagte er.

»Oh, herzlichen Dank. Ihre gnädige Erlaubnis hat meinen Tag gerettet.«

»Sherry?«

»Ich trinke nicht«, antwortete Harry Browning.

»Nie?«, fragte Lucky.

Er zögerte. »Nur bei ganz besonderen Gelegenheiten.«

Sie schenkte ein Glas Sherry ein und reichte es ihm. »Das ist eine besondere Gelegenheit«, sagte sie energisch.

Ich trinke auf Olives Verlobung, dachte er trübsinnig, während er an der hellbraunen Flüssigkeit nippte. Einen Drink hatte er verdient.

In Luckys Augen war Sheilas winziges Apartment die deprimierendste Behausung, in der sie sich je aufgehalten hatte. Die Wände waren in einem besonders düsteren Braun gestrichen, und die Einrichtung bestand aus einer grässlichen Mischung schwerer Eichenmöbel mit billiger Plastikmoderne. Alles viel zu wuchtig für die kleine Wohnung. Voluminöse Samtvorhänge vervollständigten die klaustrophobische Wirkung. Für den uralten Plattenspieler gab es nur Platten von Julio Iglesias. Lucky fand es zum Kotzen.

Während Julio etwas Unverständliches in gebrochenem Englisch sülzte, trank Harry Browning rasch aufeinander zwei Glas Sherry und wartete geduldig auf seine Lachs-Mousse.

Boogie hatte die Mousse fünfzehn Minuten vor Harrys Erscheinen gebracht.

»Jetzt weiß ich, dass Sie wirklich alles können«, hatte Lucky ihn begeistert gelobt. »Hoffentlich ist sie auch gut.«

Boogie hatte nur verzweifelt den Kopf geschüttelt. Wie Herman Stone, doch aus anderen Gründen, war er mit den Eskapaden seiner Chefin nicht einverstanden. Aber für Lucky zu arbeiten, war noch nie langweilig gewesen.

»Haben Sie sie vielleicht selbst gemacht, Boog?«, hatte sie mit einem hinterhältigen Grinsen gefragt.

»Versuchen Sie's doch mal mit dem besten Fischrestaurant in L. A.«, hatte er lakonisch geantwortet. »Sie bekommen die Rechnung. Rufen Sie mich im Wagen an, wenn Sie nach Hause wollen.«

Sie wollte schon in dem Moment nach Hause, in dem Harry Browning eintraf. Doch sie war so weit gegangen und konnte jetzt keinen Rückzieher machen, ohne ihm die Chance zu geben, ihr alles zu erzählen.

Irgendwo flutete das wirkliche Leben vorüber, während sie einem sanften kleinen Filmvorführer namens Harry Browning etwas vormachte, der ihr wahrscheinlich ohnehin nichts von dem sagen konnte, was sie wissen musste.

Verdammt! Und zu allem anderen kam noch, dass sie jetzt Lachs-Mousse essen musste, die sie verabscheute. Was für ein Abend!

Aber plötzlich begann Harry Browning zu reden. Wie eine Hure, die sich darüber ausließ, wie sie zu ihrem Gewerbe gekommen war, sprudelte er alles heraus.

Zwei Stunden lang hatte sie ihn gehätschelt und gepäppelt – ihm geschmeichelt und ihn gefüttert, ihn mit einem guten weißen Wein abgefüllt, den Boogie, der an alles dachte, mitgebracht hatte; und hinterher Cognac. Jetzt machte es sich bezahlt.

Nach dem ersten Schluck Courvoisier verwandelte sich der stille kleine Harry Browning in Harry den Maulhelden. Lucky konnte es kaum fassen. Also lohnte der Abend sich doch.

»Als Abe Panther der Boss war, waren wir ein anständiges Studio«, sagte Harry energisch und mit großem Stolz. »Mr. Panther war ein richtiger Boss. Die Leute haben ihn respektiert.«

»Respektieren sie Mickey Stolli denn nicht?«, fragte Lucky.

»Ach der!«, stieß Harry verächtlich hervor. »Er ist am Filmemachen nicht interessiert. Alles, was ihn interessiert, ist Geld.«

»Wenigstens ist er ehrlich. Er vertritt doch Abe Panthers Interessen, nicht wahr?«, fragte Lucky unschuldsvoll.

»Die einzigen Interessen, die Mickey Stolli vertritt, sind seine eigenen.«

»Woher wissen Sie das?«

»Ich sehe eine Menge«, sagte Harry und griff nach der Cognacflasche. »Ich höre viel.«

»Zum Beispiel?«

Benebelt wie er war, merkte Harry dennoch, dass er vielleicht zu viel redete. Na und? Er konnte reden, wenn er wollte. Er fühlte sich verdammt wohl. Diese Frau war von allem fasziniert, was aus seinem Mund kam, und es war lange her, seit eine Frau an seinen Lippen gehangen hatte. Vielleicht konnte er mit seinem Wissen einen noch größeren Eindruck auf sie machen. »Schon mal was von Lionel Fricke gehört?«

Lucky bemühte sich, entsprechende Hochachtung zu bezeugen. »Ist das nicht der große Agent?«

»Richtig.« Er sah sie durch seine Nickelbrille an. Ihr Bild verschwamm vor seinen Augen. Sie war nicht Olive, aber sie war eine Frau, und wenn sie diese scheußliche Brille abnahm ...

»Was ist mit Lionel Fricke?«, drängte Lucky.

Harry fragte sich, wie weit er wohl gehen konnte. Er trank noch einen Schluck Cognac und legte die Hand auf ihr Knie. »Ich hab die beiden zusammen gesehen – Lionel Fricke und Mickey Stolli. Ich habe gehört, wie sie über einen Vertrag für Johnny Romano verhandelten. Einen Supervertrag.«

»Ja?« Lucky beugte sich mit vor Aufregung funkelnden Augen vor.

»Es ging um eine Summe von fünf Millionen für Johnny Romano – nur bekommt er nie das ganze Geld zu sehen. Lionel Fricke verkauft Johnny Romano an Panther für vier Millionen. Dann verkauft er ein Drehbuch an ein Scheinunternehmen für hunderttausend Dollar. Einen Monat später kauft Panther ganz offiziell dasselbe Drehbuch für eine Million.«

»Und Lionel und Mickey teilen sich die Million minus der hunderttausend und stecken das Geld in die eigene Tasche«, schloss Lucky. »Hab ich Recht?«

Harry nickte. »Ich habe sie gehört. Und was ich gehört habe, war nicht misszuverstehen.«

»Davon bin ich überzeugt«, sagte Lucky sachlich und nahm seine Hand von ihrem Knie. »Erzählen Sie weiter«, fügte sie beiläufig hinzu. »Wer stiehlt noch außer diesen beiden?«

»Alle. Eddie Kane, Ford Werne, die meisten Produzenten. Sie alle haben ihre ganz bestimmten Tricks, wissen Sie?«

»Ich wette«, sagte sie und schenkte ihm Cognac nach.

Plötzlich setzte er sich stocksteif auf. »Wieso interessiert Sie das eigentlich?«, fragte er misstrauisch.

»Würde das denn nicht jeden interessieren? Sie haben so viel gesehen. Sie sollten ein Buch schreiben.«

Harry war geschmeichelt. Sie hatte an seinen heimlichen Traum gerührt, diese merkwürdig aussehende Frau. Er nickte. »Vielleicht – eines Tages.« Er griff nach seinem Glas und nahm einen tüchtigen Schluck. »Ich könnte Ihnen von Drogen und Sex erzählen – von den unmoralischen Frauen, was sie so alles treiben.«

»Was treiben sie denn, Harry?«

»Sie sind bei den Frauen nur auf Sex aus. Sie benutzen sie.«

»Wer benutzt sie?«

»Alle«, sagte Harry düster. »Sie versprechen einem Mädchen eine Rolle in ihrem nächsten Film, wenn es bestimmte widerliche Dinge tut.«

»Woher wissen Sie das?«

»Weil sie's in meinem Vorführraum tun. Ganz offen.«

»Ich schätze, da haben Sie wirklich alles gesehen.«

Er murmelte noch weiter, beklagte sich über die Qualität der Filme, die Panther produzierte, und den niedrigen Standard des Managements. Ganz besonders verabscheute er Arnie Blackwood und Frankie Lombardo. Die beiden Produzenten waren offenbar die gemeinsten Typen, wenn es um Sex im Vorführraum ging. Nach einer Weile begann er die Augen zu verdrehen.

»Fühlen Sie sich wohl, Harry?«, fragte sie besorgt.

»Nicht besonders.«

Sie half ihm auf die Beine und sagte: »Vielleicht sollte ich Sie in ein Taxi setzen. Selbst fahren können Sie jetzt nicht mehr.«

»Sie sitzen in meinem Vorführraum, und ich seh alles«, wiederholte er. »Manche Leute haben überhaupt keine Scham.«

Sie legte den Arm um ihn und steuerte mit ihm auf die Tür zu.

»Drogen«, murmelte er. »Und Sex. An etwas anderes denken die nicht.« Er bekam einen Schluckauf. »Mir geht's gar nicht gut.«

»Können wir ein andermal miteinander reden?«

»Werden sehn.« Ein neuerliches Aufstoßen, dann stolperte er.

Es gelang ihr, ihn ins Freie zu bringen, ein vorbeifahrendes Taxi anzuhalten und ihn hineinzuverfrachten. Sie hatte nicht zulassen können, dass er zusammensackte und bei ihr auf dem Fußboden liegen blieb. Dann hätte sie in Sheilas Wohnung übernachten und sich um ihn kümmern müssen – und das war das Letzte, was sie wollte.

Für eine Sitzung hatte Harry Browning ihr genug erzählt. Es war zumindest ein vielversprechender Anfang.

16

Noch zwei Wochen, und die Schule war zu Ende. Viel zu früh für Brigette. Vor zwei Wochen hatte sie noch die Sekunden gezählt. Jetzt war alles okay, sie hatte eine Freundin, und das war ein großer Unterschied zu früher.

Diese neue Freundin, Nona Webster, war die fröhliche, lebhafte Tochter eines New Yorker Verlegers und seiner Frau, einer Modeschöpferin. Nona hatte langes naturrotes Haar, schräg geschnittene Augen und ein interessantes sommersprossiges Gesicht. Sie war schlank und ziemlich groß. Wie Brigette hatte sie schon zu viel vom Leben gesehen, und als sie ins Reden gekommen waren, hatten sie festgestellt, dass sie viel gemeinsam hatten. Nona hatte in Europa gelebt, viele berühmte Leute kennen gelernt, mit einem Mann geschlafen, der zehn Jahre älter war als sie, und mehr als einmal Kokain geschnupft.

Brigette vertraute ihr ihre traurige Vergangenheit an, erzählte ihr von dem Kidnapping und dass ihre Mutter an einer Überdosis gestorben war. Sie kamen zu dem Schluss, dass Drogen absolut unnütz waren und nur Herzweh und Schwierigkeiten mit sich brachten.

»Wir sind kosmische Zwillinge«, frohlockte Nona, als sie feststellten, dass ihre Geburtstage in denselben Monat fielen. »Erstaunlich, dass wir nicht schon früher miteinander geredet haben. Ich habe mich nie um dich gekümmert, weil alle sagten, du seist ein unerträglicher Snob. Und seien wir mal ehrlich – du bist nicht gerade auf Freundschaften aus, nicht wahr?«

»Das ist richtig«, gab Brigette zu. »Es ist nicht leicht, die zu sein, die ich nun mal bin.« Sie machte ein verlegenes Gesicht. »Ach, du weißt schon, mit dem ganzen Geld und so.«

»Gott! Ich wünschte, ich würde ein Vermögen erben«, sagte Nona neidvoll.

»Deine Familie hat Geld «, entgegnete Brigette.

»Im Vergleich zu dir sind wir verdammt arme Schlucker«, klagte Nona. »Und meine Eltern halten nichts davon, ihr Geld den Kindern zu vererben. Sie geben alles aus, was sie verdienen. Das ist nicht fair. Mein Bruder ist stinksauer. Er hat gedroht, beide umzubringen, bevor sie alles zum Fenster hinausgeworfen haben.«

Brigette kicherte. »Wie alt ist dein Bruder?«

»Dreiundzwanzig, und er ist viel zu hübsch, was ihm gar nicht gut tut. Er ist hinter reichen alten Frauen und Geld her. In dieser Reihenfolge. Ich bemühe mich, seine Seele zu retten. Glaub mir, es ist ein jämmerlicher Kampf.«

Brigette war sofort interessiert. »Wovor willst du seine Seele retten?«

»Alkohol, Koks und Frauen. Er ist ein echter Versager, aber ich liebe ihn.«

»Ich wünschte, ich hätte einen Bruder«, sagte Brigette wehmütig.

»Ich geb dir ein Stück von meinem ab, wenn du mir versprichst, mir bei seiner Errettung zu helfen«, bot Nona ihr an.

»Was könnte ich tun?«

»Heirate ihn. Dein Geld wird ihn bestimmt zu einem glücklichen Mann machen.«

Sie kicherten beide. Absurde Gespräche waren ein absoluter Mega-Spaß.

Die anderen Mädchen änderten ihre Haltung gegen Brigette nicht. »Du musst sie ignorieren, sie sind nur neidisch«, sagte Nona eines Nachmittags, als sie in die Stadt aufbrachen.

»Warum?«, fragte Brigette. Sie vermochte sich nicht vorzustellen, wieso jemand ausgerechnet auf sie neidisch sein konnte.

»Weil du hübsch bist und einen großen Busen hast«, scherzte Nona. »Das ist eine tolle Kombination.«

Brigette war froh, weil Nona sie hübsch fand. Aber das war nicht der Grund, sie wussten es beide. Der Grund war das Geld. Das Geld war eine unüberwindliche Schranke, die sie vom Rest der Welt trennte.

»Was machst du diesen Sommer?«, fragte Nona, als sie über die Landstraße zur Bushaltestelle trotteten.

»Eine Zeitlang muss ich bei meiner Großmutter bleiben. Dann fahre ich zu meinem Exstiefvater und seiner Frau nach Kalifornien. Sie haben ein Haus in Malibu gemietet. Und was machst du?«

Nona stieß einen Kieselstein vor sich her. »Ein paar Wochen Montauk. Wir haben dort ein Haus. Es ist schrecklich langweilig. Malibu klingt wesentlich besser.«

»He, ich habe eine sensationelle Idee, komm doch mit mir«, schlug Brigette impulsiv vor. »Lennie und Lucky werden nichts dagegen haben – wirklich nicht. Sie sind fantastisch.«

»Lennie wie Lennie Golden und Lucky wie Lucky Santangelo?«, fragte Nona, die Brauen in die Höhe ziehend.

»Sie heißt jetzt Lucky Golden.«

»Wau! Das ist der reine Wahnsinn.«

Brigette lachte. »Nun?«

»Nun, wie kann ich eine Einladung zu einem richtigen lebendigen Filmstar ausschlagen?«, fragte Nona. »Lennie Golden ist hinreißend.«

Brigette lächelte. »Er ist okay.«

Nona schien sich zu freuen. »Das klingt nach einer Superidee. Aber nur, wenn du vorher zu uns kommst. Dann lernst du meinen Bruder Paul kennen. Was für ein Spaß! Vielleicht heiratest du ihn sogar. Könntest du mir nicht diesen kleinen Gefallen tun? Dann wäre ich ihn für immer los.«

Brigette ging auf den Scherz ein. »Aber klar doch. Warum auch nicht. Einen so klitzekleinen Gefallen tut man einer Freundin gern.«

Sie lachten beide.

»Gleich morgen ruf ich Lennie an«, versprach Brigette.

Und zum erstenmal seit unendlichen Zeiten hatte sie das Gefühl, sich auf etwas richtig freuen zu können.

»Oooh, Lennie, du bist sooo kalt! Warum behandelst du mich so eisig? Womit habe ich dich verärgert?«

Marisa lag über ihm, und sie war groß und schwer. Lange Beine und Arme, riesige Brüste, wulstige, pappige Lippen und eine übereifrige Zunge, die sich jedesmal in seinen Mund zwängte, wenn sie sich vor der Kamera küssen mussten.

Liebesszenen waren das Schlimmste, besonders mit einer Partnerin, die einem unsympathisch war, und zwischen Marisa Birch und Lennie Golden stand eine Berliner Mauer. Er hatte keinen Respekt vor dem, was sie seiner Meinung nach repräsentierte – den falschen Glitzer und den so genannten Glanz des Showbusiness. Und er hielt sie auch für eine bodenlos schlechte Schauspielerin. Ganz zu schweigen davon, dass sie es mit Ned Magnus trieb und auch noch Zeit für ihr Double Hylda fand, eine zweite Amazone mit großen Titten.

Die ganze Crew war im Sexhimmel. Marisa trug außer einem fleischfarbenen G-String nichts am Leib, während sie sich mit Lennie unter einem Laken balgte. Es machte sie scharf, dass sie den Jungs eine Show bieten konnte, und sie ärgerte sich, dass nicht auch Lennie auf sie abfuhr. Marisa war es gewohnt, sofort beachtet zu werden. Sie wurde unsicher, wenn ein Mann auf ihre nur allzu offensichtlichen Reize nicht gleich reagierte.

»Wir haben eine Szene zu drehen, Marisa«, sagte Lennie geduldig und bemühte sich, die steife Brustwarze zu übersehen, die allzu dicht vor seinem Gesicht auf und ab hüpfte. »Man nennt das schauspielen. Bist du das nicht eigentlich – eine Schauspielerin? Oder hast du's vergessen?«

Sie waren am Drehort, im Schlafzimmer einer spektakulären Villa, die hoch oben auf einer Klippe thronte.

»Liebling, wenn ich mit einem Mann im Bett bin, spiele ich nie«, gestand Marisa und schickte ihre »Garderobiere« weg, die zwischen zwei Takes das wogende Fleisch zudecken wollte.

»Wir drehen noch einmal«, sagte Grudge Freeport und kam herüber, um mit seinen Stars zu sprechen. »Lennie, man erwartet von dir, dass dir Spaß macht, was du tust. Das Frauenzimmer ist nackt. Mach doch mal richtig, zum Kuckuck!« Er drehte sich um und spuckte einen großen Priem in die gelbe Schüssel, die ihm seine junge Assistentin nachtragen musste.

»Nenn mich nicht Frauenzimmer«, beschwerte sich Marisa. »Nenn mich einen Star.« Sie rekelte sich genussvoll und entdeckte Ned Magnus, der eben gekommen war. »Hallo, Schätzchen!« Sie winkte und warf ihm ein paar Handküsse zu.

Ned freute sich.

»Weiß Schätzchens Ehefrau über dich Bescheid?«, fragte Lennie.

Marisa lächelte. Ihre Zähne waren groß und weiß. Es waren tödliche Zähne. Zähne einer Männer fressenden Bestie. »Die Frauen erfahren es immer zuletzt«, sagte sie freundlich. »Und wenn die Frau mal aus der Schnur geht, erfährt der Ehemann es zuletzt, hast du das nicht gewusst?«

Sie streckte sich noch einmal. Ein weiteres Bonbon für die Crew. »Übrigens, Lennie, wo ist deine Frau? Ich habe gehört, sie wollte zu uns an den Drehort kommen. Ist ihr etwas Aufregenderes über den Weg gelaufen?«

»Action!«, schrie Grudge Freeport.

Gino stieg im Beverly Wilshire Hotel ab und rief Paige an. »Mrs. Wheeler sie ausgegangen«, teilte ein Hausmädchen ihm mit. »Sie willen Mister?«

Nein. Er nicht willen Mister. Er legte auf.

Mit dem Beverly Wilshire waren für ihn viele angenehme Erinnerungen verbunden. Liebe am Nachmittag mit Paige. Champagner und Sex nonstop. Lange, leidenschaftliche Bettmarathons.

Gino grinste und betastete die Narbe an seiner Wange, ein Andenken an seine Jugend. Ah, wenn Paige ihn damals gekannt hätte, hätte sie nicht gezögert. Gino der Rammler war sein Spitzname gewesen.

Gino Santangelo – der erste Junge in der Nachbarschaft, der das Geheimnis entdeckt hatte, wie man Frauen Lust bereiten konnte …

Zweiundzwanzig und geil war er gewesen, als er der unglaublichen Clementine Duke, der Frau eines ältlichen Senators, begegnete. Was für eine Lady! Sie hatte sich Rohmaterial von der Straße geholt und geformt. Sie hatte ihm beigebracht, wie man sich kleidete, was man trank, wie man höflich Konversation machte. Sie hatte ihn auch gelehrt, wie man richtig liebte. Und er hatte sich willig von ihr erziehen lassen, weil er lernen wollte. Sein Verlangen, es zu schaffen, war stärker gewesen als alles andere, und Clementine und der Senator hatten ihm geholfen, jedes seiner Ziele zu erreichen.

Noch heute, nach so vielen Jahren, erinnerte er sich an ihre sinnliche Seidenunterwäsche, die Glätte ihrer festen weißen Oberschenkel, den Moschusgeruch ihrer Haare.

Es hatte viele Frauen gegeben, aber nur wenige, an die er sich erinnerte. Seine erste Liebe war Leonora gewesen, die sich als Miststück auf Rädern erwies. Die Nächste war Cindy, seine erste Frau. Ein großartiges Mädchen. Ihr folgte Bee, die er fast geheiratet hätte. Und dann Carrie – die flüchtige Liebelei einer einzigen Nacht –, das Ergebnis war Steven. Die Nächste war Maria, seine zweite Frau, die wahre Liebe seines Lebens, unschuldig und schön, die Mutter seiner beiden anderen Kinder.

Wenn er an Maria dachte und an den tragischen Tod, der sie ihm nahm, war es fast unerträglich. Aber er hatte ohne sie weitergelebt – immer mit der tiefen Traurigkeit, die er in seiner Seele begraben hatte.

Nach Maria kamen unzählige Frauen. Eine Affäre mit dem Filmstar Marabelle Blue hatte ihn voll beansprucht. In Israel hatte sich die Witwe Rosalina um ihn gekümmert. Und schließlich hatte er zum drittenmal geheiratet – Susan Martino, eine typische Hollywood-Pflanze.

Das einzig Gute an Susan war, dass sie ihn mit Paige bekannt gemacht hatte. Tatsächlich hatte er die beiden erwischt, als sie sich miteinander im Bett vergnügten. Paige hatte ihm nie eine Erklärung angeboten, sich nie entschuldigt, obwohl die Affäre zwischen ihnen damals schon begonnen hatte. Er verstand, dass Paige einen unersättlichen sexuellen Appetit hatte. Es berührte ihn nicht. Er selbst war auch kein Schlaffi.

Jetzt wollte er sie heiraten. Und je früher, desto besser.

Er griff zum Telefon und wählte die Nummer noch einmal.

Diesmal nahm Ryder Wheeler ab.

»Ist Paige da?«, fragte Gino rundheraus; er hatte das Versteckspiel satt. Wenn sie nicht endlich Farbe bekannte, dann würde er dafür sorgen, dass die Sache ans Licht kam.

»Und wer will sie sprechen?«

»Ich, Ryder. Gino Santangelo. Erinnern Sie sich an mich?«

17

Lucky Santangelo wusste, wie man sich durchsetzt; sie hatte im Lauf der Jahre ausreichend Erfahrung gesammelt. Zuerst in den Hotels in Vegas, dann in Dimitris Imperium, das sie mit eiserner Hand und großer Selbstsicherheit leitete. Sie verließ sich nie auf das Management, sondern folgte immer ihrem Instinkt, der sie selten im Stich ließ. Dass sie jetzt in den Panther Studios in ihrem Winkel sitzen musste und nur beobachten durfte, machte sie verrückt.

Herman war ihr keine Hilfe. Wenn man dem ein Huhn gab,

konnte er nicht einmal Suppe daraus machen, so unfähig war er. Kein Wunder, dass Mickey Stolli ihn als Abe Panthers Spion in seiner Nähe duldete; er wusste, dass Herman keinen Schaden anrichten konnte.

Sie hatte Herman gesagt, er solle Kopien von den Budgets der drei großen Filme besorgen, die Panther gerade drehte. Bisher – nichts. Sie hatte ihn ersucht, eine Vorführung der Muster von *Macho Man* zu arrangieren. Er hatte nicht einmal das fertig gebracht. Sie wimmelten ihn unter einem Vorwand ab, und er schluckte ihn.

Als sie am zweiten Montag zur Arbeit kam, war sie fest entschlossen, dafür zu sorgen, dass es diese Woche anders lief.

Seit ihrem Abendessen mit Harry Browning – dem berühmten Lachs-Mousse-Abend – hatte er kaum noch mit ihr gesprochen. Ein verlegen gemurmeltes »Hallo« war alles, was sie aus ihm herausbekam. Er lunchte nicht mehr zur selben Zeit wie sie und flüchtete, wenn er sie irgendwo sah. So standen die Dinge mit Harry.

In der Zwischenzeit hatte sie begonnen, sich Olive »gefügig« zu machen und ihr mit einer Flasche mittelmäßigen Champagners zur Verlobung gratuliert. Schaute immer wieder »kurz« zu ihr hinein, um zu sehen, ob die Budget-Kopien für Mr. Stone endlich bereitlagen. Blieb dann aber und schwatzte mit ihr über Nebensächlichkeiten.

Olive hatte nach und nach Vertrauen zu ihr gefasst. »Sie sind anders als die Sekretärinnen hier«, hatte sie erklärt. »Die meisten interessieren sich nur für Männer, Geld und Make-up.«

Darüber mussten beide lachen. »Und wofür interessieren Sie sich?«, hatte Lucky wissen wollen.

»Ich bin stolz darauf, dass ich eine der besten persönlichen Assistentinnen bin, die Mr. Stolli je hatte. Wir Engländerinnen sind sehr ehrgeizig.«

»Wie lange arbeiten Sie schon für ihn?«

»Fünf Jahre.« Wieder stolz. »Und er schätzt meine Mitarbeit. Er hat mir zu Weihnachten ein Auto geschenkt.«

»Ein Auto? Aber das ist ja fantastisch!«

»O ja, Mr. Stolli ist ein guter Boss.«

Als Lucky nachhakte, um zu erfahren, was Mickey Stolli für ein Mensch war, führte das zu nichts. Olive war verschwiegen und loyal. Eine besonders ärgerliche englische Eigenschaft.

Lucky hatte ein abwechslungsreiches, wenn auch ein bisschen anstrengendes Wochenende verlebt. Am Freitagnachmittag war sie nach London abgeflogen und samstagmittags dort eingetroffen. Den Rest des Tages und den Sonntagvormittag hatte sie mit Bobby verbracht. Dann hatte sie die Concorde nach New York genommen, wo es ihr gelungen war, eine schnelle Verbindung nach L. A. zu bekommen.

Sie hatte die Pause gebraucht, und Bobby hatte sich irrsinnig gefreut, sie zu sehen. Sie waren im Hyde Park Boot gefahren, hatten im Hard Rock Café Hamburger gegessen, waren in der Spielwarenabteilung von Harrods und im Kino gewesen. Bobby war ein unglaubliches Kind. Mit seinen sechseinhalb Jahren sah er genauso aus wie Gino. Die gleichen schwarzen Augen und Haare, der gleiche lebhafte Gang, der gleiche ausgeprägte, wissbegierige Charakter.

»Du fehlst mir, Mommy«, sagte er, kurz bevor sie sich von ihm verabschiedete.

»Wir werden den ganzen Sommer zusammen sein«, versprach sie ihm und drückte ihn an sich. »Du kommst nach Kalifornien, dort haben wir ein großes Haus, direkt am Strand. Platz genug für dich, Lennie, Brigette und mich. Okay, Baby? Freust du dich?«

Er nickte ernst, und sie ließ ihn mit seiner Nanny und den beiden ständigen Leibwächtern zurück. Es war ein Jammer, dass Bobby so behütet aufwachsen musste, aber nach der ersten Entführung konnte sie kein Risiko eingehen. Und so übel war es eigentlich gar nicht. Er liebte seine Schule, und er liebte Cee Cee, seine hübsche jamaikanische Nanny, die ihn schon betreut hatte, als er noch ein Baby gewesen war.

Wieder in L. A., fühlte Lucky sich wie frisch belebt. Am Sonntagabend hatte sie Lennie in Acapulco angerufen, damit er nicht unruhig wurde.

»Wie läuft die Sache?«, hatte er gefragt.

»Langsam«, antwortete sie, um ihn schon jetzt auf eine Verzögerung vorzubereiten. »Du weißt doch, wie die Japaner sind.«

»Amüsierst du dich?«

»Ohne dich? Unmöglich.«

»Dieser Film ist grässlich.«

»Das hast du mir schon siebentausend Mal gesagt.«

»Sei auf das siebentausendunderste Mal gefasst.«

»Ich liebe dich, Lennie«, sagte sie wehmütig, weil sie sich nach ihm sehnte.

»Beweis es!«

»Wie denn?«

»Lass das dämliche Geschäft sausen, spring in die nächste Maschine und komm her.«

»Hast du schon mal das Wort ›Geduld‹ gehört?«

»Ich versuch doch dauernd, mich darin zu üben.«

»Dann hör nicht auf damit.«

Wenn er eines Tages erfuhr, dass sie das Studio gekauft hatte, würde die Trennung sich gelohnt haben. Junge, Junge, wie würde er dann bedauern, dass er sie ständig unter Druck gesetzt und ständig genörgelt hatte.

Jetzt war Montagvormittag, Herman starrte sie an, und sie brannte darauf, etwas zu tun. »Mr. Panther möchte Sie sprechen«, hatte er sofort verkündet, als sie eingetreten war.

»Ach, wirklich? Warum denn?«

Herman rutschte nervös im Sessel herum. »Das weiß ich nicht.«

Es war ein besonders heißer Tag. Lucky zerrte angewidert an ihrer scheußlichen Perücke. Nach zwei Tagen in Freiheit wieder in ihre Verkleidung schlüpfen zu müssen, war eine Last. Sie ließ sich in einen Sessel fallen und rief Abe an.

Inga kam ans Telefon. Kurz angebunden, unfreundlich: »Wer spricht?«

»Lucky Santangelo.«

»Muss fragen, ob er Zeit für Sie hat.«

»Müssen Sie nicht. Er hat mich angerufen, Inga. Sie werden feststellen, dass er mit mir sprechen will.«

Xanthippe!

Lucky brauchte nicht lange zu warten, dann meldete sich Abe, gesprächig, aufgekratzt. »Was ist los, Lucky? Was geht vor? Wieso haben Sie mich nicht angerufen? Haben Sie vergessen, dass wir in Verbindung bleiben wollten?«

»Sechs Wochen waren abgemacht, Abe. Mir war nicht klar, dass ich regelmäßig Meldung machen soll.«

»Ich bin neugierig auf Ihren Bericht, Mädchen. Möchte alles wissen.«

»Da gibt es noch nicht viel.«

»Kommen Sie heut abend zum Essen zu mir. Um sechs.«

»Nur Sie und ich und Inga?«

»Ja, ja«, sagte er ungeduldig.

»Nichts kann mich davon abhalten«, sagte sie sarkastisch und legte auf.

Sofort fragte Herman, was Abe von ihr gewollt habe.

»Mich«, antwortete Lucky trocken.

Der arme Herman begriff ihren Humor nicht und sah sie verständnislos an.

Sie zündete sich eine Zigarette an. »Haben die von drüben die Budgets rübergeschickt?«

Er schüttelte den Kopf.

»Rufen Sie Mickey Stolli persönlich an, und sagen Sie ihm, Sie wollen die Budgets heute, sonst ...«

»Sonst was?«, fragte Herman und schnaufte schwer.

»Gute Frage.« Nachdenklich kaute sie an einem Bleistift. »Sagen Sie Mickey einfach, dass Sie sonst Abe Panther informieren müssen, weil Sie sich vergeblich um Kooperation bemühen und dass es wohl besser wäre, wenn Abe einen jüngeren Mann an Ihre Stelle setzte. Das wird Mickey ganz und gar nicht gefallen.«

Herman lockerte seine Krawatte. Er hatte einen faltigen Hühnerhals. »Schrecklich warm heute«, sagte er.

»Da haben Sie ein wahres Wort gesprochen.« Lucky seufzte und zupfte wieder an ihrer Perücke. »Und es wird noch heißer werden. Rufen Sie an, Herman. Sind Sie so weit?«

Er nickte widerstrebend.

Lucky erreichte Olive, die ihr sagte, Mr. Stolli sei in einer Konferenz und dürfe nicht gestört werden.

»Mr. Stone muss unbedingt wegen der Budget-Kopien mit ihm sprechen, um die er vor einer Woche gebeten hat. Ich habe Sie daran erinnert, Olive. Wann dürfen wir sie erwarten?«

»Hat er sie denn noch nicht?«, sagte Olive scheinbar völlig verblüfft. »Ich war der Meinung, sie seien hinübergeschickt worden.«

»Noch nicht.«

»O du meine Güte!«

»Ich kann sie abholen.«

»Das muss ich nach der Konferenz mit Mr. Stolli checken«, antwortete Olive. »Ich rufe zurück.«

Lucky legte auf. »Das«, sagte sie, »nenne ich ein perfektes Hinhaltemanöver. Oder wie mein Daddy zu sagen pflegt – man zieht Sie durch die Scheiße.«

Herman zuckte zusammen.

»Aber ich«, fuhr Lucky großspurig fort, »werde dem Spuk ein Ende machen.« Energiegeladen sprang sie auf. »Wir bekommen die Budgets noch heute, das schwöre ich Ihnen.

Bleiben Sie ruhig hier sitzen, und verlassen Sie sich auf mich, Herman. Wir sehen uns später.«

Im Hauptgebäude herrschte die übliche Betriebsamkeit. Leute kamen und gingen. Leitende Angestellte in engen Jeans und Sporthemden. Funkelnde Goldketten. Eine Tonne Haarspray. Tennisbräune und muskulöse Körper. Und das waren nur die Männer.

Die Frauen zerfielen in zwei Kategorien – Geschäft und Vergnügen. Die »Geschäftigen« trugen Kostüme mit streng geschnittenen Jacken, und die Gesichter über den Kragen der Seidenhemden verrieten ernste Entschlossenheit. Die Damen, die auf Vergnügungen aus waren, zeigten fast alles in knallengen oder schulterfreien Tops und Miniröcken wie ein bisschen breitere Gürtel.

Es war schwierig, festzustellen, wer was tat. Eine der Sekretärinnen – sehr konventionell gekleidet – war so hinreißend schön, dass man geschworen hätte, sie sei ein Filmstar. Und ein kostspielig aussehender junger Mann mit dem »richtigen« Goldschmuck im Ohrläppchen, auf der Brust, an Handgelenken und Fingern arbeitete in der Postabteilung als Bote.

Die beiden heißesten Produzenten auf dem Gelände – auf jene Sex/Horror-Mega-Dollar-Filme spezialisiert, die Mickey Stollis Herzen so teuer waren – sahen wie Penner von der Straße aus. Sie waren mit Lucky zugleich ins Haus gekommen, und sie hatte sie nach einem Foto erkannt, das kürzlich in *Variety* erschienen war.

Frankie Lombardo und Arnie Blackwood waren Partner. Arnie war schlank und schlaksig, trug das fettige Haar in einem Pferdeschwanz und eine Brille mit verspiegelten Gläsern, hinter der sich wässrige Augen verbargen. Frankie hatte zottige braune Haare, einen unordentlichen Bart, kleine Augen, buschige Brauen und einen wabbligen Bauch.

Ihr Spitzname lautete »Die schmierigen Singles«, und die

meisten weiblichen Angestellten nahmen große Umwege in Kauf, um ihnen auszuweichen. Sie Sexistenschweine zu nennen wäre geschmeichelt.

Lucky hielt sich in entsprechender Entfernung, folgte ihnen jedoch bis in Mickey Stollis Büro, wo Olive sie prompt an ihrem Schreibtisch stoppte.

»Meine Herren«, sagte sie energisch, »nehmen Sie bitte Platz, Mr. Stolli steht Ihnen sofort zur Verfügung.«

»Was für ein Akzent!«, rief Frankie, hievte sich auf die Schreibtischkante und warf mit seinem Riesenhintern das Foto von Olives Verlobtem um.

»Was für eine Klasse! Was für ein Arsch!«, fuhr Arnie fort.

»Ich möchte auch 'n britisches Flittchen haben, das meine Dreckarbeit erledigt, Frankie. Wie wär's damit?«

»Was Arnie will, das bekommt Arnie auch«, versprach Frankie und entdeckte dann Lucky, die sich auf der Schwelle herumdrückte. »Hallo, Schönheit«, sagte er mit lauter, arroganter Stimme. »Schon mal daran gedacht, deinen Friseur zu wechseln?«

Arnie brüllte vor Lachen. »Sieht mir doch verdammt nach 'ner Perücke aus. Aber nach einer, die ganz woanders und versteckt getragen werden sollte.«

Das erheiterte Frankie so, dass er fast vom Schreibtisch kippte.

Lucky musste sich auf die Zunge beißen, um diese blöden Arschlöcher nicht so fertig zu machen, dass sie sich lange nicht mehr erholen würden. Sie erinnerte sich an Harry Brownings Bericht über ihre skurrilen Tätigkeiten im Vorführraum.

Olive sprang auf, zwei leuchtend rote Flecke brannten auf ihrer sehr englisch hellen Haut. »Mr. Stolli kann Sie jetzt empfangen«, sagte sie gepresst. »Gehen Sie bitte hinein.«

Frankie rutschte vom Schreibtisch und schlenderte, von Arnie gefolgt, auf Mickey Stollis Büro zu. Als sie die Tür öffneten, sah man Mickey hinter dem riesigen Schreibtisch in einem überdimensionalen Ledersessel lehnen. Er telefonierte. Er winkte seinen beiden Produzenten zu, und dann gab Arnie mit einem ungeputzten Cowboystiefel der Tür einen Tritt, dass sie ins Schloss flog.

Olive wandte sich zu Lucky um. »Tut mir schrecklich Leid«, sagte sie offensichtlich verlegen. »Sie meinen es nicht böse. Benehmen sich wie zwei zu groß geratene, ungezogene Schuljungen.«

Es fiel Lucky schwer, den Mund zu halten. Lennie hatte ihr schon von Frankie und Arnie erzählt. »Zwei riesengroße Nullen«, hatte er gesagt. »Sie rennen auf dem Gelände in T-Shirts mit dem Aufdruck herum: ICH ESSE JEDE MUSCHI, WENN SIE MICH NICHT VORHER VERSCHLINGT.«

»Müssen ja reizende Bengel sein«, hatte sie erwidert.

»Also mich können sie für einen ihrer Filme nur als Leiche haben – ich meine, wenn ich wirklich tot bin. Vorher nicht.« Lennie hatte gelacht. »Im Vergleich mit ihnen ist Ned Magnus absolut große Klasse.«

Olive sah Lucky an, wartete auf Antwort. »Sie haben sich geärgert, nicht wahr? Tun Sie's bitte nicht. Ihr Haar sieht sehr hübsch aus.«

O Olive, Olive! Was redest du nur für einen Scheiß? Sei doch ehrlich. Mein Haar – meine Perücke ist eine Katastrophe. Arnie hat nur gesagt, was er gesehen hat.

»Ach, schon gut«, entgegnete Lucky leise und hoffte, dass sie die tief Gekränkte glaubwürdig spielte.

»Wollen wir zusammen essen?«, fragte Olive munter. »Ein Uhr. Ich lade Sie ein.«

»Ich dachte, Sie gehen nicht zum Lunch?«

»Nicht jeden Tag, das auf keinen Fall. Aber ich verlobe mich ja auch nicht jede Woche. Sagen wir, wir feiern ein bisschen. Ja?«

Lucky willigte ein und beschloss, Olive nicht mehr auf die

Budgets anzusprechen. Wenn sie sie jetzt nicht noch einmal erwähnte, konnte sie morgen wiederkommen. Sie verabredeten, sich in der Kantine zu treffen, und Lucky ging.

Draußen begegnete sie der hoch gewachsenen, auffallend schönen Frau, die sie schon vor einer Woche beobachtet hatte, als sie das Gebäude betrat. Am vergangenen Montag hatte sie ein Modell von Donna Karan getragen; an diesem Montag war es Yves Saint Laurent. Dennoch, irgendetwas an ihr schien nicht ganz zu stimmen.

Instinktiv machte Lucky kehrt und folgte ihr ins Haus. Die Frau ging schnell und wusste genau, wohin sie wollte. Ihre hohen Absätze klapperten über den Marmorboden und hielten vor einer Tür an, die mit EDDIE KANE, SENIOR VICE PRESIDENT OF DISTRIBUTION beschriftet war. Sie öffnete sie und verschwand.

Lucky wartete ein paar Minuten, bevor sie ebenfalls eintrat. Zwei Sekretärinnen unterhielten sich über Tom Selleck. Eine blickte auf. Sie hatte blutrote klauenartige Fingernägel und blutrote Lippen. »Kann ich Ihnen helfen?«, fragte sie scharf.

»Ich bin hier nicht richtig, glaube ich. Ich suche das Büro von Mr. Stolli.«

»Das ist einen Stock höher«, sagte Klauenfinger und fügte großzügig hinzu: »Sie können den Lift nehmen, wenn Sie wollen.«

Während sie sprach, verließ die hoch gewachsene Frau Eddie Kanes Privatbüro. Aus der Nähe betrachtet wirkte ihr Gesicht wie aus Granit gehauen und war perfekt geschminkt. Ihre Augen waren hart und unnachgiebig. Lucky kannte diesen Blick – sie hatte ihn bei Huren, Spielern und Süchtigen gesehen. Vegas quoll über von teuren Huren, Lucky war damit aufgewachsen, sie zu beobachten.

»Danke«, sagte sie zu der Sekretärin und ging hinter der Yves-Saint-Laurent-Frau hinaus.

Johnny Romano war unterwegs zum Verwaltungsgebäude.

Er schob beim Gehen das Becken vor. Schwanz voraus. Alles andere kam hinterher, auch sein Hofstaat.

Die Frau warf nicht einmal einen Blick in seine Richtung. Sie eilte zu einem grauen Cadillac Seville, stieg ein und fuhr ab.

Lucky kam sich wie ein Detektiv vor, als sie sich die Zulassungsnummer einprägte und dann in Eddie Kanes Büro zurückging.

Klauenfinger telefonierte jetzt, während die andere Sekretärin, ein hübsches schwarzes Mädchen, in der neuesten Nummer der Musikzeitschrift *Rolling Stone* blätterte.

»Entschuldigen Sie«, sagte Lucky. Die unterwürfige Sanftheit, zu der sie sich jetzt ständig gezwungen sah, machte sie fertig, und die verdammte Perücke trieb sie zum Wahnsinn, besonders an diesem ungewöhnlich feuchtheißen Montagmorgen.

Das Mädchen, das im *Rolling Stone* blätterte, ließ die Zeitschrift sinken und sagte zerstreut: »Ja?«

»Arbeitet die Frau, die eben hier war, im Studio?«, fragte Lucky.

»Nein. Warum?«

»Tja – weil eben jemand ihren Wagen beschädigt hat, und ich finde, ich muss es ihr sagen.«

Klauenfinger beendete ihr Telefonat und sagte zu dem anderen Mädchen: »Um was geht's, Brenda?«

Brenda zuckte mit den Schultern. »Ach, irgendwas mit 'nem Autounfall.«

»Ich muss mich mit der Frau in Verbindung setzen, die eben hier war.« Lucky log sehr überzeugend. »Haben Sie eine Nummer, die ich anrufen kann?«

Jetzt zuckte Klauenfinger mit den Schultern. »Keine Ahnung. Eddie weiß sie vielleicht.«

»Mr. Kane«, fiel Brenda ihr mit einem warnenden Blick ins Wort.

Klauenfinger zog ein Gesicht. »Ich hasse es, irgendjemanden Mister Sowieso zu nennen«, fauchte sie. »Es ist entwürdigend. Als wären wir minderwertig oder so. Ich nenne ihn Eddie, wenn mir danach ist.«

»Tu was du willst. Ich wollte dich nur an das erinnern, was er gesagt hat.«

»Okay, okay, dass er mich feuern wird, wenn ich's vergesse«, höhnte Klauenfinger. »Klar. Er muss froh sein, dass er mit seinen geilen Pfoten überhaupt eine Sekretärin kriegt. Sind überall zugleich, seine Pfoten. In diesem Büro ist es schon gefährlich, sich zu bücken.«

Brenda begann zu kichern; sie konnte nicht anders.

Plötzlich fiel beiden ein, dass Lucky noch dastand.

»Ich glaube mich zu erinnern, dass sie Smith heißt«, sagte Klauenfinger voller Berufseifer. »Ich seh schnell mal nach.«

»Wenn Sie sie nicht früher erreichen, sie ist nächsten Montag wieder da«, mischte auch Brenda sich hilfreich ein. »Sie kommt einmal wöchentlich, um seine Fische zu versorgen.«

»Wie bitte?«

»Tropische Fische. Er hat ein Aquarium in seinem Büro.«

»Tatsächlich? Und was macht sie mit ihnen?«

»Wer weiß das schon?« Brenda gähnte. »Sie füttert sie, nehme ich an. Er ist ganz besessen von diesen Fischen. An einem Montag ist sie ausgeblieben, und er hat fast einen Anfall bekommen. Hat gekreischt und gebrüllt wie Stallone, wenn der seinen Koller hat.«

»Sehr gut, Brenda«, sagte Klauenfinger bewundernd. »Du solltest Drehbücher schreiben.«

Brenda kicherte und griff wieder zum *Rolling Stone*. Für einen Tag hatte sie genug geredet. Sie interessierte sich viel mehr dafür, ob David Lee Roth sich die Haare bleichte oder nicht.

»Hier haben wir's«, sagte Klauenfinger. »J. Smith, Tropische Fische.« Sie kritzelte etwas auf einen Zettel und reichte ihn Lucky. »Arbeiten Sie hier?«

»Ja, aushilfsweise als Assistentin von Mr. Stone.«

»Wer ist das?«

»Ein leitender Angestellter.«

»Was leitet er?«

»Er war schon zu Abe Panthers Zeiten hier.«

»Tatsächlich?«, sagte Klauenfinger gelangweilt.

Lucky verabschiedete sich. Tropische Fische, du meine Scheiße, dachte sie und trottete in Hermans Büro zurück.

Ein interessanter Vormittag bisher. Sie hatte die »Schmierigen Singles« in Aktion gesehen. Sich Olives Sympathie gesichert. Und sie war einer Frau begegnet, die – falls sie sich überhaupt noch nach ihrem Instinkt richten konnte – ganz offensichtlich Eddie Kane mit Drogen belieferte.

Nicht übel. Gar nicht so übel.

Jetzt freute sie sich auf den Lunch mit Olive und auf das Dinner mit Abe und Inga. Wie viel Aufregung konnte man noch in einen einzigen Tag packen?

18

Abigaile Stolli erwartete Gäste und traf die notwendigen Vorbereitungen. Sie marschierte in ihrem großen Haus in Bel Air umher und überprüfte jede Kleinigkeit; ihr folgten auf dem Fuß die beiden spanischen Hausmädchen Consuela und Firella.

Abigaile Stolli war eine kleine Frau mit dichtem kastanienbraunem Haar in Schulterlänge, einem stupsnasigen Gesicht und einer Unmenge von Designerklamotten. Sie war keine Schönheit, doch als Abe Panthers Enkelin hatte sie das gar nicht nötig. Abigaile war eine der letzten echten Königinnen von Hollywood.

Sie hatte sich auch mit Vierzig noch ihre mädchenhafte Figur bewahrt (dank Jane Fonda), einen glatten Teint (dank Aida Thibiant) und betrachtete jede Hollywood-Ehefrau in der Stadt als Erzrivalin.

Wenn Abigaile etwas tat, musste es immer das Beste sein. Es war ihr Ehrgeiz, die besten großen Partys zu geben, die besten Wohltätigkeitspremieren und die besten intimen kleinen Abendessen. Das Essen war immer ausgezeichnet, der Service erstklassig, doch ihr eigentliches Geheimnis war, dass sie die Gäste richtig mischte.

Dieser Abend war ein ideales Beispiel dafür. Eine einfache Dinnerparty für zwölf Personen, und die Mischung war Dynamit. Ein schwarzer Politiker. Eine berühmte Feministin. Ein legendärer Rocksänger mit seiner exotisch dunklen Frau, die zufällig auch ein berühmtes Model war – ein zusätzliches Plus. Zwei Filmstars – Cooper Turner und Venus Maria. Ein unglaublich erfolgreicher junger Regisseur und seine Freundin. Und um die Gruppe abzurunden, der witzige neuernannte Chef der Orpheus Studios Zeppo White mit seiner immer leicht angesäuselten Frau Ida.

Zeppo, ehemaliger Topagent, und Ida, eine so genannte Produzentin, die nie etwas produziert hatte, waren die Stützen jeder guten Dinnerparty. Zeppo mit seiner snobistischen Art und seinen bissigen Reden. Ida, todschick angezogen und mit dem neuesten empörenden Klatsch auf der Zunge. Abigaile bemühte sich regelmäßig um sie. Sie waren so gut wie eine Versicherung gegen Langeweile.

Abigaile freute sich ganz besonders darüber, dass Cooper Turner ihre Einladung angenommen hatte. Er war dafür berüchtigt, dass er nie erschien, daher war es eine Auszeichnung, wenn er tatsächlich kam. Und Venus Maria ließ sich ebenso schwer überreden.

Abigaile war zufrieden, denn über diesen Abend würde man sprechen. Sie wollte George Christy persönlich anrufen und ihm die Gästeliste durchgeben. Die Stadt sollte lesen und weinen.

»Hm ...« Abigaile entdeckte ein Weinglas von Lalique, bei dem im Rand ein winziges Splitterchen herausgebrochen war. Sie nahm es in die Hand, drehte sich zu ihren beiden Hausmädchen um und sah sie vorwurfsvoll an. Worte waren nicht nötig.

»Tut mir furchtbar Leid, Madame«, stieß Consuela hervor, nahm das beschädigte Glas entgegen und die Verantwortung auf sich. »Ich kümmere mich darum, Madame«, versprach sie.

»Und stellen Sie fest, wer das getan hat«, sagte Abigaile gereizt. »Diese Gläser kosten mehr als hundertfünfzig Dollar pro Stück. Jemand sollte den Schaden bezahlen. Und dieser Jemand werde ganz bestimmt nicht ich sein.«

Consuela und Firella wechselten einen Blick. Einhundertfünfzig Dollar für ein Glas! Amerikanerinnen waren wirklich verrückt.

Abigaile beendete ihre Inspektion ohne weiteren Zwischenfall und fuhr dann in ihrem cremefarbenen Mercedes in den Schönheitssalon.

Mit zu hoher Geschwindigkeit über den Sunset rasend, rief sie über Autotelefon Mickey im Studio an.

»Ich bin schon halb unterwegs zum Lunch«, sagte er, und es klang unwillig. »Was gibt's?«

»Du wolltest doch drei Dutzend Flaschen Cristal aus dem Büro nach Hause schicken. Wo sind sie?«

Da stand er, der Leiter eines der größten Filmstudios, und seine Frau sprach mit ihm wie mit einem Vertreter für alkoholische Getränke. Großartig! »Frag Olive«, fauchte er.

»Nein, du fragst Olive«, fauchte sie zurück.

In den meisten Hollywood-Ehen saßen die Männer auf den Stühlen, die die Macht bedeuteten, und die Frauen umtanzten auf Zehenspitzen die empfindsamen Egos ihrer

Helden. Bei den Stollis waren die Gewichte anders verteilt, hier hatte Abigaile das Sagen. Sie war Abe Panthers Enkelin, und wehe dem, der das vergaß! Und dreimal wehe Mickey Stolli.

»Außerdem«, fügte sie hinzu, »kannst du Olive sagen, dass sie mit Cooper Turner und Venus Maria noch einmal Zeit und Ort absprechen soll. Ich will nicht, dass heute Abend jemand fehlt.«

»Ja, ja«, sagte Mickey ungeduldig und fragte sarkastisch: »Sonst noch Wünsche? Soll ich vielleicht deine Sachen aus der Reinigung abholen oder noch etwas in Gelson's Supermarkt besorgen?«

»Auf Wiedersehen, Mickey, Liebster.« Die Art, wie Abigaile »auf Wiedersehen« sagte, sprach Bände.

Sie überreichte den Wagenschlüssel dem Bediensteten von Ivanas – dem neuen Schönheitssalon, der zur Zeit mega-in war – und betrat energisch den Tempel.

Abigaile Stolli gab eines ihrer berühmten intimen Dinners. Sie hatte keine Zeit zu vergeuden.

19

Olive Watson erzählte strahlend von ihrem Verlobten, einem Computerfachmann. Sie hatte ihn vor einem Jahr während ihres Urlaubs in England kennen gelernt, und seither korrespondierten sie miteinander.

»Wie viel Zeit haben Sie tatsächlich mit ihm verbracht?«, fragte Lucky neugierig.

»Zehn Tage«, antwortete Olive. »Es kam buchstäblich wie ein Wirbelwind über uns.«

Das glaub ich gern, dachte Lucky. Sie hätte fürs Leben gern gewusst, ob sie zusammen geschlafen hatten. Doch es gab für die schüchterne Luce einfach keine Möglichkeit, eine so intime Frage zu stellen, also übte sie sich in Diskretion und fragte statt dessen: »Wie heißt er?«

»George«, antwortete Olive verliebt. »Er ist schon älter. Ein sehr distinguiert aussehender Mann.«

»Wie alt ist älter?«

Olive schob die Unterlippe vor. »Etwas über fünfzig«, gestand sie.

»Das ist doch nicht schlimm«, sagte Lucky und dachte an ihre Ehe mit Dimitri Stanislopoulos, den sie mit zwanzig geheiratet hatte, als er schon in den Sechzigern war. »Ältere Männer sind ganz in Ordnung.«

»Sie sind sehr verständnisvoll«, antwortete Olive und aß ein paar Bissen von ihrem leichten Salat. Sie zögerte einen Moment und fuhr dann fort: »Ich hoffe, Sie nehmen mir das nicht übel, aber Sie könnten aus ihrem Haar wirklich viel mehr machen, und ich wäre bereit, Sie zu meinem Friseur mitzunehmen. Das heißt, natürlich nur, wenn Sie möchten«, fügte sie hastig hinzu, weil sie Lucky nicht kränken wollte.

»Vielen Dank, aber ich mag es so«, antwortete Lucky rasch und betastete automatisch die grässliche Perücke.

»Oh, ich will damit nicht sagen, dass Ihr Haar so nicht sehr hübsch wäre«, entgegnete Olive offensichtlich verwirrt und schwindelte, so gut sie konnte.

Zum erstenmal kam sich Lucky wie eine Betrügerin vor. Olive meinte es ehrlich, und vielleicht war es nicht fair, sie auszunutzen und zu hintergehen. Kein Problem, sagte sie sich dann jedoch. Wenn sie das Studio übernahm, würde sie Olive eine ordentliche Gehaltserhöhung geben und sie außerdem befördern, sie verdiente es, nachdem sie so viele Jahre für Mickey Stolli gearbeitet hatte.

»Wann wollen Sie heiraten?«, fragte sie, das Thema wechselnd.

»Sofort – wenn es nach George ginge«, antwortete Olive,

die an die Komplikationen dachte, mit Sorgenfalten auf der Stirn. »Ich habe ihm gesagt, das sei unmöglich. Da ist so viel zu besprechen, und ich möchte meinen Job nicht aufgeben. Ich weiß auch nicht, ob George bereit wäre, in Kalifornien zu leben.«

»Sollten Sie das nicht feststellen?«

»Ja.« Olive nickte heftig. »George ist nächste Woche zwei Tage geschäftlich in Boston. Es wäre eine fantastische Gelegenheit, alles zu bereden.« Sie seufzte. »Er möchte, dass ich zu ihm komme. Leider geht das nicht.«

Lucky witterte eine Möglichkeit.

»Weil Mr. Stolli ohne mich nicht auskommt. Er ist sehr eigen. Alles muss immer haargenau so sein, wie er es will – nicht anders.«

»Tatsächlich? Und er akzeptiert keine Aushilfe?«

»Auf keinen Fall!«

»Oder eins von den anderen Mädchen in Ihrem Gebäude?«

»Kommt absolut nicht in Frage.«

»Wie wär's mit mir?«

»Mit Ihnen?«

Ein Sprung in eisiges Wasser, aber nicht unüberlegt. So schwierig konnte es nicht sein, Mickey zufriedenzustellen. »Ja, ich. Ich kann Sie ein paar Tage vertreten. Sie zeigen mir, was ich zu tun habe, und ich verspreche Ihnen, es wird keine Klagen geben.«

»Sie arbeiten doch für Mr. Stone.«

»Ja, schon – aber er nimmt nächste Woche ebenfalls Urlaub. Und ganz nebenbei hab ich auch nichts zu tun, wenn er da ist. Ein langweiliger Job. Ehrlich gesagt, wenn ich nicht Sheila vertreten müsste, wäre ich nicht mehr da.«

Olive schwieg eine Weile. Es war ein verlockendes Angebot. Luce schien tüchtig zu sein. »Ich muss natürlich Mr. Stolli fragen«, sagte sie unsicher. »Er muss entscheiden, und er hat, wie gesagt, gusseiserne Gewohnheiten und ist sehr eigen.«

»Okay«, sagte Lucky und beschwor Olive in Gedanken, sich für die Idee zu erwärmen. »Ich verstehe.«

Olive nickte. »Ich werde ihn fragen«, beschloss sie. »Die Reise ist für mich sehr wichtig, und es ist am besten, alles so schnell wie möglich zu regeln.«

»Richtig«, stimmte Lucky zu.

Olive nickte noch einmal. »Ich geb Ihnen Bescheid«, sagte sie.

Lucky hatte Boogie auf den Wagen der Tropenfischdame angesetzt. Er war auf eine Kathleen Le Paul zugelassen. Weit und breit keine J. Smith. Nun, das hätte wohl auch ein Gehirnamputierter erraten.

Sie trug Boogie auf, alles über Mrs. Le Paul festzustellen, was es festzustellen gab, und sie so schnell wie möglich zu informieren.

»Ist geritzt«, antwortete Boogie lakonisch.

Herman wollte sofort wissen, was vorging. Die Klimaanlage in seinem Büro war kaputt, und die Hitze setzte ihm sehr zu. Sein Gesicht war feuerrot, und er sah gestresst aus.

Er tat Lucky Leid. »Sie nehmen Urlaub«, sagte sie energisch.

»Was?«, fragte er bestürzt.

»Urlaub. Sie brauchen ihn. Sie haben ihn verdient. Eine Woche in Palm Springs. Sie müssen weg, damit ich Olive vertreten kann. Okay?«

Herman hatte nicht die Absicht zu widersprechen. Nur weg von hier! Ihm war jeder Vorwand willkommen. »Wann reise ich?«, fragte er steif.

»Bleiben Sie bis Donnerstag. Vielleicht können wir uns vorher noch die Muster ansehen, die Sie angefordert haben.« Sie griff nach dem Telefon. »Übrigens – das werde ich sofort arrangieren.«

Der Vorführraum war mit schwellenden grünen Ledersesseln und dicken Teppichen ausgestattet. An den Wänden hingen überlebensgroße Bilder der bedeutendsten Panther-Stars. Venus Maria, in schwarzem Leder, mit spöttischem Gesichtsausdruck. Eine Nahaufnahme von dem sehr gut aussehenden Cooper Turner. Susie Rush, keck und scheu zugleich unter einem rosafarbenen Sonnenschirmchen. Charlie Dollar mit seinem verrückten Grinsen. Johnny Romano, umringt von Mädchen in tief ausgeschnittenen Kleidern. Marisa Birch, aufrecht wie eine Karyatide mit Bürstenschnitt und riesigem Busen. Und Lennie Golden, lässig, mit ziemlich langen schmutzig blonden Haaren, durchdringenden grünen Augen und zynischem Lächeln.

Lucky blieb vor seinem Foto stehen. Er sah fantastisch aus. Wie immer. Sie vermisste ihn so sehr, dass es wehtat.

Harry Browning kam aus dem Projektionsraum, um Herman Stone persönlich zu begrüßen. Lucky ignorierend, schüttelte er Herman die Hand und sagte: »Wie schön, Sie zu sehen, Mr. Stone. Es ist lange her.«

»Was haben Sie hier, das ich mir ansehen kann?«, fragte Herman mürrisch und spielte seine Rolle gehorsam nach Luckys Anweisungen.

»Ich habe die letzten Muster von *Macho Man* hier und einen Rohschnitt von *Motherfaker*«, antwortete Harry.

»Das wird reichen«, sagte Herman und setzte sich in die Mitte der letzten Sitzreihe, wo es ein Telefon gab und ein kleiner Kühlschrank mit einer Auswahl an Soft Drinks stand.

»Was wollen Sie zuerst sehen?« fragte Harry.

»Die Muster von *Macho Man*«, antwortete Lucky und fügte hastig hinzu: »Mr. Stone möchte zuerst die Muster von *Macho Man* sehen.«

»Das ist richtig«, stimmte Herman zu, der sich ausnahmsweise an seine Rolle hielt.

»Aber gewiss«, sagte Harry steif und vermied jeden Blickkontakt mit Lucky.

Als Lennie auf der Leinwand erschien, schwoll Luckys Herz vor Stolz. Abgesehen davon, dass er komisch und intelligent war – er sah auch so verdammt sexy aus. Und er war ihr Mann! Die erste Szene war eine kurze Einstellung zwischen Lennie und Joey Firello. Sie arbeiteten gut zusammen. Ihr Dialog war flott und hatte Schwung. Lucky erkannte Lennies Einfluss in diesem Material. Warum beklagte er sich? Das war eine runde Sache.

Dann füllte Marisa Birch die Leinwand in mehr als einer Beziehung, und Lucky begriff, warum Lennie meckerte. Marisas körperliche Erscheinung dominierte, aber das war auch alles. Sie hatte keinen Funken Talent. Ihre Schauspielkunst – wenn man das, was sie tat, so nennen wollte – schien eine einzige gekünstelte Pose.

Die Szene, in der sie mit Lennie im Bett lag, war ein Witz.

Grudge Freeport hatte sich bei seinen Regieanweisungen offensichtlich daran aufgegeilt. Marisas riesige Möpse waren die einzige Kameraeinstellung, an der er interessiert war. Sie beherrschten jede Sequenz – große, hüpfende Dinger, wuchtig genug, ernsthaften Schaden anzurichten.

Lennie war nicht glücklich, und man merkte es ihm an. Die Chemie funktionierte nicht. Marisa und Lennie – das schlug keine Funken. Da knisterte nichts. Es war eine einzige Pleite.

Während Lucky die fünf Takes über sich ergehen ließ, die Grudge hatte kopieren lassen, wurde das Gefühl peinlicher Verlegenheit in ihr immer größer. Kein Wunder, dass Lennie sich ständig beklagte, das war schlimmer, als sie es sich vorgestellt hatte.

»Was sind das nur für Filme, die sie jetzt drehen?«, sagte

Herman und sah ganz verzweifelt aus. »Das ist doch Pornografie.«

»Wann haben Sie das letztemal einen Panther-Film gesehen?«, fragte Lucky neugierig.

Herman blieb ihr die Antwort schuldig.

Wahrscheinlich war er seit *Vom Winde verweht* nicht mehr im Kino, dachte sie. Armer alter Herman. Was für ein Schock für ihn, wenn ihn die Realität einmal einholt.

Die Rohkopie von *Motherfaker* eröffnete mit einer Szene, in der ein brutal wirkender Johnny Romano in Lederjacke mit wiegendem Gang durch eine regenglänzende Straße stolzierte.

Plötzlich trat ihm ein Mann in den Weg, ließ ihn nicht passieren.

»Willste vielleicht was von mir, Arschloch?«, fragt Johnny Romano.

»Ich will nur, was mir gehört, Scheißkerl«, antwortet der andere Schauspieler.

»Mann, warum nimmste nich dein Schwanz und steckst 'n dir in Arsch, weil du von mir nich mal 'n Stück Scheiße kriegst, Arschgesicht.«

»Wie hast du mich genannt, Idiot?«

»Arschgesicht, Arschloch. Soll ich's für dich buchstabieren?«

»Du legst dich mit 'm Falschen an, Latino.«

»Ach ja?«

»Ja, du blöder Wichser.«

Johnny Romano in Großaufnahme. Seine Augen beherrschen die Leinwand. Tiefliegend und braun. Zornig und gefährlich. Seine Augen sind tödliche Waffen.

Die Kamera schwenkt zurück auf den anderen Typen, der seine Pistole zieht.

Johnny tritt sie ihm aus der Hand, holt seine eigene heraus und knallt ihn ab.

Laute Rapmusik zetert los, und der Vorspann läuft ab.

»Das ist entsetzlich!«, stieß Herman hervor.

»Willkommen in den Achtzigern«, sagte Lucky trocken.

20

Der Schönheitstempel Ivanas war eine Hochburg des Klatschs. Jeder wusste etwas, das kein anderer wusste. »Ich kann es dir nur sagen, wenn du mir versprichst, es nicht weiterzuerzählen«, lautete der Schlachtruf.

Natürlich versprach das jeder, und jeder erzählte weiter.

Die Story, dass Venus Maria Cooper Turner mitten auf dem Set einen geblasen hatte, machte noch immer die Runde. Sie war nur ein bisschen ausgeschmückt worden – jetzt war es nicht mehr nur Cooper Turner, sondern die halbe Crew, die sie gleichzeitig bedient hatte.

»Unsinn!«, fauchte Abigaile, als das dünne schwarze Mädchen, das ihr die Haare wusch, diese Version zum Besten gab.

»Aber es ist wirklich wahr, Abigaile«, versicherte ihr das Mädchen mit einem ernsten Nicken.

»Seien Sie so nett, und nennen Sie mich Mrs. Stolli«, sagte Abigaile arrogant. »Und vergessen Sie nicht, Kind, dass mein Mann der Chef der Panther Studios ist, wo sich das Ganze zugetragen haben soll. Wenn Sie nicht aufhören, bösartigen Klatsch zu verbreiten, wird man Sie verklagen.«

Mit weit aufgerissenen Augen schlang das Mädchen Abigaile ein Handtuch um das nasse Haar und lief davon.

Als Saxon, der Besitzer von Ivanas, zu Abigaile kam, um ihr Haar zu stylen, beschwerte sie sich.

Saxon war kein Arschkriecher. Er war groß und muskulös und trug die blonden Locken schulterlang. Er hatte den Körper eines Gewichthebers und das Aussehen eines Heavy-Metal-Rockstars. Im Alter von dreißig Jahren war er der populärste Haarkünstler der Stadt, obwohl er erst vor zehn Monaten aus New York gekommen war und seinen Salon eröffnet hatte.

»Seien Sie nicht ekelhaft, Abbey, ich hasse es, wenn Sie so weinerlich tun«, sagte Saxon mit tiefer, barscher Stimme. Bisher war es noch keinem gelungen, herauszufinden, ob er schwul oder hetero war. Und niemand wagte, ihn zu fragen.

»Ich tu nicht weinerlich«, protestierte Abigaile scharf. »Und ich glaube nicht, dass es zu viel verlangt ist, wenn ich von Ihren ständig wechselnden Angestellten Respekt erwarte. Für sie bin ich Mrs. Stolli. Mrs.«

»Ja, Liebste«, antwortete Saxon mit einem bemerkenswerten Mangel an Respekt.

»Danke.« Sie senkte die Augen unter seine Gürtellinie. Saxon trug die engsten Jeans, die man sich nur vorstellen kann.

Er ertappte sie bei ihrem selbstvergessenen Blick. Rasch schaute sie woanders hin.

»So, und wie möchte Mrs. Stolli heute aussehen?«, fragte er und warf die beneidenswert blonde Mähne zurück.

»Tun Sie Ihr Bestes«, antwortete sie schroff.

»Das tu ich immer, Liebste, das tu ich immer.«

Wenn es darum ging, rasche Informationen zu bekommen, war Boogie ein Zauberer. Als Lucky aus dem Vorführraum zurückkam, hatte er für sie die Nachricht hinterlassen, sie solle ihn anrufen.

Herman saß zusammengesunken hinter seinem Schreibtisch. Er hatte sich den Film nur zwanzig Minuten angesehen und war dann halblaut vor sich hin murmelnd gegangen.

Lucky war bestimmt nicht prüde und verabscheute jede Art von Zensur, aber *Motherfaker* brachte es fertig, fast jeden zu beleidigen. Jedes zweite Wort war *Scheißkerl,* meist völlig sinnlose Gewalt und Brutalität bis zum Äußersten prägten den Film. Frauen wurden entweder als Huren oder dumme Opfer dargestellt.

Johnny Romano hatte dieses Stück Dreck selbst geschrieben, produziert, und er spielte auch die Hauptrolle. Die Botschaft, die der Film herüberbrachte, war nicht misszuverstehen.

»Weiß Abe, was für einen sexistischen, gewalttätigen Unrat dieses Studio produziert?«, fragte Lucky.

Herman zuckte hoffnungslos mit den Schultern. »Ein Film mit Johnny Romano spielt Geld ein«, sagte er.

»Das tut auch eine Hure, die einen Tausender pro Nacht verlangt, aber das bedeutet doch noch lange nicht, dass Sie mit ihr pennen müssen, oder?«

Herman schob den Sessel zurück und stand auf. »Ich gehe«, erklärte er.

Und mach dir nicht die Mühe, wiederzukommen, hätte sie gern gesagt. Bleib zu Hause, Herman. Züchte Rosen und spiel Golf. Du gehörst nach Hause.

»Vergessen Sie nicht, dass Sie nächste Woche auf Urlaub gehen«, erinnerte sie ihn.

Er nickte und tappte langsam hinaus. Ein müder alter Mann, der gegen seinen Willen in die Gegenwart gezerrt wurde.

Einen Augenblick tat er Lucky fast Leid. Aber dann dachte sie – was, zum Teufel –, er bekommt einen dicken Gehaltsscheck dafür, dass er auf seinem Hintern sitzt und keinen Strich arbeitet. Er hätte wenigstens ab und zu einen Blick auf die Produktionen werfen können, das war das Mindeste.

Boogie meldete sich sofort, als sie anrief. »Was gibt's?«, fragte sie. »Kann es warten, oder sollte ich es mir jetzt anhören?«

»Sie hatten Recht, wie gewöhnlich«, sagte Boogie bewundernd. »Sie sollten auf der Pferderennbahn die Auslese unter den Gäulen treffen.«

»Berichten Sie«, sagte Lucky ungeduldig, klemmte sich den Telefonhörer unters Kinn und zündete sich eine Zigarette an.

»Kathleen Le Paul«, verkündete Boogie. »Alias Cathy Paulson, alias Candy Ganini. Vierunddreißig Jahre alt. Hat mit sechzehn als Stripperin angefangen, einen Zuhälter geheiratet, wurde Callgirl und hat dann damit begonnen, für jeden, der genug bezahlte, Drogen über die Grenzen zu schmuggeln. 1980 wegen Drogentransports verhaftet. Hatte drei Beutel Kokain in der Scheide versteckt.«

»Ach, wie hübsch!«

»War im Knast, kam wieder raus, hat einen kleinen Agenten geheiratet, ein Kind bekommen und ist dann zu ihrem alten Gewerbe zurückgekehrt. Sie ist jetzt die für Los Angeles zuständige Geliebte des kolumbianischen Drogenkönigs Umberto Castelli und eine der Hauptlieferantinnen der Showbiz-Gemeinde. Man vertraut ihr. Sie trägt nur Designermoden.«

»Das ist mir aufgefallen«, sagte Lucky trocken.

»Sonst noch was?«, fragte Boogie.

»Welche Farbe haben ihre Schlüpfer?«

»Sie sind blau. Pink an den Dienstagen.«

»Wie koo-miiisch!«

»Ach übrigens, Ihr Vater ist hier.«

Lucky war überrascht. »Gino ist in L. A.?«

»Im Wilshire abgestiegen. Möchte heute Abend mit Ihnen essen.«

»Geht leider nicht, Boog. Der heutige Abend gehört Abe Panther. Ich bin bei ihm eingeladen. Rufen Sie Gino an, und sagen Sie ihm, ich melde mich morgen. Oh, und überprüfen Sie rasch Eddie Kane, den Verleihchef bei Panther. Ich will alles über ihn wissen.«

»In Ordnung.«

Sie dachte an Bobby, und er fehlte ihr ganz schrecklich. »Haben Sie London angerufen?«, fragte sie besorgt.

»Bobby geht es gut«, versicherte er ihr.

»Und mein Büro?«

»Läuft alles glatt.«

Sie seufzte. »Es vermisst mich demnach keiner.«

»Wir vermissen Sie immer.«

»Danke, Boog.«

Sie legte auf und dachte über das nach, was Boogie ihr berichtet hatte. Eddie Kane kokste also – wer außer ihm hatte dieses liebenswerte kleine Hobby?

Aber Kokain war teuer. Mit welchen Gaunereien finanzierte Eddie Kane seine Sucht?

Im Speiseraum der Prominenz legte Susie Rush die zarte weiße Hand auf Mickey Stollis weniger zarte behaarte Faust und sagte: »Wenn wir das nächstemal zusammen essen, dann bei mir zu Hause.«

Sie »klapperte« mit den Lidern, ein Flirtversuch, den er ganz und gar nicht schätzte. Das Frauenzimmer machte ihn seit Wochen an, und er wusste nicht so recht, wie er sich verhalten sollte. Sie war einer der wichtigsten Stars der Panther Studios und so lästig wie ein Kropf. Er war nicht scharf darauf, sie zu bumsen. Das Problem aber war – wie kam er da mit Anstand heraus? Denn mit jedem Tag, der verging, gab Mrs. Rush ihre Absichten deutlicher zu erkennen.

»Susie, mein Schatz«, sagte er und räusperte sich. »Wenn ich je zu dir zum Lunch käme, wäre alles zu Ende.«

»Wie meinst du das, Mickey?«, fragte sie mit kindlicher Unschuld, obwohl sie verdammt gut wusste, was er meinte.

»Ich meine, ich könnte mich nicht zurückhalten und müsste dir an deine hinreißende Wäsche, und das wäre Unrecht, nicht wahr?«

Susie kicherte. »Aber wieso denn?«, fragte sie, kokett den Kopf auf eine Schulter legend.

Das Netz feiner Fältchen um die wasserblauen Augen und

zwei tiefere Furchen zwischen den Brauen konnte er beim besten Willen nicht übersehen. Das Frauenzimmer hatte der »Jugend Maienblüte« längst hinter sich, und was ein erstklassiger Kameramann fertig brachte, grenzte manchmal wirklich an ein Wunder.

»Wir sind beide verheiratet, Susie, das dürfen wir nicht vergessen«, sagte Mickey, um einen aufrichtigen Ton bemüht.

Sie rieb ihm mit den Fingern über die Faust. »Du bist ganz verkrampft, Mickey. Entspann dich, ich bin's doch nur, Klein-Susie.«

Jetzt reichte es – er musste das Ganze wieder auf eine rein berufliche Basis zurückführen. »Ich bin sehr verheiratet, Susie«, wiederholte er. Und gleich darauf, um sie bei Laune zu halten: »Wenn ich's nicht wäre – dann ...«

Susie tätschelte ihm die Faust und zog dann ihre Hand zurück. »Weißt du was, Mickey?«

»Was denn?«

»Trotz deines Rufs bist du im Grunde ein lieber und treuer Mann«, sagte sie und beschenkte ihn mit einem zuckersüßen Lächeln.

Man hatte Mickey Stolli schon alles Mögliche genannt. Lieb und treu war eine Premiere. Hoffentlich hatte sie niemand belauscht. Lieb und treu konnte seinen ganzen Ruf gefährden.

»Reden wir über das Drehbuch«, sagte er, energisch das Thema wechselnd.

»Über welches Drehbuch?«, fragte Susie, zupfte zierlich die Blätter von einer Artischocke und tauchte sie in Buttersoße.

»Sunshine«.

»Ich will *Sunshine* nicht machen«, erklärte Susie ziemlich schnippisch. »Wenn du mir je richtig zugehört hättest, wüsstest du, dass ich nicht die Absicht habe, *Sunshine* zu drehen.« Sie unterbrach sich, um eine dramatischere Wirkung zu erzielen. »Ich will die Hauptrolle in *Bombshell.*«

Mickey lachte. Ein Fehler.

Susie sah ihn an. »Was ist so komisch?«

Er fasste sich schnell. »Nichts ist komisch. Für *Bombshell* ist Venus Maria vorgesehen.«

»Sie hat noch nicht unterschrieben.«

»Sie wird.«

Susies Augen wurden hart. »Ich will diese Rolle, Mickey. Und wenn ich sie nicht kriege, bin ich sehr unglücklich.«

»Ach, komm schon, Herzchen!«, schmeichelte er. »Was reden wir denn da? *Bombshell* wäre ganz falsch für dich. Das Publikum würde dich darin nicht sehen wollen. Du bist Susie Rush, Amerikas Liebling. Bleib bei deinem Typ. Im Augenblick bist du die Königin der Kinokassen.«

Das traf streng genommen nicht ganz zu. Ihr letzter Film war eine Enttäuschung gewesen, hatte nur sechzig Millionen eingespielt, anstatt die Schallmauer von hundert Millionen zu durchbrechen – ein Ziel, das ihre Filme sonst erreichten.

»Ich muss die Gangart wechseln«, sagte Susie sehr sachlich.

Kein Händchenhalten mehr wie noch vor zehn Minuten. Mickey wurde klar, dass die ganze Anmache in den letzten Wochen überhaupt nichts zu bedeuten gehabt hatte. Sie wollte ihm nicht an die Hose, sie wollte nur eine bestimmte Rolle.

Er seufzte müde. Sie waren alle gleich, diese Schauspielerinnen. Ob Star oder Kleindarstellerin, für die richtige Rolle ließen sie alle ihre Spitzenhöschen fallen.

Jeder wusste, dass *Bombshell* sein Spezialprojekt war, das Drehbuch entwickelt und geschrieben nach einer Idee von ihm. Ein Film, den er selbst produzieren würde. *Bombshell* – die wahre und schockierende Geschichte eines Hollywood-Sexsymbols. Er sah schon jetzt die Plakate auf dem Sunset – ganz besonders das eine gegenüber von Spago. Und mit Venus Maria in der Hauptrolle konnte der Film kein Misserfolg werden. Venus Maria war Amerikas heißeste Schauspielerin.

Sie hatte die faszinierende Wandelbarkeit eines Chamäleons und eine neue, unverblümte Sexualität, die auf alle zu wirken schien. Kleine Mädchen kopierten, was sie trug. Große Mädchen bewunderten die muntere Art, wie sie auf alle Konventionen pfiff. Und alle Männer, ob sechzehn oder sechzig, spürten die nach Moschus duftende Hitze, die sie ausstrahlte. Doch vor allem war sie all das *jetzt*. Eine Frau, die dem Augenblick gehörte.

»Nun?«, fragte Susie mit Schmollmündchen, denn offensichtlich wartete sie darauf, dass er sich irgendwie zu ihrem Wunsch äußerte.

»Du bist nicht die Richtige für diese Rolle«, sagte er noch einmal.

»Ich bin bereit, Probeaufnahmen zu machen«, erwiderte sie eigensinnig.

Mickey schüttelte den Kopf.

Susie starrte ihn wütend an. Der Zorn der Hölle ist nichts gegen den einer verschmähten Schauspielerin. »Ich sage dir, ich bin mit Probeaufnahmen einverstanden, und du sagst Nein?«

»Schätzchen, das würde ich dir nicht antun. Venus Maria hat die Rolle. Der Vertrag ist perfekt.«

»Sie sieht zu billig aus – man merkt es zu deutlich.«

Mickey war klug genug, nichts dazu zu sagen, wenn eine Frau die andere heruntermachte. Das hatte er im Zusammenleben mit Abigaile gelernt. Er zuckte nur mit den Schultern.

Susie seufzte; es war ein künstlich aus tiefster Seele heraufgeholter Seufzer. Dann legte sie ihre Trumpfkarte auf den Tisch.

»Zeppo White hat ein Drehbuch, das ich für Orpheus lesen soll. Ich möchte wirklich nicht unloyal sein, aber ich denke, ich schau mal rein. Was meinst du?«

»Ich meine, dass du eine erpresserische Schlampe bist. Ich

hab nichts dagegen, wenn es dich glücklich macht, Susie. Aber ich wünsche mir immer noch, dass du es dir überlegst und trotzdem für *Sunshine* unterschreibst.«

Ein falsches Lächeln. »Danke, Liebling, ich hab gewusst, du würdest nichts dagegen haben.«

Olive rief Lucky im Lauf des Nachmittags dreimal an. Das erste Mal bedankte sie sich, weil sie ihr beim Lunch so geduldig zugehört hatte. Das zweite Mal teilte sie ihr mit, sie habe sich nun endgültig entschlossen, Mickey Stolli zu fragen, ob Luce sie in der nächsten Woche ein paar Tage vertreten dürfe, während sie ihren Verlobten in Boston besuchte. Das dritte Mal war sie völlig entmutigt. »Mr. Stolli ist in einer fürchterlichen Laune«, vertraute sie Lucky an. »Solange er sich nicht beruhigt hat, trau ich mich nicht, meine Pläne zu erwähnen.«

»Was hat er denn?«, fragte Lucky neugierig.

»Es ist wegen Susie Rush«, sagte Olive leise. »Sie weigert sich, den Film zu machen, den Mr. Stolli als nächsten für sie vorgesehen hat.« Olive senkte die Stimme noch mehr. »Sie droht sogar, zu Orpheus zu gehen.«

»Tatsächlich?«

»Er ist furchtbar aufgeregt. Aber zu keinem Menschen ein Wort davon, Luce.«

»Würde mir nicht einmal im Traum einfallen.«

»Ich muss jetzt gehen, muss seiner Frau Champagner hinüberschicken.«

»Kann sie nicht im Laden anrufen?«

Olive schnaubte spöttisch. »Drei Dutzend Flaschen. Wenn sie die vom Studio kriegt, braucht sie sie nicht zu bezahlen.«

Wieder eine kleine Gaunerei. »Ach wirklich?«

»Oh, du meine Güte«, jammerte Olive, »das hätte ich Ihnen nicht sagen dürfen!«

»Keine Sorge. Wem sollte ich es schon erzählen?«

»Danke, Luce. Sie sind wirklich eine gute Freundin, weil Sie so viel Geduld mit mir haben. Vielleicht können wir morgen wieder zusammen lunchen.«

»Aber gern«, sagte Lucky freundlich.

Bald nach Olives letztem Anruf verließ Lucky das Gelände. Die Hitze in dem stickigen kleinen Büro war unerträglich, und sie konnte es kaum erwarten, die trostlosen Sachen auszuziehen, Perücke und Brille abzunehmen und sich in sie selbst zurückzuverwandeln.

Harry Browning stand auf dem Parkplatz.

Harry Browning beobachtete sie.

21

Virginia Venus Maria Sierra betrachtete ihr Bild in der Spiegelwand ihres ganz in Weiß gehaltenen Fitnessraums neben ihrem ebenfalls in Weiß gehaltenen Schlafzimmer in ihrem Heim in Hollywood. Sie trainierte auf einem *Precor Stairmaster,* einer Höllenmaschine, die das Stiegensteigen simulierte. In einem hellblauen Trainingsanzug, das platinblonde Haar von einem Stirnband gehalten, arbeitete sie eifrig.

Geschickt in der Decke verborgene Stereolautsprecher unterhielten sie mit den neuesten Nummern der Eurithmics. So sehr sie Annie Lennox auch bewunderte, im Moment hörte sie ihr nicht richtig zu, sie hatte andere Dinge im Kopf.

Ron zum Beispiel.

Emilio zum Beispiel – einen ihrer Brüder.

Cooper zum Beispiel.

Und diese blödsinnige Dinnerparty bei Stollis zum Beispiel, zu der sie so unüberlegt ja gesagt hatte.

O Gott! Wie sehr sie die Dinnerpartys in Hollywood hasste! Sie waren so unglaublich prätentiös. Und sie würde zu den

Stollis nett sein müssen – ganz besonders zu Mickey, Mr. Filmmagnat persönlich.

Sie und Ron hatten Mickey Stolli schon auf den ersten Blick »Mister Filmmagnat« getauft. Er war der perfekte Prototyp eines Studiochefs. Das zentrale Besetzungsbüro hätte keinen besseren finden können. Er sah aus wie ein Filmmagnat. Er hatte eine Stimme wie ein Filmmagnat. Und den Scheißcharme eines Filmmagnaten.

Venus Maria vermutete, dass man nur in den Genuss dieses Charmes kam, solange man selbst heiß war.

Venus Maria war keine Närrin. Sie hatte Grips und hatte in den Straßen ihres Vorstadtghettos gelernt, schnell und praktisch zu denken, schnell und praktisch zu handeln. Sie verwaltete sogar ihr Geld selbst – kein Manager hatte bei ihr eine Chance, sie ließ sich nicht mit dem berühmten Spruch bequatschen: *»Ich nehme nur zwanzig Prozent Ihres Einkommens.«* Sie wusste, wohin jeder Dollar ging, und zusammen mit Ron unterschrieb sie ihre Schecks selbst. Schon bald hatten sie und Ron gemeinsam eine Firma gegründet. Sie hatten sie MARO Productions genannt und waren mit fünfzig zu fünfzig daran beteiligt. Damals war ihnen das wie eine großartige Idee vorgekommen. Zwei beste Freunde für immer vereint. Jetzt hatte Ron sich einen neuen Freund zugelegt, einen lästig-aufdringlichen Menschen namens Ken, auf den Venus Maria stocksauer war.

Eifersüchtig war sie natürlich nicht. Der Himmel allein wusste, wie viele Freunde Ron schon gehabt hatte, seit sie vor drei Jahren nach Hollywood gekommen waren. Dieser aber war ein absolut unausstehlicher Kerl. Ein gutaussehendes, besserwisserisches männliches Model. Hinter seinem Rücken nannte sie ihn das »Ken-Püppchen«. Er war achtundzwanzig und benahm sich wie fünfzig.

Ron war verliebt. Ron kaufte dem Ken-Püppchen Anzüge und Jacketts und Bilder und Skulpturen und Schmuck und am Ende auch noch einen – Mercedes. Einen verdammten Mercedes, um Himmels willen.

Nicht einmal sie hatte einen Mercedes.

Zornig bearbeitete sie mit den Beinen den Stairmaster. Sie hatte beschlossen, die Partnerschaft zu lösen, und obwohl sie wusste, dass es das einzig Vernünftige war, tat es weh. Ron war ihre Familie, ihr Bruder im Geist, und sie liebte ihn. Aber sie konnte nicht dulden, dass er ihr Geld für einen Versager hinauswarf, auf den er scharf war.

Sie hatte Cooper Turner um Rat gefragt. »Du musst es tun«, hatte er gesagt. »Es ist ohnehin ein dummes Arrangement. Er verdient eine Menge, du setzt ihn ja nicht mittellos auf die Straße.«

Das stimmte. Ron war ein ungewöhnlich erfolgreicher Choreograf und sehr gefragt, seit er die Choreografie für *Danceflash* geschrieben hatte. Er choreografierte auch alle Top-Videos, ihre eingeschlossen. Er war also nicht pleite. Er musste eine Menge Geld haben, und wenn er es für Ken ausgeben wollte, war das sein gutes Recht, und wenn er die Geschenke von seinem Geld kaufte, brauchte sie sich nicht zu ärgern.

Jetzt musste sie es ihm nur noch sagen.

Das nächste Problem. Ihr Bruder Emilio war unangemeldet und ungeladen vor ihrer Tür erschienen. »Ich bin nach Hollywood gekommen, weil ich 'n Star werden möchte, genau wie du, kleine Schwester.«

Kleine Schwester! War das derselbe Emilio, der sie immer nur angeschrien hatte? Der Bruder, der sie ins Gesicht geschlagen hatte, wenn das Hemd, in dem er am Samstagabend ausgehen wollte, nicht so gebügelt war, wie er es haben wollte? Der Emilio, der sie vor seinen Freunden Rattengesicht genannt und ihr immer wieder gesagt hatte, sie sei die hässlichste, beschissenste kleine Scheißgöre, die ihm je über den Weg gelaufen war.

Ja, es war derselbe Emilio, dreißig Jahre alt und zu fett, um etwas anderes zu spielen als einen Bauernlümmel.

»Zieh Leine«, hatte sie zu ihm gesagt. »Geh nach Hause. Ich kann dir nicht helfen.«

Er hatte sie zur Seite geschoben, war ins Haus marschiert, hatte sich alles angesehen und es sich dann vor dem großen Fernseher gemütlich gemacht. »Ich bleibe nur ein paar Tage«, hatte er gesagt, »nur bis ich einen Job habe, kleine Schwester.«

Fünf Wochen später lungerte er noch immer vor ihrem Fernseher herum und hatte nicht die Absicht, sich je wegzurühren.

Eine andere Situation, die sie klären musste.

Aber Venus Maria hasste Auseinandersetzungen. Sie zog immer den kürzeren. Schon als kleines Mädchen hatte sie immer weglaufen und sich nie einem Konflikt stellen wollen. Es war eine Schwäche, an der sie arbeitete.

Zum Glück lief der Film mit Cooper gut. Sie gefiel sich in den Mustern, sah besser aus als in ihren beiden anderen Filmen. Die Schauspielschule, die sie besucht hatte, hatte geholfen, und dass ihr Körper jetzt so durchtrainiert war, wirkte auch viel vorteilhafter.

Es war eine Herausforderung für sie, mit Cooper Turner auf der Leinwand zu erscheinen. Zwar hatte sie es Cooper nicht gesagt, weil sie wusste, dass er wegen seines Alters sehr empfindlich war – doch sie erinnerte sich genau, wann sie ihn zum erstenmal gesehen hatte. Damals hatte ihre Mutter noch gelebt, und Venus Maria war ungefähr elf. Ihre Mutter war ein großer Cooper-Fan gewesen und hatte sie in einen seiner frühen Filme mitgenommen.

Venus hatte ihn sexy gefunden. Am Abend hatte sie unter der Bettdecke mit sich selbst Doktor gespielt.

Darüber würde Cooper sich großartig amüsieren, doch dieses Vergnügen wollte sie ihm nicht bereiten.

Im Augenblick war Cooper zu seinem eigenen Schaden viel zu diktatorisch. Er glaubte, er wisse alles, doch wenn es um ihren Beruf ging, hatte Venus Maria ein untrügliches Gespür dafür, was sie als nächstes tun sollte – und daran konnte keiner etwas ändern, nicht einmal Cooper Turner.

»Nimm dich ein bisschen zurück«, sagte er immer wieder, wenn sie spielte. »Du bist zu gestylt. Nimm weniger Make-up. Lass dein Haar nachdunkeln. Übertreib nicht so.«

Sie war zum Glück schlau genug, nicht auf ihn zu hören. Sie wusste, dass sie die Rolle richtig auffasste und richtig spielte. Und wenn alles nach Plan ging – nach ihrem Plan –, würde sie allen in diesem Film die Schau stehlen.

Cooper war nicht glücklich. Sie stritten oft. Venus Maria war für ihr Alter sehr weise, sie verstand ihn sehr gut. Er war ein alterndes Matinee-Idol, das unter dem Älterwerden litt. Mit seinen fünfundvierzig Jahren war er zwanzig Jahre älter als sie, und auf der Leinwand sah man es deutlich. Bewusst oder unbewusst versuchte er ihre Wirkung abzuschwächen.

Ein Jammer. Sie wusste, welche Venus Maria ihre Fans zu sehen erwarteten, und sie würde sie nicht enttäuschen. In diesem Stadium ihrer Karriere konnte sie sich das nicht leisten.

Sie beendete ihr Training, sprang von der Maschine, zog den verschwitzten Trainingsanzug aus und stellte sich für gut zehn Minuten unter die eiskalte Dusche. Kaltes Wasser gab der Haut Spannkraft. Nach dem Duschen rieb sie jeden Zentimeter ihres kostbaren Körpers sorgfältig mit Clarins Körperlotion ein.

Während sie noch dabei war, flog die Tür ihres privaten Badezimmers auf, und auf der Schwelle stand Emilio.

Sie war splitternackt und hatte ein Bein auf einen Hocker gestellt, um die Lotion bis hinunter zum kleinen Zeh auftragen zu können.

»O wau! Entschuldige bitte!«, rief Emilio und fraß die kleine Schwester fast mit den Augen auf.

Venus Maria rührte sich nicht. Sie wollte ihm nicht die Genugtuung geben, ein Badetuch zu packen, um sich zu bedecken. Stattdessen sah sie ihn finster und drohend an.

»Mach, dass du hier rauskommst, zum Teufel«, sagte sie kalt.

Er überlegte sich eine schlagfertige Antwort, entschied sich dagegen, schaute sich noch einmal gründlich satt und ging dann rücklings hinaus.

Venus Maria war wütend. Diese Unverschämtheit war zu viel. Emilio war *out*.

Einmal, vor langer Zeit, war einer ihrer Brüder mitten in der Nacht an ihr Bett gekommen, betrunken und geil. Sie hatte ihn so fest in die Eier getreten, dass er tagelang hinken musste. Eine Woche später war sie mit Ron, ihrem Retter, von zu Hause durchgebrannt. Ohne Ron hätte sie nie den Mut gehabt, quer durch das Land nach Hollywood zu trampen. Sie schuldete Ron viel. Aber sie schuldete ihm nicht die Hälfte ihres Geldes.

Als Emilio draußen war, ging sie zur Tür, knallte sie zu und verriegelte sie. Brennend vor Zorn, sagte sie sich, fünf Wochen seien genug. Emilio musste gehen, sie duldete ihn nicht länger im Haus.

Das Telefon klingelte. Sie schnappte hastig danach. Emilio hatte es sich angewöhnt, abzuheben, bevor sie oder ihre Haushälterin am Apparat sein konnte, und unterhielt sich mit ihren Freunden. Eines Tages hatte sie ihn mit ihrem Agenten sprechen gehört. »Hallo, ich bin Emilio, der Bruder von Venus.« Pause, während ihr Agent vermutlich etwas Höfliches gesagt hatte. Dann wieder Emilio. »Klar seh ich gut aus. Sicher hab ich Talent. He, Mann, ich hab mehr Talent, als sie in ihrer …«

Sie hatte ihm den Hörer aus der großen, fetten Faust gerissen. »Trau dich ja nicht noch mal, meine Telefonanrufe entgegenzunehmen!«

Es hatte nichts genützt.

»Wer spricht?«, fragte sie mit perfekt verstellter Stimme.

»Hallo, Babe. Hier ist Johnny. Was soll der komische Akzent?«

Ha! Er musste reden!

Warum musste sie sich das gefallen lassen? Johnny Romano war eine Pest. Er schien unfähig, die Tatsache zu akzeptieren, dass sie nicht das Verlangen hatte, mit ihm auszugehen.

»Ich muss dich zurückrufen, Johnny«, log sie. »Ich habe ein Gespräch auf der anderen Leitung.«

»Komm mir nicht so, Babe. Leg den anderen Hörer auf. Ich bin es. In Person.«

»Ich spreche mit Michael Jackson.« Mit einem Unterton von Ehrerbietung.

Auf Johnnys Seite eine Spur Respekt. »Mit Michael? Wie geht's dem Jungen?«

»Ich werde ihn fragen und ruf dich zurück.«

»Wann?«

»Bald.«

»Wie bald?«

»Früher als du denkst.«

»He, Babe. Du und ich – wir müssen was draus machen.«

»Das werden wir.«

»Wann?«

»Auf Wiedersehen, Johnny.«

Sie wusste, dass es ihn umbrachte, weil sie nicht nach seiner Pfeife tanzte. Doch warum sollte sie? Johnny Romano war nichts für sie. Er war eine Sexmaschine, legte alles um, das atmete.

Sie wünschte, er würde endlich kapieren und sie in Ruhe lassen. In Hollywood gab es zu viele Typen wie ihn – Johnny war als Star nur größer als die meisten.

Es war Zeit, sich für die Dinnerparty bei Stollis umzuziehen. Nachdem sie ein alabasterweißes Make-up mit nachgedunkelten Augen und leuchtend roten Lippen aufgetragen hatte, steckte sie das platinblonde Haar auf und stieg in den begehbaren Schrank, um zu überlegen, was sie anziehen sollte. Abigaile Stollis Sekretärin hatte gesagt, Krawatten für die Herren und was Hübsches für die Damen. Was, zum Kuckuck, sollte man darunter verstehen?

Venus Maria wählte einen schwarzen Anzug mit Nadelstreifen im Herrenschnitt. Darunter trug sie eine passende Weste, die eben noch ihre Brüste bedeckte. Dazu weiße Strümpfe und schwarze Schnürstiefel aus Omas Zeiten.

Große Sorgfalt auch bei der Wahl des Schmucks. Dann entschied sie sich für silberne Ohrreifen, dazu je drei kleine Diamantstecker für die Ohrläppchen und acht schmale Silber- und Goldreifen für beide Arme. Der Venus-Maria-Look war komplett.

Ein Star war bereit, der Welt entgegenzutreten.

22

Die Zufahrt zu Abe Panthers Haus war in tiefe Dunkelheit gehüllt. Gänsehaut konnte man kriegen. Lucky fürchtete sich nicht im Dunkeln, aber der alte Knabe hätte sich doch wirklich ein paar Lampen leisten können.

Sie hatte sich nicht von Boogie chauffieren lassen; er hätte nur den ganzen Abend im Wagen sitzen müssen.

Aus dem Studio war sie direkt in ihr gemietetes Haus gefahren und hatte sich nicht in Sheilas bedrückendem Apartment aufgehalten, wo Boogie einen Anrufbeantworter installiert hatte, damit sie Bescheid wusste, falls jemand aus dem Studio sie anrief – etwa Olive oder Harry Browning.

Im Haus angekommen, hatte sie sich sofort die verhasste

Perücke vom Kopf gerissen, die schwere Brille abgenommen, die scheußlichen Kleider ausgezogen und war in den Pool gesprungen.

Sie schwamm zwanzig Längen, bevor sie erfrischt aus dem Wasser stieg. Dann machte sie sich rasch für den Abend mit dem guten alten Abe fertig. Ihr blieb nicht einmal Zeit genug, um Gino anzurufen.

Inga öffnete ihr die Tür von Abes Haus am Miller Drive. Die grobknochige Inga mit dem Bürstenschnitt und der mürrischen Miene.

»Hallo«, sagte Lucky freundlich.

Inga nickte nur kurz und stapfte wortlos davon, wobei sie offensichtlich voraussetzte, dass Lucky ihr folgte.

Abe saß im Speisezimmer an der Schmalseite eines kunstvoll gearbeiteten Eichentischs. »Sie kommen spät«, fauchte er ungeduldig und zeigte auf den Stuhl neben dem seinen. »Setzen Sie sich.«

»Mir war nicht klar, dass wir uns nach einem strengen Stundenplan richten müssen«, antwortete Lucky.

Knorrige Finger trommelten rhythmisch auf die Tischplatte. »Ich esse immer um sechs.«

Sie warf einen Blick auf ihre Uhr. »Es ist erst zwölf nach.«

»Was bedeutet, dass ich seit zwölf Minuten hier sitze.«

»Ach, kommen Sie schon, Abe, nehmen Sie's doch nicht so bierernst.« Lucky bemühte sich, ihn in eine bessere Laune zu versetzen. »Zwölf Minuten später als sonst zu Abend zu essen, ist doch keine Katastrophe. Und offen gesagt, hätte ich nichts dagegen, wenn man mir etwas zu trinken anbieten würde.«

»Und was trinken Sie, Mädchen?«

»Jack Daniels. Und Sie?«

Er bewunderte ihre Haltung. »Das, worauf ich gerade Appetit habe.«

»Und worauf haben Sie heute Abend Appetit?«

»Ich schließe mich Ihnen an. Zwei Jack Daniels *on the rocks. Pronto! Pronto*!«, befahl er der steif hinter seinem Stuhl stehenden Inga, die – wiederum wortlos – davonstürmte.

»Früher hatte ich ein Haus voller Dienstboten«, erklärte Abe. »Es war grässlich, und ich hab's gehasst. Konnte nicht einmal scheißen, ohne dass es jemand gerochen hat.«

Lucky lachte. Es war ein gutes Gefühl, lachen zu können. Ihr wurde klar, dass sie das Projekt Panther Studios viel zu ernst genommen hatte. Höchste Zeit, sich zurückzulehnen und zu entspannen. Nicht zu viel, nur gerade so weit, um sich heute Abend ein bisschen gehen zu lassen.

»Mein Vater Gino ist in der Stadt«, sagte sie, weil ihr plötzlich eingefallen war, wie gut die beiden alten Männer sich verstehen würden. »Wäre schön, wenn ich ihn einmal mitbringen dürfte.«

»Wozu?«, fauchte Abe. »Kennen wir uns, er und ich? Oder was sonst?«

»Vielleicht kennen Sie sich sogar. Er hat in Las Vegas eins der ersten Hotels gebaut. Das Mirage.«

»Ich erinnere mich an das Mirage«, sagte Abe schroff. »Hab dort mal zehntausend Dollar am Würfeltisch verloren. Damals waren zehn Tausender noch eine Menge Geld. Heutzutage kriegt man praktisch nichts mehr dafür.«

»Sie würden sowieso nichts kaufen. Sie verlassen doch nie das Haus.«

»Warum sollte ich?«, fragte er erregt. »Halten Sie mich für verrückt? Ich weiß über alles genau Bescheid, was heute so auf der Straße los ist. Glauben Sie, ich möchte überfallen und erschossen werden? Nein, danke, Mädchen. Nein, vielen, vielen Dank.«

Inga brachte die Drinks und knallte zum Zeichen ihrer Missbilligung die Gläser auf den Tisch.

Abe kicherte. »Sie mag es nicht, wenn ich trinke«, sagte er

und nahm einen herzhaften Schluck. »Denkt, ich bin zu alt. Glaubt, die alte Ticktack verträgt's nicht mehr. Hab ich Recht, Inga?«

»Du tust immer, was du willst«, antwortete Inga mürrisch. »Ich kann dich nicht daran hindern.«

»Versuch es erst gar nicht«, warnte er und drohte ihr mit dem knochigen Zeigefinger.

»Man ist nur so alt, wie man sich fühlt«, sagte Lucky vergnügt. »Das behauptet wenigstens mein Vater. Er hat beschlossen, bei fünfundvierzig stehen zu bleiben – tatsächlich ist er neunundsiebzig, aber das glaubt kein Mensch. Der Mann ist erstaunlich!«

»Neunundsiebzig ist nicht alt«, spottete Abe. »Ich hab noch mit über siebzig das Studio geleitet.«

Er merkte, dass Inga neben ihm stehengeblieben war, und wedelte mit den dürren Armen, um sie zu verscheuchen. »Verschwinde! Hol das Essen. Ich bin ein hungriger alter Dinosaurier und möchte sofort essen. Beeil dich, Weib!«

Wieder entfernte Inga sich gehorsam.

»Eh – was sagt sie zu unserem Geschäft?«, fragte Lucky.

Abe zuckte mit den Schultern. »Interessiert mich nicht.«

»Es muss Sie aber interessieren«, sagte Lucky hartnäckig. »Sie lebt schon so lange mit Ihnen. Sie versorgt Sie. Und Sie verlassen sich doch bestimmt auf sie. Ich sehe außer ihr niemanden hier, der sich um Sie kümmern könnte.«

»Ich beschäftige zwei Gärtner, einen Mann, der zweimal wöchentlich kommt, um den Pool zu säubern, und zwei Hausmädchen«, antwortete Abe würdevoll. »Inga sitzt den ganzen Tag auf ihrem großen schwedischen Hintern und tut nichts. Sie müsste meinen Hintern dafür küssen, dass sie so ein Leben führen kann.«

Lucky kam zum Eigentlichen. »Das ist mir klar. Aber können Sie ihr trauen? Ich meine, wir wollen doch nicht, dass sie meine Tarnung auffliegen lässt. Sie ist nicht besonders freundlich zu mir.

Abe begann zu lachen. »Inga tut, was gut für sie ist. Sie ist schlau. Sie hat darüber nachgedacht und weiß jetzt, dass es besser für sie ist, wenn ich das Studio verkaufe, bevor ich sterbe. Da kann sie nämlich von den anderen unbemerkt ihre Schäfchen ins Trockene bringen. Wenn ich nicht verkaufe, wird sie mit meinen Enkelinnen um ein paar Dollars streiten müssen. Die beiden werden eine Ewigkeit mit ihr prozessieren.«

»Warum?«

»Weil sie habgierig sind. Das liegt in der Familie. Sie werden alles haben wollen, was ich besitze. Geteilt wird nicht.«

»Aber sie erben Ihr ganzes Geld doch trotzdem.«

Er legte den Kopf schief, ein listiger alter Mann mit einem Plan. »Vielleicht ja. Vielleicht nein. Ich könnte nach Bora Bora ziehen und vor meinem Tod alles einem Katzenheim vermachen.«

»Dann müssen Sie wirklich mit einem Kampf rechnen.«

»Ich nicht, Mädchen. Weil ich dann drei Meter unter der Erde liege. Mir ist es schnurzegal.« Wieder trommelte er mit den knorrigen Fingern auf den Tisch. »Und jetzt zum Geschäft. Ich möchte alles hören, was Sie haben. Jede Einzelheit.«

Mickey Stolli hatte sich vorgenommen, das Studio früh zu verlassen. »Falls meine Frau anruft, sagen Sie ihr, ich sei bei einer wichtigen Konferenz und dürfe nicht gestört werden«, instruierte er Olive. »Ich meine, sagen Sie, was Sie wollen, aber sie darf auf keinen Fall erfahren, dass ich schon weg bin.«

»Ja, Mr. Stolli.«

Mickeys Stimmung war miserabel, und das bedeutete, dass er etwas dagegen tun musste, bevor er zu Abigailes perfekter kleiner Dinnerparty nach Hause ging. Himmel! Wie sehr er ihre Partys hasste. Gekünstelte Konversation. Zu viel und zu üppiges Essen. Und alle langweilten sich insgeheim genauso wie er.

Warum musste sie ihm das antun? Nur damit sie ihren Namen in George Christys Kolumne lesen konnte? Auch eine Errungenschaft! Er arbeitete die ganze Woche im Studio wie ein Sklave. Wäre es dann nicht nett, zu Hause die wohlverdiente Ruhe und Entspannung zu finden? Heute Abend würde Cooper Turner ihn wegen des Films belabern wollen. Und Venus Maria ebenfalls. Beide wollten sich über irgendetwas beschweren.

Worüber? Woher sollte er das wissen?

Filmstars. Sie blieben immer gleich. Ihre Rolle war nicht groß genug. Sie waren mit den Prozenten aus den Einspielergebnissen nicht zufrieden. Und ihre Großaufnahmen zeigten sie nicht groß genug und kamen zu selten.

Zeppo White würde auch über Geschäfte mit ihm reden wollen. Verdammter gesellschaftlicher Emporkömmling und snobistischer Ex-Agent. Zeppo bildete sich ein, er leite die Orpheus Studios. Er taugte nicht einmal zum Botenjungen. Mickey trauerte den Tagen nach, in denen Howard Soloman der Boss war. Howard hatte gewusst, wo's langging, war ein echter Studiomann gewesen – wenn auch ein bisschen ausgeflippt, besonders als er das Kokainproblem hatte. Howard hatte gewusst, worauf es ankam. Und es kam drauf an, Geld zu machen und nicht lausige Dinnerpartys zu geben.

Als er eben das Gebäude verlassen wollte, erwischte ihn Eddie Kane.

»Muss mit dir reden, Mickey«, sagte Eddie beschwörend und hängte sich an seinen Arm. »Es ist wichtig.«

»Nicht jetzt«, antwortete Mickey und schüttelte Eddie ab. Er mochte es nicht, wenn man ihn anfasste, außer er wollte es selbst.

»Wann?«, fragte Eddie. Er war ein blonder, attraktiver Mann Anfang vierzig mit Bartstoppeln wie Don Johnson, klaren blauen Augen und einer Vorliebe für zerdrückte Sportkleidung. Ein ehemaliger Kinderstar, einst wegen seiner kindlichen Unschuld berühmt; heute ein leicht verwirrter Erwachsener, der mit seinem Erwachsensein nicht besonders gut zurechtkam.

Eddie und Mickey kannten sich seit langem – fast fünfundzwanzig Jahre. Eine Weile war Mickey sein Agent gewesen und hatte seine erfolgreiche Karriere in Grund und Boden gewirtschaftet. Als Eddie die Schauspielerei – oder vielmehr die Schauspielerei Eddie an den Nagel gehängt hatte, gab Mickey ihm einen Job in seiner Agentur. Zu prosaisch für Eddie. Nach einiger Zeit begann er sich zu langweilen und ging nach Hawaii, wo er Produktionsmanager einer Fernsehserie über einen Privatdetektiv wurde. Gute Drogen gab es dort eine Menge, aber sie brachten ihn auch in Schwierigkeiten, und wieder war er vogelfrei. Als er in L. A. auftauchte, half ihm Mickey, nutzte den geringen Einfluss, den er damals hatte, und brachte Eddie bei Panther unter.

Später, mächtig geworden, schleppte er Eddie mit. Er hatte erkannt, dass es weise war, sich mit dankbaren Leuten zu umgeben.

Heute hatte Eddie Kane eine Menge aufzuweisen: eine wunderbare Frau, ein schlichtes kleines Strandhaus für zwei Millionen in Malibu und eine Kokainabhängigkeit, die er nicht mehr kontrollieren konnte.

»Sprich mit Olive, sie gibt dir einen Termin«, sagte Mickey, schon unterwegs.

»Morgen?«, fragte Eddie besorgt. »Weil wir reden müssen, es handelt sich um was verdammt Ernstes.«

»Sprich mit Olive.«

Mickey stahl sich aus dem Gebäude und lief zu seinem Wagen. Ihm stand, wenn er wollte, rund um die Uhr eine Limousine mit Chauffeur zur Verfügung. Aber es gab formelle Anlässe, und es gab ein Privatleben. Heute brauchte er eine ungestörte Stunde für sich. Was er nicht brauchte, war Eddie Kane, der ihn verrückt machte. Eddie war ein Aktivposten, der jeden Moment zu einer Riesenbelastung werden konnte. Drogenkonsumenten waren schlimme Finger. Mickey hatte schon oft überlegt, ob er ihn nicht entlassen sollte.

Ein Traum. Eddie wusste zu viel.

Mickey merkte sich in Gedanken vor, Eddies Frau Leslie anzurufen und ihr zu sagen, sie solle ihren Mann in eine Entziehungsklinik bringen. In letzter Zeit schien er nur noch *stoned* zu sein, und das war nicht gut fürs Geschäft.

Hinter dem Steuer seines Porsche hatte Mickey das Gefühl, alles im Griff zu haben. Er hatte seine Stereoanlage, einen CD-Spieler, ein Telefon und Notproviant im Kofferraum, falls er je von einem Erdbeben überrascht werden sollte.

Mickey dachte ziemlich oft an Erdbeben und fantasierte sich alle möglichen Szenarien zusammen. Sein liebstes war, dass Abigaile bei Magnin oder Saks gerade dabei war, sich noch ein kleines Abendtäschchen für fünftausend Dollar zuzulegen, als der große Knall kam, die arme Abbey unter einem Berg von Designermoden begraben wurde und an einem herrlichen Zobelmantel für zweihunderttausend Dollar erstickte.

Zum Glück ließ das Erdbeben seiner Fantasie das Studio und seine beiden Häuser ungeschoren. Tabitha passierte nichts. Und auch nicht seinen beiden Autos. Nur Abbey musste dran glauben.

Selbstverständlich arrangierte er eine prunkvolle Beerdigung. Abe Panther, der gern auch teilgenommen hätte, war leider dazu nicht imstande. Der Schock über das Erdbeben war für ihn zu groß gewesen, und der feiste Mistkerl hatte endlich den Löffel abgegeben.

Mickey Stolli war ein freier Mann. Die Panther Studios gehörten ihm. Als Primrose und Ben Harrison nach L. A. kamen, um ihren Anteil zu fordern, stürzte eine Straßenüberführung ein und auf ihre Limousine und zerquetschte sie. Mickey war auch Schwager und Schwägerin los.

Was für eine Fantasie! Die beste.

Mickey winkte dem Wachmann und schoss durch das Tor auf die Straße.

Der Mann winkte zurück. Sie liebten ihn alle im Studio, er war ihr Herrscher. Er war Mickey Stolli, und sie alle wollten er sein.

Alles war da, wo es hingehörte – das Porzellan, die Gläser, die feinste Tischwäsche und das Silber.

In einem eleganten Seidenkleid streifte Abigaile durch ihr unverfälscht erhalten gebliebenes Haus und kontrollierte jede Kleinigkeit.

Sie verfügte über eine ganze Armee von Hauspersonal; die ständigen Angestellten – ihr englischer Butler Jeffries und seine plumpe Frau, die Haushälterin; Jacko, ein junger Australier, der die Wagen sauber hielt, unter anderem Tabithas Chauffeur war und heute Abend Jeffries zur Hand gehen würde; und Consuela und Firella, die beiden spanischen Hausmädchen.

Für diesen Abend gemietet waren drei Diener, zwei Barmixer, eine Köchin mit zwei Helferinnen und ein eigener Dessertchef.

Vierzehn Angestellte für zwölf Gäste. Wenn schon, dann richtig, war Abigailes Devise. Schließlich gehörte sie zu Hollywoods königlichen Hoheiten. Sie war Abe Panthers Enkelin, und die Leute erwarteten gewissermaßen Stil auf höherer Ebene von ihr. Ihre Mutter, die schon lange tot war – mit ihrem Vater bei einem Schiffsunglück ums Leben gekommen –, war eine hervorragende und verschwenderisch großzügige Gastgeberin gewesen. Als Kinder hatten Abigaile und Primrose hin und wieder einen Blick auf die extravaganten Partys werfen dürfen. Großvater Abe war immer dabei gewesen – umringt von den Filmgrößen der damaligen Zeit, oft mit einer blendenden Schönheit an jedem Arm.

Abigaile hatte vor ihrem Großvater immer einen fast ehrfürchtigen Respekt gehabt. Erst nach seinem Schlaganfall hatte sie sich ihm überhaupt nähern können. Jetzt besuchte sie ihn so selten wie möglich und wünschte sich heimlich, er würde in aller Stille dahinscheiden, damit sie die Mitte der Bühne für sich beanspruchen konnte. Sie verabscheute Inga, und Inga verabscheute sie. Sie sprachen kaum miteinander, wenn Abigaile mit Abes Urenkelkind Tabitha, einer altklugen und frühreifen Dreizehnjährigen, ins Haus kam. Allein wollte Abigaile nicht gehen, aber Tabitha zu diesen Besuchen zu überreden war auch nicht einfach; sie musste das Kind jedesmal mit irgendetwas bestechen.

»Warum muss ich denn mitgehen?«, jammerte Tabitha.

»Weil du irgendwann demnächst ein sehr reiches kleines Mädchen sein wirst und nie vergessen sollst, woher das Geld stammt.«

»Daddy hat Geld, ich nehme seins.«

Daddy könnte nicht mal im Mondschein pissen, wenn es deinen Urgroßvater nicht gäbe, hätte Abigaile am liebsten geantwortet, biss sich aber immer noch rechtzeitig auf die Lippen.

»Ist alles zu Ihrer Zufriedenheit, Mrs. Stolli?«

Jeffries lief hinter ihr her, der alte Narr. Dass er Engländer war, war ein großes Plus. Er war jedoch auch unaussprechlich neugierig, und seine Frau stand ihm darin nicht nach. Abigaile vermutete, dass die beiden, wenn sich je die Gelegenheit ergäbe, ihre Geheimnisse ohne eine Spur von Reue an die Klatschpresse verhökern würden.

Nicht, dass sie ihre Geheimnisse kannten.

Nicht, dass sie welche hätte.

Nun ja – vielleicht ein paar …

»Nein, Jeffries«, sagte sie scharf, denn sie hatte in einem auffallenden Orchideenarrangement einen welken Zweig entdeckt. Sie zupfte an dem Zweig – zog ihn heraus, verstreute Erde auf den teuren chinesischen Teppich. »Und was soll das sein?«, fragte sie vorwurfsvoll.

Auf diesen Moment hatte Jeffries gewartet. »Falls Sie sich erinnern, Mrs. Stolli, Sie selbst haben angeordnet, dass niemand vom Personal die Zimmerpflanzen und Blumenarrangements anrühren darf.«

»Warum hätte ich das wohl tun sollen?«, fragte sie unwirsch.

Ein kleiner Triumph. »Weil, wie Sie gesagt haben, Mrs. Stolli, nur der Pflanzenmann sie pflegen darf.«

Abigaile ärgerte sich. »Hab ich das tatsächlich?«

»Ja, Mrs. Stolli.«

»Und wo ist der Pflanzenmann?«

»Er kommt nur freitags.«

Guter Gott! Bedienstete! Vor allem englische Bedienstete!

»Danke, Jeffries. Lassen Sie bitte hier saubermachen, bevor Mr. Stolli nach Hause kommt.«

Wenn er nach Hause kommt, fügte sie in Gedanken hinzu. Denn Mickey hatte die aufreizende Gewohnheit, zu seinen eigenen Dinnerpartys immer zu spät zu erscheinen. Es machte Abigaile wahnsinnig.

Mickey Stolli hatte Socken an, hellgraue italienische Seide. Sonst nichts. Er hatte Hemmungen, wenn es um seine Füße ging, er fand sie hässlich und erlaubte nie jemandem, sie zu sehen.

Obwohl sein Kopf völlig kahl war, war sein Körper überraschenderweise mit schwarzen Haarbüscheln bedeckt. Ein Büschel hier – ein Büschel da – merkwürdige Ausbrüche von Behaarung.

»Du bist fantastisch«, versicherte ihm Warner, seine

schwarze Geliebte. Sie war groß und mager, mit sehr vollen Brüsten, riesigen schwarzen Brustwarzen und einer ganz kurz geschnittenen und eng am Kopf anliegenden Krause.

Sie saß rittlings auf ihm und bewegte sich auf seinem erigierten Penis, als trabe sie auf einem Pferd durch den Nachmittag.

»Du bist fantastisch«, wiederholte sie, als die Aktion hitziger wurde.

Nie vorher hatte jemand zu Mickey Stolli gesagt, er sei fantastisch. Nur Warner, die seit anderthalb Jahren seine Geliebte war. Sie war Polizistin. Eines Tages hatte sie ihn angehalten, um ihm einen Strafzettel zu verpassen, und der Rest war der Stoff, aus dem die feuchten Träume sind.

Was er an Warner so besonders mochte, war ihre Einzigartigkeit. Als sie das erste Mal zusammen schliefen, hatte sie keine Ahnung gehabt, wer er war oder was er beruflich machte. Es war ihr ganz einfach nicht wichtig.

Mickey hatte das Gefühl, dass er dem Augenblick der Wahrheit sehr nahe war. Er stieß einen langen, erstickten Seufzer aus.

Warner spannte die wichtigen Muskeln und verpasste ihm den Ritt seines Lebens.

Er fühlte den Orgasmus von den Zehenspitzen bis in den Hinterkopf, der, wie Mickey glaubte, eines schönen Tages explodieren musste, wenn Warner weiterhin tat, was sie offenbar so gern tat. Mit ihm. Nur mit ihm. Mickey Stolli war der einzige Mann in Warner Franklins Sexleben. Sie hatte es ihm oft gesagt, und er glaubte ihr.

»War das eine Himmelfahrt oder was?«, fragte Warner und kletterte von ihm hinunter. »Du wirst jedesmal besser, Mickey. Du bist der größte Liebhaber auf der ganzen Welt.«

Noch nie hatte jemand zu Mickey Stolli gesagt, er sei der größte Liebhaber der Welt. Nur Warner – sie allein brachte ihn so weit, dass er glaubte, das Empire State Building außen hinaufklettern und dann herunterspringen zu können, ohne sich einen Knochen zu brechen.

Warner Franklin war fünfunddreißig Jahre alt und nicht besonders hübsch. Sie lebte allein in einem kleinen Apartment in West Hollywood, hatte einen mageren Mischlingshund und – sehr zu Mickeys Erleichterung – nicht den Ehrgeiz, Schauspielerin zu werden.

Sie wollte nicht sein Geld. Sie wollte keine Vorteile durch ihn. Sie hatte abgelehnt, als er ihr eine Eigentumswohnung auf dem Wilshire Boulevard und einen weißen Mercedes schenken wollte. Die einzigen Geschenke, die sie angenommen hatte, waren ein riesiger Farbfernseher und ein Videorecorder. Und die auch nur deshalb, weil sie leidenschaftlich gern *Hill Street Blues* und *Hunter* sah. »Muss doch was zu tun haben, wenn ich nicht arbeite und nicht mit dir zusammen bin.«

Er dachte, dass er sie vielleicht liebte. Aber der gefürchtete Gedanke, der im Hintergrund seines Bewusstseins lauerte, jagte ihm solche Angst ein, dass er ihn nie hervorgeholt hatte, um sich damit zu beschäftigen.

»Abbey gibt heute eine ihrer Dinnerpartys«, sagte er, ein Gähnen unterdrückend, tief zufrieden.

»Ich weiß, wie sehr du die liebst«, sagte Warner schleppend und verdrehte die Augen. »Keine Sorge, Schatz, du bist immer und überall der smarteste Mann.«

Als Mickey Stolli Warner Franklins Apartment verließ, war er ungefähr drei Meter groß. Er war der fantastischste, der beste Liebhaber, der smarteste Mann auf der ganzen verdammten Welt.

Verpiss dich, Abbey.

So was hast du noch nie zu mir gesagt.

Lucky sah Abe fasziniert beim Essen zu.

Er stürzte sich darauf wie ein halb verhungerter Affe und

benutzte Messer und Gabel nur, wenn er mit den Fingern nicht weiterkam. Für einen Achtundachtzigjährigen hatte er einen ungewöhnlich guten Appetit.

Inga aß nichts. Sie setzte sich auch nicht. Aber sie war immer in der Nähe, um alles mitzuhören, was gesagt wurde.

Lucky hätte gern gewusst, ob sie hinterher miteinander darüber sprachen. Wie sah eigentlich jetzt ihre Beziehung aus? Verhinderter Filmstar und ehemaliger Studiochef. Hatten sie überhaupt noch Gesprächsthemen?

Während Lucky sich im Vorfeld ihrer Verhandlungen mit Abe beschäftigt und Informationen über ihn gesammelt hatte, war sie auf ziemlich viele Fotos von Inga gestoßen. Studioaufnahmen und ein paar Schnappschüsse von Abe und Inga zusammen.

Vor fünfundzwanzig Jahren, als Abe erst dreiundsechzig und Inga ungefähr Mitte der Zwanzig war, war sie eine hinreißende Schönheit gewesen. Schimmernde Haut, große graue Augen, ein graziler Körper und eine zauberhaftes Lächeln.

Was geschieht nur mit den Menschen? fragte sich Lucky. Wie kommt es, dass einige – wie Gino und Abe – zum Überleben geboren sind. Und andere welken, schrumpfen, vertrocknen – wie Inga zum Beispiel.

Es kommt wohl nur drauf an, wie die Würfel fallen …

Sie hatte Abe alles berichtet, was sie bisher wusste. Er war enttäuscht. Er wollte mehr. Das wollte sie auch.

Ein paar kleine Betrügereien waren die Aufregung nicht wert. Mickey stellte dem Studio also seinen privaten Verbrauch von Champagner in Rechnung. Na, wenn schon! Und Eddie Kane war wahrscheinlich kokainabhängig. Na und?

Dass Mickey mit dem Agenten Lionel Fricke private Geschäfte machte, war die einzige Information, die etwas taugte.

Wie oft hatte Mickey diesen besonderen Dreh angewendet? Sie musste es nachprüfen.

»Macht es Ihnen Spaß, Mädchen?«, fragte er, den Kopf auf die Seite legend. »Gefällt Ihnen das Filmgeschäft?«

»Ich glaube, ich werde es lieben«, antwortete sie aufrichtig. »Wenn ich erst das Sagen habe.«

Abe mochte Frauen, die wussten, was sie wollten.

23

Es gab nicht viel, was Cooper Turner nicht über Frauen wusste. Er hatte die besten und er hatte die schlimmsten gehabt und dazwischen alle, die er in die Hände bekam.

In Ardmore aufgewachsen, einer kleinen Stadt in der Nähe von Philadelphia, hatte Cooper schon als Dreizehnjähriger angefangen, mit Mädchen zu experimentieren. Cooper hielt nichts von Ausschneidepuppen und Magazinen mit nackten oder spärlich bekleideten Mädchen. O nein – einmal daran gerochen, und es wurde für ihn zur Lebensaufgabe. Mädchen, Mädchen, Mädchen.

»Du hättest Gynäkologe werden müssen«, hatte seine ältere Schwester ihn aufgezogen, als er neunzehn war. »Der wird wenigstens bezahlt für das, was du tust.«

Wenn er sich nicht der Schauspielerei zugewandt hätte, wäre er die größte männliche Hure geworden, die es je gegeben hatte – aber eine, die nur Frauen bediente.

Mit zwanzig hatte es ihn nach New York gezogen. Hatte im Village gewohnt und sich in der Schauspielerbörse herumgedrückt. Seine Altersgenossen suchten sich Jobs, kellnerten oder pumpten Benzin, während sie auf die große Chance warteten.

Cooper hatte das nicht nötig. Auf ihn warteten immer eine

warme Mahlzeit und ein warmes Bett. Von einer Frau ganz zu schweigen.

Als er endlich nach Hollywood kam, lernte er gleich in der ersten Woche eine schöne junge Filmschauspielerin kennen. Schon nach ein paar Tagen wurde er ihr Liebhaber und zog bei ihr ein. Dieser Beziehung verdankte er, dass sein Bild in der Presse erschien, und sein Bild führte ihn zu einer Agentin, die ihm die zweite männliche Hauptrolle in einer Billigproduktion verschaffte.

Im Alter von vierundzwanzig Jahren wurde Cooper Turner zum Filmherzensbrecher. Im Lauf der Jahre ging es mit seiner Karriere steil bergauf; Gipfel war bisher eine Oscar-Nominierung, als er zweiunddreißig war.

Er bekam den Oscar nicht. Er war stocksauer. Von da an lehnte er jede Publicity ab und wurde pressescheu. Er drehte nur noch wenige Filme, und die in großen zeitlichen Abständen.

Je rarer Cooper sich machte, umso mehr riss man sich um ihn. Er versuchte ein Privatleben zu führen. Es war unmöglich. Frauen kamen und gingen. Manche blieben lange genug, um ihm fast ein bindendes Versprechen abzuluchsen. Kinder hätte er gern gehabt, aber dann hätte er es mit einer einzigen Frau aushalten müssen, und der Preis war ihm zu hoch.

Das änderte sich, als er Venus Maria kennen lernte. Mit ihr schien ihm alles möglich. Sie war jung und unglaublich sexy. Sie hatte wissende Augen und einen aufregenden Mund. Sie war klug und gerissen. Sie hatte einen Körper, der zum Tanzen geboren schien, und den Verstand eines Buchhalters. Sie war sinnlich, umwerfend und, das vor allem, unglaublich lebendig.

Einen Nachteil hatte sie.

Im Gegensatz zur öffentlichen Meinung und den Schlagzeilen in den Gazetten schliefen sie nicht miteinander. Nicht einmal die berühmte Story stimmte, dass sie ihm angeblich *co-*

ram publico einen geblasen hatte. Er hatte die Geschichte von mehreren Seiten gehört – unter anderem von Mickey Stolli, der gelacht und ihm heimlich einen Rippenstoß gegeben und gesagt hatte: »Ich mag es, wenn meine Stars sich gut verstehen. Es färbt auf das ganze Team ab.«

Tatsächlich schlief Venus Maria mit einem von Coopers besten Freunden. Einem verheirateten Mann. Einem sehr verheirateten Mann. Und Cooper Turner sah sich in der lächerlichen Situation des Blitzableiters.

Cooper Turner!

Der Blitzableiter!

Was für ein Witz!

Er musterte sich im Spiegel und schüttelte den Kopf. Für die Dinnerparty bei Stollis trug er einen dunkelblauen Anzug von Armani, ein weißes Hemd und eine locker gebundene Seidenkrawatte. Ein gutgeschnittener Anzug war ein sicheres Lockmittel. Frauen liebten einen Mann, von dem sie glaubten, sie könnten ihn zerknittern.

Cooper fuhr sich mit den Fingern durch das hellbraune Haar. An den Schläfen zeigte sich schon eine Spur von Grau – aber das konnte ein begabter Friseur leicht reparieren. Seine Augen behielten ihr strahlendes Blau. Seine Haut war leicht sonnengebräunt.

Cooper wusste, dass er gut aussah. Er war nicht mehr fünfundzwanzig, aber er war noch immer ein Killer.

Venus Maria hatte keine Ahnung, was ihr entging.

24

Steven Berkeley war fest entschlossen, Deena Swanson aufzusuchen. Er sagte Jerry nichts davon. Er vertraute sich nicht einmal Mary-Lou an. Er telefonierte mit Deena und sagte, sie müssten sich treffen. Sie lehnte beinahe ab, überlegte es sich anders und bat ihn, am nächsten Vormittag um zehn zu ihr zu kommen.

Er war pünktlich.

Sie begrüßte ihn in einem limonengrünen Jogginganzug mit einem passenden Stirnband, das ihr hellrotes Haar zurückhielt, und Laufschuhen an den Füßen. Sie sah schmal und attraktiv, aber ganz und gar nicht sportlich aus.

Sie reichte ihm die Hand.

Er schüttelte sie.

Der Gegendruck war schlaff. Kein Charakter.

»Mich hat unsere letzte Unterredung sehr beunruhigt«, sagte er, sofort zur Sache kommend.

Sie zog eine Braue in die Höhe. »Warum?«

»Es war von Mord die Rede.«

»Vom Überleben, Mr. Berkeley.«

»Mord, Mrs. Swanson.«

Sie verschränkte die Hände und senkte den Blick. »Sie verteidigen doch ununterbrochen irgendwelche Leute. Was macht es für einen Unterschied, wenn man Sie auf die Möglichkeit vorbereitet?«

Sie hatte wahrhaftig bizarre Ansichten. Eine seltsame Frau. »Machen Sie sich über mich lustig?«

»Würde es Sie glücklich machen zu hören, dass ich es nicht ernst gemeint habe?«

»Und haben Sie es ernst gemeint?«, hakte er nach.

Sie hob den Kopf und sah ihn an. Tote blaue Augen in einem blassen Gesicht. »Ich denke daran, ein Buch zu schreiben, Mr. Berkeley, und habe eine echte Reaktion gebraucht. Tut mir Leid, wenn ich Sie beunruhigt habe.«

»Sie haben also nicht vor, jemanden zu töten?«

Ein leises, kehliges Lachen. »Komme ich Ihnen tatsächlich wie eine Frau vor, die so etwas planen würde?«

»Was ist mit der Million, die Sie auf unser Firmenkonto überwiesen haben?«

»Das Spiel ist zu Ende, und ich erwarte natürlich, dass Sie sie zurückgeben. Selbstverständlich bekommen Sie ein großzügiges Honorar für Ihre Zeit und Ihre Bemühungen.«

Steven war verärgert. »Ihr Spiel war nicht sehr komisch, Mrs. Swanson. Ich mag es nicht, wenn man mich für Recherchen benutzt.« Er stand auf, um zu gehen.

Sie sah ihm nach. Ein Anwalt mit Prinzipien. Wie ungewöhnlich. Kein Wunder, dass er so gut war.

Sie wartete ein paar Minuten und griff dann zum Telefon.

»Jerry?«

»Wer sonst?«

Wie vernünftig von Jerry Myerson, eine Direktleitung zu haben.

»Ich habe ihm gesagt, was Sie mir geraten haben.«

»Hat er Ihnen geglaubt?«

»Ich denke schon.«

»Die Sache tut mir Leid, Mrs. Swanson. Der Jammer mit Steven ist, dass er ein Gewissen hat.«

»Und Sie nicht?«

»Ich richte mich nach einer Regel, die ich nie breche.«

»Und wie lautet die?«

»Der Klient kommt immer zuerst.«

»Das freut mich ungemein.« Sie machte eine kurze Pause und fügte dann wie beiläufig hinzu: »Oh, und übrigens, falls tatsächlich etwas passieren sollte ...«

»Wird Steven Sie verteidigen.«

»Kann ich mich darauf verlassen – Jerry?«

»Absolut.«

Jerry Myerson legte den Hörer seines privaten Telefons auf und dachte darüber nach, was er eben getan hatte. Er hatte eine exzentrische Frau bei Laune gehalten und der Firma eine Million Dollar gerettet. Nicht schlecht für einen Vormittag.

Am Abend erzählte Steven Mary-Lou von seinem Besuch bei Deena Swanson.

Mary-Lou war in einen Fernsehfilm mit Ted Danson in der Hauptrolle vertieft. Sie aß einen Sahneeisriegel. Sie war zufrieden und noch immer schwanger und nahm von Woche zu Woche an Umfang zu.

»Eines schönen Tages wirst du lernen, auf mich zu hören, Steven Berkeley«, schalt sie ihn. »Ich hab dir doch gesagt, die Frau führt dich an der Nase rum. Und du hast dir solche Sorgen gemacht. Was für ein Dummkopf du doch bist!«

Er war erleichtert und dennoch ...

»Ja«, meinte er schließlich, nicht ganz überzeugt.

»Hast du es Jerry gesagt?«

»Was denkst du denn?«

»Und sein Kommentar?«

»Er war sauer, weil er die Million wieder rausrücken muss. Du kennst doch Jerry.«

Mary-Lou schleckte ihr Eis. »Klar, wer kennt Jerry nicht? Er muss sehr enttäuscht gewesen sein.«

Steven ging zur Schlafzimmertür. »Ich habe Hunger«, sagte er, wartete und hoffte, dass sie bereit sein würde, ihm etwas zu essen zu machen.

»Das ist ein gutes Zeichen«, antwortete sie. Sie hatte den Wink nicht verstanden.

Er sagte es direkt. »Mach mir ein Sandwich.«

»Schätzchen«, erwiderte sie geduldig. »Wir haben vor zwei Stunden zu Abend gegessen. Du hattest Steak und Pommes. Du hattest Kuchen. Du hattest Eiscreme. Ich mache dir ein Sandwich, wenn das Baby da ist.«

»Ich glaube nicht, dass ich so lange warten kann.«

Sie grinste. »Versuch's, Steven. Versuch's.«

»Ich muss für ein paar Tage an die Küste«, sagte Martin

Swanson, der eigens in Deenas Schlafzimmer gekommen war, um ihr diese Mitteilung zu machen.

Deena musterte ihren Mann. Mister Gutaussehend, wenn man ein weiches Kinn und wässrige Augen mochte. Mister New York, wenn man auf seinen Charme hereinfiel, der reine Eigenwerbung war. Mister Untreu, verlogener, betrügerischer Mistkerl. Aber er war ihr Mistkerl, und sie liebte ihn. Sie wollte ihn nicht verlieren.

Deena lächelte, sie hatte sehr hübsche, regelmäßige Zähne – die eigenen. Keine Hollywood-Filmstarkronen für Deena.

»Vielleicht begleite ich dich«, sagte sie.

»Zu hektisch«, antwortete Martin kühl und beherrscht. »Ich habe Konferenzen wegen der Studioübernahme, von der ich dir erzählt habe.«

O ja, die Studioübernahme. Das Studio, das Martin kaufen wollte, damit er Filme machen konnte, in denen seine kleine Schlampe der Star war.

Martin glaubte, sie wisse nichts davon. Es war besser so. Ihn im Unklaren lassen. Ihn durch Nettigkeit verwirren.

»Wann fliegst du?«, fragte sie.

»Morgen – sehr früh.«

»Und ich soll wirklich nicht mitkommen?«

»Ich schaff's schon allein.«

O ja, natürlich schaffte er's allein mit seinem Harten und »Dem Miststück«, das schon mit gespreizten Beinen auf ihn wartete.

»Du wirst die Hälfte aller Gastgeberinnen von New York in Panik versetzen. Morgen ist Opernabend. Ein Lunch für den Bürgermeister am Donnerstag. Glorias Party. Dianas Dinner.«

Nichts hätte Martin gleichgültiger sein können. »Du wirst ohne mich gehen. Sie lieben dich.«

Aber dich lieben sie mehr, dachte Deena. Mit wie vielen von

ihnen hast du schon geschlafen? Nur mit den Berühmten, oder zählen auch Geld und gesellschaftliche Stellung?

»Ich glaub schon, dass ich gehe. Wenn ich Lust habe.«

Er küsste sie. Es war ein flüchtiger Kuss auf die Wange, ein flüchtiger, liebloser Kuss, um Adieu zu sagen. »Auf Wiedersehen, also.«

Deena stand auf und öffnete mit einer einzigen fließenden Bewegung den Reißverschluss ihres Kleides. Darunter trug sie einen Strumpfbandgürtel aus schwarzer Spitze, Seidenstrümpfe und einen BH mit Halbkörbchen.

Martin wich einen Schritt zurück.

Deena musste an ihre ersten gemeinsamen Zeiten denken. Früher hatte sie ihn immer auf Touren bringen können.

»Da du Sonntag nicht hier bist –« sagte sie bedeutungsvoll und ging langsam auf ihn zu.

25

Die Unterhaltung am Speisetisch plätscherte erfreulich munter dahin. Abigaile warf einen Blick in die Runde. Ihre Gäste schienen sich alle zu amüsieren. Der schwarze Politiker war in ein Gespräch mit der berühmten Feministin vertieft. Der junge Regisseur konzentrierte sich auf Venus Maria, während seine Freundin sich in der Aufmerksamkeit von Cooper Turner sonnte. Ida White schwatzte – *stoned* wie sie war – mit dem Rockstar und seiner exotisch aussehenden Frau, und Zeppo und Mickey steckten die Köpfe zusammen.

Abigaile atmete tief auf. Sie konnte sich entspannen.

»Sie Möse!«

Das verbotene Wort, mit großer Gehässigkeit hervorgestoßen, brachte die Tischgesellschaft auf einen Schlag zum Schweigen.

»Wie haben Sie mich genannt, Sie schwarzer Schwanz?«, kreischte die Feministin wütend.

»Ich habe Sie Möse genannt, und genau das sind Sie auch!«, schrie der schwarze Politiker zurück.

Es war offensichtlich, dass sich beide den Teufel um die anderen Gäste scherten, ganz zu schweigen von den Gastgebern.

Da ihr klar war, dass jetzt etwas entsetzlich Peinliches passieren würde, und Mickey sprachlos mit offenem Mund dasaß, sprang Abigaile auf. »Aber, aber«, sagte sie in einem, wie sie hoffte, beschwichtigenden Ton, »beruhigen wir uns doch wieder!«

»Zum Teufel mit Ihnen!« Die Feministin stieß ihren Stuhl vom Tisch weg. Sie hatte alabasterweiße Haut, einen zupackenden Blick und trug das Haar so glatt, wie es in den sechziger Jahren Mode gewesen war. Sie war fünfzig, sah aber zehn Jahre jünger aus. »Mir reicht's jetzt mit diesem heuchlerischen, beschissenen Penner, der hinter jedem Rock her ist.«

Mickey zwang sich, einzugreifen. »Mona«, sagte er und nahm den Arm der Feministin, »wenn Sie ein Problem haben, können wir es nebenan besprechen.«

Sie zermalmte ihn mit einem einzigen Blick. »Ein Problem, Mickey?«, sagte sie sarkastisch. »Was sollte ich wohl für ein Problem haben? Ich liebe es geradezu, von diesem sexistischen Exkrement eine Möse genannt zu werden.« Sie zeigte anklagend auf den schwarzen Politiker mit Namen Andrew J. Burnley.

Andrew J. nahm ihre letzte Bemerkung gar nicht gut auf. Auch er erhob sich. Er war knapp einsneunzig groß mit einer stilisierten Afrofrisur, hatte ein rundes Gesicht, leichte Basedow-Augen und eine einschmeichelnde Stimme. Er war zweiundfünfzig Jahre alt, hatte Frau und fünf Kinder, die in Chicago lebten und ihn nie auf seinen häufigen Reisen nach L. A. begleiteten.

»Ihr Mädels seid alle gleich, Baby. Wenn man's euch nicht besorgt, wollt ihr's allen um euch herum besorgen.«

Das schlug dem Fass den Boden aus. Mona nahm ein volles Glas Rotwein und warf es samt Inhalt über den Tisch nach ihm. Das Glas zersplitterte auf den italienischen Fliesen. Unglücklicherweise landete fast der ganze Wein auf Ida White, die angenehm benebelt dasaß und sich um nichts und niemand kümmerte, während sie darauf wartete, nach Hause gebracht zu werden.

Jetzt sprang Zeppo auf die Beine und richtete sich zu seiner stolzen Höhe von einszweiundsechzig auf. »Könnt ihr Leute euch nicht wie zivilisierte Menschen benehmen?«, fauchte er, mit den kurzen Armen in der Luft herumfuchtelnd. Er richtete seinen Vorwurf an Andrew J., der sofort eine versteckte rassistische Diskriminierung vermutete und entsprechend reagierte.

»Ich hab diesen ganzen Scheiß nicht nötig!«, brüllte er und stolzierte würdevoll zur Tür.

»Ich ebenso wenig«, zischte Mona und folgte ihm.

Und bevor jemand auch nur ein weiteres Wort sagen konnte, waren sie beide draußen.

Abigaile bewies wieder einmal bewundernswerte Überlegenheit.

»Zivilisten«, schnaubte sie verächtlich und meinte damit alle, die nichts mit dem Show-biz zu tun hatten. »Ich hab sie nie gemocht.«

Venus Maria hatte das Gefühl, einem ganz besonders schnellen Tennismatch zugesehen zu haben. Mit Sicherheit war es unterhaltender gewesen als der ganze übrige Abend, obwohl der junge Regisseur zu ihrer Linken irgendwie süß war und sie sich hauptsächlich mit ihm abgegeben hatte, um Mickey Stolli zu entgehen, der so unendlich langweilig war, dass sie fürchtete, sie würde vor Verzweiflung anfangen zu schielen, wenn sie auf ihn angewiesen wäre.

»Um was ging's denn eigentlich?«, fragte der Rockstar, während Consuela und Firella an Ida White herumwischten.

»Bauernlümmel«, fauchte Zeppo. »In Hollywood hatten die Leute früher Manieren und wussten, wie man Abendgesellschaften gab.«

Abigaile war nicht bereit, diese typische Zeppo-White-Bemerkung kampflos hinzunehmen. Der Mann war ein entsetzlicher Snob. »Mein Großvater hat mir erzählt, Sie haben Ihre Karriere damit begonnen, dass Sie in Brooklyn Fische von einem Karren weg verkauften«, sagte sie zuckersüß. »Ist das wahr? Ich finde, es ist eine unglaublich faszinierende Geschichte, Zeppo. Sie müssen uns alles darüber erzählen. Ich bin sicher, wir würden begeistert zuhören.«

Zeppo starrte sie finster an. Er konnte aus fast allem eine gute Geschichte machen, nur über seine bescheidenen Anfänge schwieg er sich aus, denn er zog es vor, sie zu vergessen.

Cooper Turner rettete die Situation. »Die beiden gehen miteinander ins Bett, müsst ihr wissen«, verkündete er mit einem Nicken und einem leichten Lächeln.

»Was?«, riefen Abigaile und die Frau des Rockstars zugleich.

»Ist das wahr?«, fragte Venus Maria fasziniert. Wenn sie es sich überlegte, hatte Cooper wahrscheinlich Recht. Er kannte sich in solchen Dingen aus.

»Wer?«, fragte Mickey.

»Andrew J. und Mona«, antwortete Cooper grinsend.

»Aber das ist doch lächerlich!«, rief Abigaile.

»Würde *ich* Sie je zum Narren halten, Abbey?«, sagte Cooper neckend. »Die beiden haben was miteinander. Das ist offensichtlich.«

Jetzt fingen alle an, durcheinander zu reden.

So wurde Abigailes Dinnerparty doch noch ein Erfolg.

Lucky fuhr nach Hause. Zu Hause bedeutete das gemietete Versteck in den Hügeln, wo sie nur Boogie zur Gesellschaft hatte.

Sie vermisste Lennie. Sie vermisste Bobby. Sie vermisste Gino. Sie vermisste ihr Leben.

Dann fiel ihr ein, dass Gino in der Stadt und es noch nicht zu spät war, ihn anzurufen. Vielleicht kam er zu ihr. Sie konnte nicht riskieren, irgendwo gesehen zu werden, falls sie Bekannte traf, die Lennie brühwarm berichten würden, sie habe sich in L. A. herumgetrieben. Ein Jammer. Sie wäre gern in einen Club gegangen und hätte gern gute Soulmusik gehört, die eine ihrer Leidenschaften war.

Und wenn sie ihre Verkleidung anzog und heimlich in einen Club ging?

Ausgeschlossen. Sie würde dieses grässliche Zeug nicht öfter tragen, als sie unbedingt musste. Wenn das alles vorbei war, kam es auf einen Scheiterhaufen und dann –, brenn Baby, brenn!

Das Haus, das Boogie für sie gemietet hatte, lag diskret versteckt am oberen Ende des Doheny Drive. Von der Garage führte eine Tür direkt ins Haus. Als sie nach links zur Garage abbog, hatte sie das Gefühl, dass hinter ihr ein Wagen seine Fahrt verlangsamte. Wahrscheinlich weil sie abgebogen war. Es sei denn, Abe hatte Auftrag gegeben, ihr zu folgen.

Doch warum sollte er so etwas tun? Wurde sie langsam paranoid? Wahrscheinlich habe ich zu viel Ed McBain gelesen, dachte sie belustigt.

Boogie saß in der Küche und blätterte in Autokatalogen.

»Tun Sie mir einen Gefallen, Boog. Fahren Sie zu Tower Records runter und kaufen Sie mir ein paar CDs. Ich bekomme Entzugserscheinungen.«

Boogie stand auf. »Klar. Und was soll ich Ihnen bringen?«

»Ich bin in der Stimmung für Luther, Bobby Womack, Teddy P., Marvin und Isaac.«

Boogie wusste genau, wen sie meinte. »Keinen Billie Holiday?«, fragte er.

»Nur wenn Lennie da ist«, antwortete sie mit einem schiefen Lächeln.

Boogie ging. Lucky griff zum Telefon und wählte Ginos Nummer. In seiner Suite melde sich niemand, teilte ihr die Zentrale mit. Sie hinterließ keine Nachricht.

Harry Browning saß vor Luckys Haus im Wagen und wartete. Er wusste allerdings nicht worauf. Eigentlich wusste er überhaupt nicht, was er hier tat. Aber was es auch war, es verschaffte ihm eine Erregung, die in seinem ganzen Körper prickelte. Seit Jahren hatte er sich nicht mehr so großartig gefühlt.

Er hatte Luce den ganzen Abend verfolgt. Aus einem Impuls heraus war er ihr vom Studio nachgefahren. Er war schon immer der Meinung gewesen, dass sie etwas Seltsames an sich hatte, und fest entschlossen, mehr über sie herauszufinden. Hatte er als Einziger bemerkt, dass sie eine Perücke trug? Und während der Filmvorführung hatte sie die Brille abgenommen. Auch ihre Kleider taugten nichts. Sie hingen an ihr, als versuche sie sich darunter zu verstecken. Und wer trug heutzutage noch solche Sachen? Besonders in ihrem Alter, denn sie war noch ziemlich jung und eine – wenn man näher hinschaute – gut aussehende Frau.

Harry Browning hatte nicht dreiunddreißig Jahre in seinem Projektionsraum gesessen und jeden Film vorgeführt, den Panther je gemacht hatte, ohne sehr viel über weibliche Schönheit zu lernen.

Und dann noch diese angebliche Verbindung zu Sheila Hervey. Luce behauptete, Sheila Herveys Nichte zu sein. Aber Sheilas einzige noch lebende Verwandte war ihre kinderlose Schwester. Das hatte sie ihm oft genug erzählt, als sie noch hinter ihm her war, um ihn dazu zu bringen, mit ihr auszugehen. Das war natürlich schon ein paar Jahre her, aber Harry Browning vergaß nichts. Er hatte ein ausgezeichnetes Gedächtnis.

Wenn Luce ihn in Ruhe gelassen hätte, hätte er sich wahrscheinlich auch nicht um sie gekümmert. Aber nein. Sie hatte ihn zum Essen eingeladen, und er war aus Neugier zu ihr gegangen. Das war ungefähr alles, woran er sich erinnerte. Am nächsten Morgen war er in seinem Bett mit trockenem Mund aufgewacht, der sich wie Pergament anfühlte, mit hämmerndem Schädel und dem Verlangen, die Frau irgendwie zu bestrafen, die ihn wieder zum Trinken verführt hatte.

Er sehnte sich auch jetzt nach einem Drink. Einem kalten Bier, einem Glas Wein, vielleicht sogar einem Schluck Scotch.

Der Gedanke war verlockend, doch er war entschlossen, nie wieder einer Versuchung zu erliegen. Nie.

Luce zu verfolgen war ziemlich aufregend gewesen. Zuerst war er ihr zu diesem Haus nachgefahren – demselben Haus, vor dem er jetzt parkte. Und als ihr Wagen wieder herauskam – seit ein paar Tagen fuhr sie nicht mehr Sheilas alte Rostlaube, sondern ein größeres, für sie fast zu elegantes Auto –, war er ihr zu Abe Panthers Villa auf dem Miller Drive gefolgt. Er wusste, dass es Abes Wohnsitz war, weil er unzählige Abende dort verbracht und in Abes Privatkino Filme vorgeführt hatte. Auch das war schon viele Jahre her, doch er war sicher, dass Abe immer noch dort wohnte. Harry wusste es, weil er dem großen Mr. Panther alljährlich eine Weihnachtskarte schickte, unterschrieben mit »Harry Browning – Ihr getreuer Angestellter«.

Und er war loyal, denn es war der alte Abe selbst gewesen, der sie daran gehindert hatte, ihn zu feuern, als er eines Tages betrunken bei der Arbeit erwischt worden war. »Gehen Sie zu den Anonymen Alkoholikern, Harry«, hatte Abe gesagt. »Nehmen Sie zwei Wochen Urlaub, und kommen Sie als neuer Mensch zurück.«

Harry Browning würde Abe Panthers Güte nie vergessen.

Luce war zwei Stunden in der Panther-Villa geblieben. Geduldig hatte er auf der Straße vor dem kunstvollen Tor ausgeharrt. Als sie herauskam, war es ihm gelungen, einen Blick auf sie zu erhaschen.

Sie sah anders aus, obwohl er schwören konnte, dass sie es war. Die Perücke war verschwunden. Sie trug keine Brille. Ihr farbloses braunes Haar war nun jettschwarz und glänzend.

Das war alles, was er sehen konnte.

Er folgte ihr zurück zu dem Haus am Ende des Doheny Drive und wartete jetzt. Geduldig. Denn Harry Browning war ein geduldiger Mensch, und er wusste, dass er auf etwas gestoßen war.

Das einzige Problem war – worauf?

Cooper Turner fuhr Venus Maria nach Hause. Sie lachten auf dem ganzen Weg.

Venus Maria: »Hast du Abigailes Gesicht gesehen, als Andrew J. das ominöse Wort schrie?«

Cooper: »Und das von Ida, als der Wein auf sie runterschwappte?«

Venus Maria: »Ich hab gedacht, sie kriegt 'n ordentlichen Orgasmus.«

Cooper: »Das erste Mal nach zwanzig Jahren.«

Venus Maria: »Dreißig!«

Cooper: »Vierzig!«

Venus Maria: »Fünfzig!«

Cooper: »Wenigstens hundert!«

Venus Maria: »Und Zeppo, als Abigaile ihm diesen Brooklyn-Scheiß an den Kopf geworfen hat!«

Cooper: »Knallrot ist er geworden.«

Venus Maria: »Purpurrot.«

Cooper: »Orange.«

Sie wollten sich ausschütten vor Lachen, und Cooper musste seinen schwarzen Mercedes an die Seite fahren und anhalten.

Sie waren allein im Wagen. Kein Gefolge, keine Crew, keine Bekannten, keine Paparazzi.

Es zog ihn zu ihr, obwohl er instinktiv wusste, dass sie ihn zurückweisen würde.

Er beugte sich zu ihr hinüber, küsste sie, und einen Moment lang erwiderte sie den Kuss. Weiche Lippen, feuchte Lippen und eine zarte Zungenspitze, die für eine Sekunde in seinen Mund schnellte und sich sofort zurückzog, als werde es Venus Maria erst jetzt bewusst, was sie tat.

»Cooper!«, schalt sie, war böse auf ihn und hatte selbst ein schlechtes Gewissen, weil sie sich fast hatte fallen lassen, um zu genießen.

»Kann ich etwas dafür?«, sagte er und spürte, dass er hart wurde, obwohl sie so weit wie möglich von ihm weggerückt war.

»Wir sind Freunde, oder hast du das vergessen?«, erinnerte sie ihn.

»Alle glauben, wir gehen zusammen ins Bett«, gab er ihr zu bedenken.

»Martin nicht.«

O ja, Martin! Warum, o warum nur hatte er sie je mit Martin Swanson bekannt gemacht?

26

Am Mittwoch rief Olive an und erklärte: »Der Job gehört Ihnen.«

»Fantastisch!«, sagte Lucky. »Er ist mit Ihrer Reise also einverstanden?«

»O ja, das ist er«, antwortete Olive glücklich. »Kommen Sie nach dem Lunch zu uns, und ich stelle Sie Mr. Stolli vor. Dann kann er Sie in Ihre täglichen Aufgaben einweisen. Er ist sehr eigen.«

»Was haben Sie ihm über mich erzählt?«

»Dass Sie diskret, vertrauenswürdig und eine tüchtige Kraft sind. Er sagt, er verlässt sich da ganz auf mich, bitte enttäuschen Sie mich nicht, Luce.«

»Ganz bestimmt nicht, Olive.«

»Sind Sie sicher, dass Mr. Stone einverstanden sein wird?«, fragte Olive nervös, die noch immer nicht wusste, ob sie das Richtige tat.

»Ja. Er geht morgen auf Urlaub.«

»Nun gut. Sie können mir morgen den ganzen Tag zusehen und am Freitag übernehmen. Passt Ihnen das?«

»Ja, sehr gut sogar.«

Und es passte ihr wirklich. In Mickeys Büro würde sie auf jeden Fall finden, wonach sie suchte.

»Herman, Sie verschwinden von hier«, sagte sie, nachdem sie aufgelegt hatte. »Ich wurde eben befördert.«

Herman war beeindruckt. Er war auch erleichtert. Jetzt konnte er pausenlos Golf spielen und die Panther Studios eine Zeitlang vergessen.

»Ich rufe Sie an, wenn Sie sich hier wieder blicken lassen sollen«, sagte sie. »Inzwischen könnten Sie die Maler kommen lassen, damit dieses Büro wieder menschenwürdig wird. Es ist ein richtiges Loch.«

»Tun Sie's«, erwiderte er. »Sie sind meine Sekretärin.«

Er muckte auf – er war zwar müde und alt, aber er muckte auf; es war irgendwie erfrischend.

»In Ordnung«, sagte sie. »Und ich bestelle auch eine neue Klimaanlage. Sie leben hier drüben wie im Mittelalter. Haben Sie mal Mickey Stollis Büro gesehen?«

Herman schüttelte den Kopf. »Nein.«

»Sie würden die Scheißerei kriegen. Es ist ein Palast.«

Es beunruhigte Herman, dass er sich an ihre Sprache gewöhnte.

Olive begrüßte Lucky flatternd vor Nervosität. »Sie benutzen meinen Schreibtisch. Ich muss Ihnen das Telefonsystem erklären. Und dann müssen wir zu Mr. Stollis persönlichen Wünschen übergehen.«

Persönliche Wünsche? Ein bisschen Sex jede Stunde oder zwei Blondinen zum Frühstück? Lucky musste unwillkürlich lächeln.

Olive hielt das für berufliche Begeisterung. »Versorgen Sie mir Mr. Stolli ja nicht allzu gut«, warnte sie und drohte Lucky mit dem Zeigefinger. »Es ist nur für ein paar Tage, dann bin ich wieder da.«

Mickey Stolli kennen zu lernen war interessant. Er saß hinter dem Schreibtisch, König seines Reichs, kahl, braun und plump.

Stolz führte Olive Lucky in sein Allerheiligstes. »Das ist Luce, die Aushilfe, von der ich Ihnen erzählt habe«, sagte sie ehrerbietig.

Mickey sah irgendwelche Papiere durch. Er machte sich nicht die Mühe, aufzublicken, fuchtelte nur mit der Hand in der Luft herum und sagte: »Ja, ja.«

Lucky bemerkte, dass ihm ein unordentliches Büschel schwarzer Haare wild aus dem Handrücken wuchs. Wäre es möglich gewesen, es auf seinen Kopf zu verpflanzen, hätte es der Vorläufer einer dichten Mähne sein können.

»Sie fängt am Freitag an«, erklärte Olive.

Sein Privattelefon klingelte, und er nahm ab. »Verschwinden Sie gefälligst!«, sagte er, die Sprechmuschel mit der Hand abdeckend.

»Danke, Mr. Stolli.« Olive hätte um ein Haar einen Knicks gemacht.

Verschwinden Sie gefälligst, und Olive sagte danke und verneigte sich? Irgendwo stimmte irgendetwas nicht. Olive brauchte einen Auffrischungskurs in Selbstachtung.

»Manchmal hat Mr. Stolli so viel zu tun, dass er nicht weiß, wo ihm der Kopf steht«, erklärte Olive. »Sie werden sich an seine Launen gewöhnen. Er meint es nicht bös.«

Am Abend war Lucky mit Gino zum Essen verabredet. Sie fuhr in ihrer Verkleidung zu ihm ins Hotel, und er brach fast zusammen. »Du bist unglaublich, Kind«, sagte er und fing an zu lachen. »Du hättest Schauspielerin werden sollen.«

»Hättest du mich erkannt?«, fragte sie herausfordernd.

»Ich bin dein Vater.«

»Das ist keine Antwort auf meine Frage.« Sie ließ sich in einen Sessel fallen, riss die Perücke herunter und schleuderte sie durchs Zimmer.

Er sah sie fragend an. »Ich schätze, ich hätte Nein sagen müssen.«

Sie lachte. »Seine Identität zu wechseln hat etwas sehr Schöpferisches an sich. Wahrscheinlich wäre ich eine ausgezeichnete Spionin gewesen.«

»Du wärst immer ausgezeichnet gewesen, was du angepackt hättest.«

»Danke«, sagte sie und freute sich im Stillen.

Sie bestellten beim Zimmerservice. Dicke, saftige Steaks, altmodischen Kartoffelbrei und gebutterten Mais auf dem Kolben.

Sie unterhielten sich beim Essen. Gino erzählte ihr alles über seinen Krach mit Paiges Ehemann.

Lucky beugte sich besorgt vor. »Ja? Bedeutet das, dass ich Brautjungfer spielen muss?«

»Es bedeutet gar nichts, Kind. Er sagt mir, dass Paige tun kann, was sie will. Wenn sie sich scheiden lassen will – er ist einverstanden. Es gibt nur ein Problem.«

»Und das wäre?«

»Sie hat ihn nie um die Scheidung gebeten.«

»Oh! Das ist nicht so gut.«

»Dann kommt Paige nach Hause, sieht mich und fällt fast in Ohnmacht. Inzwischen verstehen Ryder und ich uns bestens – wie alte Kumpel. Die Dame ist nicht erfreut.«

»Und wie ging's weiter?«

»Ryder bittet mich, zum Abendessen zu bleiben. Ich sage nein. Paige fühlt sich alles andere als wohl in ihrer Haut. Ich verschwinde. Seither habe ich von keinem der beiden auch nur ein Flüstern gehört.« Er kaute an einem Maiskörnchen. »Morgen fliege ich nach New York zurück. Muss eben wieder anfangen, mich unter den Töchtern des Landes umzusehen.«

»Dich unter den Töchtern des Landes umsehen. Hör mal, Gino, ich weiß, dass du ein Wunder bist – aber du bist auch neunundsiebzig Jahre alt.«

»Seh ich so aus?«, fragte er.

»Nein.«

»Benehme ich mich so?«

»Nun – nein«, musste sie zugeben.

»Was soll's dann, zum Teufel? Ich will mir eine Frau suchen.«

Sie grinsten sich gegenseitig an – Lucky und ihr alter Herr. Ein Paar, das großartig zusammenpasste.

Leslie Kane war viel zu hübsch und sah viel zu frisch aus, um eine ehemalige Hure zu sein. Aber genau das war sie.

Sie hatte langes, welliges rotes Haar, das ihr über die makellos weißen Schultern hing, weit auseinanderstehende Augen, eine kecke Nase und volle, sinnliche Lippen. Sie war groß, gertenschlank und geschmeidig, hatte runde Brüste, eine unglaublich schmale Taille und ungewöhnlich lange Beine.

Sie und Eddie waren seit einem Jahr verheiratet. Vorher hatte sie elf Monate als Callgirl gearbeitet.

Leslie war verrückt nach Eddie, und Eddie war verrückt nach Leslie. Sie hatten sich in einer Autowaschanlage auf dem Santa Monica Boulevard kennen gelernt, und während ihre Wagen durch die Riesenbürsten geschleust wurden, waren sie zu dem Schluss gekommen, dass es Liebe war.

Leslie hatte Eddie erzählt, sie sei Sekretärin, was in gewisser Weise auch zutraf, denn sie hatte als Sekretärin angefangen, und einige ihrer Kunden wollten sie als Sekretärin verkleidet sehen, obwohl schwarzes Leder und die Schulmädchenmasche viel beliebter waren.

Eddie hatte ihr erzählt, dass er Verleihchef bei Panther Studios war, und Leslie, die Schauspielerin werden wollte, hatte gedacht: Hm, das ist der Richtige für mich.

Und so erblühte die wahre Liebe.

Eddie trennte sich von einer bekannten Fernsehschauspielerin, die das natürlich nicht sehr gut aufnahm.

Leslie gab ihr Apartment und ihren Beruf auf.

Sie heirateten auf dem Boot eines Freundes in Marina Del Rey.

Das Eheleben war gut. Beide genossen die feste, gesetzlich abgesegnete Beziehung. Es änderte viel. Eddie war immer hinter den Frauen hergewesen. Er mochte sie, und sie mochten ihn. Und da er im Filmgeschäft war, hatte es an neuen Talenten nie gemangelt. Nachdem er Leslie kennen gelernt hatte, war der zwanghafte Jagdtrieb in ihm erstorben. Sie war nicht nur hinreißend, sie gab ihm im Schlafzimmer mehr als genug zu tun. »Wo hast du das bloß alles her?«, hatte er sie mit einem übermütigen Lachen gefragt.

»Aus dem *Cosmopolitan*«, hatte sie erklärt, ohne eine Miene zu verziehen.

Und er hatte ihr geglaubt.

Leslie war nie ein Straßenmädchen gewesen. Sie war mit achtzehn nach L. A. gekommen, hatte in einem der eleganten Kleiderläden auf dem Rodeo Drive einen Job gefunden und war dort von einer gewissen Madame Loretta entdeckt worden, die sie in einem Apartment unterbrachte.

Madame Loretta war eine kleine, füllige Frau und vor vielen Jahren aus der Tschechoslowakei nach Amerika gekommen. Sie war darauf spezialisiert, schöne, frische junge Mädchen zu »entdecken«. Sie war auch darauf spezialisiert, erstklassige Schönheiten an Hollywoodstars, Wirtschaftsbosse und Filmmagnaten zu vermitteln, die sich an sie wandten. Sie sorgte dafür, dass ihre Mädchen sich immer als etwas Besonderes und immer schön fühlten. Und sie wiederum bedienten ihre Kunden zu deren voller Zufriedenheit. Leslie war keine Ausnahme.

Als sie Madame Loretta sagte, sie wolle heiraten, hätte kein Mensch glücklicher sein können. Die alte Madame lud sie zum Tee in ihr Haus in den Hügeln ein und machte sie mit einigen Tatsachen des Lebens vertraut. »Es gibt drei Wege, einen Mann zu halten«, erklärte sie Leslie und fuchtelte ihr mit dem plumpen Zeigefinger vor dem Gesicht herum. »Drei goldene Regeln, die du nie vergessen darfst. Regel eins: Finde etwas an deinem Mann, das für dich das Wunderbarste auf der Welt ist, und sag es ihm immer wieder. Vielleicht sind es seine Augen, sein Haar, sein Hintern. Was es auch sein mag, er muss wissen, dass du es an ihm liebst. Regel zwei: Wenn du mit ihm im Bett bist, sag ihm, dass er der großartigste Liebhaber ist, den du je hattest. Und Regel drei: Was er auch sagen mag, sei immer überrascht, weil er so klug ist und so viel weiß. Schau ihn bewundernd an und versichere ihm, es sei das Klügste, das du je von irgendjemand zu hören bekommen hast.« Madame Loretta nickte wissend. »Wenn du dich nach diesen drei Regeln richtest«, sagte sie, »kann nichts schiefgehen.«

Leslie hatte gut zugehört und sich alles gemerkt. Sie wusste Eddie auf mehr als nur eine Art zu befriedigen, und er war für ihre Talente sehr empfänglich.

Leslie war glücklich, fürchtete jedoch, eines Tages einem ihrer ehemaligen Kunden zu begegnen und entlarvt zu werden. Eddie würde sich mit ihrer Vergangenheit nie abfinden, wenn er je die Wahrheit erfuhr, und davor hatte sie Angst. Auf Partys ließ sie ihre stets wachsamen Augen ständig schweifen. In Restaurants war sie immer auf der Hut. Wie viele Kunden hatte sie während der elf Monate gehabt? Sie konnte sich nicht mehr erinnern.

Leslie wusste, dass ihr Mann kokainabhängig war. Sie ignorierte es. Er fühlte sich wohl, wenn er ein bisschen von dem weißen Pulver schnupfte, warum also deshalb streiten?

Sie hatte es selbst einmal versucht, lehnte es jedoch ab. Es war zu angenehm. Zu gefährlich. Sie musste wegen ihrer Vergangenheit immer auf der Hut sein, es hatte keinen Sinn, ein Risiko einzugehen. In letzter Zeit war Eddie rastlos und nervös. Er fauchte sie grundlos an. Er stand morgens um vier auf und wanderte durch das Haus. Seinen Orangensaft am Morgen streckte er neuerdings mit einem doppelten Wodka.

Leslie machte sich Sorgen. Vielleicht hatte er es herausgefunden und bereitete sich darauf vor, ihr zu sagen, dass alles zu Ende war.

Was sollte sie tun? Was konnte sie tun? Sie wollte nicht wieder als Prostituierte arbeiten. Sie konnte auch nicht nach Florida zurück, weil sie ihrem Stiefvater tausend Dollar geklaut hatte, bevor sie von zu Hause abgehauen war. Wenn Eddie sich scheiden lassen wollte, war ihr Leben zu Ende.

»Hast du Sorgen, Liebling?«, fragte sie ihn eines Tages, streichelte seinen Nacken und zerzauste ihm das Haar, wie er es gern hatte.

»Nein, Baby«, sagte er, sprang auf und lief im Zimmer hin und her. »Ich brauche nur eine Million Dollar und ein bisschen Kooperation von Mickey Stolli, dann ist alles in Ordnung.«

Lucky begann ihren Job als Mickey Stollis Aushilfssekretärin am Freitag um halb acht Uhr morgens. Sie wusste, dass er pünktlich um Viertel vor acht kam, und wollte vor ihm da sein.

In der Luft hing noch Olives schwacher Duft. Es roch nach einem frischen englischen Toilettenwasser, Pfefferminzbonbons und einer kleinen Azalee.

Hinter Olives Schreibtisch sitzend, holte Lucky tief Atem. Sie war bereit. Bereit für alles, was kam. Sie war jedoch nicht darauf vorbereitet, dass ausgerechnet Lennie der erste sein würde, der anrief. Sie erkannte seine Stimme sofort.

»Olive«, sagte er forsch, »stellen Sie mich zu Mr. Stolli durch. Das ist ein Notfall.«

Lennie! Ein Notfall! Sie geriet in Panik – was ihr nur selten passierte – und legte auf. Im selben Moment kam Mickey Stolli herein. Im Tennisdress. Schwitzend.

»Bin in zehn Minuten in meinem Büro«, sagte Mickey und knallte die Tür seines persönlichen Bereichs zu.

Sie handelte schnell, drückte auf den Summer der Wechselsprechanlage und sagte zu Mickey: »Lennie Golden ist am Apparat. Er sagt, es handelt sich um einen Notfall.«

Der liebe Gott war auf ihrer Seite. Gerade als Mickey unwillig murrte: »Geben Sie ihn mir«, klingelte das Telefon wieder, und sie stellte schnell die Verbindung her. Hoffentlich war es wirklich Lennie, der noch mal anrief!

Lennie war ein Problem, an das sie nicht gedacht hatte. Sie konnte sich zwar äußerlich verkleiden, doch ihre Stimme hatte sie vergessen. Zum Glück hatte er nicht Mickeys Privatleitung angewählt, daher konnte sie auf einen Knopf drücken und mithören.

»Mir reicht dieser Mist jetzt, Mickey. Entweder geht Grudge, oder ich gehe!« Lennie war sehr zornig. »Der Mann ist ein Amateur.«

»Der Mann ist länger in der Branche als wir beide«, stellte Mickey sachlich fest.

»Vielleicht ist genau das sein Problem. Er bildet sich ein, alles zu wissen. Und vielleicht war das vor fünfundzwanzig Jahren tatsächlich so. Die Dinge verändern sich, wir sollten mit der Zeit gehen.«

»Keine Sorge.« Mickeys Stimme klang beschwichtigend. »Ich kümmere mich darum.«

»Deine Versprechen wachsen mir schon zum Hintern raus, weil sie drin keinen Platz mehr haben. Wenn nichts passiert, steige ich aus.«

»Du drohst mir doch nicht zufällig, oder?«

»Und ob ich das tu, darauf kannst du den Schmuck deiner Frau wetten.«

»Es ist mir sehr peinlich, dich daran erinnern zu müssen, dass es etwas gibt, das man Vertrag nennt.«

»Ich sag dir was«, entgegnete Lennie vernünftig und beherrscht. »Nimm deinen Vertrag, steck ihn in den Schredder, misch die Papierschnitzel mit einem Sack Zement und steck dir das Ganze in den Arsch.«

Peng! Aufgelegt.

Knall! Mickey stürmte aus seinem Büro, er sprühte vor Zorn.

»Schaffen Sie mir den Vertrag von Lennie Golden her!«, schrie er. »Ich hab diese beschissenen Schauspieler satt!« Er warf ihr einen Schlüssel zu und zeigte auf einen Aktenschrank.

»Ja, Mr. Stolli«, sagte sie leise und unterwürfig, weil sie glaubte, das erwarte Mickey Stolli von seinen Angestellten.

»Und morgens keine Telefonate mit beschissenen Schauspielern mehr. Kapiert?«

Eine Spur des ihm angeborenen Brooklyn-Slangs. Bleib ruhig – nenn ihn keinen ungehobelten Flegel. Dazu hatte sie noch genug Zeit, wenn sie das Studio übernahm.

»Ja, Mr. Stolli.«

»Und sehen Sie zu, dass Sie Eddie Kane erreichen und den Termin um zehn Uhr absagen.«

»Mit welcher Ausrede?«

»Scheiß auf Ausreden. Ich bin der Chef dieses Studios – hab keine Ausreden nötig. Denken Sie dran.«

»Ja, Mr. Stolli.«

Er marschierte in sein Büro zurück und warf krachend die Tür ins Schloss.

Für Mickey zu arbeiten würde ganz offensichtlich nicht langweilig sein.

Sie ging zu dem Aktenschrank hinüber, in dem die Verträge lagen, sperrte auf und begann mit ihren »Nachforschungen«.

27

Martin Z. Swanson hatte seinen Privatjet bescheiden SWANSON getauft. Er hatte auf dem Flug von New York zur Westküste eine siebenköpfige Besatzung und war der einzige Passagier.

Zwei Stewardessen lasen ihm jeden Wunsch von den Augen ab. Es waren hübsche Mädchen – eine Brünette und ein Rotschopf. Beide fünfundzwanzig, beide einssiebzig groß und beide hundertzwölf Pfund schwer.

Die Swanson-Uniform bestand aus kurzem weißem Rock, schmal geschnittener weißer Jacke und einem marineblauen T-Shirt mit dem weißen Aufdruck SWANSON quer über den Brüsten. Auch diese Brüste hatten Einheitsmaße – neunzig Zentimeter, Cup B. Martin war ein Pedant und achtete auf Details. Die Stewardessen nannten ihn »Mr. Swanson« und lächelten viel. Gute Zähne waren ebenfalls Voraussetzung für den Job.

Martin gab sich jedoch nie mit Angestellten ab, so attraktiv sie auch sein mochten. Tatsächlich nahm er sogar kaum Notiz von ihnen. Sie waren angestellt, um einen bestimmten Zweck zu erfüllen – hatten die Aufgabe, das Swanson-Image zu pflegen. Martin gab häufig Geschäftsessen, und wenn seine Gäste sich mit den Angestellten amüsieren wollten, war das ihre Sache.

Martin verlangte dreierlei von den Leuten, die für ihn arbeiteten – Loyalität, Intelligenz und erstklassiges Auftreten. Wenn sie sich nicht anpassten, flogen sie.

Wenn sie sich andererseits in das Swanson-Schema fügten, wurden sie großzügig belohnt.

Mit fünfundvierzig hatte Martin geglaubt, er habe – mehr oder weniger – seine Lebensziele erreicht. Nach verhältnismäßig bescheidenen Anfängen hatte er mehr erreicht, als er sich je vorgestellt hatte. Er war einer breiten Öffentlichkeit bekannt als charismatischer, dynamischer Geschäftsmann mit unorthodoxen Ideen und Methoden, der jeden Traum wahr machen konnte. Er hatte mächtige und berühmte Freunde in der Politik, dem Showbusiness, im Sport und auf dem Gesellschftskarussell. Er hatte überall Verbindungen. Und er hatte eine schöne, offensichtlich intelligente und smarte Frau.

Aber bis vor vier Monaten hatte Martin nie wahre Leidenschaft gekannt.

»Noch ein Glas Evian, Mr. Swanson?«, erkundigte sich die rothaarige Stewardess fürsorglich.

Er nickte, und Sekunden später stand ein geschliffenes Kristallglas vor ihm. Evianwasser, pur, eine Scheibe frische Zitrone und zwei Eiswürfel. Genauso, wie er es haben wollte.

»Möchten Sie schon essen, Mr. Swanson?«, fragte die andere Stewardess.

Er entdeckte einen dunklen Fleck auf ihrem engen weißen Rock und starrte so lange auf die Stelle, bis sie gezwungen war, hinunterzuschauen.

»Huch!«, rief sie verlegen.

Er hasste Frauen, die Dinge wie »Huch!«, sagten – es kam ihm immer so vor, als hätten sie nach der sechsten Klasse aufgehört, an sich zu arbeiten, und nie versucht, etwas dazuzulernen.

»Bringen Sie das in Ordnung«, sagte er kurz.

»Ja, Sir.«

Deena hatte die Uniformen entworfen. »Mach sie modern, sexy, aber nicht zu auffällig«, hatte er sie instruiert. Deena wusste genau, was ihm gefiel.

Deena. Seine Frau. Eine Frau aus Stahl. Ihm nicht unähnlich, wenn es darum ging, etwas zu bekommen, was sie wollte.

Als er sie kennen lernte, war es, als blicke er in einen Spiegel und sehe dort eine weibliche Version seiner selbst. Eine kluge Frau, eine Arbeiterin. Eine Frau, die wusste, was sie wollte, und alles tun würde, um es zu erreichen.

Deena. Er hatte sie sehr gern gehabt. Er hatte sie geheiratet.

Als er herausfand, dass sie ihn über ihr Alter und ihre Herkunft belogen hatte, war alles vorbei. Martin mochte es nicht, wenn man ihn belog.

Ihre Ehe bestand nur noch auf dem Papier. Von außen sah es so aus, als hätten die Swansons alles, was ein Mensch sich nur wünschen kann. Die Wahrheit war, dass Martin achtzehn Stunden am Tag arbeitete, während Deena sich bemühte, den Schein zu wahren. Vielleicht hätten Kinder etwas geändert, doch nach zwei Fehlgeburten riet man Deena, sie solle es nicht noch einmal versuchen und band ihr die Eierstöcke ab, damit sie nicht wieder schwanger werden konnte.

Obwohl er Deena ritterlich erklärt hatte, es mache ihm nichts aus, war Martin tief enttäuscht. Er hätte gern einen Sohn gehabt. Ein kleines Ebenbild, das er formen konnte. Martin Z. Swanson junior. Einen Jungen, den er zu Baseball-

und Footballspielen mitnehmen und dem er beibringen konnte, wie man erfolgreich Geschäfte machte.

Wer sollte nach ihm den großen Namen Swanson tragen?

Wer sollte sein Geld erben?

Deena hatte ihn enttäuscht und im Stich gelassen.

Sex war Martin nicht besonders wichtig. Er war mit siebzehn noch unschuldig gewesen, und seine erste Erfahrung hatte er bei einer dreiundvierzigjährigen Prostituierten gemacht, die ihm mürrisch erklärt hatte, er solle sich beeilen. Sie hatte ihn zehn Dollar gekostet und ihm als Dreingabe einen Tripper angehängt.

Auf diese Weise hatte er sehr früh gelernt, dass man meistens, aber nicht immer, genau das bekam, wofür man bezahlt hatte.

Sein zweites Erlebnis hatte er mit einem Callgirl, das für eine Nacht fünfhundert Dollar kassierte und in einem Appartement auf der Park Avenue residierte. Das Geld hatte er zu Weihnachten geschenkt bekommen, hinterher jedoch enttäuscht festgestellt, dass das kostspielige zweite fast genauso wenig aufregend gewesen war wie das erste Mal.

Danach hatte er es mit einer Reihe junger Damen versucht, die es kostenlos taten. Er bumste sich zwar nicht regelrecht durchs College, aber er war's zufrieden.

Nach dem College kamen an erster Stelle die Geschäfte. Dann Deena. Dann die Fehlgeburten. Dann die Mätressen.

Rein körperliche Schönheit interessierte Martin nicht. Er war nur hinter Frauen her, die etwas Besonderes leisteten.

Die Jagd erregte ihn. Eine Frau anpeilen, die er wollte, und dann sehen, wie lange es dauerte, bis er sie da hatte, wo er sie zu haben wünschte – im Bett. Das war das Beste an dem ganzen Spiel. Manchmal blieb er sogar einen oder zwei Monate bei einer.

Was er feststellte, war, dass sie alle ihren Preis hatten.

Was er feststellte, war, dass er ihn bezahlen konnte.

Dann kam Venus Maria, und Martin Z. Swanson entdeckte im Alter von fünfundvierzig Jahren endlich die Liebe, die Lust und das Leben. Und die Leidenschaft übermannte ihn.

Er lehnte sich in seinen Sitz zurück und durchlebte noch einmal ihre erste Begegnung.

Venus Maria.

Martin Z. Swanson.

Ein Vulkan kurz vor dem Ausbruch.

»Hallo!« Venus Maria lächelte ihn an. Sie hatte kleine weiße Zähne und ein herausforderndes Lachen.

»Ich bewundere Sie sehr«, antwortete er mit dem ganzen Swanson-Charme und einem unbekümmerten Zwinkern.

Ihr Lächeln blieb. »Sie reden gequirlte Scheiße. Ich wette, Sie haben noch nie was von mir gesehen.«

»Is nich wahr«, protestierte er.

»Dann sagen Sie's mir.«

»Was genau wollen Sie von mir hören?«

»Was Sie schon von mir gesehen haben?«

Er überlegte. »Sie waren auf dem Titelblatt von *Time*.«

»Das war keine Leistung. Das war Publicity.«

»Das weiß ich.«

»Also ...«

»Sie sind Sängerin.«

»Wau! Wie scharfsinnig.«

»Und Schauspielerin.«

»Aber in einem Film tatsächlich gesehen haben Sie mich noch nicht, oder?«

Er zuckte mit den Schultern. »Sie haben mich erwischt.«

Noch immer lächelnd, sagte sie: »Sie sehen, ich hab Recht gehabt, Sie reden gequirlte Scheiße.«

Martin war es nicht gewohnt, dass jemand zu ihm sagte, er rede gequirlte Scheiße. Besonders nicht eine junge Frau –

egal wie berühmt sie war – mit platinblondem Haar, frechen Augen und der seltsamsten Aufmachung, die er je gesehen hatte. Sie sah aus wie eine vagabundierende Zigeunerin in einem langen bunten Rock und mit unzähligen folkloristischen Silberketten über einer kurzen Weste, unter der eine goldfarbene Bluse herausschaute.

Sie waren auf einer Dinnerparty der Websters in New York. Effie Webster war eine avantgardistische Modeschöpferin. Ihr Mann Yul gab Bücher heraus. Beide waren bekannt dafür, dass sie eine Menge seltsamer Freunde hatten und den Drogen nicht abgeneigt waren. Obwohl Deena mit den Websters gut befreundet war, war Martin nur gekommen, weil die Party zu Ehren seines alten Freundes und ehemaligen Zimmergenossen Cooper Turner gegeben wurde. Deena war mit einer Migräne zu Hause geblieben. Ihr erster Fehler.

»Nachdem wir festgestellt haben, dass Sie gequirlte Scheiße reden, sollten wir eigentlich etwas dagegen tun«, sagte Venus Maria, stibitzte ein Garnelenkanapee vom Tablett eines vorbeieilenden Kellners und schob es sich zwischen die beunruhigend vollen roten Lippen. »Aber was?«

Das »wir« ließ ihn aufhorchen. Er hatte vor kurzem mit einer feministischen Anwältin Schluss gemacht, weil sie zu große Ansprüche an ihn stellte, und war frei für ein nächstes Abenteuer. Aber dieses Mädchen war etwas anderes – zu jung – zu wild – zu viel. Warnsignale sagten ihm, er solle die Finger davon lassen.

»Wissen Sie, wer ich bin?«, fragte er, überzeugt, dass sie es wusste.

»Nee«, sagte sie lässig. »Obwohl ich zugeben muss, dass Sie mir irgendwie bekannt vorkommen. Sind Sie Politiker? Senator oder so?«

»Ich bin Martin Swanson«, sagte er so, wie jemand sagen würde: »Das ist das Empire State Building« oder: »Hier steht der Eiffelturm.«

Venus Maria legte den Kopf auf die Seite. Er merkte, dass ihre Ohrringe nicht zusammenpassten.

»Da fällt kein Groschen«, erwiderte sie. »Geben Sie mir noch einen kleinen Tipp.«

Allmählich fand er sie ziemlich aufreizend, dieses merkwürdig aussehende Wesen. Ihre Brauen waren zu dunkel für ihr Haar, und ihre Augen waren viel zu wissend für das übrige Gesicht. »Lesen Sie das *Time Magazine* vom Januar 1984«, sagte er schroff. »Sie sind nicht die Einzige, die auf dem Titelblatt war.«

Dann kam Cooper Turner dazu. Der schöne Cooper persönlich. Cooper, der wahrscheinlich längst mit diesem Flittchen pennte, das sich in einem Ruhm sonnte, der so schnell dahin sein würde wie eine Eintagsfliege. Schließlich musste er seinem Ruf gerecht werden.

»Du hast Venus kennen gelernt, wie ich sehe«, sagte Cooper grinsend. »Hat sie dich schon beleidigt?«

»Ich bin nicht ganz sicher«, antwortete Martin.

»Passt auf eure Eier auf, Jungs. Vielleicht braucht ihr sie eines Tages.«

Venus Maria lachte übermütig und winkte ihnen unbekümmert zu. »Ich muss los – nett, Sie kennen gelernt zu haben – eh ...«

»Martin.«

»Ich habe ein lausiges Gedächtnis, aber im Bett bin ich sensationell.«

Damit ließ sie sie stehen, tänzelte durch den Raum und zog bei jedem Schritt die Aufmerksamkeit der Anwesenden auf sich.

»Ich wünschte, ich könnte das bestätigen«, sagte Cooper wehmütig. »Die kleine Venus Maria ist, was wir eine ›taube Nuss‹ nannten – ein Mädchen, das die Jungs aufgeilt und dann abzwitschert. Weißt du noch? Damals in den guten alten Sechzigern?«

»Heißt das, dass du nicht mit ihr ins Bett gehst?«, fragte Martin neugierig.

»Schwer zu glauben, nicht wahr?«, sagte Cooper mit einem schiefen Grinsen. »Ich scheine endgültig aus dem Rennen zu sein. Sie hat nur gelacht, als ich es ihr vorschlug. Glaubst du, wir werden alt, Martin?« Cooper sagte diesen letzten Satz mit der Gewissheit eines Mannes, der wusste, dass er nie für jemanden zu alt sein würde.

Martin behielt Venus Maria den ganzen Abend im Auge. Sie flatterte umher wie ein neugieriger Vogel, blieb nie lange an einer Stelle, ganz platinblondes Haar, volle rote Lippen und Duft eines Parfüms, der hinter ihr herwehte wohin sie auch ging.

Einmal begegneten sich ihre Blicke. Nur ein einziges Mal. Sie hielt den seinen fest wie eine Katze und zwang ihn, zuerst wegzuschauen. Wieder ein kleiner Triumph für sie. Martin wurde neugierig.

Am nächsten Tag ließ er sich ihre Pressemappe kommen. Seine Sekretärin schleppte eine Lawine von Illustrierten und Zeitungsausschnitten an. Venus Maria war berühmter, als er gedacht hatte.

Dann bat er um Kopien ihrer Videos und der beiden Filme, die sie gedreht hatte. Auf der Leinwand hatte sie eine dynamische Ausstrahlung. Eine Sex … Nein, nicht Bombe, sondern eine Sexsirene mit einer ordentlichen Portion Gerissenheit. Sie konnte tanzen, sie konnte singen, sie war sogar eine gute Schauspielerin.

Am Ende dieses Tages packte Martin die Begierde. Er schickte Venus Maria drei Dutzend Rosen aus Sterlingsilber und eine Botschaft ins Chelsea Hotel, wo sie abgestiegen war. Der Text lautete: *Ich auch – Martin Swanson.* Er bezog sich auf den letzten Satz, den sie zu ihm gesagt hatte. »Ich habe ein lausiges Gedächtnis, aber im Bett bin ich sensationell.«

Sie bestätigte weder den Empfang der Blumen, noch bedankte sie sich für sie. Er fragte sich, ob sie sie überhaupt bekommen hatte, denn er erfuhr, dass sie am nächsten Tag nach L. A. zurückgeflogen war.

Venus Maria.

Eine unvollendete Geschichte.

Martin mochte keine halben Sachen.

Sechs Wochen später erklärte Deena, in L. A. finde eine Party statt, bei der sie unbedingt dabei sein wolle. Es war eine große Wohltätigkeitsveranstaltung, und sie wollte ihr neues Saphir- und Diamanthalsband tragen, das ihren hellen Augen und ihrer zarten Haut schmeichelte.

»Gut, fliegen wir«, war Martin überraschend schnell einverstanden. Deena staunte, denn sie wusste, dass er L. A. verabscheute.

Er hatte den richtigen Instinkt gehabt. Venus Maria war auch bei der Party, auffallend in schwarzem Leder, während um sie herum ein Meer von Valentinos, Ungaros und Adolfos wogte. Sie hatte sich das Haar stumpf schwarz färben lassen – was sehr vorteilhaft war, weil es jetzt zu ihren Brauen passte, und ihre vollen Lippen waren grell purpurn geschminkt. Unter dem Motorradjackett trug sie eine aus weicherem Leder gearbeitete Bustierbluse mit silbernen Nieten.

»Mein Gott! Dieses Mädchen – diese Venus Maria ist einfach grässlich. Hast du sie gesehen?«, fragte Deena.

Konnte er sie übersehen?

Nein.

Und diesmal hatte er nicht einmal die Absicht, es zu tun.

Cooper Turner war nicht gerade begeistert, als Martin ihn um ihre Telefonnummer bat.

»Sie ist nichts für dich, Martin«, warnte er ihn. »Dieses Mädchen tanzt einen völlig neuen Schritt. Vergiss es.«

»Fürchtest du die Konkurrenz?«, fragte Martin.

»Ich versuche nur, dich zu warnen. Venus ist anders als andere. Sagen wir, du schaffst es, sie zu kriegen – was dir nicht gelingen wird, das prophezeie ich dir schon jetzt. Aber sagen wir einmal – falls doch … Sie ist keine Frau, die zu Hause sitzen und zusehen wird, wie du immer wieder zu Deena zurückläufst. Vergiss es, Martin. Die Kleine hat Haare auf den Zähnen.«

»Krieg ich jetzt ihre Nummer, oder soll ich mich an jemand anders wenden?«

Er bekam die Nummer und rief an – auf alles vorbereitet.

»Ich hab meine Rosen nach L. A. mitgenommen«, sagte sie beiläufig. »Oh, und außerdem hab ich mir von meiner Sekretärin das *Time Magazine* besorgen lassen. Das Bild gefällt mir nicht. Sie sehen wie ein eitles, selbstzufriedenes Arschloch aus. Ich fotografiere selbst ein bisschen. Haben Sie Lust, mir Modell zu stehen?«

Er entschuldigte sich bei Deena, ließ sie im Hotel zurück und raste zu Venus Marias Haus in den Hollywood Hills.

Sie machte ihm eine Tasse Kräutertee und strich ihm mit seidigen Fingern über die Wangen. »Ich werde erst mit dir schlafen, wenn ich dich kenne«, sagte sie leise. »Das kann auch zwei Jahre dauern. Recht so?«

Falsch.

Es dauerte fünf Wochen.

In dieser Zeit kam er sechsmal an die Westküste, und sie flog zwei Mal nach New York.

Es passierte im Haus eines Freundes am Big Sur, in einem altmodischen Himmelbett mit einem unglaublich schönen Blick auf den Ozean.

Und Martin Z. Swanson, Industriemagnat, Milliardär, ein weltgewandter, gebildeter Mann von fünfundvierzig Jahren, lernte endlich Liebe und Leidenschaft kennen.

Es war eine Offenbarung.

Nachdem er in L. A. gelandet war, rief Martin Venus Maria sofort aus seiner Limousine an. Sie war auf dem Set, kam aber sehr schnell an den Apparat, als man ihr ausrichtete, ein Mr. Whacko wolle sie sprechen. Martin kam sich idiotisch vor, weil sie darauf bestand, dass er einen Codenamen benutzte. »Das funktioniert nur mit einem ganz blöden Namen«, hatte sie ihm versichert. Also nannte er sich Mr. Whacko.

»Wann kann ich kommen?«, fragte er.

»Geht leider nicht. Mein Bruder ist noch da.«

»Verdammt! Ich dachte, du willst ihn hinauswerfen.«

»Das will ich ja. Aber es braucht seine Zeit. Mir ist es nämlich lieber, wenn er nicht zum *National Enquirer** rennt, um meine Geheimnisse zu verkaufen.«

»Das wird er sowieso tun.«

»Glaubst du?«

»Ich weiß es.«

»Ich werde ihm ein Apartment mieten.«

»Wann?«

»Heute noch.«

»Du hast mir gefehlt.«

»Das ist gut.«

»Nun?«

»Was – nun?«

»Du weißt, was. Hab ich dir auch gefehlt?«

»Martin, wenn du hier bist, bist du hier. Wenn du fort bist, ist das dein anderes Leben. Wenn ich dich vermisste, hieße das, Energie zu verschwenden. Dazu habe ich keine Zeit.«

Manchmal war es mit ihr zum Wahnsinnigwerden. Konnte sie sich nicht vorstellen, wie schwer es ihm fiel, zu sagen »du fehlst mir«? Das hatte er noch nie zu einem Menschen gesagt.

»Ich bin hier, um wegen eines Studioankaufs zu verhandeln«, sagte er, als ob sie das beeindrucken könnte.

»Das hast du mir schon das letzte Mal erzählt.«

* Brutales amerikanisches Klatschblatt (Anm. d. Übers)

»Damals hat es nicht geklappt.«

»Und was jetzt?«

»Neue Verhandlungen.«

»Ich muss gehen, man schreit schon nach mir.«

»Lass sie warten.«

»Martin! Du überraschst mich. Ich bin Profi.«

»Sieh zu, dass du deinen Bruder loswirst. Ich möchte zu dir kommen.«

»Ich will's versuchen.«

»Versuch's nicht. Tu's.«

»Später.«

Später würde er sie in den Armen halten. Diesen jungen bebenden und erregenden Körper, den er in jedem Nerv spürte und der ihm eine Lust verschaffte, die fast wie Todessehnsucht war.

Und jetzt an die Arbeit. Martin Z. Swanson wollte ein Studio übernehmen. Und wenn Martin Z. Swanson etwas wollte, erreichte er es auch.

28

Lucky zündete sich eine Zigarette an. Einmal, vor sehr langer Zeit, hatte sie sich selbst versprochen, das Rauchen aufzugeben. Unmöglich. Es war eine Sucht. Außerdem genoss sie es – anzünden, inhalieren, den Rauch träge entweichen lassen.

Boogie rauchte nicht. Boogie war ein Jünger der Körner- und Kleiefresser; hinzu kamen noch brauner Reis und ähnliche Produkte. Er war ein Gesundheitsfanatiker und warf ihr durchdringend missbilligende Blicke zu, weil sie schwarzen, starken und nicht entkoffeinierten Kaffee trank und sich zum Abendessen über ein dickes, saftiges Steak hermachte.

Es war Samstagvormittag, und sie hatte eine Unmenge zu tun. Keine Zeit, nach London zu fliegen. Zu einem Tagesausflug nach Acapulco hätte es vielleicht gereicht, wenn sie nicht angeblich in Japan gewesen wäre.

Verdammt! Sie wollte mit Lennie zusammen sein.

Sie rief ihn an. Nach seinem Telefongespräch mit Mickey am Tag vorher zu schließen, war er wohl kaum in guter Laune. Sie hatte Recht.

»Wo bist du?«, war seine erste in kriegerischem Ton gestellte Frage.

»Ich verneige mich dauernd und trinke Tee«, antwortete sie gelassen.

Er wurde von Minute zu Minute gereizter. »Ist dir klar, dass für dich nur Schwachsinnige und Idioten arbeiten?«

»Geht es uns nicht allen so?«

»Komm, Lucky, mir ist gar nicht komisch zumute. Die Leute in deinem Büro sind entweder wirklich geistig zurückgeblieben oder begriffsstutzig.«

Mit wem hatte er gesprochen? »Wieso sagst du das?«, fragte sie besorgt. Es wäre schlimm, wenn jetzt alles herauskäme.

»Weil ich seit geschlagenen vierundzwanzig Stunden versucht habe herauszufinden, wo du eigentlich bist. Eine Telefonnummer. Eine Adresse. Irgendetwas. ›Wir haben keine Ahnung, Mr. Golden‹, sagen sie mir. Als wär ich irgendein x-beliebiger Trottel.«

Zwei Wochen, und sie saß schon tief in der Scheiße.

»Sie wissen nicht, wo ich bin«, antwortete sie. »Ich weiß auch nicht, wo ich bin. Mr. Tagaswaki ist ein seltsamer und großartiger Mann, der seine Geschäfte auf ein wenig exzentrische Art abwickelt.«

»Was redest du da, verdammt?«, fragte Lennie voller Überdruss.

»Es ist so schwierig zu erklären«, antwortete sie rasch.

»Das liegt an der Art des Geschäfts, über das wir verhandeln. Er ist ein bisschen verrückt. Aber es dauert nicht mehr lange, ich komme bald.«

Lennie ließ sich nicht beschwichtigen. »Schläfst du mit diesen japanischen Arschlöchern?«, fragte er gepresst.

»Mach dich nicht lächerlich!«

»Nein, du machst dich lächerlich, Lucky.«

Jetzt wurde sie ärgerlich. »Ich verhandle wegen einer großen Sache. Mische ich mich in deine beruflichen Angelegenheiten ein?«

»Ständig.«

O Gott! Sie wollte nicht, dass das Gespräch in einen richtigen Streit ausartete. »Bitte versteh doch, Lennie«, sagte sie weich. »Nur dieses eine Mal.«

»Ich verstehe nicht. Beweg deinen Arsch hierher.«

Sein vorwurfsvoller, fast autoritärer Ton gefiel ihr nicht. »Lennie«, sagte sie vorsichtig, »ich tu, was ich will.«

»Tja, dann mach nur so weiter, Herzchen, aber bald wirst du allein weitermachen müssen.«

Herzchen! Er war wirklich wütend.

»Diese Verhandlungen sind unglaublich wichtig für mich. Warum lässt du mich die Sache nicht auf meine Weise durchziehen? Hinterher gehöre ich ganz dir. Wir bleiben den ganzen Sommer in Malibu und bauen Sandburgen.« Ihre Stimme wurde wieder weicher. »Okay, mein Schatz?«

Er beruhigte sich. »Ich wollte dich dieses Wochenende überraschen. Einfach auftauchen. Das heißt, wenn ich einen Ort wüsste, an dem ich auftauchen kann.«

»Was ist mit dem Film?«

»Zum Teufel mit dem Film! Ich habe Mickey Stolli gesagt, wenn sie Grudge nicht rauswerfen, gehe ich.«

»Ich habe bald eine große Überraschung für dich.«

»Was?«

»Hab Geduld.«

Er gab nicht auf. »Seit wann bin ich geduldig? Gib mir deine Telefonnummer.«

»Ich habe keine.«

»Woher sprichst du? Von der Straße?«

»Aus einem Hotel.«

»Ich weiß nicht, was für ein Spiel du spielst, Lucky«, sagte er aufgebracht. »Aber tu mir und dir den Gefallen und komm zurück. Ich brauche dich.«

»Ich werde früher bei dir sein, als du denkst.«

Kein ideales Telefongespräch. Wie lange würde er ihr wohl ihre durchsichtigen Ausreden glauben?

Als nächstes wählte sie Bobbys Nummer in London. Er war in einem James-Bond-Film gewesen und bestand darauf, ihr die ganze Handlung zu erzählen. Sie hörte geduldig zu, sagte ihm, dass sie ihn liebe, und legte auf.

Du machst einen Saustall aus deinem Leben, Santangelo.

Aber nur für kurze Zeit.

Als sie am Montagmorgen ins Studio kam, wusste sie viel mehr als am Freitag.

Sie hatte eine Mappe voller Papiere und Verträge aus Mickeys verschlossenem Aktenschrank übers Wochenende nach Hause mitgenommen und viel Zeit gehabt, sie zu studieren. Es hatte den Anschein, dass Mickey überall absahnte. Und der Chef der Finanzabteilung musste mit ihm unter einer Decke stecken.

Mickey kam zu spät, schnalzte mit den Fingern und ratterte los wie eine Maschinenpistole. »Holen Sie mir Zeppo White an den Apparat. Sagen Sie meinen Neun-Uhr-Termin mit Eddie Kane ab. Richten Sie Teddy Lauden aus, dass er nach der Konferenz noch bleiben soll. Und machen Sie mir einen frischen Saft – Grapefruit. Aber ein bisschen dalli! Und bewegen Sie gefälligst Ihren Arsch zu mir rein!«

Der Mann war unglaublich. Hatte er noch nie gehört, dass

man sich guten Morgen wünschte und gegen Angestellte wenigstens die primitivsten Regeln der Höflichkeit beachten sollte?

Sie folgte ihm in sein Büro. Er riss sich schon das Tennishemd herunter, und zum Vorschein kam eine ungewöhnlich stark behaarte Brust. Sollte er die Shorts auch noch ausziehen, war sie bestimmt wie der Blitz wieder draußen.

Er marschierte ins Bad, pinkelte laut bei offener Tür und diktierte ihr dabei einen kurzen Brief, den sie Grudge Freeport durchfaxen sollte.

Er lautete:

Unzufriedene Schauspieler sind lästig wie Hummeln im Hintern. Und Hummeln im Hintern machen mich unglücklich. Du bist zu ersetzen. Die Stars nicht. Tu irgendwas Nettes, und mach alle glücklich.

Dann diktierte er ein ähnliches Fax an Ned Magnus, den Produzenten von Lennies Film. Lucky fügte eigenmächtig hinzu:

Komm Lennie Golden in jeder Beziehung entgegen. Akzeptiere jede Änderung, auf der er besteht.

Anschließend verschwand Mickey unter der Dusche, und sie beeilte sich, seine Telefonate zu erledigen.

Als er wieder auftauchte, schrie er nach seinem Saft.

Lucky flitzte in die Küche aus rostfreiem Stahl, schnitt eine Grapefruit in die Hälfte – und um ein Haar ihren Finger mit – und warf sie dann in die Fruchtpresse.

Fast hätte sie einen Lachkrampf bekommen. Das war verrückt! Wieso, zum Teufel, machte sie denn so was?

Abenteuer.

Ein Studio.

Lennie.

Eddie Kane war nervös. Er hatte etwas Dringendes mit Mickey zu besprechen, und das Arschloch hielt ihn hin.

Zehn Minuten vor der Montagmorgenkonferenz des Studiomanagements rauchte Eddie in der Herrentoilette einen Joint. Eine Prise Koks wäre ihm lieber gewesen, doch sein Vorrat war zu Ende, und Kathleen Le Paul kam immer erst nach dem Lunch.

Der Joint nahm ihm die Nervosität. Ein bisschen. Nicht richtig.

Verdammt! Er steckte bis über beide Ohren in der Tinte und musste sich unbedingt mit Mickey zusammensetzen und die Dinge klären.

Als er sich im Spiegel der Herrentoilette betrachtete, stelle er fest, dass sein linkes Unterlid in unregelmäßigen Abständen nervös zuckte. Man merkte es fast nicht – aber das Zucken war da. Und wenn man genauer hinsah ...

Wer sah schon genauer hin, um Himmels willen?

Eddie »Der Lidzucker« Kane. Ehemaliger Kinderstar.

Noch immer heiß mit seiner *Miami-Vice-Haltung.*

Das war's, worauf Eddie sich eingelassen hatte.

Harte Pornofilme.

Er verlieh sie.

Versteckt zwischen den regulären Panther-Produktionen.

Verdiente eine schöne Stange Geld damit.

Steckte alles in die eigene Tasche.

Er musterte sich lange und eingehend. Wer außer mir hat eine Frau wie Leslie? dachte er. Sie war hübscher als jeder Filmstar. Und hatte im kleinen Finger mehr Sex als andere in beiden Händen.

Was würde er darum geben, sie bis zu den Oberschenkeln in Diamanten waten zu sehen. Sie hätte jeden Einzelnen verdient. Bis zu den Oberschenkeln, mit nacktem Hintern. Was für ein Anblick!

»Guten Morgen, Eddie.«

Zev Lorenzo, Chef der kürzlich gegründeten Fernsehabteilung, schlich sich von hinten an ihn heran. Zev war ein eleganter Mann Ende vierzig, mit einem bleistiftdünnen Bärtchen, dünner werdendem Haar und einer straffen Figur. Hätte Eddie raten müssen, hätte er gesagt, dass Zev der einzige leitende Angestellte bei Panther war, der keine Nebengeschäfte machte und nicht in die eigene Tasche wirtschaftete.

»Hallo, Zev.«

Der Ältere nickte und stellte sich vor ein Urinal.

Ein heimlicher Schwuler, fuhr es Eddie durch den Kopf. Jemand hatte ihm erzählt, dass Zev ein heimlicher Schwuler war. Doch warum jemand noch anno 1986 ein Geheimnis daraus machen sollte, kapierte Eddie nicht.

»Wie läuft's denn so?«, fragte er und fuhr sich mit der Hand durch das lange Haar.

»Ausgezeichnet«, antwortete Zev. Er liebte Worte wie »vorrangig«, »überragend« und »unerreicht«. Eddie hatte ihn noch nie fluchen hören. Nicht einmal ein schlichtes »verdammt« kam über seine Lippen.

»Das ist gut, das ist sehr gut«, sagte Eddie. »He, ich muss dich demnächst einmal mit meiner Frau bekannt machen.«

»Ich habe gehört, dass sie überwältigend ist.« Zev schloss seinen Reißverschluss und ging. Blieb nicht einmal, um sich die Hände zu waschen.

Unter Eddies linkem Auge zuckte es wieder. Er fühlte sich nicht wohl. Er fühlte sich wie Scheiße. Er sah wie Scheiße aus. Er hatte Zev erschreckt.

»Begleite ich Sie zu der Konferenz, Mr. Stolli?«, fragte Lucky.

»Ja, ja, ja. Sie machen sich Notizen. Schreiben alles auf. Sie beherrschen doch Schnellschrift?«

Sie nickte.

»Was ist mit Ihrem Haar los?«

»Wie ...«

»Vergessen Sie's. Gehen Sie hinter mir her, und machen Sie den Mund nicht auf.«

Sie gingen in den Konferenzraum. Lucky drei Schritte hinter ihm. Wie eine gehorsame Geisha.

Die Jungs waren versammelt. Keine Mädchen.

Schande.

Das ist Hollywood.

Lucky setzte sich auf einen abseits stehenden Stuhl, zückte den Notizblock (Steno war das einzig Nützliche, das sie in ihrer Schweizer Schule gelernt hatte), sah sich um, studierte unauffällig die Anwesenden und verglich sie im Geist mit den Hochglanzfotos des am Ende eines jeden Jahres veröffentlichten Finanz- und Rechenschaftsberichts der Panther Studios.

Ford Werne, Produktionschef. Anzug von Armani und eine getönte Fünfhundertdollar-Pilotenbrille. Er war ungefähr fünfzig, hielt sich jedoch ausgezeichnet.

Teddy T. Lauden, Chef der Finanzabteilung, war genau das Gegenteil von ihm. Mager, unauffällig, pedantisch.

Zev Lorenzo, der Mann, der die Fernsehabteilung leitete, ohne Fehl und Tadel, charmant.

Während Eddie Kane, Mister Filmverleih, Mister Kokainkopf, aussah, als werde er gleich auseinander fallen. Heruntergekommen war eine zu freundliche Bezeichnung. Er sah auf weichliche Art gut aus, doch niemand konnte übersehen, dass er in Schwierigkeiten steckte.

Blieben nur noch zwei, die zum obersten Management gehörten – Grant Wendell, Vizepräsident der weltumspannenden Produktion – jung, mit klugen Augen, in ausgebeulten Hosen und einem durchgeknöpften Sporthemd.

Und Buck Graham – Marketing. Ein plumper, jovialer Mann mit rötlichen Wangen und einem Lächeln, das sagte: Ich bin hier, um es allen recht zu machen.

Durchschnittsalter der Gruppe – Anfang vierzig.

Deshalb gab es hier auch keine Frauen in der Führungsspitze. Die Mütter dieser Typen waren keine erfahrenen und geübten Feministinnen. Was wussten sie schon?

Lucky lächelte in sich hinein. In ihrer schlampigen Perücke, unter ihren sackartigen Kleidern versteckt, war sie für diese Gruppe von – vermutlich eingefleischten – Chauvinisten praktisch unsichtbar.

Zwei Frauen kamen herein, um Kaffee und Tee zu servieren. Eine von ihnen war Eddie Kanes schwarze Sekretärin Brenda. Sie hatte sich für diese Gelegenheit in ein enges, sehr kurzes pinkfarbenes Lederkleid geworfen. Dazu trug sie eine unmögliche Netzstrumpfhose – die besser zu einer Schönen der Nacht als in eine Firmenkonferenz gepasst hätte – und rote Lackschuhe mit sehr hohen Absätzen.

Brenda hatte ein schreckliches Getue mit den Männern, nannte jeden beim Namen, während sie Kaffee einschenkte und dabei die Finger mit den goldfarben lackierten Nägeln um den Tassenhenkel legte.

Die andere Frau war eine Blondine mit Pferdeschwanz. Auch sie trug einen Minirock und gehörte offensichtlich zu Grant Wendell.

Die Männer ignorierten die beiden, nur Eddie schob, wie Lucky sehr wohl bemerkte, Grants Sekretärin die Hand unter den winzigen Rock.

»Okay, Mädchen, und jetzt raus mit euch«, sagte Mister Charme Mickey Stolli. »Wir sind hier nicht im Restaurant.«

Brenda warf Lucky einen gehässigen Blick zu, als wollte sie sagen: Was tust denn du hier? Offensichtlich hatte sie einen Job, den die anderen Sekretärinnen mit Begeisterung übernommen hätten.

Und dann begann die Konferenz.

Mickey hatte einen Verstand wie eine Schnellfeuerwaffe, stellte Fragen, redete mit Lichtgeschwindigkeit. Er wollte alles wissen, was im Studio passierte – und in der ganzen Welt, wenn es etwas mit Panther zu tun hatte.

Ford Werne rückte an seiner Pilotenbrille und hielt einen Vortrag über ein Drehbuch, das Panther für eine Million Dollar ankaufen sollte.

Grant Wendell trug seinen Wunsch vor, Madonna oder Cher für mehrere Filme vertraglich zu verpflichten. Zev Lorenzo prahlte mit Zuschauerzahlen zweier Fernsehshows, die er produziert hatte, und behauptete, er verhandle wegen der Fernsehrechte für ein Buch von Norman Mailer. »Wir drehen eine längere Mini-Serie ähnlich wie Irwin Shaws *Arm und reich* mit Peter Strauss.«

»Zu anspruchsvoll«, lehnte Mickey ab. »Wir brauchen etwas mit Titten und Hintern. Und da wir grade davon sprechen – wir brauchen ein Buch für diese siebzehnjährige Ex-Pornodarstellerin, die da ausgestiegen ist. Sie is ’n Naturtalent.«

»Worin, Mickey?«, fragte Buck Graham mit einem schmutzigen Lachen.

»Ich hab sie in *Under Glass* gesehen«, warf Teddy Lauden ein, der plötzlich zum Leben erwachte. »Sie war damals sechzehn. Was für ein Körper!«

»Lassen wir mal ihren Körper beiseite, kann sie spielen?«

»Wen interessiert das denn?«, fragte Mickey. »Sie wird uns ’n verdammtes Vermögen einbringen. ’ne junge frische Möse. Das treibt die Kerle immer an die Kinokassen. Cooper gibt ihr ein paar Zeilen in seinem Film.«

Ah, wie wunderbar ist es doch, mit richtigen Männern zusammen zu sein, dachte Lucky. Was für ein entzückender Haufen!

Eddie zog sie nach der Konferenz in eine Ecke. Er war eine wandelnde Zeitbombe. »He – he – Lady – Sie …«

»Ich heiße Luce.«

»Okay, Luce. Sie müssen mir 'n großen Gefallen tun.«

»Ja?«

»Sagen Sie nicht ständig meine gottverdammten Termine mit Mickey ab. Muss mit 'm reden – heute. Dringende Sache.«

Sie sah das Zucken unter seinem linken Auge. Es war faszinierend.

»Nicht ich sage die Termine ab, Mr. Kane. Das tut Mr. Stolli selbst. Ich mache nur, was mir aufgetragen wird.«

Himmel, Arsch und Zwirn! Sie fing schon an wie Olive zu reden.

»Klar. Also das nächstemal vergessen Sie's einfach. Und dann bin ich da. Bei ihm drin. Sie verstehn, was ich meine?«

»Warum sollte ich das tun, Mr. Kane?«

»Sie werden's schon merken. Es ist die einzige Möglichkeit, an Mickey ranzukommen. Er drückt sich immer. Olive wird es Ihnen bestätigen. Wann kommt sie zurück.«

»Morgen.«

»Ich muss ihn heute sehen. Arrangieren Sie das.«

»Ich will's versuchen.«

»Braves Mädchen.«

»Mein Name ist Luce.«

»Ich würde ihn ändern, wenn ich Sie wäre.«

Im Büro wartete ein ganzer Stapel Nachrichten. Mickey Stolli war ein populärer Mann.

Sie blätterte in seinem Terminkalender. In den nächsten vier Wochen war nichts mehr frei. Olive hatte mit ihrer ordentlichen Schrift jede Einzelheit eingetragen.

Lucky klopfte an die Tür seines Büros, wartete auf das übliche »Jaaa!«, und trat ein.

»Mr. Kane möchte einen neuen Termin haben«, sagte sie sachlich.

»Der Anblick dieses Penners ist mir unerträglich«, antwortete Mickey.

»Für wann soll ich ihn eintragen? Er sagt, es ist dringend.«

»Aufs Scheißhaus gehen – das ist dringend. Eddie kann warten.«

»Sind Sie sicher?«

»Machen Sie mir keinen Kummer. Was steht als Nächstes an?«

»Sie sind mit Frankie Lombardo und Arnie Blackwood zum Lunch verabredet und treffen sich um drei Uhr mit Martin Swanson im Beverly Hills Hotel.«

»Sagen Sie den Lunch ab. Ich muss weg.«

»Darf ich fragen, wohin?«

»Nein.«

»Danke. Mr. Stolli.«

Von Lucky alarmiert, war Boogie an Ort und Stelle, als Mickey Stolli das Studio verließ. Er folgte ihm bis zu einem bescheidenen Apartmenthaus in West Hollywood, wo er beobachtete, wie Mickey seinen Porsche auf einem Tiefgaragenstellplatz parkte, der mit Apt. 4 gekennzeichnet war.

Boogie überprüfte die Namensschildchen neben der Haustür und stellte fest, dass in Apt. 4 ein gewisser Warner Franklin wohnte.

Hatte Mickey Stolli einen Nachmittagsliebhaber?

Offensichtlich.

Boogie rief Lucky vom Wagen aus an und gab die Information an sie weiter.

»Sind Sie sicher?«, fragte sie.

»Es sieht jedenfalls so aus.«

»Bleiben Sie in der Nähe. Vielleicht kommen sie raus.«

»Das bezweifle ich. Sie werden sich in der Öffentlichkeit kaum zusammen zeigen.«

»Wer weiß. Mickey ist nicht gerade ein Ausbund an Klugheit.«

»Will sehen, was ich rausfinden kann.«

»Das macht keiner besser.«

Von Luckys Lob angespornt, fand Boogie eine Menge heraus. Der Postbote, eine neugierige Nachbarin und ein gelangweilter Neunjähriger, der wegen Grippe nicht in der Schule war, gaben ihm die nötigen Auskünfte.

Die Fakten. Warner Franklin. Schwarz. Weiblich. Polizistin.

Für Boogie roch das nach Bestechung.

29

Martin Swanson beschäftigte eine ganze Armee von Anwälten. Er rief. Sie sprangen.

Seine Anwälte verfügten über eine Armee von Top-Verbindungen. Sie ließen verlauten, dass Martin Swanson daran interessiert war, die Kontrolle über ein großes Studio zu bekommen, und sofort wurden alle Möglichkeiten ausgelotet.

Martin hatte jeden Vorschlag gründlich geprüft, vertrauliche Berichte über United Artists, Columbia, Fox und so weiter gelesen und war am Ende zu dem Schluss gekommen, dass Orpheus und Panther die viel versprechendsten Vorschläge waren.

Orpheus war reif für eine Übernahme. Und Panther, noch immer ausschließliches Eigentum des Einsiedlers Abe Panther, würde vermutlich zu haben sein, wenn er den richtigen Preis bot. Das sagten wenigstens seine Anwälte.

»Mit wem muss ich reden, wenn ich Panther haben will?«, hatte Martin gefragt.

Mit Mickey Stolli, sagte man ihm.

Martin ließ Mickey von seinen Leuten sofort überprüfen und stellte fest, dass er zwar der Vorsitzende und der erste Direktor von Panther war, das Studio jedoch nicht ohne die Zustimmung seines Schwiegergroßvaters verkaufen konnte.

Interessant. Denn Mickey hatte ausgezeichnete Arbeit geleistet, seit er die Leitung übernommen hatte. Das Studio erzielte hohe Gewinne.

Mit dem Gedanken, den Löwenanteil an einem Filmstudio zu erwerben, hatte Martin schon lange gespielt – schon bevor er Venus Maria begegnet war. Hollywood war die Verlockung. Geld das Karussell. Und das Filmgeschäft als potenzieller Geldmacher war unwiderstehlich.

Die Orpheus Studios waren in Schwierigkeiten. Eigentum einer Muttergesellschaft, die vor allem an der Herstellung von Flugzeugteilen interessiert war, hatten sie während der letzten drei Jahre nur mit Verlust gearbeitet. Seit Zeppo White – der ehemalige Agent – die Geschäftsführung übernommen hatte, wurde es immer schlimmer.

Im Moment hatten sie fünf Filme in Produktion – vier hatten ihr Budget schon um Millionen überzogen und, falls nicht ein Wunder geschah, kaum eine Chance, einen Gewinn einzuspielen.

Martin Swanson glaubte nicht an Wunder.

Orpheus war zu haben. Und erschwinglich.

Panther? Vielleicht ja, vielleicht nein. Aber Martin war sicher, dass Mickey Stolli käuflich war. Und warum sollte er, falls er Orpheus kaufte, Mickey nicht abwerben und ihm die Geschäftsführung übertragen? Er verfügte über das Wissen und die Erfahrung.

Daher das geplante Treffen zwischen Martin und Mickey. So oder so, sie konnten miteinander ins Geschäft kommen.

Mickey hatte keine Ahnung, was Martin Swanson wollte. Er hatte Gerüchte gehört, dass Martin ein Studio zu erwerben gedachte. Aber der Kerl war doch bestimmt pfiffig genug, um Erkundigungen einzuziehen. Und wenn er das getan hatte, musste er festgestellt haben, was die ganze Stadt wusste –

dass Mickey Stolli nur ein bezahlter Angestellter war und ihm Panther genauso wenig verkaufen wie er einen Hechtsprung in Macy's Schaufenster machen konnte.

Das machte Mickey stocksauer. Es machte ihn sauer genug, um einen wütenden Streit mit Abigaile, die nichts kapierte, vom Zaun zu brechen – einen Streit, wie er ungefähr zweimal im Jahr zwischen ihnen aufflammte. Sie sah so hoheitsvoll auf ihn herab wie eine Mutter, die ihren Sohn dabei erwischt hatte, wie er sich vor dem Bild eines nackten Hitlers einen runterholte.

»Mein Großvater war sehr gut zu dir«, sagte sie gewöhnlich – oder etwas, das aufs Gleiche hinauskam. »Und wenn er stirbt, bekommen wir alles, was wir verdienen.«

»Warum müssen wir darauf warten?«, lautete Mickeys Argument. »Wie wär's, wenn wir die Anwälte einschalten und ihn entmündigen ließen?«

Davon wollte Abigaile nichts hören. Sie wusste, dass ihr Großvater ein ungewöhnlich kompliziertes, hieb- und stichfestes und unanfechtbares Testament gemacht hatte – und jeder Versuch, etwas dagegen zu unternehmen, würde nichts als unerwünschte Komplikationen nach sich ziehen.

Sie wusste auch, dass Abe Panther – trotz seines Alters – alles andere als senil war. So intelligent und geschäftstüchtig wie Mickey war er allemal, und Mickey sollte sich mehr als glücklich schätzen, dass Abe nach seinem Schlaganfall nicht mehr zurückgekommen war und wieder die Leitung des Studios übernommen hatte, sondern Mickey schalten und walten ließ, wie er wollte.

Natürlich hatten ihm Abes Anwälte gewisse finanzielle Beschränkungen auferlegt. Sie waren es, die Mickey so wütend machten. So liefen sie zum Beispiel darauf hinaus, dass Mickeys Gehalt eine Million im Jahr nicht überschreiten durfte. Das klang nach einer Menge Geld. Aber es war absolut nicht zufriedenstellend, wenn man sah, dass irgendein Arschloch von Schauspieler fünf oder sechs Millionen einsteckte und, wenn der Film ein Hit zu werden versprach, auch noch Prozente von den Brutto-Einspielergebnissen bekam.

Abigaile verfügte über ein eigenes Treuhandvermögen, das sie von ihren Eltern geerbt hatte. Aber Mickey durfte nicht mehr als eine lausige Million machen, und nach Abzug der Steuern ...

Es war unerträglich, daran zu denken, doch Mickey dachte oft daran – nicht unbedingt, wenn er Warner bumste, aber heute war es heiß, in ihrem Apartment summte aufdringlich eine Fliege, und Warner hatte ihm eben mitgeteilt, sie sei befördert worden – zur Sittenpolizei (war das eine Beförderung?), und er war insgesamt nicht in Stimmung für das übliche hitzige Gerangel im Bett.

»Was scheint nicht in Ordnung zu sein, *Loverboy*?«, fragte Warner.

Diesmal lag er auf ihr, und man merkte ihm seine mangelnde Begeisterung deutlich an. Das war etwas, was sich nicht gut verbergen ließ.

»Du hast eine Fliege hier drin«, sagte er lahm.

»Eine Fliege?«, fragte sie überrascht.

»Vielleicht auch eine Wespe.« Das klang besser.

Warner konnte nicht anders, sie musste lachen. Schließlich war sie in einem Haus aufgewachsen, in dem Ratten eine alltägliche Erscheinung waren. »Hast du Angst, dass sie dich in den Hintern sticht, Mickey?«, neckte sie ihn.

Damit hatte sie's geschafft. Er rutschte von ihr hinunter und griff nach seiner Hose.

»Stopp!«, sagte Warner.

Er zog sich weiter an.

Sie setzte sich auf. »Stopp! Sonst verhafte ich dich und lege dir Handschellen an.«

Sein Glied, auf ein Eigenleben scharf, richtete sich auf. Mickey ließ die Hose fallen.

Warner griff nach den Handschellen.

Sie waren wieder im Geschäft.

Die Polo Lounge war als Treffpunkt perfekt. Um drei Uhr nachmittags verhältnismäßig ruhig, verhältnismäßig diskret und durch die Klimaanlage angenehm temperiert.

Martin Z. Swanson und Mickey Stolli waren sich noch nie begegnet, wussten aber eine Menge übereinander.

Vor der schwach erleuchteten roten Ledernische Nummer eins schüttelten sie sich die Hand.

»Wir hätten uns auch in meinem Bungalow treffen können«, sagte Martin.

»Oder im Studio«, entgegnete Mickey.

»Aber hier ist es besser«, fanden sie beide.

Mickey Stolli dachte an Warner.

Martin fragte sich, wie lange es dauern würde, bis er Venus Maria wiedersah. »Reden wir von Geschäften«, sagte er.

»Vom Showgeschäft«, korrigierte Mickey ihn mit einem durchtriebenen Lächeln.

»Ich möchte, dass du gehst«, sagte Venus Maria mit einer, Stimme, die keinen Widerspruch duldete. »Ich habe dir eine Wohnung in der Fountain Avenue gemietet. Sie hat einen Swimming-Pool, Fernsehen und einen Hausmädchen-Service. Und ist sehr hübsch möbliert. Ich bezahle dir sechs Monate lang die Miete, danach musst du auf eigenen Füßen stehen. Ich bin überzeugt, du schaffst es.«

Ihr Bruder Emilio starrte sie an. Sie hatten die gleichen Augen, groß, braun und seelenvoll. Sonst sahen sie sich überhaupt nicht ähnlich.

»Warum denn?«, jammerte er.

»Weil – weil ich meine Privatsphäre brauche.«

»Wir sind Geschwister«, sagte Emilio und fixierte sie so gekränkt, als habe sie ihn brutal im Stich gelassen.

Sie war fest entschlossen, nicht nachzugeben. »Deshalb bezahle ich ja auch sechs Monate lang deine Miete.«

Er seufzte. Tief. Gekünstelt. »Ich gehe«, sagte er widerstrebend. Als bliebe ihm etwas anderes übrig.

Venus Maria nickte. »Gut.«

»Sobald ich bereit bin«, fügte Emilio hinzu.

Er glaubte sie herumschubsen zu können. Was für eine Unverschämtheit. Aber sie hatte ebenfalls Temperament, und ihre Geduld war zu Ende. »Du gehst noch heute«, sagte sie. »Noch in dieser Stunde. Oder mein Angebot gilt nicht mehr, und du kannst deinen faulen Arsch meinetwegen auf dem Santa Monica Boulevard zur Ruhe betten.«

»Schlampe«, murmelte er vor sich hin.

Sie kniff die Augen zusammen. »Was?«

»Krieg ich einen Wagen?«

Sie beschloss, die Beleidigung zu ignorieren. »Du kannst dir den Kombi ausleihen«, sagte sie müde.

Emilio sah sie wütend an. Warum sollte er einen billigen Kombi fahren, obwohl seine Schwester mehrere Limousinen und Porsches besaß? Es lief ganz und gar nicht so, wie es laufen sollte, sah jedoch so aus, als sei es unvermeidbar. Venus Maria meinte es ernst.

Er latschte davon, um seine Sachen zu packen.

Venus Maria triumphierte innerlich. Es war ein sehr befriedigendes Gefühl. Sie schickte ihre Haushälterin in die Blumenhandlung um frische Blumen und verschwand dann in ihrem riesigen begehbaren Schrank, um zu überlegen, was sie anziehen sollte.

Martin sah sie gern in Weiß. Das hatte er ihr gesagt. Sie zog Schwarz vor. Es war raffinierter und geiler. Sie fühlte sich darin sehr sexy.

Wie wär's mit Weiß nach außen und Schwarz auf der Haut? Oder gar nichts auf der Haut?

Martin war nicht der beste Liebhaber der Welt. Er war gehemmt, zu schnell, echtes sinnliches Vergnügen kannte er nicht.

Sie brachte es ihm bei.

Langsam …

Sehr, sehr langsam …

Venus Maria war fünfundzwanzig und hatte vier Liebhaber gehabt – Martin war der vierte. Die Presse hätte ihren Jubeltag, wenn sie je herausfände, dass Venus Maria nur vier Männer gehabt hatte. Schließlich war sie eine emanzipierte Frau. Eine Hohepriesterin der sexuellen Freiheit. Alles, was sie tat, strahlte puren Sex aus, angefangen bei ihren Videos bis zu ihren Rollen. Sie berührte sich öffentlich an den intimsten Stellen. Und trotz AIDS, das seinen Riesenschatten warf, hätte sie mehr als vier Männer gehabt haben müssen.

Liebhaber Nummer eins: Manuel. Ein Killer, wie er im Buch stand. Schwarzes Haar, schwarze Augen, dunkle, olivenfarbene Haut. Ein Schwanz, für den man sterben konnte, und das Flair eines Tänzers für anmutige Bewegung.

Sie lernte ihn eine Woche nach ihrer Ankunft in L. A. kennen, und er nahm ihr die Unschuld mit einer harten Leidenschaft, die sie atemberaubend fand.

Drei Monate lang liebten sie sich jeden Tag, und dann verließ er sie wegen eines kalifornischen Strandbunnys.

Als sie berühmt geworden war, versuchte er sich wieder in ihre Welt zurückzuschmeicheln.

Keine Chance.

Liebhaber Nummer zwei: Ryan. Ein sinnlicher Mann. Zerzaustes Blondhaar, Plüschaugen wie ein junger Hund, braune Haut. Ein Schwanz, für den man sterben konnte, und der schönste Arsch, den sie je gesehen hatte.

Er begleitete sie ein Stück und blieb zurück, als er sich in den bärtigen Manager einer englischen Rockgruppe verliebte.

Sie waren heute noch Freunde.

Liebhaber Nummer drei: Innes. Ein Killer, wie er im Buch stand, und sinnlich dazu. Eine tödliche Kombination.

Sie blieben ein Jahr zusammen, bis ihre Karriere mehr wurde als eine Drohung.

Manuel, Ryan und Innes waren alle in den Zwanzigern.

Martin war fünfundvierzig. Er hätte ihr Vater sein können.

Sie liebte ihn.

Sie wusste nicht, warum.

Sie wählte ein jungfräuliches weißes Kleid mit unzähligen Volants und Spitzen, zog dazu ein kurzes, enges Brokatjäckchen und Schlittschuhstiefel ohne Schlittschuhe an. Siebzehn silberne Armbänder und schaukelnde Ohrringe – für jedes Ohr ein anderer – rundeten das Bild ab. Dann rief sie in Martins Hotel an und hinterließ eine Nachricht für ihn: Familie Whacko ist nach sechs zu Hause.

Als Mickey nach Hause kam, schwirrte ihm der Kopf und er fieberte innerlich.

Die dreizehnjährige Tabitha begrüßte ihn mit Schmollmund und wütend funkelndem Blick. »Mommy sagt, ich darf nicht mit Lulu und ihrem Dad nach Vegas. Ich will aber. Warum darf ich nicht?«

Tabitha hatte glattes braunes Haar, eine Figur, die sich eben erst zu entwickeln begann, und scheußliche Zahnspangen. Die Kerle würden kaum scharenweise auf sie fliegen.

»Wenn deine Mutter sagt –« begann er.

»Ich will aber, Daddy!«, jammerte sie. »Rede mit ihr. Sag ihr, dass ich fahren darf. Du bist so klug, du kannst alles.«

Hatte sie bei Warner Nachhilfeunterricht genommen?

»Ich will's versuchen«, sagte er ohne große Begeisterung.

Tabitha warf ihm die Arme um den Hals und presste ihm die Zahnspange in die Wange.

Abigaile kam in die Halle, als ahne sie, dass hier ein Komplott geschmiedet wurde. »Hast du dich heute mit Martin

Swanson in der Polo Lounge getroffen?«, fragte sie verdrießlich und ignorierte ihre Tochter, die Mickey hinter dem Rücken ihrer Mutter signalisierte, dass er etwas sagen solle.

Blieb denn nichts geheim? Die Buschtrommeln von Beverly Hills waren so schnell wie der Blitz. Oder hatte vielleicht die Neue – wie hieß sie doch gleich? Lucy oder Luce, irgendwie dämlich jedenfalls – einen zu großen Mund? Olive war schlau genug zu wissen, dass er selbst mit Abigaile sprach, wenn er wollte, dass sie etwas erfuhr.

»Woher weißt du das?«, fragte er und ging automatisch in Abwehrstellung.

»Daddy!«, quengelte Tabitha ungeduldig.

»Ist es denn wichtig, woher ich es weiß?«, antwortete Abigaile gereizt. »Was wichtig ist, ist die Tatsache, dass du mir von deinem Treffen mit Martin Swanson kein Sterbenswort gesagt hast. Ich hätte gern eine Dinnerparty für die Swansons gegeben.«

Ah, wieder ein gemütliches kleines Essen für fünfzig Personen.

»Warum? Ich kenne sie nicht einmal.«

»Dafür kenne ich sie«, entgegnete Abigaile entrüstet. »Ich habe Deena schon häufig getroffen.«

»Sie ist nicht mitgekommen.«

»Vegas, Daddy!«, warf Tabitha ein und hüpfte ängstlich auf und nieder.

»Eh – warum darf Tabitha nicht nach Vegas?«

Abigaile vernichtete ihn mit einem Blick. Sie verstand es ausgezeichnet, erwachsene Männer zu Gartenzwergen schrumpfen zu lassen. Hoheitsvoll eine Braue hochziehend, sagte sie: »Ist das dein Ernst?«

»Ja, es ist mein Ernst. Sie will mit ihrer Freundin Lulu und deren Vater fahren. Das klingt okay für mich.«

»Ist dir klar, wer Lulus Vater ist?«

»Eh – er ist Sänger. Richtig?«

»Er ist ein Rocksänger.« Abigaile spuckte das Wort förmlich aus. »Und kein besonders berühmter – es sei denn, man rechnet die Zeit dazu, die er bei den Anonymen Alkoholikern und im Drogenentzug verbracht hat. Mit dieser Familie fährt meine Tochter nirgendwohin.«

Meine Tochter. Es war immer »mein« dies und »mein« das. Manchmal hatte Mickey das Gefühl, Abigaile gebe sich alle Mühe zu beweisen, dass er nicht existierte.

Er fieberte innerlich noch immer, doch jetzt beschloss er, das Geheimnis für sich zu behalten.

Zum Teufel mit Abbey. Wenn alles so lief, wie er es erhoffte, würde sie es früh genug erfahren.

30

Olive Watson brach sich das Bein. Für Lucky eine großartige Neuigkeit, und obwohl sie Olive am Telefon sehr bedauerte, hatte sie dennoch ein schlechtes Gewissen, weil sie sich so freute.

Mickey nahm es nicht gut auf. Er befahl Lucky in sein Büro und schrie und brüllte, als sei es ihre Schuld.

»Wir schaffen es schon, Mr. Stolli«, sagte sie gelassen, die perfekte Sekretärin.

»Sie schaffen es!«, schrie er. »Mein Leben ist nur noch Scheiße!«

Das stimmt allerdings, pflichtete sie ihm im Stillen bei.

Eddie Kane erschien zu seinem neu angesetzten Termin. Mickey hatte versucht, ihn wieder abzusagen, doch Lucky hatte behauptet, sie habe Mr. Kane nicht erreichen können.

Eddie sah aus, als würde eine durchschlafene Nacht ihm nicht schaden. Er blinzelte Lucky zu, flüsterte: »Sie sind ein braves Mädchen«, tätschelte ihr den Hintern und betrat Mickey Stollis Höhle.

Lucky schaltete das Wechselsprechgerät ein, damit sie mithören konnte.

»Was gibt's, Eddie? Ich habe dich gewarnt. Ich habe dir deutlich gesagt, dass ich nicht behelligt sein will, wenn du in diese Sache einsteigst.« Mickeys Stimme klang müde.

»Ja«, sagte Eddie. »Nur hab ich nich damit gerechnet, dass 'n paar Scheißkerle mir an die Hose gehen, weil sie ein größeres Stück vom Kuchen wollen.«

»Wie meinst du das?«

»Es ist einfach. Wir nehmen ihre Pornoproduktion und schmuggeln sie mit den regulären Panther-Filmen aus dem Land. Der Gewinn wird geteilt – und was willste mehr –, sie haben sauberes Geld. Wir haben uns auf diese Weise problemlos ein hübsches, rundes Sümmchen unter den Nagel gerissen.«

»Und?«

»Sie behaupten, wir teilen den Gewinn nicht gerecht auf.«

»Und tun wir das?«, fragte Mickey mit einem bedrohlichen Unterton.

Man hörte Eddies Stimme deutlich an, dass er log. »Würde ich versuchen, die großen Macker zu bescheißen?«

»Du würdest versuchen, einen Skunk zu bescheißen, wenn er in die richtige Richtung pisst.«

Lucky hörte jemanden kommen. Hastig schaltete sie das Gerät aus und griff nach einem Stapel Briefe.

»Na, viel Arbeit, Puppe?«

Es waren die »Schmierigen Singles« höchstselbst. Wären sie eine Gesangsgruppe gewesen, hätte Eddie Kane den perfekten Dritten im Bunde abgegeben.

»Mr. Lombardo. Mr. Blackwood«, sagte sie geziert, Olive nachahmend. »Kann ich etwas für Sie tun?«

Arnie beugte sich über den Schreibtisch und nahm ihr, bevor sie ihn zurückhalten konnte, die dicke Brille von der Nase. »Sie haben hübsche Augen, Babe. Kaufen Sie sich Kontaktlinsen.«

Sie wollte die Brille wiederhaben, doch er wedelte damit in der Luft herum, und zwar so, dass sie sie nicht erreichen konnte.

»Mr. Blackwood, ich kann ohne Brille nichts sehen«, sagte sie streng.

»Ich fahr auf Babes ab, die nichts sehen«, sagte Frankie boshaft grinsend.

»Ja, damit sie nicht merken, dass dein Schwanz nur drei Zentimeter lang ist«, sagte Arnie.

Über diese Bemerkung schütteten sich die beiden fast aus vor Lachen. Lucky nahm die Gelegenheit wahr, sich ihre Brille zu schnappen und wieder aufzusetzen. Was für ausgewachsene Blödmänner!

»Was macht er?«, fragte Frankie und zeigte auf Mickeys Bürotür.

»Mr. Stolli hat eine Besprechung mit Mr. Kane.«

»Dann, schätze ich, wird er sich über ein Einsatzkommando freuen«, sagte Arnie mit einem glucksenden Lachen.

»Sie dürfen nicht ...«

Bevor sie zu Ende gesprochen hatte, waren sie schon unterwegs und dabei, in Mickeys Büro einzudringen.

Sie meldete sich rasch über die Sprechanlage. »Mr. Stolli, es tut mir leid, aber sie sind einfach an mir vorbeigegangen. Ich ...«

Darauf Mickeys ihr schon bekanntes: »Jaaa, jaaa, jaaa – bestellen Sie Kaffee.«

»Und Bananentorte!«, schrie Frankie im Hintergrund.

Damit dein fetter Arsch noch größer wird, dachte Lucky.

Die Jungs haben eine Besprechung.

Sollen sie Kuchen essen.

Die Sonne von Acapulco konnte langweilig sein. Jeden Tag dasselbe – blauer Himmel, strahlende Sonne und die Szenerie wie auf einer Ansichtskarte.

Zwei Freunde von Lennie kamen und blieben ein paar Tage. Jess und Matt Traynor. Jess war Lennies älteste Freundin, sie waren in Las Vegas zusammen aufgewachsen, hatten dieselbe High-School besucht und waren seither eng befreundet geblieben.

Nur einszweiundfünfzig groß und sehr hübsch, war Jess ein prachtvolles Geschöpf. Sie hatte große Augen, einen Schopf karottenfarbener Haare, Sommersprossen und eine großartige Figur.

Matt, ihr zweiter Mann (der erste, ein drogenabhängiger Herumtreiber, hatte sie verlassen), war mit seinen sechzig Jahren fast dreißig Jahre älter als sie. Man sah es ihm nicht an; er trug das silberne Haar ganz kurz, zog sich erstklassig an und wirkte fit und geschmeidig.

Lennie freute sich, dass ihn jemand besuchte. Wie viele Abende konnte er Joey Firello ertragen? Joeys ständige Jagd auf weibliche Formen war ermüdend.

Allein verbrachte Abende waren auch kein besonderes Vergnügen, und er hatte keine Lust, sich Grudge, Marisa oder Ned anzuschließen, die er die »abartigen Drei« getauft hatte.

Jess und Matt waren eine willkommene Abwechslung. Sie kamen, mit Fotos ihrer sechzehn Monate alten Zwillinge bewaffnet. Einem Jungen und einem Mädchen.

»Deine Patenkinder«, sagte Jess stolz zu Lennie. »Wann wirst du endlich ein paar eigene haben?«

Typisch Jess, so direkt danach zu fragen. Darin war sie Gino ähnlich, der mit seinen Bemerkungen auch nie hinter dem Berg hielt.

»Wenn Lucky zwischen zwei Geschäften einmal Zeit für mich haben sollte«, sagte er mit einem schiefen Grinsen.

»Was heißt das?«

»Sie hat viel zu tun.«

»Tja, das kommt davon, wenn man eine berufstätige Frau heiratet.«

»Erzähl mir, wie das ist.«

Jess hatte ein paar Monate vor der Geburt der Zwillinge aufgehört zu arbeiten. Sie war früher Lennies persönliche Managerin gewesen. Und sie hatte seiner Karriere auch den richtigen Schwung gegeben. Er schuldete ihr eine Menge. Sie hatten gemeinsam einen langen Weg zurückgelegt.

»Du fehlst mir, Affengesicht«, sagte er niedergeschlagen.

»Nenn mich nicht so!«, schrie sie; sie hatte ihren Spitznamen schon in der Schule gehasst.

»Warum nicht?«

»Das weißt du genau – ich hasse den Namen.«

»Aber er passt zu dir.«

»Geh zum Teufel.«

»Ich wünschte, ich könnte.«

»Sehr komisch.«

Er warf sich in einen Sessel und sah sie starr an. »Also wirst du wieder für mich arbeiten oder was? Wenn du noch meine Managerin wärst, säße ich jetzt nicht bis zum Hals in diesem Scheißfilm.«

»Ich komme wieder, wenn Matt sich einmal von mir scheiden lassen sollte«, antwortete Jess sachlich.

»Wann wird das sein?«

Sie lachte. »Nie. Ich bin eine sehr glückliche Frau.«

»Schön zu wissen, dass es glückliche Menschen gibt«, sagte er wehmütig.

Jess setzte sich auf die Armlehne seines Sessels. »Ich mag ja schwer von Begriff sein, aber entdecke ich da eine gewisse Unzufriedenheit?«

Er schnitt eine Grimasse. »Machst du Witze? Wieso sollte ich unzufrieden sein? Ich drehe einen Film, den ich hasse. Ich sitze in Mexiko fest. Und meine Frau hat sich wahrscheinlich mit Mr. Japan zusammengetan, damit sie bald eine oder auch vier Millionen mehr auf der Bank hat. Besser könnte es gar nicht sein. Erzähl mir von dir.«

Jess zauste ihm das Haar am Hinterkopf. »O Junge, Junge! Soll ich mit Lucky reden?«

»Wenn du sie findest.«

»Gib mir ihre Telefonnummer.«

»Wenn ich sie hätte – gern«, sagte er verdrießlich.

»Wo ist sie?«

»Wer weiß das schon, zum Teufel?«

Jess fragte nicht weiter. Lennie durfte man nicht zu weit treiben. Später sagte sie zu Matt: »Ein Eheberater bin ich nicht. Aber ich habe das Gefühl, ich sollte in diesem Fall etwas tun. Lennie ist kurz vor dem Explodieren.«

»Misch dich nicht ein«, warnte Matt.

Was wusste er?

Mickey war in dieser Woche ständig unterwegs und erwartete von Lucky, dass sie immer mit ihm Schritt hielt. Vom Konferenz- in den Vorführraum, dazwischen eine kurze Pause mit Dusche oder frischem Saft oder einem Schreikrampf wegen diesem oder jenem.

Hin und wieder musste Lucky sich die Muster seiner – wie er sie nannte – »Brot- und Suppenfilme« mit ihm ansehen und im dunklen Vorführraum alles notieren, was er sagte. Seine Kommentare reichten von »hübsche Titten« bis zu »fetter Arsch« oder »sie ist zu alt« oder »ich will eine Großaufnahme von ihrem Gesicht, wenn er mit dem Messer zusticht«.

Über die Schauspieler hatte er nur selten etwas zu sagen; sie schafften es wunderbarerweise, trotz der Blut- und Sexorgien um sie herum, stets völlig angekleidet zu bleiben.

Lucky entdeckte den für Hollywood gültigen Unterschied zwischen harter Pornografie und den so genannten sanften Pornos. Bei der sanften schien – wenn es um Frauen ging – alles möglich. Sie zogen sich ununterbrochen aus, simulierten Orgasmen oder ließen sich die Kehle durchschneiden. Echte

Klassefilme. Zum Ausgleich eine Unmenge von Vergewaltigungen dazwischengestreut.

Es war eine bedauerliche Situation und eine, die Lucky nicht fortzusetzen gedachte, sobald sie Panther Studios übernahm.

Die drei Billigfilme, die man derzeit drehte, wurden alle von dem aufregenden Team Blackwood–Lombardo produziert. Das passt zu ihnen, dachte Lucky grimmig.

Bei Durchsicht der Bücher, zu denen sie freien Zugang hatte, seit sie bei Mickey arbeitete, stellte sie fest, dass die Billigfilme das meiste Geld einspielten. Hauptsächlich im Ausland, wo sie in Kinos und im Kabelfernsehen liefen, auf Video mitgeschnitten und im Münzfernsehen gesendet wurden.

Die Billigfilme hielten Panther in den schwarzen Zahlen.

Die großen Filme mit Starnamen brachten manchmal auch Geld ein. Aber nur manchmal.

Jeder Idiot wusste, dass das Filmgeschäft ein Glücksspiel war. Manchmal traf man ins Schwarze, und manchmal baute man Scheiße. Mit seinen Billigfilmen hatte Mickey den Würfel zu seinen Gunsten gezinkt.

Lucky stellte fest, dass eine interessante Herausforderung vor ihr lag. Wie drehte man Filme, ohne Frauen zu missbrauchen?

Hm – vielleicht würde sie zur Abwechslung einmal Männer missbrauchen. Gar keine schlechte Idee.

Als sie am Abend nach Hause kam, war sie völlig erledigt. Boogie wartete mit einem starken Drink auf sie. Sie bestellte Pizza oder etwas Chinesisches, machte sich ein paar Notizen und schlief sofort ein.

Sie hatte Lennie zweimal angerufen. Er reagierte immer kühler. Endlich hatte er ihr wütend erklärt, sie solle sich erst wieder bei ihm melden, wenn sie ihm haargenau sagen könne, wo sie sei.

Fein. Er wollte es ja nicht anders.

Wenn er eines Tages die Wahrheit erfuhr, würde es ihm sehr Leid tun.

Grudge Freeports einzige Reaktion auf Mickey Stollis Fax war, dass er aufhörte, in der Öffentlichkeit zu furzen; das entsprach seiner Vorstellung von »etwas Nettes tun und alle glücklich machen«. Abgesehen von dieser kleinen Konzession an die Menschenwürde, trieb er es weiter wie bisher.

Lennie ertrug es noch eine Woche. Solange Jess und Matt bei ihm waren, blieb er äußerlich gelassen. Nach ihrer Abreise explodierte er.

»Wissen Sie was, Grudge? Sie sind ein arschleckender, untalentierter Saufkopf!«, schrie er außer sich, nachdem Grudge eine weitere Szene verdorben hatte. »Ich hau ab.«

Grudge nahm es wie ein echter Oldtimer hin. »Fahr zur Hölle«, sagte er großspurig. »Kein Schauspieler hätte je von den Titten seiner Mutter entwöhnt werden dürfen.«

Lennie dachte über die Konsequenzen nicht nach. Er packte seine Sachen und flog nach L. A. zurück. Verbrachte zwei Tage allein im Haus in Malibu und flog dann weiter nach New York.

Er ging nicht in Luckys und seine gemeinsame Wohnung. Er verschwand. Lucky wusste es, weil Mickey Stolli bei der Suche nach Lennie einen Wutanfall nach dem anderen bekam.

»Ich verklage den beschissenen Mistkerl und hole mir den letzten Cent von ihm. Alles, was er hat! Damit kommt er nicht durch. In Acapulco sitzen ein ganzes Team und die Schauspieler und lassen sich die Sonne auf den Pelz brennen. Das kostet das Studio eine Menge, und dieser idiotische Schwanzlutscher wird mir dafür bezahlen. Oh, und wie er bezahlen wird!«

Lucky wurde die unangenehme Aufgabe zuteil, Lennie Golden aufzuspüren. Mit verstellter Stimme rief sie seinen derzeitigen Agenten und Manager an. Von Sekretärinnen erfuhr sie, dass niemand wusste, wo er war.

»Was ist mit seiner Frau?«, kreischte Mickey. »Ist er nicht mit irgendeinem reichen Frauenzimmer verheiratet, das einen Gangstervater hat?«

Darauf also lief es hinaus. *Irgendein reiches Frauenzimmer mit einem Gangstervater.*

Nicht Lucky Santangelo, hervorragende Geschäftsfrau.

Nicht Lucky Santangelo, Frau und Mutter.

Nein. *Irgendein reiches Frauenzimmer, das einen Gangstervater hat.* Reizend.

»Das weiß ich nicht, Mr. Stolli«, sagte sie und versuchte kühl zu bleiben.

»Stellen Sie's fest, rufen Sie sie an, und sagen Sie ihr, dass wir klagen werden.«

Am Nachmittag machte Lucky sich ein Vergnügen daraus, Mickey mitzuteilen, dass sie Lennie Goldens Frau erreicht hatte.

»Und?«, fragte Mickey.

»Ich kann unmöglich wiederholen, was sie gesagt hat, Mr. Stolli.«

»Was hat sie gesagt?«

»Eh – sie hat gesagt – eh …«

»Spucken Sie's schon aus, zum Kuckuck!«

»Sie hat gesagt, ich soll Ihnen ausrichten, Sie sind ein jämmerliches Arschloch mit Baumwolleiern und einem schwarzen Herzen.«

Mickey war empört. »Wollen Sie mich zum Narren halten?«

»Tut mir Leid, Mr. Stolli.«

Mickey leistete einen heiligen Eid. »Solange ich hier bin«, erklärte er, »wird Lennie Golden nie wieder für dieses verdammte Studio arbeiten.«

»Geschieht ihm recht«, stimmte Lucky mitfühlend zu.

In dieser Nacht ließ sie von Boogie in Mickeys Büro eine

raffinierte Abhöranlage einbauen. Es würde sich bestimmt lohnen, genau zu wissen, was vorging.

31

Venus Maria hatte durch das tägliche Training steinharte Oberschenkel. Ihr Bauch war flach und fest, die Oberarme, seit sie mit Gewichten arbeitete, leicht muskulös. Sie joggte jeden Tag und schwamm in ihrem privaten Pool fünfzig Längen. Sie behandelte ihren Körper wie ein feingestimmtes Instrument und ließ nie von ihrem anstrengenden Stundenplan ab.

Martin Swanson liebte jeden Zentimeter dieses Körpers. Mit Venus Maria im Bett hatte er das Gefühl, dass der Sex, den sie zusammen genossen, nicht mehr besser werden konnte – aber er wurde jedesmal noch besser.

Venus Maria hatte von Manuel, Ryan und Innes viel gelernt. Sie hatte sich bemüht, herauszufinden, worauf sie abfuhren. Ryan hatte gern mit ihr geduscht. Manuel wollte, dass sie ihm die Eier mit einer sehr teuren, stark duftenden Körperlotion massierte. Innes mochte es, wenn sie ihn mit hauchdünnen Seidentüchern fesselte.

Der Trick war, hatte er ihr erklärt, die Fesseln nie zu zerreißen.

Venus Maria hatte bald entdeckt, was er meinte. Die köstliche Qual, die seidenen Fesseln nicht abzuwerfen, führte zu unerträglicher Ekstase. Sie hatte diese besondere Erfahrung für Martin so lange aufgehoben, bis sie wusste, dass der richtige Moment gekommen war.

In der Nacht vor seiner Rückkehr nach New York nahm sie ihn auf eine Reise in den siebten Himmel und zurück mit. Zuerst aßen sie Sushi und tranken Champagner. Dann balgten sie sich im warmen Wasser ihrer Freiluftbadewanne, von der aus man einen herrlichen Blick auf Hollywood hatte. Und endlich führte sie ihn in ihr Schlafzimmer, riss ihm das Badetuch von den Hüften und forderte ihn auf, sich nackt auf ihr Himmelbett zu legen, während sie ihn mit hauchdünnen Seidentüchern fesselte.

Sie verknotete die Tücher ganz leicht an seinen Handgelenken und band sie an die Bettpfosten. Dann tat sie das Gleiche mit seinen Fußknöcheln.

»Was machst du da?«, fragte er und tat so, als wolle er sich wehren.

»Entspann dich«, sagte sie lächelnd. »Leg dich zurück und denk an deine schönsten Fantasien.«

»Ich habe keine.«

»Du armer Kerl, du.«

Sie setzte sich und bewunderte ihr Werk. Er war völlig hilflos, solange er sich nicht aufbäumte. Seine Erregung war schon deutlich sichtbar.

Venus Maria lächelte. Das war wirklich geil! Martin Swanson – Mister New York – ihr auf Gnade und Ungnade ausgeliefert.

»Das ist eine Herausforderung«, sagte sie. »Ein Spiel. Wenn du die Tücher zerreißt, ist das Spiel zu Ende. Aber wenn du ein braver Junge bist, spielen wir die ganze Nacht.«

Er machte sofort mit. »Wie hoch ist die Strafe?«

»Zehntausend Dollar pro Tuch«, sagte sie keck.

»Hohe Einsätze.«

»Kannst du sie dir leisten?«

Er lachte. »Kannst du's?«

»Ich bin nur die Spielleiterin. Ich brauche nichts einzusetzen.«

»O doch – du musst. Gib mir ein Zeitlimit. Wenn ich die Fesseln – sagen wir in einer Stunde – noch nicht zerrissen habe, gewinne ich, und du musst zahlen.«

»Zwei Stunden, und es ist abgemacht.«

»Anderthalb.«

»Wir feilschen nicht um ein Gebäude, Martin.«

Sein Glied blieb steif. Zu handeln war offensichtlich eine weitere Lieblingssportart.

»Eindreiviertel Stunden«, sagte er.

»Abgemacht«, antwortete sie. »Auf Wiedersehen.«

»Wem sagst du auf Wiedersehen?«

»Dir sag ich auf Wiedersehen. Ich komm zurück, wenn mir danach zumute ist.«

»Meinst du das ernst?«

»Ich hab noch nie was ernster gemeint.«

»Komm schon, Venus. Was für ein Spiel ist das?«

»Eine Herausforderung. Hab ich dir doch gesagt. Sehen wir mal, ob du sie bestehst, Martin.« Sie ging hinaus.

Was für eine Machtdemonstration. Die kleine Virginia Venus Maria Sierra aus Brooklyn hatte Martin Swanson – Mr. New York – gefesselt und in ihrer Gewalt.

Mit einem heimlichen Lächeln erinnerte sie sich an das erste Mal, als sie ihn gesehen hatte. Vor zehn Jahren. 1976. Sie war damals fünfzehn.

Manchmal schaffte Virginia Venus Maria Sierra es, das Haus zu verlassen. Es passierte nicht oft, denn bei vier Brüdern und einem anspruchsvollen Vater gab es immer eine Menge zu tun. O ja, sie besuchte natürlich auch die Schule, aber das war kein Freizeitspaß. Ron, der Junge von nebenan und ihr Vertrauter, ermutigte sie immer wieder, zu entkommen und ihn auf seinen zahlreichen Ausflügen zum Broadway und Times Square zu begleiten.

Ron war ein paar Jahre älter als sie und in ihren Augen unglaublich aufregend und verwegen. Er war groß und schlaksig und immer fröhlich, ganz anders als ihre bulligen Brüder, die Machos waren, wie sie im Buch standen, von ihrer eigenen Kraft erfüllt und nur daran interessiert, jedes Mädchen aus der Nachbarschaft ins Bett zu kriegen, dessen sie habhaft werden konnten. Venus hatte immer den starken Verdacht, dass sie's auch bei ihr versuchen würden, wenn sie Gelegenheit dazu hätten. Sie gab sie ihnen nie.

Wann immer es möglich war, streiften sie und Ron vergnügt durch New York. Manchmal lungerten sie vor dem Bühneneingang einer der großen Broadway Shows herum und warteten darauf, dass die Stars herauskamen. Ron hatte ein Autogrammbuch und überredete sie, sich auch eins anzuschaffen. Es war interessant zu sehen, welcher Star stehen blieb, um ihnen etwas in ihr Buch zu schreiben, und welche Berühmtheit an ihnen vorbeifegte, in ihre Limousine stieg und in die Nacht davonfuhr.

»Fantastisch, nicht wahr?«, sagte Ron lächelnd.

Und Virginia Venus Maria nickte, ganz seiner Meinung.

»Ich werde Tänzer«, vertraute Ron ihr an, sein Alter bei diesen Träumereien stets verdrängend.

»Und wo willst du das lernen?«, fragte sie. »Woher willst du das Geld für die Ausbildung nehmen?«

Ron sagte, er wolle versuchen, eine Audition an der School of Performing Arts zu bekommen.

»Und wie soll das gehen?«, fragte Virginia Venus Maria neugierig.

»Ich habe Talent«, antwortete Ron.

Als sie eines Samstagnachmittags die Park Avenue entlanggingen, sahen sie vor einer Kirche eine große Menschenmenge versammelt. »Eine Hochzeit«, sagte Ron aufgeregt. »Ich liebe Hochzeiten. Du auch?«

Virginia Venus Maria nickte heftig.

»Bräute sehen immer so hinreißend aus!«, rief Ron.

Virginia Venus Maria nickte abermals und dachte, dass sie nie hinreißend aussah. Sie hatte glattes braunes Haar und ein hübsches Gesicht, aber zu ihrem großen Ärger hatte sie so gar nichts Besonderes an sich.

Sie mischten sich unter die Menge vor der Kirche und warteten. Und als das glückliche Paar erschien, sah die Fünfzehnjährige aus Brooklyn Martin Swanson zum ersten Mal.

Ehrfürchtig trat sie zurück und beobachtete ihn. Er sah auf eine Weise gut aus, die sie nie für möglich gehalten hätte – so, als sei er direkt dem Titelblatt eines Hochglanzmagazins entstiegen. Er hatte blondes Haar, volle Lippen und lächelte ungezwungen für die Fotografen. Er trug einen Cut und eine leuchtend rote Nelke im Knopfloch.

Virginia Venus Maria warf einen raschen Blick auf die Braut, einen blassen, gertenschlanken Rotschopf in einem teuren weißen Spitzenkleid. Prinz und Prinzessin aus dem Märchen. Sie sahen aus, als kämen sie aus einer anderen Welt.

»Wer sind sie?«, fragte Virginia Venus Maria ihren Freund Ron.

»Reich«, erwiderte er. »Und das werden eines Tages auch wir sein.«

Am nächsten Morgen sah sie das Bild des Brautpaars in der Zeitung. Der Bräutigam hieß Martin Swanson. Er handelte mit Immobilien im großen Stil. Nunmehr verheiratet mit der schönen Deena Akveld, einer Dame der niederländischen Gesellschaft.

Aus irgendeinem ihr selbst unbekannten Grund schnitt Virginia Venus Maria das Zeitungsfoto aus und versteckte es in ihrer Kommodenschublade unter ihrer Wäsche. Das Bild schien Symbol einer Fantasiewelt zu sein, und dennoch war es jene Welt, zu der auch sie eines Tages gehören wollte. Und warum auch nicht? Virginia Venus Maria war ehrgeizig.

Martin Swansons Bild begleitete sie die Jahre hindurch. Sie las alles über ihn, was gedruckt wurde, verfolgte, was er tat, und erfuhr aus den Klatschspalten sogar noch mehr über ihn. Und eines Tages lernte sie ihn endlich kennen.

Natürlich war sie, als sie sich begegneten, schon Venus Maria – »die« Venus Maria –, und sie gab vor, nicht zu wissen, wer er war. Cooper Turner machte sie miteinander bekannt. »Der« Cooper Turner.

Martin lächelte dieses besondere durchtriebene Lächeln und flirtete auf Teufel komm raus. Sie sah sich nach seiner Frau um, aber die kühle Schönheit Deena schien sich an diesem Abend freigenommen zu haben.

Als Martin ihr am nächsten Tag Blumen schickte, war sie entzückt. Und als er ein paar Wochen später in Los Angeles auftauchte, war sie es noch mehr.

Inzwischen wusste sie noch weitere Dinge über ihn, da sie Cooper unbarmherzig nach ihm ausgefragt hatte.

Cooper amüsierte sich. »Hast du vielleicht eine kleine Schwäche für Martin?«, fragte er.

»Warum? Würde es dich stören?«, entgegnete sie.

»Ich weiß nicht«, sagte Cooper. »Ich dachte nur, ich könnte dein Goldjunge werden.«

Venus Maria lachte. »Cooper, du bist jedermanns Goldjunge.«

»Denkst du vielleicht, Martin sei noch unschuldig?«

»Ich denke nur, dass er – faszinierend ist.«

Cooper sah sie lange an. »Dann sag ich's dir wohl lieber gleich. Martin hatte viele Freundinnen. Viele schöne, talentierte, erfolgreiche Freundinnen. Aber er kehrt immer wieder zu Deena zurück. Keine Frage. Deena gehört zu seinem Leben, und daran wird sich nie etwas ändern.«

»Nur solange er es will«, erklärte Venus Maria.

»Du bist ein sehr entschlossenes kleines Ding, nicht wahr?«

»Man hat mir noch nie den Vorwurf gemacht, schüchtern zu sein.«

Als Martin anrief, war Venus Maria nicht überrascht. Sie lud ihn in ihr Haus ein. Er kam noch in derselben Stunde. »Ich werde erst mit dir schlafen, wenn ich dich kenne«, warnte sie ihn. »Das kann auch zwei Jahre dauern. Recht so?«

»Ich habe das Gefühl, dich jetzt schon zu kennen«, sagte er. »Ich habe jeden Zeitungsausschnitt über dich gelesen, den ich finden konnte. Warum siehst du dir nicht meine Pressemappe an. Auf diese Weise könnten wir Zeit sparen.«

»Liegt dir daran, Zeit zu sparen?«

»Es interessiert mich, mit einer Frau wie dir zusammen zu sein.«

Fünf Wochen später machten sie den Handel perfekt. In der Zwischenzeit war er dreimal an der Westküste gewesen, und sie hatte zweimal New York besucht.

Der Flirt war heiß. Die Erwartung fast besser als der Akt. Aber auch der Akt war nicht übel. Venus Maria verabredete ein langes Wochenende im Haus eines Freundes in Big Sur. Dank ihr wurden es denkwürdige Tage. Duftkerzen, der beste Champagner, Musik, ein Himmelbett und geiler, hemmungsloser Sex.

Ihre Affäre dauerte inzwischen ein paar Monate, und jetzt wollte sie, dass mehr daraus wurde.

Sie brauchte nur darauf zu warten, dass Martin sich von seiner Frau trennte, sich scheiden ließ und sie heiratete.

Venus Maria hatte ein unheimliches Gespür dafür, in die Fantasien anderer Menschen einzudringen, daher der enorme Erfolg ihrer Videos. Sie wagte Verbotenes und gab es als Unterhaltung aus. Sie konnte jede Rolle spielen – vom verlorenen kleinen Mädchen bis zur unersättlichen, sexbesessenen Superfrau. Wenn sie großspurig auftrat, war das genauso wirkungsvoll, wie wenn sie die Sanfte mimte. Sie konnte ebenso spektakulär in Hintern treten wie zärtlich kuscheln.

Sie konnte – wenn sie wollte – ihr Spiel auf jedes Mannes Fantasie zurechtschneidern.

Martin Swanson sagte, er habe keine Fantasien.

Gequirlte Bullenscheiße.

Quatsch.

Martin Swanson war ein Mann. Er hatte Fantasien. Und Venus Maria hatte die eine entdeckt, die ihn wirklich scharf machte – die Lieblingsfantasie seit ewigen Zeiten. Zwei Mädchen zusammen.

Allerdings hatte Venus Maria nicht die Absicht, eines der beiden Mädchen zu sein. Gruppensex interessierte sie nicht. Ihre sexuellen Erlebnisse sollten auf zwei Menschen beschränkt bleiben. Intim und persönlich und leidenschaftlich sinnlich.

Martin musste aufgerüttelt werden. Er war zu steif, ihn interessierte sein nächstes Geschäft mehr als sinnliche Freuden. Obwohl Venus Maria zugeben musste, dass er bei ihr schon viel lockerer geworden war.

Spät nachts, allein in ihrem Bett, allein in Los Angeles, hatte sie sich oft gefragt, ob Deena Nutznießerin von Martins neuen Erfahrungen wurde. Er schwor, dass er mit seiner Frau nicht mehr schlief, aber er war ein Mann, und alle Männer logen, wenn es um Sex ging. Besonders verheiratete Männer.

Venus Maria liebte Martin. Sie wusste nicht, warum. Sie wusste nur, dass sie ihn haben musste.

Es war nicht sein Geld, denn Geld hatte sie selbst genug. Es war nicht sein Aussehen, denn obwohl ein attraktiver Mann, war er kein Mel Gibson.

Es war nicht seine Persönlichkeit, denn auch wenn er seinen Charme einsetzte, war er nicht die Liebenswürdigkeit in Person.

Die Liebe ist niederträchtig, dachte Venus Maria bitter. Sie hatte es eilig; Ron wartete auf sie, er hatte ihr zwei kostspielige Huren ins Haus gebracht, gestellt von seiner Freundin Madame Loretta (Ron sammelte die seltsamsten Freunde, was sich bei dieser Gelegenheit als sehr nützlich erwies).

Die Mädchen machten nicht den Eindruck von Huren. Das eine sah aus wie eines der Mädchen, die bei College-Sportereignissen die eigene Mannschaft anfeuerten – es trug auch die Uniform der so genannten *Cheerleader*. Das andere war eine knapp einsfünfzig große Orientalin mit jettschwarzem, glänzendem Haar, das ihr weit bis über die Hüften hing.

Ron grinste. Er liebte Intrigen. »Darf ich vorstellen – Tai und Lemon.«

Venus Maria zog eine Braue hoch. »Lemon?«

»Das bin ich!«, quäkte die College-Göre. »Ich heiße tatsächlich so. Ich mag Ihre Platten.«

Das war das Schlimme an der Berühmtheit. Jeder wusste, was man tat und wer man war. Venus Maria erklärte den Mädchen so kühl und unbeteiligt wie möglich, was sie von ihnen wollte. »Es ist ein Geburtstagsgeschenk für einen Freund«, fügte sie hinzu, als wolle sie sich entschuldigen. »Etwas ganz Besonderes, wisst ihr.«

»Aber schon sehr was Besonderes«, warf Ron mit einem lüsternen Lächeln ein.

»Halt den Mund!«, zischte Venus Maria ihm zu.

Die Mädchen waren echte Profis. Sie wussten genau, was von ihnen erwartet wurde. Sie zogen sich bis auf die seidige Unterwäsche aus, holten dann einen tödlich aussehenden Vibrator und eine Flasche mit parfümiertem Öl aus einem Köfferchen und betraten das Schlafzimmer, in dem Martin Swanson wartend lag.

Venus Maria schätzte, dass er zwanzig Minuten allein gewesen war, lange genug, um ein bisschen verrückt zu werden.

Sie eilte zu dem doppelseitigen Spiegel, den sie eigens hatte anbringen lassen.

»Darf ich auch zuschauen?«, fragte Ron und folgte ihr.

»Nein, du darfst nicht«, antwortete sie streng. »Warte nur, und bring diese Mädchen weg, sobald ich bereit bin.«

»Spielverderberin.«

»Seit wann siehst du denn gern den Mädchen zu?«

»Oh, die interessieren mich nicht. Auf ihn würde ich gern einen Blick werfen.«

»Ron! Benimm dich!«

Martin war immer noch gefesselt, als die Mädchen hereinkamen. Fest entschlossen, die Wette nicht zu verlieren, rührte er sich nicht.

Tai und Lemon ignorierten ihn, als sie anfingen, miteinander zu spielen. Zuerst küssten sie sich. Dann berührten sie gegenseitig ihre Brustwarzen, hauchfein rieb sich Seide an Seide.

Atemlos sah Venus Maria zu, als Martin sich der Situation gewachsen zeigte.

Tai löste Lemons BH, und die Brüste der hübschen Blondine lagen frei, überraschend groß und fest.

Martin stöhnte.

Tai umschloss mit den Lippen eine rosige Brustwarze.

Martin stöhnte lauter.

Lemon entledigte sich ihres Schlüpfers. Sie hatte sich die Schamhaare rasiert, und die Haut ihres Venushügels war sehr weiß.

Tais langes dunkles Haar flog nach vorn, als sie sich bückte, um Lemon zwischen den Schenkeln zu küssen. Entgegenkommend spreizte Lemon die Beine.

»O Gott, Venus!«, stieß Martin hervor und versuchte verzweifelt, sich nicht zu bewegen.

Tai hörte auf, Lemon zu bedienen, und öffnete ihren eigenen BH, bevor sie aus dem Höschen stieg. Ihr schwarzes Schamhaar war ein dichter Wald. Jetzt vergrub Lemon die blonden Locken zwischen Tais dunklen Schenkeln.

Venus Maria sah, dass Martin sich verzweifelt nach Erlösung sehnte. Sein Penis stand aufrecht und bereit. Aber noch immer zerriss er nicht die Fesseln.

Tai löste sich von Lemon, nahm die Flasche mit dem Öl und verteilte es auf ihren und Lemons Brüsten.

Dann griff Lemon nach dem Vibrator, schaltete ihn ein und hielt ihn Tai an den Venushügel.

Martin kam zum Orgasmus, sprudelte über wie eine Fontäne.

»Verdammt!«, stieß er hervor.

»Verdammt!«

Zeit, die Lustbarkeit zu beenden. Venus Maria betrat den Raum und scheuchte die beiden Mädchen hinaus.

Sie nahmen ihre Sachen und verschwanden hastig.

»Hm …« Venus Maria sah Martin an, als wolle sie ihn hypnotisieren. »Du warst ein böser Junge! Schau, was du angerichtet hast.«

»Komm her«, sagte er verzweifelt.

»Warte!«, befahl sie.

»Komm her!«

Sie ging langsam ins Bad, kam mit einem flauschigen weißen Handtuch zurück und säuberte ihn.

»Also doch kein so großer Held auf dem Campus«, sagte sie seufzend.

»Du bist unglaublich.«

»Ich versuche, dir etwas zu bieten.«

»Ich möchte dich bumsen.«

»Was gibt es sonst Neues?«

»Ich möchte …«

»Was?«

»Mehr Zeit mit dir verbringen.«

»Das ist schön. Und was ist mit deiner Frau?«

»Sie ist in New York.«

»Das weiß ich.«

»Komm her, Venus. Binde mich los. Die Wetten gelten nicht mehr.«

Sie sah auf ihre Cartier-Uhr, ein Geschenk von Martin, als

er das letztemal in L. A. gewesen war. »Du hast noch fünfunddreißig Minuten.«

»Ich will raus.«

»Dann musst du mich bezahlen.«

»Kommt nicht in Frage.«

»Dann bleib, wo du bist und sei still. Eine Wette ist eine Wette ist eine Wette ist eine ...«

»Ich weiß, was eine Wette ist.«

Sie trug abgeschnittene Leinenhosen und ein weißes T-Shirt. Am Fußende des Bettes stehend, fing sie an, sich ganz langsam auszuziehen; es war ein gekonnter Strip. Darunter hatte sie ein rotes Spitzenhöschen ohne Zwickel und einen ausgeschnittenen BH aus schwarzem Leder an. Hurenwäsche, dazu bestimmt, erregend zu wirken.

Die Arme über dem Kopf streckend, lachte sie herausfordernd. »Ich glaube, ich geh jetzt schnell mal zu Cooper«, sagte sie.

Martin zerriss die Seidentücher mit einer einzigen Bewegung und fiel über sie her.

»Du bist etwas Besonderes«, sagte er.

»Und das bist du auch«, flüsterte sie. »Das bist du auch.«

32

Harry Browning ließ sich Zeit mit der Entscheidung, was er wegen Luce unternehmen sollte. Er brütete zwei Wochen über dem Problem, bevor er sie stellte. Ihm war natürlich nicht entgangen, dass sie befördert worden war. Urplötzlich war diese fremde Frau, die sich als Sheila Herveys Nichte ins Studio eingeschlichen hatte, zu Mickey Stollis persönlicher Assistentin avanciert. Und wo war Olive? Es hieß, sie habe sich das Bein gebrochen und komme eine Zeitlang nicht wieder. Wie praktisch.

Harry wartete, bis er Luce eines Tages mittags allein in der Kantine sitzen sah, und ging dann auf sie zu.

Sie blickte auf. »Hallo, Harry.«

Er setzte sich unaufgefordert an ihren Tisch. »Was haben Sie vor?«, fragte er inquisitorisch.

Sie sah ihn starr an. Noch zwei Wochen, und sie hatte diese Charade hinter sich. »Entschuldigen Sie, aber ich verstehe nicht«, sagte sie gelassen.

Er fummelte an seiner Brille herum, nahm sie ab, säuberte sie mit einer Serviette und setzte sie wieder auf. »Was genau haben Sie vor?«, wiederholte er aufgeregt. »Ich weiß, dass es irgendetwas ist.«

Lucky blieb kühl. »Ich komme noch immer nicht mit.«

»Ich bin kein Idiot«, sagte Harry Browning hitzig. »Sie haben mich in Ihre Wohnung gelockt, mich betrunken gemacht und versucht, mir Informationen abzuluchsen.«

Das kam unerwartet; Lucky wusste nicht, wie sie die Situation handhaben sollte. »Ich habe keine Ahnung, wovon Sie reden«, sagte sie endlich. »Ich habe Sie nirgends hingelockt. Sie hatten mich eingeladen, mit Ihnen auszugehen, und ich habe Ihnen angeboten, selbst etwas zu kochen. Dass Sie in die Flasche gefallen sind, ist nicht meine Schuld.«

Harry kniff die Augen hinter der Nickelbrille zusammen. Die Sache lief nicht so, wie er wollte. Er hatte erwartet, dass sie nervös werden und nicht so beherrscht bleiben würde. Fest entschlossen, an sein Ziel zu kommen, sagte er: »Ich weiß, was Sie vorhaben!«

»Warum fragen Sie mich dann, wenn Sie's ohnehin wissen?«, entgegnete sie kühl.

Das brachte Harry einen Moment aus dem Konzept. Ihm gefiel ihr Verhalten nicht. Er mochte sie nicht. Und ganz bestimmt gefiel ihm nicht, dass er ihretwegen wieder an der Flasche hing. »Weiß Mickey Stolli, wer Sie sind?«, fragte er hitzig.

»Wer ich bin?«, antwortete sie und starrte ihn so lange an, bis er die Augen senken musste.

»Wer sind Sie?«, blieb er hartnäckig. »Warum sagen Sie es mir nicht? Oder soll ich Mr. Stolli fragen?«

»Was wollen Sie ihn denn fragen?«

»Was es mit Ihnen auf sich hat – woher Sie kommen. Ich weiß, dass Sie eine Perücke tragen. Und Sie brauchen keine Brille. Ich weiß auch, dass Sie vor ein paar Tagen Abe Panther besucht haben.«

»Dann sollten Sie vielleicht Mr. Panther fragen, was los ist«, sagte sie eisig und starrte ihn wieder in Grund und Boden.

Harry verstummte. Er entdeckte einen Fleck auf dem Tischtuch und begann wütend mit seiner Serviette daran herumzureiben.

Lucky tastete sich langsam vor. »Auf wessen Seite stehen Sie, Harry?«, fragte sie ruhig.

»Wie meinen Sie das?«, fragte er misstrauisch zurück.

»Sie wissen sehr genau, was für Filme in diesem Studio produziert werden. Und Sie wissen, wie die Produktion früher war.«

»Früher war sie großartig«, sagte er heftig.

Lucky nickte. »Sie kann wieder großartig werden. Vertrauen Sie mir.«

Er war empört. »Wie kann ich jemandem vertrauen, der versucht hat, mich betrunken zu machen.«

»Ich konnte doch nicht ahnen, dass Sie ein – ein Problem hatten.«

Er stürzte sich auf diese Bemerkung. »Hat Ihnen das Mr. Panther erzählt?«

»Abe Panther hat Sie nicht einmal erwähnt.«

Sie wusste nicht, ob er ihr glaubte. Doch sie beschloss, nicht abzuwarten, bis sie es herausfand. Sie stand auf und wollte gehen. »Harry«, sagte sie, »Sie würden mir einen riesigen Gefallen tun, wenn Sie niemandem erzählten, was vorgeht.«

»Ich tu, was ich will«, sagte er kurz.

»In zwei Wochen werden Sie alles verstehen.«

»Ich tu, was ich will«, wiederholte er. »Seien Sie bloß vorsichtig. Ich beobachte Sie.«

Während sie ins Büro zurückeilte, dachte sie über alles nach. Noch eine Woche musste sie für Mickey Stolli arbeiten. Eine Woche noch, und sie war dem Ende dieser Charade näher. Und was hatte sie entdeckt? Dass die meisten Leute hier stahlen. Dass eine Menge kleiner Betrügereien begangen wurden. Und dass die Männer im Filmgeschäft in Frauen nur Objekte sahen.

Mickey Stolli war *out*, ebenso wie die meisten seiner munteren kleinen Bande. Sie hatte ihren Anwalt Morton Sharkey schon beauftragt, ihr eine Liste passender Ersatzleute vorzulegen.

»Ich möchte auch ein paar Frauen als leitende Angestellte an Bord«, hatte sie gesagt, und Morton hatte ihr beigepflichtet. Er hatte ihr auch schon ein paar Vorschläge gemacht, nur gab es leider nicht viele Frauen in leitenden Stellungen, so dass er nicht aus dem Vollen schöpfen konnte.

Lennie wurde immer noch vermisst. Kein Mensch schien zu wissen, wo er war.

Ihr war klar, was dahinter steckte. Lennie hatte die kindische Gewohnheit, Vergeltung zu üben. Sie hatte ihm etwas angetan, und das wollte er ihr mit gleicher Münze heimzahlen. Sie war für ihn verschwunden, also verschwand auch er. Sie konnte es ihm nicht einmal übelnehmen, denn im umgekehrten Fall hätte sie sich wahrscheinlich genauso verhalten.

Ihr Gespräch mit Harry Browning beunruhigte sie. Was genau wusste er? Vielleicht hätte sie bleiben und länger mit ihm reden sollen. Aber der schnellste Ausweg aus einer prekären Situation schien der Rückzug zu sein.

Sie war fünf Minuten vor Mickey im Büro. Er kam früh vom Lunch zurück und schloss sich ein, nachdem er Lucky erklärt hatte, wenn Leslie Kane komme, müsse sie sie warten lassen. »Und wenn Eddie anruft«, fügte er hinzu, »sagen Sie ihm nicht, dass seine Frau hier ist.«

Lucky hatte Mickeys Unterredung mit Eddie entnommen, dass die beiden sich auf irgendeinen Handel mit ein paar Figuren aus der Unterwelt eingelassen hatten. Sie hatte Boogie gebeten, das nachzuprüfen, und Boogie hatte ihr die Neuigkeit nach Hause gebracht, dass Eddies Partner aus der Unterwelt Carlos Bonnatti war.

Was für ein merkwürdiger und unwillkommener Zufall. Carlos, der gleiche Abschaum wie sein Bruder Santino und sein Vater Enzio. Die Bonnattis waren seit jeher die Feinde der Santangelos. Die Fehde reichte bis in die guten alten Zeiten in Vegas zurück. Und seit Santinos und Enzios Tod leitete Carlos das Drogen- und Porno-Imperium der Familie.

Es ist fast unheimlich, dachte Lucky, wie die Bonnattis immer irgendwie mit meinem Leben verbunden bleiben. Sie wäre glücklicher gewesen, wenn sie diesen Namen nie wieder zu hören bekommen hätte.

Nach dem, was Boogie in Erfahrung gebracht hatte, hatte Eddie Kane mit der Bonnatti-Organisation die Übereinkunft getroffen, ihre Pornofilme nach Europa zu schleusen, indem er sie mit den Kopien der regulären Panther-Filme versandte. Wenn Lucky Mickey richtig verstanden hatte, wollte er aus der Sache aussteigen, und das war ein weiser Entschluss, denn sie wusste, dass es ein großer Fehler war, sich mit den Bonnattis einzulassen.

Leslie Kane kam pünktlich um drei. Sie lächelte Lucky freundlich zu. »Ich habe einen Termin mit Mr. Stolli«, sagte sie. »Ich bin Leslie Kane.«

Lucky war überrascht. Sie hätte nicht gedacht, dass Eddie mit einer so natürlichen und frischen Schönheit verheiratet war. »Er erwartet Sie. Nehmen Sie Platz, ich sage ihm, dass Sie da sind.«

Leslie setzte sich, griff nach einem Exemplar von *People* und blätterte darin. Einen Augenblick später legte sie die Zeitschrift wieder aus der Hand. »Bin ich zu früh dran?«, fragte sie besorgt.

Lucky blickte auf. »Sie waren sehr pünktlich. Sie sind für drei Uhr verabredet.«

Leslie nickte dankbar. »Das ist richtig.«

Mickey ließ sie fünfundzwanzig Minuten warten. Er kam auch nicht an die Tür seines Büros, um sie zu begrüßen. Lucky hatte festgestellt, dass das eine Auszeichnung war, die nur bedeutenden Stars zuteil wurde. Sobald Leslie sein Büro betreten hatte, setzte Lucky ihren winzigen Kopfhörer auf und schaltete das Bandgerät ein, das jedes Wort aufnahm.

»Nehmen Sie Platz«, sagte Mickey.

Leslie setzte sich ihm gegenüber in den Besuchersessel vor dem Schreibtisch – ganz gespannte Aufmerksamkeit. »Sie wollten mich sprechen, Mr. Stolli?«

Er räusperte sich und schob ein paar Papiere auf seinem Schreibtisch hin und her. »Eh – Sie dürfen mich Mickey nennen.«

Leslie, die großäugige Schönheit, sah ihn an. »Oh – vielen Dank.«

Mickey fragte sich, wo Eddie wohl über diese Schönheitskönigin aus Iowa gestolpert war. Sie hatte immer noch Korn in den Haaren. »Schätzchen«, sagte er, »wir beide haben ein Problem.«

»Wieso denn das, Mr. Stolli?«, fragte sie besorgt. »Ich meine – Mickey.«

O Gott, er hatte etwas über ihre Vergangenheit erfahren!

»Ihr Mann ist ein Trottel«, sagte Mickey sehr direkt. »Ich habe versucht, ihm zu helfen. Der Himmel weiß, dass ich's versucht hab. Im Lauf der Jahre habe ich ihm eine Menge Jobs gegeben, und er hat immer Mist gebaut. Ich habe ihm geholfen, und er hat mir die Hilfe ins Gesicht geschmissen. Jetzt hat er uns in einen fürchterlichen Schlamassel hineingeritten, und ich lehne es ab, die Verantwortung dafür zu übernehmen.«

Leslie senkte die Augen. Sie hatte lange, gebogene Wimpern. »Das tut mir Leid«, flüsterte sie, erleichtert, dass es bei diesem Treffen nicht um sie ging.

»Es ist nicht Ihre Schuld«, sagte Mickey und fragte sich, wie sie wohl im Bett sein mochte.

»Warum bin ich dann hier?«, wollte sie wissen und runzelte leicht die Stirn.

Mickey kaute am Ende seines Kugelschreibers. »Sie sind hier, weil Eddie in Schwierigkeiten ist. Und diesmal kann ich ihm nicht helfen.«

»In was für Schwierigkeiten?«, fragte sie.

»Es geht um eine Million.«

Leslie fühlte ein Flattern in der Magengrube. Sie hatte es nicht ernst genommen, als Eddie vor ein paar Wochen auf ihre Frage, ob er Sorgen habe, geantwortet hatte: »Nein, Baby. Ich brauche nur eine Million Dollar und ein bisschen Kooperation von Mickey Stolli, dann ist alles in Ordnung.«

»Was kann ich tun?«, fragte sie ernst und beugte sich vor.

»Sie sollten Eddie dahin bringen, dass er seine Taschen umdreht und mit dem Geld rüberkommt«, sagte Mickey schroff. »Denn wenn er's nicht tut, endet er eines Tages mit Zementstiefeln an den Beinen am falschen Ende des Santa-Monica-Piers.«

»Mr. Stolli – eh – Mickey –, Eddie hat das vor ein paar Wochen erwähnt. Ich habe gedacht, er macht Witze.«

»Wer Geschäfte macht, muss für die Folgen gerade stehen. Eddie hat ein Geschäft eingefädelt. Ist damit zu mir gekommen. Und dann hat er mich und seine anderen Partner betrogen und muss dafür bezahlen. Er hat mir gesagt, er hat das Geld nicht. Was hat er damit gemacht, Leslie? Für Sie ausgegeben?«

Sie richtete sich im Sessel auf. »Nein, ganz bestimmt nicht!«

»Das ist gut, denn er wird es brauchen, und ich kann ihm nicht helfen. Wenn er denkt, dass ich ihn wieder auslöse – dann irrt er sich. Ich tu's nämlich nicht. Er ist allein, und er sollte lieber zahlen, sonst sitzt er bis an die Haarwurzeln drin.« Mickey nahm ein Drehbuch zur Hand und begann darin zu blättern. »Das war alles«, sagte er brüsk.

Die Besprechung war zu Ende.

Leslie stand auf. »Ich will tun, was ich kann«, sagte sie leise.

Sie hatte Beine so lang wie ein Giraffenhals. »Das sollten Sie«, sagte er mürrisch.

»Ich werde es – bestimmt«, versicherte sie ihm ernst.

»Oh«, fügte Mickey hinzu, »und tun Sie sich einen weiteren Gefallen. Schicken Sie Ihr Arschloch von Ehemann in den Drogenentzug. Er schnupft sich noch zu Tode. Hoffentlich hat er Sie nicht auch dazu gebracht.«

Sie war empört. »Ich fasse keine Drogen an.«

»Bleiben Sie dabei.«

Leslie stürmte aus Mickeys Büro.

Lucky sah ihr nach. Mickey Stolli war ein gemeiner Bastard. Wie konnte er von einem jungen Mädchen wie Leslie erwarten, dass es etwas gegen die katastrophale Situation tat, in die Eddie sie beide gebracht hatte?

Bald darauf kam Mickey zu ihr ins Vorzimmer. »Ich geh weg«, verkündete er.

Lucky fragte inzwischen nicht mehr, wohin. Wenn er wollte, dass sie Bescheid wusste, sagte er es ihr. Sie vermutete, dass ein Besuch bei Warner fällig war.

»Wann darf ich Sie zurückerwarten, Mr. Stolli?«, erkundigte sie sich höflich. Dieser ganze »Perfekte-Sekretärin-Mist« machte sie noch verrückt.

»Wenn Sie mich sehen, bin ich da.«

»Und was soll ich mit Ihren Nachmittagsterminen machen?«

»Absagen.«

Der Schlag soll dich treffen, Arschloch. »Ja, Mr. Stolli.«

Es war erstaunlich, dass überhaupt noch jemand mit Mickey zusammenarbeiten wollte. Er interessierte sich für niemanden – außer für sich selbst.

Zwanzig Minuten nachdem er das Gebäude verlassen hatte, tauchte Venus Maria im Büro auf. Sie schlenderte in zerrissenen Jeans, einem viel zu großen T-Shirt, Turnschuhen und einer Baseballmütze der Lakers herein.

Zuerst hielt Lucky sie für eine Botin. »Kann ich Ihnen irgendwie helfen?«, fragte sie.

»Ich möchte nur fünf Minuten von Mickeys Zeit beanspruchen«, erklärte Venus Maria. »Nur fünf kurze Minuten, damit ich ihm sagen kann, was ich denke. Dann bin ich gleich wieder draußen.«

Lucky erkannte sie an der Stimme. »Tut mir leid, aber er ist nicht hier.«

»Mist!«, rief Venus Maria. »Ich muss ihn aber heute noch sprechen.«

»Kann ich ihm etwas ausrichten?«

Venus Maria schmiss ein Drehbuch auf Luckys Schreibtisch. »O ja. Sagen Sie Mr. S., dass dieses Buch stinkt. Er hat mir eine starke Frau versprochen, und was ist draus geworden? Das übliche dumme Weibsstück, das jedem Zuhälter auf den Leim geht. Diesen Sexistenmist spiele ich nicht.«

Lucky griff nach dem geschmähten Drehbuch. Es war *Bombshell*, Mickeys Lieblingsprojekt.

»Ich werde ihm gern ausrichten, was Sie gesagt haben«, antwortete sie.

Venus Maria warf sich in einen Sessel. »Es ist ja nicht Ihre Schuld. Jesus! Wann werden die endlich begreifen, was Sache ist?«

Hier war eine Frau nach Luckys Herzen. »Wollen Sie die Rolle nicht spielen, weil sie so angelegt ist?«, fragte sie.

»Na, darauf können Sie wetten«, antwortete Venus Maria leidenschaftlich. »Ich spiele nur Rollen, von denen ich überzeugt bin.«

»Das ist die richtige Haltung«, ermutigte sie Lucky, die für einen Moment ihre eigene Rolle vergaß.

Venus Maria sah sie an. »Nett, dass Sie mir Recht geben. Wir Mädchen müssen zusammenhalten, wie?«

»Es ist höchste Zeit, dass jemand diesen – Produzenten die Zähne zeigt.«

»He, lassen Sie das bloß Ihren Boss nicht hören!« Venus Maria schaute sich suchend um. »Wo ist der englische Engel?«

»Olive ist krank. Sie hat sich das Bein gebrochen.«

Venus Maria unterdrückte ein Lachen. »Was hat Mickey getan? Sie mit einem Tritt aus dem Büro befördert?«

Da sie ihre Tarnung nicht gefährden wollte, antwortete Lucky nicht, obwohl sie spürte, dass hier eine Frau war, mit der sie sich gut verstehen würde.

Venus Maria stand auf, gähnte und streckte sich. »Tja, ich schätze, ich muss wieder. Ich bin auf dem Set, falls er sich traut, mit mir zu reden. Er kann mich in meiner Garderobe oder später zu Hause anrufen. Sagen Sie ihm nur, das ist nicht der Handlungsablauf, den wir diskutiert haben. Die Frau in diesem Drehbuch ist ein Opfer, und Opfer spielt Klein Venus Maria nicht.«

Lucky war begeistert. Venus Maria hatte bei Panther eine große Zukunft. Dafür wollte sie sorgen.

33

Als Leslie heimkam, wanderte Eddie rastlos durchs Haus. Seit drei Tagen war er nicht mehr im Studio gewesen. Er wirkte abgezehrt, hatte Tränensäcke unter den Augen und war auf dem besten Weg, einen Vollbart zu bekommen. »Wo warst du?«, fragte er vorwurfsvoll.

Leslie wusste nicht, ob sie ihm sagen sollte, dass Mickey Stolli sie in sein Büro zitiert hatte. Sie kam jedoch zu dem Schluss, dass Ehrlichkeit der beste Weg war, die Sache anzupacken. »Tja – ich war bei Mickey Stolli«, sagte sie, während sie die Jacke auszog.

Eddie explodierte sofort. »Warum, zum Teufel, bist du zu ihm gegangen?«

»Weil er mich gebeten hatte zu kommen«, antwortete sie .

»Und wenn er dich gebeten hätte, dass du ihm einen blasen sollst, hättest du's auch getan, wie?«

Sie ging in die Küche. »Sei nicht albern, Eddie.«

»Hör auf, mit mir zu reden, als wär ich ein Idiot, okay? Du gehst zu Mickey und sagst mir nicht einmal was davon. Dann kommst du nach Hause und versuchst, mich fertig zu machen. Was soll das, Leslie?«

Sie sah ihn aus großen Augen an. »Wir sind in Schwierigkeiten, Eddie, nicht wahr?«

»In Schwierigkeiten, Schatz?«, schnaubte er verächtlich. »In was für Schwierigkeiten denn?«

Sie nahm den Teekessel und füllte ihn mit Wasser. »Mickey hat gesagt, dass wir in Schwierigkeiten sind. Du hast große Schulden.«

Eddie marschierte auf und ab. »Oh, er hat dir also erzählt, dass ich Schulden habe, ja? Dazu will ich dir eins sagen, Baby. Das Studio hat Schulden. Das Studio ist verantwortlich. Er steckt genauso tief in der Sache wie ich. Und er kann sich da nicht herausschwindeln.«

»Mickey sagt, du schuldest jemandem eine Million.«

»Und warum zieht er dich in die Sache herein?«

Leslie schüttelte den Kopf. »Weiß ich nicht. Vielleicht denkt er, ich kann dir helfen.«

Eddie lachte bissig. »Helfen? Du? Soll das einer seiner berühmten Witze sein?«

Leslie sah ihn gekränkt an. »Vielleicht kann ich's doch«, sagte sie.

»Ach, hör doch auf, Baby, wir reden von einer Million Dollar, nicht von zehn Cent.«

»Was wirst du tun?«

Eddie schüttelte den Kopf. »Das weiß ich noch nicht. Aber was immer ich tu, Mickey wird mit von der Partie sein. Panther kann bezahlen, ohne mit der Wimper zu zucken – warum soll ich den Kopf hinhalten?«

»Eddie«, kam es zögernd von Leslie, »Mickey hat auch gesagt, du hast ein Drogenproblem. Er meint, du müsstest etwas dagegen tun.«

Jetzt wurde Eddie erst richtig wütend. »Was will er eigentlich? Es geht ihn verdammt nichts an, was ich habe! Gut, ich kokse ab und zu ein bisschen. Was ist schon dabei?«

»Nicht nur ab und zu.«

»He, he, he, wen hab ich da geheiratet – Mutter Theresa?«

»Ich will dir doch nur helfen.«

»Ich sag dir, wie du mir helfen kannst. Halt einfach den Mund, und lass mich in Ruh. Okay?«

Leslie nickte unglücklich. »Okay.«

Warner war nicht zu Hause. Mickey konnte nicht glauben, dass er den ganzen Weg bis zu ihrer Wohnung gefahren war und jetzt vor verschlossener Tür stand. Sie hatten sich am Tag vorher telefonisch verabredet, und es sah Warner nicht ähnlich, eine Verabredung nicht einzuhalten. Er klingelte und trat dann, wütend vor Enttäuschung, ein paarmal gegen die Tür, bevor er in die Tiefgarage ging. Er setzte sich in den Porsche und ließ den Motor aufheulen.

Mickey Stolli wollte seinen Sex regelmäßig. Warner befriedigte ihn, aber sie hatte da zu sein, wenn er sie brauchte.

Vom Wagen aus rief er Ford Werne an. Ford hatte schon häufig nebenbei erwähnt, dass er von Affären nichts hielt; er zahlte lieber dafür. Mickey hatte ihm ins Gesicht gelacht. »Für 'ne Muschi bezahlen?«, hatte er gerufen. »In dieser Stadt? L.A. ist der reinste Sexhimmel, hier gibt es alles umsonst.«

»Du bezahlst dafür, Mickey«, hatte Ford ruhig und vernünftig geantwortet, »und weißt genau, was du kriegst. Sie wollen keine Rolle in deinem Film. Sie wollen keinen Teil deines Lebens. Sie wollen nicht, dass du sie nach Hawaii mitnimmst, verlangen keinen Oralverkehr von dir und verlangen auch nicht, dass du ihnen Kleider kaufst. Sie tun, was du willst. Es ist einfach perfekt. Es ist Sex ohne Schuldgefühl, und du wirst genau so bedient, wie du es haben willst.«

Mickey hatte Visionen von einer mexikanischen Hure an der Ecke Vermont und Sunset; sie trug einen Minirock aus Kunstleder, ein durchsichtiges Top, und ihre Schuhe hatten fünfundzwanzig Zentimeter hohe Absätze.

Als habe er seine Gedanken gelesen, hatte Ford hinzugefügt: »Und lass dir eins gesagt sein. Die Mädchen, mit denen ich schlafe, sind viel schöner als irgendeine Zufallsbekanntschaft.«

»Wo findest du sie?«, hatte Mickey neugierig gefragt.

»Das ist ja das Großartige an der Sache«, hatte Ford erwidert. »Ich brauche sie nicht zu finden, das tut Loretta für mich.«

»Wer ist Loretta?«

»Die großartigste kleine Madame der Stadt. Sie hat ein Haus in den Hügeln, und ihre Mädchen sind handverlesen. Sie arbeiten alle nur ein paar Monate, und lass dir sagen, sie sind fantastisch.«

Das klang großartig für Leute, die sich dafür interessierten. Nachdem Ford ihm von ihr erzählt hatte, hörte Mickey den Namen Madame Loretta ein paarmal auch von anderer Seite. Da ihm Warner zur Verfügung stand, hatte er für Madame Lorettas Mädchen keinen Bedarf. Aber heute brauchte er Sex, und er brauchte ihn auf der Stelle.

Als Ford sich meldete, bat er ihn um Madame Lorettas Telefonnummer.

Ford lachte leise. »Bekehrst du dich zu meiner Überzeugung?«

Mickey senkte die Stimme, obwohl er im Wagen saß und niemand ihn hören konnte. »Ist diese Frau diskret?«

»Sie gibt dem Wort diskret eine völlig neue Bedeutung«, beruhigte ihn Ford. »Ich ruf sie an und sag ihr, dass du zu ihr unterwegs bist.«

»Tu das«, erwiderte Mickey. Er bat nur ungern jemanden um einen Gefallen, doch heute hatte er keine andere Wahl.

Madame Loretta begrüßte ihn wie eine überbesorgte jiddische Mamme. Sie war eine plumpe Frau mit schimmernder Haut und einem warmen Lächeln. »Willkommen, willkommen«, sagte sie strahlend und führte ihn in ihr großes Wohnzimmer mit Blick auf die Stadt. »Darf ich Ihnen eine Erfrischung bringen lassen – Kaffee, Tee, einen Drink?«

Mickey kam sofort zur Sache. »Sie wissen, warum ich hier bin«, sagte er schroff.

Loretta lächelte herzlich. »O ja, und Sie werden nicht enttäuscht sein. Jetzt sagen Sie mir nur, was Sie für Vorlieben haben.«

Mickey räusperte sich. »Haben Sie schwarze Mädchen?«

»Ich habe ein ganz reizendes schwarzes Mädchen«, antwortete Madame Loretta. »Es hat eine abgeschlossene Collegebildung, ist sauber, arbeitet hart. Sie werden sehr glücklich sein.«

»Kann ich es sehen?«

Madame Loretta war nicht gekränkt. »Geben Sie mir fünf Minuten«, sagte sie und verließ das Zimmer.

Mickey betrachtete die Aussicht. Wie einfach doch alles gewesen wäre, hätte seine Frau ihm gegeben, was er brauchte. Aber bei Abigaile gab es zu viele Hürden zu überwinden. Musste er zu viele Diskussionen über sich ergehen lassen, ehe er an Sex auch nur denken konnte, und am Ende war es viel zu mühsam.

Madame Loretta kam lächelnd wieder herein. »Yvette ist sofort da.«

»Ich will sie vorher sehen«, sagte Mickey. »Bevor ich mich entschließe, meine ich.«

Madame Loretta nickte weise. »Ich versichere Ihnen, Sie werden sehr glücklich sein. Ich mache nie einen Fehler.«

Jeden Abend versuchte Lucky, das verworrene Netz undurchsichtiger Geschäfte aufzudröseln, in die die Panther Studios verwickelt waren. Über die Sache mit dem Verleih von Pornofilmen in Übersee wusste sie Bescheid, doch offenbar hatte Mickey beschlossen, das Problem Eddie in die Schuhe zu schieben und das Studio herauszuhalten. Er stand auf dem Standpunkt, dass Eddie sie da hineingeritten hatte und sie daher auch herausholen musste.

Es war ganz offensichtlich, dass Eddie gestohlen hatte wie ein Rabe und Mickey nicht beabsichtigte, ihn auszulösen.

Ein weiteres Problem für Lucky war Harry Browning. Was würde er tun? Plante er, ihre Tarnung auffliegen zu lassen, bevor sie bereit war, sie abzulegen? Ihr blieb nichts anderes übrig als abzuwarten. Boogie hatte eine Sekretärin eingestellt, die allabendlich ins Haus kam und Mickeys Gespräche tippte, die Lucky auf Band mitgeschnitten hatte. Die Skripte waren sehr interessanter Lesestoff.

Von neun bis fünf zu arbeiten war anstrengend; jeden Tag endlose Stunden vor Mickey Stolli zu kriechen – gelinde gesagt – deprimierend. Lucky war es nicht gewohnt, sich unterzuordnen, und es gefiel ihr ganz und gar nicht.

Deprimierend war auch, dass sie nicht wusste, wo Lennie war. Boogie gab sich größte Mühe, ihn aufzuspüren.

In London jammerte Bobby am Telefon. Es sah ihm nicht ähnlich. »Mommy, Mommy, wann kommst du endlich? Ich habe dich schon so lange nicht gesehen? Wo bist du denn?«

»Sei nicht traurig, Liebling, wir werden alle sehr bald zusammen sein«, versicherte sie ihm und hatte ein schrecklich schlechtes Gewissen.

Und dann fiel ihr ein, dass sie Brigette nicht angerufen hatte, bevor sie sich auf dieses Abenteuer einließ. Rasch wählte sie die Nummer von Brigettes Privatschule.

Eine Sekretärin teilte ihr mit, sie hätten den Sommer über geschlossen, und Brigette sei in New York bei ihrer Großmutter.

»Freiheit«, flüsterte Lucky vor sich hin. »Ich brauche meine Freiheit!«

34

Nona Webster kam aus einer verrückten Familie. Leute wie sie hatte Brigette noch nie kennen gelernt. Effie, Nonas Mutter, war eine ungewöhnlich aussehende Frau. Höchstens einszweiundfünfzig groß und knochendürr, mit Haaren, die sogar noch röter waren als die ihrer Tochter. Sie trug sie in einer seltsamen Kakadufrisur mit einem auffallenden leuchtend grünen Schopf über der Stirn. Ihr Make-up war grell und flippig, und ihre Kleider spiegelten das Image einer Frau wider, die nie Konventionen akzeptiert hatte.

Yul Webster, Effies Mann, hingegen war ein sehr korrekt aussehender Mann. Hoch gewachsen und imposant, trug er Anzüge aus der Saville Row, Seidenhemden und handgearbeitete Schuhe. Seine einzige Konzession an den ausgefallenen Geschmack seiner Frau waren seine Krawatten, die Effie entwarf und nur für ihn nähen ließ. Yul besaß Krawatten mit handgemalten nackten Frauen, fliegenden Vögeln, landenden Flugzeugen. Effie verewigte alle Sujets darauf, die ihr gefielen. Und er trug sie mit großem Stolz.

»Meine Eltern spinnen ein bisschen«, warnte Nona, bevor sie und Brigette in New York ankamen. Das war, gelinde gesagt, die Untertreibung des Jahres.

Spinnen mochten sie ja, aber sie waren auch warmherzig und freundlich. Sie hießen Brigette in ihrem Heim willkommen, als gehöre sie zur Familie.

»Sie nehmen Drogen«, erzählte Nona Brigette im Vertrauen. »Ich habe gelernt, es zu ignorieren. Eigentlich schnupfen sie ja nur hin und wieder ein bisschen Koks, und sie kiffen. Weißt du, die Ärmsten können einfach die verdammten sechziger Jahre nicht loswerden. Tu einfach so, als ob du nichts merkst, und wenn sie dir was anbieten, sag Nein.«

Brigette verstand. »Meine Drogenphase hatte ich mit vierzehn«, sagte sie

Nona nickte. »Wieder eine Übereinstimmung. Ich auch.«

»Karma.«

»Aber genau.« Liebevoll nahm Nona den Arm ihrer Freundin. »Weißt du, ich fühle mich wirklich wohl bei dir«, sagte sie. »Wir sind uns so ähnlich.«

»Ähnlich – aber verschieden.«

»Du weißt, was ich meine«, sagte Nona.

Das New Yorker Penthaus der Websters war ein einziger Farbklecks und enthielt ein unglaubliches Sammelsurium modernen Mobiliars. Die Wände waren schwarz gestrichen und mit moderner Kunst bedeckt. Die Bilder waren wie ein Schrei.

Jede Woche gaben die Websters eine Riesenparty, an der eine ganze Armee schöner und talentierter Menschen teilnahm.

»Vor ein paar Monaten war Venus Maria hier«, sagte Nona. »Sie ist die Allerbeste. Ich hab sie den ganzen Abend angestarrt.«

Brigette war beeindruckt. »Erstaunlich«, sagte sie.

»Absolut«, stimmte Nona zu. »Ich lerne wahnsinnig gern interessante Leute kennen, du nicht?«

»Wo ist dein Bruder?«, fragte Brigette neugierig.

»Keine Sorge, der taucht bestimmt auf. Wenn er Geld braucht, ist er hier.« Nona nickte weise. »Das ist seine Masche – er holt aus allen Leuten Geld heraus.«

»Wie heißt er noch?«

»Paul«, antwortete Nona. »Sie müssen ihren normalen Tag gehabt haben, als sie ihn tauften.«

Brigette nahm ein gerahmtes Foto vom Klavier und betrachtete es. »Ist er das?«, fragte sie.

»Sieht gut aus, nicht wahr?«

»Nicht übel«, schwindelte Brigette. Sie fand ihn umwerfend. »Was macht er?«

»Er ist Maler. Erfolglos. Bemalt grässlich große Leinwände mit nackten Leuten. Wenn er dich bittet, für ihn Modell zu stehen, sag Nein.«

»Und wenn ich Ja sage?«

»Wir werden einen wunderbaren Sommer erleben.« Nona seufzte glücklich. »Ich hab's im Gefühl. Du nicht?«

Brigette nickte.

Deena Swanson und Effie Webster waren die besten Freundinnen. Eine merkwürdige Verbindung, aber eine, die zu funktionieren schien. Sie waren schon jahrelang befreundet – genauer gesagt, schon seit Deena nach Amerika gekommen war. Sie hatten sich kennen gelernt, als Effie sich in dem Ausstellungsraum, in dem Deena arbeitete, mehrere Möbelstücke ausgesucht hatte.

Als Deena anfing, mit Martin Swanson auszugehen, meinte

Effie sofort, sie solle ernsthaft daran denken, ihn zu heiraten. »Liebling, der Mann macht seinen Weg, und ich denke, du solltest ihn begleiten.«

Es bedurfte keiner großen Überredungskunst von ihrer Seite. Deena fand Martin attraktiv und gerissen. Kein Zweifel, er war auf dem Weg nach ganz oben.

Martin und Yul kamen nicht besonders gut miteinander aus. Yul fand Martin langweilig. »Der Mann hat ein Ego so groß wie das Empire State Building«, erklärte er Effie.

»Solange es nur sein Ego ist, Liebling«, antwortete sie mit einem fröhlichen Lachen.

Als Martin anfing herumzuschlafen, war Effie die Erste, der sich Deena anvertraute.

»Was soll ich nur tun?«, jammerte sie.

»Ignorieren«, riet ihr Effie. »Die meisten Männer spielen herum – es ist ihre verdammte Libido. Wenn du es nicht beachtest, langweilt es sie bald, und sie kommen nach Hause zu Mami. Schließlich – eine Bettgeschichte ist eine Bettgeschichte und eine Ehefrau eine lebenslange Verpflichtung. Allein der Gedanke an die Unterhaltszahlungen treibt sie dir wieder in die Arme.«

»Wie ist es mit Yul?«, wollte Deena wissen.

»Es ist mir völlig schnuppe«, antwortete Effie. »Solange er wieder nach Hause kommt.«

»Aber wenn deine Ehe in Gefahr wäre, würdest du schon etwas tun, oder?«

Sehr selbstsicher hatte Effie erwidert: »Nichts wird je meine Ehe gefährden.«

Effie Webster betete ihre einzige Tochter offensichtlich an. Sie ging mit Brigette und Nona zu Saks und dann in die Trump Towers, wo sie einkauften, bis sie die Tüten nicht mehr schleppen konnten. Nona konnte sich wünschen, was sie wollte, ihre Mutter kaufte es ihr.

»Ich hab's dir gesagt«, flüsterte Nona Brigette zu. »Sie geben alles aus, was sie verdienen. Meine Eltern sind verrückt.«

Nach dem Einkaufen lunchten sie im Russian Tea-Room, wo sie an verschiedenen Tischen Rudolf Nurejew und Paul Newman entdeckten.

»Was machst du eigentlich so, wenn du bei deiner Großmutter bist?«, fragte Nona, köstliche Blinis verschlingend.

Brigette schnitt eine Grimasse. »Charlotte ist echt langweilig. Sie geht nie mit mir irgendwohin.«

»Wie war deine Mutter?«

»Nun«, antwortete Brigette zögernd, während sie noch überlegte, »sie war irgendwie lustig. Wir haben wenigstens etwas miteinander unternommen. Sind immer zu Großvater auf seine griechische Insel geflogen. Oder zu Modeschauen nach Paris. Wir sind in der ganzen Welt umhergereist. Es war richtig aufregend.«

»Sie muss dir fehlen«, sagte Nona mitleidig und strich der Freundin über den Arm.

Brigette nickte traurig. »Ja, das tut sie.« Und zum erstenmal wurde ihr ganz klar bewusst, wie sehr sie Olympia tatsächlich vermisste.

Nonas Bruder Paul tauchte am Sonntag auf. Er trug schmutzige Jeans, abgelatschte Cowboystiefel, ein schwarzes T-Shirt und eine Motorradjacke aus abgewetztem Leder. Er war mager und wirkte sehr angespannt. Er war nicht rothaarig wie die übrige Familie, sondern dunkel und trug das Haar lang und zu einem festen Pferdeschwanz gebunden. Die Augen versteckte er hinter einer dunklen Brille. Nona begrüßte ihn stürmisch.

»Ich bin nur gekommen, weil ich Geld brauche«, erklärte er.

»Das ist die Geschichte deines Lebens.« Nona seufzte. »Sagst du mir nicht wenigstens guten Tag? Krieg ich keinen Kuss? Nimmst du mich nicht einmal in den Arm?«

»Wenn du Kohle hast, sag ich auch guten Tag.«

»Vielen Dank! Es ist so tröstlich, sich in so viel brüderlicher Liebe sonnen zu können.«

Paul fläzte sich in einen Sessel, nahm die dunkle Brille ab und starrte Brigette an. »Wer ist das?«, fragte er unverschämt.

»Das Mädchen, dem du nicht widerstehen kannst«, antwortete Nona.

»Zu jung«, sagte Paul.

Nona schüttelte den Kopf. »Warte nur, bis du hörst, was sie alles hat, das du gern hättest.«

»Zu jung«, wiederholte Paul.

Brigette fand den Dialog zwischen den Geschwistern gar nicht lustig. Für wen hielt dieser Idiot sich eigentlich?

»Das ist meine neue beste Freundin Brigette«, stellte Nona sie endlich vor.

»Hallo, Brigette«, sagte Paul gleichgültig.

»Stanislopoulos«, fügte Nona hinzu.

Paul zog eine Braue hoch. »Etwa von ›den‹?«, fragte er wesentlich freundlicher.

Nona grinste triumphierend. »Du sagst es.«

Pauls Blick wurde eindringlicher. »Ich möchte dich heiraten und bitte dich um deine Hand«, erklärte er.

Brigette ging auf das Spiel ein. »Zu spät«, sagte sie. »Du bist viel zu alt für mich.«

Nona lachte entzückt.

»Wir wär's mit einer zweiten Chance?«, bat Paul.

»Hab ich dir's nicht gesagt?«, fragte Nona. »Geld. Das ist das Einzige, was dieses Stinktier interessiert. Er hat statt eines Herzens eine Registrierkasse in der Brust.«

»Gibt es denn noch etwas anderes?«, fragte Paul.

Effie kam herein, von Kopf bis Fuß in leuchtendes Orange gekleidet.

»Du siehst wie ein asiatischer Spatz aus, der eben einen

grässlichen Schock erlebt hat«, sagte Paul. »Was ist das für ein Kostüm?«

Effie lächelte. Offensichtlich waren die Websters an Pauls Unverschämtheiten gewöhnt und nahmen keine Notiz davon. »So bittet man eigentlich nicht um Geld«, schalt sie und drohte ihm mit dem Finger. »Du bist wirklich ungezogen.«

»Wieso sind nur alle der Meinung, ich komme nur her, weil ich Geld will?«, beklagte sich Paul.

»Weil es stimmt«, sagte Nona.

Brigette beobachtete die drei Websters und kam zu dem Schluss, dass Paul sich zwar unerträglich flegelhaft benahm, aber so gut aussah wie kein anderer Mann, dem sie je begegnet war.

Doch Brigette wusste auch, was das bedeutete. Es bedeutete Gefahr, Erregung und noch größere Gefahr.

Sie war klug genug, sich fernzuhalten.

Im Leben gibt es Zeiten, in denen man ausbrechen muss, und dies war so eine Zeit. Lennie mietete ein Loft im Village und igelte sich ein. Solange er Instantkaffee, eine Flasche Scotch und ausreichend Schreibpapier hatte, war er glücklich.

Aus dem Film auszusteigen war das Beste, das er je getan hatte. Kompromisse und Lennie Golden passten nicht zusammen. Er musste kreativ sein können, und manchmal erstickte der Druck seines Starruhms die Kreativität in ihm.

Ganz zu schweigen davon, dass Lucky nach Japan abgehauen war. Er hatte den »Filmstar-in-miesem-Film«-Trip hinter sich und konnte wieder an die Arbeit gehen.

Wenn er einen erfolgreichen Film machen wollte, musste er das Drehbuch selbst schreiben. Und dazu musste er allein sein.

Ihm war klar, dass sein Agent und sein Manager ihn wahrscheinlich verzweifelt suchten. Doch er wusste auch, dass er nicht in der Stimmung war, sich mit ihnen auseinander zu setzen, also verwischte er seine Spuren, hob bei seiner Bank eine große Summe Bargeld ab und stellte keine Schecks mehr aus.

Die Einzige, die er anrief, war Jess.

»Hör zu«, sagte er, »ich muss unbedingt eine Weile allein sein. Falls Lucky anruft, sag ihr, du hast von mir gehört, und es geht mir gut. Sonst nichts.«

Jess erwiderte, sie sollten mit ihren Spielchen aufhören und beide endlich erwachsen werden.

»Ich will ihr nichts heimzahlen«, erklärte er geduldig »Lucky ist in Japan. Sobald sie zurückkommt, fahre ich zu ihr. Im Moment will sie nicht, dass ich mich mit ihr in Verbindung setze. Also tu ich's nicht. Das sind keine Spielchen.«

»Ach, komm schon«, sagte Jess geringschätzig. »Ihr seid schlimmer als zwei Kinder.«

»Wie du meinst«, entgegnete er. »Ich melde mich in einer Woche wieder.« Dann legte er auf.

Er genoss seine selbstverordnete Einzelhaft. Sie gab ihm die Freiheit, die er brauchte. Vom frühen Morgen bis spät nachts saß er an einem großen Tisch am Fenster und schrieb. Es war ein gutes Gefühl. Es nahm den Druck von ihm.

Wenn er nicht schrieb, dachte er an Lucky und versuchte zu entschlüsseln, was zwischen ihnen vorging. Sie arbeitete in New York. Er arbeitete in L. A. Und hin und wieder sahen sie sich, aber nie lange genug.

O ja, der Sex zwischen ihnen war großartig. Klar. Warum auch nicht? Aber großartiger Sex war nicht genug. Er wollte mehr.

Immer häufiger dachte er daran, ein ganzes Jahr zu pausieren. Wenn sie es nicht taten, fürchtete er um ihre Ehe. Und er wollte nicht, dass sie kaputtging.

Er schrieb weiter und stellte fest, dass sein Drehbuch die Geschichte ihres gemeinsamen Lebens wurde.

Das Ende kannte er im Moment noch nicht. Er hoffte nur, dass es ein glückliches sein würde.

35

Als Martin Swanson von der Westküste nach New York zurückkehrte, begrüßte Deena ihn ganz pflichtgetreue Ehefrau, obwohl sie auf das Schlimmste gefasst war. Jedesmal wenn er verreiste, war sie auf das Schlimmste gefasst. Bereitete sich Martin darauf vor, ihr zu sagen, dass ihre Ehe zu Ende war?

»Wie war es in L. A.?«, fragte sie, als er das Schlafzimmer betrat.

»Heiß«, antwortete er, seine Krawatte lockernd.

»Und das Geschäft? Haben wir ein Studio bekommen?«

Das Wort »wir« zu benutzen war ein wichtiger Teil der Strategie, zu der sie sich entschlossen hatte. Von ihr hatte Martin keine Hilfe zu erwarten. Wenn er sich scheiden lassen wollte, musste er es ihr sagen.

»Wir verhandeln noch«, antwortete er. »Aber es sieht so aus, als könnten wir Orpheus übernehmen.«

»Warst du nicht an Panther interessiert?«

Martin setzte sich auf die Bettkante. »Ich habe mich mit Mickey Stolli getroffen. Er scheint in dieser Angelegenheit nichts zu sagen zu haben. Das Studio gehört noch immer uneingeschränkt Abe Panther, und der will anscheinend nicht verkaufen. Aber Mickey hat mir versprochen, seine Frau zu überreden, dass sie mit dem Alten spricht. Sie ist Abes Enkelin.«

»Wie ist dieser Mickey Stolli?«, fragte Deena, die interessierte Ehefrau mimend.

»Typischer Hollywood-Mann«, antwortete Martin gähnend. »Voller Ideen. Er hat aus Panther einen Geldautomaten gemacht, der einen großen Gewinn nach dem anderen ausspuckt. Sie produzieren einen Haufen Filme, von denen nie jemand etwas hört.«

»Was für Filme?«

»Ach, du weißt schon«, antwortete Martin leichthin. »Titten und Ärsche.«

»Oh, wie nett«, sagte Deena und dachte: In solche Filme würde deine Freundin sehr gut passen. »Wen hast du sonst noch getroffen?«

»Die üblichen Leute.«

Deena stellte sich vor, dass »Das Miststück« jetzt anfing, Druck auszuüben. Martin wirkte aber gar nicht so, als habe er Probleme.

»Die Websters geben nächste Woche dir zu Ehren eine Party«, sagte sie.

»Wieso das denn?«, fragte er, sein Jackett abschüttelnd.

»Du hast Geburtstag. Vergessen?«

Er hatte es tatsächlich vergessen. Ihm ging so viel im Kopf herum, und daran, dass er wieder ein Jahr älter wurde, wollte er einfach nicht denken. Er stand auf, ging zum Spiegel und betrachtete sich eingehend. »Ich schätze, ich sehe für fast sechsundvierzig gar nicht so schlecht aus«, sagte er und wartete auf das Kompliment.

»Du bist ein gut aussehender Mann, Martin«, erwiderte Deena und stellte sich hinter ihn. Er genoss es, wenn man ihm schmeichelte.

Er drehte sich um und küsste sie leicht auf die Wange. »Muss ein paar Leute anrufen«, sagte er. »Ich bin im Arbeitszimmer.«

Er verließ das Schlafzimmer und begab sich nach unten. Deena hatte keine Ahnung, dass etwas nicht in Ordnung war, das war ihm klar. Sie ahnte von seiner letzten Untreue offensichtlich nichts. Er fragte sich, wie er auf das Thema Scheidung zu sprechen kommen sollte, falls es je dazu kam. Venus

Maria hatte ihm gesagt, wenn er mit ihr zusammen sein wolle, müsse er daran denken, für immer bei ihr zu bleiben. Sonst müssten sie sich trennen.

Martin hatte sich noch nicht entschieden. Aber es war einer Überlegung wert.

»Eins, zwei, drei, vier. Eins, zwei, drei, vier.«

Venus Marias persönlicher Trainer war ein Mistkerl. Er peinigte sie bis zum Umfallen.

»Eins, zwei, drei, vier. Eins, zwei, drei, vier.«

Ihr Schweiß floss in Strömen, aber er hörte nicht auf. Zwang sie zu den anstrengendsten Übungen. Arme, Beine, Gesäß, Bauch – alles musste gestrafft werden.

»Ich habe genug!«, stieß sie hervor.

»Sie haben genug, wenn ich es sage«, antwortete der Trainer. Er war jung und dynamisch, mit glatten Muskeln und voller Begeisterung. Hätte es Martin nicht gegeben, wäre sie einer kurzen Affäre gar nicht abgeneigt gewesen.

Endlich erlaubte er ihr, aufzuhören. »Sie werden es mir danken, wenn Sie die halbe Tournee hinter sich haben«, versicherte er.

»Danke«, sagte sie außer Atem.

Kaum war er gegangen, stellte sie sich unter die Dusche, wusch sich das Haar und beobachtete, wie das Wasser an ihrem Körper hinunterlief. Ihrem festen, harten Körper. Dem berühmten Venus-Maria-Körper, der so viele Leute scharf machte.

Martin war am Abend vorher nach New York geflogen. Sie wusste, dass sie ihn am Haken hatte. Jetzt brauchte sie nur noch die Leine einzuholen.

Ron kam zum Lunch zu ihr. Ihr Manager, der das Geschäftliche erledigte, hatte die finanzielle Angelegenheit zwischen ihnen geregelt, ihre gemeinsame Firma bestand nicht mehr. Ron hatte es mit Anstand hingenommen. Jetzt konnte er seinem Freund den Rodeo Drive kaufen, wenn er wollte, und es störte sie kein bisschen mehr.

»Wo ist denn dein Ken-Püppchen?«, fragte sie anzüglich. »Ich hatte eigentlich den Eindruck, dass er dich nie aus den Augen lässt.«

»Aber, aber! Nur nicht gehässig werden. Ist Mr. Supergroßmogul nach New York zurückgeflogen?«

»Ja, ist er«, sagte sie, tanzte hinter ihm vorbei und summte die Melodie ihrer letzten Platte.

»Haben wir uns amüsiert, als er hier war?«, fragte Ron und nahm eine Schüssel Thunfischsalat heraus.

»Es war fantastisch«, antwortete Venus Maria, griff nach grünem Salat und Tomaten, während Ron sich einen frischen Laib Brot schnappte. Gemeinsam begannen sie große Sandwichs mit Thunfischmix, grünem Salat, Tomaten und Avocados zu belegen.

»Das macht einen Mordsspaß«, sagte Ron, während er fachmännisch Tomaten aufschnitt. »Wir kommen viel zu selten dazu, so etwas zu machen. Ich tu einfach wahnsinnig gern, was normale Leute tun.«

Venus Maria stimmte ihm zu. »Ich habe das Mädchen auf den Markt geschickt, weil ich mich bei dir dafür bedanken wollte, dass du mir an dem bewussten Abend geholfen hast.«

»Es war mir ein Vergnügen«, erwiderte Ron. »Ich habe jede köstliche Minute genossen. Oh, und ich weiß die neueste skandalöse Klatschgeschichte.«

»Was denn?«, fragte sie und schob sich ein Salatblatt in den Mund.

»Es geht um deinen Boss.«

»Ich habe keinen Boss.«

»Hat der Name Mickey Stolli keine Bedeutung für dich?«

Sie lachte. »Ich betrachte Mickey nicht als meinen Boss.«

»Nun, wie dem auch sei, Liebes, jedenfalls ist Mr. Stolli höchstselbst im Haus einer gewissen sehr engen Freundin von mir erschienen. Mit buschigem Schwanz und wild auf Action.«

»Und wer ist diese sehr enge Freundin?«

»Was glaubst du?«

Venus Maria erstickte fast. »Doch nicht Loretta?«, sagte sie japsend.

»Genau die. Und weißt du, worauf er abfährt?«

»Sag schon, ich kann's kaum erwarten.«

»Auf Damen von dunklerer Hautfarbe.«

»Ach, komm, du hältst mich doch zum Narren.«

»Würde ich jemanden zum Narren halten, der es wie kein Zweiter auf der Welt versteht, die Leute an der Nase rumzuführen?«

Venus Maria grinste. Sie liebte Klatsch, solange es dabei nicht um sie ging.

»Woher weißt du das?«

»Madame Loretta erzählt mir alles«, sagte Ron voller Stolz. »Ich bin ihr Freund und Vertrauter.«

»Offensichtlich kennt sie dein loses Mundwerk nicht«, neckte ihn Venus Maria.

»Schau, schau, wer redet denn da über ein loses Mundwerk!«

»Abigaile würde Mickey die Haut abziehen, wenn sie es je herausbekäme.«

»Kannst du dir Abigaile im Bett vorstellen?«, überlegte Ron laut. »Wirklich lachhaft. Der arme Kerl muss sich ja seinen Sex woanders holen. Ganz zu schweigen davon, wenn er einen geblasen haben will.« Er schlenderte zum Kühlschrank und holte eine Dose Seven-Up heraus. »Hast du übrigens schon von Emilio gehört, seit du ihn hinausgeworfen hast?«

»Warum?« Venus Maria runzelte die Stirn. »Hätte ich von ihm hören sollen?«

»Er war nicht gerade begeistert, als er gehen musste.

Durchaus möglich, dass wir demnächst in einer gewissen Presse deine Geheimnisse lesen können.«

Venus Maria ließ sich nur sehr ungern an ihren Bruder erinnern. Er war erwachsen und konnte für sich selbst sorgen. Sie lehnte es ab, sich für ihn verantwortlich zu fühlen. »Fang nicht wieder damit an!« Sie seufzte tief. »Emilio würde mir das nicht antun. Schließlich bezahle ich seine Miete, um Himmels willen.«

»Für eine entsprechend hohe Summe würde Emilio vermutlich alles tun.«

Venus Maria stützte die Hände in die Hüften. »Was könnte er denn zu erzählen haben, was die große ungewaschene Masse noch nicht weiß?«

»Etwas über deinen Supergroßmogul.«

»Von Martin hat er keine Ahnung.«

»Bist du sicher?«

»Hundertprozentig.« Sie lachte zuversichtlich. »Jedenfalls warte ich nicht zitternd und bebend darauf zu erfahren, was Emilio über mich herumschwätzt. Er ist ein Blindgänger. Ein Verlierer auf der ganzen Linie.«

»Emilio ist dein Bruder, Liebes. Sprich ein bisschen netter über ihn.«

»Trotzdem bleibt er ein Verlierer, und das weißt du.«

»Hast du Mister New York an der Angel?«, erkundigte sich Ron mit fragend hochgezogener Braue.

Sie lächelte. »Martin ist ein ganz besonderer Mann, und wir haben eine ganz besondere Beziehung.«

»O ja«, stimmte Ron zu. »Und Gott sei Dank wissen weder die Zeitungen noch Emilio etwas davon. Denn wenn etwas rauskäme, säße Martin wirklich bis zum Hals in der Scheiße, und dich würde er dafür büßen lassen.«

»Ich war sehr vorsichtig, solange Emilio hier war«, versicherte sie ihm. »Er weiß nichts.«

Ron nickte weise. »Sorg dafür, dass es so bleibt.«

Emilio Sierra und ein Journalist von *Truth and Fact* trafen sich im Café Roma auf dem Canon Drive. Emilio hatte sich für diese Begegnung schick eingekleidet. Er trug ein naturweißes Jackett, weiße Leinenhosen, ein cremefarbenes Hemd und mehrere unechte Goldketten um den dicken Hals. Sein Haar war mit Pomade zurückgekämmt. Unglücklicherweise hatte er dreißig Pfund Übergewicht, was die Wirkung verdarb.

Dennis Walla, der australische Reporter, den man zu dem Treffen geschickt hatte, fläzte an einem Ecktisch und schlürfte geräuschvoll ein Bier. Er war ein großer Mann, auch übergewichtig, Anfang vierzig, mit blutunterlaufenen Augen, Tränensäcken und ungesund rötlicher Gesichtsfarbe.

Emilio blieb am Eingang des Restaurants stehen und sah sich um.

Dennis entdeckte ihn, dachte, das könnte der so genannte Bruder sein, und fuchtelte mit einem Exemplar von *Truth and Fact* in der Luft herum.

Emilio kam großspurig und sich in den Hüften wiegend an den Tisch.

»Hallo, Kumpel«, sagte Dennis mit stark australischem Akzent.

Emilio setzte sich. »*Truth and Fact?*«, fragte er.

»Aber astrein«, antwortete Dennis und dachte: Das ist ja wohl 'n echter Blödmann, der fragt auch noch. »Und Sie sind Emilio Sierra?«

Emilio sah sich rasch im Restaurant um. Er entdeckte zwei Frauen, die ihm gefielen. Sie waren kostspielig angezogen und offensichtlich auf einer Einkaufsorgie. Dennis fing seinen Blick auf. »Gute Klasse, die Nutten hier drin«, sagte er. »Sie hätten wohl nichts dagegen, der einen den Reißverschluss am Rücken aufzumachen, wie?«

Emilio leckte sich die Lippen. »Ich habe eine brandheiße Story zu verkaufen«, erklärte er.

»Tja, Kumpel, deswegen sind wir ja hier«, sagte Dennis

vergnügt und trank noch einen gewaltigen Schluck Bier. Er musterte Emilio über den Tisch hinweg. »Sie sehen Ihrer Schwester nicht ähnlich, nicht wahr?«

»Eine gewisse Familienähnlichkeit gibt es«, antwortete Emilio laut und hätte sich fast vor Stolz gebläht wie ein Pfau, konnte sich jedoch gerade noch beherrschen.

»Kommen Sie beide gut miteinander aus?«

»Aber natürlich«, fauchte Emilio gekränkt. Er hatte nicht damit gerechnet, dem dritten Grad unterzogen zu werden. »Wieso denn nicht?«

»Seien Sie doch nicht gleich sauer, Kumpel. Schließlich sind Sie hier, um ihre kleinen schmutzigen Geheimnisse zu verhökern, oder?«

»Ich bin hier, weil ich Geld verdienen will«, korrigierte ihn Emilio, als sei dadurch alles wieder im Lot.

»Wollen wir das nicht alle?«

Eine der beiden kostspielig aussehenden Frauen stand auf und ging hinaus.

Emilio pfiff leise, als sie an seinem Tisch vorüberkam. »Diese Beverly-Hills-Frauen!«, murmelte er vor sich hin.

»Ich weiß, was Sie meinen, Kumpel«, stimmte Dennis zu. »Die sind schärfer als 'n Hamburger auf einem Grillrost.«

Zwei Radfahrer betraten das Restaurant. Emilio glaubte in einem von ihnen einen berühmten Schauspieler zu erkennen. Er fand, dass er sich auch einen Fahrraddress zulegen sollte, er würde darin gut aussehen. Er sollte auch ein paar Pfund abnehmen. Aber wer hatte schon Zeit dazu? Und wer hatte Lust, sich anzustrengen. Venus Maria hatte ihren Privattrainer, für sie war es einfach, sie konnte sich einen solchen Luxus erlauben. Außerdem musste sie in ihren Körper investieren. Sie verdiente mit ihm viel Geld.

Eigentlich, dachte er selbstgerecht, unterscheidet sie sich nicht sehr von einer Hure. Beide handeln mit Sex. Es war nicht unrecht, wenn er ihre Geheimnisse verkaufte. Warum auch nicht? Er war ihr Bruder, und sie hatte ihn behandelt wie einen Aussätzigen. Hatte ihn aus dem Haus geworfen. Hatte ihn in ein miserables Apartment gesteckt, während sie im Luxus erstickte. Er musste einen Kombiwagen fahren. Einen Kombiwagen! Er müsste zumindest stolz im neuesten Porsche oder Ferrari sitzen. Als ihr Bruder hätte er standesgemäß auftreten müssen. Die Leute erwarteten das.

»Nun«, sagte Dennis, lehnte sich zurück und rülpste. »Was können Sie mir über Ihre Schwester erzählen, was wir nicht schon wissen?«

Emilio sah sich um. Er war nicht sicher, ob er diesen Mann mit der ungewöhnlich lauten Stimme mochte. Konnte er nicht ein bisschen diskreter sein und leiser sprechen?

Emilio beugte sich vor. »Ich glaube nicht, dass hier der richtige Ort ist.«

»Hören Sie«, sagte Dennis, »wir kommen keinen Schritt miteinander weiter, solange Sie mir nicht verraten, was Sie für mich haben. Woher weiß ich denn, dass Sie wirklich ihr Bruder sind? Haben Sie irgendeinen Beweis?«

Emilio hatte Fragen erwartet. Er holte seinen Führerschein heraus und reichte ihn dem Reporter.

Dennis sah ihn sich genau an. »Okay, okay, Sie heißen also Sierra. Na, fantastisch. Was beweist das schon?«

Emilio griff wieder in die Tasche und nahm ein Foto von sich und Venus Maria heraus. Es war in Brooklyn aufgenommen worden und schon ziemlich alt. Er schob es zu Dennis hinüber. »Sehen Sie?«

Dennis warf einen Blick auf das Foto und dann auf Emilio. »Okay, okay, ich glaube Ihnen.«

»Wie viel bezahlen Sie mir, wenn ich Ihnen erzähle, was ich weiß?«, fragte Emilio listig.

Dennis seufzte müde. Immer ging es um Geld. Er war es gewohnt, mit Verwandten von Stars zu verhandeln. Sie dachten alle, sie seien im Leben zu kurz gekommen. Dieser Bruder war keine Ausnahme, und er würde seine Kohle kriegen, wenn er etwas Lohnendes zu verkaufen hatte.

»Das hängt von dem ab, was Sie für mich haben«, antwortete Dennis.

»Sie schläft mit einem verheirateten Mann«, platzte Emilio heraus. »Wie viel ist das wert?«

»Mit wem?«, fragte Dennis.

»Mit einem sehr bekannten Mann«, erklärte Emilio, die Stimme senkend. »Einem wirklich Großen. Wenn ich es Ihnen sage, fallen Sie glatt um. Sie werden mehr Exemplare Ihrer Zeitung verkaufen denn je.«

»Das klingt gut«, sagte Dennis und stocherte sich mit der Ecke eines Streichholzheftchens in den Zähnen.

Emilio wurde mutiger. »Es ist mehr als nur gut«, behauptete er.

Es war ihm gelungen, Dennis neugierig zu machen. »Wer ist es?«

Emilio machte einen Rückzieher. »Ich gebe seinen Namen erst preis, wenn wir uns über eine bestimmte Summe geeinigt und ich den Scheck in der Hand habe.«

»Dazu kann ich Ihnen nur sagen: kein Name – keine Kohle.«

Emilio machte ein finsteres Gesicht.

»Nennen Sie uns einen Namen von Bedeutung, und wenn er für uns einen Wert hat, bekommen Sie eine anständige Summe. Aber Sie müssen auch belegen können, was Sie uns erzählen. Verstehen Sie, was das heißt?«

Emilio funkelte ihn wütend an. »Halten Sie mich für einen Idioten?«

Ja, hätte Dennis am liebsten gesagt, doch er schwieg. Das roch nach einer guten Story. Und nichts liebte man bei *Truth and Fact* mehr als eine die Schlagzeilen sprengende heiße Bettgeschichte über *Superstar mit verheiratetem Mann.*

Skandal. Nur darum ging es. Und niemand schlug aus saftigen Skandalen mehr Kapital als *Truth and Fact*.

36

Lucky rief Abe an und berichtete ihm, dass Harry Browning bei ihr gewesen war und einen Verdacht gegen sie hatte.

Abe überlegte einen Moment, dann sagte er: »Klar, erinnere ich mich an Harry. Der Mann ist ein Trinker. Hüten Sie sich vor ihm.«

»Besten Dank. Was soll ich tun? Wir wollen doch nicht, dass etwas über unseren Handel herauskommt, oder?«

»Sie werfen ihn nicht hinaus, nachdem Sie das Studio übernommen haben?«, fragte Abe.

»Ich werde zwar eine Menge Leute hinauswerfen«, erwiderte sie. »Bisher gehört er nicht dazu.«

»Gut«, sagte Abe. »Überlassen Sie es mir, Mädchen. Ich kümmere mich darum.«

»Danke.«

»Ich muss jetzt gehen. Meine Enkelin stattet mir einen Pflichtbesuch ab.«

Lucky wusste, worum es bei diesem Besuch ging. Da sie weiterhin Mickeys Gespräche abhörte, hatte sie den Anlass des Treffens zwischen Mickey und Martin Swanson erfahren. Der New Yorker Wirtschaftsmagnat war daran interessiert, ein Studio zu kaufen oder zumindest die Aktienmehrheit zu erwerben, damit er die Kontrolle hatte. Und aus einem Gespräch mit Ford Werne, dem Mickey sich später anvertraute, hörte sie heraus, dass Panther eines der Studios war, für die Martin sich interessierte.

»Ich werde Abigaile zu ihrem Großvater schicken«, hatte Mickey zu Ford gesagt. »Sie soll sich mit ihm zusammensetzen und ihm auf den Zahn fühlen, ob er eventuell interessiert wäre zu verkaufen. Sie wird ihm nicht sagen, was Swanson zu zahlen bereit ist. Sie wird ihm nur vorschlagen, er soll mich bevollmächtigen, das Studio zu verkaufen. Auf diese Weise kann ich für mich einen Managervertrag herausschlagen, der mir bis in alle Ewigkeit ein ruhiges Leben bei Panther sichert. Das gilt übrigens genauso für dich, Ford. Wir beide arbeiten sehr gut zusammen.«

»Und wenn er nicht verkaufen will?«, hatte Ford gefragt.

»Dann habe ich einen anderen Plan. Mein Mann hat noch ein anderes Studio ins Auge gefasst. Wenn er es kauft, übernehme ich die Leitung.«

»Du würdest gehen? Was wird dann aus Panther?«

»He«, hatte Mickey gesagt, »Geschäft ist nun mal Geschäft. Ich behandle den Alten so gut, wie er mich behandelt, und er ist nicht gerade besonders nett zu mir.«

»Du würdest wirklich gehen?«

»Rammeln Karnickel? Aber nur, wenn der Vertrag stimmt, Ford. Von diesem Vertrag hängt alles ab.«

Je häufiger Lucky Mickey abhörte, umso klarer wurde ihr, dass er ein Mensch ohne Gewissen war. Sein Leben bestand aus seinen Geschäften, seinen Mätressen und kurzen Zwischenspielen zu Hause. Obwohl auf dieser Liste seit ein paar Tagen auch noch Madame Loretta stand.

Boogie stellte fest, dass Madame Loretta die größte Puffmutter in der Stadt war, hoch oben in den Hollywood Hills ein erstklassiges Bordell betrieb und nur bildschöne Mädchen an reiche Männer vermittelte, die ihre exorbitanten Preise bezahlen konnten. Offenbar erfüllte Warner ihre Pflicht nicht mehr. Mickey war rastlos.

Olive kehrte nach Los Angeles zurück und schaffte es, auf Krücken ins Büro zu humpeln.

Mitfühlend wie immer, kam Mickey aus seinem Zimmer,

funkelte sie böse an und sagte vorwurfsvoll: »Wie konnten Sie mir das antun?«

»Es tut mir so Leid, Mr. Stolli«, entschuldigte sie sich, als habe sie sich absichtlich das Bein gebrochen. Sie hätte ihm die Füße geküsst, wenn sie das Gefühl gehabt hätte, dass es etwas nützte.

Mickey warf ihr noch einen finsteren Blick zu und stapfte zurück in sein Zimmer.

»Was ist aus Ihrem Verlobten geworden?«, glaubte Lucky sich verpflichtet zu fragen. »Hat alles geklappt?«

Traurig schüttelte Olive den Kopf. »Es wird nichts draus«, antwortete sie niedergeschlagen. »Ich hätte gar nicht hinfahren sollen.«

»Was für ein Pech«, sagte Lucky und bemühte sich, ein entsprechend mitleidiges Gesicht zu machen.

»So was kommt eben vor.« Olive sah sich prüfend um, als wollte sie sich überzeugen, dass alles noch an Ort und Stelle war. »Wie schaffen Sie es?«

»Ach, ganz gut so weit«, antwortete Lucky vorsichtig.

»Hm ...« Olive schien nicht erfreut. Sie hatte eigentlich gehofft, dass ohne ihre Gewissenhaftigkeit alles im Chaos versinken werde. »Mr. Stolli ist nicht einfach zu behandeln.«

»Ich bin sehr froh, sagen zu können, dass Sie mich gut eingewiesen haben. Er ist, glaube ich, zufrieden.«

Das schien Olive noch weniger zu freuen. »Ich komme in ungefähr sechs Wochen wieder«, sagte sie gereizt. »Sobald mein Gips ab ist.«

»Wunderbar.« Lucky bemühte sich, sie zu besänftigen. »Alle vermissen Sie.«

Olive lächelte wieder ein bisschen. »Was ist mit Ihrem Mr. Stone? Müssen Sie nicht zu ihm zurück?«

»Ich habe es mit Mr. Stolli besprochen. Er hat gemeint, es sei am besten, wenn ich bleibe. Mr. Stone hat nichts dagegen. Er verlängert seinen Urlaub.«

Noch ein wenig oberflächliches Geplauder, und dann ging Olive. Später beobachtete Lucky, dass sie in der Kantine mit Harry Browning lunchte. Hoffentlich hatte Abe schon mit Harry gesprochen und ihn davor gewarnt, den Mund aufzumachen.

Lucky hatte jetzt nur noch eine Woche vor sich und das Gefühl, vor dem Ende einer langen Haftstrafe zu stehen. Es kam ihr seltsam vor, dass es Leute gab, die immer so lebten. Sich tagein, tagaus von einem groben, reizbaren Chef herumstoßen ließen. Sich von allen Leuten blöd anreden ließen, die ins Büro kamen. Sich primitive sexistische Kommentare von den Männern anhören mussten. Und das, obwohl sie sich so unattraktiv wie möglich zurechtgemacht hatte. Der Himmel allein wusste, was die anderen Mädchen auszuhalten hatten. Die Sekretärinnen in Miniröcken, tief ausgeschnittenen Blusen und mit langen blonden Haaren.

Hm – vielleicht machte es ihnen sogar Spaß. Vielleicht hatte man sie durch Gehirnwäsche so weit gebracht, dass sie glaubten, sie müssten sich geschmeichelt fühlen, wenn geile verheiratete Männer sie betatschten, beklopften und befühlten.

Eddie Kane war seit mehr als einer Woche nicht im Studio gewesen. Lucky beschloss, Brenda und Klauenfinger, seine beiden getreuen Sekretärinnen, zu besuchen und herauszufinden, was los war.

Da sie inzwischen offiziell zu Mickey Stollis Assistentin avanciert war, kannten sie auch die meisten anderen Sekretärinnen im Haus.

Brenda schmökerte wie üblich in Magazinen, und Klauenfinger saß in einer Ecke und führte Privatgespräche am Telefon.

»Mr. Kane da?«, fragte Lucky. »Wir haben ihn schon länger nicht gesehen. Mr. Stolli hat nach ihm gefragt.«

»Er ist krank«, antwortete Brenda.

»Grippe«, ergänzte Klauenfinger und bedeckte die Sprechmuschel mit der Hand.

Lucky fragte sich, ob Carlos Bonnattis Männer sich ihn vielleicht vorgenommen hatten oder ob er nur eine schöpferische Pause einlegte und sich inzwischen bemühte, die Million zusammenzukratzen.

»Vielleicht könnten Sie unserem Büro Bescheid geben, wenn er zurückkommt«, sagte Lucky ganz sachlich.

Brenda legte ihre Zeitschrift aus der Hand. »Darf ich Sie etwas fragen?«

Klauenfinger, die ihr Gespräch beendet hatte, warf Brenda einen warnenden Blick zu.

»Was denn?«, fragte Lucky.

»Wir haben uns gewundert«, sagte Brenda aggressiv.

»*Sie* hat sich gewundert«, warf Klauenfinger ein.

»Bockmist!«, sagte Brenda scharf. »Du hast dich genauso gewundert wie ich.«

»Können Sie nicht zur Sache kommen?«, erkundigte sich Lucky höflich.

»Nun ja, wir wüssten ganz einfach gern, wie Sie plötzlich aus dem Nichts auftauchen und sich den besten Job im Haus schnappen konnten?«, meinte Brenda mit vorwurfsvollem Unterton.

Was zum Teufel?, dachte Lucky. Tu ich jemandem weh, wenn ich einmal – nur ein einziges Mal … Zwar entsprach so etwas ganz und gar nicht ihrem Charakter, doch die Versuchung war zu groß. »Ich habe mit dem Boss geschlafen«, sagte sie, ohne eine Miene zu verziehen, und marschierte hinaus.

Brenda und Klauenfinger waren sprachlos.

Wie immer bestand Abigaile auch diesmal darauf, dass Tabitha sie zu ihrem Großvater begleitete. Natürlich beschwerte sich Tabitha. Aber Abigaile duldete keine Widerreden. »Du kommst mit, und es wird dir gefallen«, sagte sie energisch.

»Ich komme mit, aber es wird mir nicht gefallen«, antwortete Tabitha schmollend und mit bösem Blick.

»Junge Dame«, sagte Abigaile großspurig, »es wird allmählich Zeit, dass du anfängst, mich mit Respekt zu behandeln. Dein Benehmen gefällt mir nicht.«

»O bitte!«, erwiderte Tabitha entrüstet. »Spiel dich doch nicht plötzlich als Mutter auf. Dazu ist es ein bisschen zu spät.«

Abigaile starrte ihre Tochter wütend an. Dreizehn Jahre und ein besseres Mundwerk als ihr Vater.

Inga freute sich über ihren Besuch genauso wie sie. »Treten Sie ein«, sagte sie hoheitsvoll, stolzierte davon und überließ sie sich selbst.

Sie fanden Abe im Patio, umgeben von Zeitungen und Zeitschriften, vor sich einen plärrenden Fernseher.

Pflichtgemäß küsste Abigaile ihn auf die Wange. Tabitha tat es ihr gleich.

»Schon wieder ein Monat vorbei?«, fragte Abe, in die helle Sonne blinzelnd.

»Wie bitte?«, sagte Abigaile.

»Ob schon wieder ein Monat um ist«, wiederholte Abe. »Du kommst nur alle vier Wochen. Ich wette, Mickey sagt das gleiche.« Er kicherte über seinen obszönen Scherz.

Tabitha lächelte verstohlen. Sich ihre Mutter beim Orgasmus vorzustellen, war geradezu absurd. Tatsächlich war der Gedanke, dass ihre Eltern – und zwar beide – sich irgendwie sexuell betätigen könnten, unglaublich komisch.

Abigaile staubte einen Patiosessel mit einem Papiertaschentuch ab und setzte sich. »Wie geht's dir denn, Opa?«, erkundigte sie sich fürsorglich.

Abe kniff die listigen alten Augen zusammen. »Warum?«, fragte er misstrauisch. »Was interessiert 'n dich das?«

»Sei nicht albern, Opa. Wieso bist du eigentlich immer so schroff zu mir?«

»Tja, Mädchen, wie man in den Wald hineinruft ...«

»Tut mir Leid, dass du so empfindest«, sagte Abigaile geziert und strich sich den Rock ihres Adolfo-Kostüms glatt. »Trotzdem möchte ich gern etwas mit dir besprechen, Großvater.«

»Aber bitte, dann schieß los!« Abe blinzelte Tabitha zu, und sie kicherte.

»Nun«, stürmte Abigaile mutig vor, nachdem sie beschlossen hatte, seine Reizbarkeit nicht zu beachten. »Du wirst nicht jünger.«

Abe gluckste vor Vergnügen. »Schau mal an, das Mädel hat sogar Verstand. Ich werde nicht jünger. Ich bin achtundachtzig, und sie merkt es endlich!«

Abigaile holte tief Atem. Das würde ein schweres Stück Arbeit werden. Sie hatte Mickey gesagt, er solle mitkommen. Er hatte sich geweigert, egoistisch wie immer. Tapfer fuhr sie fort: »Tja, was würdest du sagen, wenn ich dir erzählte, dass Mickey möglicherweise das Studio verkaufen könnte.«

»Wieso willst du das Studio verkaufen?«, mischte Tabitha sich ein. »Es gehört Daddy. Er muss es behalten. Ich möchte meinen sechzehnten Geburtstag dort ganz groß feiern.«

»Pssst«, sagte Abigaile.

»Ich werde nicht pssst-en«, antwortete Tabitha bockig. »Du hast gesagt, ich muss mitkommen, also warum soll ich jetzt den Mund halten?«

Abigaile warf ihrer Tochter einen Blick zu. »Wirst du freundlicherweise still sein?« Ihr Ton hätte eine ganze Armee zum Schweigen gebracht.

Abe kicherte wieder. »Warum sollte ich mein Studio verkaufen wollen?«

»Weil«, erwiderte Abigaile mit kühl und gelassen klingender Stimme, »wir einen ausgezeichneten Preis dafür kriegen könnten.«

»Wer sind diese ›wir‹?«

»Inga und du«, antwortete Abigaile hastig. »Und ich natürlich. Und Tabitha.«

Abe stand aus dem Sessel auf. »Was für eine umwerfende Neuigkeit. Hätte ich Panther verkaufen wollen, hätte ich hundert Käufer gefunden.«

»Warum hast du dann nicht verkauft?«, fragte Abigaile.

»Weil ich nicht wollte. Und wenn ich wollte, ginge es dich nichts an, Mädchen.« Ohne einen Blick zurückzuwerfen, marschierte er ins Haus.

Abigaile hatte keine Lust, ihm nachzulaufen. Sie hatte sich vor ihrem Großvater immer ein bisschen gefürchtet, und heute, da er so alt war, fühlte sie sich in seiner Gegenwart noch immer nicht wohl.

»Können wir jetzt nach Hause?«, quengelte Tabitha.

Abigaile stand auf. »Ja«, sagte sie gepresst, »fahren wir nach Hause.«

Um vier Uhr schlenderte Venus Maria lässig in Mickeys Büro. Als sie an Luckys Schreibtisch vorbeikam, sagte sie lächelnd: »Hallo, wie geht's denn so?«

Kaum war sie hinter Mickeys Tür verschwunden, setzte Lucky ihre Kopfhörer auf, um mitzuhören.

Venus Maria hielt nichts von höflichen Präliminarien. Sie kam sofort zur Sache. »Ich hasse dieses Drehbuch, Mickey«, sagte sie. »Ich hasse es von ganzem Herzen und werde den Film nicht machen, es sei denn, die Rolle wird von Grund auf umgeschrieben. In dieser Fassung wird die Geschichte vom Standpunkt eines Mannes erzählt. Sie haben mir versprochen, dass es um eine starke Frau geht. Eine Frau, die überlebt, eine Siegerin. In diesem Stück Mist ist sie nur Opfer. Und ich spiele keine Opfer.«

»Ach, komm schon, Baby, das ist eine fantastische Rolle für jede Schauspielerin«, sagte Mickey mit seiner charmantesten Stimme. »Sie ist glatt für einen Oscar gut.«

»Versuchen Sie nicht, mich mit dem faulen alten Scheiß einzuwickeln, den Sie allen anderen Schauspielerinnen vorlabern«, sagte Venus Maria scharf. »Entweder es wird umgeschrieben oder ich bin draußen. Und noch etwas ...«

Möse! »Was denn?«

»Ich zieh mich nur aus, wenn der Hauptdarsteller es auch tut.«

»Wachen Sie auf, Baby«, sagte Mickey entrüstet. »Die Weiber wollen auf der Leinwand keine nackten Männer sehen. Sie sind nicht daran interessiert, sich einen armen Schmock mit hängendem Schnickel anzuschauen.«

»Und darin irren Sie sich gewaltig«, sagte Venus Maria energisch. »Genau das wollen sie.«

Er machte ein beleidigtes Gesicht. »Vielleicht wollen Sie es sehen.«

»Nein, nicht nur ich. Frauen fahren drauf ab, wenn sie sich Kerle begucken können, denen alles raushängt. Und der Grund, warum wir's nicht dürfen? Ganz einfach! Weil Kerle in der Filmindustrie das Sagen haben, und die scheuen den Vergleich. Deshalb gönnen sie's uns nicht und wollen nicht, dass wir ein Auge riskieren. Ich sage Ihnen, Mickey, ich laufe nicht mit nacktem Hintern über die Leinwand, wenn mein Hauptdarsteller angezogen ist. Kommt nicht in die Tüte.«

»Sie sind sehr anspruchsvoll«, nörgelte Mickey.

»Das bin ich«, gab Venus Maria zu. »Und ich bin in der glücklichen Situation, fordern zu können, was ich will. Können wir uns einigen?«

»Sie wollen das Drehbuch umgeschrieben haben, also wird es umgeschrieben, okay?«

»Gut. Und wenn ich mich entschließe, den Vertrag für diesen Film zu unterschreiben, möchte ich auch das Einverständnis meines Partners und des Regisseurs.«

Das Frauenzimmer brachte ihn noch um den Verstand mit seinen Ansprüchen. »Das haben Sie. Steht schon in Ihrem Vertrag.«

»Ich habe für diesen Film noch keinen Vertrag unterschrieben.«

»Es steht in Ihrem alten Vertrag.«

»Das hat keine Bedeutung, und das wissen Sie. Es muss in diesem Vertrag stehen. Schwarz auf weiß. Und ich unterschreibe erst, wenn ich das neue Drehbuch gelesen habe.«

»Ja, ja, ja«, sagte er gereizt.

Venus Maria verließ sein Büro. Vor Luckys Schreibtisch blieb sie stehen und fragte: »Sagen Sie, wie können Sie für einen solchen Schisser arbeiten, ohne irre zu werden?«

Lucky lachte. »Leicht ist es nicht.«

Kaum war Venus Maria gegangen, kam Mickey schreiend und brüllend aus seinem Büro gestürzt.

»Für wen hält dieses blöde Weibsstück sich eigentlich? Schauspielerinnen! Sie sind alle gleich. Man macht einen Star aus ihnen, und sie bilden sich ein, sie haben's allein geschafft, ohne gottverdammte Hilfe. Wenn dieses Flittchen kein Studio hinter sich hätte, keinen Regisseur und keinen fantastischen Kameramann, würde sie Hundefutter bei Safeway verkaufen. Schauspielerinnen!«

Er mochte keine Schauspielerinnen. Er mochte keine Schauspieler.

Wen mochte er eigentlich?

»Ich verschwinde«, sagte er brummig.

Sie fragte ihn nicht mehr, wohin er ging.

Zehn Minuten nachdem Mickey das Büro verlassen hatte, erschien unangemeldet Johnny Romano, stolzierte mit wiegendem Gang ins Vorzimmer, Macho wie er leibte und lebte.

»Hallo, meine Schöne«, sagte er. »Ist der große Häuptling in der Nähe?«

Johnnys getreuer Hofstaat hielt sich wie immer zwei Schritte hinter ihm.

»Mr. Stolli musste leider weg«, sagte Lucky.

»Was für ein Jammer!«, rief Johnny. »Ich wollte ihn besuchen. Bisschen feiern.«

»Was feiern Sie denn, Mr. Romano?«, fragte sie höflich.

»Meinen Film, Süße. Er hat nächste Woche Premiere. Sind Sie hier nicht auf dem Laufenden? *Motherfaker* wird diesem Studio das größte Geld einbringen, das es je zu sehen gekriegt hat.« Er beugte sich über den Schreibtisch, brachte sein schönes, arrogantes Gesicht unverschämt nahe an das ihre heran. »Wissen Sie, was ein *motherfaker* ist, Schönheit?«

Und ob, du Arschloch, antwortete sie stumm.

»Nun, wissen Sie's?«

Sie schüttelte den Kopf.

Johnny Romano lachte.

Sein Gefolge lachte.

Sie warteten darauf, dass auch sie lachte.

Lucky sah ihn verständnislos an.

»He, Lady«, sagte Johnny und kam noch näher. »Seien Sie ein bisschen fröhlich. Sie sind viel zu ernst. Für Mickey zu arbeiten ist hart, nicht wahr? Wollen Sie ein Autogramm von mir?«

O du meine Fresse! dachte Lucky

Ohne ihre Antwort abzuwarten, schnippte Johnny mit den Fingern. Einer aus seinem Gefolge trat vor und reichte ihm ein signiertes Foto.

»He, an diesen Tag sollen Sie denken!«, sagte Johnny edelmütig. »Ich schreib Ihnen eine persönliche Widmung drauf. Wie heißen Sie, Baby?«

»Luce«, murmelte Lucky.

»Lucy. Für Lucy. Ich werde ›Für Lucy‹ draufschreiben«, sagte Johnny und kritzelte etwas Unleserliches auf das Foto. *Vom Herzen in Liebe, Johnny Romano* war schon in Faksimile daraufgestempelt.

Schwungvoll überreichte er ihr das signierte Bild. »Richten Sie dem Guten aus, dass ich hier war«, sagte er »Und amüsieren Sie sich, hören Sie? Das ist ein Befehl von Johnny Romano.«

Na, auch schon was!

Plötzlich begriff Lucky, was Mickey meinte. Schauspieler! Sie waren wirklich zum Auf-den-Mond-Schießen.

Sobald sie die Leitung des Studios übernahm, würde sich hier einiges ändern.

37

Das Telefon weckte Gino um drei Uhr morgens.

»Wir kriegen das Baby«, sagte Steven aufgeregt. »Kannst du in die Klinik kommen?«

Gino tastete schon nach seinen Kleidern. »Wir kriegen das Baby«, wiederholte er entzückt.

»Mary-Lou ist jetzt im Kreißsaal«, sagte Steven.

»Bin schon unterwegs«, versicherte ihm Gino.

»Wo ist Lucky?«

»Ich will versuchen, sie zu erreichen.«

»Sie sollte hier bei uns sein«, sagte Steven. »Mary-Lou fragt nach ihr.«

Gino jubelte im Stillen. Zu seinem großen Kummer lebte Bobby in England, und er sah ihn kaum. Jetzt schenkten Steven und Mary-Lou ihm ein anderes Enkelkind. Es war ein aufregender Augenblick. Hastig zog er sich an, rief zum Portier hinunter und bestellte ein Taxi. Dann stürmte er aus der Wohnung.

Als er in die Klinik kam, rannte Steven im Flur auf und ab.

Gino klopfte ihm auf die Schulter. »Immer mit der Ruhe. Das passiert jeden Tag, weißt du?«

»Nicht mir«, sagte Steven grimmig.

»Solltest du nicht bei ihr sein?«

»Sie will mich nicht dabeihaben«, antwortete Steven und zuckte mit den Schultern. »Hat mich hinausgeschmissen.«

»Wieso denn das?«

»Ihre Mutter ist bei ihr. Du weißt doch, wie Mütter sind. Sie ist eine altmodische Dame und meint, der Ehemann hat nichts dabei zu suchen. He – es macht mir nichts aus. Ich reiß mich gar nicht drum, dort drin zu sein. Es ist eine fürchterliche Geschichte.«

Gino lachte. »Ich hab's zweimal mitgemacht. Als Lucky geboren wurde. Und Dario. Ich wünschte, ich hätte auch bei dir dabei sein können, Steven.«

Das war der Moment. Ihre Augen trafen sich und schweiften wieder ab.

»Hast du Lucky erreicht?«, fragte Steven.

»Ich gebe nicht auf«, sagte Gino. »Keine Sorge. Sie wird erfahren, dass sie Tante geworden ist.«

Um acht Uhr morgens brachte Mary-Lou ein sieben Pfund und zweihundertachtzig Gramm schweres Mädchen zur Welt. Sie nannten es Carioca Jade.

Als Gino nach Hause kam, telefonierte er mit Lucky in Kalifornien und sagte es ihr.

»O nein!«, rief sie. »Das Baby war zu früh dran, und ich hab's verpasst! Geht es den beiden gut?«

»Ausgezeichnet«, versicherte ihr Gino. »Mary-Lou hat es hinter sich gebracht wie eine Veteranin.«

»Ich schicke Blumen. Es tut mir so Leid, dass ich nicht bei euch war. Die gute Nachricht ist, dass ich nächste Woche zurückkomme.«

»Wieso glaubst du das?«, fragte er. »Du übernimmst das Studio. Dann wirst du erst recht eine Menge Zeit in L. A. verbringen müssen.«

»Du hast vermutlich Recht. Aber wenigstens kann ich dann wieder tun, was ich will. Ich kann jede Woche nach New York fliegen. Ich werde dafür sorgen, dass hier alles glattläuft und dann ...« Dann dämmerte ihr die Wahrheit. »O Gott, es wird eine Weile dauern, nicht wahr?«

»O ja.«

»Lennie wird mir helfen. Er wird bestimmt verrückt vor Freude, wenn er es erfährt.«

Gino war davon nicht so überzeugt. »Wo steckt er?«

»Darüber zerbreche ich mir nach der Übernahme den Kopf.«

»Wenn du sicher bist«, sagte Gino.

»Ich bin sicher«, antwortete sie.

Warner zitterte, als Mickey aufhörte sie zu lieben. Ihm gab es ein großes Machtgefühl zu sehen, dass eine einsachtzig lange Polizistin vom Sittendezernat zitterte, weil er sie so raffiniert liebte. »Mickey, du bist wirklich und wahrhaftig der beste Liebhaber, den ich je hatte«, sagte sie hingerissen.

Komisch, eine von Madame Lorettas Huren hatte vor zwei Tagen das Gleiche zu ihm gesagt. Einen besseren Beweis konnte ein Mann nicht verlangen. Zuerst die Hure, jetzt Warner. Er musste im Bett wirklich ein toller Typ sein. Was für ein Jammer, dass Abigaile es ihm nie gesagt hatte.

Er versuchte sich zu erinnern, wann er das letzte Mal mit Abigaile geschlafen hatte. Es hatte irgendetwas mit ihrem Geburtstag und einem Diamantarmband zu tun. Und sie hatten nicht miteinander geschlafen, sie hatte ihm einen geblasen. Aber wenn man verheiratet war, durfte man das auch nicht verachten. Es war besser als gar nichts. Und in einer Stadt, in der diese besondere sexuelle Betätigung zu einer der schönen Künste entwickelt worden war, war Abigaile wirklich Spitze.

Er fragte sich, wo sie's gelernt haben mochte. Sie hatten über das, was früher gewesen war, nie gesprochen. Bis heute ahnte Abigaile nichts von seinem unehelichen Sohn, der bei seiner Exfreundin in der Nähe von Chicago lebte. Abigaile wäre bestimmt nicht erfreut, wenn sie es je erführe.

Mickey hatte auch nicht die Absicht, es ihr zu erzählen, obwohl er – das muss zu seiner Ehre gesagt werden – diesen Sohn allmonatlich mit einem ansehnlichen Scheck unterstützte. Er hatte seiner Exfreundin versprochen, dass die Geldquelle nicht versiegen werde, solange sie den Mund hielt.

Er hatte seinen Sohn nie gesehen. Diesen Teil seiner Vergangenheit hielt er unter Verschluss. Sie sollte nie in seine Zukunft hineinspielen.

Als er aufstand, um unter die Dusche zu gehen, blieb Warner, eindrucksvoll wie eine Statue aus Ebenholz, auf dem Bett liegen. »Ich kann mich nicht rühren«, stieß sie hervor. »Du bist zu viel Mann für mich.«

Hätte er sie mit Pelzen und Schmuck verwöhnt, wäre er gegen ihr Lob misstrauisch gewesen. Doch da Warner nichts von ihm wollte, war er geneigt, ihr zu glauben.

Er ging in ihr kleines Badezimmer, um zu duschen. Unglücklicherweise hatte sie keine Dusche, sondern nur ein Provisorium über der Badewanne, das er einfach grässlich fand.

»Weißt du was, Schätzchen?«, schrie er. »Du bekommst von mir ein neues Badezimmer, egal, was du sagst!«

»Keine Chance, Mickey. Ich erlaube nicht, dass du für mich so viel Geld ausgibst.«

Splitternackt kam sie ins Bad. Sie hatte Brüste, wie er sie noch nie gesehen hatte. Straffe – fast strammstehende Dinger mit riesigen schwarzen Brustwarzen.

Das schwarze Mädchen bei Madame hatte kleine Brüste,

ganz anders als die von Warner. Sie ließen darauf schließen, dass Warners Vorfahren einem stolzen afrikanischen Stamm angehört haben mussten.

»Sind deine Eltern aus Afrika rübergekommen?«, fragte er.

Warner lachte. »Nein. Warum?«

Er streckte die Hand aus, um sie noch einmal zu berühren, bevor er seinen Kampf mit der Dusche begann und dabei um ein Haar gestolpert wäre. Dann wickelte er sich in ein zu kleines Badetuch, rieb sich trocken, zog sich an und ging.

Zu Hause empfing ihn Abigaile mit großem Unwillen. »Warum muss immer ich die Schmutzarbeit machen?«, fauchte sie.

Er seufzte. »Was ist denn jetzt schon wieder los?«

»Ich war heute bei Großvater. Er ist absolut nicht daran interessiert zu verkaufen. Wieso hast du dir was anderes eingebildet? Er ist glücklich, und offen gesagt, Mickey, wir sollten es auch sein. Denn wenn er stirbt, gehört Panther uns, und wir können damit machen, was wir wollen.«

»Sagst du«, erwiderte Mickey verdrießlich.

»Was soll das heißen?«, fragte Abigaile kampfbereit.

»Wer weiß, was der Alte vorhat.«

»Genau. Deshalb muss ich auch mit dir reden. Du hast vor ein paar Tagen erwähnt, dass du mit dem Gedanken spielst, anderswo einen Job anzunehmen. Aber wer soll Panther leiten, wenn du das tust? Und wichtiger noch – wer erbt dann Panther?«

»Du erbst, das steht außer Frage. Du und deine reizende Schwester.«

»Ja, ich weiß, Mickey, aber wenn dann jemand anders das Studio leitet, könnte das Probleme geben.« Sie schüttelte den Kopf und traf dann die Entscheidung für sie beide »Du wirst Martin Swansons Angebot ablehnen müssen.«

»Abigaile, ich sage zu Martin Swanson nicht nein, wenn ich bei ihm mehr Geld bekomme.«

»Warum? Du machst eine Million im Jahr, und dazu kommt noch, was du so alles stiehlst. Reicht das nicht?«

Er sah sie empört an. »Vielen Dank. Es geht doch nichts über eine liebende Ehefrau, die ihren Mann in allem unterstützt. Ich blühe mit deiner Hilfe geradezu auf, Abigaile.«

Sie schluckte seinen Sarkasmus. »Danke, Mickey«, sagte sie. »Ich bin immer bemüht, dir alles besonders recht zu machen.«

38

Effie Webster gab leidenschaftlich gern Partys. Sie waren ein wichtiger Teil ihres Lebens, und sie konnte sich nicht vorstellen, darauf zu verzichten. Schließlich waren Effie und Yul Webster für ihre Partys berühmt.

Die Gäste auszuwählen, damit sie die richtige Mischung ergaben, war schon das halbe Vergnügen. Jeder kam in Frage – von hungernden Schauspielern und Künstlern bis zu erfolgreichen Broadway-Produzenten. Oder vielleicht auch Künstler, die nicht am Hungertuch nagten.

Effie kannte alle Welt. Eine Party für Martin Swansons Geburtstag zu planen war nicht schwierig, denn Martin und Deena kannten ebenfalls alle Welt. Der schwierige Teil war, zu überlegen, wer nicht eingeladen werden sollte.

Effie fand, dass eine Party mit einem bestimmten Motto sehr amüsant wäre. Sie versandte schwarze Einladungen mit Golddruck: KOMMEN SIE ALS IHRE LIEBSTE FANTASIEGESTALT. Was für eine hinreißende Idee, die Seele der Reichen und der Schönen zu ergründen. Kommen Sie als Ihre liebste Fantasiegestalt war eine Aufforderung, sein geheimstes Selbst preiszugeben, und dieser Aufforderung konnten die meisten Menschen nicht widerstehen. Effie entschloss sich, als Königin Nofretete zu erscheinen. »Liebling«, erklärte sie Deena am Telefon, »ich wollte schon immer eine Königin sein, und das ist *die* Gelegenheit dazu. Für wen hast du dich entschieden?«

Deena hatte lange hin und her überlegt. »Ich gehe als Marlene Dietrich. Und zwar in dem Kostüm, das sie in *Der blaue Engel* trug.«

»Eine wundervolle Idee!«, rief Effie und wünschte, ihr wäre das eingefallen. »Mit deinen Beinen wirst du eine Sensation sein. Aber genau das willst du ja, oder?«

»Ja«, stimmte Deena zu, »ich glaube schon.« Sie legte auf und dachte an Martin. Er hatte kein Wort von Scheidung gesagt. Seit er aus L. A. zurück war, hatte er sich in die Arbeit gestürzt und sich ganz auf sein Swanson-Sportstadion konzentriert, in dem die nächsten Weltmeisterschaften im Schwergewicht stattfinden sollten – wenn es ihm gelang, sie zu bekommen. Außerdem beschäftigte ihn das neue Luxusauto, das bald vom Stapel laufen sollte.

Martin war wegen des *Swanson* sehr aufgeregt. Es war ein schnittiges, kraftvolles Fahrzeug. Ein Fahrzeug, das alles repräsentierte, was die Öffentlichkeit über Martin Swanson wissen sollte.

Er plante, den *Swanson* mit einem großen Medienspektakel in Detroit vorzustellen.

Deena war überzeugt, dass ihr ehebrecherischer Gatte seine einzigartige *Swanson-Show* nicht wegen einer geschmacklosen kleinen Schlampe wie Venus Maria aufs Spiel setzen würde.

Deena überlegte, was das für eine Macht sein mochte, die das Mädchen über ihn hatte. Zweifellos war sie sexueller Natur.

Aber warum? Martin war an Sex nicht sonderlich interessiert.

Deena schüttelte den Kopf. Sie kam einfach nicht dahinter.

Sie konnte nur aus dem Abseits zusehen und abwarten, was geschah.

Und wenn das Schlimmste eintraf, hatte sie ihre Lösung.

Brigette war wegen der Party sehr aufgeregt, obwohl sie es vor Nona verbarg, die scheinbar alles sehr gleichgültig über sich ergehen ließ. Für Brigette war es eine Rückkehr in die reale Welt. Sie war so lange im Internat eingesperrt gewesen, und wenn sie einmal heraus durfte, dann nur mit Charlotte, die nie etwas mit ihr unternahm. Und jetzt war sie hier, wieder ein Teil des aufregenden Lebens, wieder in der großen Stadt.

»Ich weiß noch immer nicht, ob wir gehen sollen oder nicht«, sagte Nona unschlüssig. »Wie wär's, wenn wir uns stattdessen einen Film reinziehen und uns die Party schenken?«

»Ich bin für die Party«, entgegnete Brigette, die um jeden Preis dabei sein wollte. »Sie wird bestimmt eine richtige Wucht.«

»Für mich ist es die absolute Wucht, an den verrückten Partys meiner Eltern *nicht* teilzunehmen.«

Schließlich hatte Brigette die Freundin so weit, dass sie zugab, es könnte vielleicht doch ein Spaß sein. Die Frage war: Wen wollten sie darstellen?

»Ich gehe als Janet Jackson«, beschloss Nona.

»Das Kostüm zusammenzustellen wird nicht leicht sein«, meinte Brigette.

Nona überlegte. »Warum denn nicht? Ich schminke mich kohlrabenschwarz, setz mir eine Janet-Jackson-Perücke auf und zieh knallenge Jeans und ein Motorradjackett an. Das kann ich mir von Paul ausleihen. Er kommt zur Party, weißt du?«

»Was ist seine liebste Fantasie?«, erkundigte sich Brigette, bemüht, ihr Interesse nicht allzu deutlich zu zeigen. »Wahrscheinlich Picasso mit dem Geld von Donald Trump vermischt«, antwortete Nona trocken.

Nach einigem Hin und Her kamen sie zu dem Schluss, dass es lustig wäre, wenn sie sich beide als Venus Maria verkleideten.

Nona kicherte. »Das wird sie alle vom Stuhl hauen.«

»Sie wird doch nicht etwa auch hier sein?«, fragte Brigette besorgt und dachte, dass das nicht besonders günstig wäre.

»Wer zu den Partys meiner Eltern kommt, kann man nie voraussagen«, antwortete Nona.

Sie fuhren ins Village und kauften ein wie verrückt, gingen in Läden, die Effie nicht einmal im Traum betreten hätte. Sie brachten eine ganze Sammlung seltsamer Kleidung nach Hause, angefangen bei langen Mänteln aus Armeebeständen bis zu Miniröcken mit Rüschen und Volants, Lederbustiers und Tops, die den Bauch freiließen.

»Venus Maria stellt ihre Sachen immer so fantastisch zusammen«, sagte Nona, in einer kürzlich erschienenen Zeitschrift über einem Interview mit Venus Maria brütend. »Ich finde sie großartig. Ganz offensichtlich schert sie sich einen Dreck um andere, tut nur, was sie will.«

Brigette lachte. »Genau wie du, he?«

»Was ist so falsch daran? Meiner Meinung nach tun Frauen immer nur, was sie nach Ansicht der Männer tun sollen. Ich werde nicht so sein, wenn ich alt bin.«

»Was ist alt?«

»Hier steht, dass Venus Maria fünfundzwanzig ist. Das ist schon ziemlich alt, schätze ich.«

Brigette lachte. »Lass das bloß deine Mutter nicht hören.«

»Effie besitzt die ewige Jugend«, sagte Nona mit einem übermütigen Lachen. »Sie wird mit achtzig noch jung sein. Ich wette, sie wird auch dann noch diese verrückte grüne Strähne im Haar haben und ausgefallene Kleider tragen. Mom ist ein Original.«

»Du kannst von Glück reden, dass du sie hast«, sagte Brigette wehmütig.

»Ich weiß«, stimmte ihr Nona zu. »Oh, hast du eigentlich schon mit deinem Stiefvater gesprochen? Wann fahren wir nach Malibu? Effie muss es wissen. Es ist nicht so, dass sie uns loswerden möchte, aber sie hat diesen kleinen Trip nach Bangkok geplant und möchte uns dabei nicht unbedingt am Hals haben.«

»Ich habe bei Lennies Agenten die Nachricht hinterlassen, dass er mich hier anrufen soll«, sagte Brigette. »Die haben mir da gesagt, er sei aus dem Film ausgestiegen, und niemand scheint zu wissen, wo er steckt. Er wird sich melden. Lennie lässt mich nicht im Stich. Er hat mir Malibu versprochen, und Lennie hält immer seine Versprechen.«

»Super!«, rief Nona. »Ich weiß nicht, wie's dir geht, aber ich kann es kaum erwarten.«

Emilio Sierra und Dennis Walla bildeten eine Allianz. Es war eine Beziehung, die weniger auf Vertrauen als auf Habgier beruhte. Sie trafen sich ein paarmal und stritten um Geld. Solange kein fester Preis abgesprochen war, weigerte sich Emilio rundheraus zu verraten, wer Venus Marias verheirateter Liebhaber war. Dennis wiederum erklärte, sie könnten nicht über den Preis reden, solange Emilio nicht mit seiner Information rüberkam.

Nach ihrer ersten Zusammenkunft im Café Roma verabredeten sie sich in einem schmuddligen Coffeeshop auf der Pico Street und versuchten es auszuhandeln. Schließlich trafen sie sich in Hollywood in der Redaktion von *Truth and Fact*.

Emilio sagte, er wolle fünfzigtausend Dollar. *Truth and Fact* erklärte sich einverstanden, wenn der Name, den er nannte, diesen Preis wert war. Jetzt waren sie zusammengekommen, um den Handel abzuschließen.

»Guten Morgen, Kumpel«, grüßte Dennis, der an einem mit

Papieren und anderem Kram übersäten Schreibtisch saß und eine übel riechende billige Zigarre rauchte. »Heut isses so weit, eh?« Eine schmutzige Katze schlich vorbei.

Emilio nickte voller Unbehagen. Er wusste nicht so recht, ob er hier sein sollte. Dadurch, dass er in der Redaktion von *Truth and Fact* erschienen war, platzte sein Inkognito. Als er durch den Hauptraum gegangen war, hatte er gemerkt, dass die Leute an Schreibmaschinen und Schreibtischen in seine Richtung geblickt hatten. Er kam sich wie ein Verräter vor. Und doch – warum sollte er nicht tun, was er tun musste, wenn es ihm Geld einbrachte?

Dennis stellte ihn einem Kollegen vor, einem kleinen, untersetzten Engländer mit einem Rattengesicht, zottigen Brauen und einem dünnen, hängenden Bärtchen.

»Wer ist das?«, fragte Emilio misstrauisch.

»Wir brauchen einen Zeugen«, erklärte Dennis. »Darf Ihnen den Scheck nicht ohne Zeugen übergeben. Sie müssen uns Fakten nennen, Emilio. Zeiten, Orte, Namen. Alles.«

Emilio nickte. »Das weiß ich«, murrte er übellaunig. Du liebe Güte, das hatte er sich leichter vorgestellt. Warum konnte er ihnen nicht einfach nur sagen, mit wem sie pennte, sein Geld nehmen und gehen.

»Setzen Sie sich«, sagte Dennis. »Wollen Sie 'n Bier?«

Emilio schüttelte den Kopf. Seit Wochen bemühte er sich, abzuspecken. Das bedeutete, dass er auf Bier verzichten musste. Echt beschissen.

Doch wenn er seine fünfzigtausend in der Tasche hatte, wollte er besser in Form sein. Er würde sich einen anständigen Wagen kaufen, schicke Klamotten und in ein Luxusappartement ziehen. Emilio Sierra hatte große Pläne.

»Also los, machen wir Nägel mit Köpfen«, sagte Dennis und schaltete das Bandgerät ein.

»Warum tun Sie das?«, fragte Emilio bestürzt.

»Das habe ich Ihnen doch immer wieder erklärt«, antwortete Dennis geduldig. »Wir brauchen Beweise, haben schließlich nicht vor, eine Verleumdungsklage zu riskieren, oder?«

Darüber musste Emilio eine Weile nachdenken. »Wieso könnte man Sie verklagen, wenn doch alles so passiert ist?«, fragte er endlich.

»Sie wären erstaunt, wer das schon versucht hat. Sinatra, Romano, Reynolds, die Großen eben. Sie sind dumm, weil sie nie gewinnen. Es kostet sie nur eine Stange Geld. Aber wir wollen nicht jahrelang vor ein Gericht nach dem anderen gezerrt werden, nicht wahr?«

»Nein«, stimmte Emilio zu und fragte sich, ob Venus Maria wohl klagen würde.

»Okay, erzählen Sie«, sagte Dennis und ließ den Pausenknopf los.

Emilio schwitzte. Ein dünnes Schweißrinnsal lief ihm den Nacken hinunter. Der Bauch tat ihm weh. Er fühlte sich nicht wohl. »Es ist so«, sagte er und setzte sich. »Eh – wo ist mein Scheck?«

Dennis öffnete die Schreibtischschublade, nahm einen Scheck über fünftausend Dollar heraus und wedelte damit vor Emilios Nase herum. »Den kriegen Sie sofort, den Rest, sobald die Story druckreif ist.«

Emilio versuchte nach dem Scheck zu greifen.

Dennis zog ihn weg. »Nicht so hastig. Ich zeige ihn Ihnen nur. Bevor Sie ihn bekommen, müssen wir den Namen gehört haben. Wenn er für uns etwas wert ist und Sie auch Beweise bringen, gehört er Ihnen – und noch eine ganze Menge mehr.«

Scheiße, dachte Emilio. Am besten, ich bring's schnell hinter mich. »Der Freund heißt Martin Swanson«, plärrte er und genoss die Bestürzung und das Staunen auf den Gesichtern der beiden Männer.

Dennis pfiff lange und leise durch die Zähne. »Martin Swanson! Der große Macker aus New York?«

»Martin Swanson?«, wiederholte der Engländer. »Das ist eine saftige Geschichte.«

»Scheiße!«, rief Dennis glücklich. »Wenn Sie das beweisen können, dann haben Sie uns wirklich was gebracht, Kumpel.«

»Oh, ich kann's beweisen«, prahlte Emilio eitel. »Ich habe sogar ein Foto, auf dem sie zusammen zu sehen sind.« Seine Trumpfkarte.

»Ein Foto?«, sagte Dennis und wurde immer aufgeregter. »Dass es Fotos gibt, haben Sie nie erwähnt.«

Emilio schaltete schnell. »Tja, also – wenn Sie das Bild haben wollen, kostet es extra.«

»Oh!«, sagte Dennis. »Das Bild kostet extra?«

»Wenn Sie's haben wollen«, erwiderte Emilio.

»Wir wollen es«, sagte Dennis.

Martin Swanson stand in seinem Ankleidezimmer und betrachtete sein Gesicht im Vergrößerungsspiegel. Er griff nach der Pinzette und zupfte sich ein paar Härchen aus, die wild unter den Brauen wuchsen. Dann trat er zurück und bewunderte sich in dem bodenlangen Spiegel. Er trug die Uniform eines konföderierten Soldaten. Deena hatte gefunden, das sei ein originelles Kostüm. Er musste zugeben, dass es ihm gut stand.

Geburtstage stürzten ihn gewöhnlich in tiefe Depressionen, doch heute fühlte er sich ganz besonders wohl. Er schien eine Menge Freunde zu haben. Den ganzen Tag waren Geschenke ins Haus geliefert worden, mit Blumen, Ballons und Glückwunschtelegrammen.

Deena hatte ihm einen schweren goldenen Rahmen mit ihrem Hochzeitsfoto geschenkt. Da waren sie, Deena und Martin Swanson, standen vor der Kirche, das glückliche Paar.

War das erst zehn Jahre her? Ihm kam es vor, als sei seither ein ganzes Leben vergangen. Als er Deena geheiratet hatte,

hatte er zur Ruhe kommen, gewissermaßen sesshaft werden wollen. Wer wusste denn, dass er je eine Frau wie Venus Maria finden würde?

Venus hatte ihn im Büro angerufen und ihm gratuliert; aber sie hatte auch gesagt: »Ich bin sehr enttäuscht dass du nicht nach L. A. kommen konntest, um mit mir zu feiern.«

»Das wäre sehr schwierig gewesen«, antwortete er. »Geschäfte.«

»Du solltest dein Leben nicht deinen Geschäften unterordnen«, schalt sie. »Nur Arbeit und kein Vergnügen, das macht Martin zu einem sehr langweiligen Jungen.«

Er lachte. »In deiner Nähe bin ich ganz bestimmt nie langweilig, oder?«

»Baby, dafür sorge ich schon.«

Sie hatten sich noch ein paar Minuten unterhalten. Venus Maria hatte nicht gefragt: Wann seh ich dich? Das brauchte sie nicht. Er wusste, dass sie es dachte. Er dachte auch daran. Ihre Beziehung hatte den Punkt erreicht, an dem sie mehr verlangte als Versprechen.

Es war nicht leicht. Natürlich konnte er sich von Deena scheiden lassen. Es würde ihn zwar eine Menge kosten, trotz des Ehevertrags, den sie geschlossen hatten, und sie würden sich unzähligen bösartigen öffentlichen Angriffen ausgesetzt sehen. Hinterher wäre er jedoch frei zu tun, was er wollte.

Okay, im Moment waren sie also »die Swansons«. New York gehörte ihnen. Aber New York konnte auch Martin Swanson allein gehören.

Es war eine schwierige Entscheidung und eine, zu der er noch nicht bereit war. Er hatte das Telefonat mit Venus Maria mit dem Versprechen beendet, dass er in der nächsten Woche nach L. A. kommen würde. Der Gedanke erregte ihn. Sie wusste wirklich, wie sie ihn scharf machen konnte. Ihre kleinen Tricks und Überraschungen waren etwas ganz Besonderes. Einen Augenblick erlaubte er seinen Gedanken, sich auf die beiden Huren und die Seidentücher zu konzentrieren. Eine tolle Sache. Venus Maria wusste, wie man das Interesse eines Mannes wachhielt.

Ein letzter Blick, und er verließ, mit seiner Erscheinung zufrieden, sein Ankleidezimmer.

Deena wartete unten auf ihn. Ihr bodenlanger Zobelmantel verhüllte ihr Kostüm.

»Zeig dich mal«, sagte Martin leichthin.

Sie drehte sich schwungvoll um und ließ den Mantel fallen.

»Wau!« Martin war beeindruckt. Er hatte eine schöne Frau geheiratet.

Deenas Aufmachung war aber auch sehenswert. Die langen Beine steckten in schwarzen Seidenstrümpfen. Der Rest war eine originalgetreue Nachbildung des berühmten Marlene-Dietrich-Kostüms aus *Der blaue Engel*. Wenn Deena wollte, konnte sie sich ebenfalls in ein umwerfendes Geschöpf verwandeln.

»Du bist heute Abend sehr hübsch, Martin«, sagte sie, streckte die Hand aus und strich ihm über den Hinterkopf.

»Und du? Was kann ich schon dazu sagen? Du hast dich selbst übertroffen, nicht wahr?« Er lachte. »Effie wird vor Neid und Eifersucht am Boden zerstört sein – ein Wrack.«

Deena lächelte triumphierend. »Und warum das?«

»Weil, meine Liebe« – er reichte ihr den Arm –, »heute Abend alle nur dich ansehen werden. Mich eingeschlossen«, fügte er hinzu.

Das Triumphgefühl in Deena blähte sich noch mehr auf. Sie zog eine Braue hoch. »Wirklich?«, fragte sie.

»Wirklich«, sagte er.

39

In Venus Marias Leben gab es nicht viel freie Zeit. Von dem Augenblick, in dem sie morgens aufstand, bis zu dem Augenblick, in dem sie nachts zu Bett ging, war sie immer irgendwie beschäftigt. Wenn sie nicht trainierte, probte sie für ihre Videos; wenn sie nicht probte, hatte sie Aufnahme im Studio. Oder sie saß mit zwei Liedermachern zusammen, mit denen sie gern arbeitete, und gab ihnen Anregungen für die Texte. Ein paarmal in der Woche arbeitete sie auch mit Ron. Er choreografierte noch immer ihre Schrittfolgen, und sie waren noch immer die besten Freunde – trotz des Ken-Püppchens.

Dann die Schauspielerei.

Sie bemühte sich, jedes Drehbuch zu lesen, das man ihr schickte. Und wenn sie keine Zeit hatte, verließ sie sich auf einen Gutachter, den sie angestellt hatte.

Sie war wirklich verärgert, weil Martin an seinem Geburtstag nicht wie versprochen herübergeflogen war, und sie vertraute sich Ron an, während sie in ihrem Proberaum schweißgebadet einen neuen Tanz einübten.

»Was willst du von dem Mann?«, fragte Ron, der wie immer sofort zum Wesentlichen kam.

»Immer mit ihm zusammen sein«, sagte sie.

»Das ist absolut lächerlich!«, rief Ron. »Martin Swanson ist in New York verankert. Du hier. Was für ein gemeinsames Leben hättet ihr denn? Er würde es mit anderen treiben und du auch. Ich kenne dich, Venus.«

»Vielleicht kennst du mich doch nicht so gut, wie du glaubst«, erwiderte sie empört.

»Ach, komm schon! Ich kenne dich besser als sonst jemand. Schließlich hab ich dich schon gekannt, als du alles andere warst als ein großer Star – bestenfalls ein winziger Furz.«

»Und vergiss nicht, Ron«, schlug sie zurück, »auch ich habe dich schon gekannt, als du noch nicht der Schwulenprinz von Hollywood warst.«

»Der was?«

»Du hast mich sehr gut gehört«, antwortete sie gereizt.

»Oh, besten Dank, Madame. Ich habe mir schon immer gewünscht, ein Schwulenprinz zu sein.«

»Und vielleicht darf ich dir als Erste sagen, dass du es wunderbar machst. Du und das Ken-Püppchen, ihr seid das Tagesgespräch der Jungsstadt.«

Ron war wütend. »Nenn ihn nicht immer das Ken-Püppchen. Das hab ich dir schon Millionen Mal gesagt.«

Sie fuhr sich mit der Hand durch das platinblonde Haar. »Aber das ist er nun mal.«

»Hör zu, Schätzchen, sprich du nicht über meinen Liebhaber, und ich spreche nicht über deinen, okay?«

Sie funkelten sich gegenseitig böse an und probten dann weiter.

Ron war ein strenger Zuchtmeister. Wenn er eine Passage choreografierte, musste sie perfekt sein. Und er sorgte dafür, dass bei Venus Maria jeder Schritt saß, ehe er sie zu den anderen Tänzern ließ. Sie war seine Musterschülerin.

Insgeheim wusste sie, dass Ron sich einbildete, sie verdanke ihren Erfolg ausschließlich ihm. Es störte sie nicht. Wenn er dieses Verdienst für sich in Anspruch nehmen wollte, sollte er. Sie wusste, sie hätte es mit oder ohne Ron bis an die Spitze geschafft. Er war ihr eine große Hilfe gewesen, besonders am Anfang.

Jetzt brauchte sie ihn nicht mehr.

Sie brauchte niemanden.

Außer Martin.

Effie begrüßte jeden Gast persönlich. Sie legte keinen Wert auf eine Armee von Dienern, obwohl sie reichlich vorhanden waren. Um eine Party erfolgreich zu gestalten, musste man ihr, fand Effie, eine persönliche Note geben.

Als Deena und Martin eintrafen, stand Effie an der Tür und hieß sie willkommen.

Deena ließ den Zobelmantel von ihren Schultern gleiten.

»Mein Gott!«, sagte Yul, der hinter Effie stand. »Ich hatte ja keine Ahnung, dass du solche Wahnsinnsbeine hast.«

Deena lächelte kühl. Heute Abend würde sie jedem Mann im Raum einheizen, und sie wusste es.

»Du siehst himmlisch aus, Liebling!«, rief Effie begeistert. »Und der hübsche Soldat steht dir, Martin. Das solltest du öfter tragen. Ich finde Uniformen himmlisch.«

»Ich komme mir vor wie ein Idiot«, sagte Martin völlig entspannt.

Yul, im Kostüm eines Höhlenmenschen, erwiderte: »Du kommst dir wie ein Idiot vor, Martin? Dann schlüpf doch mal für zehn Minuten in meine Haut.«

Martin lachte und wurde von einem Meer von Glückwünschen überrollt. Alle wollten ihm zum Geburtstag gratulieren. Er war beliebt wie kein Zweiter.

In einer Ecke standen Brigette, Nona und Paul beisammen und beobachteten, was vorging.

»Martin Swanson ist ein richtig aalglatter alter Supertyp«, verkündete Nona. »Schau dir das an, er beherrscht buchstäblich den ganzen Raum. Und wie raffiniert er das anstellt!«

»Wau«, sagte Paul. »Werft bloß mal einen Blick auf die Beine seiner Alten!«

»Sie ist viel zu alt für dich, und sie ist verheiratet«, sagte Nona schnippisch.

»Aber sie ist reich«, wandte Paul ein.

»Lässt du das gefälligst sein? Sie ist nicht halb so reich wie Brigette.«

»Klar, klar, wir alle wissen, dass es völlig unmöglich ist, so reich zu sein wie Brigette. Und da wir schon beim Thema sind, wie kommt es, dass ihr euch, wenn sie so reich ist, keine anständigen Klamotten leisten konntet? Ihr seht unbeschreiblich geschmacklos aus.«

Nona kniff die Augen zusammen. »Wir stellen Venus Maria dar, siehst du das nicht?«

»Nee«, antwortete Paul. »Ihr seht aus wie zwei kleine Tramps.«

»Also ehrlich«, sagte Nona böse. »Du bist voller Bs.«

»Um das bestätigen zu können, müsste ich erst wissen, wie Bullenscheiße aussieht.«

»Streitet ihr eigentlich immer?«, fragte Brigette neugierig.

»Das ist doch kein Streit«, sagte Paul.

»Nein, wirklich nicht«, pflichtete Nona ihm bei. »Du müsstest uns mal erleben, wenn wir tatsächlich streiten.«

Paul hatte sich geweigert, seinen schwarzen Standarddress gegen ein Kostüm einzutauschen. Außer Brigette, die ihn keine Sekunde aus den Augen ließ und ihn anstarrte, obwohl sie es gar nicht wollte, schien das aber niemandem aufzufallen.

Sie erinnerte sich, wie es gewesen war, als sie ihren ersten Freund Tim Wealth zum ersten Mal gesehen hatte. Es schien in einem anderen Leben geschehen zu sein und war doch höchstens drei Jahre her. Tim, groß und schlaksig, hatte ein schmales Gesicht, ein nettes Lächeln und ziemlich langes Haar gehabt. Als sie ihn bei der Eröffnung von Luckys Hotel kennen gelernt hatte, war es Liebe auf den ersten Blick gewesen. Noch in derselben Nacht hatte er sie in seine Hotelsuite eingeladen, sie Koks schnupfen lassen und ihr gesagt, sie solle sich ausziehen. Er hatte keine Ahnung gehabt, wer sie war oder dass sie erst vierzehn war. Und dann hatte er sie geliebt, schnell und zornig.

Ihr wurde bei der Erinnerung an Tim unangenehm warm, und sie zog ihr kurzes Brokatjäckchen aus. Darunter trug sie einen hauchdünnen weißen BH und ein Nichts von einem Rock.

Paul gönnte ihr einen zweiten Blick. »Nicht übel«, sagte er. »Ein Jammer, dass du noch ein Baby bist.«

Ich war noch viel mehr Baby, als ich Tim Wealth kennen ernte, dachte sie. Ihn hat es nicht gestört.

Pauls Blicke folgten Deenas verführerischen Beinen. »Sie sieht heut abend wirklich toll aus«, sagte er mit einem lüsternen Seufzer.

»Sie ist alt genug, deine Mutter zu sein«, entgegnete Nona missbilligend.

»Nicht ganz.«

»Aber fast«, entgegnete Nona.

Er stand auf. »Ich überlasse euch zwei Nymphchen euch selbst. Bin aber in ein paar Minuten wieder da.«

»Ich fass es nicht!«, rief Nona. »Er will Deena Swanson anmachen. Kannst du dir das vorstellen? Er will Mommys beste Freundin anmachen!«

Brigette lachte gezwungen. Sie war eifersüchtig. Doch sie war entschlossen, es sich nicht anmerken zu lassen, denn sich zu verlieben, bedeutete ein gebrochenes Herz, und das kannte sie nur allzugut.

»Wie geht's denn so, Mrs. S.?«

Deena drehte sich um und musterte den mageren jungen Mann mit den durchdringenden Augen. »Kennen wir uns?«, fragte sie kühl.

Sein Blick schien mit dem ihren zusammenzuprallen. »Ich bin es, Paul. Effies Sohn.«

Sie war ehrlich überrascht. »Mein Gott, Paul! Wie du dich verändert hast. Ich habe dich lange nicht mehr gesehen.«

»Ja, ziemlich lange«, stimmte er zu. »Ich bin ein bisschen in Europa rumgereist. Als Rucksacktourist. Nicht ganz Ihr Stil, wie?«

»Du warst ein kleiner Junge, als wir das letzte Mal – eh – zusammen waren«, sagte sie.

Wieder der durchdringende Blick. »Das klingt sexy, Deena.«

Wollte er sie anmachen? Nein. Unmöglich. Er war noch ein Kind. Wenn auch ein sehr attraktives. »Wie bitte?«

»Na ja – als wir zusammen waren, das klingt irgendwie sexy. Finden Sie nicht?«

»Paul, flirtest du etwa mit mir?«

Jetzt kam das charmante Lächeln. »Das hoffe ich. Wenn nicht, dann gebe ich eine lausige Vorstellung.«

Deena konnte nicht anders, sie musste sein Lächeln einfach erwidern. »Es ist nett, dich wieder zu sehen, mein Lieber«, sagte sie. »Und wie ich merke, hast du die witzige Art deiner Mutter geerbt.«

Es folgte der düstere Blick. »›Mein Lieber‹! Das reicht jetzt wohl. Versuchen Sie nicht, mich herabzusetzen, Deena.«

»Das fiele mir nicht einmal im Traum ein.«

Zeit, sie wieder ein bisschen herauszufordern. »Was fiele Ihnen nicht einmal im Traum ein?«

»Es fiele mir nicht einmal im Traum ein, dich herabzusetzen, Paul. Wo ist deine Mutter?«

»Irgendwo. Warum? Brauchen Sie sie, um hier davonzukommen?«

Deena schüttelte den Kopf.

Pauls Stimmung schlug um, und er grinste. »Fühlen Sie sich bedroht?«

»Durch dich? Das glaube ich eigentlich nicht, mein Lieber.« Sie wandte sich ab und ging mit energischen Schritten davon.

»Schöne Beine«, sagte er zu ihrem sich entfernenden Rücken.

Es war ein Sieg, er fühlte es. Zufrieden kehrte er zu Nona und Brigette zurück.

»Sie will unbedingt meinen Körper«, erklärte er. »Ich musste ablehnen.«

»Tatsächlich?«, sagte Nona sarkastisch. »Wie nett für dich. Ich hab schon immer gewusst, dass du der größte Lügner der Welt bist.«

»Glaub mir eben nicht. Schau, ob es mir was ausmacht.« Lässig wandte er sich Brigette zu. »Kann ich dich um ein Darlehen angehen? In der Größenordnung von etwa hunderttausend? Ich zahl sie dir zurück, sobald ich reich und berühmt bin.«

»Ha!«, schnaubte Nona.

»Ich kann über mein Geld nicht verfügen«, antwortete Brigette. »Es liegt in verschiedenen Treuhandfonds fest.«

»Und selbst wenn sie an ihr Geld rankönnte«, unterbrach Nona, »wärst du der Letzte, der etwas davon bekäme. Die Erste wäre ich, nicht wahr?«

Brigette hätte es nie zugegeben, aber sie fand, dass Paul sogar noch attraktiver war als Tim Wealth.

Emilio unterschrieb den Vertrag. Wahrscheinlich hätte er ihn vorher zu einem gerissenen Anwalt bringen und durchsehen lassen sollen. Aber Emilio wusste, was er tat. Sein Geschäftssinn war sehr gut entwickelt. Schließlich war er auch ohne Anwalt an seine fetten Fünfzigtausend gekommen. Jetzt brauchte er ihnen nur noch die Exklusivstory von Venus Maria und ihrem verheirateten Liebhaber zu geben.

Zuallererst eröffnete er ein Bankkonto, hob die fünftausend Dollar in bar jedoch sofort wieder ab und stürzte sich ins Nachtleben, zog von einem Nachtclub in den anderen.

Alle, die ihn kannten, waren überrascht. »Wo hast du diesen Haufen Geld her, Mann?«, fragten sie. Sie wussten, dass Emilio Experte darin war, den Namen seiner Schwester auszunutzen, sich ungebeten zu anderen Leuten an den Tisch zu setzen und auf Kosten anderer Leute zu trinken.

»Hat mir meine Schwester gegeben«, sagte er mit einem durchtriebenen Blinzeln.

Das stimmte in gewisser Weise sogar. Ohne Venus Maria hätte er ganz bestimmt keine fünfzigtausend Dollar im Sparstrumpf gehabt. Nun ja, vorläufig waren es nur fünf, doch den Rest bekam er auch noch, sobald die Story nachgeprüft und geschrieben war.

Mehrere Margaritas später riss er in irgendeiner Bar eine Hure auf. Er wusste nicht, dass sie eine Hure war. Sie sagte, sie sei Schauspielerin. Sie sagten alle, sie seien Schauspielerinnen oder Models. Es war das Spiel von Hollywood.

Sie hatte langes blond gefärbtes Haar und sehr lange, magere Beine. Sie trug ein sehr kurzes rotes Kleid mit tiefem Rücken- und noch tieferem Vorderausschnitt. Der Fantasie blieb da nicht mehr viel überlassen.

Emilio hielt nichts von Fantasie, er wollte feiern.

Er nahm das Mädchen in sein Apartment mit und bumste es kurze fünf Minuten.

»War's das schon?«, fragte sie empört, als er fertig war. »Ich bin hergekommen, um mich zu amüsieren. Da hätte ich ja mit einem Eselhasen mehr Spaß gehabt.«

»Du bist auf deine Kosten gekommen«, sagte Emilio und wünschte sie zum Teufel.

Sie verlangte fünfzig fürs Taxi.

Er war empört. »Fünfzig Dollar für ein Taxi!«

»Schätzchen, ich bin nicht mitgekommen, weil du so reizend lächelst.«

Murrend gab er ihr zwanzig und beförderte sie hinaus.

Als sie weg war, schaltete er den Fernseher ein und begann von Gloria Estafan zu träumen. Das war eine richtige Frau. Sie würde ihn bestimmt nicht um fünfzig Dollar angehen.

Nach einer Weile schlief er ein. Morgen hatte er wieder eine

Sitzung mit Dennis und dem Aufnahmegerät. Die Story wurde eine runde Sache.

Bald würde sie Schlagzeilen machen. Das war vielleicht aufregend.

Emilio Sierra würde auch berühmt werden.

40

Eddie Kane glaubte, verrückt zu werden, total auszuflippen. Und niemand wollte ihm helfen, es gab keinen einzigen Menschen, dem er trauen konnte.

Wie ein Besessener lief er durchs Haus. Verdammt! Vor zehn Tagen hatte er noch alles gehabt. Viel Geld, eine fantastische Frau, und alles war glatt gegangen. Und er hatte sein Koks gehabt, das ihn innerlich wärmte. Eine kleine Prise Kokain, und die ganze Welt sah rosig aus. Jetzt brauchte er mehr als eine kleine Prise, um morgens aus dem Bett zu kommen.

Dass er in Schwierigkeiten war, hatte er gewusst, als Mickey aufgehört hatte, mit ihm zu reden. Mickey, auf den er sich in all den Jahren verlassen hatte, zu dem er immer gelaufen war.

Schön und gut, er hatte sie also in die Tinte geritten. Jesus, es war doch nicht so, als stünden sie einem Erschießungskommando der mexikanischen Armee gegenüber. Es war eine Tinte, aus der eine Million Dollar ihnen heraushelfen konnte. Und Mickey Stolli und die Panther Studios mussten mit der Knete rüberkommen. Schnell.

Aber nein, Mickey mimte den großen Mann und tat so, als ginge es ihn nichts an. Mickey war ein richtiger Schisser.

Die Anrufe hatten am Anfang nicht unfreundlich geklungen.

»He, Eddie, Sie schulden uns Geld. Wann bekommen wir's

denn?« Dann wurden sie etwas schärfer: »He, Eddie, Sie sollten sich die Kohle bald besorgen. Mr. Bonnatti ist kein sehr geduldiger Mann.« Und jetzt hieß es: »Eddie, Ihre Zeit ist abgelaufen. Mr. Bonnatti mag es nicht, wenn man ihn warten lässt.«

Anfangs schien es ein so glattes Geschäft zu sein, dem man nicht widerstehen konnte. Eddie war Carlos Bonnatti in New York im Le Club vorgestellt worden. Er hatte eine der Frauen gekannt, mit denen Bonnatti zusammen war, seine Kokainlieferantin aus L. A., Kathleen Le Paul.

Nachdem Kathleen die beiden Männer miteinander bekannt gemacht hatte, kamen sie ins Reden. »Panther-Film, wie?«, hatte Carlos gesagt. »Ich bin auch im Filmgeschäft.«

»Tatsächlich?« Eddie war überrascht, weil er noch nie etwas von ihm gehört hatte.

»O ja!« Carlos hatte gelacht. »Aber ich mache ganz andere Filme als Sie.«

Man hatte Eddie schon vieles vorgeworfen, dass er langsam von Begriff war, jedoch nie. »Sie stehen gewissermaßen auf der anderen Seite des Tennisnetzes, ja?«

»Damit kann man eine Menge Geld machen«, antwortete Bonnatti. »Sehr viel sogar. Mein Bruder Santino hat mit dem Geschäft angefangen. Als er dann – eh – so unglücklich dahinschied, habe ich die Sache übernommen. Ich habe einen Kurier, der die Filme an die Westküste bringt. Und meine eigenen Leute in New York. Unser einziges echtes Problem ist das Ausland.«

Damit hatte alles begonnen. Bonnatti suchte eine Möglichkeit, seine Pornofilme nach Europa zu bringen. Es gab Länder, wie Spanien und Italien zum Beispiel, in denen die Einfuhr pornografischen Materials verboten war.

Eddie fand die perfekte Lösung. Man musste dieses Material zwischen normalen Spielfilmen in diese Länder schmuggeln. Wer würde sich schon darum kümmern, wenn Panther seine großen Filme verschiffte?

Bonnatti ließ sich leicht überzeugen. Als Eddie das Geschäft witterte, gab es für ihn kein Halten mehr. »Vielleicht kann ich Ihnen helfen«, sagte er und arbeitete versuchsweise einen Plan aus.

Jetzt brauchte Eddie nur noch Mickeys Einverständnis, und das bekam er bestimmt, wenn er ihm ein ordentliches Stück vom Kuchen anbot.

Er hatte lange und gründlich überlegt, bevor er zu ihm ging. Vorher gründete er in Liechtenstein eine Scheinfirma, durch die er das europäische Geld schleusen konnte, ohne selbst in Erscheinung zu treten.

Mickey war von der Idee sofort sehr angetan. »Nur Geld, kein Risiko?«, fragte er.

»Darauf läuft es hinaus«, sagte Eddie. »Wir teilen fünfzig zu fünfzig mit Bonnatti. Und du bekommst die Hälfte von meiner Hälfte. So einfach ist das.«

Mickey war einverstanden gewesen.

Zur Hölle mit Mickey! Drei Jahre lang war alles glatt gegangen, und er hatte seelenruhig das Geld eingesteckt. Jetzt gab es Schwierigkeiten, und er wusch seine Hände in Unschuld.

Eddie hätte gern gewusst, wie alle erfahren hatten, dass er zusätzlich absahnte. Verdammt, schließlich hatte er allein die ganze Arbeit, schloss die Verträge in den verschiedenen Ländern ab und schleuste das Geld herein. Wenn es einen erwischte, dann würde er es sein. Warum also sollte er sich nicht mehr nehmen als seinen Anteil? Es stand ihm zu.

Jetzt war er erwischt worden. Carlos Bonnatti hatte entdeckt, dass er Geld unterschlug, und Carlos Bonnatti wollte, was ihm gehörte.

Leslie lief hinter Eddie her und machte ein trauriges Gesicht. »Wie kann ich dir helfen?«, fragte sie zum zehntenmal.

Er war nicht in Stimmung für das Szenarium »liebende Ehefrau«. »Indem du den Mund hältst«, fauchte er.

Er konnte das Geld nur aufbringen, wenn er das Haus verkaufte, es war ihr einziger Besitz.

»Wir müssen das Haus abstoßen«, erklärte er. »Ruf einen Makler an, und sag ihm, es kommen nur Barzahler in Frage, und zwar sehr schnell – am besten schon gestern.«

Leslie machte ein bestürztes Gesicht, tat aber, was er wollte, obwohl sie beide wussten, dass es nicht schnell genug gehen würde.

Mit der Drohung von Bonnatti vor Augen, fiel Eddie jedoch keine bessere Möglichkeit ein.

Schon als er aufgewacht war, hatte er gespürt, dass es ein böser Tag werden würde. Es war Freitag. Dichter Nebel hing über dem Strand. Und dichter Nebel hing über seinem Kopf. Er war mehr als niedergeschlagen. Er rollte sich im Bett herum, angelte nach dem Telefon und rief Kathleen Le Paul an. »Kommen Sie zu mir nach Hause«, befahl er. »Ich brauche Medikamente.«

»Ich mache keine Hausbesuche«, antwortete sie unwirsch, nicht besonders erfreut, von ihm zu hören.

Sein Kopf explodierte. »Ich bin nicht im Büro.«

»Das habe ich gemerkt. Hätten Sie mir Bescheid gesagt, hätte ich mir eine Fahrt erspart.«

»Hören Sie, Schätzchen, ich habe die Grippe. Was wollen Sie denn von mir? Kommen Sie in mein Haus, und bringen Sie die Ware mit.«

»Bargeld?«

»Ja.«

»Sie schulden mir noch fünfzehnhundert von voriger Woche.«

»Die warten hier auf Sie.«

Widerstrebend willigte sie ein, und sie verabredeten sich für zwölf Uhr mittags.

Leslie war in der Küche und briet Eier und Speck. Ihm wurde von dem Geruch übel.

»Ich mach dir dein Frühstück!«, rief sie, zu ihrem eigenen Schaden zu verdammt fröhlich.

»Zieh dich aus«, sagte er.

Verblüfft fuhr sie herum. »Was?«

»Zieh dich aus«, wiederholte er. »Wie wär's, wenn du mir das Frühstück mit nacktem Arsch servierst?«

Schmerz war in ihrer Stimme, doch er hörte es nicht.

»Eddie, sei doch nicht so!«

»Ach, vergiss es.« Er stapfte ins Schlafzimmer zurück. Und fühlte sich miserabel. Arme Kleine, er ließ es an ihr aus. Aber an wem hätte er es sonst auslassen sollen?

Fünf Minuten später überraschte ihn Leslie. Sie kam ins Schlafzimmer und hatte außer hochhackigen Schuhen und einem Rüschenschürzchen keinen Faden am Leib.

Was für ein Körper! Zum erstenmal seit Wochen regten sich wieder Saft und Kraft in ihm. »He«, sagte er, »komm zu mir!«

»Das wolltest du doch, nicht wahr?«, fragte sie steif.

»Ich hab's doch nicht ernst gemeint«, erwiderte er und kniff ihr in die Brüste. »Aber da du schon mal hier bist ...«

Er legte sich zurück und ließ sie die ganze Arbeit tun. Sie machte das ausgezeichnet. Für ein Mädchen aus Iowa wusste sie eine Menge ...

Später schlang er sein Frühstück hinunter, trank zwei Wodkas, rauchte einen Joint und brach zu einem Strandspaziergang auf.

Als er nach Hause kam, saß Carlos Bonnatti im Wohnzimmer.

Eine kreideweiße Leslie sagte: »Ich habe nicht gewusst, dass du Besuch erwartest.«

Eddie sah Carlos an. Es überlief ihn kalt. »Ich auch nicht.«

Carlos Bonnatti war kräftig und untersetzt, ein Mittvierziger mit krausen Haaren, schweren Lidern, fahler Haut und einem trägen Gesichtsausdruck.

»Ich war in der Nachbarschaft«, sagte er leichthin. »Dachte, ich schau schnell mal rein.«

»Seit wann ist der Strand Ihre Nachbarschaft?«, fragte Eddie und sah ihn finster an.

Carlos fuhr lässig mit der Hand durch die Luft. »Seit Sie mir eine Million Dollar schulden«, sagte er. »Und da ich keine Antworten auf meine Fragen zu bekommen scheine, dachte ich: Mach mal einen Abstecher und sieh nach, was los ist. Haben Sie mir irgendwas zu sagen, Eddie?«

Leslie stand, vor Furcht wie gelähmt, am anderen Ende des Zimmers. Als die lange schwarze Limousine vor dem Haus gehalten hatte und Carlos Bonnatti und zwei seiner Gorillas vor ihrer Tür standen, hatte sie gewusst, dass etwas nicht stimmte. Sie öffnete, und er fragte nicht einmal, ob er hineinkommen dürfe, sondern marschierte an ihr vorbei und sagte: »Ich bin hier, um mit Eddie zu sprechen.« Als sei das Erklärung genug.

»Sie hätten nicht herkommen sollen«, sagte Eddie gepresst. »Ich brauch diesen Scheiß nicht. Sie kriegen Ihr Geld, das hab ich Ihnen vorige Woche gesagt.«

»Die vorige Woche ist vorbei«, sagte Carlos. »Jetzt ist jetzt. Ich will mein Geld bis Montag früh, sonst wissen Sie, was passiert.«

»Wollen Sie mir drohen?«, fragte Eddie, geradezu halsbrecherisch den Mutigen spielend.

»Nennen Sie's ruhig eine Drohung, wenn Sie wollen«, antwortete Carlos mild. »Sie sollten eines wissen – Carlos Bonnatti droht nicht. Er lässt handeln. Entweder ich kriege am Montag, was Sie mir schulden, oder wir beide sind fertig miteinander. Sie werden«, Carlos stand auf, »sogar feststellen, dass Sie dann mit allen fertig sind.« Er ging zur Tür, blieb kurz stehen und berührte Leslies bloße Schulter. »Hübsche Frau«, sagte er. »Sehr hübsch.«

Dann war er fort.

Eddie stürmte ins Bad und übergab sich. Als er herauskam, wartete Leslie auf ihn und sah ihn erwartungsvoll an; diese verdammten großen Augen sahen ihn an und vertrauten darauf, dass er ihr erklären würde, was das alles zu bedeuten hatte.

»Ich fahre zu Mickey«, sagte er hastig. »Keine Sorge, Babe, ich bringe das noch heute in Ordnung.«

»Wirklich?«

»Das ist ein Versprechen.«

Er umarmte sie und lief hinaus zu seinem Wagen.

Nun begann Leslie rastlos durchs Haus zu wandern. Sie wusste nicht, was tun. Sie wusste nur, dass Eddie in Schwierigkeiten war und sie eine Möglichkeit finden musste, ihm zu helfen.

Sie griff zum Telefon und wählte Madame Lorettas Nummer.

Als Madame sich meldete, erzählte ihr Leslie schluchzend ihre Geschichte. »Können Sie mir helfen?«, flehte sie.

»Verlass ihn«, sagte Madame Loretta. »Du bist jung und schön. Es gibt schließlich noch andere Männer. Viele sogar. Komm wieder arbeiten. Ich such dir einen besseren.«

Leslie war geschockt. »Aber ich will keinen anderen«, protestierte sie. »Ich liebe Eddie.«

»Liebe ist schlecht«, warnte Madame Loretta. »Er wird dich nur mit in den Abgrund zerren. Hab ich schon miterlebt. Oft sogar. Verlass ihn, Leslie, bevor es zu spät ist.«

»Nein«, entgegnete Leslie ernst, »ich könnte Eddie nie verlassen. Ich liebe ihn.«

»Dann kann ich dir nicht helfen«, sagte Madame Loretta schroff und legte auf.

41

Auf dem Pacific Coast Highway gab Eddie seinem weißen Maserati die Sporen, aber richtig ließ er ihn erst auf der gebührenpflichtigen Schnellstraße los.

Fünf Minuten später winkte ihn eine Motorradstreife an den Straßenrand.

Der Cop, der mit wiegenden Schritten neben Eddies Seitenfenster auftauchte, sah so blendend aus wie ein Filmstar. »Hallo, Kumpel, wollen Sie 'n Weltrekord aufstellen oder was?«, fragte er, während er seinen Block zückte.

Eddie hatte das Gefühl, dass da jemand war, der mit sich handeln ließ. »Hören Sie, eh, ich hab 'ne richtig heiße Verabredung, Sie wissen ja, wie das ist.«

Der Cop grinste anzüglich. Selbstverständlich wusste er, wie es war.

»Hübscher Wagen«, bemerkte er mit dem Kugelschreiber in der Schwebe.

»Ich hab auch hart dafür gearbeitet«, sagte Eddie und gab sich Mühe, bescheiden zu wirken.

»Haben Sie getrunken?«, fragte der Cop.

Eddie lachte unfroh. Er wusste, dass er aussah wie ein Penner. Nur durch den Wagen wirkte er einigermaßen respektabel. »Wer? Ich?«, sagte er. »Meinen Sie das ernst?«

Der Cop wiegte sich auf den Absätzen seiner Stiefel. »Ja, ich meine es ernst. Haben Sie getrunken?«

Eddie zwang sich zu einem freundlichen Lächeln. »Ich möchte mich Ihnen vorstellen. Eddie Kane. Verleihchef der Panther Studios. Haben Sie eigentlich schon mal daran gedacht, Schauspieler zu werden?«

»Na klar«, sagte der Cop. »Wer hätte daran wohl nicht gedacht – in dieser Stadt?«

»Ich mach Ihnen einen Vorschlag«, sagte Eddie mit seiner einschmeichelndsten Stimme. »Ich gebe Ihnen meine Karte, und Sie können mich im Studio anrufen. Ich will sehen, ob ich Probeaufnahmen für Sie organisieren kann.«

Der Cop lachte.

Eddie reichte ihm seine Karte. »Ich meine es ernst. Warum lachen Sie?«

Der Cop lachte abermals. »Ich habe gehört, dass Leute durch Zufall entdeckt worden sind, aber das ist lächerlich.«

»Sie haben Charisma«, sagte Eddie, in Schwung geratend. »Sie haben das Aussehen. Und Humor. Ich will versuchen Ihnen zu helfen, und Sie können mir helfen. Lassen Sie mich gehen, ja? Ich komme zu spät zu einer Verabredung.«

Es war das einzig Gute, das Eddie an diesem Tag widerfuhr. Der Cop steckte die Karte ein und winkte ihn weiter.

Unerschrocken stieg Eddie aufs Gas und raste genauso schnell weiter bis ins Studio.

Mickey hatte eine Besprechung mit dem Autor eines seiner Lieblingsprojekte. Als Eddie in sein Büro platzte, war er ganz und gar nicht darauf gefasst.

Lucky hatte ihn einfach durchgelassen. Es war ihr letzter Tag im Studio, und ihr war egal, was passierte.

Der Autor, ein ernster junger Mann, sprang auf die Beine, als Eddie hereinstürmte. Mit seinem Zehntagebart, der zerdrückten Kleidung und den blutunterlaufenen Augen wirkte er wie ein Irrer.

»Es ist aus!«, schrie Eddie, stützte beide Hände auf den Schreibtisch und funkelte Mickey wütend an. »Ich hab's satt, ich lass mir das von dir nicht mehr bieten! Carlos Bonnatti war heute bei mir. In meinem verdammten Haus, um Himmels willen! Nicht mehr, Mickey, jedenfalls nicht mit mir! Du steckst mit mir in der Sache, und du wirst dich nicht drücken. Panther muss bezahlen.«

Mickey kniff die Augen zusammen. So weit kam es, wenn man versuchte einem Freund zu helfen. »Luce!«, brüllte er.

Keine Antwort.

»Holen Sie die Sicherheitsleute her!«, schrie er.

»Lass die verdammten Sicherheitsleute holen, und du hast mehr Schwierigkeiten am Hals, als du dir ausmalen kannst!«, kreischte Eddie und packte Mickey an den Revers seines Sportjacketts. »Ich gehe zu Abe Panther und erzähle ihm alles. Dann ist dein Fettarsch keinen Cent mehr wert.«

Der Autor zog sich ganz langsam und vorsichtig zur Tür zurück. Er hatte schon von solchen Szenen gehört – gefährliche Irre, die tobsüchtig wurden. Manchmal hatten sie eine Waffe. Das konnte sehr übel ausgehen. »Ich komme später wieder, Mr. Stolli«, sagte er.

»Nimm die Hände von meiner Jacke«, knurrte Mickey Eddie an.

»Zur Hölle mit dir«, antwortete Eddie.

Sie begannen zu raufen.

Der Autor machte, dass er hinauskam, und knallte die Tür hinter sich zu.

Lucky blickte vom Schreibtisch auf.

»Haben Sie die Sicherheitsleute verständigt?«, fragte der Autor aufgeregt.

»Ich glaube, dass die beiden das untereinander bereinigen können. Sie nicht?«, fragte sie freundlich.

Kopfschüttelnd rannte der Autor hinaus. Er wurde fürs Schreiben bezahlt und nicht dafür, dass er sich in persönliche Fehden hineinziehen ließ, die handgreiflich ausgetragen wurden.

Kaum hatte sich Leslie von Madame Lorettas Herzlosigkeit erholt, als es an der Haustür klingelte.

Vorsichtig spähte sie durch den Spion. Vor der Tür stand eine Frau. Eine gut gekleidete, stark geschminkte Frau. »Ja«, rief Leslie durch die geschlossene Tür, »kann ich Ihnen helfen?«

»Wo ist Eddie?«, fragte die Frau gereizt.

»Nicht hier.«

»Scheiße. Wir waren verabredet.«

»Ich bin Mrs. Kane«, sagte Leslie und bemühte sich um das entsprechende Selbstbewusstsein. »Und wer sind Sie?«

»Kathleen Le Paul. Machen Sie doch die verdammte Tür auf.«

Zögernd öffnete Leslie Zentimeter um Zentimeter, hakte aber die Sicherheitskette nicht aus. »Was wollen Sie von meinem Mann?«, fragte sie.

»Eddie hat gesagt, dass er sich mittags mit mir treffen will«, sagte Kathleen. »Ich bin ja nicht nur zum Spaß hier rausgefahren. Hat er das Geld dagelassen?«

»Welches Geld?«

»Das Geld – für seine Lieferung. Ich habe ein Päckchen für ihn.«

»Wie viel schuldet er Ihnen?«, fragte Leslie neugierig.

»Fünfzehnhundert, bar«, antwortete Kathleen und dachte: Allmählich werde ich zu alt für diese Geschichten. Wenn sich Umberto Castelli nur von seiner fetten Kolumbianerin scheiden lassen und nach Los Angeles übersiedeln würde, dann könnte ich herrlich und in Freuden leben, anstatt Drogen zu verteilen.

»Er hat weder von Ihnen noch von Ihrem Geld etwas erwähnt«, sagte Leslie.

Kathleen klopfte ungeduldig mit dem in einem Chanel-Schuh steckenden Fuß auf den Gehsteig. »Schauen Sie mal nach«, sagte sie schroff. »Vielleicht finden Sie etwas, das er für mich dagelassen hat.«

Leslie machte ihr die Tür vor der Nase zu und lief ins Schlafzimmer. Tatsächlich lag ein Stoß Banknoten auf Eddies Kommode.

Einen Moment wusste sie nicht, was tun. Wenn sie das Päckchen nicht annahm, würde Eddie vielleicht wütend sein. Wenn sie es andererseits nahm und der Frau Geld gab, konnte das dieselben Folgen haben. Sie überlegte rasch und versuchte ihn über Autotelefon zu erreichen. Er meldete sich nicht.

Inzwischen hämmerte Kathleen Le Paul wieder an die Haustür.

Leslie rannte hinunter.

»Ich bleib doch nicht den ganzen Tag hier stehen«, beschwerte sich Kathleen Le Paul. »Haben Sie das Geld, oder haben Sie's nicht?«

Leslie holte tief Atem und entschloss sich zu zahlen. Sie ging zurück, zählte von den Scheinen auf Eddies Kommode fünfzehnhundert Dollar ab, marschierte hinunter und reichte der Frau das Geld.

Kathleen gab ihr das Päckchen und verzog sich.

Leslie trug es in die Küche, legte es auf den Tisch und schnitt es mit einem Küchenmesser auf.

Es enthielt einen kleinen Beutel aus durchsichtigem Pergamin, in dem ein weißes Pulver war.

Sorgfältig schlitzte Leslie den Beutel auf und kippte das Pulver auf den Tisch.

Kokain.

Es ruinierte ihr Leben.

Es nahm ihnen ihr Geld und zerstörte ihre Ehe.

Ihr war klar, was sie zu tun hatte.

42

Es war einfach fantastisch zu wissen, dass dies der letzte Tag ihres Fegefeuers war. Von morgen an war sie ein freier Mensch. Nicht mehr Luce, die stille, gehorsame kleine Sekretärin. In ein paar Stunden konnte sie in ihr wahres Ich zurückschlüpfen. Lucky Santangelo. Sieger auf ganzer Linie.

Es war Freitagmittag, und am Ende dieses Arbeitstages war sie dahin.

Sie wusste, was sie zuerst tun würde. Die verdammte Perücke und die scheußlichen Kleider verbrennen. Die abscheuliche Brille zerbrechen. Um ein Freudenfeuer herumtanzen und Dankgesänge anstimmen wie eine Verrückte.

Dann ab ins nächste Flugzeug nach New York, zu Lennie. Von Jess hatte sie erfahren, dass er in New York war, und Boogie war unterwegs, um ihn aufzuspüren.

Ah ... Sie konnte es kaum erwarten. Ein langes Wochenende miteinander war genau das, was sie beide brauchten. Ein sehr langes Wochenende im Bett, um die ganze Zeit nachzuholen, in der sie getrennt gewesen waren. Und während dieses Wochenendes würde sie ihm die große Neuigkeit beibringen.

Mein lieber Ehemann, ich habe dir ein Geschenk mitgebracht. Hoffentlich gefällt es dir.

Natürlich würden sie die Panther Studios gemeinsam leiten. Was für Aussichten!

Bald kam Bobby über die Sommerferien nach Hause. Er sollte mit seiner Nanny direkt nach Kalifornien reisen. Und Lennie hatte erwähnt, dass Brigette sich ihnen anschließen wollte. Es würde ein wunderbarer Sommer werden. Vielleicht konnte sie sogar Gino überreden, ein, zwei Wochen mit ihnen zu verbringen.

Als Eddie Kane wie ein Irrer durch ihr Büro raste, beachtete sie ihn kaum. Eddie Kane war Mickeys Problem, nicht das ihre. In Zukunft würde Mickey selbst eine Menge Probleme zu bewältigen haben. Und nicht das kleinste davon war, dass er ab Montagmorgen keinen Job mehr hatte.

Das war der Plan. Heute war ihr letzter Arbeitstag als Luce. Um sechs Uhr trafen sie und die beiderseitigen Anwälte sich in Abes Haus, um die letzten Papiere zu unterzeichnen. Und sobald alles verbrieft und gesiegelt war, gehörten die Panther Studios offiziell ihr.

Montagmorgen wollte Abe sich das Vergnügen machen,

den Verkauf selbst bekannt zu geben, das hatte er sich ausbedungen. Er hatte bereits ein dringendes Telegramm an seine zweite Enkelin Primrose und ihren Mann Ben Harrison nach London geschickt und sie zu der Konferenz befohlen.

Abe hatte beschlossen, das Studio nach zehn Jahren zum erstenmal persönlich zu besuchen. »Ich kann's kaum erwarten, ihre Gesichter zu sehen«, hatte er Lucky aufgeregt erklärt. »Kann's kaum erwarten, Sie der ganzen Bande zu präsentieren, Mädchen.« Wenn ihr nur das Wochenende mit Lennie blieb, war sie zu allem bereit.

Der Lärm in Mickey Stollis Büro nahm zu, hörte sich gefährlich an. Müßig fragte sie sich, wer da wohl Prügel bezog? Sie würde ihr Geld auf Mickey setzen. Er war zwar kleiner und älter als Eddie, aber er hatte Kraft. Mickey hatte das Kämpfen auf der Straße gelernt. Das hatte sie ihm auf den ersten Blick angesehen.

Ihr Wechselsprechgerät summte wie verrückt. »Rufen Sie die Sicherheitsleute!«, schrie Mickey. »Sie sollen sich beeilen!«

Deutlich hörte Sie Eddies erhobene Stimme. »Spiel nicht mit mir, Mickey, du spielst mit dem Falschen!«

»Ich spiele mit dem Falschen?«, brüllte Mickey. »Ich? Krieg dich wieder ein, Blödmann, und geh mir aus den Augen, verdammt!«

Lucky rief beim Haupteingang an. »Schicken Sie bitte jemanden von der Sicherheit in Mr. Stollis Büro.«

»Ist fast schon unterwegs, Ma'am«, antwortete einer der Sicherheitsleute. »Ist es dringend?«

»Hängt davon ab, was Sie dringend nennen«, sagte sie gelassen.

»Lebensbedrohlich?«

»Kaum.«

Noch bevor der Sicherheitsmann da sein konnte, stürmte Eddie Kane mit blutiger Nase aus Mickeys Büro.

Hm, dachte Lucky, ich hab also Recht gehabt. Es ist immer der ehemalige Straßenjunge, der gewinnt. Eddie war ein bisschen zu weich in den Knien. Zu wenig Schlaf und zu viel Kokain.

Mickey kam fast schwarz vor Wut aus seinem Zimmer. »Sie blöde Möse!«, brüllte er. »Lassen Sie nie wieder jemanden ohne meine ausdrückliche Anweisung zu mir rein! Und wenn Sie sich vor meine Tür schmeißen und sie auf Ihnen rumtrampeln müssen, Sie lassen nie wieder jemanden rein! Habe ich mich klar ausgedrückt?«

»Nein«, sagte sie gelassen und bemühte sich, die Tatsache zu ignorieren, dass er sie blöde Möse genannt hatte. Niemand, der Lucky Santangelo eine blöde Möse nannte, überlebte.

»Was?«, bellte er.

»Nein, ich verstehe Sie nicht«, wiederholte sie. »Ich erlaube niemandem, auf mir herumzutrampeln. Und ganz sicherlich begebe ich mich Ihretwegen nicht in Lebensgefahr.«

Er starrte sie ungläubig an. Eine Sekretärin? Die ihm widersprach?

»Legen Sie es darauf an, hinausgeworfen zu werden oder was?«, sagte er fassungslos und hüpfte fast auf und nieder.

Sie zuckte mit den Schultern. »Tun Sie, was Sie nicht lassen können. Es liegt ganz an Ihnen.«

Er konnte kaum glauben, was er da hörte. Bis zu diesem Moment war sie die perfekte Sekretärin gewesen. Sie hatte Anrufer abgewimmelt, hatte sich um seine Termine gekümmert, ihm Kaffee gekocht, seine Säfte ausgepresst. Wenn er es ihr befohlen hätte, hätte sie ihm auch die Eier massiert. Und jetzt riskierte sie eine Lippe. Du lieber Himmel!

Er stürmte in sein Büro zurück und knallte die Tür zu. Wann, zum Teufel, kam Olive zurück?

Lucky aß zum letztenmal als Luce in der Kantine.

Als sie fertig war, schlenderte sie zu Harry Brownings Tisch hinüber und sagte: »Haben Sie was dagegen, wenn ich mich zu Ihnen setze?«

Er blickte auf und schien nicht sehr erfreut, sie zu sehen. »Ja, ich hab was dagegen«, antwortete er kurz.

»Ich möchte Ihnen etwas erklären«, sagte sie. Sie hatte Harry gegenüber ein schlechtes Gewissen, denn wenn sie geahnt hätte, dass er ein trockener Alkoholiker war, hätte sie ihn nie mit Alkohol traktiert an jenem schicksalhaften Lachsmousse-Abend. Sie setzte sich. »Harry ...«

»Mr. Browning für Sie«, fiel er ihr ins Wort.

»Ich bin sicher, dass Sie glauben, ich spiele eine merkwürdige Rolle.«

»Ich weiß, was Sie tun«, sagte Harry heftig. »Das ganze Studio weiß, was Sie sind.«

Sie zog eine Braue hoch. »Und was bin ich?«

»Sie sind Abe Panthers Spionin. Er hat Sie hergeschickt, damit Sie mit Mickey Stolli schlafen.«

Sie begann zu lachen. »Wie bitte?«

»Sie haben Brenda aus Eddie Kanes Büro gesagt, dass Sie mit Mickey Stolli schlafen«, sagte Harry wütend. »Jetzt weiß es das ganze Studio.«

Lucky erstickte fast. Der Gedanke, mit Mickey Stolli in die Federn zu kriechen, hatte diese Wirkung. »Machen Sie Witze? Das war doch ein Scherz.«

Harry trommelte mit den Fingern auf die Tischplatte. »Ein verdammt schlechter«, sagte er grimmig.

»Da haben Sie Recht«, stimmte sie ihm zu. »Aber was meinen Sie, wenn Sie sagen, das ganze Studio weiß es?«

»Brenda hat es allen erzählt. Allen Sekretärinnen, Boten, Assistenten. Und die haben es brühwarm weitergegeben.«

O wundervoll! Sie seufzte. Was für ein Ruf! Mit Mickey Stolli schlafen, dem Mann meiner Träume. »Und glauben alle im Studio auch, dass ich Abes Spionin bin?«, fragte sie.

»Nein«, antwortete Harry. »Das weiß nur ich. Ich nehme

an, deshalb schlafen Sie auch mit Mickey Stolli. Weil Mr. Panther es Ihnen befohlen hat.«

Jetzt wurde sie ärgerlich. »Lassen Sie das, Harry. Ich schlafe nicht mit Mickey. Am Montagvormittag wird alles aufgeklärt.«

»Ach wirklich?« Er sah sie misstrauisch an.

»Ja.« Sie nickte und stand auf. »Vergessen Sie nicht. Montagvormittag. Dann ist hier einiges los.«

Abigaile Stolli rief um drei Uhr an. Sie hatte eine unangenehme Stimme, scharf und herrisch, als müsse jeder, der sie hörte, sofort springen. »Wer ist da?«, fragte sie.

»Luce«, antwortete Lucky. »Und wer spricht bitte?«

»Mrs. Stolli«, sagte Abigaile hoheitsvoll. »Sind Sie die Neue?«

»Ich bin seit ein paar Wochen hier«, antwortete Lucky.

»Wann kommt Olive zurück?«, wollte Abigaile wissen, als sei es eine Zumutung für sie, überhaupt mit Lucky sprechen zu müssen.

»Bald«, antwortete Lucky.

»Haben Sie unseren Wagen bestellt?«

»Was für einen Wagen meinen Sie, Mrs. Stolli?«

»Unsere Limousine für die Premiere heut abend. Sie wissen doch wohl Bescheid?«

»Ich hatte keine Ahnung, dass Sie einen Wagen brauchen.«

Abigaile explodierte. »Mein Gott! Muss ich mich denn wirklich um alles selbst kümmern? Hat Mr. Stolli Ihnen nichts gesagt? Wir brauchen eine Studiolimousine. Meinen üblichen Fahrer. Und der Kühlschrank im Wagen muss mit Cristal-Champagner und Perrier-Wasser aufgefüllt werden. Oh, und außerdem muss er um halb sieben vor unserer Tür stehen. Nicht um sechs Uhr fünfundzwanzig und nicht um sechs Uhr fünfunddreißig. Um halb sieben. Veranlassen Sie das.«

Lucky kam zu dem Schluss, dass Abigaile und Mickey ein

perfektes Paar waren. Beide waren von überwältigendem Charme.

»Ich werde dafür sorgen, Mrs. Stolli«, sagte sie, ganz perfekte Sekretärin.

»Wo ist mein Mann?«, fragte Abigaile übellaunig.

Einen Moment lang war für Lucky die Versuchung sehr groß, ganz gelassen zu sagen: Warum versuchen Sie's nicht in Warners Apartment? Sie wissen doch, diese schwarze Polizeibeamtin von der Sitte, die er zweimal in der Woche bumst – der Himmel allein weiß, wie lange schon. Stattdessen antwortete sie jedoch: »Ich habe keine Ahnung, Mrs. Stolli. Aber ich werde ihm einen Zettel mit der Nachricht hinlegen, dass Sie angerufen haben.«

»Tun Sie das«, fauchte Abigaile und knallte den Hörer auf die Gabel.

Lucky rief bei der Fahrbereitschaft an. »Marty«, sagte sie, »Mrs. Stolli braucht für heut abend einen Wagen – nicht die große Limousine wie sonst. Sie hat um einen der kleinen Tourenwagen gebeten, okay? Er soll Punkt Viertel vor sieben vor ihrem Haus stehen. Danke.«

Da Mickey nicht im Büro war, telefonierte sie anschließend mit Boogie. »Haben Sie für heut abend eine Maschine gechartert?«

»Alles geregelt«, antwortete er.

»Und haben Sie Lennie gefunden?«

»Ja.«

»Was würde ich nur ohne Sie anfangen, Boogie?«

»Sie würden sich einen Haufen Schwierigkeiten einhandeln.«

Sie lächelte vor sich hin. Er hatte vermutlich Recht.

43

Mickey«, sagte Warner, »triffst du dich mit anderen Frauen?«

Er sah sie überrascht an. »Was für eine dumme Frage? Warum sollte ich mich wohl mit anderen Frauen treffen?«

»Ich frag ja nur«, sagte sie. »Ich darf doch fragen, oder?«

Ihm gefiel der Ton ihrer Stimme nicht. »Du kannst tun, was du willst, aber es bleibt eine verdammt dumme Frage.«

Warner starrte ihn an. Er hatte heute eine ganz miese Laune mitgebracht. Gewöhnlich respektierte sie seine Stimmungen und schlich dann auf Zehenspitzen um ihn herum, aber heute hatte sie etwas gehört, das sie beunruhigte und sehr beschäftigte. Einige Cops von der Sitte hatten sich über ein Bordell in den Hollywood Hills unterhalten. Ein erstklassiges Hurenhaus, das von einer Frau geleitet wurde, die unter dem Namen Madame Loretta bekannt war. Und im Umkleideraum hatten die Kollegen sich erzählt, dass viele wichtige und einflussreiche Leute aus der Filmbranche dort verkehrten. Einer der Namen, die erwähnt worden waren, war der von Mickey Stolli.

Mickey stand von Warners Bett auf. Der Sex war nicht besonders gewesen. Vielleicht war es Zeit, Schluss zu machen.

»Ich werde wirklich sauer, wenn du mir solche Fragen stellst«, sagte er verärgert. »Wenn ich darauf scharf wäre, könnte ich bei meiner Frau zu Hause bleiben. Wozu komme ich dann überhaupt zu dir?«

Warner fragte sich, ob Mickeys schlechtes Gewissen ihn so aggressiv reagieren ließ. Sie biss die Zähne zusammen und sagte nichts. Stattdessen ging sie in ihre winzige Küche und steckte den Wasserkessel ein.

»Wie wär's mit einer Tasse Kaffee?«, rief sie. Mistkerl! Sie war nicht bereit zu dulden, dass er zu anderen Frauen ging – und ganz besonders nicht zu Huren. Auf keinen Fall.

»Willst du mich umbringen?«, beklagte er sich und folgte ihr in die Küche. »Diese Mengen Coffein, die sie in den Kaffee reintun. Ich muss auf meine Diät achten.«

Sie verbiss sich eine heftige Antwort. Mickey achtete nur auf seine Diät, wenn es ihm in den Kram passte. Wen wollte er zum Narren halten? »Hast du an meine Karten für heut abend gedacht?«, fragte sie gepresst.

»Wie?«, Mickey machte ein schuldbewusstes Gesicht.

Sie verließ die Küche. »Du hast mir Karten für die Premiere von *Motherfaker* versprochen. Erinnerst du dich?«

»O Jesus!«, murmelte er hinter ihr. Natürlich hatte er es vergessen, und sie hatte ihn schon vor Monaten darum gebeten, da Johnny Romano einer ihrer Lieblingsschauspieler war. Scheiße. Er hatte ihr ein Foto mit Autogramm von Johnny besorgt. Reichte das nicht? Jetzt wollte sie auch noch Karten für die gottverdammte Premiere.

Er griff nach dem Telefon. »Luce«, sagte er, als seine idiotische Sekretärin sich meldete. Montagmorgen würde er sie feuern; sofort. Und sie durch Brenda ersetzen, das hübsche schwarze Mädchen aus Eddie Kanes Büro. Dann hatte er wenigstens keine Vogelscheuche mehr im Vorzimmer.

»Ja, Mr. Stolli?«

»Besorgen Sie mir zusätzlich noch vier Karten für die Premiere heut abend. Es brauchen nicht die besten Plätze zu sein. Und ich möchte sie – eh – Scheiße! Am besten schicken Sie einen Boten zu – eh ...« Er hielt die Hand über die Sprechmuschel. »Ich kann ihnen doch nicht deine Adresse angeben, Warner. Wo soll ich die Karten hinschicken lassen?«

»Und warum kannst du ihnen nicht meine Adresse angeben?«, fragte Warner kriegerisch.

Langsam fing sie wirklich an, ihm auf die Nerven zu gehen. »Weil's nicht besonders klug wäre.«

»Ich hole sie ab«, sagte sie. »Hab heute sowieso in der Gegend zu tun.«

Die Vorstellung, dass Warner in seinem Büro auftauchte, um die Karten für *Motherfaker* abzuholen, beschwor ein Bild in ihm herauf, das er sofort wieder verdrängte. »Am besten ist es, ich lasse sie unter deinem Namen an der Kinokasse hinterlegen«, sagte er hastig.

»Wenn du willst.«

»Sie sollen unter dem Namen Franklin an der Kinokasse hinterlegt werden«, knurrte er ins Telefon, legte auf und drehte sich zu ihr um.

»Mit wem gehst du eigentlich?«

Sie sah ihn finster an. »Keine Sorge, Mickey. Ich werde weder dir noch deiner Frau in die Nähe kommen.«

Ihm gefiel nicht, wie sie das sagte, und auch nicht, wie ihre Beziehung sich entwickelte. Er hatte gedacht, Warner sei anders, stelle keine Ansprüche. Aber am Ende waren alle Frauen gleich. Am Ende nörgelten sie alle und wollten mehr, als jeder vernünftige Mann zu geben bereit war.

»Okay, okay«, sagte er und griff nach seinen Sachen. »Ich muss mich anziehen und dann verschwinden.«

Die Szene mit Eddie hatte ihn durcheinander gebracht. Er hasste Szenen, von einem Faustkampf ganz zu schweigen. Gott allein wusste, was Eddie als Nächstes tun würde, labil wie er war. Wenn Leslie kein so blödes Weibsstück wäre, hätte sie ihn längst in eine Entziehungsklinik gebracht. Auf der Rückfahrt ins Studio war Mickey unzufrieden und rastlos. Dann entschloss er sich zu einem Umweg und fuhr zu Madame Loretta. Er hatte inzwischen begriffen, dass Ford Werne Recht hatte. *Zahl dafür, und du kriegst nie Kummer. Zahl dafür, und dein Leben gehört dir.*

Madame Loretta begrüßte ihn herzlich. Keine Auseinandersetzungen. Keine Bitten um Eintrittskarten. Keine Fragen.

»Wen haben Sie heute für mich?«, fragte er, als unterhalte er sich mit einem Fleischer im Supermarkt, um sich das beste Stück Fleisch auszusuchen.

»Eine bildhübsche Orientalin«, antwortete Madame Loretta. »Sehr nett. Sehr süß. Sehr talentiert. Sie wird Ihnen bestimmt gefallen.«

»Ja«, sagte Mickey, der sich verwöhnen lassen wollte. »Das wird sie bestimmt.«

Eddie rief Kathleen Le Paul von seinem Autotelefon aus an. »Ich hab's vergessen«, sagte er. »Tut mir Leid.«

»Alles bestens«, antwortete Kathleen ruhig. »Ihre Frau hat mir das Geld gegeben.«

Eddie war geschockt. »Tatsächlich?«

»Es war doch für mich bestimmt, oder?«

»Ja, ja, klar. Ich musste schnell ins Studio. Unerwartet.«

Kathleen seufzte tief. »Eines schönen Tages müssen Sie mal Ihr Leben in Ordnung bringen, Eddie.«

»Das haben Sie leider unmöglich gemacht.«

»Was meinen Sie damit?«

»Sie haben mich mit Carlos Bonnatti bekannt gemacht, und jetzt steck ich in furchtbaren Schwierigkeiten.«

»In was für Schwierigkeiten?«

»Sagen Sie mir bloß nicht, dass Sie nichts gehört haben. Die ganze Stadt weiß es.«

Kathleens Stimme hatte einen stählernen Unterton. »Was haben Sie gemacht? Ihn bestohlen?«

»Ich hab versucht, mir meinen Lebensunterhalt zu verdienen«, verteidigte er sich. »Das ist alles, nur meinen Lebensunterhalt. Ist das 'n Verbrechen? Das Studio wird bezahlen.«

»Eddie, Eddie, Sie lernen es nie, oder? Mit einem Mann wie Carlos Bonnatti spielt man nicht. Man kann am Ende sehr leicht tot sein.«

Jesus Christus! Eddie Kane hatte keine Lust zu sterben. Vielleicht blieb ihm nichts anderes übrig, als zu verschwinden. Er dachte daran, nach Hawaii zu flüchten, wo es ihm damals so gut gegangen war. Haufenweise billige Drogen und hinreißende Mädchen.

Aber Moment mal! Vergaß er da nicht Leslie? Was sollte er mit ihr anfangen?

Jesus! Wie hatte er seinen Karren nur so tief in den Dreck fahren können?

Warum hatte er sein wunderschönes Leben kaputtgemacht?

Der Anruf ihrer Schwester überrumpelte Abigaile völlig. »Was ist eigentlich los?«, kreischte Primrose aus London über den Ozean.

Abigaile zitterte vor Zorn. Es gelang Primrose immer wieder, ihr das Gefühl zu geben, sie sei an allem schuld. Was war nur aus den Höflichkeiten geworden, mit denen man sich früher begrüßte? Zum Beispiel: »Wie geht es dir? Sind deine Kinder gesund?« Nein, Primrose kam sofort zur Sache, als fordere sie von Abigaile eine Erklärung.

»Ich habe keine Ahnung, wovon du sprichst«, fauchte sie.

»Von dem Telegramm«, antwortete Primrose nicht besonders geduldig.

»Von welchem Telegramm?«

»Ach, um Himmels willen! Du willst doch nicht wirklich so tun, als wüsstest du nichts davon? Ben ist wütend.«

Abigaile sagte langsam und deutlich, um sicherzugehen, dass ihre Schwester jedes Wort verstand: »Primrose, ich habe absolut keine Ahnung, was für ein Problem du hast.«

»Ben und ich haben heute von Großvater ein Telegramm bekommen«, sagte Primrose so vorwurfsvoll, als müsse Abigaile davon wissen.

Abigaile war überrascht. »Ach, wirklich? Und was steht drin?«

»Dass er uns am Montagvormittag bei einer dringenden Konferenz im Studio zu sehen wünscht.«

Abigaile runzelte die Stirn. Hatte das etwa mit ihrem letzten Besuch beim alten Abe zu tun? Wollte er Primrose und Ben darüber informieren, dass Mickey versuchte, das Studio ohne sein Wissen zu verkaufen?

Sie seufzte. »Ich habe wirklich keine Ahnung, um was es geht.«

»Es passt uns gar nicht, mehr kann ich dazu nicht sagen«, schnaubte Primrose. »Ist dir klar, dass wir morgen früh abfliegen müssen? Da bleibt mir kaum Zeit zu packen. Und ich muss die Kinder irgendwo unterbringen. Es ist eine Schande.«

»Ich kann dich ja zurückrufen«, schlug Abigaile vor, die gern auflegen wollte. »Ich ruf Mickey an und frag ihn, was er darüber weiß.«

»Fein«, sagte Primrose schnippisch.

Abigaile legte auf. Am einfachsten wäre es gewesen, sich sofort mit dem Großvater in Verbindung zu setzen. Unglücklicherweise hatte sie nicht den Mut dazu. Abe würde ihr hitzig ein paar Grobheiten und Beleidigungen an den Kopf werfen, zum Beispiel: »Halt dich da raus, Mädchen, es geht dich überhaupt nichts an, verdammt!«

Sie wählte noch einmal Mickeys Nummer und bekam wieder seine neue Sekretärin an den Apparat. »Ist er schon zurück?«, fragte sie ungeduldig.

»Nein, Mrs. Stolli.«

»Und Sie wissen wirklich nicht, wo er steckt? Die Sache ist wichtig!«

Unwiderstehlich, dachte Lucky. »Nun ja – ich habe eine Nummer, bei der Sie's versuchen könnten …«

»Ich will sie haben«, sagte Abigaile, jeden Widerspruch im Keim erstickend.

»Einen Moment bitte.«

Lucky sauste in Mickeys Büro und suchte aus seinem privaten Telefonverzeichnis Warner Franklins Nummer heraus.

Du bist ein gemeines Miststück, Santangelo.

Na und? Der Kerl hat mich Möse genannt. Das ist seine Strafe.

Sie ging zum Telefon zurück und gab Abigaile die Nummer von Warner Franklin.

Abigaile wählte und erwartete, mit irgendeinem Büro verbunden zu werden. »Ist Mr. Stolli bei Ihnen?«, fragte sie herrisch, als eine Frau sich meldete.

»Wer spricht dort?«, fragte Warner.

»Ich bin seine Frau.«

»Wollen Sie mich sprechen?«, fragte Warner.

»Wie bitte, ich verstehe nicht«, sagte Abigaile.

»Ich wollte wissen, ob Sie mich sprechen wollen?«

Es war ein für Abigaile äußerst verwirrender Tag. »Nein, ich will nicht Sie sprechen«, sagte sie missmutig. »Wessen Sekretärin sind Sie?«

»Ich bin niemandes Sekretärin. Ich bin Warner Franklin.« Sie sagte ihren Namen, als müsse Abigaile wissen, wer sie war.

»Sind Sie Schauspielerin?«, fragte Abigaile, die sofort Unrat witterte.

»Nein, ich bin nicht Schauspielerin. Ich bin Polizeibeamtin.«

»Eine Polizistin?«

»Das ist richtig.«

Abigaile war verwirrt.

»Außerdem bin ich die Geliebte Ihres Mannes«, fügte Warner ganz gemächlich hinzu, denn sie fand, es sei an der Zeit, dass Mickeys Frau von ihrer Existenz erfuhr.

44

Am Freitagnachmittag erhielt Venus Maria mit Boten IBM-Aktien im Wert von zwanzigtausend Dollar, ausgestellt auf ihren Namen. Als sie verhältnismäßig früh aus dem Studio nach Hause kam, wartete ein großer Umschlag auf sie. Außer den Aktien enthielt er eine Tiffany-Karte von Martin mit seinem handgeprägten Namen. Auf der Karte stand: *Sag bloß nicht, dass ich nie meine Schulden bezahle.*

Venus Maria musste lachen. Natürlich konnte Martin sich so etwas leisten, aber es war hübsch zu wissen, dass er sich erinnerte. Es war auch sehr klug von ihm, die Schuld zu begleichen, ohne ihr Bargeld anzubieten.

Wie sollte sie reagieren. Es musste etwas Originelles sein. Ron hatte immer eine ganze Menge großartiger Ideen, also rief sie ihn an.

Er war natürlich nicht zu Hause. Er und das Ken-Püppchen waren zum Shopping bei Fred Segal auf der Melrose Avenue und wurden frühestens in zwei bis drei Stunden zurückerwartet.

Hm. Wahrscheinlich kaufte Ron seinem Liebhaber, der bei ihm lebte, wieder einen Haufen neuer Sachen. Er verstand etwas vom Geldausgeben.

Sie überlegte, wen sie sonst noch anrufen könnte. Unglücklicherweise hatte sie keine engen Freundinnen. Das war in ihrer Position ein bisschen schwierig. Sie war reich, jung und berühmt. Sie hatte alles, was die meisten anderen Frauen in Hollywood sich wünschten. Man beneidete sie.

Da waren natürlich noch die Ehefrauen der Manager, doch Abigaile Stolli und ihresgleichen als Venus Marias Busenfreundinnen? Das war kaum vorstellbar. Sie schienen nur an Wohltätigkeit, Designermoden und ausgedehnten gemeinsamen Mittagessen interessiert, bei denen sie alles durchhechelten, was in der Stadt Rang und Namen hatte.

Wie schön, wenn sie nur eine einzige enge Freundin gehabt hätte, der sie sich anvertrauen konnte. In Brooklyn aufgewachsen, war sie immer anders gewesen als andere Mädchen. Während sie im Drugstore an der Ecke herumsaßen, ins Kino und zu Rockkonzerten gingen, Soda tranken und mit Jungs flirteten, musste Venus Maria nach der Schule sofort heimrennen, um ihre zahlreichen Pflichten zu erledigen. Für ihren Vater und die Brüder zu sorgen, war sehr anstrengend. Manchmal fühlte sie sich wie ein modernes Aschenputtel.

Keiner hatte auch nur ein einziges Wort des Lobes für sie. Dass sie für alle schuftete, war selbstverständlich.

Und dann hatte sie Ron kennen gelernt, den Jungen von nebenan. Den *Schwuli* von nebenan, dachte sie, hysterisch in sich hineinkichernd.

Sie hatten sich von Anfang an großartig verstanden. Zwei verwandte Seelen, die sich ausgerechnet in Brooklyn gefunden hatten.

Ron hatte sie ermutigt, auszubrechen, hatte sie auf wilde Ausflüge zum Times Square und dann hinunter zum Broadway mitgenommen, wo es ihnen großen Spaß machte, sich einfach treiben zu lassen. Ron und sie sprachen die gleiche Sprache. *Show biz.* Sie wussten beide haargenau, was sie wollten, und waren entschlossen, es auch zu erreichen.

Sie wollten richtige Stars und weltberühmt werden. Aber dazu würde es kaum kommen, wenn sie in Brooklyn blieben, also waren sie nach einiger Zeit zu anderen Ufern aufgebrochen.

Beide waren bereit, hart zu arbeiten. Venus Marias großer Traum war es seit jeher gewesen, zu singen, zu tanzen und zu spielen. Es war eine prickelnde Herausforderung, eine große Aufgabe. Sie bemühte sich immer, alles so gut zu machen wie möglich, und gewöhnlich gelang ihr das auch.

Ron liebte den Tanz, liebte es, neue fantastische Schrittfolgen zu erfinden. Harte Arbeit und Zähigkeit hatten beiden die Anerkennung eingebracht, nach der sie strebten.

Venus Marias Vater und drei ihrer Brüder lebten noch im selben Haus in Brooklyn. Sie hatte sich erboten, ihnen etwas Besseres zu kaufen. Sie hatten abgelehnt, wenn auch ihr Vater gesagt hatte, gegen einen neuen Wagen hätte er nichts einzuwenden, und ihre Brüder meinten, sie könnten ein bisschen Bares brauchen. Zwei waren inzwischen verheiratet.

Venus Maria vermutete, dass jetzt ihre Frauen die ganze Arbeit machen mussten.

Sie hatte ihrem Vater einen funkelnagelneuen Chevrolet gekauft und jedem Bruder zehntausend Dollar in bar gegeben. Danke hatte keiner gesagt. Reizende Familie.

Und dann gab es noch Emilio, der ihr nach Hollywood gefolgt war, sich in ihrem Haus eingenistet und gejammert und gestöhnt hatte, als sie ihn bat zu gehen. Seit damals hatte sie kein Wort mehr von ihm gehört. Nicht einmal: »Danke, es ist nett von dir, dass du mir die Miete bezahlst. Es ist nett von dir, mir einen Wagen zu leihen.«

Okay, sie war reich, aber sie hatte auch hart gearbeitet, um dahin zu kommen, wo sie jetzt stand. Nie hatte ihr jemand etwas für nichts gegeben.

Sie nahm den Umschlag mit den Aktien ins Schlafzimmer mit – einen hellen, weitläufigen Raum mit Blick auf den obligatorischen Hollywood-Swimmingpool. Neben dem Schlafzimmer lag auf einer Seite das Bad, auf der anderen ihr verspiegelter Fitnessraum.

An der Innenwand ihres Schranks hing eine ins Riesenhafte vergrößerte Fotografie von ihr, die von Helmut Newton stammte. Es war ein interessantes Foto. Sie saß in einem fleischfarbenen Trikot auf einem Hocker. Die Beine hatte sie unter sich gezogen, den Körper nach hinten gebogen und den Kopf zurückgeworfen. Ihr Gesicht war nur im Profil zu sehen, aber sie wirkte sexy und unschuldig, zügellos und spröde, alles zugleich. Es war ihr liebstes Foto und stammte aus der Vor-Martin-Zeit.

Sie schnitt eine Grimasse, als ihr klar wurde, dass ihr Leben in zwei Phasen zerfiel. Die ohne Martin. Und die mit ihm.

Vielleicht war sie ohne ihn besser dran gewesen. Wer brauchte schon diese Besessenheit für einen Mann?

Sie drückte auf einen versteckten Knopf, die Fotografie glitt zur Seite, und dahinter kam ein mittelgroßer Safe zum Vorschein. Sie stellte die richtige Kombination ein und öffnete die Tür. Hier bewahrte sie ihren Pass, Aktien, Briefe von früheren Liebhabern und eine Fotografie von ihr und Martin auf. Cooper hatte das Foto eines Nachts hier im Haus aufgenommen. Es war das einzige Bild, das es von ihnen gab, und sie liebte es. Sie saßen in ihrem Wohnzimmer auf der Couch. Martin hielt sie im Arm, und sie blickte zu ihm auf. Es war ganz unverkennbar ein intimes Bild. Jeder, der es sah, begriff sofort, dass sie ein Liebespaar waren. Deshalb konnte sie es auch nicht rahmen und aufstellen. Es wäre zu riskant gewesen. Es wäre, als wollte sie in die Welt schreien: »Hallo, das ist mein Geliebter!« Und sie wollte nicht diejenige sein, die das Geheimnis ihrer Beziehung preisgab. Das musste Martin entscheiden.

Auf ihrem privaten Anrufbeantworter meldete sich Johnny Romanos Stimme. »Hallo, Baby«, rief er schmachtend, »du hast versprochen, zurückzurufen. Hier spricht Johnny. Du wolltest mir sagen, ob du mich heute Abend zu meiner Premiere begleitest.« Der jammervolle Aufschrei eines Superstars. Natürlich wäre es Johnny recht, mit ihr am Arm zu erscheinen. Sollte den Medien doch das Wasser im Mund zusammenlaufen bei dem Gedanken einer heißen Affäre zwischen Johnny Romano und Venus Maria. Endlich vereint. Was für ein Bild! Was für ein Ereignis. Ganz zu schweigen von der sensationellen Publicity für seinen Film.

Im Studio hieß es allgemein, der Film sei eine Bombe. Aber

hier war Hollywood, das Land der Täuschungen und der Reklametricks. Egal, wie dieser Film war, er würde ein Vermögen einspielen. Johnny Romano konnte auf den Rodeo Drive pissen und würde auch damit Geld machen.

Warum rief er überhaupt an? Sie hatte ihm nicht einmal gesagt, dass sie es sich überlegen würde, ob sie ihn begleiten wollte.

Ablehnungen geilten den Mann offensichtlich auf. Er rief sie ständig an, und sie sagte immer Nein. Warum machte er sich die Mühe? Er konnte jedes Mädchen haben. Wieso hatte er es so hartnäckig auf sie abgesehen?

Sie legte ihre IBM-Aktien in den Safe und schloss ihn wieder.

Dann zwickte sie, obwohl sie selbst nicht wusste warum, ganz leicht ihr Gewissen, und sie wählte die Nummer von Emilios Apartment.

Er ging mit der Zeit und hatte sich auch einen Anrufbeantworter angeschafft. »Emilio Sierra ist nicht zu Hause«, lautete die Ansage. »Aber Emilio Sierra wüsste sehr gern, wer ihn angerufen hat. Er ruft dann zurück. Vergessen Sie nicht, Ihre Nummer zu hinterlassen.«

Sie wartete auf den Pfeifton und sagte dann kurz: »Emilio, hier spricht Venus. Wollte nur wissen, ob du dich schon eingewöhnt hast.«

Pflichtanruf. Das war erledigt. Natürlich war sie ihm nichts schuldig, aber dennoch ...

Da sie schon in Familie machte, beschloss sie, ihren Vater in New York anzurufen. Er hatte ihren Erfolg nie zur Kenntnis genommen. Zwar hatte er nichts gegen den Scheck, den sie ihm jeden Monat schickte, aber nie kam ein Wort des Lobes über seine Lippen. Zu ihrem größten Ärger suchte sie noch immer nach seiner Anerkennung. Es war eine schon im voraus verlorene Schlacht.

Er war bestimmt zu Hause, saß vor dem Fernseher, bierbäuchig, mit einer Dose Heineken-Bier, einer großen Peperonipizza und zwei Beuteln mit Kartoffelchips.

»Hallo, Dad, hier ist Venus«, meldete sie sich, als er abhob.

»Virginia?« Er lehnte es ab, sie mit ihrem Künstlernamen anzureden.

»Ja. Wie geht's denn so, Dad? Hab mir gedacht, fragst schnell mal nach.«

»Kann nicht klagen«, sagte ihr Vater mürrisch. »Warum rufst du an?«

Warum rief sie tatsächlich an? Er hatte ihre Nummer, doch er hatte sie noch nie angerufen. Oder doch – ja, ein einziges Mal bisher, als er sich über eines ihrer Videos beschwerte. »Du schaust da drauf aus wie 'ne kleine, billige Hure!«, war er explodiert. »Was glaubst'n du, wie das auf meiner Arbeitsstelle is? Die Jungs ziehen mich dauernd auf.«

Das war am Anfang gewesen. Als dann das Geld zu fließen begann, schienen ihn die Hänseleien nicht mehr so zu stören.

»Ich rufe an, weil ich wissen möchte, was ihr so alle macht«, sagte sie tonlos, weil sie sich zurückgestoßen fühlte – wie immer. »Es ist nichts Wichtiges.«

»Wir sind okay«, sagte er mürrisch. »Könnten ganz gut noch ein bisschen Geld brauchen.«

Na ja, die alte Leier. »Okay, okay, ich schick euch was«, sagte sie mit einem Seufzer. Und damit war das Gespräch beendet.

Wenn Martin Swanson Deena verließ und sie heiratete, würde die Hochzeit zu einem einzigartigen Spektakel werden. Sie sah förmlich vor sich, wie ihr Vater und ihre Brüder sich unter die New Yorker High Society und die Crème von Hollywood mischten.

Gott, war sie hungrig. Manchmal war Ruhm wirklich lästig. Wäre sie nicht so berühmt, könnte sie in ihren Jeep springen, zu Fred Segal hinunterrasen, Ron und das Ken-Püppchen ausfindig machen und sich mit ihnen im Restaurant köstliche

Clubsandwichs reinziehen. Aber wenn sie, Gott behüte, nicht geschminkt und ihr Haar nicht frisch gestylt war, würden die Leute sofort sagen: »Oh, schau doch, da ist Venus Maria. Aber sie sieht in Wirklichkeit längst nicht so gut aus wie auf ihren Videos oder im Film, nicht wahr?« Und andere würden sie umzingeln und sie um Autogramme bitten. Sie war immer höflich, aber dann wurde das Gedränge doch zu groß. Und sie lebte in der Angst, dass plötzlich wie aus dem Nichts irgendein Verrückter auftauchte, »Hure!«, schrie und auf sie einstach, bis sie tot war.

Nur jemand, der genauso berühmt war wie sie, konnte ihre Ängste verstehen. Cooper zum Beispiel. Cooper hatte für alles Verständnis. Im Grunde war er der Einzige, mit dem sie wirklich reden konnte.

Strut war fast abgedreht. Ihre Szenen waren jedenfalls fertig. Es war schon komisch, denn während der Dreharbeiten hatten Cooper und sie ständig gestritten. Jetzt merkte sie, dass er ihr fehlte.

Das Ende einer Filmarbeit war immer schwierig. Während der Dreharbeiten wurde jeder zum Teil einer großen Familie – alle arbeiteten auf dasselbe Ziel hin. Und wenn es erreicht war, fühlte man sich plötzlich wie ein Stück Treibholz, hatte keine Familie mehr, auf die man sich verlassen konnte. Irgendwie tat es weh.

Sie beschloss, Cooper anzurufen.

Er war im Studio, in seinem Büro. »Was gibt es?«, fragte er munter.

»Ich wollte nur wissen, ob du heut abend zur Premiere gehst?«

»Bist du noch zu retten?« Er lachte. »Ich würde mir *Motherfaker* nicht ansehen, wenn man mich dafür bezahlt. *Mucho* Kohle.«

»Warum essen wir dann nicht einen Happen zusammen?«

»Meinst du vielleicht bei Spago?«, fragte er belustigt.

»Wenn du willst.«

»Das bedeutet, dass man uns fotografieren wird. Dich und mich zusammen«, warnte er. »Was wird Martin dazu sagen?«

»Ich erzähl ihm nicht alles, was ich tu«, antwortete sie abwehrend.

»Das ist schön zu hören. Wir essen bei Spago und amüsieren uns.«

Sie freute sich, hoffte jedoch, dass er keinen falschen Eindruck bekommen hatte. »Cooper, ich brauche jemanden, mit dem ich reden kann. Ich habe dich nicht angerufen, damit du mir an die Wäsche gehst.«

»Wann hab ich je versucht, dir an die Wäsche zu gehen?«, fragte er entrüstet.

»Du weißt ...«

»Schätzchen«, sagte er energisch, »mach dir keine Sorgen Wir werden in aller Ruhe essen. Wir werden reden. Ich bringe dich bis an deine Tür, mache kehrt, fahr nach Hause und hol mir einen runter. Ist es so recht?«

Sie musste lachen, ob sie wollte oder nicht. »Den Tag, an dem du dazu gezwungen bist, streich ich rot im Kalender an.«

»Sei nicht allzu sicher. Seit AIDS hinter jeder Ecke lauert, bin ich nicht mehr so interessiert.«

Sie glaubte ihm kein Wort. »O Cooper, bitte! Ich bin es, mit der du sprichst.«

Er lachte zerknirscht. »Ja, das stimmt wohl. Und du kaufst mir das nicht ab, oder?«

Sie lächelte vor sich hin. »Nein, ganz bestimmt nicht.«

»Wann soll ich dich abholen?«

»Um acht.«

»Ich werde da sein.«

Sie legte auf. Sie freute sich auf den Abend mit Cooper. Er war ein Freund. Doch er war auch Martins Freund, und wenn sie wollte, konnte sie die ganze Nacht mit ihm über Martin reden.

Und genau danach war ihr zumute.

45

Eddie rieb sich mit dem Handrücken über die Nase. Er spürte getrocknetes Blut. Die Demütigung, von Mickey Stolli zusammengeschlagen worden zu sein, war zu viel. Er war zu ihm gegangen und hatte erwartet, dass Mickey etwas tun werde. Mit Gewalttätigkeiten hatte er nicht gerechnet. Mickey Stolli war ein Mistkerl.

Der Maserati brachte ihn in Rekordzeit nach Hause. Er stürmte hinein, aufs Höchste erregt, bereit, um sich zu schlagen.

Leslie wartete auf ihn. »Ich hab mir schon Sorgen um dich gemacht«, sagte sie, ganz fürsorgliche Ehefrau.

Er wusste, dass er sie schlecht behandelte, aber er konnte nicht anders. »Wo ist das Päckchen?«, war das erste, das er sagte.

Leslie sah ihn an, mit großen Augen, offen und ehrlich.

»Ich habe die Frau bezahlt, die hier war«, erklärte sie mit unsicherer Stimme. »Du schuldest ihr nichts mehr.«

»Okay, okay, wo ist das Zeug?« Er war nicht in der Stimmung für Vorträge. Er brauchte seinen Stoff. Und schnell.

Sie sah ihn an. Seine bildhübsche Frau.

»Ich hab's weggeworfen, Eddie«, sagte sie leise. »Wir fangen ein neues Leben an.«

Abigaile rang auf dem ganzen Weg zu Warner Franklins Apartment nach Luft. Als sie in der Straße ankam, fuhr sie zweimal um den Block herum, weil sie keine Ahnung hatte, wo sie parken sollte. Abigaile ließ ihren Wagen seit so vielen

Jahren parken, dass sie nicht mehr wusste, wie sie es allein anstellen sollte. Endlich ließ sie den Mercedes auf einer roten Linie stehen, ging auf die Haustür zu und drückte auf die Klingel unter dem Schildchen mit dem Namen Franklin.

Eine merkwürdig körperlose Stimme sagte: »Dritter Stock bitte.«

Mit heftig klopfendem Herzen stieg Abigaile in den Lift. Was wollte sie eigentlich hier? Es war Wahnsinn.

Ein Blick auf Warner, und ihr blieb das Herz fast ganz stehen. Das war Mickeys Freundin? *Das* war die Frau, mit der er ein Verhältnis hatte? Diese einsachtzig große schwarze Riesin?

Jetzt begann Abigailes Herz gefährlich zu rasen. War das ein schlechter Scherz?

»Kommen Sie rein«, sagte Warner, die Mickeys Frau zum ersten Mal sah.

Abigaile war sicher, dass sie einen furchtbaren Fehler gemacht hatte. Man würde sie kidnappen, gefesselt in den Kofferraum eines Ford Taunus sperren, an einen verlassenen Ort verschleppen, aber Mickey würde sich weigern, Lösegeld zu zahlen. Dann würde man sie vergewaltigen, erschießen und über den Rand von Mulholland werfen.

»Lieber nicht«, sagte sie und wich zurück. »Ich habe mich geirrt.«

»Wieso geirrt?«, fragte Warner, die sie wie ein Turm überragte.

»Sie und mein Mann? Das ist unmöglich.«

»O Schätzchen, das ist sehr wohl möglich.«

Abigaile wich noch zwei Schritte zurück. »Nein.«

»Glauben Sie mir!«

Abigaile glaubte nie jemandem, der zu ihr sagte »glauben Sie mir«. Hastig machte sie kehrt und lief zum Lift. Sie betete darum, dass er schnell genug kam, bevor man sie überwältigt hatte.

»Wir sollten miteinander reden!«, rief Warner hinter ihr her.

»Nein«, antwortete Abigaile, die sich große Mühe geben musste, nicht total hysterisch zu reagieren. »Nein, das sollten wir nicht.«

Sie stieg in den Lift und drückte auf den Knopf. Wenn Mickey das erfuhr, würde er außer sich sein vor Zorn. Ihr hätte alles Mögliche passieren können.

In ihrem Mercedes ließ sie sich vor Schwäche vornüber aufs Steuer fallen. O Gott! Sie war in Sicherheit. Wenigstens das.

Nachdem sie ein paarmal tief durchgeatmet hatte, erinnerte sie sich, dass sie in den Schönheitssalon musste. Heute Abend war die Premiere von *Motherfaker*, und hinterher fand ein großes Wohltätigkeitsdinner statt.

In ihrer Panik vergaß sie, Primrose zurückzurufen. Sie vergaß, dass Abe ihre Schwester und ihren Schwager für Montagvormittag zu einer dringenden Konferenz ins Studio zitiert hatte. Sie fuhr direkt zu Ivanas und überließ sich dort Saxons zärtlichen und liebevollen Händen.

»Sie sind ein bisschen blass, Mrs. S.«, sagte Saxon, die blonde Mähne zurückwerfend und in seinen unanständig engen weißen Leinenhosen umherstolzierend.

»Ich hatte ein scheußliches Erlebnis«, gestand sie.

Er erhaschte einen Blick auf sein Spiegelbild und musterte sich. »Ach ja?«

»Ein sehr hässliches.«

»Sie müssen auf sich aufpassen, Mrs. S.«, sagte er ziemlich vage.

»Ich weiß.«

Sie wirkte erregt. »Soll ich Ihren Mann anrufen?«, fragte er beiläufig.

Das war das Letzte, was sie wollte. »Nein, nein, es geht mir gleich wieder gut«, versicherte sie ihm.

Er trat zurück, kniff die Augen zusammen und betrachtete sie im Spiegel. »Und wie wollen wir heut abend aussehen, Mrs. S.?«

»Es ist mir egal.«

Saxon machte sich an die Arbeit.

Als Mickey nach einer entspannenden Sitzung mit einer chinesischen Hure erfrischt wieder im Studio erschien, konnte Lucky es kaum erwarten, ihm die gute Nachricht zu übermitteln. »Mr. Panther hat für Montag, zehn Uhr, eine Konferenz einberufen«, teilte sie ihm mit. »Er wird persönlich anwesend sein und hat darum gebeten, dass Sie und Mrs. Stolli ebenfalls erscheinen. Er hat sich auch mit Ihrem Schwager Ben Harrison und seiner Frau in London in Verbindung gesetzt. Sie kommen ebenfalls aus England herüber. Ach ja, und ich habe eine Miss Franklin in der Leitung, die Sie sprechen möchte. Sie hat schon zweimal angerufen. Sagt, es sei wichtig.«

Mickey starrte seine Sekretärin an. Luce. Dieses mausgraue Wesen. Diese alte Vettel. »Scheiße!«, stieß er hervor, ehe er mit der Tür knallend in seinem Büro verschwand.

Mickey Stolli hatte keinen besonders guten Tag.

46

Die Fotografen, die vor dem Spago warteten, gerieten völlig aus dem Häuschen, als sie Cooper und Venus Maria entdeckten. Das war die Sensation, auf die sie gewartet hatten. Das magische Paar. Ein Bild von den beiden konnte unter Umständen ein paar tausend Dollar einbringen.

Venus und Cooper weigerten sich zu posieren. Sie versteckten sich aber auch nicht, wichen nicht erschrocken zurück. Hand in Hand schlenderten sie den kleinen Abhang zum Eingang hinunter und gaben den Fotografen Gelegenheit, eine Menge ausgezeichneter Bilder zu schießen.

Bernard am Empfang begrüßte sie mit einem freundschaftlichen Händedruck, und Jannis führte sie zu einem Fenstertisch.

Venus bestellte sofort eine eiskalte Margarita und eine von Wolfgangs berühmten Pizzas mit Räucherlachs und Sahnekäse.

Cooper amüsierte sich. »Ich hab gedacht, du gehörst zu den willensstarken Frauen. Du weißt schon, zu denen, die nie einen Bissen in den Mund nehmen, der zu den so genannten Dickmachern gehört.«

»Heut abend tu ich absolut nur, was mir Spaß macht«, antwortete sie unbekümmert.

Er nickte erfreut. »Heißt das, dass wir zusammen schlafen werden?«

Sie lachte laut auf. »Cooper! Du bist Martins bester Freund. Benimm dich auch so. Außerdem hast du's versprochen.«

»Du weißt, dass das ein Scherz war«, sagte er, Ida und Zeppo White zuwinkend, die mit Susie Rush und ihrem Mann beim Dinner saßen.

Sie lächelte. »Na klar.«

Cooper war fünfundvierzig, so alt wie Martin, doch er hatte etwas von einem kleinen Jungen an sich, und das gefiel ihr. Er mochte der berühmte Cooper Turner sein, aber für sie war er ein Freund – und ein guter.

»Wie gut kennst du Martins Frau?«, fragte sie betont beiläufig.

»Deena? Ich kenne sie schon genauso lange wie Martin. Kannte sie bereits, bevor sie verheiratet waren.«

»Wie ist sie?«

»Deena ist eine interessante Frau.«

»Inwiefern?«

»Sie hat Courage.«

»Wie ich?«

»Niemand hat so viel Courage wie du.«

Die Pizza kam, und Venus Maria machte sich darüber her. »Weiß sie von mir?«, fragte sie und kaute und schlang, als sei sie halb verhungert.

»Schau, Martin war nie der getreue Ehemann. Das habe ich dir schon gesagt. In seinem Leben haben viele schöne Frauen Gastspiele gegeben. Ich bin sicher, Deena weiß, was vorgeht. Sie ignoriert es einfach.«

»Ich bin nicht nur eine von vielen«, behauptete Venus Maria vehement.

»Das weiß ich.«

»Weißt du das bestimmt? Hat er es dir gesagt?« Sie trank von ihrer Margarita.

»Nein. Aber du könntest für keinen Mann nur eine von vielen sein. Du bist was Besonderes, Kleine.«

Cooper wärmte ihr das Herz. »Das glaubst du wirklich?«

»Ich weiß es.« Er nahm sein Glas und trank ihr zu. »Du bist ein Original.«

»Danke, Cooper. Da du das gesagt hast, weiß ich es auch zu schätzen.«

Ihr Ober störte sie und zählte ihnen die Spezialitäten auf.

Venus bestellte Ente in Pflaumensoße, Cooper begnügte sich jedoch mit einem dünn geschnittenen Steak.

»Übrigens«, nahm er das Gespräch wieder auf, nachdem sie beide bestellt hatten, »ich wollte dir etwas sagen.«

»Was denn?«, fragte sie lebhaft.

»Ich muss es zugeben – aber du kommst in den Mustern wirklich ganz groß raus. Ich weiß, ich wollte dich dauernd bremsen, aber was immer du in diesem Streifen tust, es funktioniert. Du hast es, Kleine. Was dieses ›Es‹ auch sein mag.«

Sie freute sich wie närrisch über sein Lob. »Das kommt nur daher, dass ich in den Händen eines guten Regisseurs war.«

»Du weißt genau, wie man einem Kerl schmeichelt, wie?«

»Ich weiß eine ganze Menge«, sagte sie herausfordernd.

Er nickte. »O ja.«

Mit einem ganz konzentrierten Gesichtsausdruck beugte sie sich über den Tisch. »Cooper?«

»Was?«

»Glaubst du, dass Martin sich je von Deena trennen wird?«

Er sah sie fragend an. »Sind wir wieder beim Thema?«

»Tut mir Leid.«

Er seufzte. »Möchtest du es?«

Sie schien nicht ganz sicher. »Manchmal denke ich, dass ich es mir mehr wünsche als alles andere auf der Welt, und dann weiß ich es wieder nicht so genau.«

»Du solltest dich entscheiden, denn was er auch tut, es hängt von dir ab.«

Er bestätigte ihr nur, was sie schon wusste. »Ich glaube, da hast du Recht.«

»Aber ich sag dir eins«, fügte er hinzu. »Wenn er sich entschließt, Deena zu verlassen, wird es nicht leicht sein. Die Dame hat Haare auf den Zähnen.«

Venus Maria straffte sich. »Ich aber auch.«

»Schätzchen, im Vergleich zu Deena bist du ein Waisenkind.«

Am anderen Ende der Stadt saß Emilio mit Dennis Walla in einem kleinen, voll gestopften Büro. Gemeinsam gingen sie noch einmal die jetzt auf Band gesprochene endgültige Fassung der Story durch. Emilio hatte alles erzählt, was ihm eingefallen war. Alles – angefangen bei der Farbe der Schlüpfer, die Venus Maria trug, bis zu ihrem Aussehen am Morgen.

Dennis war zufrieden, sie hatten eine gute Story. Aber er wollte trotzdem noch mehr wissen. »Wann zeigen Sie mir endlich das Foto, von dem Sie gesprochen haben?«, fragte er. »Wir brauchen es dringend.«

»Ich hole es.«

»Ich habe gedacht, Sie haben es bereits.«

»Ja, ich habe es, aber es ist an einem sicheren Ort«, antwortete Emilio, im Sessel lümmelnd. »Sie erwarten doch nicht, dass ich ein so wertvolles Foto einfach rumliegen lasse? Jemand könnte bei mir einbrechen. Jeder könnte es sich aneignen. Aber wir haben noch nicht über den Preis gesprochen.«

Dennis nahm sich eine Dose Bier und trank ausgiebig. »Der Preis hängt davon ab, was das Foto hergibt. Wenn es etwas taugt, kriegen Sie Ihr Geld.«

Emilio kratzte sich am Kopf. »Ich bringe es Ihnen bald«, versprach er.

Dennis kippelte ungeduldig mit dem Stuhl vor und zurück. »Ja, und zwar innerhalb der nächsten vierundzwanzig Stunden, wenn wir's veröffentlichen sollen.«

»Nur keine Sorge, morgen haben Sie's«, antwortete Emilio und dachte: Was, zum Teufel, verspreche ich da eigentlich? Er wusste, dass es ein Foto gab, er hatte es eines Tages gesehen, als Venus Maria so in Eile gewesen war, dass sie vergessen hatte, den Safe abzuschließen. Als er noch bei ihr wohnte, hatte es ihm großen Spaß gemacht, im Haus auf Entdeckungsreisen zu gehen, wenn sie nicht da war. Und dieser eine Tag war ein besonderer Glückstag gewesen. Er hatte den Safe-Inhalt inspiziert und das Foto von Venus und Martin Swanson entdeckt. Er hätte es damals sofort nehmen und kopieren lassen sollen. Aber das war ihm nicht eingefallen.

Jetzt ging es darum, in ihr Haus einzudringen, den Safe zu knacken und das Foto zu stehlen.

Obwohl Emilio ziemlich schlau war, wusste er nicht, wie er das anstellen sollte.

Dennis stand auf, gähnte und streckte sich. »Das war's für mich heut abend, Kumpel«, sagte er. »Mir reicht's.« Er zerdrückte die leere Bierdose in der Faust und warf sie in den Papierkorb.

Emilio nickte dankbar. Er hatte ein richtig heißes Rendezvous. Es war schon erstaunlich, wie anders die Frauen einen behandelten, wenn sie entdeckten, dass man Geld hatte. Er hatte bereits einen anständigen Wagen geleast und sich neue Klamotten gekauft.

Das Mädchen, mit dem er sich traf, war eine schrille kleine Tänzerin, die ihm noch vor zwei Wochen keinen zweiten Blick gegönnt hätte. Jetzt schnurrte sie: »Aber klar, Emilio, Schätzchen. Und wie gern!« Sie hieß Rita und war ein Bündel Dynamit. Halb Puertoricanerin, halb Amerikanerin, war sie Emilios Traummädchen. Sie sah ein bisschen wie Venus Maria aus, aber das tat die Hälfte aller Möchtegern-Videostars in L. A.

Dennis und Emilio schüttelten sich die Hand. »Bis morgen, Kumpel«, sagte Dennis und schlug ihm auf die Schulter. »Ich warte auf Ihren Anruf.«

Cooper Turner war ein guter Zuhörer. Sein Rat war immer konstruktiv. »Ich verstehe, was du durchmachst«, sagte er mitfühlend. »Du liebst den Burschen. Man kann nicht erklären, warum man sich ausgerechnet in bestimmte Leute verliebt. Du und Martin, ihr seid ein seltsames Paar. Du musst zugeben, dass es zwischen euch beiden überhaupt keine Gemeinsamkeiten gibt. Aber du liebst ihn, und ich verstehe.«

Venus Maria nickte wehmütig. »Ich wünschte, ich wüsste, warum ich ihn liebe.«

»Vielleicht suchst du eine Vaterfigur«, sagte Cooper weise. »Er ist zwanzig Jahre älter als du.«

»Das bist du auch, Cooper. Aber eine Vaterfigur sehe ich nicht gerade in dir.«

Er griff über den Tisch und nahm ihre Hand. »Und was siehst du in mir?«

Sie lächelte. »Einen sehr attraktiven Mann, der mir, glaube

ich, eine Menge bedeuten könnte, wenn es Martin nicht gäbe. Und zwar trotz des Rufs, den du hast.«

»Was für einen Ruf meinst du?«, fragte er lässig.

Sie begann zu lachen. »Du kannst es nicht verstecken, Coop, du bist ein richtiger streunender Kater. Du lebst so lange in dieser Stadt, dass es hier keine Frau über fünfunddreißig gibt, die du nicht gehabt hast – die verheirateten eingeschlossen.«

Coopers Augen glitzerten. »Das war früher, als ich noch jung war und es nicht besser wusste.«

»Und was bist du jetzt? Senil?«

»Soll ich einmal mit Martin reden?«, fragte er, energisch das Thema wechselnd. »Feststellen, was er wirklich fühlt?«

Venus warf die platinblonden Locken zurück. »Ich weiß, er ist verrückt nach mir. Aber ich schätze, ich hätte nichts dagegen zu erfahren, ob er für uns beide eine gemeinsame Zukunft für möglich hält.«

»Okay, ich tu's.«

»Tatsächlich?«

»Für dich – alles.«

»Aber kein Wort darüber, dass wir über ihn gesprochen haben, okay? Bringst du das fertig?«, fragte sie ängstlich.

»Ob *ich* das fertig bringe?«

»Nun? Ja oder nein?«

»Schätzchen, ich kann alles, was du von mir verlangst.«

Sie war plötzlich sehr ernst. »Ich vertrau dir, Cooper.«

Er erwiderte den Blick der großen braunen Augen. »Und das darfst du auch.«

Sie fuhren zu ihrem Haus zurück. Unwillkürlich musste sie daran denken, wie einfach alles wäre, wenn sie Cooper liebte. Aber nein, es musste Martin sein. Ausgerechnet Mr. New York höchstpersönlich.

»Darf ich mit reinkommen?«, fragte Cooper, als er anhielt.

»Hängt davon ab, was du dir davon versprichst.«

Er lächelte schief. »Ich verspreche mir eine Tasse Kaffee davon.«

»Dann rein mit dir.«

Zuallererst hörte sie den Anrufbeantworter ab. Er hatte mehrere Nachrichten gespeichert. Zwei waren beruflich, die dritte hatte Martin hinterlassen. »Hast du den Umschlag mit meiner Karte bekommen?«, fragte seine Stimme. »Ich begleiche meine Schulden immer.«

Die vierte Nachricht stammte von Emilio. »Hallo, kleine Schwester, nett von dir, mich anzurufen. Hab mich gefreut. Hab ziemlich hart gearbeitet und ein bisschen Bares gesammelt. Ist es okay, wenn ich morgen früh vorbeikomme, um es in deinen Safe zu tun? Danke. Ich möchte es nicht gern in meinem Apartment rumliegen lassen. Wir sehen uns.«

»Wer war das?«, fragte Cooper.

»Mein Bruder«, antwortete sie. »Der Himmel weiß, was er getan hat, um zu so viel Geld zu kommen, dass er's deponieren muss. Und warum eigentlich bei mir? Warum mietet er sich kein Schließfach in 'ner Bank?« Sie seufzte. »Familie! Ich kann dir sagen!«

Cooper nickte mitfühlend. »Ich weiß, was du meinst.« Er beobachtete sie, während sie im Zimmer hin und her lief. Ihm wurde unangenehm warm.

»Wie wär's mit einem Brandy?«, fragte sie. »Hab keine Lust, Kaffee zu kochen.«

Er stand abrupt auf. »Ich hab's mir überlegt. Ich fahre nach Hause. Muss morgen früh raus.«

»Bist du sicher?«

»Hör zu, wenn ich bleibe, falle ich wahrscheinlich über dich her. Also haue ich besser ab, solange wir noch auf gutem Fuß miteinander stehen. Einverstanden?«

Sie lachte. »Der Mann ist ehrlich.«

»Der Mann ist geil.«

»Tut mir Leid, dass ich nichts dagegen tun kann.«

Er sah sie traurig an. »Nein, es tut dir nicht Leid.«

»Du hast Recht.«

Sie begleitete ihn zur Tür, stellte sich auf die Zehenspitzen und küsste ihn auf die Wange. »Danke, Cooper, du warst heut abend ein echter Freund.«

Als sie allein war, dachte sie an Martin. Wenn man mit einem verheirateten Mann schlief, war das Schlimme daran, dass man nicht zum Telefon greifen und ihn anrufen konnte, wenn einem danach zumute war.

Rastlos öffnete sie den Tiefkühlschrank, holte sich eine Packung Eiscreme mit Schokochips heraus und rollte sich vor dem Fernseher zusammen.

Sie schlief bald ein.

Der heißeste junge weibliche Superstar in Amerika schlief allein.

47

Abe Panther hatte sich für das Treffen mit Lucky in Schale geworfen. Er trug weiße Hosen, ein weißes Hemd, einen blauen Blazer, und um den dünnen, faltigen Hals hatte er sich locker ein flottes rotes Tuch geschlungen. Für einen Achtundachtzigjährigen sah er hervorragend aus.

Lucky kam mit Morton Sharkey. Sie war aus dem Studio in das von ihr gemietete Haus gerast, hatte geduscht, sich das Haar gewaschen und sich geschminkt. Perücke, Brille und Kleider lagen im Bad auf dem Boden, bereit für die Verbrennungszeremonie, die sie noch durchzuführen gedachte, bevor sie nach New York abflog.

Abe begrüßte sie mit einer Umarmung und einem lausbubenhaften Blinzeln. »Jetzt ist es so weit, Mädchen«, jubelte er. »Jetzt ist es so weit.«

Sie erwiderte sein Lachen. »Das ist es, Abe. Sie sehen großartig aus.«

»Ich freu mich auf Montagvormittag«, sagte er. »Das wird eine echte Sensation.«

Inga erschien. Sie machte tatsächlich ein freundliches Gesicht. »Guten Abend, Lucky«, sagte sie.

Guten Abend, Lucky. Inga nahm endlich zur Kenntnis, dass sie existierte. Abe musste ihr ein schönes Sümmchen versprochen haben.

»Nun, Mädchen, sind Sie bereit zu übernehmen?«, fragte Abe. »Haben Sie schon feste Pläne?«

»Ich kann Ihnen heute so viel sagen, Abe, ich werde die Methoden von Panther ändern. Keine Filme mehr, in denen Frauen ausgebeutet und benutzt werden. Die Panther Studios werden ein Studio mit Chancengleichheit.«

Er kicherte. »Und Sie glauben wirklich, dass Sie damit Geld machen werden?«

»Manchmal«, antwortete sie bedächtig, »ist es wichtiger, zu seinen Prinzipien zu stehen, als Geld zu machen.«

Abe legte den Kopf auf die Seite. »Wissen Sie was, Mädchen? Ich hätte gar nichts dagegen, Ihren Vater einmal kennen zu lernen. Er hat Ihnen das Richtige beigebracht.«

Sie nickte. »Das hat er. Wenn er das nächstemal hier ist, essen wir alle zusammen.«

»Falls ich noch da bin.«

»Reden Sie keinen Unsinn. Sie werden ewig da sein.«

Die Anwälte standen wartend in Reih und Glied. Morton hatte zwei Assistenten mitgebracht; Abes Anwälte waren zwei nüchtern und sachlich aussehende Herren in dreiteiligen Anzügen.

Abe gestaltete die Unterzeichnung der endgültigen Papiere zu einer richtigen Zeremonie. Er hatte von Inga seine kostbarsten Gläser bereitstellen lassen, um mit erlesenem Champagner auf den Abschluss anzustoßen.

Bevor die Unterschriften geleistet wurden, überreichte er Lucky ein Etui von Cartier. »Das hab ich für Sie besorgt, Mädchen«, sagte er stolz. »Wollte, dass Sie ein Andenken an den heutigen Tag haben.«

Lucky war gerührt. Sie öffnete das Etui. Es enthielt eine wunderschöne Anstecknadel in Form eines goldenen Panthers. Auf der Rückseite waren die Worte eingraviert: *Für Lucky von Abe Panther. Mach sie fertig, Mädchen!*

Sie beugte sich zu ihm hinüber und küsste ihn. »Das ist ein wundervolles Geschenk, Abe. Ich werde es mit Stolz tragen. Und ich werde mich um Ihr Studio kümmern.« Ihre schwarzen Augen funkelten. »Darauf können Sie wetten.«

Schwungvoll unterschrieb Abe die Papiere, dann floss der Champagner.

»Dies ist das Ende einer Ära«, erklärte er, sein Glas erhebend. »Und der Beginn von etwas Neuem.«

»Es wird etwas Neues«, sagte Lucky. »Ich habe Ihnen ein Versprechen gegeben, und ich werde es halten. Die Panther Studios sollen wieder groß werden.«

Sie sahen sich in die Augen. Lucky Santangelo und Abe Panther. Beinahe sechzig Jahre trennten sie, doch sie bewegten sich auf der gleichen Wellenlänge.

Eine Stunde später fuhr Boogie sie zum Flughafen. Ihre wildesten Erwartungen waren übertroffen, sie glaubte auf Wolken zu schweben. Lucky Santangelo. Besitzerin und Präsidentin der Panther Studios. Verdammt noch mal! Wer hätte das je für möglich gehalten? Sie konnte es kaum erwarten, Lennies Gesicht zu sehen. Und nicht nur sein Gesicht.

Triumphierend bestieg sie das Charterflugzeug.

Boogie überzeugte sich, dass das Gepäck an Bord war, und stieg dann ebenfalls ein.

Es war eine klare Los-Angeles-Nacht. Lucky blickte aus dem Fenster, während der Jet über die Startbahn fegte und sich in den silbern bestirnten Himmel hob.

Sie bestellte beim Steward Champagner und brachte auf

das Lichtermeer, das sich wie ein schimmerndes Tuch unter ihr ausbreitete, einen Toast aus.

»Auf dich, L. A.«, sagte sie. »Und auf Panther.«

Ein neues Abenteuer fing an.

48

Die überlange weiße Limousine schlängelte sich durch die Massen zum Eingang von Grauman's Chinese Theater auf dem Hollywood Boulevard. Vom Gehsteig führte ein roter Teppich in das Filmtheater. Zu beiden Seiten des Teppichs standen Presseleute und Kamerateams aus vieler Herren Länder. Die wimmelnde Menge ergoss sich bis auf die Fahrbahn. Als die Menschen die weiße Limousine entdeckten, stieg ein vielhundertstimmiger Schrei auf. »Johnny! Johnny! Johnny! Wir wollen Johnny! Wir wollen Johnny Romano!«

In seiner Limousine sicher und geborgen, hörte Johnny Romano die Stammesgesänge. Lachend sah er seine Begleiterin an, eine hübsche junge Schauspielerin mit großen Brüsten und einem spitzbübischen Lächeln. Er hatte sie im letzten Moment angerufen, weil Venus Maria die Frau war, mit der am Arm er hier erscheinen wollte. Doch da Venus ihn nicht mit ihrer Anwesenheit beehrte, hatte er sich für dieses junge Ding entschieden.

Mit ihnen im Wagen saßen seine beiden treuen Leibwächter und sein Manager.

Als die Limousine anhielt, blieben sie ein paar Minuten sitzen, damit die Erregung draußen sich noch steigern konnte.

»Was ist los?«, fragte die Schauspielerin. »Warum warten wir?«

»Vorspiel«, antwortete Johnny mit einem bedeutungsvollen Blinzeln.

Zuerst stieg der Manager aus, ihm folgten die beiden Leibwächter, dann kam Johnnys Begleiterin und endlich der große Johnny Romano selbst.

Ein hysterischer Aufschrei der Menge empfing ihn.

Johnny begrüßte seine Fans mit einem königlichen Winken, blieb ein paar Sekunden neben der Limousine stehen und schritt dann, von seinen Leibwächtern flankiert, über den roten Teppich; seine Begleiterin trippelte hinter ihm her, und sein Manager bildete den Schluss der kleinen Karawane. Reporter und Kamerateams baten ihn um einen Augenblick von seiner Zeit.

Er ignorierte alle, bis er zum Team von *Entertainment Tonight* kam. E.T. war seine Lieblingssendung im Fernsehen. Er sah sie sich jeden Abend an.

Jeannie Wolf wartete mit dem Mikrofon und einem Begrüßungslächeln auf ihn. »Sind Sie mit dem Film zufrieden, Johnny?«, fragte sie.

»Hallo, Jeannie, wie nett, Sie zu sehen«, sagte er, gekonnt Mr. bescheidener Filmstar spielend. »Wie geht's denn so? O ja, ich bin recht zufrieden. *Motherfaker* wird viele Leute mächtig überraschen. Ich hab *mucho* harte Arbeit hineingesteckt. Meinen Fans wird der Film gefallen. Meiner Mutter wird er gefallen. Mein Vater wird ausflippen vor Begeisterung.«

Die Menge schrie ihr Einverständnis heraus. Sie wollte, dass Johnny ein Hit war, und machte kräftig Stimmung für ihn.

Jeannie lachte höflich.

Johnny warf einen langen, intensiven Blick direkt in die Kamera. »Ihr alle da draußen, geht und kauft euch Karten für *Motherfaker.* Ihr werdet euch gut unterhalten. Das ist ein Versprechen von Johnny.«

»Danke, Johnny«, sagte Jeannie.

»Danke, Jeannie«, sagte Johnny und winkte seinen Fans, bevor er, ein Urbild der Männlichkeit, im Kino verschwand.

Den Hollywood Boulevard entlangkriechend, in einem dichten Verkehrsstau steckend und zusammengepfercht in einem kleinen Sedan, waren Abigaile und Mickey Stolli zur Premiere unterwegs. Sie hatten während der ganzen Fahrt aufeinander herumgehackt. Zuerst war der Wagen zu spät gekommen, und dann war Abigaile ausgeflippt, als sie merkte, dass man von ihr erwartete, in einem Mittelklassewagen zur Premiere zu fahren. Sie hatte einen regelrechten Anfall bekommen und den Fahrer, einen arbeitslosen Schauspieler, so angeschrien, dass er um ein Haar auf der Stelle gekündigt hätte.

»Nie habe ich einen solchen Wagen bestellt!«, hatte sie geschrien. »In meinem ganzen Leben habe ich noch nie in einem solchen Vehikel gesessen! Wo ist meine große Limousine?«

»Es steht auf dem Anforderungsbogen, Ma'am«, hatte der Fahrer höflich erwidert. »Das ist der Wagen, den Sie bestellt haben.«

Abigaile kniff die Augen zusammen, natürlich gab sie wieder einmal Mickey die Schuld. »Ich bringe deine Sekretärin um. Sie ist eine Idiotin. Und du bist schuld.«

»Reg dich nicht auf«, hatte Mickey gelassen erwidert. »Sie fliegt am Montag sowieso.«

»Montag ist nicht früh genug«, sagte Abigaile unheilvoll und wandte sich dann wieder an den Fahrer. »Warum kommen Sie so spät?«

»Viertel vor sieben, Ma'am. Man hat mir gesagt, ich soll Viertel vor sieben hier sein.«

»Ich habe den Wagen Punkt halb sieben erwartet«, sagte Abigaile mit zusammengebissenen Zähnen.

Mickey hatte mit den Schultern gezuckt. Er hatte andere Probleme im Kopf. Er konnte es nicht brauchen, dass auch noch Abigaile herumschrie.

Sie wollte, dass er den Wagen zurückschickte und eine Limousine holen ließ, doch er machte sie darauf aufmerksam, dass dazu keine Zeit mehr war. »Der Fahrer wird das in Ordnung bringen, während wir im Kino sind«, versicherte er ihr. »Wenn der Film zu Ende ist, wird auch die Limousine bereitstehen.«

Schließlich war sie einverstanden und stieg widerstrebend in den kleinen Wagen. Ihr Image war für Abigaile das Wichtigste auf der Welt, und was sie sich heute bieten lassen musste, kränkte sie zutiefst.

Als Mickey aus dem Studio nach Hause gekommen war, hatten sie gemeinsam überlegt, warum Abe Panther wohl für Montagvormittag eine Konferenz einberufen haben mochte, ohne sich vorher mit ihnen zu besprechen?

»Ich versteh nicht, was vorgeht«, hatte Abigaile besorgt gesagt. »Warum hat er sich mit Primrose und Ben in Verbindung gesetzt, ohne mir Bescheid zu sagen? Ich war doch erst diese Woche bei ihm. Es wäre ganz einfach für ihn gewesen, ein Wort darüber zu verlieren.«

»Warum kommt er überhaupt ins Studio?«, hatte Mickey grollend gefragt. »Es geht irgendetwas ganz Seltsames vor.«

Abigaile hatte ihm murmelnd zugestimmt und sich gefragt, ob das jetzt der richtige Zeitpunkt war, um ihm von dieser Warner Franklin zu erzählen.

Dann entschloss sie sich, es nicht zu tun. Mickey würde an ihrem Verstand zweifeln, wenn sie ihm gestand, dass sie eine Nummer angerufen hatte und dann zu einer Frau gefahren war, die behauptete, eine Affäre mit ihm zu haben. Mickey hatte Warner nicht zurückgerufen, obwohl sie behauptet hatte, es sei dringend. Warum sollte er? Er hatte sich in der Zwischenzeit entschieden, die Beziehung zu beenden, und über die Tatsache, dass sie zweimal bei ihm im Büro angerufen hatte, war er wirklich verärgert.

Sie waren die Letzten, die im Kino eintrafen. Die Fernsehteams packten schon ein. Nur ein paar Nachzügler waren noch da. Mickey scheuchte Abigaile ins Kino.

»Tut mir Leid«, sagte ein wichtigtuerischer Platzanweiser, »aber die Türen sind schon geschlossen.«

»Wissen Sie, wer ich bin?«, fragte Mickey voller Zorn.

»Tut mir Leid, die Türen sind schon geschlossen«, wiederholte der Platzanweiser energisch.

»Ich bin Mickey Stolli, Präsident der Panther Studios. Am besten, Sie lassen uns sofort ein, wenn Ihnen an Ihrem Job etwas liegt.«

Der Platzanweiser nahm Haltung an. »Aber gewiss, Sir«, sagte er, sich hastig nach dem Wind drehend.

Um zu ihren Sitzen zu gelangen, mussten sie sich an Johnny Romano vorbeiquetschen, der nicht sehr erfreut darüber war. »Du kommst spät«, zischte er Mickey zu. Als ob sie das nicht schon gewusst hätten.

Endlich hatten sie es sich bequem gemacht. Abigaile betrachtete die Leinwand, ihre Gedanken waren mit anderen Dingen beschäftigt.

Mickey lehnte sich zurück und versuchte sich auf den Film zu konzentrieren.

»Ihr abgefuckten Scheißkerle«, höhnte Johnny Romano in Großaufnahme, und sein hübsches Gesicht füllte die Leinwand ganz aus.

»Wen nennst du einen Scheißkerl?«, fragte sein Gegenspieler.

»Mach mich nicht wütend, Mann!«, sagte Johnny drohend. »Tu's nicht!«

»Hör zu, Scheißkerl, ich mache wütend, wen ich wütend machen will«, antwortete der andere Schauspieler.

Wie hübsch, dachte Abigaile. Wieder eine von Mickeys hochklassigen Produktionen. Sie beugte sich zu ihrem Mann hinüber und flüsterte ihm sarkastisch ins Ohr: »Gibt es in diesem Film ab und zu auch ein normales Wort?«

Mickey grunzte. »Er wird eine Menge Geld einspielen«, antwortete er mürrisch.

Hinterher auf der Party sagten alle zu Johnny Romano, er sei wundervoll, sein Film werde einschlagen wie eine Rakete, und wie kreativ und klug er doch sein müsse, weil er es geschafft hatte, die Hauptrolle zu spielen, das Drehbuch selbst zu schreiben und auch Regie zu führen.

Johnny Romano nahm das Lob bescheiden entgegen, mit einem Schulterzucken hier, einem Lächeln da.

Hinter seinem Rücken flüsterte man: Wieso gelingt es diesem Arschloch immer wieder, mit einem solchen Stück Scheiße davonzukommen? Und wieso wird er dafür ein verdammtes Vermögen einstecken?

Johnny stolzierte auf der Party umher, gab Interviews, begrüßte Freunde und spielte den Superstar.

Ein paar Vorauskritiken über den Film waren weniger als positiv. Tatsächlich gab es auch ein paar klare Verrisse. Johnny war das egal. Er wusste, dass er tun konnte, was er wollte, und das Publikum würde es akzeptieren. Weil er Johnny Romano war und sie ihn liebten. Egal, was er ihnen vorsetzte, sie würden es annehmen.

Abigaile und Mickey saßen mit mehreren leitenden Angestellten von Panther an einem Tisch. Mickey wusste, dass etwas Tödliches auf sie zukam, als Ford Werne sich über den Tisch beugte und sagte: »Was ist das eigentlich für eine Konferenz am Montag? Um was geht's dabei?«

»Wie bitte?« Mickey heuchelte Unwissenheit.

»Ich habe ein Kommuniqué von Abe Panther erhalten«, sagte Ford. »Offensichtlich kommt er Montag ins Studio und möchte um zwölf alle leitenden Angestellten sehen.«

»Ach, wirklich?« Mickey hatte plötzlich das Gefühl einer großen Leere in seinem Innern. Der gerissene alte Abe Panther kam aus seinem Schneckenhaus heraus und hatte etwas Ernstes vor. Vielleicht wollte er Panther wieder übernehmen.

Mickey beschloss, Martin Swanson anzurufen und nachzufragen, wie es um die andere Sache stand, die sie besprochen hatten, denn wenn Abe Panther zurückkam, war Mickey Stolli wie der Blitz draußen. Er hatte keine Lust, sich einem klapprigen, senilen alten Mann unterzuordnen. Das kam überhaupt nicht in Frage.

Während er sich das überlegte, blickte er zufällig auf, und da stand Warner in ihrer ganzen stolzen Größe von einsachtzig in einem kurzen Glitzerfummel und quatschte mit Johnny Romano. Heiliger Jesus! Sie redete tatsächlich mit Johnny Romano!

Mickey musste noch einmal hinschauen. Was, zum Teufel, machte Warner hier? Er hatte ihr zwar Karten für den Film, aber ganz bestimmt keine Einladung zu dieser Party besorgt.

Sicherlich hatte seine idiotische Sekretärin wieder Mist gebaut und eine Einladung zu den Kinokarten gelegt. Aus der perfekten Aushilfskraft Luce war die blödeste Möse des Jahres geworden. Er konnte es kaum erwarten, sie zu feuern.

»O mein Gott!«, rief Abigaile, die Warner nur ein paar Sekunden später als ihr Mann entdeckt hatte. »Da ist diese schreckliche Frau.«

»Was für eine Frau?«, fragte Mickey, der wusste, dass sie nicht Warner meinen konnte. »Wo?«

»Dort drüben«, zischte Abigaile und zeigte direkt auf Warner. »Sie redet mit Johnny Romano. Das ist sie.«

Mickey sah sie verständnislos an. »Eine von Johnnys unzähligen Freundinnen. Was regst du dich so auf?«

»Heute ist etwas passiert«, sagte Abigaile nervös und wurde rot.

»Was denn?« Mickey war nicht in Stimmung, sich eine Schilderung von Abigailes Tagesablauf anzuhören.

»Ich – ich hab bei dir im Büro angerufen und wollte wissen, wo du bist, weil ich dir von Primrose und Ben und dem Telegramm erzählen wollte«, begann sie.

Er hatte das dumpfe Gefühl, dass er nicht sehr gern hören würde, was als Nächstes kam. »Ja?«

»Deine Sekretärin hat mir eine Telefonnummer gegeben. Ich habe dort angerufen, und diese Frau hat sich gemeldet.«

»Welche Frau?«

»Die eben mit Johnny spricht.«

»Komm zur Sache, Abigaile. Ich versteh kein Wort.«

»Eine Frau war am Telefon, die sagte, sie sei Polizistin und deine Freundin. Hältst du einen solchen Unsinn für möglich? Ich wusste jedenfalls nicht, was tun.« Abigaile zögerte, bevor sie weitersprach. »Du wirst mich umbringen, Mickey, aber ich war so durcheinander, dass ich in den Wagen gestiegen und zu ihr gefahren bin. Sie wohnt in einem schäbigen kleinen Apartment und hat versucht, mich zu bedrohen. Ich bin sicher, sie hatte vor, mich zu kidnappen. Natürlich bin ich so schnell wie möglich weggelaufen.«

Mickey kratzte sich am Kopf. »Ich kann verdammt einfach nicht glauben, was ich da höre. Irgendeine Frau sagt dir am Telefon, dass sie meine Freundin ist, und du kaufst ihr das ab? Fährst zu einer fremden Wohnung?« Müde schüttelte er den Kopf. »Abbey, Abbey, diesmal bist du zu weit gegangen!«

Abigaile schlug die Augen nieder. »Ich weiß, Mickey, es war ganz dumm von mir. Ich hatte Glück, dass ich so davongekommen bin.«

Während Abigaile redete, überlegte Mickey rasch. Sobald sie anfing, in Ruhe nachzudenken, musste ihr klar werden, dass alles nicht so war, wie es zu sein schien. Er musste ihr irgendwie erklären, warum seine blöde Sekretärin ihr Warners Nummer gegeben hatte. Und dann musste er ihr erklären, wer Warner war.

»Hör zu«, sagte er hastig, »ich wollte dich damit nicht belasten, aber jetzt muss ich dir wohl sagen, um was es geht.«

Abigaile sah ihn erschrocken an. »Um was denn, Mickey?«

»Johnny Romano ist schwer drogenabhängig.«

»Ach, du liebe Güte!«, rief Abigaile.

»Und – eh – ich habe – eh – diese Detektivin auf ihn angesetzt, und – eh – offensichtlich hat Luce irgendwas durcheinander gebracht und dir die falsche Nummer gegeben. Die Frau muss gedacht haben, dass es Johnnys Freundin war, die anrief.«

»Warum sollte sie das wohl denken?«, fragte Abigaile. »Ich habe ihr meinen Namen genannt.«

»Kann ich vielleicht Gedanken lesen?«, fauchte er. »Ich weiß nur, dass du nie hättest zu ihr fahren dürfen. Bist du dir denn über deine gesellschaftliche Stellung nicht im Klaren?«

»Warum ist diese Frau heut abend hier? Beobachtet sie Johnny?«

»Ja, genau. Sie ist Drogenfahnderin und arbeitet im Untergrund. Ich muss Johnny schützen.«

»Ich hatte keine Ahnung, dass du dich mit solchen Dingen abgeben musst.«

»Schätzchen, wenn du ein Studio leitest, musst du alle und alles im Auge behalten.«

Mickey glaubte seine Spuren erfolgreich verwischt zu haben – vorläufig wenigstens. Er warf Warner einen raschen Blick zu. Sie beturtelte noch immer Johnny Romano, und wenn ihn nicht alles täuschte, reagierte Johnny auf sie.

In der ganzen Zeit, in der sie zusammen gewesen waren, hatte sie nie ein elegantes Kleid angezogen. Sie sah nicht schlecht aus. Sie hatte ganz bestimmt die längsten Beine der Stadt, und obwohl sie nicht hübsch war, entwickelte sie einen eigenen Stil. Wenn er so darüber nachdachte, hatte er sie eigentlich nur in der Polizeiuniform oder nackt erlebt. Das war eine neue aufregende Warner. Mickey fühlte heftige Eifersucht.

»Wann können wir nach Hause fahren?«, flüsterte Abigaile. »Ich habe den Film scheußlich gefunden. Ich finde diese

Party scheußlich. Es macht mich verrückt, dass wir nicht wissen, was bei der Konferenz am Montag passieren wird. Gehen wir doch gleich!«

»Du hast Recht«, stimmte Mickey zu. »Gib mir fünf Minuten, dann verschwinden wir.«

»Wohin willst du?«

»Ich muss Johnnys Ego streicheln, ihm sagen, dass er seit der Erfindung des Bananenjoghurts das absolut Größte ist. Es dauert nur zwei Sekunden.«

»Soll ich mitkommen?«

»Nein, bleib hier. Du schickst ihm morgen ein Geschenk von Cartier.«

Mickey kam gerade dazu, als Johnny zu Warner sagte: »He, Baby, Baby, Sie haben die längsten Beine, die ich je gesehen habe. Sie sind fast so lang wie meine Begleiterin hier. Ich wette, Sie können mit diesen Beinen Dinge tun, die ich mir nicht mal im Traum vorstellen kann.«

Warner, hartgesottene Polizistin, die schon alles gesehen und alles getan hatte, blickte zu Johnny Romano auf, als wäre er der liebe Gott.

»Wie wär's, wenn wir zwei uns später treffen würden?«, schlug Johnny vor, den seine Schauspieler-Freundin langweilte.

Mickey machte sich bemerkbar.

»Hallo, Johnny, mit dem Film werden wir das Geld wieder scheffeln. Meinen Glückwunsch.«

»Der größte Erfolg seit Jahren«, antwortete Johnny bescheiden.

»Das steht außer Zweifel.« Mickey wusste, wann es angebracht war, jemandem den Hintern zu küssen, und er verstand sich auch darauf.

Johnny streichelte Warners Arm. »Kennt ihr euch schon? Eh – wie heißen Sie doch, Babe?«

Warner warf Mickey einen dreckigen Blick zu.

Er war wütend. Was hatte er getan? Sie hatte sich falsch verhalten, hatte mit Abigaile telefoniert und sie aufgefordert, zu ihr zu kommen. Er war mächtig scharf darauf, ihr gründlich die Meinung zu sagen. Aber nicht jetzt, solange Abigaile in der Nähe war und vermutlich jede Bewegung beobachtete, die er machte.

»Warner Franklin«, sagte sie, kühl bis ans Herz hinan.

»Was für ein hübscher Name, Babe«, sagte Johnny mit einem lüsternen Grinsen. »Warner, eh?«

Mickey gab ihr die Hand.

Sie drückte sie zu fest, er hatte das Gefühl, dass sie ihm die Knochen zerquetschen wollte.

»Das, Baby, ist Mickey Stolli, der Boss von Panther.« Johnny gab ihr einen leichten Rippenstoß und blinzelte ihr zu. »Ein sehr wichtiger Mann. Was machen Sie beruflich, Schätzchen? Sind Sie Schauspielerin?«

»Nein.« Warner schockierte gern. »Ich bin ein Cop.«

Johnny fand, etwas so ungeheuer Komisches habe er noch nie gehört. »Ein Cop? Sie? O Baby, Baby, von Ihnen ließe ich mich gern einsperren.«

Sie warf Mickey einen triumphierenden Blick zu. »Das«, sagte sie, »könnten wir ja in Erwägung ziehen. Später.«

Innerlich kochend, ging Mickey zu Abigaile zurück, packte unsanft ihren Arm und sagte: »Gehen wir.«

Abgang der Stollis. Studioboss und Hollywood-Prinzessin.

Wer wusste, was der Montagvormittag bringen würde?

49

Es war drei Uhr morgens, als Lucky in Begleitung von Boogie endlich vor dem Haus in New York stand, in dem Lennie sich ein ausgebautes Dachgeschoss – ein so genanntes Loft – gemietet hatte. »Guter Gott, Boogie, das ist ja eine richtige Bruchbude. Warum ist er nicht in unsere Wohnung gegangen?«

Boogie schüttelte den Kopf. »Keine Ahnung. Ich glaube, er hat gedacht, sich hier verstecken zu können.«

»Das ist ihm auch so ziemlich gelungen«, antwortete sie, gleichzeitig nervös und freudig erregt. Lennie aufzuspüren war ein Abenteuer, und ihr Adrenalinspiegel war deutlich erhöht. Sie holte tief Atem. »Okay, Boogie, beweisen Sie Ihre Talente, brechen wir ein, ohne dass es jemand merkt.«

»Sie wollen ihn im Bett überraschen?«, fragte Boogie.

»Genau das hab ich vor.«

Es sah Boogie nicht ähnlich, einen Kommentar abzugeben, aber jetzt konnte er nicht anders. »Sie haben sehr viel Mut.«

»Nun, das wissen Sie doch.«

Boogie warf ihr einen langen Blick zu.

Hm, dachte sie, glaubt er wirklich, ich müsste darauf gefasst sein, dass Lennie mit irgendeiner Frau dort oben haust? Ihr Mann mochte wütend auf sie sein, aber so wütend bestimmt nicht. Die Basis ihrer Beziehung war Vertrauen, und sie erwartete nicht, dass Lennie dieses Vertrauen zerstörte. Nicht, dass sie sich einbildete, er fühle sich nicht auch von anderen Frauen angezogen. Aber sich angezogen fühlen und dieses Gefühl auch ausleben, waren zwei Paar Stiefel.

Das Loft, das er gemietet hatte, lag im achten Stockwerk eines heruntergekommenen Hauses. Boogie knackte die Haustür ohne Schwierigkeiten, und sie betraten die Eingangshalle, wo sie sich einer langen Reihe von Briefkästen gegenübersahen. Der von Lennie trug das kryptische Monogramm *L. G.*

Der Aufzug sah nicht besonders vertrauenerweckend aus. »Wir nehmen die Treppe«, entschied Lucky.

»Haben Sie so viel Energie?«, fragte Boogie. »Es sind acht Stockwerke.«

»Sie fragen heut abend aber eine Menge, Boog. Was ist los mit Ihnen?«

»Ich bin nicht einverstanden mit dem, was Sie hier tun«, antwortete er mürrisch.

Sie seufzte. Ein übel gelaunter Boogie hatte ihr gerade noch gefehlt. Warum konnte er das Abenteuer nicht einfach genießen?

»Und warum nicht?«, fragte sie leichthin.

»Es ist nicht Ihr Stil.«

»Da denken Sie falsch. Es ist genau mein Stil.« Und das war die reine Wahrheit. Für sechs Wochen verschwinden. Mit einem Paukenschlag wieder auftauchen. Was war um Himmels willen so unrecht daran?

Sie stiegen treppauf. Lucky schaffte es besser als Boogie. Als sie oben ankamen und durch eine feuersichere Tür in Lennies Stockwerk gelangten, sahen sie sich einer Stahltür gegenüber. Boogie runzelte die Stirn. »Ich kann eine Menge Türen knacken, aber an der hier beiße ich mir die Zähne aus.«

»Wie ist es mit der Hintertür?«, fragte Lucky optimistisch. »Es muss eine einfachere Möglichkeit geben, hineinzukommen.«

»Ich weiß nicht.« Boogie schüttelte unsicher den Kopf. »Wie, wenn er nicht mehr hier wohnt? Wie, wenn ein neuer Mieter eingezogen ist? Ein neuer Mieter mit einer Pistole?«

»Haben Sie Angst?«, neckte ihn Lucky. »Ich hab Sie immer für einen richtigen Machomann gehalten.«

»Ich versuche nur, Sie zu beschützen«, antwortete Boogie gepresst.

»Ich kann schon auf mich selber aufpassen, passen Sie nur auf sich auf.«

Die Hintertür ließ sich leichter behandeln. Boogie manipulierte ungefähr fünf Minuten daran herum, dann machte es »klick«, und sie war offen.

»Pssst!« Lucky hielt einen Finger an die Lippen, als sie sich verstohlen in eine kleine dunkle Küche schlichen.

Als sie drin waren, drehte Lucky sich um und flüsterte: »Sie dürfen gehen. Ich bin jetzt okay.«

»Ich kann Sie hier nicht allein lassen«, protestierte er.

»Aber natürlich können Sie. Warten Sie unten im Wagen. Wenn ich in zehn Minuten nicht rausgekommen bin, fahren Sie los.«

»Ich sollte bleiben«, erklärte er eigensinnig.

»Machen Sie endlich, dass Sie wegkommen«, sagte sie ungeduldig. »Sie verderben mir noch die Überraschung.«

Er rührte sich nicht von der Stelle.

»Hauen Sie ab, sonst sind Sie gefeuert.«

Widerstrebend entfernte er sich.

Sie schloss die Küchentür hinter ihm, tastete sich weiter und kam in ein riesiges Studio. Eine Wendeltreppe führte auf eine Galerie. Da es keine anderen Türen und demnach wohl auch keine anderen Räume gab, vermutete sie den Schlafraum am oberen Ende der Wendeltreppe. Sie zog die Turnschuhe aus und stieg fast lautlos die Treppe hinauf.

In der Mitte der Galerie stand ein riesiges rundes Bett, und wiederum in dessen Mitte lag Lennie, halb mit einem Laken zugedeckt, auf dem Bauch und schlief tief und fest.

Lächelnd blieb Lucky einen Moment stehen und sah ihn an. Ihr Mann! Ihr wunderbarer Mann!

Leise zog sie sich aus und legte sich nackt neben ihn.

Lennie stöhnte im Schlaf und warf einen Arm über sie.

Sie rückte näher an ihn heran und deckte ihn mit ihrem Körper zu.

Obwohl er schlief, begann sein Penis steif zu werden.

Sie lächelte wieder und überlegte, ob sie beleidigt sein oder sich freuen sollte. Wurde er steif, weil er wusste, dass sie es war? Oder träumte er gerade etwas Wunderschönes?

Es war ihr egal. Denn sie war genauso geil wie er. »Lennie«, flüsterte sie und rieb sich an seinem Rücken. »Wach auf!«

Er stöhnte noch einmal und schlug langsam die Augen auf. »Was, zum Teu –«, fing er an.

»Psst!« Sie hielt ihm einen Finger an die Lippen, damit er still war.

»He – also das kann ich nicht glauben«, murmelte er, noch halb im Schlaf.

»Glaub es ruhig, Liebling, ich bin es!«, sagte sie glücklich. »Ich bin wieder da!«

Er rollte sich auf den Rücken. »Wie zum Teufel hast du mich gefunden?«

Sie lachte leise. »Mit wem hast du's denn deiner Meinung nach hier zu tun gehabt, einer Ehefrau?«

Er richtete sich auf einen Ellenbogen auf. »Du bist doch wirklich unmöglich, weißt du das?«

»O ja.«

»Jess hat dir gesagt, wo ich zu finden bin, wie? Ich habe immer gewusst, dass sie eine alte Petze ist.«

»Meine Quellen sind geheim. Ich bin hier. Ist das nicht genug.« Während sie sprach, streichelte sie seinen Körper.

Er versuchte sie wegzuschieben, aber ohne es wirklich zu wollen. Er war wütend, doch er verlor die Schlacht. »Du meine Güte, Lucky! Was kommt als Nächstes? Eine weitere große Sexszene, damit du wieder verschwinden kannst, wenn sie vorbei ist?«

»Keine Chance«, antwortete sie entrüstet. »Ich wiederhole mich nie. Das solltest du inzwischen wissen.«

»Ich weiß nur eins wirklich von dir – dass du verrückt bist.«

»Dass ich verrückt bin, weiß ich auch. Sechs Wochen von dir getrennt, ist das Äußerste, was ich ertragen kann.«

Er setzte sich auf und fuhr sich mit der Hand durchs Haar. »Hat es sich gelohnt? Hast du dein Geschäft unter Dach und Fach?«

Sie legte von hinten die Arme um ihn. »Das erzähle ich dir alles morgen.«

Er schüttelte den Kopf. »Wie bist du hier reingekommen?« Sie grinste. »Ich war früher Einbrecher. Hab ich dir das nicht gesagt?«

»O Baby, du bist etwas ganz Besonderes, das bist du wirklich. Ich sollte fuchsteufelswild auf dich sein.«

Sie kraulte ihm den Nacken, eine Stelle, an der er gern berührt wurde. »Und bist du's, Lennie?«

Er schüttelte den Kopf. »Was soll ich mit dir anfangen?«

»Du sollst mich küssen – zärtlich sein. Und dann können wir zu ganz tollem Sex übergehen.« Sie streichelte immer noch seinen Nacken. »Ich bin bereit«, flüsterte sie. »Wie steht's mit dir?«

Er wehrte sich nicht. Was konnte er tun? Er liebte sie.

Er drehte sie herum, so dass sie flach auf dem Rücken lag, dann beugte er sich über sie und küsste sie. Mit langsamen, brennenden Küssen – seine Lippen schienen die ihren zu versengen – fing er an nachzuholen, was sie sechs Wochen versäumt und entbehrt hatten.

Sechs Wochen verhaltener Leidenschaft. Sie seufzte lustvoll. Es war wie bei ihrem ersten Kuss. War, als habe man monatelang Diät gehalten und koste jetzt den ersten Bissen Schokolade. War wie ein heißer Sommertag nach heftigen Regengüssen. Es war wie damals in Südfrankreich, als sie sich auf einem Floß geliebt hatten und weit und breit kein Mensch gewesen war, der sie gestört hätte.

Er küsste sie lange und hart, bis sie beide, in immer größere Erregung geratend, die wilde Reise auf der Achterbahn der Lust antraten.

Seine Hände fuhren hungrig über ihren Körper und berührten sie, wie nur er es konnte. »O Jesus!«, stieß er hervor. »Ich liebe dich noch immer. Das weißt du, nicht wahr?«

»Hast du denn gedacht, es sei zu Ende?«, murmelte sie, umschlang ihn mit dem ganzen Körper, presste Haut an Haut, als wolle sie mit ihm verschmelzen.

»Ich weiß nie, was ich denken soll, wenn es um dich geht.«

»Du wirst lernen müssen, mir zu vertrauen, Lennie.«

Und so liebten sie sich, lange und genussvoll, langsam und noch langsamer, und ihre Körper verschmolzen ineinander, als gebe es auf der Welt nichts anderes, das wichtig wäre. Und in diesem Augenblick war es auch so.

Sie überließ sich der Ekstase, schwelgte in dem Gedanken an eine wild pulsierende Erlösung. Und als es fast so weit war, flüsterte sie ihm ins Ohr: »Ich möchte mit dir kommen. Ich möchte, dass wir zusammen kommen.«

»Du hast es kapiert, Lady. Ohne dich mache ich keinen Schritt mehr – nirgendwohin.«

»Ich liebe dich, Lennie.« Sie seufzte glücklich. »Ich liebe dich so sehr.«

Und sie machten, dass es geschah.

Und sie machten, dass es dauerte.

Und am Ende schliefen sie, einer in den Armen des anderen, ungestört bis in den Morgen.

50

Eddie Kane lief in Kathleen Le Pauls Wohnzimmer auf und ab und redete wie ein Wasserfall.

»Mein Leben ist eine einzige Scheiße. Ich hab keine Ahnung, was werden soll. Sie können mir nicht helfen. Leslie kann mir nicht helfen. Und Mickey schert sich keinen Furz um mich. Ich bin ein Versager. Und zu allem übrigen hab ich auch noch meine Frau geschlagen.« Er hieb sich mit der flachen Hand auf die Stirn – eine Geste des Selbsthasses. »Noch nie hab ich eine Frau geschlagen. Begreifen Sie, was ich sage? Noch nie hab ich eine Frau geschlagen – aber bei Leslie hab ich's getan, dabei ist sie der liebste Mensch der Welt.«

Kathleen war an den Ausdünstungen von Eddies schlechtem Gewissen nicht interessiert, sondern nur daran, wie sie ihn aus dem Haus bekam. »Woher haben Sie meine Adresse?«, fragte sie scharf, und die Rechenmaschine, die ihr Gehirn war, überschlug rasch, wie viel er ihr noch schuldete.

»Ja, glauben Sie denn, ich habe die ganze Zeit mit Ihnen Geschäfte gemacht, ohne dies oder das über Sie in Erfahrung zu bringen?«, erwiderte Eddie hitzig. »Ich hab versucht, Sie über mein Autotelefon zu erreichen, bin aber nicht durchgekommen.« Das Zucken in seinem Gesicht wurde immer hektischer. »Ich brauche Stoff, und ich brauch ihn sofort.«

»Eddie«, sagte Kathleen geduldig – obwohl ihr ganz und gar nicht geduldig zumute war und sie den Penner am liebsten hinausgeworfen hätte. »Ich habe Ihnen heute eine Lieferung gebracht. Für fünfzehnhundert Dollar Stoff, die Sie mir übrigens noch schulden, wenn ich Sie daran erinnern darf.«

»Tja, soll ich Ihnen sagen, warum ich meine Frau geschlagen habe? Soll ich's Ihnen genau sagen?« Jetzt hieb er sich mit der Faust auf die Handfläche. »Sie hat meinen Stoff in den verdammten Müllschlucker geschmissen.«

Die Probleme anderer langweilten Kathleen. Sie hatte genug eigene. Was Leslie tat, ging sie nichts an.

Eddie war in Fahrt. »Was hätt' ich unter diesen Umständen tun sollen? Was? Hätt' ich sagen sollen – danke, mein Liebling, dass du meine Seele gerettet hast? Kommt nicht in Frage. Wann ich von dem Zeug loskommen will, bestimme, verdammt noch mal, noch immer ich.« Er ging zum Fenster und sah hinaus. »Ich kann jederzeit aufhören. Jederzeit. Aber im Moment will ich noch nicht.« Er drehte sich zu ihr um. »Deshalb werden Sie mir aushelfen.«

»Wenn Sie glauben, dass ich einen Vorrat im Haus habe, sind Sie nicht halb so schlau, wie ich dachte«, sagte sie und hoffte, ihn damit loszuwerden.

Doch Eddie wurde man nicht los. »Kathleen, reden Sie

nicht mit mir wie mit ’m Idioten. Gehn Sie zum Safe oder eben dahin, wo Sie das Zeug lagern, und holen Sie mir was.«

»Hören Sie, Eddie, ich kann ein solches Benehmen nicht. tolerieren. Wenn Sie es noch einmal wagen, in mein Haus zu kommen, muss ich Ihnen leider eine Kugel in den Arsch schießen. Ich kann immer behaupten, ich hätte Sie für einen Einbrecher gehalten.« Nun wurde er wirklich ärgerlich. »Fein, fein, wenn es Ihnen Spaß macht. Krieg ich jetzt was oder nicht?«

»Nur gegen Barzahlung.«

Das Frauenzimmer ging ihm allmählich auf die Nerven. »Sie haben heute Vormittag von mir Geld bekommen.«

»Sie hatten Schulden. Jetzt schulden Sie mir sogar noch mehr. Sie haben noch nicht einmal die Lieferung bezahlt, die Ihre Frau weggeworfen hat.«

Er war aufrichtig überrascht. »Scheiße! Muss ich die auch bezahlen?«

»Muss ich?«, fragte sie kalt.

»Okay, okay, dann hab ich eben Schulden bei Ihnen. Geraten Sie deshalb bloß nicht in Rage.«

Es gab offensichtlich nur eine Möglichkeit, ihn aus dem Haus zu kriegen. »Warten Sie hier«, sagte sie schroff. »Fassen Sie nichts an.«

Während sie draußen war, durchsuchte er seine Brieftasche. Er fand nur ein paar Kreditkarten, seinen Führerschein und etwa zweihundertfünfzig Dollar. Das war alles.

Schmerzlich durchlebte er noch einmal die Szene mit Leslie.

»Ich hab’s weggeworfen, Eddie«, hatte sie ganz lieb und freundlich gesagt. »Wir fangen ein neues Leben an.«

»Du hast was?«, hatte er gebrüllt, unfähig zu glauben, dass jemand so dumm sein konnte.

»Ich hab’s weggeworfen, Eddie«, wiederholte sie. »Du bist davon abhängig – süchtig.«

Was war denn plötzlich mit ihr los? Spielte sie Krankenschwester oder barmherzige Samariterin? »Ich hoffe, das ist ein Witz«, sagte er unheilvoll.

»Nein«, antwortete sie, als habe sie das Recht zu tun, was sie wollte.

Er schlug so plötzlich zu, dass er selbst überrascht war. Eine ordentliche Ohrfeige, und Leslie fiel um wie ein Bowlingkegel. Jesus, und er hatte nicht einmal ein schlechtes Gewissen. Er kehrte im Haus das Oberste zuunterst, suchte überall, riss Kleider aus Schränken und Schubladen, Geschirr aus den Küchenkästen. Dann ging er in das Zimmer zurück, in dem sie immer noch auf dem Boden lag, und schrie: »Jetzt sag mir, verdammt noch mal, wo es ist!«

Sie weinte. Der Ring, den er am kleinen Finger trug, hatte sie am Auge getroffen, das bereits zuzuschwellen begann.

»Ich hab's weggeworfen«, sagte sie schluchzend.

»Miststück!«, kreischte er. »Du weißt, wie ich leide. Ein bisschen Koks hilft mir über den Tag. Du bist nichts als ein blutsaugerisches Miststück! Willst nur mein Geld, und weil ich keins mehr hab, willst du mich zum Wahnsinn treiben!«

»Eddie, ich versuche doch nur, dir zu helfen«, hatte sie unglücklich gesagt, und Tränen waren ihr über die Wangen gelaufen.

»Wenn das deine Art von Hilfe ist, dann verschwinde. Das ist mein Haus, und wenn ich zurückkomme, will ich dich hier nicht mehr sehen.«

Er war hinausgestürmt, in seinen Maserati gesprungen und zu Kathleen gerast.

Und jetzt war er hier.

Als Kathleen zurückkam, gab er ihr vier Fünfzigdollarscheine. »Hier, als Anzahlung. Oder wollen Sie lieber einen Scheck?«

»Schecks nehme ich nicht«, sagte sie eisig.

Er ließ die Schultern hängen. »Was ist los? Trauen Sie mir nicht?«

»Ich traue niemandem«, antwortete Kathleen Le Paul kategorisch. »Und was soll ich mit lausigen zweihundert Dollar anfangen?«

Seinetwegen konnte sie sich die Scheine sonst wohin stecken. Er brauchte jetzt unbedingt eine Prise, alles andere interessierte ihn nicht. »Kommen Sie, Baby«, bettelte er, »ich bin doch für das Geld gut.« Vielleicht sollte er sie aufs Kreuz legen. Kathleen schien zu der Sorte Frau zu gehören, die so was brauchte.

»Was machen Sie mit Ihren Schulden bei Bonnatti?«, fragte sie neugierig.

Er nahm ein goldenes Tischfeuerzeug in die Hand und betrachtete es. Dieses Weibsstück schien eine Menge Kohle zu machen. »Ich werde mein Haus verkaufen. Montag hole ich mir einen Bankkredit. Er bekommt sein Geld, nur keine Sorge. Und Sie auch.«

Sie bemühte sich, ihren Ärger zu beherrschen. »Eddie, ich liefere sonst nur strikt gegen bar. Das ist das letzte Mal.« Sie reichte ihm das Päckchen. »Das ist mein Ernst.«

»Sollen wir zusammen eine Prise nehmen?«, fragte er.

War er verrückt? Sie rührte das Zeug nie an. »Nein, verschwinden Sie nur aus meinem Haus.«

Im Wagen schnupfte er das weiße Pulver direkt vom Handrücken. Und als es wirkte, fühlte er sich gleich ruhiger und besonnener.

Tatsächlich hatte er jetzt das Gefühl, die Welt aus den Angeln heben zu können.

Leslie war wie betäubt. Nicht einmal in ihren wildesten Träumen hätte sie sich vorstellen können, dass Eddie sie je schlagen würde. Es weckte alle bösen Erinnerungen in ihr. Als sie noch klein gewesen war, hatte ihr Stiefvater sie grün und blau geschlagen. Später hatte ihr erster Freund mit ihr das Gleiche getan. Und als sie nach Kalifornien durchgebrannt war, in der Tasche die tausend Dollar, die sie ihrem Stiefvater gestohlen hatte, die er ihr ihrer Ansicht nach schuldete, hatte sie sich geschworen, dass kein Mann sie in Zukunft ungestraft schlagen sollte. Und jetzt das.

Leslie hatte Eddie wirklich zu lieben geglaubt. Aber sie war kein Opfer. Ein Schlag, und er brauchte gar nicht zu sagen, sie solle gehen, sie war praktisch schon weg.

Sie lief ins Schlafzimmer, warf ein paar Sachen in einen Koffer, stieg in ihren Jeep und fuhr direkt zu Madame Loretta.

Als die freundliche alte Madame sie sah, hatte sie sofort Mitleid mit ihr und nahm sie mit hinauf.

»Darf ich hierbleiben, bis ich mir im Klaren bin, was ich machen soll?«, fragte Leslie traurig.

Madame Loretta nickte. »Willst du wieder bei mir arbeiten?«

Leslie schüttelte den Kopf. »Nein, eigentlich nicht.«

»Keinerlei Zwang«, antwortete Madame Loretta. »Wir reden morgen weiter. Nimm jetzt ein heißes Bad, und schlaf dich richtig aus.«

Leslie nickte. Wenigstens hatte sie einen Ort, an den sie sich flüchten konnte.

51

Der Samstagmorgen dämmerte in New York frisch und klar. Die Sonne sickerte durch die dünnen Jalousien von Lennies Loft und weckten Lucky. Im ersten Moment wusste sie nicht, wo sie war, und als es ihr wieder einfiel, lächelte sie. Lennie schlief neben ihr, war genau da, wo er sein sollte.

Bemüht, ihn nicht zu wecken, kroch sie aus dem Bett, lief ins Bad und drehte die Dusche auf. Sie war alt und rostig und hatte nicht viel Druck, aber Lucky stellte sich trotzdem darunter und ließ sich von dem prickelnden warmen Strahl richtig wecken.

Nachdem sie geduscht hatte, wickelte sie sich in Lennies weißen Frotteebademantel. Sie ging darin fast verloren. Barfuß tappte sie in die Küche hinunter und inspizierte den Inhalt des Kühlschranks. Es war kaum etwas da. Ein paar Eier, schimmlige Tomaten, ein uraltbackenes Brot und ein viertel Liter saure Milch. Kaum die Zutaten zu einem Festessen.

Kochen gehörte nicht zu ihren größten Talenten, aber wenn sie Lust hatte, konnte sie Eier braten und Brot toasten. »Hm«, murmelte sie vor sich hin und musterte die Vorräte. Sie sahen nicht gerade vielversprechend aus.

Leise tappte sie hinauf, zog sich an, nahm ihre Handtasche, fand die Schlüssel zum Loft, die auf einem Tisch neben dem Bett lagen, und verließ Lennies Behausung.

Auf der Straße herrschte verrückte New Yorker Betriebsamkeit; das Hasten und Rennen, die Gerüche und Geräusche, die Szenen, die sich dem Beschauer boten, wie hatte sie all das während der sechs Wochen in Kalifornien vermisst.

Im benachbarten Lebensmittelladen kaufte sie frische Brötchen, Saft, Eier, Obst, Butter und Milch. Dann ließ sie sich von dem alten Mann hinter dem Tresen noch ein halbes Pfund Schinken aufschneiden. Zufrieden lief sie zurück. Lennie schlief noch immer, und wer konnte ihm das übelnehmen? Es war eine wundervolle Nacht gewesen.

Sie briet die Eier und buk die Brötchen auf. Dann presste sie Orangen aus, kochte Kaffee und deckte den Küchentisch.

Als alles fertig war, rief sie hinauf: »He, Lennie, beweg deinen sexy Hintern, und komm zum Frühstück herunter!«

Keine Antwort.

Sie entdeckte die Stereoanlage, schob eine Stevie-Wonder-Kassette hinein und stellte den Regler auf volle Lautstärke. *Isn't She Lovely* dröhnte es durch die Wohnung.

Endlich stolperte Lennie die Treppe herunter, das Haar zerzaust und noch halb schlafend.

»Guten Morgen!«, rief sie fröhlich.

»Ich hatte einen wilden Traum«, sagte er. »Wer sind Sie?«

»Ich bin deine Frau, weißt du's nicht mehr?«

»Eine Frau, die kocht?«, sagte er kopfschüttelnd. »Ich habe keine Frau, die kocht.«

Sie reichte ihm eine Gabel Rührei. »Koste, du wirst sehen, du stirbst nicht daran.«

Zögernd kostete er. »Hm – gar nicht schlecht.«

»Nicht schlecht, verdammt? Sie schmecken fantastisch Gib's zu!«

»Du bist wieder da.«

»O ja.«

»Genauso verrückt wie früher, wie?«, sagte er und setzte sich an den Tisch.

Sie lachte. »Möchtest du's denn anders haben?«

»Es wäre nett, wenn du ab und zu zu Hause bliebst.«

»Hör auf zu nörgeln.« Sie trat zurück und musterte ihn. »He, schau dich doch mal bei Tageslicht an. Ist das derselbe Bart, der mich die ganze Nacht gekratzt hat?«

»Haargenau der.«

»Hm ...«

»Gefällt er dir?«

»Ich hasse ihn.«

»Dann ist er schon so gut wie weg.«

Sie legte ihm die Arme um die Schultern, freute sich auf die Überraschung, die sie für ihn hatte, wollte sie jedoch noch nicht preisgeben. »Ich bin wirklich wieder da.«

»Hab ich gemerkt. Für wie lange diesmal?«

»Keine Reisen mehr, Lennie. Wir werden den ganzen Sommer zusammen sein. Das ist ein Santangelo-Versprechen.«

»Ein Golden-Versprechen«, korrigierte er.

Sie lächelte. »Richtig.«

Er betrachtete den Tisch. »Und was hat dich in die Hausfrau des Jahres verwandelt?«

»Der Gedanke, dass du hungrig sein könntest.« Sie bückte sich und küsste ihn auf den Nacken. »Hab ich dich hungrig gemacht, Lennie?«

»Ich bin halb verhungert.«

»Tatsächlich?«

Er drehte sich um und schob die Hände unter ihr T-Shirt.

Sie wich ihm aus. »Später. Ich möchte dir erst einmal beim Essen zusehen.«

Er aß, als sei er tatsächlich fast verhungert, aß alles auf, bis zum letzten Bissen. »Das ist großartig«, sagte er mit vollem Mund. »Die beste Mahlzeit, die du je für mich zubereitet hast.«

Sie lachte. »Die einzige Mahlzeit, die ich je für dich zubereitet habe.«

»Einmal hast du mir eine Suppe gekocht.«

»War sie gut?«

»Es ging so.«

»Danke.« Sie sah sich im Raum um. »Die Unordnung hier ist sagenhaft. Wer macht bei dir sauber?«

»Niemand.«

»Das sehe ich. Und was hast du getan?«

»Was ich schon vor langer Zeit hätte tun sollen. Ich habe ein Drehbuch geschrieben. Für einen Film, bei dem ich vielleicht Regie führen werde.«

»Oho, dann sind wir jetzt wohl Regisseur?«, neckte sie.

»Warum nicht? Wenn Grudge Freeport Regie führen kann, dann kann es jeder.«

»Du sprichst mit der richtigen Person«, sagte sie. »Wirst du auch die Hauptrolle spielen?«

Er lachte. »He, glaubst du, da ließe ich einen anderen ran? Es ist eine fantastische Rolle.«

»Wann darf ich es lesen?«

»Erst wenn es fertig ist.« Er unterbrach sich. »Du weißt wahrscheinlich schon, dass ich den Film geschmissen habe?«

»Nun ja, ein Geheimnis ist das nicht gerade.«.

»Ich habe alle gewarnt – habe allen gesagt, dass es unausweichlich ist. Sie werden mich wahrscheinlich verklagen, aber wen interessiert das schon. Ich musste es einfach tun.«

Fast hätte sie ihm auf der Stelle von Panther erzählt, hielt sich jedoch noch rechtzeitig zurück. Es war zu wichtig, um so mir nichts, dir nichts damit herauszuplatzen.

»Keine Sorge«, versicherte sie ihm. »Sie klagen bestimmt nicht.«

»Wieso sagst du das? So viel ich gehört habe, ist Mickey Stolli so wütend, dass ihm fast ein Blutgefäß geplatzt wäre.«

»Glaub mir, Lennie, sie werden bestimmt nicht klagen.«

»Warum nicht? Hast du Gino gebeten, einen Profikiller auf sie anzusetzen?«, scherzte er.

Sie lachte. »So etwas tut Gino nicht.«

»Aber er könnte, wenn er wollte, wie?«

»Warum bildest du dir immer ein, dass mein Vater ein so großer Gangster war?«

»Ja, war er denn keiner?«

»Er hat während der Prohibition Alkohol geschmuggelt, ja. Und er hatte eine Flüsterkneipe. Danach ging er nach Vegas und wurde respektabel.«

»Klar.«

»Wirklich. Hast du ihn gesehen?«

»Ich habe keinen Menschen gesehen. Hab dir doch gesagt, ich habe mich hier oben vergraben.«

»Wir müssen ihn besuchen.«

»Später.« Er schob den Stuhl vom Tisch zurück und stand auf. Dann streckte er beide Arme nach ihr aus. »Kommen Sie zu mir, Frau Köchin.«

»Warum?«

»Weil ich möchte, dass wir ein Baby machen.«

52

In Los Angeles war der Samstagmorgen neblig. Emilio Sierra konnte nicht umhin, festzustellen, dass Rita über Nacht geblieben war. Ihre Sachen bildeten eine Fährte zwischen Wohn- und Schlafzimmer, und sie selbst schlief in seinem Bett. Ein Punkt für Emilio. Er war ein richtiger Sexbolzen.

Er schüttelte sie unsanft, um sie zu wecken.

»Wie spät ist es?«, murmelte Rita und rutschte tiefer unter die Decke.

»Ich hab's dir gesagt – es ist spät, und ich muss weg.«

Rita vergrub das Gesicht im Kissen. »Ich bleib hier.«

»Du bleibst ganz bestimmt nicht hier«, antwortete er gereizt.

»Was denkste denn? Dass ich dich ausrauben werde?«

»Nee, aber meine Mutter kommt«, schwindelte er. »Deshalb musst du gehen.«

Sie zog sich an und hatte überhaupt keine Hemmungen, nackt vor ihm herumzustolzieren. Sie war eine richtig heiße Nummer, die Kleine. Obwohl – im unbarmherzigen Morgenlicht, das durch die Fenster strömte und auf ihrem ungeschminkten Gesicht lag, sah sie nicht mehr ganz so heiß aus.

»Komm schon«, drängte Emilio und zwang sie, sich anzuziehen.

Sie gehorchte zwar, jammerte aber die ganze Zeit.

Dann zerrte er sie zu seinem Wagen, fuhr sie zu ihrem Apartment und sagte flüchtig auf Wiedersehen.

»Wann seh ich dich wieder?«, fragte sie.

»Bald.« Er zwinkerte ihr zu. »Ich ruf dich an.«

Sie war über seine Antwort nicht gerade begeistert, schlenderte jedoch so lässig durch die Eingangstür ihres Hauses, als habe sie überhaupt keine Sorgen.

Nachdem er Rita losgeworden war, fuhr Emilio direkt zu Venus Maria. Er wusste, dass es noch zu früh und sie bestimmt noch nicht wach war; außerdem wusste er, dass die Haushälterin am Wochenende immer einen freien Tag hatte. Damit hatte er gerechnet, denn diese Haushälterin wachte wie eine Mutter über Venus Maria und spionierte ihm nach. Wenn nur er und Venus Maria im Haus waren, hatte er eine bessere Chance, an das Foto in ihrem Safe heranzukommen.

Er klingelte nicht. Nach hinten hinaus gab es ein Fenster, durch das er mühelos einsteigen konnte. Warum sollte er sie stören, wenn sie noch schlief? Umso besser konnte er seine kleine Schwester überraschen.

Venus Maria schlief tatsächlich noch. Zusammengerollt vor dem Fernseher, mit einer Jacke zugedeckt, eine leere Eiscremeschachtel neben sich auf dem Boden.

Das war zu schön, um wahr zu sein.

Leise schlich sich Emilio durch das Wohnzimmer und die Treppe in ihr Schlafzimmer hinauf, direkt zu ihrem versteckten Safe. Er wusste, wo sie sich in einer Art Code die Kombination notiert hatte. Ihr privates Telefonbuch war schnell gefunden, er entdeckte auch die verschlüsselte Kombination, öffnete den Safe, holte das Foto von Venus Maria und Martin Swanson heraus und steckte es in die Tasche.

Nach wenigen Minuten war alles erledigt. Es war viel leichter gewesen als erwartet. Jetzt konnte er verschwinden, und sie würde nicht einmal wissen, dass er hiergewesen war.

Ohne es zu ahnen, hatte Emilio jedoch, als er das Fenster öffnete, einen lautlosen Alarm ausgelöst, der bei der Polizei empfangen wurde. Als er die Treppe hinunterging, hörte er zu seinem Entsetzen das Jaulen einer Polizeisirene. Und zwar so laut, als stehe der Streifenwagen direkt vor dem Haus.

Venus Maria erwachte mit einem Ruck. »O Gott!«, rief sie, als sie merkte, dass sie vor dem Fernseher eingeschlafen war. Die Polizei klingelte schon Sturm.

Benommen lief sie zur Haustür.

Zwei uniformierte Cops nahmen Haltung an. Die Hand des einen lag auf seiner Waffe. »Bei Ihnen wurde Alarm ausgelöst, Miss«, sagte er. »Sind Sie in Ordnung?« Und dann erkannte er sie und gab seinem Partner einen leichten Rippenstoß. »Entschuldigen Sie, aber sind Sie ...«

Sie nickte. »Ja, ich bin, und ich sehe nicht gerade umwerfend aus. Was meinen Sie? Wer soll denn meinen Alarm ausgelöst haben?«

»In Ihrem Haus ist ein Einbrecher.«

O Gott! Der wahnsinnige Fan, vor dem sie sich immer fürchtete, war ins Haus eingedrungen. Sie fröstelte. »Ich bin ganz allein zu Hause.«

»Keine Sorge. Wir überprüfen alles. Haben Sie etwas dagegen, wenn wir hineinkommen?«

»Ob ich etwas dagegen habe? Ich wäre entzückt.«

Emilio kauerte auf der obersten Stufe und horchte. Wie kam er aus dieser Falle wieder hinaus?

Seine Gedanken rasten. Er konnte immer behaupten, die Hintertür habe offen gestanden, und er sei ins Schlafzimmer hinaufgegangen, um zu sehen, ob sie schon wach war. Venus Maria würde darüber zwar nicht besonders froh sein, doch was konnte sie tun? Er war nun einmal ihr Bruder.

Bevor er jedoch überhaupt etwas unternehmen konnte, kauerten die beiden Cops schon am Fuß der Treppe, die Revolver im Anschlag und entsichert. »Auf den Bauch, Mistkerl!«, rief der eine. »Und denk nicht einmal dran, nach einer Waffe zu greifen!«

Dennis Walla tastete nach dem klingelnden Telefon. »Ja«, brummte er in die Sprechmuschel. »Was 'n los?«

»Dennis?«

»Wer is 'n das?«

»Hier ist deine New-York-Connection Bert. Hast du 'n schlechtes Gedächtnis oder was?«

Mit einem müden Seufzer erkannte Dennis den rauen Cockney-Akzent von Bert Slocombe, einem seiner New Yorker Kollegen. Nur so zum Spaß hatte er ihn auf Martin Swanson angesetzt. Dennis gähnte und kratzte sich an den Hoden. »Was rausgefunden, Kumpel?«

»Nur, dass sie viel ausgehen«, antwortete Bert mürrisch. »Mann, die sind nie nich zu Hause.«

»Ach ja? Und wohin gehen sie?«

»Versuch's bei jeder Party inner Stadt. Und in jedem Club. Es ist verdammt nich leicht, ihnen auf 'n Fersen zu bleiben.«

»Sehen sie aus wie ein glückliches Paar, das sich liebt?«

»He, hast du schon mal 'n Ehepaar erlebt, das inner Öffentlichkeit nich rumturtelt? Sie befummeln sich ständig. Verdammt übel kann einem dabei werden.«

»Hm.« Dennis tastete nach einer Zigarette, zündete sie an und inhalierte tief. »Am nächsten Montag wird er wohl nicht mehr so vergnügt sein.«

»Glaubst du, der Typ wird uns verklagen?«

»Red keinen Quatsch, Kumpel. So dämlich ist doch keiner. Vier oder fünf Jahre mit unzähligen Anwälten im Schlepp und dann endlich 'ne Gerichtsverhandlung. Nee. Er wird nicht klagen.«

»Ja, aber Martin Swanson is 'n ganz scharfer.«

»Zerbrich dir darüber nicht 'n Kopf. Heut krieg ich eine Fotografie von ihm und Venus Maria. Eine sehr verräterische Fotografie. Wenn unsere Geschichte läuft, haben wir alles hieb- und stichfest.«

»Okay. Hab ich jetzt frei?«

»Bleib noch einmal vierundzwanzig Stunden dran.«

»Es ist sinnlose Zeitverschwendung«, beklagte sich Bert.

»Verschwende ruhig, du bekommst sie bezahlt«, sagte Dennis. Er zog noch mal an der Zigarette, drückte sie im übervollen Aschenbecher aus, drehte sich um und schlief wieder ein.

Am Samstag spielte Martin Swanson ab sieben Uhr morgens zwei Stunden Tennis. Für ihn war es jedesmal eine Herausforderung, seinen Gegner vernichtend zu schlagen, und da die meisten seiner Gegner für ihn arbeiteten, schaffte er es, immer zu gewinnen.

Hinterher duschte er, trocknete sich ab, zog sich an und lief zu Fuß bis in die oberste Etage des Swanson-Gebäudes, wo er aus seinem Penthousebüro einen herrlichen Ausblick über die Stadt hatte.

Es war noch zu früh, Venus Maria in Kalifornien anzurufen. Er hätte gern gewusst, was sie zu seinem Geschenk zu sagen hatte. Nun, eigentlich war es ja kein Geschenk. Er hatte eine Wette verloren. Und was für eine wunderschöne Art zu verlieren!

Gertrude, seine persönliche Assistentin, begrüßte ihn mit einem triumphierenden Lächeln. Sie war seit elf Jahren bei ihm und wusste über sein Unternehmen mehr als sonst jemand. »Guten Morgen, Mr. Swanson, und wie geht es uns heute?«

Er nickte.

»Ich bin sicher, dass Sie hierüber entzückt sein werden«, sagte sie und drückte ihm ein paar Faxe in die Hand. »Ja, Mr. Swanson, es sieht so aus, als könnten wir ein Studio übernehmen. Soll ich Ihren Piloten anrufen, damit er die Maschine startklar macht?«

Schnell las er das erste Fax. Dann das zweite. Und schließlich das dritte.

Ein Lächeln umspielte seine Lippen. »Tun Sie das«, sagte er. »Ich fliege morgen in aller Herrgottsfrühe.«

Mickey wurde von einem Trupp mexikanischer Gärtner geweckt, die direkt vor seinem Schlafzimmerfenster einen Laubsammler mit verbotenem Gebläsemotor in Betrieb setzten. Der Gestank von Dieselöl stieg ihm in die Nase. Wütend drehte er sich um und wollte Abigaile anstoßen, aber sie war schon aufgestanden und nicht mehr da.

»Verdammt!«, fluchte er leise. Wie oft hatte er ihr schon gesagt, dass die Gärtner unter keinen Umständen am Samstag auch nur in die Nähe seines Hauses kommen durften. Er tastete nach seiner Uhr. War es wirklich schon zehn?

Er rollte sich von dem bequemen Bett hinunter, stelzte steifbeinig ins Bad, musterte sich finster im Spiegel, füllte sein Waschbecken mit eiskaltem Wasser und tauchte das Gesicht hinein. Das machte ihn sehr schnell wach.

Als sein Kopf klar war, rief er Warner an. »Was ist das eigentlich für ein Scheißspiel, das du da treibst?«, fragte er mit gedämpfter Stimme, falls Abigaile in der Nähe war und horchte.

»Es ist aus, Mickey«, antwortete Warner, nicht besonders erfreut, von ihm zu hören.

»Es ist aus? Wie meinst du das?«

»Ich hab genug.«

»Genug wovon?«

»Deinen schlechten Launen, deiner Frau und der Art, wie du mich zum Sex benutzt. Außerdem bin ich jetzt in einen anderen verliebt.«

Er erstickte fast. »Du bist was?«

»Ja, ich bin in einen anderen verliebt«, wiederholte sie und platzte fast vor Stolz.

»Und wer ist der Glückliche?«, fragte er gepresst.

»Johnny Romano«, antwortete sie und legte auf.

Und Leslie Kane erwachte in L. A. Als ihr bewusst wurde, wo sie war und was sie getan hatte, fröstelte sie. Sie war Eddie weggelaufen, schnurstracks zurück in ihr altes Leben. Wenn sie sich's recht überlegte, nicht unbedingt das Klügste, das sie hatte tun können.

Weinend dachte sie an ihren Mann. Eddie war nicht so

übel. Er hatte seine Probleme. Doch hatte die nicht jeder? Und sie hatte ihn verlassen, als er sie am nötigsten brauchte. Was war sie nur für eine Ehefrau?

Madame Lorettas Haus war sehr still. Samstagmorgen und käuflicher Sex passten nicht zusammen. Die meisten Männer beschäftigten sich mit ihren Kindern. Sie lag im Bett und versuchte zu einem Entschluss zu kommen. Was sollte sie tun? Eins war sicher – Eddie musste seine Lektion kriegen. Ihm musste klar gemacht werden, dass er sie nicht wie Dreck behandeln durfte.

Vierundzwanzig Stunden müssten ausreichen.

Vierundzwanzig Stunden, und dann ging sie wieder nach Hause.

In New York schlug Deena um zehn Uhr die Augen auf, entfernte ihre Schlafmaske aus schwarzem Satin und klingelte ihrem Mädchen, das ihr Tee und die Morgenzeitung ans Bett brachte. Sie blätterte sofort zu den Klatschspalten weiter, weil sie unbedingt erfahren musste, wer was mit wem tat und ob sie irgendwelche Partys versäumt hatte. Zufrieden, dass das nicht der Fall war, suchte sie die Modeseiten. Weltnachrichten und Verbrechen interessierten Deena nicht.

Ihr Diener meldete ihr über die Haussprechanlage, da sei ein Anruf für sie.

»Wer ist es?«

»Mr. Paul Webster.«

Hm – warum wollte Effies Sohn sie sprechen?

Sie griff zum Telefon. »Paul?«, fragte sie. »Der kleine Paul?«

»Macht Sie das irgendwie an, wenn Sie mich herabsetzen können?«, fragte er.

Hübsche Stimme. Sehr tief. Sehr sexy. Ganz gegen ihren Willen fühlte Deena ein Prickeln. »Ich glaube nicht, dass deine Mutter sich freuen würde, wenn sie wüsste, dass du mit mir flirtest«, sagte sie.

Er schlug sofort zurück. »Wieso glauben Sie, dass ich flirte?«

»Entweder das, oder du rufst an, um dich nach meinem Befinden zu erkundigen. Was ist es, Paul?«

»Sie können einen Mann ganz schön verrückt machen, Deena.«

Wirklich ein amüsanter Junge. »Paul, ich bin alt genug, um deine – deine ...«

»Ältere Schwester?«, schlug er vor.

»... ja, so etwas Ähnliches zu sein.«

»Darf ich Sie zum Lunch einladen?«

Warum nicht? dachte sie. Effie würde Krämpfe kriegen. Aber Effie musste es nicht unbedingt erfahren, oder? »Und was schlägst du vor?«

»Den Park«, sagte er leichthin.

Sie glaubte, er meine das Tavern on the Green. »Um wie viel Uhr?«

»Ich hole Sie mittags ab.« Er machte eine Pause, wartete auf ihre Antwort.

»Ich bin nicht sicher. Ich ...«

»Zwölf Uhr«, unterbrach er sie energisch. »Wiedersehen.«

Sie lächelte. Seit dem Soulsänger hatte es niemanden mehr gegeben. Nur weil Martin sagte, sie dürfe nicht ...

Warum sollte sie auf Martin hören, wenn er tat, was er wollte?

Aber Paul Webster ... Ein Junge ... Effies Sohn?

Deena Swanson, du solltest dich schämen ...

Und Eddie Kane schlief überhaupt nicht. Er ging zu einer Party im Strandhaus von Arnie Blackwood und Frankie Lombardo. Dort schnupfte er so viel Kokain, dass es ihm zu den Ohren rauskam und er so high war wie noch nie, weil er wusste, dass Arnie und Frankie immer einen mehr als ausreichenden Vorrat für ihre Freunde im Haus hatten und es ihn nichts kostete. Irgendwann im Lauf des Abends wollte er Arnie anpumpen. Arnie lachte ihm ins Gesicht.

Mädchen waren im Überfluss vorhanden, aber Eddie hatte keine Lust auf Sex. Ihm war klar, wie schlecht er Leslie behandelt hatte. Er hatte sie verletzt und wusste nicht, wie sie reagieren würde. Wie sollte er es wieder gutmachen?

Erstens wusste er nicht, wohin sie gegangen war. Und zweitens hatte er keine Ahnung, wie lange es dauern würde, bis sie zurückkam.

Er hatte ein einmaliges Talent, eine perfekte Beziehung zu zerstören. Es war die Geschichte seines Lebens.

Am Samstagmorgen kam er zu sich und stellte fest, dass er noch immer in Arnies und Frankies Haus in Trancas war und zusammen mit einem halben Dutzend anderer Penner die Nacht auf dem Wohnzimmerfußboden verbracht hatte.

Zum Glück hatte er bei der Party genug Stoff beiseite gebracht, um sich einen Kickstart zu verschaffen. Nach einem Besuch im Badezimmer, wo er genau das tat, fühlte er sich schon viel wohler. Er ging hinaus zu seinem Wagen.

Heim – schnell heim.

Er konnte nur hoffen, dass Leslie auf ihn wartete.

53

Nicht schießen!«, kreischte Emilio mit von Panik erfüllter Stimme. »Ich bin ihr Bruder!«

»Leg dich auf den Boden, sonst bist du im Handumdrehen niemandes Bruder!«, brüllte ein Cop.

Venus Maria stand hinter ihnen.

»Treten Sie zurück, Miss«, sagte der andere Cop.

Sie hatte Emilios Stimme erkannt. Verdammt! Wieso zum Teufel schlich er ohne Erlaubnis im Haus herum?

Vorsichtig stieg ein Cop die Treppe hinauf, während der andere zurückblieb, um ihm, wenn nötig, Feuerschutz zu geben.

Cop Nummer eins erreichte Emilio, drehte ihm die Arme nach hinten und legte ihm Handschellen an.

»Sie machen einen großen Fehler«, stieß Emilio hervor. »Ich sag Ihnen doch, Mann, ich bin der Bruder von Venus Maria. Ich bin kein Einbrecher.«

»Das werden wir schon feststellen«, sagte der erste Cop.

»Steh auf!«

»Und ob ihr das feststellen werdet!«, brüllte Emilio. »Ich verklage euch!«

»Er verklagt uns, wie schrecklich«, sagte der Cop gelangweilt. Das kannte er, hatte es schon so oft gehört. Es war der Schlachtruf von Beverly Hills.

Sie drückten ihm den Kopf nach unten und schleppten ihn zu zweit hinaus zum Streifenwagen.

»Holt sie, sie kann mich identifizieren!«, schrie Emilio, plötzlich in Panik. »Ich sag Ihnen doch, ich bin ihr Bruder!«

Einer der beiden Cops ging ins Haus zurück. »Bekomme ich ein Autogramm von Ihnen?«, fragte er. »Für meine kleine Tochter. Das wird ein Feiertag für sie.«

»Klar«, sagte Venus Maria freundlich und setzte ihre Unterschrift auf das Stück Papier, das er ihr reichte.

»Eh, ich weiß nicht, ob wir da draußen einen geistig nicht ganz zurechnungsfähigen Fan haben oder so, aber der Kerl behauptet, er ist Ihr Bruder. Haben Sie einen Bruder?«

Sie nickte. »Vier. Lauter Penner.«

»Sehen Sie sich ihn zur Sicherheit einmal an, bevor wir ihn mitnehmen.«

Einen Augenblick geriet sie in Versuchung, nein zu sagen, doch dann dachte sie an die Schlagzeilen und erklärte sich widerwillig einverstanden.

Emilio lehnte mit hängenden Schultern am Streifenwagen und machte ein schuldbewusstes Gesicht.

Mist! Er war es tatsächlich. »Tut mir Leid, Jungs«, sagte sie. »Es ist wirklich mein Bruder. Wenn ich auch nicht weiß, was er in meinem Haus zu suchen hat, er wohnt nicht hier.«

Die Cops wechselten einen Blick. »Sollen wir ihn laufen lassen?«

Sie hatte keine andere Wahl. Sie konnte Emilio nicht einsperren lassen, weil er ein unausstehliches Arschloch war.

Sie nickte widerstrebend. »Ich schätze schon.«

Eine Nacht im Knast hätte Emilio sehr gut getan. Dann wäre ihm wenigstens ein bisschen von dem heimgezahlt worden, was sie früher, als sie noch nicht erwachsen gewesen war, von ihm auszustehen gehabt hatte.

Sie nahmen ihm die Handschellen ab. Emilio rieb sich die Handgelenke und funkelte die beiden Cops wütend an. »Das gibt einen Prozess«, sagte er, sich aufblähend wie ein Pfau. »Darauf können Sie sich verlassen.«

»Halt den Mund, und geh ins Haus«, unterbrach ihn Venus Maria. »Warum hast du überhaupt bei mir eingebrochen?«

»Eingebrochen?«, erwiderte Emilio und tat entgeistert. »Du denkst, ich würde bei dir einbrechen? Ich, dein eigener Bruder? Ich bin hier, um das Geld, von dem ich dir erzählt habe, in deinem Safe zu deponieren. Als die Cops kamen, hatte ich dich grade im Schlafzimmer gesucht.«

»Wie bist du reingekommen?«, fragte sie misstrauisch.

»Durch das Hinterfenster. Es ist immer offen.«

»Du hast einen stummen Alarm ausgelöst. Das Fenster ist durch eine Lichtschranke gesichert.«

Er bemühte sich, zerknirscht auszusehen. »'tschuldige, kleine Schwester, wollte dir keine Schwierigkeiten machen.«

Venus Maria warf den beiden Polizeibeamten einen hilflosen Blick zu und fuhr sich mit der Hand durch das platinblonde Haar. »Tut mir leid, dass Sie alarmiert worden sind. Sieht so aus, als sei's ein Irrtum gewesen.«

»Das macht nichts«, sagten beide. »Haben wir doch gern getan. Wir mögen Ihre Platten. Und Ihre Videos.«

Sie lächelte. »Vielen Dank. He, geben Sie mir doch Ihre Namen, dann sorge ich dafür, dass Sie Karten für mein nächstes Konzert bekommen.«

Die Cops freuten sich.

Emilio marschierte ins Haus zurück. Jetzt brauchte er nur noch zu verschwinden. Er wollte nicht, dass Venus Maria den Safe öffnete und feststellte, dass ihr kostbares Foto fehlte, das sicher in seiner Tasche steckte. Am besten, er sah zu, dass er so schnell wie möglich wegkam.

Venus Maria folgte ihm hinein. »Hör zu«, sagte sie sehr deutlich, »wenn du ins Haus willst, dann klingelst du in Zukunft an der Eingangstür. Schaffst du das?«

Er nickte mürrisch.

»Gib mir das Geld, das ich für dich aufbewahren soll. Und, Emilio, das nächstemal rufst du an, bevor du herkommst.«

Er schlug sich mit der flachen Hand an die Stirn. »Bin ich blöd!«, rief er. »Ich bin so rasch hergestürzt, dass ich das Geld vergessen habe. In meinem Apartment. Aber vielleicht sollte ich es doch lieber zur Bank bringen.«

»Ja, vielleicht solltest du das«, stimmte sie zu und fragte sich, was er vorhaben mochte.

Emilio war zum Aufbruch bereit. »Wiedersehen, kleine Schwester.«

Von ihren Brüdern war Emilio der durchtriebenste. Sie traute ihm nicht über den Weg. Hatte es nie getan, und er hatte es viel zu eilig, fortzukommen. Er rannte wie eine Ratte.

Vielleicht hatte die Polizei ihm einen Schock versetzt.

Oder vielleicht auch nicht.

Venus Maria fühlte instinktiv, dass Emilio etwas ausheckte.

Das Schwierige daran war, dass sie keine Ahnung hatte, was.

54

Was willst du heute tun?«

»Ich weiß es nicht. Was willst du heute tun?«

»Ich weiß es nicht, Marty. Was willst du heute tun?«

Lennie lachte. »He, du bist viel zu jung, um diesen Film gesehen zu haben.«

»Du aber auch«, antwortete sie liebevoll, glücklich, endlich wieder mit ihrem Mann zusammen zu sein.

»Ich bin nicht mehr so jung wie früher.«

»Wer ist das schon?«

Sie neckten sich fröhlich weiter. Es war ein heißer Tag in New York. Sie hatten gefrühstückt, sich wieder geliebt und mussten jetzt Entschlüsse fassen.

»Also am allerliebsten«, sagte Lucky, »würde ich Mary-Lou und das Baby besuchen. Wie gefällt dir das?«

»Es gefiele mir ausgezeichnet, wenn man mir gesagt hätte, dass sie ein Baby bekommen hat. Wer bin ich eigentlich? Der arme Verwandte?«

»Nein. Du bist der reiche Filmstar-Verwandte, dem man bestimmt Bescheid gesagt hätte, wenn er nicht total von der Bildfläche verschwunden gewesen wäre.«

»Klär mich auf: Junge oder Mädchen?«

»Ein Mädchen«, sagte sie begeistert. »Ich hab mit Steven noch nicht gesprochen. Er muss verrückt sein vor Freude.«

»Rufen wir sie an.«

»Und dann hab ich noch eine großartige Idee. Wir plündern Zabar, nehmen eine ganze Wagenladung Delikatessen mit und besuchen das Baby.«

»Essen? Ist das alles, was du im Kopf hast?«, tadelte er. »Was ist in letzter Zeit nur mit dir los?«

»Ich baue meine Kraft auf.«

»Wofür?«

»Eine Überraschung.«

Er stöhnte. »Bitte nicht noch eine!«

»Die wird dir gefallen.«

»Hängen viele Reisen daran?«

»Keine ohne dich.«

»Hat es mit Sex zu tun?«

Sie sah ihn fragend an. »Hm, findest du Macht sexy?«

»Hängt von dem ab, der die Macht hat.«

»Du wirst es schon sehen«, antwortete sie mysteriös.

Er schüttelte den Kopf. »Mit dir hat man's wirklich schwer, Mädchen.«

Sie lachte. »Jetzt redest du schon fast so wie Gino.«

»Armer alter Gino. Es muss für ihn sehr anstrengend gewesen sein, dich zu erziehen.«

»O ja, und deshalb hat er mich auch verheiratet, als ich sechzehn war.«

»Das hat er wirklich getan?«

»Du darfst es ruhig glauben. Ich war die perfekte kleine Washingtoner Ehefrau. Craven und ich wohnten mit den Richmonds in ihrer geschmackvollen Villa, während ich bei allen gesellschaftlichen Anlässen das brave kleine Frauchen spielte. Und weißt du was? Demnächst wird Peter Richmond sich als Präsidentschaftskandidat aufstellen lassen. Ist das nicht der Witz des Jahrhunderts?«

»Was ist aus Ehemann Nummer eins geworden?«

»Ach ja, Craven. Er hat ein Mädchen kennen gelernt, das Pferde liebte. Und ich schwör dir eins – ein Pferd ist so ungefähr das einzige, das sie je zwischen ihren Beinen finden wird.«

Lennie lachte laut auf. »He, Lady, es gefällt mir, wenn du schmutzig daherredest.«

Sie grinste. »Und warum tu ich das wohl, was glaubst du?«

»Um mich anzuturnen.«

»Du hast's erfasst.«

Er zog sie an sich. »Komm her, Frau.«

Sie schob ihn sanft von sich. »Nicht jetzt.«

»Wieso nicht?«

»Weil wir auch mal raus müssen wie ganz normale Menschen. Wir können nicht das ganze Wochenende im Bett bleiben.«

»Warum nicht?«

»Nein, Lennie«, sagte sie energisch und bemühte sich, nicht nachzugeben.

Er seufzte tief vor Enttäuschung. »Okay, also was tun wir dann?«

»Wir besuchen meinen Bruder. Es sei denn, du willst arbeiten. Dafür hätte ich Verständnis.«

»Ich war so lange hier oben eingesperrt, dass ich fast verrückt geworden bin.«

»Darf ich das Skript bald mal lesen?«, fragte sie lebhaft.

»Wenn es fertig ist, das hab ich dir schon gesagt.«

»Wann wird das sein?«

»Die Rohfassung ist bald so weit.«

»Aber dann krieg ich's zu lesen, ja?«

»Wir werden sehen.«

»Scheiße. Ich werde es lesen, Lennie.«

»Das ist es, was ich an dir liebe – du bist so zurückhaltend.«

Sie rief Gino an, der sich sehr zu freuen schien, von ihr zu hören. »Du bist also wieder da«, sagte er. »Wurde auch langsam Zeit.«

»Da hast du Recht.«

»Alles nach Plan gegangen?«

»Na, und ob.«

»Hast du's Lennie schon gesagt?«

»Aber ganz bestimmt nicht.« Sie wechselte schnell das Thema. »Wie wär's? Wollen wir heute zusammen lunchen? Ich möchte gern Steven und Mary-Lou besuchen. Ist sie schon zu Hause? Wie geht es dem Baby?«

»He, he, nur eine Frage auf einmal bitte. Ja, sie sind alle zu Hause. Eine gute Idee. Steven hat dich vermisst.«

»Wir haben gedacht, wir besorgen etwas zum Lunch und fahren zu ihnen. Rufst du bitte Steven an und bereitest ihn auf die Invasion vor?«

»Großartige Idee, Mädchen. Familientreffen, wie?«

»Ich kann's kaum erwarten, Gino.«

Boogie fuhr sie zu Zabar, und dann hatte Lucky die Idee, bei Bloomingdale Geschenke zu kaufen, wobei sie sich in der Babyabteilung einer wahren Kauforgie hingab und für Hunderte von Dollars Spielsachen und Babykleidung kaufte.

»Was soll Mary-Lou denn mit dem ganzen Zeug?«, fragte Lennie aufgebracht.

»Es benutzen.«

»Sehr komisch. Können wir endlich hier abhauen?«

»Gehen wir.«

Schwer mit Paketen beladen, marschierten sie zum Lift, wo man Lennie erkannte, und sofort begannen begeisterte Fans, ihn zu umringen. Lucky und Lennie mussten rennen, um ihnen zu entkommen.

Kichernd und lachend stiegen sie in den Wagen.

»Ich freu mich, dass du noch ein Star bist«, scherzte Lucky. »Ich dachte schon, man hätte dich vergessen.«

»O ja. Ich kann mich kaum retten vor Glück, wenn mich die Menge im guten alten Bloomies fast zerquetscht«, sagte er mit einem schiefen Lachen.

»Ich liebe dich.« Sanft berührte sie seine Wange. »Und ich hab dich mehr vermisst, als du dir vorstellen kannst.«

»Fang bloß nicht an, Süßholz zu raspeln, ich halte den Druck nicht aus.«

Kichernd streckte sie ihm die Zunge heraus.

»Hübsche Zunge«, sagte er bewundernd.

»Mach nur so weiter, und du wirst nie erfahren, wie hübsch sie tatsächlich ist.«

Boogie saß unbeteiligt auf dem Fahrersitz. »Wohin?«, fragte er.

»Zu Stevens Haus«, sagte Lucky. »Und schnell.« Sie wandte sich an Lennie. »Hast du mit Brigette telefoniert?«

»Nicht in letzter Zeit. Ich habe ihr versprochen, dass sie mit uns nach Malibu darf.«

»Wunderbar. Vielleicht könnten wir morgen Abend alle zusammen fliegen.«

»Was soll diese Eile?«

»Wir wollen doch nicht hier rumhängen, oder? Es ist heiß und muffig, und dort steht das große Strandhaus leer.«

Er zuckte mit den Schultern. »Wie du willst. Ich hab in fünf Minuten gepackt.«

»Also – worauf warten wir? Du schreibst dein Drehbuch am Strand fertig. Es wird sensationell. Ein richtiger Familiensommer, nicht wahr?«

»O ja, viel besser, als sich mit den Anwälten rumzuschlagen«, sagte er grimmig.

»Ich hab dir schon zehnmal gesagt, entspann dich. Sie werden dich nicht verklagen.«

»Darauf solltest du keine Wetten abschließen, Lucky.«

»Oh, ich wette darauf. Und ich hab Recht.«

Steven begrüßte sie mit einer festen Umarmung und einem Kuss. »Wo warst du nur?«

»In Japan«, schwindelte sie. »Habe eine fantastische Rückenmassage gelernt. Darf ich das Baby sehen?«

Mary-Lou lächelte stolz. »Kommt mit, gehen wir in ihr Zimmer hinauf.«

»Wie nennt ihr sie?«, fragte Lucky.

»Carioca Jade«, antwortete Steven.

Lennie nickte weise. »Mit dem Namen wird sie in der Schule keine Probleme haben.«

»Es ist wirklich ein wunderschöner Name«, begeisterte sich Lucky.

Carioca Jade war ein süßes kleines Bündel, hilflos und rührend.

Steven nahm sie auf und legte sie Lucky in die Arme. »Sag Tantchen guten Tag.«

»Tantchen?«, rief Lucky. »Da komm ich mir ja uralt vor.«

»Nun, ein halbes Kind bist du ja nicht mehr«, stellte Lennie fest.

»Vielen Dank.« Sie betrachtete das Baby. »Nächste Woche bekomme ich meine erste Altersrente! Steven, Mary-Lou, dieses Kind ist eine Wonne.«

»Ich habe mein Bestes getan«, sagte Steven bescheiden.

Mary-Lou warf ein Kissen nach ihm. »Raus mit dir!«

Gino erschien bald darauf. Wieder fragte er Lucky, ob sie Lennie schon von Panther erzählt hatte.

»Das kommt schon noch«, sagte sie. »Hör auf mich zu nerven.«

»Wann?«

»Was willst du denn? Ich sag's ihm heut Abend. Ich möchte den Augenblick genießen.«

»Bist du sicher, dass er Überraschungen mag?«

»Keine Sorge, Gino. Er wird außer sich sein vor Freude.«

Sie blieben ein paar Stunden bei Steven und Mary-Lou und zogen dann auf eigene Faust los. Boogie hatten sie für den Rest des Wochenendes freigegeben.

»Was möchtest du unternehmen?«, fragte Lennie, als sie Hand in Hand die Straße entlangschlenderten.

Lucky lächelte. »Das fragst du mich immer wieder. Wichtiger ist, was du tun möchtest?«

»Was dich glücklich macht.«

»Können wir wie ganz normale Leute rumlaufen, oder wird man dich gleich wieder erkennen?«

»Wir können wie ganz normale Leute rumlaufen. Ich werde jeden Augenkontakt vermeiden. Ich habe entdeckt, dass dieses Erkanntwerden ein Geisteszustand ist. Wenn man will, dass sie einen erkennen, tun sie's auch, wenn man es nicht will, erkennen sie einen nicht. So einfach ist das.«

»Okay«, sagte sie. »Dann möchte ich gern in ein Kino gehen, Popcorn essen und mich ganz damit bekleckern. Wenn mir übel ist, möchte ich mir einen dieser grässlichen Orangendrinks genehmigen. Und dann möchte ich nach Hause gehen und dich die ganze Nacht lieben. Wäre das möglich?«

»Weißt du was? Deshalb bin ich so verrückt nach dir. Wir haben haargenau den gleichen Geschmack. Woody Allen?«

»Aber natürlich«, antwortete sie wie aus der Pistole geschossen.

Sie stellten sich an der Kinokasse an. Sahen den Film. Waren begeistert. Und redeten auf dem ganzen Heimweg darüber.

Erst als sie wieder in dem von Lennie gemieteten Loft standen, sah Lucky ihn an, begann zu lachen und sagte: »He, warte einen Moment! Wir besitzen eine Luxuswohnung in New York. Was machen wir in dieser Absteige?«

»Es ist romantisch«, antwortete Lennie. »Keiner weiß, dass wir hier sind. Keine Telefonanrufe. Nichts. Wir bleiben bis morgen hier und fliegen dann nach L. A.«

»Ein guter Plan. Gefällt mir.«

»Und was willst du jetzt?«

Wieder musste sie daran denken, wie sehr sie ihn liebte. Und wie sehr er ihr gefehlt hatte. »Ich möchte chinesisches Essen, Musik von Marvin Gaye und tollen Sex. Und was willst du?«

»Indisches Essen, Billie Holliday und tollen Sex.«

»Also wenn wir uns wegen des Essens nicht einigen können, muss es eben warten.«

»Vermutlich ja.«

Sie zuckte mit den Schultern. »Und wenn wir uns nicht einigen können, ob Marvin oder Billie, müssen auch sie sich gedulden, wie?«

Er zuckte ebenfalls mit den Schultern.

»Tja«, sagte sie gedehnt. »Dann sieht es ganz so aus, als wäre nichts mehr übrig außer …«

Zusammen riefen sie: »Toller Sex!«

Dann fielen sie sich lachend in die Arme.

55

Paul Websters Vorstellung vom Park war ganz bestimmt nicht das Tavern on the Green. Deena, von Kopf bis Fuß in Chanel gehüllt, entdeckte es, als er sie abholen kam.

»Wir machen ein Picknick«, erklärte er ihr

Sie zog eine Braue hoch. »Ach, wirklich?«

»Warum nicht?«, fragte er. »Das wird ein Knaller!

Sie wollte ihm nicht sagen, dass erwachsene, in Chanel gekleidete Frauen mit reichen Ehemännern nicht im Park picknickten. »Dafür bin ich kaum richtig angezogen«, gab sie zu bedenken.

»Dann gehen Sie sich umziehen.«

»Fällt mir nicht ein.«

Er sah sie durchdringend an. »Mach ich Sie nervös?«

Sie lachte amüsiert auf. »Wie könntest du mich wohl nervös machen? Ich kenne dich, seit du ein Baby warst.«

»Gehen Sie sich umziehen, Deena«, sagte er.

Er schien entschlossen, also gab sie nach, lief hinauf, zog einen Trainingsanzug von Christian Dior und Joggingschuhe an.

Paul wartete in der Eingangshalle. Deena fragte sich, was wohl ihr Diener dachte. Was konnte er schon denken?

Schließlich war Paul jung genug, um ihr – jüngerer Bruder zu sein.

Martin war im Büro gut aufgehoben. Er ging am Samstag immer sehr früh aus dem Haus und kam vor sechs oder sieben Uhr abends nicht zurück. Genauso lief es am Sonntag. Hin und wieder verbrachten sie ein Wochenende in ihrem Haus in Connecticut. Dann saß Martin fast die ganze Zeit am Telefon oder am Faxgerät.

Martin war ein echter *Workaholic* – ein Arbeitssüchtiger. Es fiel ihm schwer, sich zu entspannen.

Brachte ihn »Das Miststück« dazu?

Schaffte es »Das Miststück«, ihn die Arbeit für länger als fünf Minuten vergessen zu lassen?

Deena versuchte den Gedanken zu verdrängen. Es war nicht gesund, über Martin und Venus Maria zu grübeln. Wenn sie die Sache ausgrenzte, würde die Beziehung vielleicht im Sand verlaufen wie alle bisher, und Martin würde wieder ihr gehören.

Und wenn es anders kam? Wenn »Das Miststück« mehr wollte ...

Deena seufzte. Sie hatte ihre Lösung parat.

Paul nickte anerkennend, als sie wieder auftauchte. »Sie sind wirklich Klasse«, sagte er und musterte sie von Kopf bis Fuß. »Jetzt können wir's uns bequem machen und uns amüsieren.«

»Wie kommen wir hin?«, fragte sie, als sie auf die Straße traten, und bereute schon ihren Entschluss, mit ihm zu gehen.

Er nahm ihre Hand. »Zu Fuß.«

Rasch entzog sie ihm die Hand wieder. »Ich gehe nicht zu Fuß.«

Er sah sie fragend an. »Sie gehen nicht zu Fuß? Komisch, aber Ihre Beine sehen ganz so aus, als könnten sie einen Fuß vor den anderen setzen.«

»Machen Sie sich nicht lächerlich, Paul. Wir nehmen ein Taxi.«

Er wollte ihr seine Männlichkeit um jeden Preis beweisen. »Wir gehen zu Fuß.«

Deena versteckte sich hinter einer großen schwarzen Sonnenbrille und hoffte, dass sie unterwegs keine Freunde traf. Natürlich war nichts dabei, mit Effies Sohn durch die Stadt zu schlendern, aber trotzdem …

Sie betrat den Central Park, als unternehme sie eine Abenteuerreise in die Wildnis. Sie konnte sich nicht erinnern, wann sie so vielen Menschen zum letztenmal so nahe gekommen war. Deena führte ihr Leben in einer elitären Atmosphäre und fühlte sich in den menschlichen Niederungen nicht wohl. Aber es war eine Abwechslung, das musste sie zugeben. Und der aufmerksame Paul Webster war wirklich ein reizvoller junger Mann. Außerdem brauchte sie jemanden, der ihr sagte, dass sie schön, intelligent, attraktiv war. Alles Dinge, die Martin gewöhnlich zu erwähnen vergaß.

»Rate mal, wo Paul heute ist«, sagte Nona, die sich damit abmühte, sich in viel zu enge Jeans zu zwängen.

»Wo denn?«, fragte Brigette und biss in einen Apfel.

»Er hat die alte Dame Deena Swanson zum Lunch eingeladen. Was sagst du dazu?«

Brigette erstickte beinahe. Was sollte sie dazu sagen? Sie schluckte ihre verletzten Gefühle hinunter und meinte: »Warum?« Und fügte dann hinzu: »Woher weißt du das?«

»Ich weiß alles«, erwiderte Nona selbstsicher und zog endlich den Reißverschluss ihrer Jeans zu. »Ich habe gelauscht, als er mit ihr telefonierte.«

»Mag er sie denn?«, fragte Brigette beiläufig.

»Magst du ihn?«, gab Nona die Frage weniger beiläufig zurück.

»Spinnst du?«, antwortete Brigette und bemühte sich, ganz kühl auszusehen.

»Ich glaub, du magst ihn«, sagte Nona.

Bevor Brigette antworten konnte, kam Effie herein. »Telefon für dich, Brigette. Dein Stiefvater, Lennie Golden. Wir würden ihn gern einmal kennen lernen. Bitte ihn doch auf einen Drink zu uns.«

Brigette freute sich. Sie hatte schon gedacht, Lennie habe sie vergessen. »Was soll ich ihm sagen?«, fragte sie Nona.

»Sag ihm, er kann uns haben, wann immer er will. Du hast doch erwähnt, dass ich mitkomme, oder?«

Brigette wich ihren Augen aus. »Aber klar doch.«

Nona verzog das Gesicht. »Ich wette, du hast nicht. Also tu's jetzt.«

Lennie war ganz der alte. Er sagte, es klappe mit den Ferien in Malibu, und natürlich könne sie eine Freundin mitbringen. Sie verabredeten, dass sie und Nona in einer Woche nach L. A. fliegen sollten. Nona war begeistert. »Ich kann's kaum erwarten, deinen Stiefvater kennen zu lernen«, erklärte sie aufgeregt. »Ist er so heiß, wie er auf der Leinwand aussieht?«

»Lennie? Heiß?« Brigette hätte um ein Haar laut aufgelacht. So hatte sie noch nie an ihn gedacht, obwohl er natürlich eine Menge weiblicher Fans hatte.

Nach einiger Überlegung kam sie zu dem Schluss, dass er wahrscheinlich schon heiß war. »Du bist doch nicht in ihn verknallt, oder?«, neckte sie Nona.

»Nicht so sehr wie in Tom Cruise«, antwortete Nona und nahm ihre Jacke. »Komm, gehen wir Shopping. Ich möchte mir den winzigsten Bikini kaufen, den die Welt je gesehen hat.«

Bert Slocombe hielt sich für den smartesten Reporter der Stadt. Nun ja, Fotoreporter eigentlich, denn er war nie ohne seine kleine Kamera unterwegs, die er versteckt am Leib trug. Bert war dafür bekannt, dass er es immer schaffte, die saftigsten Skandale auszubaldowern, und genau deshalb hatte man ihn auf die Swansons angesetzt.

An diesem Morgen hatte er ursprünglich Martin Swanson

folgen wollen, doch eine Ahnung sagte ihm, er solle sich lieber auf Deena konzentrieren. Und es machte sich bezahlt. Die vornehme Mrs. Swanson tauchte kurz nach zwölf Uhr mittags in einem eleganten Jogginganzug aus ihrem Haus auf. Sie war in Begleitung eines jugendlichen Galans, der sie immer wieder lüstern ansah. Lüsterne Blicke erkannte Bert sogar aus einer Entfernung von fünfhundert Metern.

Glücklich marschierte er hinter ihnen her, als sie den Weg zum Park einschlugen. Er hatte gewusst, dass etwas Gutes im Busch war, als sie aus dem Haus gekommen und nicht sofort in eine von einem Chauffeur gesteuerte Limousine eingestiegen war.

Deena Swanson, zu Fuß in den Central Park unterwegs, das allein war schon ein lohnendes Bild. Aber Deena Swanson in Begleitung eines jungen Hengstes war für ein Skandalfoto auf der Titelseite gut. Eine verheiratete Frau, die herumspielte, ließ die Auflage in Mega-Höhen schnellen. Besonders wenn der Partner ein jüngerer Mann war.

Bert fragte sich, wer der Junge sein mochte. Er sah sehr gut aus mit dem langen Haar und dem kleinen goldenen Ring im Ohrläppchen. Vielleicht ein Rockstar. Diese Rock'n'Roller schafften es, überall hineinzukommen.

Nein, sagte sich Bert. Er kannte ihn nicht, und die meisten von der Langhaarbrigade waren ihm vertraut.

Im Park angekommen, nahm der Junge eine Decke aus seiner Umhängetasche und breitete sie auf dem Rasen aus.

Bert glaubte, er sei gestorben und in den Himmel aufgestiegen.

Er sah, dass Deena Einwände erhob, offensichtlich war sie solche Ausflüge nicht gewohnt, aber sie setzte sich trotzdem und machte es Bert leicht, hinter einen Baum zu huschen und ein paar großartige Bilder zu schießen.

Die beiden blieben über eine Stunde im Park. Bert hoffte, dass der Typ sich an sie heranmachen würde, doch das Glück hatte er nicht. Sie redeten eine Menge, und damit hatte es sich.

Er wünschte, er könnte hören, was sie sagten. Unmöglich, er durfte nicht auffallen, musste sich hinter den Bäumen herumdrücken wie ein heimlicher Wichser.

Ein Bild gelang ihm aber, von dem er wusste, dass es etwas ganz Besonderes sein würde. Deena hatte eine Wespe oder ein anderes Insekt im Haar, und der Junge beugte sich über sie und holte es heraus. Die geneigten Leser würden natürlich nicht wissen, was er tat. Es sah so aus, als sei er dabei, ihr einen heißen, feuchten Kuss auf die Lippen zu pflanzen.

Bert folgte ihnen zurück zu Deenas Haus und blieb noch einen Moment. Wie vermutet kam der junge Kerl gleich wieder heraus, und Bert ging in angemessener Entfernung hinter ihm her. Vielleicht konnte er dem Kind auch einen Namen geben.

Er lachte leise vor sich hin. Diese Story, zusammen mit dem Venus-Maria-Material, wurde größer, als er gedacht hatte. Er konnte es kaum erwarten, Dennis in L. A. die tolle Neuigkeit zu verklickern.

56

Als sie Emilio endlich los war, telefonierte Venus Maria mit Ron.

»Und wo warst du gestern Abend?«, fragte er lebhaft. Ron wollte immer alles über andere wissen.

»Im Spago.«

»Ach, wir machen die Stadt unsicher, wie? Und wer war der glückliche Begleiter.«

»Cooper.«

»Hm ...« Ron war fasziniert. »Und war's nun endlich so weit?«

Sie seufzte. »Nein, Ron. Es war nicht so weit. Cooper und ich sind einfach Freunde. Warum fragst du mich so was überhaupt?«

»Weil ich dich kenne. Du bist keine besonders geduldige Frau, und wenn du Martin nicht ganz für dich haben kannst, wirst du kaum bis in alle Ewigkeit warten.«

Sie wickelte sich das Telefonkabel um den Finger. »Wieso bist du so sicher, dass ich Martin nicht ganz für mich haben kann?«

»Er ist nicht zu haben«, sagte Ron sehr nachdrücklich. »Er ist besetzt.«

»Ich kriege jeden Mann, den ich will«, prahlte Venus Maria mit vorgetäuschter Selbstsicherheit.

»Das möchte ich sehen«, spottete Ron.

Es machte sie wütend, dass Ron immer glaubte, sie herausfordern zu müssen. »Und ob du es sehen wirst!«, fauchte sie und hoffte, dass er nun den Mund halten würde. »Wir reden später.« Sie legte auf, ohne ihm die Möglichkeit zu geben, auch nur ein weiteres Wort zu sagen.

In zwei Wochen wollten sie ernsthaft anfangen, für ihre *Soft Seduction*-Tournee zu probieren. Sie plante Auftritte in zweiundzwanzig Städten. Eine schreckliche Strapaze, aber eine, auf die sie sich freute. Ihr Album *Soft Seduction* kam zur gleichen Zeit auf den Markt, zusammen mit dem Video des Titelsongs. Die Dreharbeiten für das Video waren für nächste Woche angesetzt. Regisseur war Antonio, ein berühmter italienischer Fotograf und guter Freund von ihr.

Ron war sauer, weil er die Regie machen wollte. Sie hatte versucht, ihm zu erklären, dass ihr nach Abwechslung zumute war, aber er schmollte weiter, obwohl er die gesamte Choreografie geschrieben hatte.

In dem Video sollte sie drei Rollen spielen. Eine schöne, verführerische Frau; einen hübschen Mann vom Typ Gigolo; und ein Geschöpf halb Frau, halb Mann. Es würde, wie gewöhnlich, kontroverse Meinungen über das Video geben, man würde es in Grund und Boden kritisieren. Und das war ja auch der Sinn der Sache. Ihre Fans würden begeistert sein, würden süchtig nach *Soft Seduction* werden. Würden ausflippen. Sie sollten die Venus Maria haben, die sie sehen wollten, die sie liebten.

In den Augen ihrer Fans konnte Venus Maria nichts Falsches tun. Sie war ihre Video-Königin. Ihre Prinzessin. Sie war alles, was sie selbst gern gewesen wären. Sie war gefährlich. Sie hatte Stil. Eine Frau, die sich in dieser von Männern beherrschten Welt nicht fürchtete. Eine Frau, die gelassen »leckt mich doch« sagte.

Der Gedanke an die bevorstehende Tournee war richtig aufregend. Sie war bisher nur einmal unterwegs gewesen, kurz nach dem Erscheinen ihrer ersten Platte, und damals hatte ihre Karriere noch gar nicht richtig angefangen. Damals war sie noch zu unerfahren, um die komplizierte Interaktion zwischen Publikum und Künstler zu begreifen. Diesmal, das wusste sie, würden ihre Konzerte zur Sensation werden. Ein berauschender Austausch von Energie und Macht zwischen Star und Fans. Und nach der Tournee würde sie, wenn das Skript nach der Änderung ihren Vorstellungen entsprach, die Hauptrolle in Mickey Stollis großem Film *Bombshell* spielen. Eine Rolle, für die sich jede junge Schauspielerin in Hollywood ein Bein ausgerissen hätte.

Zuerst das Video, dann die Tournee, dann der Film. Sie war das ganze restliche Jahr ausgebucht.

Wie sie erfahren hatte, waren nach Beginn des Vorverkaufs für ihre Konzerte im Handumdrehen keine Karten mehr zu haben gewesen. Vielleicht sollte sie sich über Martin erst den Kopf zerbrechen, wenn sie zurückkam. Andererseits wusste sie, dass nach der Tournee zwischen ihnen alles vorbei sein würde, wenn sie ihre Beziehung nicht vorher durch eine endgültige Entscheidung festigte.

Sein Telefonanruf kam genau im richtigen Moment.

»Morgen bin ich in L. A.«, teilte er ihr ganz geschäftsmäßig mit. »Ich habe vor, ein Filmstudio zu übernehmen. Ich hole dich mittags ab, und wir fliegen für einen Tag nach San Francisco.«

Sie mochte es nicht, wenn er so über sie verfügte. »Und was, wenn ich zu tun habe?«

»Hast du zu tun?«, fragte er schroff.

Sie zögerte einen Moment, antwortete dann jedoch: »Nein.«

»Warum nur versuchst du immer, es mir schwer zu machen?«

»Weil es sonst keiner tut.«

Er lachte. »Das ist allerdings ein guter Grund. Hast du die Aktien bekommen?«

»Oh, die paar Kleinigkeiten«, sagte sie beiläufig. »Die habe ich zu meiner übrigen Sammlung gelegt.«

»Genau das mag ich an dir.«

Sie presste das Telefon fest ans Ohr. »Was?«

»Du bist absolut unabhängig.«

Klar, Martin. Aber nicht, wenn es um dich geht. – »Ist das nicht jeder?«, sagte sie kühl.

»Nein. Ganz bestimmt nicht.«

Nachdem sie aufgelegt hatte, rief sie sofort noch einmal Ron an. »Wir müssen die Videoprobe morgen absagen. Ich fliege für einen Tag nach San Francisco.«

»Mit wem?«

»Martin.«

»Mmm –«, sagte Ron mit dem üblichen gehässigen Unterton. »Der Guru ruft – Klein-Virginia rennt.«

»Nenn mich nicht so!«

»Warum nicht?«

»Weil du weißt, dass ich dann stinksauer werde.«

»Also, ja, tut mir wirklich schrecklich Leid, Miss. Aber

weißt du, ein paar von uns haben das Gefühl, mit dir noch immer reden zu können wie mit 'ner gewöhnlichen Sterblichen.«

Ron in dieser Stimmung war eine echte Landplage. »Lass das bitte«, sagte sie verärgert.

Er änderte die Tonart, tat plötzlich übertrieben besorgt. »Soll ich rüberkommen und dir helfen, deine Garderobe für morgen auszusuchen? Du musst fantastisch aussehen.«

»Danke, das schaffe ich auch allein.«

»Wie wär's mit Madame Lorettas Mädchen? Ich könnte veranlassen, dass sie euch im Hotel erwarten.«

Typisch für ihn! Natürlich musste er mit den Huren anfangen. Sie hätte Ron nie in das kleine Spiel einweihen dürfen.

»Die Mädchen waren eine einmalige Sache. Okay?«

»Wollte es auch nur checken! Was tust du mit diesem angebrochenen Tag?«

Sie lenkte ein, schließlich war er ihr bester Freund. »Nichts. Komm rüber, wenn du Lust hast.«

»Darf ich Ken mitbringen?«, fragte er zaghaft, denn er wünschte sich noch immer, dass sie und das Ken-Püppchen gute Freunde wurden.

Kommt nicht in Frage, José. – »Ein andermal, Ron.«

»Du bist ein solches Miststück.«

»Danke, ich lieb dich auch.«

»Amüsier dich morgen gut.«

»Genau das hab ich vor.«

Sie legte auf und rief sofort Cooper an.

»Was machst du heut abend?«, fragte sie sehr direkt.

»Ich habe eine Verabredung mit einer siebzehnjährigen Ex-Pornokönigin«, antwortete er zurückhaltend. »Warum?«

»Kann ich mitkommen?«

»Schlägst du einen flotten Dreier vor?«, fragte er belustigt.

»Nein! Und das weißt du auch. Ich würde nur gern zum Dinner ausgehen. Martin kommt morgen, und ich möchte heut abend nicht allein sein. Also, darf ich mitkommen oder nicht?«

»Das Mädchen wird bestimmt entzückt sein«, sagte Cooper trocken. »Wir gehen in ein mexikanisches Restaurant.«

»Holst du mich ab?«

Er seufzte. »Ich tu alles, was du willst, Venus.«

»Du brauchst mich nur abzuholen. Das reicht.«

Martin kam früh genug aus dem Büro nach Hause, um an einer Dinnerparty teilzunehmen. Da er Deena zu sagen beabsichtigte, dass er am nächsten Morgen nach Los Angeles flog, wollte er sie nicht unnötig verärgern, indem er zu spät erschien.

Deena kam ihm besonders rastlos vor.

»Ich fliege morgen früh nach L. A. Die Sache mit dem Studio klappt endlich.«

Sie zögerte. »Ich begleite dich.«

»Nein«, sagte er rasch.

»Warum nicht?«, fragte sie und bekam ganz schmale Augen.

»Weil die Übernahme sehr kompliziert ist. Und wenn ich mich so konzentrieren muss, kann ich keine Störung von außen brauchen.«

Sie funkelte ihn wütend an. »Das also bin ich für dich – eine Störung von außen! Ich hatte eigentlich den Eindruck, dass ich deine Frau bin.«

»Ach, du weißt schon, was ich meine.«

Übelkeit stieg in ihr auf. Das war es. Er kehrte früher als erwartet nach Los Angeles zurück. Dieses ganze Gerede von der Studioübernahme war nichts als ein Tarnmanöver. »Das Miststück« hatte gewinkt, und er kam angerannt.

Der Zeitpunkt, an dem sie ihren meisterlichen Plan ausführen musste, rückte immer näher.

57

Der Augenblick der Wahrheit musste endlich kommen, und Lucky war unglaublich erleichtert. Sie schob es am Samstag bis zum späten Abend auf. Sie hatten sich wieder geliebt, waren Pizza essen gewesen, und jetzt hatte Lennie es sich gemütlich gemacht, um sich *Saturday Night Live* anzusehen.

»Hallo – kommst du?«, rief er.

Sie bürstete sich im Bad das lange Haar. In einem von Lennies übergroßen Hemden und nichts darunter schlenderte sie ins Schlafzimmer zurück.

»Willst du wirklich fernsehen?«, neckte sie ihn.

Er lag ausgestreckt auf dem Bett. »Liebling, zu etwas anderem habe ich nicht die Kraft.«

»Du wirst aber schnell müde, wie?«

»Stimmt«, scherzte er. »Nonstop-Sex schafft mich immer.«

Sie kuschelte sich an ihn. »Ist das eine Beschwerde?«

»Machst du Witze? Komm her, Weib!«

Er küsste sie, schob ihr die Zunge in den Mund und ließ sie an ihren Zähnen entlanggleiten.

Es überlief sie heiß. »Tu das nicht, wenn du's nicht ernst meinst.«

»Oh, ich meine es ernst, Lady.« Seine Hände krochen unter das Hemd und begannen ihren Körper zu erforschen.

Sie spürte, wie sie reagierte; Lennie hatte nun einmal diese Wirkung auf sie.

»Ich hab gedacht, du bist müde.«

»Hab mich wahnsinnig schnell erholt.«

»Du verwandelst dich allmählich in Superman, Lennie.«

Er lächelte träge. »He, wundert dich das? Ich habe schwer gedarbt.«

Zärtlich schob sie ihn weg. Sie wollte wieder von ihm geliebt werden, doch erst nachdem sie ihm alles erzählt hatte.

»Jetzt ist es Zeit für den Champagner«, sagte sie.

»Wieso denn das?«

Sie holte tief Atem. »Weißt du noch, dass ich dir eine Überraschung versprochen habe?«

»Ja.«

»Jetzt ist es so weit.«

Er sah seine wunderschöne Frau an, und plötzlich kam ihm blitzartig die Erkenntnis: Sie wollte ihm sagen, dass sie schwanger war. *Das* war ihre Überraschung. Und er würde der glücklichste werdende Vater der Welt sein.

»Sag noch nichts. Rühr dich nicht vom Fleck. Ich hol den Champagner, und du steckst die Kerzen an. Ich bin sofort wieder da, und dann verrätst du mir, was es ist.«

»Du wirst ganz verrückt sein vor Glück«, versprach sie und kniete sich auf das Bett.

Er grinste wie ein Idiot, aber er konnte nicht anders.

»Wahrscheinlich hast du Recht. Du hast ja immer Recht.«

Sie lachte ihn an. »O ja, ich hab immer Recht.«

Er lief die Treppe hinunter, holte den Champagner, den sie am Nachmittag in den Kühlschrank getan hatte, nahm zwei Gläser und sauste wieder hinauf.

Lucky saß im Türkensitz in der Mitte des Bettes.

Er ließ den Champagnerkorken knallen, goss die goldene Flüssigkeit in zwei Gläser und reichte ihr eins.

Ernst stieß sie mit ihm an. »Lennie Golden«, sagte sie, ihren inneren Jubel unterdrückend, »ich weiß, dass du heute nicht Geburtstag hast, aber – ich habe etwas für dich.«

Er streckte die Hand aus und berührte ihr Gesicht. »Hab ich dir schon einmal gesagt, wie sehr ich dich …«

»Still!«, unterbrach sie ihn. »Es ist meine Überraschung.«

Er setzte sich bequem zurecht. »Okay, dann schieß los.«

In Gedanken suchte er schon einen Namen für das Baby aus. Maria für ein Mädchen, nach Luckys Mutter. Und wenn es ein Junge war, wäre Lennie junior nicht schlecht. Oder war es für ein Kind zu schwierig, mit dem Anhängsel »junior« aufzuwachsen? Wahrscheinlich schon. Hm ... Wie wär's dann mit Nick – ein richtiger Gangstername. Nick Golden – das klang gut. Ein Supername für ein Superkind.

»Lennie«, sagte Lucky leise, jedes einzelne Wort genießend, »ich habe dir die Panther Studios gekauft.«

Er sah sie verständnislos an. »Was?«

Sie wiederholte die Worte, so langsam sie konnte. »Ich habe gesagt, ich habe dir die Panther Studios gekauft.«

Stille. Eine Stille, die sehr lange dauerte, während er diese unglaubliche Information verarbeitete. »Was hast du?«, gelang es ihm endlich zu sagen.

»Wie oft muss ich es noch wiederholen?«, rief sie glücklich. »Ich habe die Panther Studios gekauft. Wir haben die Panther Studios gekauft. Sie gehören uns, Lennie, sie gehören uns!«

»Und was ist mit dem Baby?«, platzte er heraus.

Sie sah ihn verblüfft an. »Mit was für einem Baby?«.

Endlich hatte er begriffen. »Jesus, es ist dein Ernst, nicht wahr?«

»Natürlich ist es mein Ernst. Wo, glaubst du denn, bin ich während der letzten sechs Wochen gewesen? Ich habe mit Abe Panther einen Vorvertrag über den Verkauf des Studios gemacht, doch er wollte nur verkaufen, wenn ich sechs Wochen gewissermaßen im Geheimen dort arbeitete. Das war vielleicht ein Ding! Kannst du dir das vorstellen? Ich – im Geheimauftrag – musste Luce, die unterwürfige Sekretärin, spielen. Und stell dir vor, Lennie! Ich habe Mickey Stolli auf Teufel komm raus geschmeichelt. Einmal hab ich sogar mit dir telefoniert.«

Er reagierte, als habe er einen schweren Schock. »Du hast sogar einmal mit mir telefoniert?«, wiederholte er tonlos.

»Das ist richtig.« Sie lachte. »Ist es nicht unglaublich? Wir beide als Filmmagnaten. Wir werden alles auf den Kopf stellen und große Filme machen.«

Das war ganz und gar nicht die Neuigkeit, die er erwartet hatte. Es war eine Bombe. »Du meinst es ernst, nicht wahr? Du hast wirklich ein gottverdammtes Studio gekauft?«

»Da kannst du deinen Arsch drauf wetten«, sagte sie aufgeregt. »Deshalb müssen wir morgen auch nach L. A. Ich habe für Montagvormittag eine Konferenz angesetzt, und ich finde, du müsstest auch dabei sein. Es wird fantastisch. Die Anwälte werden da sein, und der alte Abe Panther ebenfalls. Er ist wirklich eine Persönlichkeit. Ich kann's nicht erwarten, Mickeys Gesicht zu sehen, wenn sie es ihm sagen. Ganz zu schweigen von seiner Frau – der bezaubernden Abigaile.«

»Was hat es dich gekostet?«, fragte er noch immer tonlos.

»Eine Menge. Glaub mir, eine Menge. Aber du kennst mich, wenn es um Geschäfte geht, und Panther ist jeden Cent wert. Es gehört noch Land dazu, das verkauft werden kann, und ein herrliches Archiv mit alten Filmen. Plus der Fernsehabteilung, die wirklich super ist. Wenn wir natürlich diese blöden Titten- und Arschfilme nicht mehr drehen, werden die Umsätze sinken, aber nur vorübergehend.« Ihre schwarzen Augen leuchteten vor Erregung. »Ich habe vor, wirklich gute Filme zu machen, Lennie. Ich will zeigen, dass Frauen richtige Menschen sind. Ich meine, was kriegen wir denn heute auf der Leinwand zu sehen? Frauen, wie sie in der Fantasie der Männer leben. Die Typen, die Filme machen, sind lauter Blödmänner und scheinen alle Frauen zu hassen – so kommt es mir wenigstens vor. Entweder haben sie irgendeinen Schlächter, der Frauen jagt und ihnen den Kopf abschneidet, oder sie lassen sie sich ausziehen, während Halbwüchsige durch Löcher in der Wand zuschauen und sich einen runterholen. Ich meine, solche Filme fördern nicht die Menschlichkeit, sie entwürdigen sie.«

Kopfschüttelnd stand Lennie auf. »Lucky, du hast doch überhaupt keine Ahnung von der Filmarbeit.«

»Man braucht kaum ein verdammtes Genie zu sein, um einen Film zu drehen«, antwortete sie. »Hast du die Kerle gesehen, die in der Filmindustrie das Sagen haben? Aber egal«, fuhr sie mit voller Pulle fort, »reden wir über deinen Film. Ich habe mir die Muster angeschaut, und es sind ein paar fantastische Szenen dabei. Wenn wir Marisa rausschneiden, neu besetzen, neu drehen und du das Drehbuch umschreibst, dann können wir einen neuen Regisseur verpflichten und etwas Ordentliches daraus machen. Wir können den Film retten.« Sie unterbrach sich, um Atem zu holen. »He – vielleicht würdest du sogar gern selbst Regie führen. Ist das nicht eine großartige Idee?«

»Würde ich für dich arbeiten?«

Sie merkte nicht, wie gepresst seine Stimme klang. »Hörst du mir eigentlich nicht zu, Lennie? Ich hab das Studio für uns gekauft. Das ist unser gemeinsames Projekt.«

Erregt fuhr er sich mit der Hand durch das Haar. »Hast du mein Geld dafür verwendet?«

»Ich habe dein Geld nicht, oder?«, antwortete sie geduldig. »Ich habe mein Geld genommen.«

»Das Geld, das du von Dimitri geerbt hast?«

Ging es ihm darum, mit welchem Geld sie das Studio gekauft hatte? War das ein Problem für ihn? »Okay, ich hatte also einen reichen Ehemann und habe einen Teil des Stanislopoulos-Vermögens geerbt. Aber es ist mein Geld, und ich kann es ausgeben, wie ich will.«

Er begann auf und ab zu gehen. »Du warst also nicht in Japan?«

War Lennie jetzt absichtlich schwer von Begriff? »Kaum.«

»Lass mich rekapitulieren. Du warst in L. A. und hast bei den Panther Studios Sekretärin gespielt, während sie mich in Acapulco durch den Wolf gedreht haben. Ist das richtig?«

»Ich habe unsere gemeinsame Zukunft gesichert«, korrigierte sie. »Du willst Filmstar sein – also müssen wir im Studio das Sagen haben. Es ist die einzige Möglichkeit.«

»Du wirst das Sagen haben, Lucky. Ich werde für dich arbeiten.«

Sie wurde zornig. »Hörst du endlich auf, das ständig zu wiederholen. Wie oft soll ich es dir noch erklären? Es ist unser Studio. Unseres. He – Lennie, langsam komme ich mir vor wie 'ne Schallplatte mit 'm Sprung.«

»Warum hast du nicht wenigstens angedeutet, was du vorhattest?«

Sie griff nach einer Zigarette. »Weil es dann keine Überraschung mehr gewesen wäre.«

»Weißt du, was ich gedacht habe, Lucky?«

»Nein, was?«

»Ich habe gedacht, du willst mir sagen, dass wir ein Baby haben werden.«

Sie starrte ihn an. Seine negative Reaktion kam völlig unerwartet und war sehr schmerzlich. Sie schlug zurück. »Es tut mir sehr Leid«, sagte sie sarkastisch. »Vielleicht wärst du glücklicher, wenn ich barfuß und schwanger in der Küche stünde.«

»Wäre das so schrecklich?«, erwiderte er verärgert.

Sie sprang vom Bett. »Also, ich glaub's nicht! Ich hocke im Studio und spiele sechs Wochen lang Sekretärin – für uns. Und jetzt erzähl ich's dir, denke, du wirst überwältigt sein, aber was tust du? Du nörgelst nur herum.«

Er sah sie finster an. »Aha, ich nörgle also! Du hast mich sechs Wochen lang schamlos belogen. Dann brichst du in mein Apartment ein, wir lieben uns praktisch vierundzwanzig Stunden lang nonstop, und jetzt überfällst du mich damit. Aber *ich* nörgle. Glaubst du wirklich, dass sich die Welt nur um dich drehen muss, Lucky?«

Sie verstand seine Haltung nicht. »Was habe ich denn so Schreckliches getan?«, fragte sie. »Sag mir das.«

»Du hast es ohne mich getan«, antwortete er. »Wir hätten darüber reden müssen. Ich mag es nicht, wenn man mich ausschließt.«

»Und ich mag es nicht, wenn man mir sagt, was ich tun soll. Ich bin kein Kind, Lennie.«

»Manchmal handelst du, als wärst du eins.«

»Verflucht!«, explodierte sie. »Wenn die Situation andersrum wäre, würdest du von *mir* erwarten, dass ich vor Freude und Begeisterung ausflippe.«

»Und würdest du das?«

»Ja.«

Er sah sie sehr lange an, bevor er sagte: »Weißt du, wie ich mich fühle?«

Sie zog an ihrer Zigarette. »Wie denn?«

»Wie ein Mann, der sich von seiner Frau aushalten lässt. Es ist, als hättest du dir gesagt: ›Oh, Lennie, der arme Teufel ist im Studio nicht glücklich, also kauf ich es ihm.‹ Du hast es fertig gebracht, dass ich mich jetzt wie ein Nichts fühle.«

»Das ist das Lächerlichste, das ich je gehört habe«, sagte sie schroff.

»Aber so ist es nun einmal.«

»Du bist nicht fair.«

»Ich bin nicht fair, ach so! Verstehst du denn nicht, was du getan hast?«

»Nein, aber ich sehe sehr klar, was hier los ist. Ich bin nicht schwanger, also bist du sauer. Darauf läuft es doch hinaus, oder?«

Er antwortete nicht.

Sie drückte die Zigarette aus und ging ins Bad. Die Freude war dahin, sie war nur noch frustriert und zornig. Männer! Sie taten immer so, als imponierten ihnen Frauen mit Courage, und wenn sie eine fanden, wurden sie einfach nicht damit fertig. Sie hatte geglaubt, Lennie sei anders. Sie schien sich geirrt zu haben.

Rasch zog sie sich an und ging ins Schlafzimmer zurück. »Ich verschwinde«, sagte sie kurz. »Es ist nicht nötig, dass dieser Streit noch eskaliert, er ist so schon schlimm genug.«

Ihre Worte machten ihn noch wütender. »Was soll das heißen? Willst du etwa spazieren gehen?«

»Ich möchte heute Abend nicht mehr mit dir zusammen sein.«

Jetzt war er es, der explodierte. »He, Lucky, wenn du jetzt von hier fortgehst, dann gehst du auch aus meinem Leben.«

Der Ausdruck in den schwarzen Augen, mit dem sie sich zu ihm umdrehte, war tödlich. »Drohst du mir etwa?«

»Kannst du nicht einmal auf das hören, was ich zu sagen habe?«, schrie er. »Muss es denn immer nach deinem Kopf gehen?«

Tränen brannten hinter ihren Lidern, und sie wandte sich hastig ab. »Wie du gesagt hast, Lennie, ich bin nicht das kleine Heimchen am Herd. Ich werde es nie sein und habe nie behauptet, dass ich es bin. Ich habe nichts dagegen, irgendwann ein Baby zu bekommen, aber im Moment gibt es so viel, das ich tun möchte.«

»Dann tust du es vielleicht wirklich besser allein«, sagte er bitter.

Sie konnte einfach nicht glauben, dass alles so entsetzlich schiefging. Lennies Reaktion, ihre Enttäuschung. Es hätte für sie beide der schönste Augenblick sein sollen. Und doch war er zum allerschlimmsten geworden. Vielleicht hatte er Recht, vielleicht war es ihnen nicht bestimmt, zusammen zu sein. Was hatten sie denn wirklich gemeinsam? Humor, fantastischen Sex, chinesisches Essen und Strandspaziergänge – es war nicht genug.

Sie griff zum Telefon und rief ein Taxi. »Ich gehe in unsere Wohnung«, sagte sie. »Wir müssen beide ein bisschen Abstand gewinnen – jeder für sich. Denk über alles nach, Lennie. Und vergiss nicht – ich hab's für dich getan und nicht aus irgendeinem selbstsüchtigen Grund.«

Er konnte sie nicht ansehen. »Du kannst mich nicht kaufen, Lucky«, sagte er erstickt. »Ich trage kein Preisschild.«

»Ich hatte nicht die Absicht, dich zu kaufen. Ich fliege morgen nach L. A. zurück. Wenn du dich entschließt, mitzukommen, werde ich mich sehr freuen. Sag mir Bescheid.«

Ihr war furchtbar zumute, als sie zur Tür ging, und sie wartete darauf, dass er sie zurückrief. Sehnte sich danach, dass er sagte, alles sei nur ein dummer Scherz gewesen, alles sei okay und er vor Freude außer sich.

Er sagte nichts dergleichen.

Auf der Straße wurde sie von einem halbwüchsigen drogensüchtigen Mädchen angebettelt; Augen so groß wie Untertassen, langes, verfilztes Haar. »Hast du ein paar Dollar übrig?«, winselte die Kleine.

Lucky gab ihr einen Fünfziger. »Bring dein Leben in Ordnung. Hör mit den Drogen auf, und sieh zu, dass du *clean* wirst.«

»He, Mann, was lohnt sich denn sonst noch außer 'nem anständigen Trip?«, sagte das Mädchen tonlos und wanderte weiter.

Luckys Taxi hielt vor der Haustür. Der puertoricanische Fahrer murmelte etwas vor sich hin.

Sie öffnete die Tür und stieg ein. Als sie sich aus dem Fenster lehnte, sah sie das Licht in Lennies Apartment. Er hatte sich nicht einmal die Mühe gemacht, ihr nachzugehen.

»Leb wohl«, flüsterte sie. »Schreib nicht, und ruf nicht an. Ich kann ohne dich leben.«

»Was?«, sagte der Taxifahrer.

»Fahren Sie einfach los«, sagte sie tonlos. »Und seien Sie nett, versuchen Sie, uns nicht umzubringen.«

58

Emilio Sierra lieferte zu Dennis Wallas größter Zufriedenheit. Die Fotografie von Venus Maria mit Martin Swanson war jeden Penny wert, den sie dafür bezahlen mussten. Sie war sexy und intim. Zwei Menschen, die sich umarmten. Ein Knüller für die Titelseite.

Dennis beglückwünschte Emilio. »Sie sind wirklich damit rübergekommen«, sagte er und klopfte ihm auf die Schulter.

Emilio freute sich. Er hatte beschlossen, für eine Woche nach Hawaii zu fahren und seine neue Liebe, Rita das Feuerwerk, mitzunehmen. Im Bett war sie eine Wildkatze und dazu noch hübsch. Es war am besten, aus der Stadt zu verschwinden, bevor die Kacke am Dampfen war. Denn genau das würde passieren, sobald *Truth and Fact* in den Zeitungskiosken auslag. Venus Maria würde ausflippen.

Ein Jammer. Er brauchte die kleine Schwester nicht mehr. Nachdem er bekannt geworden war, würde er bald ein berühmter Schauspieler sein. Jetzt konnte er alle wichtigen Agenten und Produzenten anrufen und sagen: »He – ich bin Emilio Sierra.« Und sie würden antworten: »Wie schön, dass Sie anrufen, mein Freund, kommen Sie doch bald mal vorbei.«

Ja, jetzt würde für ihn alles bestens werden. Es wurde auch allmählich Zeit, dass man ihn entdeckte.

Kurz nachdem Dennis das Foto von Emilio bekommen hatte, rief Bert Slocombe aus New York an.

»Halte die Titelseite zurück«, erklärte Bert triumphierend. »Wir haben einen verdammt großen Knüller an der Hand.«

»Was gibt es?«, fragte Dennis.

»Setz dich hin und hör zu.«

Als Dennis hörte, was Bert zu berichten hatte, hielt er die Titelseite mit größter Begeisterung zurück.

Diese Ausgabe von *Truth and Fact* würde bestimmt bis aufs letzte Exemplar verkauft werden.

Und Dennis Walla hatte die Absicht, mit dieser Feder nur seinen und keinen anderen Hut zu schmücken.

Warner war zu lange ein fester Bestandteil von Mickeys Leben gewesen, sie konnte ihn doch jetzt nicht so Knall und Fall verlassen! Die Tatsache, dass er regelmäßig zu Madame Loretta fuhr, hatte mit ihrer Beziehung nichts zu tun. Warner durfte nicht mit ihm brechen. *Er* war derjenige, der bestimmte, wann es zu Ende war.

Samstagvormittag spielte er eine mörderische Partie Tennis mit einem ehrgeizigen Regisseur. Anstatt jedoch im Club zu lunchen, fuhr er direkt zu Warners Wohnung. Sie öffnete nicht. Niedergeschlagen fuhr er weiter nach Hause. Auch Abigaile war nicht da.

»Wo ist Mrs. Stolli?«, fragte er Consuela.

»Beim Shopping, Mister«, antwortete Consuela und verdrehte die Augen, als missbillige auch sie Abigailes Einkaufsmanie.

Shopping, dachte Mickey. Nicht auf dem Markt, dessen war er sicher. Für Abigaile hieß Shopping Saks und Nieman Marcus, mit einem Abstecher den Rodeo Drive hinunter.

Tabitha kam herein. »Daddy«, bettelte sie weinerlich, »kriege ich einen Porsche, wenn ich sechzehn bin?«

Wie kam es, dass Tabitha immer etwas von ihm wollte, wenn sie sich sahen. »Darüber sprechen wir, wenn es so weit ist«, antwortete er so ruhig wie möglich.

»Warum nicht jetzt?«, nörgelte sie. »Warum kannst du es mir nicht versprechen?«

Das Kind war wie seine Mutter. Unbarmherzig

»Weil das nicht der richtige Zeitpunkt ist«, erklärte er geduldig.

»Mommy hat gesagt, ich kriege einen.«

Typisch Abigaile. »Ach ja?«

»Ja«, stieß Tabitha triumphierend hervor. »Sie hat mir versprochen, wenn ich immer gute Noten heimbringe und sie mich nie dabei erwischt, dass ich Drogen nehme oder mit Jungen schlafe – dann kann ich einen Porsche haben. Also hab ich mir vorgenommen, nicht mehr zu rauchen.«

Fassungslos sah er seine dreizehnjährige Tochter an. »Du rauchst?«

»In der Schule rauchen alle«, verteidigte sie sich.

Er fragte sich, was sie wohl sonst noch trieb. Sie war sehr gut entwickelt. Zu gut entwickelt für ihr Alter.

»Wir werden sehen«, sagte er vage, von diesem ganzen Vater-Tochter-Zeug gelangweilt. Er hatte an andere Dinge zu denken.

»Irgend so 'n Mann hat angerufen«, verkündete Tabitha. »Hat nach unserer Adresse gefragt.«

Mickey war sofort alarmiert. »Wie meinst du das – er hat nach unserer Adresse gefragt?«

»Was ist los, ist sie ein Staatsgeheimnis oder so.«

»Ich mag es nicht, wenn fremde Leute unsere Adresse kennen, Tabitha, das weißt du genau«, erklärte er streng.

»Aber gar nichts weiß ich, Daddy«, antwortete sie keck. »Weil du es mir nie gesagt hast.«

»O doch, ich hab's dir gesagt.«

»Ich kann in diesem Haus wirklich nichts richtig machen«, sagte Tabitha. »Vielleicht brenne ich durch«, fügte sie hinzu und stürmte hinaus.

Ha! dachte Mickey. Keine Chance. Der Samstag sollte ein Tag der Ruhe sein, und alles, was er bekam, war Stress. Mist! Stress in seinem Alter war ungesund.

Natürlich war er nicht wirklich alt. Er war in hervorragender körperlicher Verfassung, und seine Potenz nahm mit dem Alter zu.

Dennoch war Stress der Erzfeind. Und wenn er es am

Montag mit Abe Panther und seinem Schwager aufnehmen sollte, kam noch zusätzlicher Stress auf ihn zu. Ein ganzer Haufen.

Auf der anderen Seite der Stadt in Johnny Romanos Parkvilla glaubte Warner, sie sei gestorben und in den Filmstarhimmel gekommen. Warner Franklin, Sittenpolizistin, trieb es mit Johnny Romano. Es war unfassbar.

Er hatte sie am Morgen angerufen, sofort nachdem sie das Gespräch mit Mickey abgebrochen hatte.

»Komm rüber, Baby«, hatte er mit schmeichelnder Stimme gesagt. »Wir können miteinander meine Kritiken lesen.«

Und genau das hatten sie getan.

Es wäre hilfreich gewesen, hätte er gute Kritiken bekommen. Leider waren sie furchtbar schlecht.

Johnny schien das nichts auszumachen. Er zuckte lässig mit den Schultern. »Na und, Baby?«, sagte er. »Mein Publikum liebt mich. Ich gehöre ihm. Es misst dem, was die beschissenen und hochgestochenen Kritiker zu sagen haben, überhaupt keine Bedeutung bei. Du glaubst, die wissen, wie es heutzutage in der Welt zugeht? Kein Stück, Baby. Johnny weiß, was da läuft. Johnny gibt den Leuten genau das, was sie sehen wollen.«

Es war ein bisschen verwirrend, wenn Johnny von sich selbst in der dritten Person sprach, aber Warner gewöhnte sich daran. Sie war allerdings nicht so sicher, ob er im Hinblick auf den Film wirklich so zuversichtlich war, wie er tat. Schließlich hatte sie *Motherfaker* gestern auch gesehen, und obwohl Johnny groß und sexy war und sehr gut aussah – ein großer Schauspieler war er nicht. Er war alles, was sie sich je von einem Mann erträumt hatte, aber er war auch ein Sexistenschwein. Und genau das drückte sich in seinem Film aus. Der Romano-Hofstaat war im Haus praktisch allgegenwärtig. Es gab Leibwächter, Manager, Agenten, Freunde, Speichellecker. Und doch hatte er mit ihr zusammen sein wollen. Sie war über alle Maßen geschmeichelt.

»Komm, Baby, machen wir's uns ein bisschen gemütlich«, hatte er schließlich gesagt. Und sie hatten sich in sein Schlafzimmer zurückgezogen, wo sie endlich allein waren.

Sexuell war er wie ein wütender Stier. Im Vergleich zu ihm schien Mickey Stolli ein Würstchen.

Mit einem jüngeren Mann zusammen zu sein, war eine Offenbarung. Warner hatte vergessen, wie kraftvoll und vergnüglich Sex sein konnte. Mit Mickey hatte der Sex keinen Spaß gemacht, obwohl sie ihm natürlich immer versichert hatte, er sei etwas Ähnliches wie Superman. Mickey entspannte sich nie richtig. Er vollzog den sexuellen Akt, als wäre er ein anstrengendes Tennismatch, und er müsse sein Bestes geben, sonst werde er bestraft.

Sex mit Johnny Romano war das genaue Gegenteil. Er lachte viel und summte ihr ununterbrochen Baby, Baby, Baby ins Ohr.

Von ihr aus durfte er sie nennen, wie er wollte. Er war ihr Lieblingsstar und dies ein Wirklichkeit gewordener Traum. Die magere Warner Franklin war eben dabei, mit Johnny Romano eine zweite Nummer zu schieben. Sie liebte Hollywood.

Johnny lag ausgestreckt auf dem Bett. Erigiert und bereit.

»Und du bist wirklich ein Cop, Baby?«, fragte er, zerstreut seinen Penis streichelnd.

»Aber ja, wieso auch nicht?«, antwortete sie und bewunderte dabei jeden Zentimeter seines Körpers.

»Tja, Baby, Baby, dann verhafte ihn«, sagte er lässig und hob ihr seinen Steifen entgegen.

Sie setzte sich rittlings auf ihn, weil er es offensichtlich so wollte. Und dann schaukelte sie ihn, immer höher und noch höher, bis in den Himmel.

Als es vorbei war, zog sie sich an, weil sie zum Dienst musste.

»Komm bald wieder, Baby, Baby«, murmelte er, bevor er tief und fest einschlief.

Oh, darauf konnte er sich verlassen.

Cooper war allein, als er Venus Maria zum Dinner abholen kam.

»Wo ist dein siebzehnjähriger weiblicher Ex-Pornostar?«, fragte sie, als sie beim Einsteigen sah, dass niemand im Wagen saß.

Er zuckte mit den Schultern. »Warum soll ich dich teilen?«

»Wenn wir schon wieder allein essen, werden die Leute reden.«

Er sah sie aufmerksam an. »Stört dich das?«

Sie schüttelte den Kopf. »Nee. Ich bin daran gewöhnt. Stört es dich?«

»Überhaupt nicht.« Er wollte nicht erwähnen, dass die Presse ihn schon länger verfolgte, als Venus Marias Erinnerung reichte.

»Fahren wir«, sagte sie. »Ich sterbe vor Hunger.«

Auf dem Weg zum Restaurant erzählte sie ihm, dass am nächsten Morgen Martin kam und sie den Tag in San Francisco verbringen wollten. »Ich habe eine großartige Idee«, sagte sie gut gelaunt, »komm doch mit.«

Cooper schüttelte sich vor Lachen. »O ja, das wäre ein Fest für Martin. Er würde jubeln.«

»Ich lade dich ein«, blieb sie hartnäckig. »Du gehörst zu Martins besten Freunden. Warum solltest du da nicht mitkommen? Es wird fantastisch. Wenn uns jemand erkennt oder so, werden die Leute vermuten, wir beide hätten ein große Romanze. Du hättest doch nichts dagegen, wenn die Leute das denken würden, oder?«

»Ach, wenn es nur wahr wäre«, sagte er wehmütig.

Die großen braunen Augen sahen ihn herausfordernd an. »Komm schon, Cooper! Leb doch mal gefährlich.«

»Was wird Martin dazu sagen?«

»Er wird das sagen, was ich will.«

»Oh, Madame Courage!«

»Darauf kannst du wetten. Es wird super, und du wirst Gelegenheit haben, mit Martin zu reden. Ich möchte nämlich wirklich, dass du das für mich tust.«

Er nickte. »Wenn du es willst, komm ich mit.«

Lächelnd nahm sie seine Hand. »Du bist der Beste.«

Gelangweilt und beinahe schon süchtig stellte Mickey am späten Samstagnachmittag fest, dass er nicht in der Laune war, auf Abigailes Rückkehr oder darauf zu warten, dass Warner sich mit ihm in Verbindung setzte. Er rief sein »Suchtmittel« Madame Loretta an und informierte sie, dass er zu ihr unterwegs sei und die kleine Chinesin zu sehen wünsche.

Als er eintraf, wurde er diskret in ein Privatschlafzimmer im ersten Stock geführt.

Lemon, die schöne Orientalin, die er schon einmal gehabt hatte, begrüßte ihn mit einem scheuen Lächeln. Das lange schwarze Haar flutete ihr über den Rücken. »Und was darf ich heute für Ihr Wohlergehen tun?«, fragte sie pflichteifrig.

Es ging doch nichts über eine willige und gehorsame Frau. Er öffnete den Reißverschluss seiner Hose und warf sich aufs Bett. »Blas mir einen.«

Das Angenehme an einem Hurenhaus war, dass man sehr direkt sagen konnte, was man wollte. Ohne Blümchen. Ohne Süßholzgeraspel. Nur Aktion. Der Traum eines jeden Mannes.

Lemon nickte und griff nach einer Flasche mit aromatischem Öl.

Mickey verbannte jeden Gedanken aus seinem Kopf, als sie ihm sanft die Hoden zu massieren begann und ihre zarten Finger wahre Wunderdinge taten.

Vergiss alles. Gib dich dem Augenblick hin. Entspann dich. Er schloss die Augen. Als er kurz darauf ihre Zungenspitze fühlte, stöhnte er unwillkürlich laut auf. Die Lust war überwältigend.

Doch unglücklicherweise wurde, als Mickey kurz vor dem Höhepunkt war, die Zimmertür des Privatschlafzimmer brutal aufgerissen, und Warner und ein zweiter Polizist in Zivil stürmten herein.

»Okay, Kumpel, zieh dir die Hosen an«, sagte der Polizist. »Das ist eine Razzia. Wir sind vom Sittendezernat.«

»Mickey?«, rief Warner überrascht.

Mickeys Penis fiel zusammen wie ein Luftballon, in den man eine Nadel gestochen hatte.

59

Was ist los, verdammt?«, fragte Carlos Bonnatti.

»Was meinste denn, Big C?«, wollte Link, Bonnattis Leibwächter und rechte Hand, wissen.

»Ich meine, was ist los, verdammt?«, wiederholte Carlos mit ausdrucksloser Stimme.

Link zuckte mit den Schultern. Er war ein sehr großer Mann mit einem schmalen Gesicht, Schlitzaugen und einer Narbe auf der linken Wange, die von einer fast tödlichen Wunde herrührte. »Du hast doch selber mit Eddie Kane geredet«, sagte er.

»Das weiß ich«, erwiderte Carlos ungeduldig. »Und ich weiß auch, dass er das Geld nicht hat. Der Idiot hat es verkokst. Mein ganzes gottverdammtes gutes Geld hat er sich in seinen gottverdammten Zinken geschoben.«

Link glaubte einen guten Vorschlag zu haben. »Soll ich ihm die Beine brechen?«

»Wenn ich der Meinung wäre, ich könnte dadurch, dass du

ihm die Beine brichst, mein Geld kriegen, dann wär ich einverstanden. Aber wir wollen realistisch bleiben. Der Stiesel hat das Geld nicht. Also muss ich mich an das Studio halten. Panther Studios, Mickey Stolli. Verabrede ein Treffen mit ihm.«

Link nickte. »So gut wie passiert. Und für wann?«

»Montag«, sagte Carlos mürrisch.

Er trat ans Fenster des Penthouses in Century City, in dem er wohnte, wenn er in Los Angeles war, und bewunderte die Aussicht. Er war gern in L. A. Vielleicht sollte er daran denken, mehr Zeit an der Westküste zu verbringen. Raus aus New York mit seinem Dreck und den Verbrechen und den Obdachlosen überall auf den Straßen.

Da er jetzt ein freier Mann war, schien ihm das gar keine schlechte Idee. Seine Frau hatte ihn nach zehn Ehejahren verlassen. Ihr Schaden. Das blöde Weibsbild war mit einem schwulen Innenarchitekten durchgebrannt.

Er hatte beschlossen, dass sie ihre Lektion auf die harte Tour lernen sollte. Nach ein paar Monaten würde sie zurückgekrochen kommen und um das betteln, was ihr fehlte. Dann würde er ihr mit dem größten Vergnügen die Tür vor der Nase zuwerfen. Zum Glück hatten sie keine Kinder. Carlos hatte sich immer einen Sohn gewünscht, aber seine Frau brachte einfach nichts zustande. Er mochte Menschen nicht, die nichts zustande brachten.

Er mochte Eddie Kane nicht. Niemand durfte Carlos Bonnatti ungestraft bestehlen.

60

Ich muss telefonieren«, sagte Mickey beschwörend und zog den Reißverschluss seiner Hose zu.

»Ich hab Ihnen doch schon erklärt, Kumpel, dass Sie unten

im Revier telefonieren können, so lang Sie wollen«, sagte der männliche Cop, dem nichts gleichgültiger sein konnte als Mickeys Wünsche.

Warner stand im Hintergrund und sah ihn an, als sei er das absolut Letzte vom Letzten.

»Wissen Sie, wer ich bin?« Mickey ließ nicht locker und wandte sich an den männlichen Cop, weil ihm klar war, dass er von Warner keine Hilfe zu erwarten hatte.

»Ja, wir wissen, wer Sie sind«, antwortete sie scharf. »Ein genauso jämmerliches Würstchen wie alle hier.«

Er wurde mit den anderen nach unten gebracht. Madame Loretta bemühte sich, Haltung zu bewahren, und versicherte den Kunden und den Mädchen, es komme alles wieder in Ordnung. Angezogene, halb angezogene und fast nackte Mädchen umdrängten sie. Unter ihnen glaubte Mickey Leslie Kane zu sehen. Doch er erhaschte nur einen flüchtigen Blick auf sie und wusste ohnehin, dass sie es nicht sein konnte.

Es war ein schwerer Schock für Mickey. Er konnte es sich nicht leisten, in einem Hurenhaus festgenommen und abtransportiert zu werden wie ein ganz gewöhnlicher Krimineller. Irgendjemand erlaubte sich einen schlechten Scherz mit ihm.

»Wer ist hier der Chef?«, fragte er und sah sich nach jemandem um, der entsprechende Autorität ausstrahlte.

Obwohl es von Polizisten nur so wimmelte, in Zivil und in Uniform, schien der Leiter dieser Operation nicht unter ihnen zu sein.

Warner warf ihm wieder einen bösartigen Blick zu. »Tun Sie sich selbst einen Gefallen«, sagte sie ätzend, »und halten Sie den Mund. *Mr.* Stolli.«

Er funkelte wütend zurück. »Warum holst du mich nicht aus dieser Scheiße heraus?«

»Du hast dich selber reingesetzt«, antwortete sie, »also steig auch allein wieder raus.« Und leise fügte sie hinzu:

»Arschloch.« Hätten Blicke töten können, hätte er schon drei Meter unter der Erde gelegen.

Das war die Frau, mit der er über ein Jahr geschlafen hatte? Die Frau, die ihm immer wieder gesagt hatte, wie wundervoll er war? Was sie auch zusammen gehabt haben mochten, es war endgültig vorbei.

Nach einiger Zeit wurden sie alle zusammengetrieben und in einen Polizeitransporter verfrachtet.

Das Gesicht in den Armen vergraben, kauerte Mickey unter dem Fenster. Er überlegte sich, ob er sie verklagen konnte. Was er liebend gern tun wollte. Diese Mistkerle wegen Nötigung verklagen.

Vor dem Untersuchungsgefängnis drängten sich Fernsehteams und Fotoreporter.

Reizend! Was für ein verdammter Zirkus. Wie war es nur möglich, dass ihm so etwas passierte?

Er stellte sich Abigailes Reaktion vor und wusste, er war ein toter Mann.

Im Polizeitransporter zitterte Leslie Kane vor Empörung über die Ungerechtigkeit. Vergeblich hatte sie den Cops zu erklären versucht, dass sie nur ein Übernachtungsgast war. »Schon gut, Schätzchen«, hatten sie gesagt, ihre Proteste und Unschuldsbeteuerungen ignoriert und sie mit den anderen in den Transporter geschubst.

Ihr Herz schlug wie verrückt. Wenn Eddie das erfuhr, würde er zweifellos nachforschen und dann musste ihre Vergangenheit ans Licht kommen.

Oh, diese Schande! Eddie würde entdecken, dass er eine Prostituierte geheiratet hatte.

Sie versuchte sich zu beruhigen. So schlimm war es doch gar nicht. Schließlich hatte sie einen Kokainsüchtigen geheiratet. Vielleicht war es an der Zeit, dass sie beide reinen Tisch machten.

Draußen entdeckte sie Mickey Stolli. Mickey Stolli, Chef der Panther Studios, Säule der Gesellschaft von Hollywood. Verheiratet mit Abigaile, der Hollywood-Prinzessin. Was machte er hier?

Männer! Als sie noch bei Madame Loretta gearbeitet hatte, war sie immer erstaunt gewesen, was für Männer ins Haus kamen, um etwas zu erleben. Warum war sie dann so überrascht, dass Mickey Stolli auch hier war? Er war ein typisches Exemplar.

Männer erwarten von Huren zweierlei – Gespräche und Sex. Die Gespräche kamen immer zuerst.

Sie hoffte, dass er sie nicht gesehen hatte, und wandte sich ab.

Primrose und Ben Harrison stiegen im Beverly Hills Hotel ab. Abigaile fühlte sich verpflichtet, sie am Samstag zum Dinner zu bitten.

»Wir sind aber müde«, warnte Primrose sie am Telefon, sagte aber trotzdem zu.

Es passte Abigaile überhaupt nicht. Der Butler Jeffries und seine Frau hatten samstags gewöhnlich frei. Jetzt blieb Abigaile nur eins – sie musste versuchen, sie zu finden und zurückzubeordern. Sie würden bestimmt nicht besonders erfreut sein. Und sie war es genauso wenig.

»Wo ist Mr. Stolli?«, fragte sie Consuela, nachdem sie die Köchin angewiesen hatte, Grillhähnchen mit Brokkoli und Mais am Kolben zuzubereiten.

Consuela zuckte mit den Schultern. Warum glaubten die Stollis nur, sie wisse immer, wo alle waren? »Kein Ahnung, Missus«, antwortete sie vage. »Mr. Stolli, er wieder fort. Sie bei Shopping.«

»Ich weiß, ich weiß«, sagte Abigaile gereizt. »Ich war beim Shopping, und jetzt bin ich wieder hier. Hat Mr. Stolli mir nichts ausrichten lassen?«

»Nein.« Consuela schüttelte den Kopf und fragte sich, warum sie an den Wochenenden nicht frei hatte wie die meisten Hausmädchen in Beverly Hills.

Nachdem sie Jeffries aufgespürt hatte, machte Abigaile sich auf die Suche nach Tabitha. Als sie die Tür zum Zimmer ihrer Tochter öffnete, dröhnte ihr aus der Stereoanlage ohrenbetäubend Van Halen entgegen.

»Tabitha!«, schrie sie, um den Lärm zu übertönen.

Tabitha, die, unter Teenager-Magazinen begraben, in der Mitte ihres ungemachten Bettes lag, hörte sie nicht. Sie hielt sich die Sprechmuschel ihres rosafarbenen Prinzesstelefons dicht an die Lippen und sprach eifrig hinein.

»Tabitha!«, brüllte Abigaile verärgert, marschierte durchs Zimmer und schaltete die Stereoanlage aus.

Tabitha zuckte wie tödlich getroffen zusammen. »Warum machst 'n du das?«

»Weil ich mit dir reden möchte«, antwortete Abigaile hoheitsvoll. »Wie kannst du dich bei diesem Radau eigentlich selbst hören? Wie kannst du bei diesem Krach sprechen? Du wirst dir die Ohren verderben.«

»Sei nicht so altmodisch.« Tabitha murmelte etwas ins Telefon und legte auf. »Ach, übrigens, hat Daddy es dir schon gesagt? Wenn ich sechzehn bin, schenkt er mir einen Porsche.«

»Mach dich nicht lächerlich«, schnaubte Abigaile.

»Er hat es aber gesagt. Ganz bestimmt.«

»Wo ist dein Vater?«

»Weißichnich.«

»Hat er nicht gesagt, wohin er geht?«

»Weißichnich.«

Aus ihrer Tochter eine Information herauszubekommen war so schwierig, als wolle man den Papst überreden, Verhütungsmittel zu befürworten. Abigaile stolzierte aus dem Zimmer.

Kaum hatte sie die Tür zugemacht, brüllte Van Halen wieder los, doppelt so laut wie vorher.

Mickey machte auf dem Polizeirevier so viel Wind, dass man ihm schließlich erlaubte, ein Telefongespräch zu führen. Er rief bei Ford Werne an. Unglücklicherweise war Ford nicht zu Hause.

Leslie rief zu Hause an und hoffte, dass Eddie da war. Sie hatte Glück.

»Eddie!«, sagte sie dankbar.

»Liebling! Wo bist du? Ich bin so froh, dass du anrufst. Ich möchte, dass du zurückkommst. Es tut mir Leid, es tut mir so Leid. Ich werde dich nie wieder schlagen.«

»Ich bin in Schwierigkeiten«, flüsterte Leslie.

»Sag mir nur, wo du bist, und ich hole dich ab.«

»Ich bin im Gefängnis, Eddie. Sie haben mich festgenommen. Du musst Kaution für mich bezahlen.«

Er war geschockt. »Was?«

»Es ist ein Irrtum. Ich erkläre es dir, wenn wir uns sehen.«

»Warum haben sie dich verhaftet?«

»Das ist nicht wichtig. Hol mich nur hier raus.«

»Ich bin schon unterwegs.«

61

Abigaile und Primrose umarmten sich steif zur Begrüßung. Primrose war größer als ihre Schwester, hatte feines goldenes Haar und porzellanblaue Augen.

Ben Harrison war ein wuchtiger Mann, der trotz seiner lockigen grauen Haare und der strengen Miene für seine fünfzig Jahre noch sehr jugendlich aussah. Er behandelte seine Frau Primrose mit einer gewissen Ehrerbietung.

»Wo ist Mickey?«, war seine erste Frage.

»Er muss bald kommen«, antwortete Abigaile nervös. »Er hat noch eine geschäftliche Besprechung.«

»Wir müssen miteinander reden«, sagte Ben kurz. »Ich habe keine Ahnung, was eigentlich los ist. Ich weiß nur, dass wir nicht sehr glücklich darüber sind, dass man uns gewissermaßen auf den letzten Drücker hierherbeordert. Hat sich jemand mit Abe in Verbindung gesetzt?«

»Ich war vergangene Woche bei ihm«, sagte Abigaile. »Er hat dieses Treffen mit keinem Wort erwähnt. Dann habe ich versucht ihn anzurufen. Inga behauptet, er darf nicht gestört werden.«

»Darf nicht gestört werden?«, wiederholte Ben düster. »Was ist denn das für eine Ausrede?«

»Wir werden es Montag vormittag erfahren«, erwiderte Abigaile steif und fragte sich, wo Mickey blieb.

Sie hatten schon das halbe Abendessen hinter sich, als er endlich auftauchte. Abigaile hörte, wie er sich ins Haus schlich, versuchte, sich am Speisezimmer vorbeizustehlen und im ersten Stock zu verschwinden.

»Entschuldigt mich einen Moment«, sagte sie mit einem süßlichen Lächeln zu Ben und Primrose. Sie lief in die Halle. »Mickey! Wo, zum Teufel, warst du?«

Er sah total derangiert aus. »Ich hatte einen Autounfall«, log er.

»Einen Autounfall? Ist dem Wagen was passiert?«

Ist dem Wagen was passiert? Eine typische Abigaile-Frage.

»Nein«, antwortete er bissig, »dem Wagen ist nichts passiert. Ich bin tot, aber Hauptsache, der Wagen ist in Ordnung.«

»Primrose und Ben sind hier«, zischte sie, seinen Sarkasmus ignorierend. »Beeil dich, und komm herunter. Ich habe nicht die Absicht, Alleinunterhalter zu spielen.«

»Gönn mir doch eine Pause«, protestierte er. »Es hat nicht viel gefehlt, und ich wäre jetzt tot.«

»Mickey!« Die Warnung in ihrer Stimme sprach Bände.

Dass ihm etwas passiert war, ließ sie völlig kalt. »Okay, okay, in fünf Minuten.«

Er lief hinauf. Jesus! Sein schlimmster Albtraum hatte sich erfüllt. Man hatte ihn festgenommen, während eine chinesische Hure ihm einen geblasen hatte. Wurde auf dieser Welt denn nichts mehr respektiert? Gott sei Dank, dass Madame Loretta gefasst genug gewesen war, ihren Anwalt anzurufen. Der Mann war in Rekordzeit erschienen und hatte für alle Kaution hinterlegt.

Mickey musste an einem bestimmten Datum vor Gericht erscheinen.

Wenn Abigaile je erfuhr, dass er ins Bordell ging …

Die Rückfahrt zum Strand schien länger zu dauern als sonst. Eddie schwieg eine Zeitlang, lenkte den Wagen nur mit einer Hand und trommelte mit der anderen auf dem Lenkrad herum.

»Was hast du in einem Bordell gemacht, Leslie?«, fragte er endlich.

»Ich habe Madame Loretta kennen gelernt, als ich nach Los Angeles kam«, erklärte Leslie und erzählte ihm die Version der Geschichte, die sie sich ausgedacht hatte. »Sie kam mir so nett vor, und sie hat mir geholfen. Ich war ein paarmal zum Tee bei ihr.«

»Zum Tee?«, rief Eddie. »Wofür hast du ihr Haus denn gehalten? Für einen englischen Teesalon?« Er unterbrach sich, um seinen nächsten Worten entsprechendes Gewicht zu geben. »Sie leitet ein Hurenhaus, Leslie. Du hast letzte Nacht dort geschlafen. Was geht hier eigentlich vor? Wie hat sie dir geholfen?«

Leslie blickte starr geradeaus. »Ich kann's erklären.«

Der Maserati tobte über die Autobahn. »Die Tatsachen sprechen für sich, oder?«, sagte Eddie gereizt.

»Wie oft soll ich es noch wiederholen? Ich habe dort nur geschlafen. Und zwar allein. Ich wusste ja sonst nicht wohin.«

Eddie schlug sich mit der flachen Hand an die Stirn. »Jesus!«, sagte er sarkastisch. »Ich begreife gar nicht, wieso ich misstrauisch bin. Begreifst du's?«

»Muss ich zu Gericht?«, fragte sie ängstlich.

»Nee«, antwortete er. »Ich muss das in Ordnung bringen.«

»Kannst du das denn?«

»Wenn ich sage, ich kann es, dann kann ich's auch.«

»Danke, Eddie«, flüsterte sie.

Der Wagen schleuderte leicht, Eddies Fahrweise war, gelinde gesagt, sehr hektisch.

»Wieso hast du mir nie von Madame Loretta erzählt?«

»Du hast mich nie gefragt.«

Er warf einen Blick in den Rückspiegel. »Oh, ich soll also fragen, ja? He, Leslie, Baby, bist du mit einer Puffmutter befreundet? Solche Sachen soll ich dich fragen? Einen solchen Scheiß?«

Ihre Augen füllten sich mit Tränen. Sie hatte nichts Unrechtes getan. Nur dort geschlafen. Und eigentlich war es seine Schuld. Es war nicht fair. »Eddie, bitte, sei nicht bös auf mich. Ich bin sehr müde.«

»Du bist müde?«, sagte er, über ihre Selbstsüchtigkeit empört. »Was bin ich denn, deiner Meinung nach, verdammt? Mir sitzt dieser Gangster Bonnatti im Nacken. Zusätzliche Schwierigkeiten kann ich wirklich nicht brauchen.«

Sie seufzte. »Wie bist du denn in diese Lage geraten? Warum zahlt das Studio nicht, wenn du und Mickey Partner seid?«

»Weil Mickey das Geld nicht schuldig ist – nicht direkt«, knurrte er. »Tatsache ist, dass wir eine Vereinbarung hatten, aber – eh – ich habe mir am Ende wohl ein bisschen zu viel vom Kuchen abgeschnitten. Ich hab gedacht, dass es keiner merken wird. Leider haben sie's doch gemerkt.«

Sie war glücklich, ihn wenigstens von Madame Loretta abgelenkt zu haben.

»Wir sprechen von einer Million Dollar, Eddie.«

»Ich weiß, ich weiß. Ich musste ein paar Schulden bezahlen. Und ich will ehrlich sein, Kokain ist nicht billig.«

»Weißt du was? Du solltest deine Schulden vergessen und in ein Entgiftungs-Center gehen. Ich werde dir helfen, Eddie. Ich halte zu dir.«

»Du scheinst mich nicht zu verstehen«, sagte er eindringlich. »Carlos Bonnatti bringt mich um, wenn ich nicht zahle.«

»Das ist lächerlich!«, stieß Leslie hervor. »So etwas gibt es doch nur in Gangsterfilmen.«

»Schätzchen«, sagte er trocken, »willkommen in der realen Welt.«

Mickey leistete Schwager und Schwägerin beim Abendessen Gesellschaft. Seine Gedanken rasten. Er sollte sich um so vieles kümmern und musste doch hier sitzen und höflichen Quatsch über sich ergehen lassen. Das Hauptthema war Abe Panther. Um was konnte es bei diesem Treffen am Montagvormittag gehen?

Mickey zuckte mit den Schultern. »Ich habe keine Ahnung, wir machen Geld, das Studio macht Geld, alles ist bestens. Der alte Mann sollte zu Hause bleiben und glücklich sein. Wir brauchen seine Einmischung nicht.«

Ben Harrison schien nicht dieser Meinung zu sein. »Weißt du, Mickey«, sagte er nachdenklich, »vielleicht gefallen Abe die Filme nicht, die das Studio produziert. Ich muss dir sagen, ich habe *Motherfaker* gesehen, und der Film ist eine Katastrophe. Ich möchte nicht, dass meine Mutter einen solchen Film sieht – und meine Schwestern übrigens auch nicht.«

»Tja, aber alle anderen im Land werden begeistert sein«,

sagte Mickey abwehrend. »Heutzutage wollen die Leute solche Filme sehen.«

»Also ich weiß nicht.« Ben schüttelte unsicher den Kopf. »Er wird ein Wochenende die Kassen füllen und dann durchfallen. Es wird keine Mundpropaganda geben. Das heißt, sie wird vielmehr lauten: ›Bleibt ja weg!‹«

»Johnny Romano ist ein großer Star«, sagte Mickey. »Das Publikum ist ganz verrückt nach ihm.«

»Er liebt sich selbst«, antwortete Ben. »Das ist offensichtlich. Wer hat ihn kontrolliert? Hat denn niemand versucht, ihn zu zügeln?« Er senkte die Stimme. »Weißt du, wie oft er *motherfucker* sagt? Von den anderen Schauspielern ganz zu schweigen.«

Primrose hatte ihn trotzdem gehört. »Ben«, sagte sie vorwurfsvoll, »nicht solche Worte bitte!«

Mickey zog eine Braue hoch. Da lebte Primrose ein paar Jahre in England, und schon kehrte sie die Königinmutter hervor.

Der Butler Jeffries kam herein. »Ein Anruf für Sie, Mr. Stolli«, sagte er, hochmütig an seiner langen Nase hinunterblickend.

»Wer ist es?«, fragte Mickey unfreundlich. »Ich esse.«

»Er hat gesagt, es sei sehr wichtig. Ein Mr. Bonnatti.«

»Bonnatti?«

»Das ist richtig, Sir.«

Ein guter Tag war das wirklich nicht.

62

In Swansons Privatjet sitzend, fühlte Venus Maria sich eine Million Meilen entfernt von dem halbwüchsigen, dürren Ding, das auf der Fifth Avenue von weitem zugesehen hatte, als Martin Swanson Deena Akveld heiratete. Es war wirklich unglaublich. Hier saß sie mit Cooper Turner, dem Filmstar, an der einen Seite und Martin Swanson, dem Milliardär, an der anderen. Und beide waren ihr verfallen.

Venus Maria lächelte. Es war aufregend, es prickelte. Irgendwie wünschte sie, Ron wäre hier und könnte sie sehen. Er wäre hingerissen.

Martin beugte sich zu ihr herüber. »Warum hast du ihn eingeladen?«, fragte er leise. »Wozu brauchen wir ihn?«

»Cooper ist dein bester Freund«, antwortete sie scheinbar arglos. »Ich hab gedacht, du würdest dich freuen.«

»Ich freue mich nicht«, sagte er gereizt. »Ein romantischer Tag für zwei in San Francisco kann kaum gelingen, wenn es auf einmal drei sind.«

Sie lachte leise. Martin eifersüchtig? »Sei nicht albern. Cooper wird uns bestimmt nicht stören. Er wird eine Menge zu tun finden.«

»Er wird sich selbstständig machen und uns allein lassen, wie?«, fragte Martin sarkastisch.

»Nein«, antwortete sie fest. »Wir drei werden einen fantastischen Tag erleben.« Sie küsste ihn auf die Wange und ließ die Zungenspitze in sein Ohr schnellen, um ihm einen kleinen Vorgeschmack auf das zu geben, was ihn erwartete. »Ich will mich ein bisschen frisch machen«, entschuldigte sie sich.

Im Weggehen blinzelte sie Cooper zu. Jetzt hatte er Zeit, mit Martin zu sprechen und zu ergründen, was er für Absichten hatte.

Der Swanson-Jet war – gelinde ausgedrückt – luxuriös. Er war wie eine Wohnung ausgestattet, hatte ein Wohnzimmer, eine funktionelle hypermoderne rostfreie Küche, ein herrliches Schlaf- und zwei Marmorbadezimmer. Sie ging ins Schlafzimmer, machte die Tür hinter sich zu und warf sich aufs Bett. He, das ist fantastisch, dachte sie. Vielleicht leiht er mir die Maschine für meine Tournee.

Das wäre wahrscheinlich zu auffällig. Sie mussten ihre Beziehung noch immer geheim halten.

In San Francisco wurden sie von einem Fahrer in einer Limousine abgeholt und zu einem der großen Hotels gebracht, wo sie sich in der Penthousesuite frisch machen und umziehen konnten. Martin musste zu einer kurzen geschäftlichen Besprechung, also bewunderten Venus Maria und Cooper das Panorama vor den Fenstern und bestellten eine Flasche Champagner.

»Nun?«, fragte sie ängstlich. »Hast du mit ihm gesprochen? Was hat er gesagt?«

Cooper überlegte sich seine Antwort sehr gut. Seiner Meinung nach hatte Martin nicht die Courage, Deena zu verlassen. Er genoss seine Affäre mit Venus, und wer täte das nicht? Aber er war nicht bereit, seine gutfunktionierende Ehe aufzugeben. Deena bedeutete für ihn Stabilität. Sie war seine Frau, und gemeinsam hatten sie eine gewisse Stellung in der Gesellschaft erreicht, die Martin nicht zu opfern gedachte.

Doch Coopers Meinung war nicht das, was Venus hören wollte.

»He«, sagte er, »du kennst doch Martin, den großen Schweiger.«

Sie war enttäuscht. »Willst du mir damit sagen, dass du nichts aus ihm herausbekommen hast?«

»Er denkt, du bist fantastisch.«

»Ja?«

»O ja!«

»Ist das alles?«

»Nur noch, dass ich mit ihm einer Meinung bin.«

Sie lachte, nahm ihn überhaupt nicht ernst. »Das glaub ich dir.«

Später aßen sie zusammen im Flags, was ziemliches Aufsehen verursachte.

»Siehst du, wie gut es war, dass wir Cooper mitgenommen

haben«, flüsterte Venus Maria Martin zu. »Jetzt werden alle denken, er und ich sind die Schlagzeile. Kannst du dir vorstellen, was los wäre, wenn man uns beide allein in San Francisco entdeckt hätte?«

Er stimmte ihr zu. »Du warst sehr klug und vorausschauend.«

Sie versuchte das Eisen zu schmieden, solange es heiß war. »Wir können uns nur allein in der Öffentlichkeit sehen lassen, wenn du dich von deiner Frau trennst«, sagte sie.

Sie blies nicht zum erstenmal in dieses Horn.

Er antwortete nicht.

Nach dem Essen fuhren sie zur Bucht hinunter und tranken in einem kleinen, überfüllten Café starken Cappuccino. Wie aus dem Nichts tauchten Frauen auf und prunkten mit dem, was sie hatten, weil sie hofften, Aufmerksamkeit zu erregen. Cooper Turner und Martin Swanson zur selben Zeit am selben Ort. Was für eine unglaubliche Chance! Unwiderstehlich. Männer beäugten Venus Maria von Kopf bis Fuß. Und die Frauen ebenso. Aber auch Martin und Cooper hatten nur Augen für sie.

»Hast du nicht das Gefühl, vernascht zu werden?«, neckte ihn Venus, die, ein übermütiges Glitzern in den Augen, mit Cooper flirtete.

»Sich vernaschen zu lassen, ist heutzutage eine gefährliche Sache«, antwortete er völlig ernst. »Ich muss vorher die sexuelle Vergangenheit der Frau kennen – und zwar die der letzten sieben Jahre. Dazu braucht man Zeit und Energie. Es ist nicht mehr so wie früher. Ich bin zu müde.«

Martin warf ihm einen erstaunten Blick zu. »So etwas von dir zu hören, hätte ich nie erwartet.«

Venus Maria schüttelte die platinblonden Locken. »Ach was, das sagt er dauernd. Hör gar nicht auf ihn.«

Cooper lächelte. »Ich spare mich auf.«

»Für wen?«, fragte sie neugierig.

»Das sag ich dir, wenn ich ihr begegnet bin.«

Er hielt ihren Blick fest.

Sie wich ihm aus.

Später flogen sie mit Martins Maschine nach L. A. zurück.

»Übernachtest du bei mir?«, fragte Venus Maria Martin.

»Aber natürlich, unbedingt«, antwortete er. »Ich bin ja nicht aus gesundheitlichen Gründen so früh eingeflogen.«

»Wir sind auch ganz allein«, versprach sie.

»Keine Spielchen mehr?«

Irrte sie sich, oder klang das ein bisschen enttäuscht?

»Nein, Martin. Nur wir beide.«

Sie verabschiedeten sich im Wagen von Cooper.

»Ich ruf dich morgen an«, sagte Venus Maria. Cooper wurde jetzt sehr schnell zu ihrem besten Freund.

»Morgen«, sagte er.

»Gute Nacht.« Sie küsste ihn leicht auf die Wange.

Und dann war sie mit Martin allein.

Dennis Walla begutachtete die neueste Ausgabe von *Truth and Fact.* In diesem Augenblick wurde sie im ganzen Land ausgeliefert. Die Titelseite war das stärkste Layout, das er seit langem gesehen hatte. Dagegen nahmen sich die letzen Schlagzeilen im *Enquirer* und im *Star* geradezu armselig aus.

Blickfang waren die Überschriften in leuchtend roten Lettern:

MARTIN SWANSON –
DER MILLIARDÄR ALS LIEBHABER!
VENUS MARIA UND COOPER TURNER!
DIE ERBIN UND DIE EHEFRAU!

Diese Schlagzeilen waren von Fotografien eingerahmt. In der Mitte das große Bild von Venus Maria mit Martin Swanson. Auf der linken Seite ein kleiner Schnappschuss von Venus

Maria und Cooper Turner vor dem Eingang des Spago. Darunter ein weiteres Foto von Venus Maria und Cooper in der Dekoration. Die beiden kleineren Fotos rechts zeigten Deena Swanson und Paul Webster im Central Park und Paul, der mit Brigette Stanislopoulos die Straße entlangschlenderte.

Dennis war mehr als hingerissen. Er hatte nie erwartet, dass diese Story so viel hergeben – so groß werden würde. Zuerst sollten es nur Emilios Enthüllungen über Venus Maria sein. Jetzt hatten sie diesen Teil der Story sogar bis zur nächsten Woche zurückgehalten und sich diese Woche einzig auf die verschiedenen romantischen Beziehungen der Hauptakteure konzentriert. Ausgezeichnete Berichterstattung.

Bert Slocombe hatte wirklich einen Trumpf aus dem Ärmel gezogen, als er entdeckte, dass Deena vom Pfad ehelicher Tugend abwich. Aber als er außerdem noch ein Foto von Deenas Spieljungen mit Brigette Stanislopoulos, der jungen Erbin einer Schifffahrtslinie, beigesteuert hatte, war Dennis halb ausgeflippt vor Freude. Was für ein Coup!

Über den Fotografien gab es noch zusätzliche Textzeilen:

VENUS MARIA GELIEBTE DES MILLIARDÄRS
GEBROCHENE EHEFRAU DEENA
LENKT SICH MIT JÜNGEREM AB
WEISS COOPER, DASS ER BETROGEN WIRD?

Dennis Walla warf die Zeitschrift auf den Couchtisch. Er war sehr zufrieden. Alle Chefredakteure der Stadt würden sich um ihn reißen.

Dennis Walla war drauf und dran, der heißeste Klatschjournalist der Welt zu werden.

Ohne die Seidentücher und die beiden exotischen Huren war der Sex mit Martin ein bisschen langweilig. Er war in jeder Beziehung zu schnell.

Verärgert stellte Venus Maria fest, dass er vom Vorspiel nichts zu halten schien, und alles, was er ihr geben konnte, war ein sehr flüchtiger Genuss. Sex nach Programm. Die Brüste berühren – fünfundzwanzig Sekunden, dann die Hände nach unten gleiten lassen, die Beine spreizen, und los ging's.

Venus Maria war enttäuscht. So wollte sie nicht geliebt werden. Er hatte auch kein Stehvermögen. Nach ein paar Minuten war alles vorbei. »Was ist heute mit dir los?«, fragte sie gereizt und völlig unbefriedigt.

Er merkte offensichtlich nicht, dass etwas nicht stimmte, und fragte arglos: »Bist du nicht glücklich?«

Sie runzelte die Stirn. »Nein, nicht besonders. Es ist so schnell gegangen.«

Das schien Martin nicht zu berühren. »Was hast du erwartet?«, sagte er gähnend. »Ich habe das Gefühl, die letzten vierundzwanzig Stunden in Flugzeugen verbracht zu haben. Ich bin nicht Superman.«

Das darfst du ruhig noch einmal sagen, dachte sie erbittert.

Venus Maria verabscheute hastigen und lieblosen Sex. Sie kam sich hinterher schmutzig und benutzt vor. Sex musste lange dauern, musste mit Muße zelebriert werden und befriedigend sein.

Schlechter Sex erinnerte sie an das Verhalten ihrer Brüder bei ihren Liebschaften mit den Nachbarmädchen, die jammernd und weinend in das alte Haus in Brooklyn kamen, weil sie sich so erniedrigend behandelt fühlten. Für ihre Brüder waren Frauen nur auf der Erde, um zu putzen, zu kochen, sich bumsen zu lassen und den Mund zu halten.

Reizende Ungeheuer.

Sie zu beobachten, trug viel zu Venus Marias Entschlossenheit bei, zu einer starken Frau zu werden, die alles schaffte, was sie wollte, selbst zu allen Dingen fähig war.

Und es war ihr gelungen. Es war ihr tatsächlich gelungen!

Dass sie ein modernes Sexsymbol war, musste ihre Brüder verrückt machen.

Sie sprang aus dem Bett, marschierte ins Bad und knallte die Tür hinter sich zu. Verdammter Martin! Erwartete er jedesmal, wenn sie zusammen schliefen, Seidenfesseln und zwei Huren?

Cooper Turner brauchte bestimmt keine potenzanregenden Mittel. Er war im Bett wahrscheinlich ein Meister. Nun, er hatte mit den Jahren auch genügend Erfahrung gesammelt, nicht wahr? Mister Casanova. Der Don Juan von Hollywood.

Mit ihm ins Bett zu gehen hatte sie keine Lust. Du meine Güte, nein! Die Vergleiche, die er ziehen würde! Er hatte einige der schönsten Frauen der Welt gehabt.

Ah – die Cooper-Turner-Ruhmeshalle. Venus Maria hatte seiner Riesensammlung nie einverleibt werden wollen.

Martin schlief, als sie aus dem Bad zurückkam. Er lag auf der Seite und schnarchte laut.

Vielleicht war sie nicht fair. Er war lange unterwegs gewesen und vermutlich erschöpft.

Sie legte sich ins Bett, kuschelte sich an ihn und schloss die Augen. Es dauerte eine dreiviertel Stunde, bis sie einschlief.

63

Lucky flog nur in Boogies Begleitung nach Los Angeles zurück. Lennie hatte nicht angerufen, und sie war zu stolz, um es zu tun. Wenn er wollte, dass so das Ende zwischen ihnen aussah – dann bitte.

Schau den Tatsachen ins Gesicht, sagte sie sich. Sie hatte Lennie das Studio gekauft, und er scherte sich den Teufel darum. In seinen Augen war das ein Schlag gegen sein Ego oder ein ähnlich männlicher Quatsch. Warum, verdammt, konnte er sich nicht entspannen und sich darüber freuen?

Aus ihrer New Yorker Wohnung hatte sie noch am selben Abend Gino angerufen und ihm ausführlich von Lennies Reaktion berichtet.

»Ich habe versucht dich zu warnen, Mädchen.« Er seufzte. »Weil ich geahnt habe, dass er es so sehen würde.«

»Warum sagst du das?«

»Weil das Männersache ist. Du kannst einem Mann einen Pullover oder eine Krawatte schenken, aber kein Studio ... Jesses! Was soll – was kann ich dir sagen?«

»Seine Haltung ist doch total altmodisch, und ich lasse mir das nicht gefallen«, erklärte sie eigensinnig. »Ich find's riesig, dass Panther jetzt mir gehört. Das sollte er auch.«

»Und was hast du jetzt vor, Mädchen?«

»Lennie in New York in Ruhe zu lassen und zu warten, bis er ausgeschmollt hat.«

»Tolle Lösung!«

»Was könnte ich sonst machen?«

»Wie wär's, wenn du versuchen würdest, den Knoten zu entwirren?«, schlug er vor.

»Zu spät. Den nächsten Schritt muss er tun.«

Die Wahrheit war, dass Lennies Machohaltung sie verletzte und frustrierte. Er vor allen anderen müsste sie verstehen. Sie hatte ihm nie vorgemacht, dass sie die perfekte kleine Frau war, die zu Hause saß und ein Baby nach dem anderen bekam. Er hatte immer gewusst, dass sie zu den risikofreudigen Frauen gehörte. Das war einer der Gründe, warum er sich in sie verliebt hatte.

Jetzt benahm er sich wie »du – Frau, ich – Mann«. Fast war es so, als sage er zu ihr: Sieh zu, dass du schwanger wirst, sonst ist es vorbei. Sie hatten Bobby und Brigette.

War das vorläufig nicht Familie genug?

Zur Hölle mit Lennie Golden.

Sie musste ihr Leben leben.

Vom LAX fuhr Boogie sie direkt in das Haus in Malibu.

Miko begrüßte sie mit einer höflichen Verbeugung. »Wie schön, dass Sie wieder hier sind, Madame.«

Es tat gut, wieder da zu sein. Sie fühlte sich stark. Sie fühlte sich unbesiegbar. Sie wusste, dass sie alles erreichen konnte.

Am Sonntag kam Morton Sharkey herüber, und sie verbrachten den Abend damit, verschiedene Unterlagen von Panther durchzuarbeiten. Sie hatte so viele Pläne, die verwirklicht sein wollten. Neue Leute mussten eingestellt, Entscheidungen wegen der verschiedenen Produktionen getroffen werden. Wen behielt sie? Wen warf sie hinaus?

Später, als Morton längst gegangen war, saß sie auf der Terrasse und blickte aufs Meer. Alles wird gut, Santangelo! versprach sie sich selbst und atmete tief die frische Nachtluft ein.

Ihr Leben lang war sie auf sich allein gestellt gewesen, hatte beweisen müssen, dass sie es schaffte. Und mit den Panther Studios war es das Gleiche. Sie würde es allen zeigen. Und wenn Lennie nicht mit von der Partie sein wollte, würde sie es eben allein tun.

Lucky Santangelo ging nicht unter.

Nichts und niemand konnte sie aufhalten.

Abe Panther hatte entschieden, dass sie gemeinsam im Studio eintreffen sollten. Daher fuhr Lucky am Montagmorgen mit Morton Sharkey zum Miller Drive.

Abe begrüßte sie mit einem munteren Lächeln. »Guten Morgen, Mädchen. Sind wir bereit, ein paar Leuten in den Arsch zu treten?«

»Dazu bin ich immer bereit«, erwiderte sie und bestätigte ihm mit dieser Antwort nur, was er ohnehin vermutet hatte.

Mit der Fülle ungebändigten jettschwarzen Haares, der olivfarbenen Haut und den dramatischen schwarzen Augen sah sie besonders schön aus.

Sie trug ein cremefarbenes Lederkostüm von Claude Montana, sehr hohe Absätze, hatte Diamantreifen in den Ohren und einen großen Diamantring am Finger. Sie hatte Klasse, hatte Stil, war aber auch sexy und darüber hinaus ganz kühle Geschäftsfrau.

Was für ein Gegensatz zu der kleinen grauen Maus Luce. Und genau das war beabsichtigt.

Abe schien bester Laune, und ausnahmsweise wirkte auch Inga fast heiter. Er hatte ihr erlaubt, bei der Konferenz dabei zu sein, und sie hatte sich entsprechend herausgeputzt.

Lucky hätte gern gewusst, was der alte Mann mit dem vielen Geld anfangen würde. Wahrscheinlich darauf sitzen bleiben, bis er tot umfiel.

»Treffen wir uns in Mickeys Büro?«, fragte sie.

»Nein, wir machen es uns im Konferenzraum gemütlich«, entschied Abe. »Ich möchte früher als alle anderen da sein.«

»Mickey kommt gewöhnlich sehr früh«, sagte Lucky.

»Heute vielleicht nicht«, antwortete Abe mit einem boshaften Lachen. »Hier haben Sie eine Kleinigkeit, die Ihr Herz erfreuen wird, Mädchen.«

Er reichte ihr ein Exemplar der *L. A. Times.* Auf der unteren Hälfte der Titelseite prangte ein Foto von Mickey, der aus einem Polizeitransporter abgeführt wurde. Der Bildtext lautete:

STUDIOCHEF BEI RAZZIA
IN EINEM HAUS DER SCHMACH
IN HOLLYWOOD FESTGENOMMEN

»O mein Gott!«, rief sie. »Heut kriegt er es aber von allen Seiten. Glauben Sie, dass er kommt.«

»Selbstverständlich kommt er«, fauchte Abe.

Sie fuhren im Konvoy. Abe und Lucky im ersten Wagen. Inga, Morton Sharkey und Abes Anwalt im zweiten.

Während der Fahrt fühlte Lucky, wie Abes Erregung sich steigerte, und als sie das Einfahrtstor des Studios passierten, begann er förmlich zu vibrieren.

»Das ist für mich wie eine Heimkehr, Mädchen«, sagte er und rieb sich die Hände. »Hab keinen Schimmer, warum ich überhaupt weggegangen bin.«

»Und warum haben Sie's getan?«, fragte sie neugierig.

Er zuckte mit den Schultern. »Ich weiß es nicht. Ein neues Jahrzehnt hatte eben begonnen, und was in der Filmwirtschaft vorging, gefiel mir nicht mehr. Das Publikum wollte Dinge sehen, die ich ihm nicht zeigen wollte.«

Das konnte sie verstehen. Er kam aus einer anderen Ära. Einer freundlicheren, sanfteren Zeit. »Und was ist es für ein Gefühl, zurückzukehren?«

Er nickte selig. »Ein verdammt gutes.«

Im Konferenzraum flitzten nervöse Sekretärinnen hin und her.

»Guten Morgen, Mr. Panther.«

»Willkommen, Mr. Panther.«

»Darf ich Ihnen etwas bringen, Mr. Panther?«

Abe nahm seinen Platz am Kopfende des Tisches ein und winkte Lucky auf den Stuhl rechts neben ihm.

Sie setzte sich. Obwohl das Studio offiziell schon ihr gehörte, hätte sie nicht einmal im Traum daran gedacht, ihn um seine Stunde des Triumphs zu bringen.

Pünktlich um zehn marschierte Mickey Stolli ein. Ihm folgten Abigaile, Primrose und Ben.

Abe wedelte mit der Hand durch die Luft. »Setzt euch alle miteinander. Macht es euch bequem.«

Mickey sah sich im Raum um. Sein Blick streifte Lucky, doch er erkannte sie nicht.

»Du siehst gut aus, Großvater«, sagte Primrose, lief auf Abe zu und küsste ihn.

»Wie kommt es, dass du nie schreibst und nie anrufst?«,

fragte er, schob mit einem Klick die falschen Zähne vor und ließ sie wieder zurückrutschen.

Primrose seufzte, als habe er kein Recht, eine solche Frage zu stellen. »Wir haben alle so wahnsinnig viel zu tun, Großvater. Die Kinder lassen ganz lieb grüßen.«

»Setz dich«, sagte Mickey scharf. Er hielt es für völlig überflüssig, dass Primrose den Alten umschmeichelte.

Als alle saßen, kam Abe ohne Umschweife zum Thema. »Ich war zehn Jahre nicht mehr hier«, sagte er schroff, »und habe euch alle schalten und walten lassen, wie ihr wolltet. Jetzt habe ich andere Vorkehrungen getroffen. Ich habe das Studio verkauft.«

Benommenes Schweigen. Vier entsetzte Gesichter.

Mickey war als Erster auf den Beinen. »Was hast du getan?«, fragte er ungläubig.

»Ich habe das Studio verkauft«, wiederholte Abe mit einem verschlagenen Kichern. »Es hat mir gehört, ich hatte das Recht dazu, wie?«

»Das darfst du nicht, ohne mit uns Rücksprache zu halten, Großvater«, protestierte Abigaile, und dunkle Röte breitete sich auf ihrem Gesicht aus.

»Ganz bestimmt nicht«, pflichtete Primrose ihr tief betroffen bei.

»Mädchen, ich kann tun, was mir Spaß macht, verdammt! Ich bin alt und hässlich genug dazu.«

»Du sagst also, dass du das Studio verkauft hast?«, sagte Mickey rau.

»Das ist gut«, scherzte Abe. »Der Mann versteht Englisch.«

»Und an wen hast du verkauft?«, mischte Ben sich ein.

»Meine Damen, meine Herren«, sagte Abe genüsslich, »darf ich Ihnen die neue Besitzerin der Panther Studios vorstellen?« Er wandte sich Lucky zu. »Sie sitzt neben mir – Lucky Santangelo.«

Wieder folgte ein langes Schweigen. Und wieder war es

Mickey, der es als Erster brach. »Was ist das? Ein dummer Witz?«

»Das darfst du nicht, Großvater!«, kreischte Abigaile.

Morton Sharkey erhob sich. »Miss Santangelo übernimmt die Leitung sofort«, sagte er. »In Zukunft sind alle ihr unterstellt und verantwortlich.«

»Wenn ihr glaubt, dass ich bleibe und mich von einem blöden Frauenzimmer rumkommandieren lasse – dann irrt ihr euch!«, rief Mickey, außer sich vor Wut. »Ich bin schon weg!«

Gut, dachte Lucky.

»Jetzt warte doch einen Moment«, unterbrach ihn Ben. Er wusste, wer Lucky Santangelo war. Er kannte ihren Ruf. Sie hatte nach dem Tod von Dimitri Stanislopoulos die Leitung der Schifffahrtslinie übernommen, die heute – unter ihrer Ägide – erfolgreicher und gewinnbringender arbeitete denn je. Lucky Santangelo wusste, was sie tat. »Wir müssen diese überraschende Situation besprechen.«

»Wer kriegt das Geld?«, fragte Abigaile zornig, außerstande sich zu beherrschen. »Es ist unser Geld.«

»Großvater«, meldete sich Primrose zu Wort, die Stimme der Vernunft, »wir müssen uns privat zusammensetzen und miteinander reden. Nicht vor all diesen Leuten.«

»Ich komme mir vor wie bei meiner eigenen Beerdigung«, sagte Abe, der jede Sekunde genoss, kichernd. »Was? Ihr denkt, ich bin schon tot? Ich kann mit meinem Geld machen, was ich will. Es ist nicht *euer* Geld. Es gehört *mir.*«

»Meine Herren«, sagte Lucky, »ich erwarte alle Abteilungsleiter um zwölf Uhr mittags zu einer Besprechung. Hier, in diesem Raum.«

»Was verstehen Sie denn vom Filmgeschäft?«, fragte Mickey grob, wandte sich ihr zu und funkelte sie zornig an.

»Sagen wir einfach, genauso viel wie Sie«, antwortete sie kühl.

Ihre Stimme kam ihm irgendwie bekannt vor. War er ihr

schon früher begegnet? Lucky Santangelo. Lucky Santangelo … Jesus! War das nicht das Frauenzimmer mit dem Gangstervater? War sie nicht außerdem mit Lennie Golden verheiratet?

Natürlich! Jetzt bekam das Ganze langsam einen Sinn. Ihr Mann war auf das Studio sauer, und sie hatte es ihm gekauft, damit er wieder zufrieden war. Dieser Mistkerl!

Er konnte Abigaile nicht ansehen. Seine liebe Frau sprach nicht mehr mit ihm, seit sie in der *L. A. Times* die Titelstory über seine Festnahme gelesen hatte. Sie hatte sich wie eine hysterische Furie aufgeführt. »Raus hier!«, hatte sie gekreischt. »Raus aus meinem Haus! Raus aus meinem Leben! Ich werde dich verklagen und dir jeden Penny abnehmen, den du besitzt. Wie darfst du es wagen, mich und Tabitha so zu erniedrigen? Das ist die größte Schande meines Lebens!«

»Es war ein Irrtum«, hatte er lahm erwidert. »Ich war mit einem Regisseur dort. Er hat wegen eines Films recherchiert. Ich habe ihm gesagt, dass er eine Szene nicht drehen könne, die er unbedingt drin haben wollte. Also hat er mich mitgenommen, um mir zu zeigen, dass es doch geht. Es war beruflich, Abbey.«

»Du hast mich das letzte Mal belogen, Mickey Stolli!«, hatte Abigaile mit ganz schmalen Augen geschrien. »Wir werden uns jetzt mit Großvater treffen und wie zivilisierte Menschen benehmen. Aber dann packst du deine Sachen und verschwindest aus meinem Haus. Wir sind fertig miteinander.«

Er fragte sich, wie ihr jetzt zumute sein mochte. Sie würde ihn nach diesem kleinen Schock bestimmt nicht mehr ignorieren. Er warf ihr einen Blick zu.

Sie war vernichtet.

Er schaute zu Ben und Primrose hinüber. Ben schäumte, und Primrose war nahe daran, in Tränen auszubrechen.

Abe genoss jede Minute der Verwirrung, die er verursacht hatte. Hinterhältiger kleiner Scheißkerl, dachte Mickey verdrießlich. Er stand auf. Er brauchte sich diesen Scheiß nicht gefallen zu lassen. Er konnte überall in der Stadt einen Job kriegen – er hatte Panther zu dem gemacht, was es heute war.

»Ich kündige«, sagte er scharf. »Suchen Sie sich einen anderen Idioten.«

64

Venus Maria schlief nackt. Als kleines Mädchen hatte sie einen Artikel über Marilyn Monroe gelesen.

Was tragen Sie im Bett, Miss Monroe?

Chanel Nr. 5.

Venus trug ebenfalls nur ihr Lieblingsparfum – Poison – und eine zarte Tätowierung auf der Innenseite ihres linken Oberschenkels – zwei weiße Tauben. Andenken an einen Zwei-Tage-Besuch in Bangkok.

Sie erwachte früh, streckte sich träge und griff nach Martin.

Er war nicht da.

Sie sprang auf und schaute ins Bad. Keine Nachricht. Nichts.

Mit wem, zum Teufel, glaubte er es hier zu tun zu haben? Mit irgendeiner Hollywood-Nutte, die ihm zur Verfügung stand, wenn er in die Stadt kam? Die er bumsen und dann ganz einfach sitzenlassen konnte? Da hatte er sich aber verrechnet. Sie war Venus Maria. Sie musste man anders behandeln. Verdammt! Dieser Martin Swanson musste seine Lektion noch lernen.

Unter einer kalten Dusche umherhüpfend, dachte sie über alles nach.

Martin Swanson ... Martin Swanson ... Warum diese Besessenheit für diesen Mann? Was war los mit ihr, um Himmels willen? Schließlich war er auch nur ein Mann.

Nach dem Duschen schlüpfte sie in einen Frotteebademantel und schüttelte energisch das nasse Haar aus. Heute hatte sie Probe für das Video. Ihr war am liebsten, wenn sie nichts anderes zu tun hatte, als zu probieren. Das bedeutete, dass sie sich nicht mit dem Make-up abplagen und sich in die Kunstfigur Venus Maria verwandeln musste. Sie konnte einfach sie selbst sein, das Haar zu einem Pferdeschwanz zusammenbinden, Sportsachen anziehen und sich entspannen.

Ron sorgte dann schon dafür, dass es harte Arbeit wurde. Aber auch Spaß. Schon vor langer Zeit war Venus Maria zu dem Schluss gekommen, dass sie das Herz einer Zigeunerin hatte. Die Arbeit bedeutete ihr alles. Und Anerkennung war ein zusätzlicher Bonus.

Martin Swanson sollte ihr den Tag nicht verderben. Zum Teufel mit ihm.

Unten wartete ihre Haushälterin Hannah mit einem Glas frisch ausgepresstem Orangensaft und einer Glasschüssel mit Apfel-, Melonen-, Bananen- und Orangenschnitzen, bestreut mit einer Hand voll der Gesundheit so förderlichen Kleie.

»Guten Morgen«, rief Venus Maria vergnügt, die sich trotz des mittelmäßigen Sex' der vergangenen Nacht und Martins unrühmlich frühem Verschwinden erstaunlich wohl fühlte. »Wie war das Wochenende?«

Hannah erwähnte nie, dass die beiden Ruhetage für sie nur noch mehr Arbeit bedeuteten, da sie ihre Zweizimmerwohnung in Downtown putzen und außerdem ihre vier Kinder und ihren Mann zu versorgen hatte, was nicht einfach war. »Sehr schön, Miss Venus«, sagte sie, während sie Geschirr einräumte.

Nach dem Saft und dem Obst gönnte Venus Maria sich zwei Scheiben Toast mit viel dicker englischer Marmelade.

Als sie nach der zweiten Scheibe griff, erschien Ron.

Sie freute sich, ihn zu sehen. »Was machst du hier?«, fragte sie. »Wollten wir uns nicht in einer Stunde bei der Probe treffen?«

Er hatte eine Zeitschrift unterm Arm, die er jetzt sorgfältig auf den Tisch legte. »Ich dachte, du solltest es zuerst von mir erfahren«, verkündete er dramatisch. Ron übertrieb gern und mit großer Begeisterung.

»Was erfahren?«, fragte sie vergnügt.

Seine Stimme wurde lauter. »Also hat es dir wirklich noch niemand gesagt und du hast es auch noch nicht gesehen!«

»Was meinst du? Worüber redest du?«

Er streckte diesen Happen zu einer Mahlzeit mit drei Gängen. »Erinnerst du dich, dass ich dich vor Emilio gewarnt habe, als du ihn hinausgeworfen hast?«

Sie hatte das scheußliche Gefühl, dass sie jetzt etwas sehr Unangenehmes zu hören bekam. »Ja«, sagte sie, »ich erinnere mich.«

Ron nahm sich ein Stück Toast. »Ich habe ihm nie getraut.«

»Ha!«, rief sie. »Glaubst du denn, ich hätte es getan? Samstag hat er hier eingebrochen.«

»Ach ja? Worauf war er denn aus? Schau dir das einmal an.« Er nahm die neueste Nummer von *Truth and Fact* und wedelte ihr damit vor dem Gesicht herum.

Sie starrte sie entsetzt an. Die Titelseite zierte ein großes Bild von Martin und ihr. Es war ihre Fotografie. Es war die Aufnahme, die Cooper gemacht hatte.

»O nein!«, rief sie.

»O ja«, stellte Ron kategorisch fest. »Er ist wahrscheinlich nur vorbeigekommen, um sich das Foto anzueignen. Wo hast du es verwahrt?«

Sie sprang auf. »In meinem Safe.«

Er seufzte. »Komm, sehen wir nach.«

»Ich kann nicht glauben, dass er mir so etwas antut«, sagte sie zornig. »Ich zahle seine gottverdammte Miete. Ich lasse ihn monatelang hier wohnen. Ron, o Gott! Schau doch, hier steht: *Nächste Woche folgen weitere Enthüllungen von Venus Marias Bruder.* Was, zum Teufel, bedeutet ›weitere‹?«

»Wenn du berühmt bist, kannst du nicht einmal in Frieden scheißen«, sagte Ron lakonisch.

Venus Maria rannte die Treppe hinauf, Ron dicht hinter ihr Sie stürmte zu ihrem Safe, öffnete ihn und suchte verzweifelt das Foto.

Es war nicht da.

»Er hat es gestohlen!«, schrie sie. »Dieses lausige, miese, rattengesichtige Stück Scheiße!«

»Nur immer raus damit«, ermutigte Ron.

»O mein Gott«, jammerte sie. »Was steht in dem Artikel. Martin kriegt einen Anfall, wenn er das sieht. O Jesus!«

»Es ist doch gar nicht so schlecht«, versuchte Ron sie zu beschwichtigen. »Wenigstens erfährt Deena, dass es dich gibt. Du wirst dich nicht mehr verstecken müssen, wenn du dich mit Martin triffst.«

Venus Maria riss ihm die Zeitschrift aus der Hand, und ihre Augen rasten über die Zeilen.

> Die Anrufe und Besuche von Milliardär Martin Swanson bei dem hinreißenden Superstar Venus Maria treiben seine schöne Frau Deena in die Arme des jungen Paul Webster, Sohn von Deenas bester Freundin Effie Webster, Innenarchitektin der Reichen und Berühmten. Von sexy Superstar Venus Maria kann der Milliardärsguru Martin Swanson noch einiges darüber lernen, wie einer richtig hochkommt. Die tief unglückliche Deena hat sich Paul zugewandt, nachdem sie von der Faszination ihres Mannes für den Video-Superstar Venus Maria erfahren hatte. Es ist Deenas letzter Versuch, ihren Mann zurückzugewinnen. Inzwischen überschüttet Martin Swanson Venus Maria mit Geschenken. Ein enger Freund hat uns verraten, dass die

> beiden sich vor ein paar Monaten zufällig auf einer Party in New York kennen lernten. Nach einem zweiten zufälligen Treffen in Los Angeles konnten sie einander nicht mehr widerstehen. Venus Marias engste Freunde sagten Martin Swanson sehr bald »sie mag dich« und »sie will dich«. Schon nach ein, zwei Wochen trafen sie sich in einem Versteck in Big Sur. Ein anderer enger Freund hat uns verraten, dass Martin Swanson Venus Maria zu verstehen gegeben hat, seine Ehe sei nicht glücklich. »Von Anfang an«, sagte eine gute Bekannte, »lag ein besonderer Zauber über den beiden. Martin findet Venus Maria unglaublich erotisch, und Venus Maria ist von Martins Macht und Reichtum fasziniert.«

Wütend warf Venus Maria die Zeitschrift auf den Boden. »Woher haben die bloß den ganzen Mist?«, schrie sie.

»Rufen wir doch mal Emilio an«, schlug Ron vor. »Er hat sich ganz offensichtlich sehr gut dafür bezahlen lassen.«

Sie schnitt eine Grimasse. »Wie können Menschen nur so etwas tun? Wenn er so verzweifelt Geld gebraucht hat, hätte ich es ihm doch gegeben. Hat er denn keinen Stolz?«

»Emilio – und Stolz?« Ron zog skeptisch die Brauen hoch.

»Gib mir das Telefon«, sagte sie verbissen.

Er reichte ihr den Apparat, und sie wählte Emilios Nummer. Sein Anrufbeantworter schaltete sich ein.

»Geh zum Teufel, Scheißkerl!«, schrie sie und knallte den Hörer auf die Gabel.

»Das wird ihn sehr beeindrucken, Liebes«, sagte Ron.

Venus hob die Zeitschrift vom Boden auf. »Oh, und hör dir das einmal an – Cooper wird begeistert sein.« Sie las laut vor: »›*Während Venus Maria mit Martin Swanson in Familie macht, denkt Cooper Turner, er sei ihr einziger Liebhaber.‹* Ist denn das zu glauben? Ich rufe meinen Anwalt an.«

»Was kann er denn tun?«

»Ich verklage sie.«

»Wie kannst du das? Das meiste stimmt doch.«

Daran hatte sie nicht gedacht. »Dann sollte ich Martin wohl warnen.«

»Wo ist er?«

»Er musste schon früh raus. Hat irgendwelche Übernahmeverhandlungen. Er kauft ein Studio.«

»Oh, ganz einfach so. Die sehr Reichen sind wirklich andere Menschen.«

»Ron, tu mir einen Gefallen. Ruf sein New Yorker Büro an und frag, wo man ihn erreichen kann.«

»Was wird er deiner Meinung nach sagen?«

Sie zuckte mit den Schultern. »Keine Ahnung. Solche Publicity ist er nicht gewöhnt. Ich weiß wenigstens, was ich zu erwarten habe. Ich war schon alles – von der Lesbierin bis zur Frau mit drei Brüsten. Und das nur in diesem Jahr.«

»Ob du dich da nicht irrst, Liebes«, sagte Ron milde. »Martin wird es wahrscheinlich genießen.«

Martin saß in einer Aufsichtsratssitzung, als eine Sekretärin diskret den Raum betrat, ihm auf die Schulter tippte und sagte: »Ihre Assistentin aus New York möchte dringend mit Ihnen sprechen, Mr. Swanson.«

Was, dachte Martin, könnte wohl dringend genug sein, um mich aus einer Konferenz herauszuholen? »Entschuldigen Sie mich, meine Herren«, sagte er und ging hinaus.

Die Sekretärin lief hinter ihm her. »Tut mir Leid, dass ich stören musste, Mr. Swanson«, entschuldigte sie sich. »Aber Ihre Assistentin hat wirklich gesagt, sie muss Sie unbedingt sofort sprechen.«

»Nur keine Sorge.« Er machte eine vage Geste in ihre Richtung und nahm den Telefonhörer auf. »Was gibt es, Gertrude?«, fragte er kurz.

»Mr. Swanson, Venus Maria versucht, Sie zu erreichen. Sie sagt, es sei ungeheuer wichtig.«

»Okay, Gertrude.«

»Mr. Swanson?«

»Ja? Was denn noch?«

»Ich glaube, ich weiß, um was es geht «

»Wollen Sie es mir erzählen, oder würden Sie's lieber als Geheimnis für sich behalten?« fragte er sarkastisch und ungeduldig.

»Es gibt eine Zeitschrift, *Truth and Fact*«, sagte Gertrude jetzt ohne Umschweife. »Ein Skandalblatt wie der *Enquirer.*«

»Und?«

»In der Story auf der Titelseite geht es heute um Sie und Venus Maria. Es sind natürlich lauter Lügen, davon bin ich überzeugt.« Sie zögerte und fuhr dann hastig fort: »Mr. Swanson, es ist keine sehr schöne Geschichte. Mrs. Swanson wird nicht sehr glücklich darüber sein.«

Martin drehte sich zu der Sekretärin um, die in der Nähe stehen geblieben war. »Gibt es unten einen Zeitungskiosk?«

Sie nickte.

»Dann seien Sie doch so nett, hinunterzulaufen und mir die neue *Truth and Fact* zu holen.«

»Sofort, Mr. Swanson. Bin schon unterwegs.«

Er legte auf und wählte Venus Marias Nummer.

»Hast du *Truth and Fact* gesehen?«

»Eben gelesen.«

»Komm, erzähl. Was haben sie? San Francisco? Ist Cooper auf dem Bild?«

»Es ist viel schlimmer, Martin. Erinnerst du dich an das Foto, das Cooper eines Abends bei mir zu Hause von uns beiden gemacht hat? Nun, ich hatte es in meinem Safe eingeschlossen und vermute, dass mein Bruder es gestohlen und an *Truth and Fact* verkauft hat.«

»Dein Bruder?«

»Emilio. Du weißt doch, er hat eine Zeitlang bei mir gewohnt. Ein absoluter Versager.«

»Das heißt demnach, dass sie dieses Foto von uns beiden gedruckt haben?«

»Ja, und es ist ein ziemlich intimes Foto. Wir sitzen auf der Couch und umarmen uns, als hätten wir nicht nur je zwei Arme, sondern fünf.«

»Hast du das Ding denn nicht zerrissen?«

Ihr gefiel sein Ton nicht. »Das ist doch wohl offensichtlich. Ich hatte es im Safe. Dort schien es mir ziemlich sicher zu sein.«

»Jesus!«, rief er, als er sich Deenas Reaktion vorstellte.

Auch Venus Maria konnte arrogant sein. »Auf mich brauchst du nicht sauer zu sein, es ist nicht meine Schuld.«

»Wessen Schuld denn?«, fragte er kalt.

»Ich weiß es nicht, und es ist mir, offen gesagt, auch verdammt egal.« Sie knallte den Hörer auf die Gabel. Es wurde langsam Zeit, dass Martin lernte, sie mit ein bisschen Respekt zu behandeln.

»Komplikationen im Land der Reichen und Berühmten?«, fragte Ron, der so tat, als sei nicht jede Minute eine wahre Wonne für ihn.

»Gehen wir zur Probe«, sagte sie. »Ich bin fertig mit diesem Arschloch und seinem aufgeblähten Ego.«

65

Die Neuigkeit verbreitete sich wie ein außer Kontrolle geratenes Reisigfeuer. Man war schließlich in Hollywood, der Hauptstadt versteckter Anspielungen, Klatschgeschichten und Skandale. Schon sprachen alle darüber, dass Mickey Stolli bei Madame Loretta festgenommen worden war. Was für ein köstliches Thema zum Tagesanfang. Und jetzt ging das Gerücht um, dass Abe Panther die Panther Studios an Lucky Santangelo verkauft hatte und sich über seinen Streich diebisch freute.

Die Nachricht war schon herum, bevor das Treffen im Konferenzraum zu Ende war. Sie ging von Mund zu Mund. Man griff zum Telefon, und auch diese Neuigkeit breitete sich in Hollywood aus wie ein Steppenbrand.

Bei Panther redete man nur von Mickey Stollis Festnahme. Ford Werne verstand nichts mehr. Die eiserne Regel lautete: Wenn du zu einer Prostituierten gehst, lass dich nie erwischen. Mickey hatte es für alle verdorben.

Dies war kaum ein gewöhnlicher Montag für das Studio.

Als Arnie Blackwood und Frankie Lombardo aufhörten, über Mickeys Pech zu kichern, erfuhren sie vom Machtwechsel an der Spitze und der von Lucky Santangelo für Mittag anberaumten Konferenz aller Abteilungschefs. Sie riefen sofort bei Eddie Kane an.

Eddie war selbst am Apparat. »Ja?«

»Kommst du überhaupt nicht mehr in den Laden?«, fragte Arnie.

Eddie war nicht in der Stimmung, sich schikanieren zu lassen. »Nur wenn ich Lust habe.«

»Dann hast du wahrscheinlich keine Ahnung, was hier vorgeht«, sagte Frankie, der über eine Konferenzschaltung sprach, so dass Arnie sich jederzeit ins Gespräch einmischen konnte.

»Habt ihr mir etwas zu sagen?«, fragte Eddie ungeduldig, denn er wusste genau, dass die beiden nie anrufen würden, um sich nach seinem Befinden zu erkundigen. Vielleicht wollten sie sich beschweren, weil er auf ihrer Party zu viel von ihrem Koks genascht hatte. Sollte sie doch der Teufel holen!

Gebt keine Party, wenn ihr euch nicht von eurem Zeug trennen könnt.

»O ja«, antwortete Arnie und zog seine Worte übermäßig in die Breite. »Irgend so 'n reiches Frauenzimmer aus New York ist heute Morgen mit Abe Panther hereinmarschiert und hat das verfluchte Studio gekauft.«

»Was?« Eddie glaubte nicht richtig gehört zu haben.

»Ja, der alte Abe hat Mickey das Studio direkt unterm Hintern weg verkauft.«

»Glaubt ihr, ich säße noch hier rum, wenn ich das gewusst hätte?«, erwiderte Eddie erregt. »Ich habe genug eigene Probleme.«

»Beweg deinen verkoksten Arsch hierher«, befahl Frankie scharf. »Mittags ist eine Besprechung für alle Abteilungschefs. Wir brauchen jemanden dort drin.«

Eddies Gedanken rasten. Er fragte sich, ob Mickey schon früher davon gewusst hatte. Vielleicht war er deshalb so kalt und abweisend gewesen.

Du lieber Himmel! Ja, Arnie und Frankie hatten Recht. Er sollte dabei sein. »Bin schon unterwegs«, sagte er.

Leslie war in der Küche beschäftigt. Sie sah bildschön aus. Eddie war noch immer nicht ganz dahinter gekommen, was sie in dem Bordell gemacht hatte. Darum musste er sich demnächst auch noch kümmern.

»Ich muss ins Studio, Babe«, sagte er, als sei dies der Anfang eines ganz gewöhnlichen Tages.

Sie sah ihn bestürzt an. »O nein, Eddie! Ich habe gedacht, wir wollten einen Drogenberater suchen und mit ihm über deine Entziehungskur in einem Entgiftungs-Center reden. Musst du wirklich gehen?«

»Ja«, sagte Eddie, und sein Nerv zuckte so schnell, dass es wirkte, als flattere seine ganze Gesichtshälfte. »Zum Drogenberater gehen wir nächste Woche. Okay, Babe?« Es war nicht okay, aber Leslie sagte kein Wort.

Lucky hatte einen großen Vorteil. Sie wusste, wer die Spieler waren, aber sie kannten sie nicht.

Punkt zwölf marschierte einer nach dem anderen in den Konferenzraum.

Abe und Inga waren gegangen, gefolgt von Abigaile, gefolgt von Primrose und Ben, die sich bitter beklagt hatten. Zweifellos würde sie später von ihnen hören.

Die Abteilungschefs wurden von Ford Werne angeführt, der noch immer so aussah, als sei er direkt dem Titelblatt eines Herrenmagazins entstiegen. Untadelig in einem anderen Armani-Anzug, die Augen hinter derselben dunkelgetönten Fünfhundert-Dollar-Fliegerbrille versteckt. Ein attraktiver Mann, wenn man Killer mochte.

Der Nächste war Zev Lorenzo. Er ging schnurstracks auf Lucky zu, reichte ihr die Hand und sagte freundlich: »Willkommen an Bord.«

Dann kam Grant Wendell junior, Vizepräsident der weltweiten Produktion, der in der beutelnden Hose und der Baseballmütze der Dodgers wie Ausschussware aussah. Er winkte lässig und sagte: »Hallo!«

Lucky fragte sich, ob Mickey noch einmal erscheinen würde oder ob seine Kündigung das Ende gewesen war. Er musste unter Schock stehen. Das war gut. Mickey verdiente einen kleinen Schock.

Teddy T. Lauden kam eilig herein – ein magerer, pedantischer Mann, der ständig auf seine Uhr schaute. »Guten Tag, Miss Santangelo«, sagte er, bewusst Abstand haltend. »Ich freue mich, Sie kennen zu lernen. Hoffentlich bin ich nicht zu spät dran. Ich hatte noch eine andere Sitzung. Leider konnte ich sie nicht mehr absagen. Wie Sie verstehen werden, war Mr. Panthers Erklärung heute Vormittag ein ziemlicher Schock für uns alle.«

Lucky nickte. »Natürlich verstehe ich das«, erklärte sie ruhig. »Und natürlich muss es ein Schock gewesen sein.«

»Das dürfen Sie laut sagen«, stimmte Ford Werne ihr zu, nahm die Brille ab und setzte sie gleich wieder auf.

»Ich habe es laut gesagt, Mr. Werne.«

Er war offensichtlich erstaunt, dass sie wusste, wer er war, da er es nicht für nötig gehalten hatte, sich vorzustellen. »Wo ist Mickey?«, fragte er.

»Er kommt nicht«, antwortete Morton Sharkey, der neben Lucky saß.

Sie sah sich um und stellte fest, dass nur noch Buck Graham und Eddie Kane fehlten. »Werden uns Mr. Graham und Mr. Kane mit ihrer Anwesenheit beehren?«, fragte sie.

Grant Wendell zuckte mit den Schultern. »Tja – mit Eddie habe ich heute schon gesprochen. Er kommt. Und – eh – Buck hatte noch eine andere Sitzung und will versuchen, sich dort loszueisen.«

Lucky blieb kühl und beherrscht. »Dann sollten wir noch zehn Minuten warten«, sagte sie freundlich.

»Das passt mir gut.« Ford setzte wieder die teure Brille auf. »Ich muss noch telefonieren. Entschuldigen Sie mich bitte.«

»Was für ein Haufen!«, flüsterte Lucky Morton zu.

»Sie möchten alle ihre Jobs behalten«, antwortete er leise, »es sei denn, sie kriegen ein besseres Angebot.«

»Ich verstehe sehr gut, was in dieser Stadt vor sich geht«, entgegnete sie. »Es ist in allen Branchen das Gleiche. Wenn es hinter der nächsten Ecke etwas Besseres gibt, muss man es sich natürlich holen. Ist das nicht der Fall, dann rühr dich nicht vom Fleck. So sind nun mal die Spielregeln.«

»Ich glaube, die sind hier alle miteinander nicht besonders begeistert, dass sie jetzt für eine Frau arbeiten müssen.«

»Da haben Sie wohl Recht. Schließlich sind wir in Hollywood, und Frauen haben hier keine Macht. Ford telefoniert wahrscheinlich herum, um einen anderen Job für sich aufzutreiben.«

Morton stimmte ihr zu. »Das würde mich nicht überraschen.«

Mit feuerrotem Gesicht platzte Buck Graham in den Raum. Er war der Chef der Marketing-Abteilung. Seine Spezialität war es, alles auf einen gemeinsamen Nenner zu bringen. Egal, was der jeweilige Film für einen Inhalt hatte, Buck verkaufte ihn mit einer kräftigen Dosis von Titten und Ärschen. So weit es ihn betraf, hatte ganz Amerika eine Dauererektion, die nie erschlaffte.

Für das Plakat von Susie Rushs letztem Film hatte er ein Körperdouble benutzt. Susies Gesicht auf einem unappetitlich üppigen Körper. Sie war wütend und drohte mit einer Schadenersatzklage, falls er das Plakat nicht sofort zurückzog. Buck hatte nachgegeben – aber nur widerwillig.

Endlich kam auch Eddie Kane, und die Versammlung war komplett.

Eddie sah aus, als habe er in den Kleidern geschlafen. Sein sprießender Bart war eine Ungeheuerlichkeit, und seine blutunterlaufenen Augen waren noch mehr geweitet als sonst.

»Wo ist Mickey?«, lauteten seine ersten Worte.

»Nicht hier«, antwortete Buck, den Kopf schüttelnd.

Eddies Unterlid zuckte. »Kommt er noch?«

»Hast du heute die *L. A. Times* gelesen?«, fragte Grant. »Denn wenn du sie gelesen hast, weißt du auch, dass er heute ganz bestimmt nicht erscheint.«

»Was ist passiert?«

»Sie haben ihn im Bordell erwischt und festgenommen.«

Bevor Eddie Näheres erfragen konnte, kam Ford vom Telefon zurück und Lucky sofort zur Sache.

»Also, meine Herren«, sagte sie und stand auf. »Ich bin sicher, die Neuigkeit ist schon bis zu jedem Einzelnen von Ihnen durchgedrungen. Mein Name ist Lucky Santangelo, und ich bin die neue Besitzerin der Panther Studios.« Sie unterbrach sich, während ein Raunen durch den Raum ging. »Ich bin auch neu in der Filmindustrie. Aber ich weiß, was ich will. Ich will gute Filme machen. Filme, auf die Panther stolz sein kann. Es interessiert mich zu erfahren, was Ihrer Meinung nach in den letzten Jahren hier versäumt worden ist.« Sie unterbrach sich abermals. Wenigstens hörten sie ihr zu. Als sie die Stanislopoulos-Schifffahrtslinie übernommen hatte, hatte sie Monate gebraucht, ehe die Herren aus den Chefetagen sie beachtet hatten. »Sie dürfen mir glauben, dass Panther nur Mist produziert hat, und diese Tage sind vorbei. Ich habe mit dem Studio große Dinge vor.« Sie sah sie der Reihe nach mit funkelnden schwarzen Augen an. »Darauf«, sagte sie vehement, »dürfen Sie wetten, meine Herren.«

66

Deena Swanson hielt nichts von Gymnastik. Sie war keine verrückte Kalifornierin, die glaubte, eine Stunde Aerobic und zwei Stunden Jane Fonda seien eine aufregende Sache. Nein. Deena hasste es, sich anzustrengen. Der Trend verlangte es jedoch von einem. Und niemand hatte Deena je vorwerfen können, sie hinke einem Trend hinterher. Daher heuerte sie, wie alle schicken New Yorkerinnen, einen Privattrainer an, der zu ihr ins Haus kam. Er hieß Sven und sprach zum Glück nicht viel Englisch, was Deena sehr gelegen kam, da sie nicht auf Gespräche aus war.

Der Lunch war der wichtigste Teil von Deenas Tag. Sie zog sich um, wählte sorgfältig die richtigen Accessoires, überzeugte sich, dass ihr Make-up, die Fingernägel und das Haar immer perfekt gepflegt waren. Deena wusste, dass »Instandhaltung« die beste Waffe einer Frau war.

Die meisten ihrer Freundinnen arbeiteten für ihre Ehemänner. Das war neu, und es war schick. Sie sagten ihre Meinung über Stile, Materialien, Parfüms und Kosmetika und wurden für ihre wertvolle Mitarbeit mit einem dicken Direktorengehalt bezahlt. Aber um zum Lunch zu gehen, hatten alle noch ausreichend Zeit.

Deena gehörte zu jener exklusiven Gruppe von New Yorkerinnen, die nur Modellkleider, echten Schmuck und sogar Pelzmäntel trugen, wenn sie sicher sein konnten, dass nicht mit Farbbüchsen nach ihnen geworfen werden würde.

Heute lunchte Deena im Le Cirque. Effie und sie waren jeweils montags fest verabredet.

Deena zog sich sehr sorgfältig an – zartgrünes Kostüm von Adolfo, Schuhe und Handtasche von Chanel; dazu Ohrringe und kurze Halskette von Bulgari und einen riesigen Diamantring, den Martin ihr letzte Weihnachten geschenkt hatte.

Vor dem Appartementhaus in der Park Avenue wartete ihr Fahrer mit dem Wagen, um sie die wenigen Blocks in ihr Büro im Swanson-Gebäude zu fahren – einem schimmernden Turm moderner Architektur.

Sie liebte ihr Büro. Effie hatte es in kühlen Pastelltönen ausgestattet. Es war ein heiterer Hafen außerhalb ihres Heims.

Deena war stolz darauf, dass ihre Mode- und Parfümfirma erfolgreich war. Von Anfang an hatte sie sich mit den besten leitenden Angestellten umgeben, die man für Geld bekam. Martin hatte sie beraten. Doch das änderte nichts an der Tatsache, dass es ihr Name war, der auf den Produkten stand, die gekauft wurden. Deena Swanson. Es war ihr Name, der sich gut verkaufte.

Eine ihrer Sekretärinnen überraschte sie mit der Nachricht, dass Effie Webster angerufen und den Lunch abgesagt hatte.

»Warum?«, fragte Deena enttäuscht.

Das Mädchen zuckte mit den Schultern. »Das weiß ich nicht, Mrs. Swanson.«

»Machen Sie mir eine Verbindung mit ihr«, sagte Deena

ziemlich bestürzt. Seit Ewigkeiten schon hatten Effie und sie am Montag regelmäßig zusammen geluncht.

»Mrs. Webster ist nicht in ihrem Büro«, teilte die Sekretärin ihr mit.

»Versuchen Sie es bei ihr daheim.«

»Das hab ich schon. Dort ist der Anrufbeantworter eingeschaltet.«

Deena runzelte die Stirn. War Effie krank?

Sie setzte sich an ihren Schreibtisch aus hellem Holz und zählte zehn tadellos gespitzte Bleistifte in einem durchsichtigen Kunststoffbehälter. Das naturweiße DIN-Papier mit dem pinkfarbenen Schriftzug *Deena Swanson* wartete darauf, benutzt zu werden. Seitlich stand eine Fotografie von ihr und Martin im Silberrahmen. Es gab für Deena im Büro nichts zu tun, die Arbeit erledigten andere.

Sie wählte Martins Nummer in Kalifornien. Er war nicht im Hotel. Dann rief sie eine andere Freundin an, eine elegante Rothaarige, die exorbitant kostspielige Gürtel und andere feine Accessoires verkaufte.

»Lunch, Darling?«, fragte Deena.

»Isst du am Montag nicht immer mit Effie?«

»Sie ist krank.«

»Dann bin ich also Ersatz?«

»Wenn du es so siehst. Um eins im Le Cirque?«

»Warum nicht?«, sagte die Freundin.

Es war arrangiert. Deena legte auf.

»Schicken Sie Mrs. Webster ein paar Blumen«, sagte sie zur Sekretärin. »Für hundert Dollar. Sorgen Sie dafür, dass es ein schöner Strauß wird.«

»Ich kann's kaum erwarten, hier rauszukommen«, flüsterte Nona Brigette zu. »Meine Mutter ist furchtbar wütend. Ich habe Paul gewarnt.«

Brigette war auch nicht besonders glücklich. Es war ihr

so lange gelungen, sich aus den Schmierblättern herauszuhalten, und jetzt veröffentlichten sie ein Foto von ihr und Paul, mit versteckter Kamera aufgenommen. Nicht besonders schlimm, aber über diesem Bild war ein anderes, auf dem Paul Mrs. Swanson praktisch küsste. Es war widerwärtig.

Effie Webster hatte es sehr persönlich genommen. Ihr Sohn mit ihrer besten Freundin in einer – wie es schien – kompromittierenden Situation. Also wirklich!

Sie beorderte Paul sofort nach Hause. »Was soll das heißen?«, fragte sie und warf ihm die neueste *Truth and Fact* fast ins Gesicht.«

»Ach, das«, sagte er gleichgültig, als sei es völlig unwichtig. »Ich bin mit Deena zum Lunch gegangen. Auch schon was!«

»Hier sieht es aber nicht nach Lunch aus«, entgegnete Effie wütend. »Du liegst ja fast auf ihr.«

»Na und?«, sagte Paul. »Was ist daran falsch? Sie ist eine Frau. Ich bin ein Mann.«

»Du bist ein Kind«, betonte Effie. »Und wie darfst du es wagen, meine Freundin einzuladen? Sie ist verheiratet.«

»Wie ich dir schon gesagt habe, wir haben gegessen – nicht gebumst«, antwortete Paul scharf. »Und darf ich dich daran erinnern, dass ich fast vierundzwanzig bin. Also alles andere als ein Kind.«

Das ließ Effie sich nicht gefallen. »Hör auf, uns um Geld zu bitten, und mach, dass du rauskommst!«, fauchte sie. »So darfst du mit mir nicht sprechen! So nicht!«

Paul latschte aus dem Zimmer.

Nona holte ihn an der Haustür ein. »Wohin gehst du?«, fragte sie.

»Sie redet mit mir, als wär ich der letzte Dreck, und das lasse ich mir nicht bieten. Schließlich wohne ich ja nicht hier. Ich bin keinem Rechenschaft schuldig.«

»Geh sie nicht ständig um Geld an, dann wird sie dich vielleicht in Ruhe lassen«, sagte Nona, über ihre Jahre hinaus weise.

»Misch dich nicht ein. Du weißt nicht, was vorgeht.«

»O doch, ich weiß es sehr gut. Du willst ihre beste Freundin anmachen. Kein Wunder, dass sie auf dich sauer ist.«

»Ich kann tun, was mir gefällt.«

»Willst du Brigette sehen?«

»Sie ist ein Kind. Dräng sie mir nicht dauernd auf.«

Brigette hörte, was er sagte. Ihr Magen krampfte sich zusammen. Warum war ihr Nonas blöder Bruder nur je unter die Augen gekommen?

Nona versuchte ganz beiläufig abzuschwächen, was Paul gesagt hatte. »Achte gar nicht auf das, was er redet«, erklärte sie leichthin, nachdem er gegangen war. »Er ist ein Trottel. Alle Männer sind Trottel. Das sollten wir zu unserem neuen Credo machen. Alle Männer sind Schweine, hab ich nicht recht?«

Brigette musste unwillkürlich lachen. »Du hast Recht.«

»Machen wir, dass wir hier wegkommen«, sagte Nona. »Ruf Lennie an und frag, ob wir morgen nach Malibu fliegen können.«

Deena saß an ihrem Schreibtisch und überlegte, was sie als Nächstes tun sollte, als die Sekretärin ihr sagte, sie habe Adam Bobo Grant in der Leitung, und er wolle Deena sprechen.

Deena war immer entzückt, von Adam Bobo Grant zu hören. Abgesehen davon, dass er amüsant, schwul, reich und daher unabhängig war, war er auch einer der ersten Klatschkolumnisten von New York.

Sie hob ab. »Bobo, Darling! Was kann ich für Sie tun?«

»Für den Anfang reicht es mir, wenn Sie mich Adam nennen, das klingt viel mehr macho, finden Sie nicht?«

»Aber Darling«, protestierte sie, »alle Welt nennt Sie Bobo.«

»Nicht während der Redaktionsstunden, Deena.«

»Rufen Sie etwa beruflich an?«

»Ich brauche eine Bestätigung von Ihnen.«

»Was für eine Bestätigung, Darling?«

»Ich möchte wissen, was an der Story stimmt.«

»Um was für eine Story geht es?«

Bobo ließ eine kleine Pause eintreten und kaute an einem silbernen Kugelschreiber von Cartier. »Sie haben sie noch nicht gesehen, nicht wahr?«, sagte er endlich.

Deena wollte nicht begriffsstutzig erscheinen, zermarterte sich das Gehirn, ließ in Gedanken alle Artikel Revue passieren, die sie heute Morgen in der Zeitung gelesen hatte. Nichts besonders Interessantes. »Geben Sie mir einen Tipp, Bob – eh – Adam, dann dürfen Sie mich zitieren.«

Am anderen Ende der Leitung kam Adam Bobo Grant sehr schnell zu dem Schluss, dass Deena Swanson keine Ahnung hatte, wovon er sprach. Sie hatte *Truth and Fact* noch nicht gesehen. Niemand hatte sich getraut, ihr die Zeitschrift zu zeigen.

Er traf eine rasche Entscheidung. »Sind Sie zum Lunch noch frei?«

Lunch mit Adam Bobo Grant war viel, viel besser als ein Lunch mit einer anderen Frau. »Nun ja, zufällig habe ich noch nichts vor«, antwortete Deena und strich im Geist die andere Verabredung.

»Wir treffen uns im Restaurant. Passt es Ihnen in einer halben Stunde?«

»Wundervoll«, antwortete sie. »Soll ich meinen Tisch im Le Cirque behalten?«

»Wenn Sie nicht lieber ins Mortimer gehen?«

Sie überlegte, wo sie mit Bobo gesehen werden wollte, und entschied sich für das Cirque, das besser besucht war. »An einem Montag? Nein, ich glaube nicht.«

»Gut, dann im Cirque.«

Deena war glücklich. Sie würde den neuesten Klatsch erfahren. Alles, worüber er nicht schreiben konnte, weil es zu empörend und skandalös war – richtiger Dreck.

Sie drückte auf den Summer des Wechselsprechgeräts. »Sagen Sie meine andere Lunchverabredung ab«, wies sie ihre Sekretärin an. »Ich lunche heute mit Adam Bobo Grant.«

Nachdem Adam Bobo Grant aufgelegt hatte, wandte er sich an einen seiner Assistenten. »Hast du Martin Swanson auftreiben können?«, fragte er schroff.

»Er ist in Los Angeles und hat im Moment eine Konferenz in den Orpheus Studios. Es ist von einer Übernahme die Rede.«

»Und Venus Maria?« fragte Bobo.

»Ich habe mit ihrem Pressemenschen gesprochen. Sie probiert für das *Soft Seduction*-Video.«

Adam Bobo Grant nickte weise. »Ruf bei beiden an. Sag, ich erwarte so bald wie möglich ihren Rückruf. Und sag Mack in der Nachrichtenredaktion, er soll auf der Titelseite eine Menge Platz für mich lassen. Wenn ich die Menschen richtig beurteile, bekommen wir die Swanson-Venus-Maria-Affäre exklusiv.«

67

Während Lucky Santangelo in den Panther Studios eine Besprechung mit den Abteilungschefs abhielt, traf sich Mickey Stolli in einem Penthouse in Century City mit Carlos Bonnatti.

Mickey hätte sich mit Vergnügen angehört, was das blöde Frauenzimmer zu sagen hatte. Was wusste Lucky Santangelo von der Leitung eines Studios und vom Filmemachen? Absolut nichts.

Die Überraschung am Morgen war wohl die größte seines

Lebens gewesen. Er hatte geglaubt, Abe Panther sei ins Studio gekommen, um zu verkünden, dass er wieder arbeiten wolle. Aber nichts da! Der hinterhältige alte Furz hatte das gottverdammte Studio verhökert.

Abigailes Gesicht! Sie war niedergeschmettert, vernichtet, am Boden zerstört. Sie zu beobachten war den Schreck in der Morgenstunde fast wert gewesen.

Als sie das Studio verlassen hatten, hatte Mickey nur brüsk gesagt: »Muss noch zu einer anderen Besprechung.«

»Wir haben einiges zu bereden«, hatte Ben eingewandt.

»Unmöglich«, hatte Mickey mit einer gewissen Befriedigung erwidert.

»Dein Rücktritt war voreilig«, sagte Ben.

»Für mich aber eine Genugtuung«, antwortete Mickey.

Abigaile funkelte ihn zornig an. Nicht genug, dass man ihn bei einer Hure verhaftet hatte, jetzt ließ er sie auch noch im wichtigsten Augenblick ihres und seines Lebens im Stich.

»Wir müssen uns sofort mit unseren Anwälten in Verbindung setzen«, sagte sie grimmig und wandte sich, seine Unterstützung suchend, an ihren Schwager. »Hab ich nicht recht, Ben?«

Ben und Primrose stimmten ihr zu.

Mickey zuckte mit den Schultern. »Tut mir Leid«, sagte er, was gelogen war.

Abigaile sah ihn noch immer wütend an.

Ben nahm ihren Arm. »Mickey kommt bestimmt später nach«, erklärte er beschwichtigend.

Abigailes Stimme hatte sich in eine hohe, fiebrige Tonlage hinaufgeschraubt. »Später genügt nicht!«, schrie sie, »Mickey, warum tust du *mir* das an?«

Abigaile Stolli – Königin der »Mir«-Generation.

Mickey störte es nicht mehr. Er hatte sein Leben damit verbracht, sich zu sorgen, was Abigaile wohl denken würde. Das war vorbei.

Als er sie los war, fuhr er in sein Büro. Keine Olive. Keine Luce. Wo war seine blöde Ersatzsekretärin? Er war in der richtigen Laune, sie zu feuern, bevor er etwas anderes tat.

In seinem Büro war es sonderbar still. Er griff zum Telefon, um Warner anzurufen und ihr deutlich zu sagen, was er von ihr dachte. Dann überlegte er es sich anders und knallte den Hörer wieder auf die Gabel.

Mit Warner war er fertig. Von ihm würde sie nie wieder etwas hören.

Er hatte schon mit seinem Anwalt telefoniert, der ihm versichert hatte, sie würden eine Möglichkeit finden, damit er nicht vor Gericht erscheinen musste.

Carlos Bonnatti hatte ihn zu Hause angerufen und zu sich beordert. Mickey war sonst keiner, der gleich sprang, aber er kannte genug von der Welt, um zu wissen, dass man am besten fuhr, wenn man tat, was Carlos Bonnatti wollte. Eddie Kane hatte wirklich Mist gebaut. Jetzt musste Mickey die Sache ausbügeln. Wie gewöhnlich. Auf der Fahrt nach Century City hatte er eine schlaue Lösung gefunden. Vielleicht war die Million Dollar am Ende doch das Problem der Panther Studios …

Vielleicht war sie Lucky Santangelos Erbe …

Er versuchte Eddie vom Wagen aus telefonisch zu erreichen.

Eine niedergeschlagene Leslie sagte ihm, Eddie sei nicht zu Hause.

Einen Moment lang war für Mickey die Versuchung groß, überraschend zu sagen: »Habe ich Sie nicht bei Madame Loretta gesehen?« Dann aber entschied er, es doch nicht zu tun, und legte auf.

Carlos Bonnatti begrüßte ihn mit öligem Lächeln und schlaffem Händedruck. Er hatte eine tiefe, raue Stimme. Eine gefährlich klingende Stimme. »Mr. Stolli«, sagte er, »es ist nett von Ihnen, dass Sie gekommen sind. Wir müssen miteinander reden. Mit Ihrem Partner, Mr. Kane, scheine ich in eine Sackgasse geraten zu sein, und es ist gut, dass wir beide uns jetzt unterhalten können.«

Mickey stellte fest, dass es genau die richtige Szenerie war. Schickes Appartement, zwei Gorillas, die in der großen Diele herumlungerten. Aber wo war die obligatorische Blondine?

»Sie haben Recht, Mr. Bonnatti«, sagte er gelassen. »Was kann ich für Sie tun?«

»Ich habe ein kleines Problem«, erklärte Bonnatti und rieb die Spitzen von Daumen und Zeigefinger aneinander. »Vielleicht haben Sie schon davon gehört. Aber Sie leiten ein großes Studio und erfahren möglicherweise auch nicht alles.«

»Was haben Sie für ein Problem?«, fragte Mickey, der genau wusste, um was es ging.

Die Ölpomade in Carlos' Haar glitzerte. Sein nie versiegendes Lächeln war das Lächeln einer Schlange. »Nun ja, wir hatten eine geschäftliche Vereinbarung – keinen Vertrag, aber Handschlag ist Handschlag«, sagte die tiefe, gefährlich klingende Stimme. »Ich hatte hauptsächlich mit Ihrem Kollegen Eddie Kane zu tun. Wir haben unser Produkt mit Ihrem Produkt nach Europa versandt, und dafür haben Sie und wir Geld bekommen. Eine Zeitlang lief alles bestens.« Er unterbrach sich.

Mickey sah ihn an. Carlos trug einen dunkelblauen Anzug, ein schwarzes Seidenhemd und eine weiße Krawatte. Der Ganoven-Look. Man erkannte New Yorker schon von weitem. Sie waren für Kalifornien immer zu förmlich angezogen.

»Wie gesagt, eine Zeitlang lief es sehr gut«, fuhr Carlos fort, »und dann wurden die Summen, die uns erreichten, immer geringer. Da wusste ich natürlich sofort, dass etwas nicht stimmte.« Er warf pathetisch die Arme in die Höhe. »Aber was sollte ich tun? Panther ist eine große Firma – also hab ich Ihnen vertraut.«

»Ich verstehe«, sagte Mickey. »Sie haben weniger Geld erhalten, als Ihnen zustand.«

»Tja, und zwar eine Million weniger«, entgegnete Carlos, vor sich hin nickend. »Tja, und wer schuldet mir jetzt das Geld? Das ist die Frage. Die große Frage.«

»Sie wollen wissen, wer es eingesteckt hat«, sagte Mickey.

»Ich will nicht mit dem Finger auf jemanden zeigen.« Carlos strich sich die Manschetten seines Seidenhemdes glatt. »Aber Eddie Kane ist der Name, der einem ganz spontan einfällt.«

»Und er zahlt nicht. Richtig?«

»Wie soll ein Penner wie Eddie eine Million Dollar zurückgeben, die er sich widerrechtlich angeeignet hat.« Eine kurze Pause. »Sie verstehen doch mein Dilemma, Mickey?«

Mickey verstand es nur zu gut. »Sie wollen, dass die Phanter Studios Sie entschädigen.« Das war eine Feststellung, keine Frage.

»Korrekt. Und wenn Sie eine Möglichkeit dazu sehen, ersparen Sie Mr. Kane eine Menge Kummer. Vielleicht können Sie ihm das Geld in den nächsten zwanzig, dreißig Jahren vom Gehalt abziehen.«

»Das könnte man in Erwägung ziehen«, sagte Mickey liebenswürdig.

Carlos war offensichtlich erstaunt über Mickeys Bereitwilligkeit zu kooperieren. »Wie regeln wir die Sache? Ein Handschlag genügt mir nicht mehr. Ich hätte gern etwas Schriftliches, in dem steht, dass Panther mir eine Million Dollar schuldet.«

Mickey nickte. »Gute Idee. Rufen Sie Ihren Anwalt. Ich bin zeichnungsberechtigt. Eine Bedingung – das Schriftstück muss zurückdatiert werden und ich muss es heute noch unterschreiben.«

»Einverstanden«, sagte Carlos. »Mein Anwalt kümmert sich darum. Fragen werden nicht gestellt.«

Carlos Bonnatti und Mickey Stolli schüttelten sich die Hand.

»Kommen Sie um zwei Uhr wieder, bis dahin ist alles fertig«, sagte Carlos. Er sah Mickey lange und durchdringend an. »Sie sind sehr entgegenkommend, Mr. Stolli. Ein sehr kluger Mann. Wenn ich Ihnen je einen Gefallen tun kann ...«

Mickey nickte bescheiden. »Ich danke Ihnen.«

Als Mickey gegangen war, marschierte Carlos in der Wohnung umher und dachte nach. Manchmal wünschte er seinen Vater herbei. Enzio Bonnatti hatte immer genau gewusst, was gespielt wurde. Er konnte jede Situation abschätzen und das Warum und Weswegen erklären. Sein Bruder Santino war ein Schmock gewesen. Sein Interesse beschränkte sich auf Weiber. Er hatte sich die richtige Branche ausgesucht: Pornofilme und Drogen.

Carlos wusste, dass er gerissener war als Santino. Scheiße, jeder war gerissener als Santino – egal wer. Doch er hätte jetzt nichts dagegen gehabt, die Sache mit Enzio besprechen zu können.

Mickey Stolli hatte zu leicht nachgegeben, ohne sich auch nur im geringsten zu wehren.

Irgendetwas ging hier vor, und Carlos wusste nicht, was. Aber solange er seinen schriftlichen Schuldschein und sein Geld bekam, konnte ihm alles andere egal sein.

68

In den Orpheus Studios saß Martin Swanson in seinem Privatbüro und las wie ein Voyeur den Artikel über sich selbst. Seine Augen saugten sich förmlich an den Seiten des billigen Schmierblattes fest. Ein paar von den Dingen, die er hier las, konnte er selbst nicht glauben.

MILLIARDÄR MARTIN SWANSON!
HINREISSENDER SUPERSTAR
VENUS MARIA!
BILDSCHÖNE DEENA,
DAME DER ERSTEN GESELLSCHAFT!

Und diese Zitate von angeblich besten Freunden und guten Bekannten!

Martin hatte seine Presse so lange kontrolliert, dass die brutale Unverschämtheit dieses Machwerks ihn aufrichtig schockte. Und die Folgen waren unübersehbar. Was würde Deena sagen? Sie würde ausrasten, wenn sie das Foto von ihm und Venus sah. Wie sollte er es erklären? Es war weder bei einem gesellschaftlichen Anlass noch in einem Restaurant aufgenommen worden. Es war unverkennbar ein intimes Foto auf irgendeiner Couch.

Wenigstens waren sie nicht nackt. Waren nicht im Bett erwischt worden. Aber man brauchte das Foto nur anzusehen, um zu wissen, dass sie miteinander schliefen.

Dann fiel ihm das Foto von Deena mit Effies Sohn ein. Was, zum Teufel, hatte Deena mit Paul Webster im Central Park zu suchen?

Natürlich empfand Martin einen so grünen Jungen nicht als Bedrohung, aber Deena machte sich lächerlich mit ihm – als hätte sie es verzweifelt nötig oder so.

Martin las weiter: *Von sexy Superstar Venus Maria kann der Milliardärsguru noch einiges darüber lernen, wie einer richtig hochkommt.*

Ach ja? Was wussten sie? Wem gehörte das billige Schmierblatt überhaupt? Er rief seine Sekretärin in New York an und gab ihr den Auftrag, das festzustellen.

»Haben Sie etwas von meiner Frau gehört?«

»Ich glaube, sie ist im Büro«, antwortete Gertrude.

»Hat sie das Schmierblatt gesehen?«

»Ich habe wirklich keine Ahnung, Mr. Swanson«, sagte Gertrude verlegen.

»Wenn sie mich sprechen möchte, sagen Sie ihr, ich hätte eine Konferenz nach der anderen, und Sie könnten mich nicht erreichen.«

»Gewiss, Sir.«

Da seine Affäre mit Venus Maria kein Geheimnis mehr war, würde er sehr vorsichtig sein müssen. War es die Sache wert? Wollte er sich überhaupt weiterhin mit ihr treffen?

Sie war dieses Wochenende mehr als lästig gewesen.

Schleppte Cooper nach San Francisco mit und beklagte sich, als sie nach ihrer Rückkehr im Bett lagen, über seine ungenügenden sexuellen Leistungen. Verdammt! Einmal geilte sie ihn mit Huren auf, und das nächstemal erwartete sie, dass er alle sexuellen Rekorde brach, obwohl er müde war und andere Dinge im Kopf hatte. Eine Ehefrau hatte für so etwas Verständnis.

Andererseits war Venus Maria etwas ganz Besonderes. Alle Welt begehrte sie. Cooper war hinter ihr her, das war offensichtlich. Und er, Martin Swanson, hatte sie – der Milliardär als Liebhaber. Der Milliardärshengst.

Er musste unwillkürlich lächeln. Irgendwie war es komisch.

Es würde jedoch bei weitem nicht mehr so komisch sein, wenn er Deena das Foto erklären musste.

Ein Summer ertönte. »Mr. Swanson«, meldete sich eine Sekretärin, »Mr. White möchte wissen, wann Sie in den Konferenzsaal zurückkommen?«

»Sofort«, sagte er und legte die Zeitschrift in der Hälfte zusammen.

Jetzt hatte er sich wegen eines schäbigen Skandalblattes lange genug den Kopf zerbrochen. Er würde seine Anwälte darauf ansetzen. Er würde die Typen fertig machen. Würde sie so fertig machen, wie nur Martin Swanson es konnte.

Er kehrte zu der Besprechung zurück. Er übernahm die Orpheus Studios. Das war viel wichtiger.

Friedlich vereint lagen auf Cooper Turners Schreibtisch ein Exemplar der *L. A. Times* mit dem Artikel über Mickey Stolli und daneben die neueste *Truth and Fact*.

Cooper las zuerst die Story über Mickey. Sie amüsierte ihn. Das musste eine urkomische Szene gewesen sein. Mickey Stolli mit einer Hure festgenommen. Cooper kannte Madame Loretta. Nicht durch ihren, sondern durch seinen Beruf. Eine Schauspielerin, mit der er ein paarmal ausgegangen war, hatte die Rolle einer Prostituierten übernehmen sollen und wollte sich im Milieu umsehen. Ford Werne hatte sie und Cooper bei Madame eingeführt, und sie hatten viele sehr anregende Nachmittage bei ihr verbracht, Tee getrunken und sich ihre merkwürdigen Geschichten angehört.

Cooper fragte sich, wie es wohl Venus Maria zumute sein würde, wenn sie *Truth and Fact* sah. Jedenfalls wusste die Öffentlichkeit jetzt von ihrer Affäre mit Martin.

Vielleicht war ihr das ganz recht. Nun war Martin gezwungen, Farbe zu bekennen.

Cooper zog unwillkürlich zynisch die Brauen hoch, als er den Absatz über Deena und den jungen Mann las. Das würde Martin nicht gefallen. Es war ein Schlag für sein überlebensgroßes Ego.

Doch all das war nicht sein Problem. Er rief in der Blumenhandlung an und ließ Venus Maria zwei Dutzend rote Rosen schicken. Es war das Wenigste, was er tun konnte.

Venus Maria merkte sehr schnell, dass jeder im Probensaal diese idiotische Zeitung gelesen hatte. Sie erkannte es an den verstohlenen Blicken, die sie streiften, und an einem unterdrückten Kichern hier und dort.

Energisch stürzte sie sich in die neueste von Ron erdachte Tortur.

Das Ken-Püppchen kam gegen Mittag hereingeschlendert, geschrubbt und gewaschen, groß, mit einfältigem Gesicht, in einem T-Shirt für Muskelmänner und knallengen Jeans, die seine auffallend großen Kostbarkeiten noch besonders betonten. Offensichtlich seine Hauptattraktion. Venus Maria hatte daran gedacht, zu Ron zu sagen: Was findest du an ihm? Aber nachdem sie die Jeans gesehen hatte, wusste sie, was es war.

»Warum gehen wir nicht gemeinsam zum Lunch?«, sagte Ron, denn er war der Meinung, dass seine beste Freundin und sein Geliebter endlich Freundschaft schließen sollten. »Du könntest wenigstens versuchen, nett zu Ken zu sein. Ich muss mich ja auch mit Martin abfinden.«

Ha! Ron kannte Martin nicht einmal. Aber um Ron eine Freude zu machen, stimmte sie zu.

»Ich habe einen Tisch im The Ivy bestellt.« Ron schien sich aufrichtig zu freuen.

Venus Maria zog die Stirn in Falten. »Sitzt man dort nicht allzu sehr auf dem Präsentierteller? Ich meine, besonders heute?«

»Wir kriegen einen Tisch im hinteren Raum. Kommen und gehen, ehe jemand merkt, dass du da bist.«

Um halb eins fuhren sie in Ken-Püppchens glänzendem Mercedes in das Restaurant. Venus Maria versteckte sich im Fond hinter einer riesigen schwarzen Brille.

»Ich rieche wahrscheinlich so streng wie ein Kamel«, sagte sie. »Du auch, Ron.«

»Mich lässt du aber aus«, sagte der äußerst penible Ken.

Aber gern, dachte Venus Maria. Jederzeit.

Der Lunch war entsetzlich langweilig. Der sonst so bissige Ron verwandelte sich in einen liebeskranken Idioten. Ken gab sich pompös. Ken wusste alles. Ken wollte sie ständig belehren. Als sie das Restaurant verließen, bedauerte sie, sich auf dieses Essen eingelassen zu haben.

Vor dem Probenstudio wartete, als sie zurückkamen, eine sich ständig vermehrende Fotografenmeute. Sobald der Wagen vorfuhr, begannen die Kameras zu klicken und zu surren.

»Wo kommen denn die alle her?« Venus Maria seufzte und sprang mit einem wilden Satz aus dem Wagen.

»Du stehst heute auf der Titelseite, Darling«, antwortete Ron. Er trabte hinter ihr her und posierte glücklich für die Fotografen.

Ken genoss jeden Augenblick der Aufmerksamkeit. »Keine Sorge, ich beschütze dich«, sagte er, in die Kamera lächelnd.

Ken-Püppchen, der Macho.

Blödes Ken-Püppchen.

»Was haben Sie zu der Story zu sagen, Venus Maria?«

»Erzählen Sie uns etwas über Martin Swanson?«

»Ist es wahr?«

»Lieben Sie ihn?«

»Verlässt Martin seine Frau?«

Sie ignorierte die Fragen der Reporter und lief, das Gesicht hinter der dunklen Brille versteckt, in den Probensaal.

69

Lennie brütete während des ganzen Wochenendes vor sich hin. Er telefonierte mit Jess, und sie sagte ihm, er sei ein Vollidiot.

»Du ergreifst immer Luckys Partei«, beklagte er sich. »Ich bin dein Freund. Was, zum Teufel, geht eigentlich vor?«

»Entspann dich, Lennie. Du hast eine ungewöhnliche Frau geheiratet – hör auf, gegen sie zu kämpfen.«

Er sollte tatsächlich nicht mehr kämpfen? Was wusste denn

Jess? Ihr hatte man nicht in aller Öffentlichkeit allen Schneid abgekauft.

Ach, du meine Güte. Der arme Lennie ist unglücklich. Kaufen wir ihm ein Studio.

Zur Hölle mit dem Scheiß.

Und doch – schon fehlte ihm Lucky. Und sich wieder auf sein Drehbuch zu stürzen, schien diesmal auch nicht das Richtige.

Er setzte sich mit Brigette in Verbindung, und sie trafen sich im Serendipity zum Lunch.

»Du siehst ja super aus, Kleine«, sagte er und küsste sie auf beide Wangen. »Die Schule tut dir gut.«

»Die Schule tut mir gar nicht gut«, widersprach sie. »Ich hasse sie. Ich kann's gar nicht erwarten, bis ich sie los bin.«

»Du bist sie los«, sagte er und zauste sie an den Haaren.

»Nur den Sommer über.« Sie stöhnte. »Ich muss doch wieder hin, nicht wahr?«

»Ich möchte, dass du zu einer klugen Frau heranwächst.«

»Und dann ab ins College?«

»Jawoll ja.«

»Warum, Lennie? Ich hab's nicht nötig, mir hinterher einen Job zu suchen. Ich erbe doch einen Haufen Geld.«

»He – willst du so enden wie deine Mutter?«, fragte er mit vorwurfsvoller Strenge. »Heiraten und Geld zum Fenster hinauswerfen? Was ist denn das für ein Leben? Du solltest an deine Zukunft denken.«

»Ich weiß«, gab sie ihm widerwillig Recht.

Sie setzten sich an einen Ecktisch. Brigette bestellte ein dreißig Zentimeter langes Hot Dog und eine doppelte Schokoladen-Malzmilch.

»Du bist nicht gut bei Appetit, wie?«, sagte er grinsend.

»Ich freu mich riesig, dich zu sehen, Lennie. Und wegen Malibu bin ich schon ganz schrecklich aufgeregt.«

»Tja nun ...« Er starrte die Speisekarte an. »Ich muss dir etwas sagen.«

Sie sah ihn erwartungsvoll an.

Er fand es abscheulich, sie enttäuschen zu müssen. »Eh – die Dinge haben sich leider anders entwickelt als geplant.«

»Was ist los?«, fragte sie und schaute ihn besorgt an.

»Lucky und ich – na ja, wir haben ein paar Probleme und – eh – und – und werden damit einfach nicht fertig. Ich weiß nicht, ob wir den Sommer gemeinsam verbringen werden.«

»O nein!«, rief Brigette. »Du und Lucky, ihr passt zu wunderbar zusammen. Bitte habt keine Probleme! Bitte!«

»Wenn das Leben nur so einfach wäre.« Er nahm ihre Hand. »Hör zu, ich hab dir diesen Sommer versprochen. Bring deine Freundin mit, und wir fahren zusammen nach Südfrankreich oder Spanien oder Griechenland – irgendwohin.«

»Aber ich habe mich so darauf gefreut, mit dir und Lucky zusammen zu sein«, sagte Brigette mit trauriger, kleiner Stimme. »Und mit Bobby. Bobby fehlt mir so sehr. Ich habe ihn schon seit einer Ewigkeit nicht mehr gesehen.«

Lennie ignorierte eine Blondine am Nebentisch, die ihn fixierte, und kramte in seiner Tasche nach einer Zigarette.

»Tja, das Leben kann ganz schön gemein sein, wie?«

»Darf ich Lucky anrufen?«, fragte Brigette, betrachtete das karierte Tischtuch und überlegte, warum immer alles schief gehen musste.

»Wenn sie Zeit für dich hat«, erwiderte Lennie. »Sie kauft ein Studio und hat mächtig viel zu tun.«

»Ein Filmstudio?«

»Ja. Du wirst es in der Zeitung lesen. Sie hat die Panther Studios gekauft.« Er zog an der Zigarette. »Meine Frau, die Filmmagnatin. Sie ist nicht damit zufrieden, das größte Schifffahrtsimperium der Welt zu leiten, jetzt möchte sie auch noch Hollywood erobern.«

»Bist du deshalb sauer?«, fragte Brigette.

»He – das ist eine lange Geschichte. Wenn sie es unbedingt will … Aber ich wünschte, sie hätte es mir gesagt. Wo, glaubst du, war sie während der letzten sechs Wochen, als wir dachten, sie sei in Japan?«

»Wo?«

»In Hollywood. Sie hat dort Sekretärin gespielt. Unerkannt – gewissermaßen in geheimer Mission.«

Brigette riss die Augen auf. »Wirklich? Das klingt wahnsinnig aufregend.«

»Ja, wenn man keine anderen Pflichten hat. Aber Lucky ist meine Frau. Ich möchte sie ab und zu sehen. Ich brauche ihre Unterstützung.« Er drückte nach zwei Zügen die Zigarette wieder aus. »Ach, zum Teufel! Warum belaste ich dich damit?«

»Weil ich gut zuhören kann?«

Er lachte. »Ja, das kannst du allerdings. Wechseln wir das Thema – was spielt sich so bei dir ab?«

»Nichts«, sagte sie vage. »Ich wollte dich eigentlich fragen, ob wir nicht morgen oder übermorgen nach L. A. kommen könnten. Nonas Mutter rastet total aus. Wegen dieser blöden Zeitschrift, die ein Foto von Nonas Bruder Paul mit Deena Swanson veröffentlicht hat. Sie ist die Frau dieses Milliardärs.«

»Ach ja?«

»Jedenfalls haben sie Paul mit ihr zusammen fotografiert, und Deena ist Effies beste Freundin – das ist Pauls Mutter. Deshalb müssen wir – wie Nona sich ausdrückt – zusehen, dass wir dort rauskommen. Aber da du offensichtlich nicht nach L. A. gehst, können wir's wahrscheinlich auch nicht.«

Sie sah so niedergeschlagen aus, dass Lennie fand, sie müsse unbedingt aufgemuntert werden. »Ich sag dir was. Wir essen jetzt, reden und gehen dann in ein Reisebüro und lassen uns eine ganz tolle Reise zusammenstellen. Was meinst du dazu. Für dich und mich und – wie heißt deine Freundin?«

»Nona.«

»Okay. So machen wir's, Kleine.«

»Und was ist mit Lucky und Bobby?«

Lennie schüttelte den Kopf. »In einer anderen Zeit, in einem anderen Leben.«

70

Als Deena herauskam, standen Fotografen vor dem schimmernden Swanson-Gebäude. Gewöhnlich tauchten sie nur auf, wenn Martin an irgendeiner besonderen Veranstaltung teilnahm. Aber sie lächelte trotzdem und stieg in ihren chauffeurgesteuerten Wagen.

Im Le Cirque wurde sie vom Besitzer Sirio Maccioni so überschwänglich begrüßt wie immer und dann zu einem Tisch geführt, an dem schon Adam Bobo Grant auf sie wartete.

»Darling!«

»Darling!«

Sie begrüßten sich nach Hollywood-Art mit Küsschen-Küsschen. New Yorker Version.

»Sie sehen entzückend aus«, sagte Bobo. »Lindgrün ist Ihre Farbe.«

Deena lächelte. »Danke, Darling. Das findet Martin auch.«

»Tatsächlich?«, sagte Bobo und winkte Leuten an jedem Tisch zu. »Und wie geht es dem großen Mann heute?«

»Gut«, sagte Deena. »Übrigens werden wir demnächst eine aufregende Story für Sie haben.«

Bobo zog die Brauen hoch. »Ach wirklich? Und was für eine Story, meine Süße?«

»Martin würde mich umbringen, wenn er wüsste, dass ich es Ihnen erzählen will, und Sie müssen mir versprechen, keine Zeile zu drucken, ehe ich nicht mein Okay gegeben habe.«

»Wem sollten Sie denn vertrauen, wenn nicht mir?«, sagte Bobo mit einer Stimme, die so ehrlich klang, dass es fast schon treuherzig war.

»Martin übernimmt die Orpheus Studios in Hollywood«, verriet Deena. »Was sagen Sie dazu?«

Um Venus Maria in seinen Filmen noch größer herausbringen zu können, dachte Bobo. War das der Grund für die Romanze? »Wie unglaublich interessant«, sagte er und ließ die Augen aufmerksam und abschätzend durch den Raum wandern.

»Das ist es, nicht wahr?« Deena lächelte; sie hatte sehr schöne Zähne. »Dann werden wir natürlich häufiger in L. A. sein müssen. Aber ich denke, es wird Spaß machen. Finden Sie nicht auch?«

Bobo nickte. Typisch Deena. Die Königin der Untertreibung. »Großen Spaß, meine Liebe«, stimmte er zu.

Der Weinkellner kam, und sie bestellten die Getränke. Deena entschied sich für einen Martini. Bobo bestellte Wodka pur.

»Es ist richtig erfrischend, einmal mit jemandem zu lunchen, der harte Sachen trinkt«, sagte Deena mit einem klingenden Lachen. »Wenn ich mit den Damen esse, gibt es bestenfalls Perrier- und Evian-Wasser. Es ist unglaublich langweilig. Ich trinke gern einen Martini vor dem Lunch.«

Bobo nickte, beugte sich zu ihr vor und sagte, die Stimme dämpfend, vertraulich: »Und jetzt schildern Sie mir die Situation.«

»Was für eine Situation, Bobo?«

Versuchte sie vielleicht, etwas vor ihm zu verbergen? »Nun, die zwischen Ihnen und Martin natürlich.«

Sie sah ihn verständnislos an.

»Sie haben doch *Truth and Fact* gelesen, nicht wahr?« Er

rückte näher an sie heran. Sie sollte nur wagen, ihn zu belügen.

Deena sah ihn noch immer verständnislos an. »*Truth and Fact?* Was ist das?«

Bobo verlor jetzt schnell die Geduld. »Eine von diesen Zeitschriften, die sie im Supermarkt verkaufen.«

»Oh, Sie meinen eine wie den *Star* oder den *Globe*. Den *Globe* lese ich wahnsinnig gern. *Kopflose Frau kriegt Drillinge*. Fantastisches Zeug. Mein Mädchen bringt die Zeitung immer mit.«

»Dann bin ich sehr überrascht, dass Ihr Mädchen Ihnen heute nicht *Truth and Fact* mitgebracht hat.«

Sie sah ihn völlig arglos an. »Steht da was drin, das ich wissen sollte?«

»O ja, Deena, da steht allerdings was drin.«

Er nahm ihre zarte gepflegte Hand in seine pummelige. Am kleinen Finger trug er einen Ring mit einem riesigen von Diamanten eingefassten Saphir.

Sie sah den funkelnden Ring an und ahnte, dass sie etwas sehr Unangenehmes zu hören bekommen würde. »Was, Bobo?«, fragte sie gelassen, nur ihr leichter Akzent trat deutlicher hervor.

»Eine Geschichte über Ihren Mann und Venus Maria«, sagte Bobo ohne Umschweife.

Ihr Magen krampfte sich zusammen, doch es gelang ihr, weiterhin völlig beherrscht zu bleiben. »Ach, wirklich?«, sagte sie zurückhaltend. »Alle Welt versucht ununterbrochen, Martin mit irgendeinem kleinen Flittchen in Verbindung zu bringen. Das ist doch nichts Neues.«

»Diesmal ist aber ein Foto von Ihrem Mann und Venus Maria dabei«, sagte Bobo. »Und in der Story stehen ein paar sehr aufschlussreiche Details.«

»Was für Details?«, fragte Deena und entzog ihm ihre Hand.

»Oh, dass sie sich seit ein paar Monaten treffen. Und dass Martin angeblich nach ihr verrückt ist und dass sie ihn liebt.« Er machte eine Pause und stürzte sich dann direkt auf sie. »Ich hätte bestimmt nicht davon angefangen, Deena, aber ich möchte nicht, dass Sie bei lebendigem Leib von der Presse verschlungen werden. Die Zeitschrift ist erst heute erschienen, und ich versuche Sie zu schützen.« Er unterbrach sich abermals und wartete auf ihre Reaktion. Sie blieb kühl, daher fuhr er fort: »Ich möchte Ihre Version der Geschichte hören und werde sie so veröffentlichen, wie Sie es wünschen.«

»Ich habe keine Geschichte zu erzählen, also bekommen Sie auch keine zu hören«, sagte sie mit zusammengebissenen Zähnen. »Ich muss mir die Zeitschrift erst mal ansehen, Bobo. Vielleicht kann ich nachher etwas dazu sagen.«

Er griff nach dem großen gelblichen Umschlag, den er mitgebracht hatte, und reichte ihn ihr. »Sie ist hier drin, Deena. Gehen Sie in den Ruheraum, lesen Sie den Artikel, kommen Sie dann wieder, und wir reden drüber.«

Sie nahm den Umschlag und ging mit hoch erhobenem Kopf zur Damentoilette.

Während sie den Artikel las, gefror ihr das Blut in den Adern.

Als sie das Foto von Martin mit Venus Maria sah, war ihr klar, dass sie handeln musste.

Venus Maria hatte ihr eigenes Todesurteil unterschrieben.

Deena Swanson würde es vollstrecken.

71

Nach der Zusammenkunft der Abteilungsleiter beschloss Lucky, sich mit den verschiedenen Stars zu treffen, die bei Panther unter Vertrag standen. Sie richtete sich ihr Büro vorläufig im Konferenzraum ein und ließ Mickey Stolli zwei

Tage Zeit, mit Sack und Pack auszuziehen. Er hatte sie um das Vergnügen gebracht, ihn zu feuern. Zu schade.

Morton Sharkey hatte einen erfahrenen Assistenten ausfindig gemacht und ihn ohne Gewissensbisse von einem anderen Studio abgeworben. Otis Lindcrest war ein tüchtiger Schwarzer Ende zwanzig. Er schien wirklich Bescheid zu wissen und arbeitete hart, um alle Termine unter einen Hut zu bringen und es Lucky so bequem wie möglich zu machen.

Es gab so viel zu tun, dass sie kaum wusste, wo beginnen. Das Wichtigste war, sich über alle Projekte zu informieren, die bereits produziert oder in der Vorproduktion waren, und dann die Richtung zu bestimmen, die Panther in Zukunft einschlagen sollte.

Zwar hatte sie die leitenden Angestellten kennen gelernt, aber wem sie vertrauen, auf wen sie sich verlassen durfte, wusste sie noch nicht. Bis sie jeden Einzelnen individuell beurteilen konnte, würde es schon noch einige Zeit dauern.

Sie hatte vor, sich während der nächsten Wochen mit einem nach dem anderen zusammenzusetzen und mit ihnen zu reden. Erst einmal ließ sie sich Lennies Vertrag kommen und sagte Morton, sie wolle ihn lösen.

»Schicken Sie ihm einen Brief, in dem Sinn, dass er den Vertrag mit Panther als aufgehoben betrachten darf – dass er, von uns aus gesehen, frei ist, aber selbstverständlich bleiben kann, wenn er will.«

»Warum tun Sie das?«, fragte Morton.

»Ich möchte nicht, dass er glaubt, er sei Panther irgendwie verpflichtet, weil das Studio jetzt mir gehört. Wenn er sich entschließt, mit uns weiterzuarbeiten – großartig. Aber wenn er das nicht will, ist er frei und kann gehen, wohin er mag.«

»Lucky, er ist für das Studio sehr wertvoll – ein Aktivposten«, sagte Morton. »Ein bedeutender.«

»Er ist auch mein Mann«, erwiderte sie fest. »Und ich

möchte nicht, dass er das Gefühl hat, an uns gefesselt zu sein.«

Eine Blumenflut begann über Lucky hereinzubrechen, herzliche Glückwünsche von Leuten, die sie nicht kannte. Sie kamen von Agenten, Produzenten, Managern. Die Stars bemühten sich nicht. Star sein hieß, dass man nie Blumen schicken musste. Man bekam sie.

Otis gab ihr einen Überblick über alle Schauspieler. Für einen jungen Mann war er erstaunlich gut beschlagen.

»Wie lange sind Sie schon in der Branche?«, fragte sie neugierig.

»Habe als PR-Mann auf dem Set angefangen. Wäre bei CAA um ein Haar in die Produktion gegangen. Persönlicher Assistent bin ich seit fünf Jahren.«

Sie merkte sich in Gedanken vor, dass er produzieren wollte. Irgendwann würde sie es ihm ermöglichen. Im Augenblick war Otis für sie unentbehrlich.

Sie verließ das Studio erst abends um neun. Boogie reichte ihr im Wagen die neueste Nummer von *Truth and Fact*. »Ich hab gedacht, dass Sie das vielleicht sehen wollen«, sagte er während der Fahrt.

Sie warf einen Blick auf die Zeitschrift, überflog die Story von Martin Swanson und Venus Maria. Wen interessierte das schon? Sie glaubte ohnehin nichts, was in diesen Blättern stand. Aber als sie das Bild von Brigette sah, war sie sofort beunruhigt. Nach Brigettes bösen Erfahrungen mit Tim Wealth durfte sie nicht noch einmal einem Blender in die Hände fallen. Sie war viel zu jung und verletzlich. Und dieser Paul Webster mit dem langen Haar und den durchdringenden Augen sah ganz nach einem Windhund aus.

»Erinnern Sie mich morgen früh daran, dass ich sofort Brigette anrufe«, sagte Lucky. »Und Sie telefonieren mit London und bitten Mike Baverstock von der British Airways, ein Auge auf Bobby und seine Nanny zu haben. Sie fliegen am Freitag.

Ach, und sagen Sie Otis, er soll mir den Freitagnachmittag freihalten, ich will sie vom Flugplatz abholen.«

Als sie im Strandhaus ankamen, war es nach zehn.

»Irgendwelche Nachrichten für mich, Miko?«, fragte Lucky hoffnungsvoll.

Miko verneigte sich. »Nein, Madame, keine.«

Anscheinend hatte Lennie keine Lust zu telefonieren.

Sie war zu müde, um noch etwas zu essen. Zu müde, irgendetwas zu tun. Sie wollte nur noch ins Bett fallen und tief und lange schlafen.

Sie erwachte erfrischt und gestärkt, duschte, zog sich an und setzte sich an den Frühstückstisch.

Zwei Nachrichten beherrschten die Schlagzeilen:

LUCKY SANTANGELO ÜBERNIMMT PANTHER
MARTIN SWANSON ENGAGIERT SICH BEI ORPHEUS

Sie konnte es kaum erwarten, ins Studio zu kommen. Vor ihr lag eine Menge harter Arbeit, aber eins wusste sie schon jetzt, ein Filmstudio zu leiten konnte zur Sucht werden.

Ihren ersten Termin hatte sie mit Johnny Romano. Sich in den Hüften wiegend, stolzierte er in den Konferenzraum. Sein Hofstaat folgte ihm auf den Fersen.

Nach ein paar Schritten stutzte er, blieb verblüfft stehen. Was für eine schöne Frau!

»Können wir unter vier Augen miteinander reden, Mr. Romano?«, fragte Lucky.

»He, Baby, es wird mir ein Vergnügen sein.« Er winkte dem Hofstaat, den Raum zu verlassen.

Lucky stand auf, kam hinter dem Konferenztisch vor und ging auf ihn zu, um ihm die Hand zu geben. »Mein Name ist Lucky Santangelo, Baby ist nicht ganz korrekt.«

Er nahm ihre Hand und zog sie dicht an sich heran. »Sie

sind eine sehr schöne Lady«, sagte er mit heiserer Stimme. »Willkommen in meinem Leben.«

Sie entzog ihm die Hand. »Das ist ungefähr die abgedroschenste Zeile, die ich je gehört habe. Wie oft haben Sie sie schon benutzt?«

Er lachte. »Gewöhnlich wirkt sie recht gut.«

»Nicht bei mir.«

»Okay, okay, Sie sind eine schöne Frau, und ich – Johnny Romano – bin scharf auf Sie. Ist das so schrecklich?«

Sie entschied sich, seine Bemerkungen zu ignorieren. »Sie wissen, dass Ihr Film dieses Wochenende fantastische Einspielergebnisse erzielt hat, Johnny.«

»Na klar, Baby«, sagte er zuversichtlich.

»Aber ich denke, dass wir nächstes Wochenende mit einem gewaltigen Einbruch rechnen müssen.«

Er hob das Kinn und offenbarte die edle Kinnlinie des großen Filmstars. »Was sagen Sie da, Baby?«

Sie nahm kein Blatt vor den Mund. »Ich sage, dass *Motherfaker* ein sexistisches Stück Scheiße ist.«

Johnnys Gesicht verdüsterte sich. Noch nie hatte jemand so mit ihm gesprochen. »Sind Sie verrückt, Weib?«, fauchte er.

Sie schüttelte den Kopf. »Nicht verrückt. Ich gebe Ihnen nur einen nützlichen Rat.«

»Und der wäre?«, fragte er arrogant.

»Sie vertragen doch Kritik – oder nicht?«

»Sie glauben, ich vertrage keine?«, konterte er.

»Johnny, Sie sind ein sensationell gut aussehender Kerl. Alle Welt liebt Sie. Sie sind macho, gutaussehend und sexy. Aber mit diesem Film haben Sie sich selbst um ein breites Publikum gebracht. Kinder dürfen und alte Leute wollen ihn nicht sehen. Ich verstehe das nicht – aus irgendeinem verrückten Grund machen Sie sich zum Antihelden. Das Ergebnis ist, dass jeder den Typen hasst, den Sie darin spielen. Und jedes zweite Wort ist *motherfaker*. Sie haben diesen Film geschrieben, Johnny. Gewiss verfügen Sie über einen größeren Wortschatz, oder?«

Er funkelte sie wütend an. »Dieser Film wird für Panther ein verdammtes Vermögen einspielen, und Sie kritisieren ihn?«

»Ich sage nur, dass Sie viel, viel mehr können. Und ich würde mich freuen, wenn Sie für Panther einen anderen Film machen würden. Aber ich bin auch bereit, Ihren Vertrag zu zerreißen und Sie gehen zu lassen, weil ich *nicht* bereit bin, einen zweiten *Motherfaker* zu produzieren. Wenn Sie sich eine Karriere wünschen, die von Dauer ist, müssen Sie daran bauen und dürfen sie nicht zerstören. Was Sie Ihrem Publikum in diesem Film gesagt haben, ist: ›Leckt mich doch, ich kann machen, was ich will, und ihr schluckt es.‹ Das funktioniert nicht mehr, Johnny.«

»Sie sind verrückt.« Er lachte. »Ich kann in dieser Stadt an jede Tür klopfen und krieg den Vertrag, den ich will.«

»Dann sollten Sie das vielleicht tun«, erwiderte Lucky gelassen.

Er glaubte seinen Ohren nicht mehr trauen zu dürfen. War dieses Frauenzimmer irre? »Okay, okay, Lady, wenn Sie es wünschen, tu ich's vielleicht.«

»Na, dann los«, sagte sie herausfordernd. »Aber wenn Sie klug sind, hören Sie auf mich. Übereilen Sie nichts. Denken Sie darüber nach, und wir reden nächste Woche noch einmal miteinander.«

Als Johnny Romano den Konferenzraum verließ, war er nicht besonders glücklich.

Venus Maria war die nächste.

Der blonde Superstar kam schwungvoll und mit einem strahlenden Lächeln herein. »Das ist absolut fantastisch!«, sagte sie begeistert. »Eine Frau am Steuer. Meine wildesten Träume haben sich erfüllt. Wie haben Sie's geschafft?«

Lucky lächelte ebenfalls. »Ich hab mir einfach gedacht, es wird langsam Zeit. Und ich möchte ein bisschen Hecht im Karpfenteich spielen. Machen Sie mit?«

Venus Maria grinste übermütig. »Da haben Sie sich den richtigen Star ausgesucht.«

»Ich hoffe es«, sagte Lucky. »Ich brauche jede Unterstützung, die ich kriegen kann.«

»Die haben Sie«, antwortete Venus Maria, ließ sich auf einen Stuhl fallen und streckte die Beine aus. Sie trug abgeschnittene Jeans, ein T-Shirt mit dem Aufdruck *Rettet die Welt* und eine lange Weste mit unzähligen Nieten. Das platinblonde Haar hatte sie am Scheitel zu einem Schopf zusammengebunden. Ihre Füße steckten in weißen Socken und Reebokschuhen. »Ich probe grade für mein neuestes Video. Das wird vielleicht 'ne Sache.«

»Ich freu mich, dass Sie zu Panther gehören«, sagte Lucky herzlich. »Ich weiß, Sie sind für *Bombshell* vorgesehen, sind aber mit dem Drehbuch nicht einverstanden.«

»Woher wissen Sie das?«

»Weil Sie es mir gesagt haben.«

Venus Maria machte ein verblüfftes Gesicht. »Ich hab Ihnen das gesagt? Sind wir uns schon früher begegnet?«

Lucky nahm sich eine Zigarette. »O ja, das sind wir. Aber Sie erinnern sich nicht mehr, oder?«

»In New York?«

»Nein. Hier in diesem Studio. Sie haben bei mir über das Drehbuch geschimpft, und nachdem ich es jetzt gelesen habe, kann ich Ihnen nur Recht geben. Es wird gerade umgeschrieben. Vor Ihnen war der Autor hier, der es macht. Er weiß jetzt ganz genau, was wir wollen.«

»Weiß er's wirklich?«

»O ja.«

»Das nenne ich schnelle Arbeit.«

»Hat keinen Sinn, rumzusitzen und Däumchen zu drehen.

Ich weiß, was für einen Film Sie machen wollen. *Bombshell* soll ein Film über Frauen und über die Ausbeutung von Frauen werden. Hab ich recht?«

»Absolut.« Jetzt war Venus Maria völlig perplex. »Ich komme noch immer nicht dahinter, wo wir uns getroffen haben.«

»Mickey Stollis Sekretärin.«

»Wie?«

»Erinnern Sie sich an Mickey Stollis Sekretärin? An die mit der unmöglichen Brille, der miesen Frisur und den grässlichen Kleidern? Sie waren sehr nett zu ihr.«

»Ja, und?«

»Das war ich.«

Venus Maria sprang auf. »Sie? Ach, kommen Sie! Das ist doch ein Witz. Sie!«

Lucky lachte herzlich. »Ja, ich. Ich hatte mich verkleidet.«

»Nein!«

»Ja!«

»Wau!«

»Na ja, ich wollte die Firma nicht kaufen, ohne zu wissen, was hier vorging, und deshalb habe ich sechs Wochen im Studio gearbeitet, um das eine oder andere rauszufinden.«

»Und haben Sie?«

Lächelnd zog Lucky an der Zigarette. »Das kann man wohl behaupten.«

»Ich wette.«

»Ich habe es Ihnen gesagt, weil ich weiß, dass ich Ihnen vertrauen kann. Aber ich möchte nicht, dass die Männer es erfahren. Vielleicht sag ich's ihnen einmal. Vielleicht auch nicht. Sollen sie sich doch den Kopf zerbrechen, woher ich so viel weiß.«

»Heiliges Kanonenrohr!«, rief Venus. »Das ist das Größte. Ich bin total begeistert.«

»Ich plane Folgendes«, fuhr Lucky fort. »Das Drehbuch für *Bombshell* muss ganz unseren Vorstellungen entsprechen, dann machen wir einen großartigen Film. Ich habe mir schon wegen der Regie den Kopf zerbrochen. Wie wär's mit einer Frau?«

»Ich würde gern mit einer Regisseurin arbeiten«, sagte Venus. »Aber wenn ich das hier erwähne, schaut man mich an wie einen Zombie.«

»Für mich kommt nur eine Regisseurin in Frage. Ich habe auch ein paar im Kopf. Haben Sie schon von Montana Grey gehört?«

»Aber selbstverständlich. Sie hat diesen erstaunlichen kleinen Film *Street People* gemacht. Ich finde sie großartig, sehr talentiert.«

»Gut. Sie kommt morgen zu mir. Meiner Meinung nach wäre sie perfekt. Wären Sie auch einverstanden?«

»Einverstanden? Ich bin begeistert.«

»Wenn ihr die Filmidee gefällt, setzen wir uns alle drei zusammen.«

»Jederzeit.«

»Und ich möchte mir *Strut* ansehen. Man hat mir gesagt, es gebe einen Rohschnitt. Ich habe auch einen Termin mit Cooper Turner und werde es mit ihm besprechen.«

Venus Maria nickte. »Cooper wird Ihnen gefallen. Er ist ein feiner Mensch. Glauben Sie das Zeug nicht, das Sie über ihn gelesen haben. Oh«, sagte sie dann noch leichthin, »und glauben Sie auch nicht alles, was man so über mich schreibt.«

Lucky lachte. »Ich habe es auch schon zu ein paar saftigen Schlagzeilen gebracht. Glauben Sie mir, ich habe Verständnis dafür.«

»So – und wie haben die Jungs auf Ihr Erscheinen reagiert?«

Lucky zog an der Zigarette. »Ich schätze, sie sind es nicht gewohnt, dass eine Frau hereinspaziert und ihnen das Heft aus der Hand nimmt.«

»Das dürfen Sie laut sagen.«

Lucky blies ein paar Rauchringe. »Ich war schon immer für Herausforderungen.«

72

Emilio Sierra hatte in einem Nobelhotel auf Hawaii ein Doppelzimmer mit Meerblick gebucht. Was er und Rita wirklich bekamen, war ein Zimmer mit Blick auf den riesigen Hotelparkplatz. Eine alles andere als spektakuläre Aussicht.

»Das ist nicht gut genug!«, schrie Emilio verärgert.

»Es ist ganz okay, Schatz«, beschwichtigte ihn Rita. »Wir sehen den Ozean wenigstens von weitem.«

Blödes Frauenzimmer. Warum blieb er nur immer an den Dummen hängen?

»Es ist ganz und gar nicht okay«, fauchte Emilio. »Ich werde Krach schlagen.« Er marschierte zur Rezeption hinunter und verlangte den Manager.

Der kam nach ungefähr zehn Minuten, ein langer, dünner Mann mit verbindlichem Benehmen und einem gezwungenen Lächeln. »Ja, Sir, was kann ich für Sie tun?«

»Ich habe ein Zimmer mit Blick aufs Meer bestellt«, sagte Emilio und bemühte sich, die Augen von einer üppigen Rothaarigen loszureißen, die in Shorts und engem T-Shirt vorbeistolzierte.

»Sie sind mit Ihrem Zimmer nicht zufrieden?«, fragte der Manager gekränkt, als fühle er sich durch Emilios Beschwerde persönlich beleidigt.

Die Rothaarige verschwand aus Emilios Blickfeld und gestattete ihm, sich wieder zu konzentrieren. »Nein, Mann. Es stinkt.«

»Ich bin sicher, dass es nicht stinkt, Mr. …«

»Sierra«, sagte Emilio und buchstabierte: »S-i-e-r-r-a. Sie

haben bestimmt schon von meiner Schwester Venus Maria gehört.«

Der Manager wusste nicht, ob er ihm glauben sollte, sah jedoch entsprechend beeindruckt aus. »Venus Maria?«, sagte er mit genau bemessener Ehrerbietung in der Stimme. »Die Sängerin?«

»Und Filmschauspielerin – ein Star«, prahlte Emilio. »Ich komme aus Los Angeles. Das heißt, eigentlich aus Hollywood. Ich bin auch Schauspieler.«

Der Manager nickte. In seinem Hotel waren schon größere Berühmtheiten abgestiegen als der Bruder von Venus Maria. Zum Beispiel der Präsident der Vereinigten Staaten.

»Tja, Mr. Sierra«, sagte er, »im Moment haben wir nichts anderes frei. Aber ich kann Ihnen versprechen, dass Sie es als Erster erfahren sollen, wenn sich die Situation ändert.«

»Damit bin ich nicht zufrieden«, antwortete Emilio hochfahrend und stellte fest, dass es herrlich war, Geld zu haben. Zum ersten Mal, seit er denken konnte, verlieh es ihm eine gewisse Macht.

»Tut mir Leid, aber mehr kann ich wirklich nicht tun«, sagte der Manager und wünschte, dieser ungehobelte Mensch würde sich entschließen, in ein anderes Hotel zu gehen.

»Besorgen Sie mir etwas anderes, oder ich lasse mich in der Hotelhalle nieder«, drohte Emilio und setzte am Ende durch, dass sie ihn in einem Bungalow am Strand unterbrachten. Er kostete mehr, aber Emilio war der Meinung, dass er das Geld bald scheffeln würde. Und da er jetzt genügend Kohle hatte, wollte er auch ordentlich einen draufmachen. Rita allerdings wusste es nicht zu schätzen. Sie war zwar heiß, aber sie war auch dumm.

Kaum hatten sie im Bungalow ihre Sachen ausgepackt, als Rita glaubte, eine Sandmaus über den Boden laufen zu sehen.

»O mein Gott!«, kreischte sie hysterisch und sprang aufs Bett. »Emilio! Emilio! Eine Maus!«

»Na und?«, fragte er gleichgültig.

»Ich hab Angst!«, quietschte sie und weigerte sich, vom Bett herunterzukommen.

Emilio erinnerte sich an die gute alte Zeit in New York, als Venus Maria noch klein gewesen war und er sie herumkommandieren konnte. Auch sie hatte sich vor Mäusen gefürchtet. Einmal hatten er und seine Brüder drei Mäuse gefangen und in ihrem Bett unter den Laken versteckt. Als sie die Überraschung entdeckt hatte, hatte sie eine Stunde lang laut geschrien. Aber, musste er zugeben, sie hatte sich gerächt. Zwei Tage später hatte sie einen dicken Eintopf mit – wie sie alle glaubten – großen Brocken Hühnerfleisch gekocht. Nur stellte sich heraus, dass es kein Hühnerfleisch war. Sie hatte die verfluchten Mäuse gekocht und ihnen zum Abendessen serviert.

Rita ließ sich nicht beschwichtigen, also musste Emilio zum Manager zurückmarschieren und sich wieder beschweren.

Um ihn und sein Gezänk endlich loszuwerden, gab man ihnen die Suite seiner Träume. Zwei Räume, bestehend aus einem luxuriösen Schlafzimmer mit vibrierendem Bett und einem Wohnzimmer mit großer Terrasse und Blick auf einen breiten weißen Sandstrand und einen hinreißend blauen Ozean. Das entsprach eher seinen Vorstellungen. Auch wenn es ihn wahrscheinlich einen Arm und beide Beine kosten würde.

»Zufrieden?«, sagte er zu Rita.

Sie nickte.

Später stand er auf der Terrasse, während sie den Reißverschluss seiner Hose öffnete und ihm genau zeigte, wie zufrieden sie wirklich war.

Manchmal machte sich Extravaganz bezahlt.

Am nächsten Morgen schickte er sie zum Zeitungsstand hinunter, wo sie ihm die neueste *Truth and Fact* besorgen sollte.

Als er sie las, war er empört. Wo war seine Story? Nicht

einmal ein Bild von ihm hatten sie gebracht. Was war das für ein Handel?

Wutentbrannt rief er Dennis Walla in Los Angeles an. »Wo ist meine Story?«, schrie er ins Telefon. »Sie sollte diese Woche erscheinen!«

»Nächste Woche«, erklärte Dennis Walla. »Lesen Sie das Fettgedruckte.«

»Sie haben gesagt, diese Woche, und Sie haben das Bild veröffentlicht, das ich Ihnen gegeben habe«, erwiderte Emilio verärgert. »Hören Sie, Mann, Sie haben mich nur für eine Woche bezahlt. Von einer Fortsetzung war nie die Rede. Das ist Betrug.«

»Bleiben Sie einen Moment am Apparat, Kumpel«, sagte Dennis und dachte: Jetzt sind wir wieder so weit! Warum waren die Angehörigen der Stars nur so verdammt geldgierig. »Sie haben eine Menge Kohle dafür eingefahren. Ihre Story kommt, wenn wir entscheiden, dass sie kommt. Sie können uns nicht vorschreiben, was wir zu tun haben.«

Wütend knallte Emilio den Hörer auf die Gabel. Jetzt konnte es für ihn unangenehm werden, wenn er nach L. A. zurückkam. Venus Maria war gewarnt, dass seine Story erscheinen würde. Bestimmt würde sie wütend hinter ihm her sein.

»Was ist los, Süßer?«, fragte Rita, die vor dem Spiegel Pirouetten drehte und ihre kurzen, jedoch vollkommenen Beine bewunderte.

»Nichts.« Ihr würde er sich bestimmt nicht anvertrauen. »Komm her.«

Sie brachten das Bett zehn Minuten lang zum Vibrieren, bevor sie hinausgingen, um die Sonne von Hawaii zu genießen.

Emilio war enttäuscht, als er entdeckte, dass es kaum hawaiische Sonne zu genießen gab. Der Tag war wolkenverhangen, mit kräftigen, böigen Winden.

Er suchte zwei der besten Plätze am Pool aus, und sie machten es sich bequem – Rita in einem Bikini, der die Aufmerksamkeit aller Männer im Umkreis von fünfzig Metern auf sich zog.

Emilio freute sich. Vielleicht war sie doch nicht so dumm. Er genoss es, mit einer Frau zusammen zu sein, die so großes Interesse erregte.

Gegen Mittag meinte Rita, dass sie lieber hineingehen sollten. »Es mag bewölkt sein«, erklärte sie weise, »aber die Sonnenstrahlen, die durchkommen, sind noch immer sehr stark. Du solltest vorsichtig sein.«

»Ich? Ich kriege keinen Sonnenbrand, ich werde gleich braun.«

»Ich nicht«, sagte sie und zog ihren Bikini-BH hoch, der verrutscht war und eine vorwitzige Brustwarze sehen ließ. »Hast du was dagegen, wenn ich hineingehe?«

Er hatte nichts dagegen. Er hatte viel zu viel damit zu tun, die Parade schöner, sonnengebräunter Frauen in winzigen Bikinis zu bewundern.

Um fünf Uhr sah Emilio aus wie geröstet.

»Jesus! Warum hast du mich nicht gewarnt?«, beklagte er sich, als er endlich in der Suite erschien.

»Aber Schatz, das hab ich doch«, sagte Rita, die sich von Kopf bis Fuß mit irgendetwas Duftendem eincremte.

»Ich kapier das nicht«, jammerte er und tat sich selbst ganz schrecklich Leid. »Es war bewölkt – wie kann ich da einen solchen Sonnenbrand kriegen?«

»Das ist auf Hawaii ganz egal«, erklärte sie ihm. »Die Sonne brennt durch die Wolken. Ich hab versucht, es dir zu sagen.«

»Warst du denn schon mal hier?«, fragte er misstrauisch.

»Ein paarmal«, sagte sie und beschloss, ihren letzten Trip mit zwei Stuntmännern und einem Perücke tragenden Regisseur, der es gern »streng« hatte, nicht zu erwähnen.

Emilio hatte starke Schmerzen. Rita lief in die Apotheke hinunter und kam mit kühlenden Lotionen zurück. Sie halfen nicht. Er litt die ganze Nacht hindurch. Aber nicht still vor sich hin.

Als er sich am nächsten Morgen im Spiegel betrachtete und feststellte, dass er wie ein Hummer aussah, beschloss er, nach L. A. zurückzukehren.

»Ich geb doch keinen solchen Haufen Geld aus, um im Bett zu liegen«, beklagte er sich. »Wir hauen hier ab.«

Rita zuckte mit den Schultern. »Wie du willst.«

Sie war schon zu dem Schluss gekommen, dass Emilio nur für eine kurze Affäre gut war. Solange er Kohle hatte, blieb sie. Doch wer weiß, wie lange das Geld reichen würde?

73

Ein gewisser Harry Browning möchte Sie sprechen«, sagte Otis. »Hat keinen Termin verabredet. Sieht irgendwie aufgeregt aus.«

Lucky nickte. »Das ist okay, holen Sie ihn rein.«

Harry trat ein, machte ein paar Schritte und blieb stehen. Er wartete, bis Otis die Tür hinter sich geschlossen hatte, und sah Lucky dann vorwurfsvoll an. »Sie sind Luce, nicht wahr?«

Endlich! Jemand hatte ihre Maske durchschaut. »Sie sind der einzige, der mich erkannt hat«, sagte sie. »Wirklich erstaunlich!«

»Ich habe gedacht, Sie arbeiten für Abe Panther.«

»Das habe ich in gewisser Weise auch getan. Wir haben es beide für eine gute Idee gehalten, dass ich mich unerkannt hier umsehe. Eine interessante Erfahrung. Ich habe eine Menge entdeckt.«

»Sie waren nicht ehrlich zu mir«, sagte Harry steif, der

sich ganz offensichtlich nicht besonders wohl in seiner Haut fühlte.

Sie hatte keine Lust, ihm nähere Erklärungen abzugeben. »Ich würde mich freuen, wenn Sie dem Studio weiterhin zur Verfügung stünden, Harry. Es wird sich vieles ändern. Und ich hätte es gern, wenn Sie mir direkt unterstellt wären.«

»Warum?«, fragte er misstrauisch.

»Weil Sie wollen, was *ich* will, und wir beide an einem Strang ziehen. Wir möchten Panther gern wieder groß machen. Keine minderwertigen Filme mehr. Keine leitenden Angestellten mehr, die jede Schauspielerin, die hereinkommt, auf die Besetzungscouch zerren. Sind Sie einverstanden?«

Er nickte bedächtig.

Kurz nach Luckys Gespräch mit Harry kam Susie Rush. Susie war es gewohnt, mit Männern zu verhandeln. Sie erschien in Rüschen und Volants gehüllt, mit einem rosa Band im Haar. Insgeheim dachte Lucky, dass sie wie eine pausbackige Engelspuppe mit hohem Haarknoten aussah.

Susie spitzte schmollend die Lippen und sagte: »Nun, das erschüttert einen bis ins Mark.«

»Was darf ich Ihnen anbieten?« Lucky gab sich nett und freundlich. »Einen Drink? Kaffee? Tee?«

»Eine Erklärung wäre vielleicht angebrachter. Als ich bei Panther unterschrieb, hatte schließlich Mickey Stolli hier das Sagen. Daran, dass sich etwas ändern könnte, habe ich nie gedacht.«

»Zuallererst will ich Sie wissen lassen, dass Sie, obwohl Sie einen langfristigen Vertrag mit dem Studio haben, sofort frei sind und tun können, was Sie wollen. Ich halte niemanden gegen seinen Willen bei Panther.«

»Oh«, sagte Susie. Das hatte sie nicht erwartet.

»Ich weiß jedoch auch, dass Sie einer der größten Aktivposten dieses Studios sind«, fuhr Lucky fort. »Und wie ich schon allen anderen erklärt habe, möchte ich Panther wieder so groß machen, wie es einmal war. Ihre Filme liebe ich. Ihre Filme kann sich die ganze Familie gemeinsam ansehen. Sie sind wirklich eine wunderbare Schauspielerin.«

Susie sah sie misstrauisch an. Sie war es nicht gewohnt, von Frauen Komplimente zu bekommen. Sie war es auch nicht gewohnt, Frauen, die so aussahen wie Lucky Santangelo, in Machtpositionen zu finden.

»Und jetzt«, forderte Lucky sie ganz sachlich auf, »sagen Sie mir, was für Filme Sie gern machen würden. Ich weiß, dass Sie im Moment ein paar Projekte entwickeln, und wenn Sie mit ihnen zufrieden sind, kommen sie selbstverständlich in die engste Wahl.«

»Eigentlich«, erklärte Susie, »möchte ich etwas ganz anderes machen als bisher. Meine Karriere ist festgefahren. Ich habe den Wunsch, eine andere Rolle zu spielen.«

»Und was für eine Art von Rolle ist das?«

»Ich will die Hauptrolle in *Bombshell*«, sagte Susie. »Mickey hat mir versprochen, dass ich sie bekomme.«

Das war eine Überraschung. »*Bombshell* ist ein Venus-Maria-Projekt.«

»O ja, Mickey hat mal erwähnt, dass Venus Maria interessiert sein könnte. Aber als ich ihm sagte, dass *mir* das Drehbuch gefällt, hat er sofort gemeint, ich sollte Probeaufnahmen machen. Ich darf Sie daran erinnern, dass ich sonst nicht im Traum daran denke, mich auf Probeaufnahmen einzulassen. Aber ich weiß, dass ich diese Rolle spielen kann. Sie ist ich.«

»Ich sage Ihnen etwas«, schlug Lucky vor. »Venus Maria steht für *Bombshell* unverrückbar fest. Aber wenn Sie ein anderes Drehbuch haben, wollen wir sehen, was wir draus machen können.«

Susie presste die Lippen zu einem dünnen Strich zusammen. »Ich will *Bombshell* spielen«, sagte sie. »Orpheus hat mir einen anderen Film angeboten.«

Lucky lächelte liebenswürdig. Sie würde sich von Stars und ihrem Ego nicht erpressen lassen. »Wenn die Rolle Ihnen zusagt, Susie, dann sollten Sie sie annehmen. Wie ich schon vorhin erklärt habe, ich halte niemanden zurück.«

Susie ging, ohne genau zu wissen, wo sie stand.

So weit, so gut. Den nächsten Termin hatte Lucky mit Cooper Turner. Er war drüben im Schneideraum, und anstatt ihn zu sich zu bitten, entschloss sie sich, hinüberzulaufen.

Filmstars konnten Lucky nicht mehr beeindrucken. Sie hatte sie ihr Leben lang beobachtet. Als Gino das Hotel in Las Vegas eröffnet hatte, kamen sie auf Kosten ihrer Filmgesellschaften angereist, um sich im Glücksspiel zu versuchen, sie kamen zu Eröffnungen, zu Galas und allen großen Partys. Und während sie mit Senator Richmonds Sohn Craven verheiratet war, machten viele Berühmtheiten die Wallfahrt nach Washington.

Filmstars hatten empfindliche und leicht verletzliche Egos. Das wusste Lucky. Jetzt einzeln mit ihnen zu verhandeln, war eine interessante Aufgabe, die viel Fingerspitzengefühl verlangte.

Cooper Turner sah mit dem anziehend jungenhaften Gesicht, dem zerzausten Haar und den durchdringend eisblauen Augen besser aus als auf der Leinwand. Er hatte ein hinreißendes Lächeln, das er auch sofort einsetzte. »Sie sind also mein neuer Boss, wie?«

»Ja«, sagte sie und reichte ihm die Hand.

Er nahm sie und drückte sie zweimal kurz. Durch seine Hornbrille bedachte er Lucky mit einem forschenden Blick. »Sie sind eine Überraschung. Ich habe einen weiblichen Drachen erwartet.«

»Aussehen zählt nicht.«

»Und ob es zählt«, sagte er beiläufig und nahm die Brille ab. »Schöne Frauen genießen immer mehr Aufmerksamkeit. Damit will ich nicht sagen, dass Sie nicht intelligent und tüchtig sind, aber das Aussehen hilft. Und Sie, Schätzchen, sehen fantastisch aus.«

»Sie aber auch, Schätzchen«, antwortete sie schlagfertig.

Er lachte. »*Touché,* Miß Santangelo.«

»Ich freu mich darauf, mir den Rohschnitt von *Strut* anzusehen. Wann kann ich?«, fragte sie und kam damit auf den Grund ihres Besuchs im Schneideraum zu sprechen.

»Wie wäre es mit irgendwann in der nächsten Woche?«

»Klingt gut. War das Ihr Debüt als Regisseur?«

Seine Augen ohne Brille waren tödliche Waffen. »Heißt das, dass Sie meine Karriere nicht verfolgt haben?«

Sie erwiderte seinen Blick, hielt ihm mit ihren schwarzen Santangelo-Augen stand. »Sagen wir mal so – Ihre Karriere war nicht der Mittelpunkt meines Universums.«

Er lachte wieder. »Nein, es war nicht das erste Mal. Einmal habe ich schon Regie geführt, aber dieser Film ist besser. Venus Maria zeigt darin eine ganz hervorragende Leistung.«

»Das habe ich gehört.«

»Ah! Dann redet man im Studio schon darüber. Das ist gut.«

»Wie mir scheint, ist Ihr Film der einzige sehenswerte, den wir im Moment haben. Haben Sie *Motherfaker* gesehen?«

»Meine Zeit ist kostbar. Außerdem halte ich nichts davon, mich selbst zu bestrafen.«

Jetzt musste sie lachen. »Ich weiß, was Sie meinen. Können wir nächste Woche einmal zusammen lunchen? Ich habe das Gefühl, dass wir viel zu besprechen haben. *Strut* muss eine ganz besondere PR bekommen.«

»Warum lade ich Sie nicht zum Dinner ein?«, fragte er.

Sie wurde wieder sachlich. »Kennen Sie meinen Mann Lennie Golden?«

»Sie sind mit Lennie verheiratet?«, sagte er überrascht.

»Das haben Sie nicht gewusst?«

»He – ich habe Ihre Karriere ungefähr genauso verfolgt wie Sie die meine.«

»Jetzt bin ich an der Reihe, *touché* zu sagen, wie?«

Er blendete sie mit seinem Filmstarlächeln. »Ich schätze ja. Dann also Lunch. Ich freu mich.«

Der einzige Star, den sie noch nicht kennen gelernt hatte, war Charlie Dollar. Er war im Ausland und sollte in etwa zwei Wochen wiederkommen. Charlie hatte keinen Film in der Vorproduktion. Lucky ließ verlauten: »Sucht einen Stoff für Charlie Dollar. Etwas Sensationelles!«

Den letzten Termin an diesem Tag hatte sie mit Arnie Blackwood und Frankie Lombardo, »den schmierigen Singles«.

Arnie war der schmale, schlaksige mit dem zu einem Pferdeschwanz zurückgebundenen fettigen Haar und einer Brille mit verspiegelten Gläsern, die seine wässrigen Augen verdeckte. Er machte sich zum Wortführer der beiden.

»Herzlichen Glückwunsch, Schätzelchen. Das wird ja 'n richtiges Fest mit dir.«

Und der braunhaarige Frankie mit der absonderlichen Langhaarfrisur und dem unappetitlichen Bart fügte hinzu: »Ja, Süße, wir werden alle mit'nander arbeiten, als hätten wir unser Leben lang zusammen im Bett gelegen.«

»Glücklicherweise«, sagte Lucky mit einem freundlichen Lächeln, »war das nicht der Fall.«

Die beiden brüllten vor Lachen.

»Sie hat Humor«, sagte Arnie.

»Was macht eigentlich ein so gut aussehendes Frauenzimmer wie du in einem solchen Job?«, wollte Frankie wissen und ließ sich mit seinem vollen Gewicht auf einen Stuhl fallen.

»Wahrscheinlich das Gleiche wie ein gut aussehender Mann wie Sie«, antwortete Lucky sarkastisch. »Und wenn ich Sie daran erinnern darf – es ist kein Job. Panther gehört mir.«

Das gefiel Frankie nicht besonders.

Arnie trat an den Konferenztisch, stützte sich mit den Händen auf und beugte sich vor. »Haben Sie die Absicht zu bleiben, Lucky?«, fragte er. »Oder ist das 'ne Art Zwischenspiel für Sie? Wie sieht es aus, Lucky? Haben Sie das Studio gekauft, um das Land zu verscherbeln und dann wieder die Fliege zu machen oder was?«

»Ich habe die Absicht zu bleiben«, antwortete sie mit einem kalten Lächeln. »Wie steht es mit Ihnen?«

»Oh, wir bleiben natürlich auch«, antwortete Arnie, nahm die verspiegelte Brille ab, polierte sie an seinem Hemd und setzte sie wieder auf.

Frankie fuhr sich mit der Hand durch das unordentliche lange Haar und zupfte an seinem räudigen Bart. Beide schienen *stoned* zu sein.

»Ich setze die beiden Filme ab, die Sie zur Zeit produzieren«, sagte Lucky. »Warum um den heißen Brei herumreden? Sie gefallen mir nicht. Filme dieser Art wird Panther in Zukunft nicht mehr machen.«

»Sie wollen unsere Filme rausschmeißen, Baby?«, fragte Arnie ungläubig.

»Drücke ich mich nicht deutlich aus?«, entgegnete sie kühl und beherrscht. »Wenn Sie einen Dolmetscher brauchen, ich stelle Ihnen gern einen.«

»Wo hab ich Sie schon gesehn?«, sagte Frankie nachdenklich und stand auf.

»Sagen wir ganz einfach, ich bin schon eine Zeit lang hier. Ich weiß über alles Bescheid!«

»Über alles?«, höhnte Arnie.

»Über alles«, wiederholte sie und bemühte sich, gelassen zu bleiben, obwohl ihr das angesichts dieser beiden Brechmittel nicht leicht fiel.

»Okay, Schätzelchen, wir gönnen Ihnen eine Atempause. Wir nehmen Sie nicht ernst. Wir drehen im Moment zwei Filme und haben drei in der Vorproduktion. Unsere Streifen halten Panther in den schwarzen Zahlen. Sie verstehen, was ich meine? Unsere Filme sorgen für den Profit, den das Studio macht, während Ihre so genannten Superstars für die Flops verantwortlich zeichnen.«

»Ja«, sagte Lucky ruhig. »Aber ich bin hier, um Ihnen mitzuteilen, dass wir das System gerade geändert haben. Ich mag die Art Filme nicht, die Sie machen. Ich bin nicht scharf darauf zu sehen, wie man Mädchen die Kleider vom Leib reißt und den Schädel einschlägt. Mit Stricken und Verstümmelung hab ich nichts am Hut. Habe ich mich deutlich genug ausgedrückt?«

»Wachen Sie auf, und sehen Sie sich in der Welt um, wie sie wirklich ist«, sagte Arnie mit einem beleidigend lüsternen Blick. »Genauso geht es dort draußen zu, und alle wollen es sehen.«

»Und genau da liegt der Unterschied«, erwiderte Lucky. »Ich bin nicht alle.«

Frankie kratzte sich am Bart. »Heißt das, wir sind draußen? Sie wollen nicht mehr mit uns arbeiten?«

»Wau!«, sagte Lucky. »Sie fangen an, mich zu verstehen. Das macht Spaß.«

»Sie verfluchtes Miststück«, schrie Arnie, der endlich kapierte. »Sie können uns nicht wie Scheiße behandeln! Wir sind zwei der größten Produzenten in Hollywood. Und mehr noch – wir haben einen Vertrag mit Panther.«

»Wissen Sie was, Mr. Blackwood, Mr. Lombardo? Das ist mir verdammt egal.«

Und so endete Luckys erster Tag. Kein Lehrstück dafür, wie man Freundschaften schloss und Menschen beeinflusste; aber befriedigend. Ihr nächstes Projekt war, ein Team zusammenzustellen, das gemeinsam kreativ arbeiten und die Filme drehen konnte, die sie machen wollte.

Lucky Santangelo war in Fahrt gekommen.

74

Das Swanson-Fieber kam über alle wie ein Hurrikan. Es schien, als wolle jede Zeitung, jede Illustrierte und jedes Fernsehprogramm von dieser Story ein Stückchen haben. Adam Bobo Grant führte die Meute an. Er nahm alles, was Deena sagte, und machte Schlagzeilen auf der Titelseite daraus.

ICH WERDE MICH NIE SCHEIDEN LASSEN! schrien die Schlagzeilen. ICH LIEBE MEINEN MANN!

Dennis Walla mochte die Story begonnen haben, aber Adam Bobo Grant brachte sie ganz groß heraus. Verlieh ihr Bedeutung. Die Titelseite des *New York Runner* war nicht *Truth and Fact.* Die Leute glaubten die Geschichten, die sie im *New York Runner* lasen.

Bert Slocombe faxte die Story zu Dennis Walla nach Los Angeles.

In seinem Redaktionszimmer in Hollywood las Dennis sie mit wachsendem Ärger. Er erkannte ein paar von seinen Zitaten. Adam Bobo Grant, diese miese Tunte, bestahl ihn. Und er konnte nichts dagegen tun, überhaupt nichts. Der Gedanke, sich groß darüber aufzuregen, kam ihm nicht. Das Einzige, woran er dachte, war, dass er vielleicht Geld daraus machen konnte.

Er schnappte sich das Telefon und rief Adam Bobo Grant in der Redaktion an.

Ein Assistent teilte ihm sehr förmlich mit, Mr. Grant sei nicht zu sprechen.

»Sagen Sie ihm, es ist wichtig«, blieb Dennis hartnäckig.

»Tut mir Leid«, antwortete der Assistent, von seiner eigenen Wichtigkeit überzeugt. »Wenn Sie für Mr. Grant etwas haben, das er veröffentlichen soll, dann können Sie es auch mir sagen.«

»Hören Sie zu!« Dennis gab sich jetzt betont autoritär, und

sein australischer Akzent trat umso deutlicher hervor. Ich sage es nicht zweimal. Richten Sie ihm nur aus, ich bin derjenige, der in *Truth and Fact* die Story über die Swanson-Scheidung geschrieben hat. Als Nächstes bringe ich exklusiv eine Story von Venus Marias Bruder. Und zwar nächste Woche. Jetzt hab ich mir gedacht, Mr. Grant ist möglicherweise an ein paar Informationen interessiert. Wenn nicht, soll's mir recht sein. Aber sagen sollten Sie es ihm, Kumpel.«

Der Assistent ließ ihn gute fünf Minuten schmoren, bevor Adam Bobo Grant, der König aller Klatschkolumnisten, sich an den Apparat bequemte.

»Mr. Walla«, sagte Adam Bobo Grant.

»Hab Ihre Story gelesen«, entgegnete Dennis. »Hübsches Plagiat.«

Adam Bobo Grant war beleidigt. »Wie bitte?«

»Ich habe gesagt, ein hübsches Plagiat. Sie haben die Hälfte aus *Truth and Fact* geklaut. Meinen Text – ich habe ihn geschrieben.«

»Rufen Sie an, um sich zu beschweren?«, fragte Bobo mit einem tiefen, tiefen Seufzer.

»Nee, ich dachte nur, wir könnten ins Geschäft kommen.«

»Ins Geschäft?«

»Nun ja, Sie haben ein paar Punkte, die mich interessieren, und Sie werden meine nächste Story ziemlich saftig finden. Sie läuft, wie gesagt, nächste Woche exklusiv bei uns, und ich dachte – da Sie die Swanson-Sache so groß aufziehen –, dass Sie vielleicht gern einen Blick in mein Material werfen würden, bevor es erscheint.«

»Für einen bestimmten Preis natürlich?«, sagte Bobo steif.

»Na, was denken Sie denn, Kumpel? Bin ich vielleicht von der Wohlfahrt?« Bobo überlegte schnell. So erfolgreich seine tägliche Kolumne auch sein mochte, es war immer angenehm, auf die Titelseite zu kommen. »Wie viel?«, fragte er scharf.

»Ein Gelegenheitspreis«, antwortete Dennis.

Na klar doch, dachte Bobo, ging aber trotzdem darauf ein.

»Fotografen belagern mein Haus«, beklagte sich Venus Maria am Telefon bei Martin.

»Glaub ja nicht, dass sie nicht auch auf Schritt und Tritt hinter mir her sind«, sagte er.

War das Einbildung von ihr, oder klang das tatsächlich ziemlich vergnügt?

Seit *Truth and Fact* erschienen war, hatten sie ein paarmal telefoniert, sich aber nicht mehr gesehen. Jetzt versuchten sie sich zu verabreden.

»Mein Haus kommt nicht in Frage«, sagte sie, »und ich bin sicher, auch dein Hotel können wir vergessen. Aber ich habe eine Idee. Wenn ich's schaffe, meine Verfolger abzuschütteln, könnte ich ins Bel Air kommen. Was hältst du davon?«

Er hielt es für eine glänzende Idee und sagte ihr, er werde unter einem falschen Namen ein Zimmer bestellen, und sie könnten die Nacht zusammen verbringen.

»Hast du mit Deena gesprochen?«, fragte sie vorsichtig.

»Nein. Ich habe sie nicht angerufen.«

»Sie muss die Story gesehen haben.«

»Ich habe nicht die Absicht, mit ihr am Telefon darüber zu reden. Dazu ist immer noch Zeit, wenn ich nach Hause komme. Ich übernehme ein Filmstudio, wie du weißt, und habe eine Menge zu tun.«

»O ja«, fauchte sie zurück. »Und ich liege auf der faulen Haut und tu gar nichts.«

Seine Stimme wurde sanfter. »Ich kann's kaum erwarten, dich zu sehen.«

Nachdem sie aufgelegt hatte, plante sie ihre Flucht. In gewisser Weise war es ein aufregendes Spiel, die lauernden Paparazzi auszutricksen.

Sie rief Ron an, der sofort zu ihr stürzte, weil er sich das Spiel nicht entgehen lassen wollte.

Sie setzten einer von Venus Marias Sekretärinnen eine platinblonde Perücke und eine dunkle Brille auf und steckten sie in ein typisches Venus-Maria-Kostüm.

Als sie fanden, dass die Ähnlichkeit groß genug war, lief das Mädchen aus dem Haus, sprang in einen Wagen und raste mit aufheulendem Motor den Hügel hinunter.

Natürlich jagte die ganze Meute der Fotografen sofort hinter ihr her.

Venus Maria schlüpfte indessen zur Hintertür hinaus und stieg in Rons Wagen. Sie kicherten auf der ganzen Fahrt zum Bel Air Hotel.

In einen bodenlangen Mantel gehüllt, mit dunkler Brille und breitkrempigem Schlapphut ging sie direkt in die von Martin gemietete Suite.

Er wartete schon auf sie.

Sofort als sie hereinkam, sprang er sie an wie ein geiler Schuljunge.

Sie war bestürzt. »Martin!«, begann sie zu protestieren, doch er hörte nicht. Er küsste sie wild und zerrte an ihren Kleidern.

Sie nahm den Hut ab, und die platinblonden Löckchen umgaben ihr Gesicht wie ein seidiger Rahmen.

Er vergrub die Hände in ihrem Haar. »Gott, wie hast du mir gefehlt«, murmelte er, knöpfte ihr den Mantel auf und fummelte unter ihrem Pullover herum.

So leidenschaftlich hatte sie ihn noch nie erlebt. Schlagzeilen turnten ihn offensichtlich an.

Am Ende liebten sie sich auf dem Fußboden.

»Wau! Du bist heut Abend aber heiß«, sagte sie lachend, als es vorbei war. »Was ist mit dir passiert?«

»Willst du damit sagen, dass ich bisher zu kühl war?«

Sie sprach es zwar nicht aus, dachte es aber ganz bestimmt.

»Eine Freundin aus New York hat mich heute angerufen«, meinte sie beiläufig. »Wir sind auf den Titelseiten der New Yorker Zeitungen. Und gestern hat man sich in *Entertainment Tonight* auch mit uns beschäftigt. Wieso ein solches Trara?«

»Du bist eine sehr populäre Dame.«

»Es geht nicht nur um mich, Martin. Du setzt die Fantasie der Leute in Bewegung. Milliardär dies und Milliardär jenes. He, du kriegst den Ruf eines richtigen Sexbolzens.«

»Mach dich nicht lächerlich«, sagte er. Aber es klang ganz und gar nicht böse.

Sie bückte sich und begann ihre zerdrückten Kleidungsstücke einzusammeln. »Ich nehme jetzt ein schönes heißes Bad. Ruf doch bitte den Zimmerservice. Ich bin halb verhungert.«

»Ich habe bereits Kaviar, Steaks und Eiscreme bestellt. Klingt das nach einem Festessen?«

»Es ist ein Abenteuer. Hier sind wir, nur du und ich. Und keiner weiß, wo wir stecken. Aufregend, wie?«

»Bei mir wirkt es.«

Sie lächelte. »Das hab ich bemerkt.«

Sie ließ Wasser in die Wanne laufen, schüttete eine Menge Badeschaum hinein und aalte sich genussvoll darin.

Martin kam mit zwei Gläsern Champagner ins Bad, setzte sich auf den Wannenrand und reichte ihr ein Glas.

Sie legte sich zurück. »So«, sagte sie träumerisch. »Was passiert jetzt? Deena weiß Bescheid, und dadurch hat sich alles geändert.«

Martin wollte auf dieses Thema nicht eingehen. »Wir werden sehen, was Deena dazu sagt.«

»Und was sagst du dazu?«

»Ich bin mit Deena zehn Jahre verheiratet. Ich kann nicht einfach meine Sachen packen und gehen – das ist unmöglich.«

»Haben wir's denn nicht so gewollt?«

»Ja, aber man kann etwas auf diese oder auf jene Weise tun. Es wird besser aussehen, wenn Deena mich bittet zu gehen.«

»Wenn sie nur ein bisschen Stolz hat, wird sie es tun.«

Er nickte.

»Martin«, sagte Venus, »du wirst doch eine Entscheidung treffen, nicht wahr?«

Er nickte abermals.

»Denn wenn du's nicht tust«, fügte sie nachdrücklich hinzu, »werde ich unsere Beziehung nicht fortsetzen. Vor allem jetzt nicht mehr, da alle Welt Bescheid weiß.«

Er zog mit der Hand eine Spur in den Badeschaum und berührte leicht ihre Brust. »Du drohst mir doch nicht etwa, oder?«

Sie lächelte verführerisch. »Wie kommst du denn darauf? So etwas würde ich nie tun! Komm her, Milliardär und Superlover. Komm zu mir in die Wanne.«

Er lachte herzlich. »Ich bin nicht mehr neunzehn.«

Sie setzte sich auf und umschlang ihn mit den nassen Armen. »Dann tu so«, sagte sie. »Spielen wir doch als ob.«

Zornig und gedemütigt tobte Deena in New York durch ihr Appartement. Es schien, als habe alle Welt sie verlassen. Was nicht zutraf, denn das Telefon klingelte ununterbrochen. Alle hatten sich gemeldet, nur nicht Martin, und sie konnte ihn nicht erreichen. Als sie in Kalifornien angerufen hatte, hatten ihr verschiedene Sekretärinnen und Assistenten erklärt, er habe wichtige Sitzungen und dürfe nicht gestört werden.

Sitzungen, dachte sie. Ha! Er war bei »Dem Miststück«.

Deena hatte schon mit der Durchführung ihrer Pläne begonnen. Sie hatte den Privatdetektiv in Marsch gesetzt, den sie vor ein paar Monaten in Los Angeles angeheuert hatte. Er hatte den Auftrag, ihr ein komplettes Dossier über Venus Maria zusammenzustellen und sie auf Schritt und Tritt zu beobachten. Der Detektiv ahnte nicht, mit wem er es zu tun hatte. Sie hatte ihm den Auftrag telefonisch erteilt, und er schickte seine Berichte an eine Schließfachnummer.

Deena wusste sehr genau, was sie zu tun hatte. Allerdings hatte sie nicht mit dem Aufsehen gerechnet, die Martins Affäre mit Venus Maria erregte. Sie betrachtete die Liste der Telefonanrufe. Jede verheiratete Frau in New York schien mit ihr sprechen zu wollen; sie alle wollten aus erster Hand erfahren, was los war. Adam Bobo Grant hatte dreimal angerufen. Wollte er noch mehr von ihr? Hatte er sich nicht schon genug genommen?

Sie griff nach dem *New York Runner* und las die Titelseitengeschichte. Sie war anders als die in *Truth and Fact*. Jeder wusste, dass *Truth and Fact* ein billiges Schmierblatt war. Die Story im *New York Runner* war glaubwürdiger.

Rasch überflog sie die Seite:

Deena Swanson, zerbrechlich schön in einem lindgrünen Kostüm von Adolfo, lehnt es ab, über ihre Rivalin Venus Maria zu sprechen. Ihr einziger Kommentar: »Ich bin überzeugt, Venus Maria ist sehr talentiert.«

Und dann ein Stück weiter:

> Einen Augenblick schweigt Deena und lässt den Blick durch das überfüllte Restaurant schweifen. Eine zerbrechliche Frau. Eine schöne Frau. Eine Frau, die in Gefahr ist, ihren Mann zu verlieren?

Adam Bobo Grant hatte wenigstens den Anstand, diesen Satz mit einem Fragezeichen zu beenden.

Sie war nicht in Gefahr, ihren Mann zu verlieren. Sie würde überhaupt nichts verlieren.

Sechs Monate hatte sie geplant, was sie zu tun hatte, und jetzt nahm das Unvermeidliche seinen Lauf.

75

Niemand war so trickreich wie Mickey Stolli. Dieses Spiel beherrschte er hervorragend. Er hatte sogar seine eigenen Erwartungen übertroffen.

Erstens hatte er Abe Panther und Lucky Santangelo hereingelegt, indem er ein zurückdatiertes Schriftstück unterzeichnet hatte, das besagte, die Panther Studios schuldeten Carlos Bonnatti eine Million Dollar. Selbstverständlich ganz legal. Und dann hatte er das Dokument abgelegt – begraben unter anderen Geschäftsvorgängen.

Zweitens hatte er sich mit Martin Swanson zusammengesetzt und einen wunderbaren Vertrag mit Orpheus ausgehandelt, der ihm das Doppelte von dem einbrachte, was er bei Panther verdient hatte, und dazu noch einen bestimmten Prozentsatz der Einspielergebnisse.

Mit Martin Swanson ließ sich gut verhandeln, er sagte immer sehr direkt, was er meinte. »Ich bin nur daran interessiert, Geld zu machen«, hatte er erklärt. »Sie können mitbringen, wen immer Sie wollen. Wir machen aus Orpheus einen Geldautomaten.«

Nachdem das Geschäftliche erledigt war, war Mickey zu Abigaile heimgekehrt. Zur lieben, süßen Abigaile.

Sie war wütend. Doch was interessierte ihn das? Vor ihm lag ein ganz neues Leben.

Eines der guten Dinge in Hollywood war, dass man immer ein paar Stufen hinauffiel, wenn man Schiffbruch erlitten hatte. Und in einem Bordell erwischt zu werden, war keine Sache. Er hatte kein Kapitalverbrechen begangen, sondern nur gebumst. Dass Abe Panther das Studio verkauft hatte, war für

Abigaile ein vernichtender Schlag. Fast war sie bereit, Mickey zu verzeihen, dass er festgenommen worden war.

Fast – nicht ganz. Als er nach dem Treffen mit Lucky Santangelo nach Hause kam, empfing sie ihn mit tief unglücklicher Miene. Wartete mit Ben und Primrose in der Bibliothek auf ihn.

»Wir müssen dringend alles besprechen«, sagte sie sachlich. »Ben hat sich freundlicherweise erboten, sich mit den Anwälten auseinander zu setzen.«

»Was gibt es da noch auseinander zu setzen?«, fragte Mickey und machte sich einen Drink zurecht. Er war glücklich. Und bald würde er auch frei sein.

»Mickey«, sagte Ben mit ernstem Gesicht, »wir können Abe das nicht durchgehen lassen.«

»Also meiner Meinung nach können wir da nichts tun«, antwortete Mickey und nahm einen kräftigen Schluck Scotch.

»O doch, wir können«, entgegnete Ben, der aufrechte Familienmensch, der – was Mickey genau wusste – ein blondes Starlet mit großer Oberweite gebumst hatte, das vergangenen Sommer in London bei einer Panther-Produktion beschäftigt gewesen war.

»Und was wäre das?«, fragte Mickey müde.

»Erstens hat Abigaile mir von euren Problemen erzählt, aber du kannst sie jetzt nicht verlassen«, erklärte der unaufhörlich auf und ab schreitende Ben großspurig. »Wir sind in einer Krisensituation und müssen uns als vereinte Front präsentieren. Mit meinem Anwalt habe ich schon gesprochen. Er meint, dass wir Abe für senil erklären und entmündigen lassen könnten.«

»Da führt kein Weg hin«, antwortete Mickey. »Was ist an Abe senil? Er konnte gehen und sprechen. Wir sind in Hollywood, um Himmels willen! Er ist alt. Na, wenn schon. Schaut euch George Burns oder Bob Hope an.«

»Wir sollten es zumindest besprechen«, blieb Ben hartnäckig.

»Was besprechen? Meine Frau will, dass ich gehe. Also geh ich.«

Ben legte Mickey die Hand auf die Schulter. »Denk doch an deine Tabitha.«

»Hör zu – ich habe die Trennung nicht verlangt, merk dir das. Abbey hat mich hinausgeworfen.«

»Und jetzt bittet sie dich zu bleiben.«

»Zu spät.«

»Mit unseren Problemen müssen wir allein fertig werden, Mickey«, sagte Abigaile, und ihre Miene verriet deutlich, dass sie keinerlei Unsinn duldete.

»Da ist nichts zum Fertigwerden.« Er zuckte mit den Schultern. »Ich habe herumgebumst. Man hat mich dabei erwischt. Jetzt habe ich die Konsequenzen zu tragen. Ich schlage vor, dass du einen Anwalt konsultierst.«

»Mickey, du scheinst nicht zu verstehen«, mischte Primrose sich ins Gespräch. »Abe hat das Studio verkauft. Alles hat sich verändert.«

»Halt du dich raus, Primrose«, warnte Mickey. »Was zwischen mir und meiner Frau ist, geht dich nichts an.«

»Es geht uns alle an.« Ben war entschlossen, sein Gewicht in die Waagschale zu werfen.

»Nicht meine Privatangelegenheiten«, erwiderte Mickey energisch. »Was aus unserer Ehe wird, betrifft nur mich und Abbey und sonst keinen.« Er hätte gern hinzugefügt: Hol dich der Geier, verkniff es sich aber im letzten Moment.

Ohne sich auf eine weitere Diskussion einzulassen, ging er in sein Ankleidezimmer hinauf und packte einen kleinen Koffer. Dann stieg er in seinen Porsche und fuhr zum Beverly Hills Hotel, wo er sich in einem Bungalow einmietete.

Mickey Stolli war wieder in Fahrt.

Achtundvierzig Stunden später war es schon in der ganzen Stadt herum, dass Mickey einen Vertrag mit Orpheus hatte. Zwar war der Vertrag noch nicht einmal unterzeichnet, aber alle, auf die es ankam, waren informiert.

Eddie spürte ihn in seinem Büro bei Panther auf, wo er seine persönliche Habe einpackte.

»Was ist los, Mickey?«, fragte Eddie wie im Fieber. »Hast du von Bonnatti gehört?«

»Ich habe die Sache geregelt«, antwortete Mickey. »Wie ich immer die Scheiße wegräume, die du baust.«

»He!« Eddie wollte sich nicht die Schuld in die Schuhe schieben lassen. »Es ist eben passiert – einfach so.«

»Dir passiert ständig etwas – einfach so.«

»Und – wie hast du's geregelt?«

»Uninteressant. Und halt gefälligst den Mund, ja? Es ist nicht mehr deine Angelegenheit. Es existiert ein Vertragsmemo, in dem steht, dass das Studio verantwortlich ist.«

»Tatsächlich? Das hast du fertig gebracht?«

»Vergiss es, Eddie, okay?«

»Ich habe erfahren, dass du jetzt bei Orpheus bist.« Eddie zögerte, bevor er den Versuch wagte. »Wie wär's, wenn du mich mitnimmst? Bin ich dein Talisman oder nicht?«

»Willst du mich verscheißern, Eddie?«

»Nein, Mickey. Ich brauche einen Job.«

»Du hast einen.«

»Man redet davon, dass Lucky Santangelo ein Großreinemachen veranstaltet.« Er nahm ein Drehbuch in die Hand, musterte es ausdruckslos, legte es wieder hin. »Nimm mich mit, Mickey, ja?«

Mickey seufzte. Wann würde Eddie aufhören, ihn um einen Gefallen anzubetteln? »Sobald du clean bist, werde ich sehen, was ich tun kann.«

»Clean?« Eddie sah gekränkt aus. »Ich habe kein Problem.«

Aber ganz und gar nicht! »Ich sage dir, Eddie, du bist süchtig. Geh in ein Drogen-Reha-Center, dann reden wir weiter.« Er klopfte auf den Busch. »War das übrigens deine Frau, die ich bei Madame Loretta gesehen habe?«

Eddie funkelte ihn böse an. »Bist du verrückt?«

»Und wenn sie es war – was hat sie dort gemacht?«

Jetzt war Eddie wirklich wütend. »Du brauchst eine Brille.«

»Und du eine Entziehungskur.«

»Scheiße.«

»Panther wird bald am Ende sein, wenn ich gehe«, prahlte Mickey. »Alle werden mir folgen – Johnny Romano, Arnie und Frankie, Susie – sie alle kommen zu Orpheus.«

Eddie machte ein finsteres Gesicht. »O ja, und du nimmst alle – nur mich nicht.«

»Ich hab dir gesagt, sorg dafür, dass du clean wirst, dann bist du dabei.«

Clean werden – leichter gesagt als getan. Wenn er high war, hatte er das Gefühl, die Welt gehöre ihm. Und ohne seine Droge schien ihm dieselbe Welt ein Ort, in dem es sich nicht zu leben lohnte.

Warum konnte er nicht so weitermachen? Warum hatten es alle auf ihn abgesehen?

Er verließ Mickey und fuhr nach Hause.

Leslie zeigte einer Immobilienmaklerin das Haus. Er sah die beiden Frauen durchdringend an.

Leslie wollte ihn vorstellen.

»Vergessen Sie's«, sagte er grob. »Wir verkaufen nicht.«

Die Immobilienmaklerin sah geschockt aus. »Was soll das heißen, Mr. Kane? Ich dachte, zwischen uns gebe es eine Absprache?«

»Nichts geht mehr, Baby. Wir haben uns entschlossen, nicht zu verkaufen.«

»Eddie?« Leslie wurde rot und sah ihn fragend an.

Die Immobilienmaklerin fühlte, dass sich ihre fette Provision vor ihren Augen in Luft aufzulösen drohte. »Ich denke, Sie sollten es sich noch einmal gut überlegen, Mr. Kane«, sagte sie besorgt. »Wenn man sich einmal entschlossen hat, ein Haus zu verkaufen, ist es meist falsch, es dann doch zu behalten.«

»Verduften Sie«, sagte Eddie.

»Mr. Kane ...«

»Raus!«

Die Immobilienmaklerin ging.

»Was ist passiert, Eddie?«, fragte Leslie.

»Es ist alles geregelt. Ich bin die Schuld los.«

»Wirklich?«

»Wirklich. Komm, Baby, wir gehen aus.«

»Wohin?«

»Damit will ich dich überraschen.«

Mickey leerte eben den Inhalt seiner Schreibtischschubladen in einen Aktenkoffer, als Lucky das Büro betrat. Er sah auf, und ihre Blicke trafen sich. Sie lehnte an der Tür und musterte ihn.

»Tja, Mr. Stolli«, sagte sie, »so gehen Sie also dahin.«

»Stimmt«, antwortete er kurz. »Was soll das? Ist heute Tag der offenen Tür?«

»Ich freu mich für Sie«, entgegnete sie. »Erspart mir die Mühe, Sie zu feuern.«

Er sah sie an, als habe sie den Verstand verloren. »Sie wollten mich feuern?«

»Kommt Ihnen das so merkwürdig vor?«

»Aber ja. Und wie!«

»Wieso?«

»Eine New Yorkerin wie Sie. Was verstehen Sie schon vom Filmgeschäft? Sie brauchen mich ganz verzweifelt.«

»Ist das alles, was Sie zu sagen haben?«

»Was wollen Sie denn hören? Ich habe die letzten zehn Jahre damit verbracht, dieses Studio aufzubauen, und Abe geht hinter meinem Rücken hin und verkauft es an Sie. Ich würde für Sie nicht arbeiten, Süße, wenn Sie das letzte Frauenzimmer in der Stadt wären.«

Sie blieb kühl. »Tatsächlich? Für Sie zu arbeiten war auch kein reines Vergnügen.«

Er lachte spöttisch. »Ah, da hat wohl der liebe Gatte Märchen erzählt, wie? Gut, dann will ich mal Fraktur reden. Der gute Lennie Golden ist gar keine so heiße Nummer. Sehen Sie sich doch mal die Muster an.«

»Ich habe nicht von Lennie gesprochen.«

Brenda, eine der Sekretärinnen von Eddie Kane, kam herein. »Ich habe alle Papiere in den Reißwolf getan, die Sie unbedingt vernichtet haben wollten, Mr. Stolli«, sagte sie und musterte Lucky dabei ebenso eingehend wie verstohlen, um den anderen Mädchen später gleich brühwarm berichten zu können, wie die neue Chefin aussah.

Mickey warf ihr einen giftigen Blick zu.

»Was für Papiere?«, fragte Lucky.

»Persönliche Akten«, antwortete Mickey hastig. »Nichts, was von Interesse für Sie wäre.«

»Wenn es mit dem Studio zu tun hat, wäre es mir lieber, Sie würden es nicht in den Reißwolf tun«, sagte Lucky.

»Dazu ist es wohl ein bisschen zu spät«, antwortete Mickey triumphierend. Zum Teufel mit ihr! Was glaubte sie denn, mit wem sie es zu tun hatte? »Ich haue ab«, sagte er und winkte Brenda, sie solle verschwinden.

Lucky setzte sich in den Sessel vor seinem Schreibtisch. Brenda blieb unschlüssig an der Tür stehen. Sie brannte darauf, noch etwas aufzuschnappen.

»Wie geht es – Warner?«, fragte Lucky beiläufig.

Mickey riss den Kopf hoch. »Wie bitte? Wem?«

»Warner Franklin – der schwarzen Polizistin, die Sie zweimal wöchentlich – nun ja, sagen wir – mit Ihren Besuchen beehrt haben. Oh, und Ihr Kind in Chicago, der Junge, dem Sie jeden Monat einen Scheck schicken? Waren Sie mit seiner Mutter eigentlich verheiratet? Oder war sie auch nur eine Freundin?«

Mickeys Gesichtshaut färbte sich dunkelrot. Er sah Lucky finster an und winkte Brenda immer heftiger, sie solle, verdammt, endlich gehen. Brenda gehorchte.

Mickey war außer sich vor Wut. »Woher wissen Sie das alles?«

Sie verfiel in ihre allerbeste Luce-Stimme. »Hab für Sie gearbeitet, Mr. Stolli. Bin Ihnen gewissermaßen hinten reingekrochen, Mr. Stolli. Sie waren ein so reizender Boss. War ein richtiges Vergnügen für mich.«

Er starrte sie an, als könne er seinen Augen nicht trauen. Sie war nicht – sie konnte doch nicht ...

»Ja«, bestätigte sie seine schlimmste Befürchtung. »Ich war Luce. Die kleine Luce, die Sie ganz hübsch herumgestoßen haben. Erstaunlich, was eine gute Verkleidung zuwege bringt, nicht wahr?«

Die Röte in seinem Gesicht wurde noch dunkler, ergoss sich auch über seinen kahlen Kopf. »Sie spionierendes Miststück! Warum haben Sie das getan?«

»Abe und ich dachten, es müsste ein Riesenspaß sein. Er wollte gern wissen, was sein liebster Schwiegerpenner trieb. So nennt er Sie und Ben nämlich liebevoll – die Schwiegerpenner.«

»Ich will Ihnen was sagen«, entgegnete Mickey zornig, »Sie können so reich sein, wie Sie wollen, aber in diesem Geschäft werden Sie jeden Penny verlieren, weil dieses Studio Pleite machen – bald am Ende sein wird. Ich nehme alle guten Leute mit. Ihnen bleibt nur noch das Gesocks.«

Lucky stand auf und ging gelassen hinaus, wo Brenda so tat, als habe sie nicht gehorcht.

»Brenda, meine Liebe«, sagte sie kühl, »rufen Sie bitte die

Kammerjäger. Ich möchte, dass dieses Büro ausgeräuchert wird, bevor ich einziehe.«

»Wohin wollen wir, Eddie?«, fragte Leslie zum sechstenmal.

»Es ist eine Überraschung, du wirst schon sehen«, antwortete er, streckte die Hand aus und tätschelte ihr das Knie. »Entspann dich doch einfach.«

Sie konnte sich nicht entspannen. Sie konnte sich überhaupt nicht entspannen. Eddie führte etwas im Schilde, und sie wusste nicht was.

76

Deena war über die Pressekampagne entsetzt. Noch entsetzter aber darüber, dass Martin nicht versuchte, sie telefonisch zu erreichen.

Die Tage vergingen, und ihr Zorn wuchs, bis sie sich endlich so weit erniedrigte, dass sie bei Gertrude eine kryptische Nachricht für ihn hinterließ. »Sagen Sie Mr. Swanson, wenn er mich nicht in der nächsten Stunde anruft, werde ich vor Adam Bobo Grant eine Erklärung abgeben, die Mr. Swanson bereuen wird.«

Es funktionierte. Martin rief noch innerhalb der ihm gesetzten Frist an.

»Wie reizend, dass du endlich von dir hören lässt«, sagte Deena kalt.

»Mein Gott«, antwortete er, »du hast ja keine Ahnung, wie es hier zugegangen ist.«

»*Ich* habe keine Ahnung?« Deenas Stimme klirrte wie Eis.

»Ich bemühe mich, ein Studio zu übernehmen«, sagte Martin gereizt. »Habe sechsundzwanzig Stunden täglich Sitzungen und Konferenzen, und jedesmal, wenn ich endlich dazukomme zu telefonieren, scheint es die falsche Zeit für einen Anruf bei dir zu sein.«

»Wirklich, Martin?«

»Wäre es außerdem nicht am besten, wir würden miteinander reden, wenn ich wieder zu Hause bin?«

»Wann kommst du?«

Er überlegte rasch. »Um das Wochenende herum dürfte ich wieder in New York sein.«

»Samstagabend müssen wir zu einer Party. Kann ich mich darauf verlassen, dass du dann hier bist? Es wäre gut, wenn wir uns zusammen in der Öffentlichkeit zeigten. Meinst du nicht auch?«

Er zögerte, hatte keine Lust, das Thema jetzt zu diskutieren, aber wahrscheinlich war es unvermeidbar geworden, und er konnte es nicht länger ignorieren. »Du bist doch nicht etwa böse auf mich?«, fragte er. »Das Foto in dieser Zeitschrift war eine Montage – eine Fälschung. Meine Anwälte kümmern sich darum. Wir werden klagen.«

»Ach, tatsächlich?«

»Bist du nicht der Ansicht?«

»Wie du willst, Martin. Aber wie du gesagt hast, wir reden drüber, wenn du wieder da bist.«

Dachte Martin wirklich, er könne sie täuschen? Dachte er, sie würde ihm abnehmen, dass das Foto eine Fälschung war?

Sie hätte so gern mit Effie darüber gesprochen, doch leider nahm Effie ihre Anrufe nicht an. Offensichtlich war sie ihr wegen des Fotos mit Paul noch immer böse.

Deena beschloss, die Sache in Ordnung zu bringen. Sie schickte Effie einen kurzen Brief, in dem sie bat, ihr die Möglichkeit zu einer Erklärung zu geben. Wenn Effie je eine echte Freundin gewesen war, würde sie zurückrufen.

Paul Webster hatte dreimal angerufen. Das Personal hatte ihn immer abgewiesen. Deena hatte andere Dinge im Kopf.

Ihr jüngster Zorn galt Adam Bobo Grant. Sie war sehr ungehalten, dass er jede vertrauliche Bemerkung veröffentlichte, die sie ihm zugeflüstert hatte. Man konnte sie jetzt alle tagtäglich auf der Titelseite des *New York Runner* lesen.

> Deena Swanson liebt ihren Mann und weigert sich, ihn aufzugeben. »Was immer geschieht«, sagte sie heute, »Martin und ich lehnen es ab, auf diese hässlichen Gerüchte zu reagieren.«

Sie würden viel miteinander reden müssen. Und sobald Martin wieder zu Hause war, würden sie das auch tun.

In der Zwischenzeit verfolgte sie weiterhin in aller Ruhe ihre Pläne im Hinblick auf Venus Maria.

Bald war sie so weit und konnte handeln.

Abigaile war nicht umsonst Abe Panthers Enkelin. Auch sie konnte ganz schön durchtrieben sein, und daher kam sie sehr bald zu dem Schluss, dass Mickey Stolli einen Denkzettel verdiente. Er hatte sie und Tabitha gedemütigt. Er hatte sie öffentlich blamiert und entwürdigt, und es schien niemandem etwas auszumachen – außer ihr selbst.

Für ihre Freundinnen war die Tatsache, dass Mickey in einem Hurenhaus festgenommen worden war, nicht mehr als ein Ärgernis. »Ignorier das doch einfach«, rieten sie ihr. »Die meisten Männer sind nicht treu. Was macht es schon aus, solange sie ihre Untreue nicht ins Haus tragen.«

Doch was Mickey getan hatte, war fast noch schlimmer. Seine Untreue hatte Schlagzeilen auf der Titelseite der *L. A. Times* gemacht.

Während Primrose und Ben mit den Anwälten konferierten, saß sie brütend zu Hause. Ihr wurde bald klar, warum Mickey sich nicht auf einen Kampf um die Panther Studios einlassen wollte. Er hatte einen neuen Job. Er war der neue Boss bei Orpheus.

Abigaile zog die Stirn in Falten. Mickey war Martin Swansons Laufjunge geworden, sonst nichts. War ihm das nicht klar? Mickey hatte keine Ahnung, wie es war, für einen anderen zu arbeiten. Abe hatte nie Rechenschaft von ihm verlangt, bei Martin Swanson würde die Sache wohl anders aussehen.

Während sie so dasaß und grübelte, fiel ihr Mickeys Sekretärin Luce ein, von der sie Warner Franklins Telefonnummer bekommen hatte. Und dann dachte sie an Warner Franklin, die einsachtzig große schwarze Polizistin. Warum hatte Luce ihr die Nummer gegeben? Und warum hatte Mickey sich so lahm herauszureden versucht?

Beides war irgendwie sinnlos. Und dennoch, wenn sie lange genug darüber nachdachte ...

Abigaile griff nach der *L. A. Times* und las den Artikel über Mickey noch einmal. Er besagte, dass Mickey zusammen mit einer orientalischen Schönen der Nacht festgenommen worden war.

Orientalisch ... Schwarz ... Abigaile erinnerte sich wieder an Warner Franklins Worte.

»Außerdem bin ich die Geliebte Ihres Mannes«, hatte sie am Telefon gesagt.

Die Geliebte Ihres Mannes ...

Abigaile sah in ihrem Schreibtisch nach, ob sie sich Warner Franklins Telefonnummer notiert hatte. Nein. Sie wusste aber noch, wo die Frau wohnte.

Abigaile war entschlossen, mehr herauszufinden. Wenn Mickey vorhatte, sie zu verlassen, sollte er nicht ungestraft davonkommen. Er würde bezahlen müssen. Sie würde ihn bluten lassen. Und wie!

Abigaile stieg in ihren Mercedes und fuhr nach Hollywood.

77

Luckys erste Woche im Studio verging schnell. Es gab Sitzungen, Sitzungen und noch mehr Sitzungen. Entscheidungen mussten getroffen, Filme gestoppt, Filme weitergedreht werden; es gab Diskussionen über Verleih, Vorproduktion, Nachproduktion, Schnitt, geschäftliche Angelegenheiten in scheinbar endloser Folge. Plötzlich fand Lucky sich hineingezogen in den kreativen Prozess. Sie nahm an Drehbuchbesprechungen teil, sah sich Muster und Rohschnitte an, prüfte Budgets und las abends, völlig erschöpft, noch Drehbücher.

»Sie müssen nicht alles selbst machen«, sagte Morton Sharkey, den die Vorstellung amüsierte, dass sie es bestimmt wollte. »Es gibt Angestellte, die sich um den Alltagskram kümmern. Sie sollen nur die großen, einsamen Entschlüsse fassen.«

»Ich will aber überall die Finger drin haben«, antwortete Lucky voller Begeisterung. »Das sind meine großen, einsamen Entschlüsse.«

Am Freitag fuhren sie und Boogie zum Flughafen, um Bobby und seine jamaikanische Nanny Cee Cee abzuholen. Es war ein glücklicher Augenblick. Ihr Sohn stürzte sich aus der Maschine direkt in ihre Arme.

Er war sechseinhalb und hinreißend.

Lucky hob ihn hoch und schwenkte ihn durch die Luft.

Aber schon nach sehr kurzer Zeit war es ihm peinlich. »He, Mom, lass mich runter, für so was bin ich schon zu groß«, protestierte er und wehrte sich wie närrisch.

Sie presste ihn an sich und küsste ihn. »Du gehörst mir!«, rief sie glücklich. »Mir, mir, mir!«

Bobby schwatzte auf der Heimfahrt ununterbrochen. Cee Cee lächelte nur.

»Wo ist Lennie, Mommy?«, fragte er, als sie am Ziel waren.

»Er arbeitet, Liebling.«

»Kommt er bald?«, blieb er hartnäckig beim Thema.

»Selbstverständlich«, sagte sie, obwohl sie noch kein Wort von Lennie gehört hatte. Nicht ein einziges Wort.

Es war enttäuschend. Sie hatte gehofft, dass er inzwischen seinen Zorn überwunden und sie angerufen haben würde, um alles in Ordnung zu bringen.

»Wo ist Brigette?«, lautete Bobbys nächste Frage.

Lucky hatte ein paarmal versucht, Brigette zu erreichen, sie aber jedesmal verfehlt.

»Ich versuch's gleich wieder«, versprach sie. »Vielleicht können wir sie überreden, bald zu uns zu kommen. Wäre dir das recht?«

Sehr recht sogar, meinte Bobby.

Und noch einmal wählte Lucky die Nummer der Websters.

»Diesmal haben Sie Glück«, sagte Effie. »Warten Sie eine Sekunde.«

Brigette war sehr vergnügt. »Lucky! Tut mir Leid, dass wir einander ständig verfehlen. Wie geht es dir?«

»Gut«, antwortete Lucky. »Aber was wichtiger ist – wie geht es dir? Gefällt es dir in New York?«

»Es ist Spitze. Ist Bobby bei dir?«

»Deshalb rufe ich ja an. Ich habe ihn heute vom Flughafen abgeholt, und er ist enttäuscht, weil du nicht hier bist. Ich hoffe, du kommst noch.«

Brigette zögerte. »Ich war mir nicht sicher, ob du uns noch haben willst.«

Bedeutete *uns,* dass sie Lennie mitbringen wollte? »Selbstverständlich will ich euch noch. Lennie hat mir gesagt, dass wir den Sommer gemeinsam verbringen.«

»Ja, ich weiß«, entgegnete Brigette verlegen. »Aber mir hat er erzählt, dass ihr beide irgendeine – eh – Meinungsverschiedenheit habt ... Und – und deshalb haben wir andere Pläne gemacht.«

»Wer hat andere Pläne gemacht?«

»Nun ja, eigentlich Lennie. Er fährt mit mir und meiner Freundin nach Südfrankreich.«

Lucky fröstelte innerlich. Lennie plante zu verreisen, ohne ihr etwas davon zu sagen. Er ging ohne ein Wort. Bedeutete ihre Beziehung ihm so wenig? Lieber Gott! Sie war ihm wirklich gleichgültig.

»Und für wie lange wollt ihr verreisen?«

»Lennie hat gemeint, für zehn oder vierzehn Tage«, antwortete Brigette unbestimmt.

Lucky holte tief Atem. Es war nicht fair, Brigette hineinzuziehen. »Nun, das klingt wunderbar«, sagte sie. »Vielleicht kommst du hinterher noch nach Malibu.«

»Wahnsinnig gern«, antwortete Brigette glücklich. »Darf ich meine Freundin mitbringen?«

»Aber klar doch.« Lucky machte eine kurze Pause und fügte dann vorsichtig hinzu: »Ach, übrigens, ich habe *Truth and Fact* gesehen. Wer war der Junge, der mit dir auf dem Foto ist?«

»Oh, Paul! Er ist niemand. Nur Nonas Bruder. Du weißt doch, wie diese blöden Fotografen immer hinter mir her sind, wenn es ihnen gelingt, mich vor ihre Linse zu kriegen.«

»Ich war einfach neugierig«, sagte Lucky. »Weil ich dir neuen Kummer ersparen möchte.«

»Lucky, als das mit Tim Wealth passiert ist, war ich ein Kind. Inzwischen bin ich erwachsen.«

»So erwachsen auch wieder nicht.«

»Ich bin siebzehn. Das ist alt. Als du in meinem Alter warst, hast du dich mit Mommy in Südfrankreich ausgetobt. Und ein paar Monate später hast du geheiratet.«

Das war richtig. Sie konnte es nicht leugnen. Sie und Olympia. Außer Rand und Band. Bis Gino und Dimitri gekommen waren, um ihre auf Abwege geratenen Töchter einzusammeln. Und dann die ihr aufgezwungene Heirat mit Craven Richmond. Mr. Persönlichkeit!

»Okay, Liebling. Ich sorge mich eben um dich.«

»Das brauchst du nicht, Lucky. Ich kann wirklich selbst auf mich aufpassen.«

»Gut. Ruf mich an, wenn du wieder hier bist.«

»Versprochen.«

Lucky legte auf und machte sich auf die Suche nach Bobby. Er war am Strand und tollte, schwamm und spielte mit dem Hund eines Nachbarn.

Er war glücklich. Später schlief er vor dem Fernseher ein.

Sie trug ihn ins Bett und deckte ihn zu. Dann strich sie ihm das weiche dunkle Haar aus der Stirn. Er sah Gino so ähnlich. Olivfarbene Haut, schwarze Augen, aufgebogene Wimpern – ein Gino *en miniature*. O Gott! Wie sie ihn liebte.

Sie küsste ihn und verließ den Raum.

In den Nächten fühlte sie sich unendlich einsam. Sie ertrug den Gedanken nicht, dass es mit Lennie vorbei sein könnte. Er tat zu weh.

Nach einer Weile ging sie in ihr Schlafzimmer und rief ihn an, obwohl sie sich geschworen hatte, es nie zu tun. Er war der Schuldige. Er sollte den ersten Schritt tun. Doch das war nicht mehr wichtig.

Er nahm nach dem dritten Läuten ab. »Ja?«

Sie wusste nicht, was sie sagen sollte. Es war ganz ungewöhnlich für sie, dass ihr die Worte fehlten. Nach einer langen, schmerzlichen Stille legte sie auf.

Wenn Lennie sie wirklich liebte, ließe er ihr keine Ruhe. Würde er alles tun, um sich mit ihr zu versöhnen.

Sie kam jedoch zu der traurigen Erkenntnis, dass er das nie tun würde.

Sie ging ins Bett und schlief unruhig. Lennie fehlte ihr so sehr.

78

Martin Swanson flog nach New York zurück. Er hatte die Stadt, in der er lebte, als bekannter Geschäftsmann verlassen und kehrte als Medien-Superstar zurück. Irgendwie hatte er die Aufmerksamkeit der nach Berühmtheiten hungernden Öffentlichkeit auf sich gezogen. Er war noch ziemlich jung. Er war sagenhaft reich. Und Sex war auch im Spiel. In den achtziger Jahren gab es kaum eine erfolgversprechendere Konstellation.

Deena begrüßte ihn, als sei nichts geschehen.

»Wir können nicht ignorieren, was vorgeht«, sagte er ohne Umschweife. »Wir müssen uns damit auseinander setzen.«

»Du bist es, der sich damit auseinander setzen muss«, antwortete Deena und versuchte ihre Wut zu zügeln. »Willst du bei dieser – dieser – Frau bleiben?«

Wollte Deena damit sagen, er könne Venus Maria behalten, und ihre Ehe bliebe trotzdem intakt? Das wäre ihm am liebsten. Vielleicht brauchte er gar nichts zu ändern.

»Darüber hab ich noch nicht nachgedacht«, log er, denn außer an die erfolgreiche Übernahme von Orpheus hatte er tatsächlich kaum an etwas anderes gedacht. »Venus ist ungewöhnlich«, erklärte er zurückhaltend.

Deena hob skeptisch die Brauen. »Ungewöhnlich?«, spottete sie. »Etwa so ungewöhnlich wie die Balletteuse, die Autorin, die Anwältin? Wie ungewöhnlich ist sie, Martin? Bedeutet sie dir so viel, dass du ihr die Hälfte deines Geldes opfern würdest?«

»Wie meinst du das?«

»Wenn du dich scheiden lassen wolltest, käme es darauf hinaus.«

»Willst du dich scheiden lassen? Meinst du das damit?«

»Ich meine, dass ich es nicht lustig finde, von den Medien

verfolgt zu werden und mein Privatleben in der Presse breitgetreten zu sehen. Es ist peinlich. Ich komme mir idiotisch und gedemütigt vor.«

»Dazu möchte ich erwähnen, dass dein – unser Privatleben in der Presse breitgetreten wird, weil du Adam Bobo Grant ein Exklusivinterview nach dem anderen gibst. Warum kannst du dem kleinen Schwuli nicht sagen, er soll verschwinden?«

»Bobo war mir ein treuer Freund. Dich konnte ich in Los Angeles ja nicht einmal telefonisch erreichen. Das kann man kaum loyal nennen, Martin.«

»Du weißt doch, wie ich bin, wenn ich vor einem geschäftlichen Abschluss stehe«, antwortete er.

»Hattest du nicht das Gefühl, die Sache sei wichtig genug, um dir ein bisschen Zeit für mich zu nehmen?«

»Deena, ich bin jetzt hier. Was willst du noch?«

»Ich verlange, dass du sie nicht mehr siehst.«

So! Sie hatte es ausgesprochen. Zum erstenmal stellte sie Martin wegen einer Frau zur Rede. Jetzt brauchte er nur noch Ja zu sagen, und alles war wieder im Lot. Deena hielt den Atem an. Es war ein kritischer Augenblick.

»Lass mir Zeit, mich zu entscheiden«, sagte Martin, ohne sie anzusehen.

Deena seufzte. Soweit es sie betraf, war Venus Maria schon tot.

Dennis Walla behielt Recht. Als Emilio Sierras Enthüllungen über seine berühmte Schwester erschienen, war *Truth and Fact* wieder ausverkauft. Zwei Wochen hintereinander. Nicht schlecht. Er hatte eine Glückssträhne. Anscheinend konnte die Öffentlichkeit von Mega-Geld, Macht und lustvollem Sex nie genug bekommen. Das war eine Kombination, die man liebte.

Dennis Walla stand jetzt täglich mit Adam Bobo Grant

in Verbindung. Er fütterte den New Yorker Klatschkolumnisten mit Brosamen, und Bobo benutzte sie in seiner Kolumne.

Dennis ließ Venus Maria rund um die Uhr von zwei Leuten beschatten. Einem Fotografen und Bert Slocombe. Sie berichteten ihm alles, was sie tat. Sie entwickelten sogar eine gewisse Geschicklichkeit darin, sie in ihren verschiedenen Verkleidungen zu erkennen. Manchmal trug sie eine langhaarige schwarze Perücke. Dann wieder versteckte sie sich unter einem riesigen Greta-Garbo-Schlapphut und einer großen dunklen Brille. Ein andermal stürmte sie mit Pferdeschwanz und ohne Make-up aus dem Haus und hoffte, sie würden sie nicht erkennen. Ab und zu zog sie sogar die Uniform eines Hausmädchens an.

Es war ein Spiel. Sie gewannen. Die Norm war, dass sie sie einfach ignorierte und zu ihrem Wagen lief. Wenn sie besonders wütend war, zeigte sie ihnen den Finger.

Sie wussten alles über sie, kannten ihr Haus, das Studio, wussten, wann sie für ihr Video probte. Sie konnte nicht einmal die Hand heben, ohne dass sie es wussten.

Martin Swanson war kein so leicht zu verfolgendes Wild. An seine Fersen hefteten sich zwei weitere Reporter.

Einem zufällig anwesenden Paparazzo war ein Schnappschuss von Martin und Venus Maria gelungen, als sie im Park des Bel Air Hotels spazieren gingen. *Truth and Fact* kaufte das Foto und wollte es in der nächsten Ausgabe auf der Titelseite bringen; dazu die Schlagzeile:

LIEBESNEST AUFGESPÜRT!
DER MILLIARDÄR UND DAS SHOW-GIRL!

Die dritte Goldader.

Hatte Dennis Walla je Gewissensbisse, weil er in die Privatsphäre der Menschen eindrang?

Durchaus nicht. Er fühlte, dass er hinter einer guten Story her war, und empfand keine Schuld.

Als Emilio aus Hawaii zurückkam, rief er an und beschwerte sich. »Meine Schwester hat mir auf dem Anrufbeantworter die Nachricht hinterlassen, ich soll mich verpissen«, nörgelte er. »Sie ist wütend auf mich. Und das noch bevor meine Geschichte erschienen ist.«

»Sie liegt jetzt an den Zeitungskiosken aus«, sagte Dennis. »Lesen Sie sie. Eine saftige Sache. Sie werden stolz sein, Kumpel.«

Der Trip nach Hawaii war kostspieliger gewesen als erwartet. Emilio hätte nichts dagegen gehabt, sich noch einmal ein großes Stück vom Kuchen abzuschneiden. Schließlich war es höchst unwahrscheinlich, dass Venus je wieder mit ihm reden würde.

»Eh, ich hab noch mehr für Sie«, erklärte er dem unersättlichen Dennis.

»Ja? Was denn?«, fragte Dennis neugierig.

»Ach, eben so kleine Geschichten über Venus, die mir noch eingefallen sind. Freunde, mit denen sie in die Schule gegangen ist. Ihr erster fester Freund. So Sachen eben.«

Dennis war interessiert. »Lohnt es sich denn?«

»Na, und ob! Wie viel springt dabei für mich raus?«

»Warum sagen Sie mir nicht genau, was Sie haben, dann sehen wir weiter«, meinte Dennis.

»Ich hab's Ihnen doch eben gesagt. Schulfreunde, feste Freunde – was immer Sie wissen wollen.«

»Bringen Sie mir die Story von dem Tag, an dem sie ihre Unschuld verloren hat, und ich stelle fest, was sie wert ist.«

Emilio beschloss, nach New York zu fliegen. Mit ein paar intelligenten Recherchen konnte er alles ausgraben, was Dennis wollte.

79

Cooper begrüßte Lucky an der Tür des Vorführraums salopp gekleidet und so gut aussehend wie eh und je. *Strut* sollte vorgeführt werden, und Lucky wollte den Film unbedingt sehen. Sie musterte Cooper forschend und fragte sich so ganz nebenbei, ob sie je den Wunsch haben würde, mit einem anderen Mann ins Bett zu gehen. Vor Lennie hatte sie *à la carte* gelebt. Aber was kam nach ihm? Was kam, wenn es zwischen ihnen vorbei war? In den achtziger Jahren mit jemandem ins Bett zu gehen, war etwas ganz Neues. Eine gefährliche Verpflichtung.

»Venus kommt auch«, sagte Cooper, nahm ihren Arm und führte sie hinein.

»Das hab ich gehofft.«

»Wie stehen die Aktien? Macht es Ihnen Spaß, ein Studio zu leiten?«

»Es ist sehr – wie sagt man heute so schön? – sehr zeitintensiv«, antwortete sie und suchte sich einen Platz in der letzten Reihe.

»Ich habe gehört, Sie haben die ›Schmierigen Singles‹ hinausgeworfen«, bemerkte er, als er sich neben sie setzte.

»So hat Lennie sie immer genannt.«

»Ja, so nennt sie jeder. Drohen sie mit einer Klage?«

Sie zuckte gleichgültig mit den Schultern. »Wer weiß? Wen kümmert es? Wir haben keine schlechte Position. Ich habe ihnen gesagt, ich würde ihren Vertrag einhalten, aber keinen ihrer dummen Filme mehr machen. Wenn sie weiterhin Sexistenscheiß produzieren wollen, können sie das woanders tun.«

»Ich verstehe«, sagte er. »Ziemlich geschickt taktiert.«

»Ich glaube nicht, dass sie viel gegen mich in der Hand haben, oder? Außerdem heißt es, sie wollen mit Mickey zu Orpheus gehen.«

Er lächelte. »O ja – Mickey, Arnie und Frankie! Ein perfektes Team.«

Venus Maria kam verspätet hereingestürmt. »Die Paparazzi machen mich wahnsinnig!«, beklagte sie sich. »Sie kampieren vor meinem Haus wie eine Zigeunerbande. Heute Morgen hätte ich um ein Haar zwei von ihnen über den Haufen gefahren.«

Cooper küsste sie auf die Wange. »Vielleicht hättest du's tun sollen.«

»O ja, das wäre großartig! Ich sehe die Schlagzeilen schon vor mir: Venus Maria, die Paparazzi-Killerin. Sehr geschmackvoll.«

Lucky griff nach dem Telefon und gab Harry den Auftrag, den Film abzufahren. Dann lehnte sie sich bequem zurück.

Von dem Moment an, als Venus Maria auf der Leinwand erschien, war allen klar, dass dies ihr Film war. Sie sah sensationell aus, und sie spielte hinreißend. Sogar Cooper war sich dessen bewusst, schien jedoch nichts dagegen zu haben, denn dadurch machte er als Regisseur eine hervorragende Figur.

»O Gott, ich hasse es, mir selbst zuzusehen!«, rief Venus Maria und bedeckte halb ihre Augen. »Es ist so peinlich. Lieber Gott! Habt ihr gemerkt, wie groß meine Zähne aussehen? Und mein Haar? Ich finde mein Haar abscheulich.«

Cooper tastete im Dunkeln nach ihrer Hand und drückte sie. »Sei still«, sagte er energisch. »Du bist ein Star. Finde dich damit ab.«

Cooper selbst war auch nicht schlecht. Auf der Leinwand setzte er genau die richtige Dosis seines Charmes und selbstkritischen Humors ein. Er machte das sehr geschickt.

Als das Licht anging, sagte Lucky zuversichtlich. »Damit haben wir einen Volltreffer. Obwohl er noch unter der Ägide von Mickey Stolli gedreht wurde.«

»Also, ich hatte schließlich auch ein bisschen damit zu

tun«, meinte Cooper mit leichtem Vorwurf. »Mickey wollte siebzehn barbusige Mädchen im Vorspann, aber ich habe Nein gesagt.«

»Was meint ihr?«, fragte Venus Maria besorgt. »Bin ich okay?«

Lucky staunte, dass Venus Maria Bestätigung von außen brauchte. Sah sie es nicht selbst? »Sie sind ein Naturtalent«, versicherte sie ihr. »Sie erwecken die Leinwand zum Leben. Das tun Sie wirklich.«

»Ehrlich?«

»Aber ja. Sie werden ein Mega-Filmstar. Und ich werde dafür sorgen, dass dieser Film richtig vermarktet wird.«

»Ja«, warf Cooper trocken ein. »Bud Graham entwirft gerade das Plakat. Eine nackte Amazone inmitten eines Dutzends nackter Nymphchen mit feurigen, nackten Brüsten.«

Sie mussten alle lachen. Bud Grahams Ruf war bekannt.

Lucky schlug Lunch zu dritt vor. Sie gingen in die Columbia Bar and Grill, wo sie sich mit Pasta vollstopften und die ganze Zeit über die Leute vom Studio diskutierten.

Als sie das Lokal verließen, hatten sich draußen die Paparazzi in Kampfstärke versammelt. In Hollywood hatten Worte eben Flügel.

»Jesus!«, rief Venus Maria. »Wir können wirklich keinen Schritt mehr vor die Tür setzen. He, komm, Cooper, die sollen ein Bild kriegen, das sie nie vergessen werden. Lucky, nehmen Sie seinen anderen Arm!«

Sie klammerten sich an Cooper und lächelten für die Kameras. Die Fotografen wurden rasend.

Venus Maria kicherte. »So, jetzt haben wir ihnen ein bisschen was zum Nachdenken gegeben.«

»Ich bin einfach platt über die Publicity, die Martin genießt.« Cooper schüttelte erstaunt den Kopf. »Aus einem konservativen unbekannten New Yorker Geschäftsmann ist er zum Super-Sexidol avanciert.«

»Also unbekannt kann man nicht sagen«, meinte Venus Maria.

»Ja, schon, aber Warren Beatty war er auch nicht gerade«, wandte Cooper ein. »Jetzt ist er auf dem Titelblatt jeder Illustrierten und jeder Zeitung quer durchs Land. Die ›Kämpfenden Swansons‹. Wie steht es übrigens zwischen ihnen?«

Venus Maria zuckte mit den Schultern. »Glaubst du, *ich* weiß es? Eine Nacht im Bel Air Hotel ist nicht gerade die Grundlage für eine feste Beziehung.«

»Eine Nacht?«, fragte Cooper.

»Er war mit dem Orpheus-Vertrag viel zu beschäftigt.«

»Das passt. Zuerst das Geschäft.«

»Außerdem fliegt er morgen nach New York zurück. Ich schätze, wir werden es alle gleichzeitig erfahren. Morgen fange ich mit meinem neuen Video an, und das ist alles, worauf ich mich während der beiden nächsten Wochen konzentriere. Was Martin entscheidet, liegt ganz bei ihm.«

Lucky stellte fest, dass Venus Maria ihr immer sympathischer wurde. Das Mädchen hatte Courage. Sie tat, was sie wollte, und sie tat es auf ihre Weise. In so mancher Beziehung erinnerte sie Lucky an sich selbst.

Bobby und seine Nanny gewöhnten sich in Malibu schnell ein, aber Bobby hörte nicht auf, nach Lennie und Brigette zu fragen, wollte wissen, wann sie endlich kamen. Um ihn abzulenken, ließ Lucky einen seiner Schulfreunde aus England kommen.

Endlich rief Lennie an.

»Hallo!« Lucky wagte nicht zu atmen und hoffte, er werde sagen: »Tut mir Leid, ich hab mich wie ein Trottel benommen und bin auf dem Weg zu dir, wir müssen die Sache gemeinsam durchstehen.«

»Lucky, was, zum Teufel, ist das mit meinem Vertrag?«, fragte er gepresst.

»Ich dachte, es wird dich freuen«, antwortete sie. »Panther

entlässt dich aus allen künftigen Verpflichtungen. Du kannst den Vertrag zerreißen.«

Er hörte sich nicht so zufrieden an, wie sie gehofft hatte. »Ach, wirklich?«, sagte er.

»Das hast du doch so gewollt, oder?«

»Na sicher.«

»Jetzt brauchst du nicht mehr zu befürchten, dass dich jemand verklagt.«

»Oh, du hast also daran gedacht, mich zu verklagen, wie?«

»Nicht ich, Lennie. Mickey. Aber Mickey ist jetzt draußen und ich bin drin.« Sie zögerte einen Moment. »Wenn du wolltest, könntest du hier an meiner Seite sein.«

»He – Lucky – dieses Gespräch hatten wir schon.«

Wenn Lennie unmöglich war, dann war er es durch und durch. Ihre Stimme wurde härter. »Warum rufst du an? Um dich bei mir zu bedanken, dass ich deinen Vertrag gelöst habe? Ist das der Grund?«

»Ich wollte sagen … Eh … Jesus, ich weiß es nicht. Was geschieht eigentlich mit uns?«

Er hatte ihr eine Möglichkeit gegeben, und sie nutzte sie. »Wenn du dieses Wochenende herüberkämst, könnten wir uns vielleicht richtig aussprechen. Ich brauche das so sehr, Lennie. Und wenn du mir geduldig zuhören würdest, wäre ich auch bereit, mir deinen Standpunkt anzuhören.«

Es blieb lange still in der Leitung. Dann: »Nein, es käme nichts dabei heraus. Ich fliege mit Brigette nach Südfrankreich. Morgen schon.«

Zu bitten war nicht ihre Art, aber Lennie war es wert. »Wir könnten hier alle zusammen sein. Wolltest du das nicht?«

»Nein, Lucky«, sagte er energisch, als habe er lange darüber nachgedacht. »Ich kann nicht kommen, weil es dir gerade so passt.«

»Wie meinst du das?«

»Du leitest Panther. Du bist in L. A. Und weil es dir in den

Kram passt, soll ich kommen, wie? Dann kannst du uns alle wunderschön in deinen dicht gedrängten Stundenplan einbauen. Aber wie geht es weiter? Was passiert, wenn du beschließt, in Hongkong oder Indien ein Hotel zu kaufen? Soll ich dann einfach rumsitzen und warten. He, Lucky, erinnere dich, ich gehöre nicht zu den Geduldigen.«

Die Worte blieben ihr fast in der Kehle stecken. »Willst du die Scheidung?«

Er schlug sofort zurück: »Willst du sie?«

»Wenn wir nicht zusammen sind ...«

»He, wenn du das willst ...«

»Das hab ich nicht gesagt.«

»Tja, nun, wir reden später drüber.« Er legte auf.

Sie konnte einfach nicht glauben, dass er es so weit trieb.

Zuerst war sie verletzt, dann wütend. Was wollte er von ihr?

Ein Baby.

Barfuß und schwanger.

Eine richtige Ehefrau.

Verdammt sollte er sein! Sie hatte eine Menge wichtiger Dinge zu tun, und wenn es ihm nicht passte – zu schade.

Sie rief Mary-Lou an und fragte, ob sie und Steven Lust hätten, für ein paar Wochen mit dem Baby nach Malibu zu kommen?

»Eine gute Idee«, sagte Mary-Lou begeistert. »Ich werde zuerst das Baby fragen und Steven dann unseren Entschluss beibringen.«

»Wie geht es Carioca Jade?«

»Prächtig.«

»Wann fangen die Dreharbeiten zu deiner Serie wieder an?«

»Du wirst es nicht glauben, aber sie haben uns eben abgesetzt. Ich mache ein paar Monate Pause, krieg mein Baby, und schau, was passiert.«

»Bist du traurig?«

»Das kannst du dir doch vorstellen. Aber Steven ist begeistert. Wenn's nach ihm ginge, würde ich bis in alle Ewigkeit nur noch Windeln wechseln.«

»Das ist typisch«, sagte Lucky trocken.

»Steven ist so konventionell«, erklärte Mary-Lou. »Doch ich passe mich ihm an – dann ist er glücklich.«

Lucky dachte einen Augenblick an Steven. Er fehlte ihr. Sie hatte das Gefühl, nie genug Zeit mit den Menschen verbringen zu können, die sie wirklich liebte.

»He, vielleicht können wir dich, wenn du hier bist, in einem Film unterbringen. Wie wäre das?«

Mary-Lou lachte. »In einem Film?«

»Du bist ein Fernsehstar. Warum also nicht?«

»Na ja, ich möchte schon«, sagte Mary-Lou glücklich. »Ich werde es Steven erzählen. Er bringt sich um. Am liebsten wäre ihm, ich würde nie wieder arbeiten.«

»Männer!«, sagte Lucky.

»O ja!«, stimmte Mary-Lou zu.

Als Nächstes rief Lucky Gino an und lud ihn ein. Er ließ sich schnell überreden. »Ich fühle mich müde, Mädchen«, sagte er.

»Hast du mit Paige gesprochen?«, fragte sie, weil sie wusste, dass Paige ihn immer munter machte.

»Nein. Sie kennt meine Meinung. Wenn sie sich nicht von Ryder trennt, will ich sie nicht wiedersehen.«

»Ach, komm schon, Gino. Ihr habt euch jahrelang heimlich in Hotelzimmern getroffen, du und Paige. Was macht es für einen Unterschied, ob sie einen Ehemann hat oder nicht?«

»He, vielleicht stelle ich auf meine alten Tage fest, dass ich ethische Grundsätze habe. Was hältst du davon, Mädchen?«

»Die müsste ich sehen, bevor ich an sie glaube.«

»Du wirst sie sehen.«

»Aber klar doch.«

Er versprach, bald nach Malibu zu kommen. Sie konnte es kaum erwarten, bis alle da waren. Vielleicht lenkte ein Haus voller Leute sie von den Gedanken an Lennie ab.

Inzwischen ging die Arbeit im Studio weiter. Von den bisher leitenden Angestellten behielt sie nur Zev Lorenzo, Ford Werne und Teddy T. Lauden, sie waren die Besten. Sie wusste, dass sie Eddie Kane entlassen musste. Und Bud Graham weigerte sich, nach ihrer Pfeife zu tanzen. Wegen Grant Wendell junior war sie noch zu keinem endgültigen Entschluss gekommen.

Die »Schmierigen Singles« waren endgültig draußen. Natürlich drohten sie, sie zu verklagen. »Mit welcher Begründung?«, hatte Lucky gefragt. »Sie haben einen Dreijahresvertrag, in dem steht, dass Sie die Filme machen und Panther zahlt. Aber das Studio muss mit den Filmen einverstanden sein. Hören Sie, es macht mir nichts aus, Sie zu bezahlen, wenn Sie drei Jahre hier rumsitzen und mit sich selber spielen wollen. Wie wär's damit, hm?«

Sie erklärten ihr, sie wisse, wohin sie sich das Geld stecken könne, und verzogen sich.

Ben Harrison ersuchte sie um einen Termin. Er kam und sagte, er wäre bereit zu bleiben und Mickeys Job zu übernehmen.

»Ich habe Mickeys Job übernommen«, erwiderte sie. Wofür hielten sie das eigentlich alle? Für ein Spiel?

Sie beschloss, dass Ben die europäischen Geschäfte weiterhin wahrnehmen sollte, bis sie Zeit hatte, sich von seinen Fähigkeiten zu überzeugen. Abe hatte die beiden »Schwiegerpenner« genannt. Vielleicht hatte er sich in Ben geirrt.

Am wichtigsten war es im Moment, das Studio auf den richtigen Kurs zu bringen. Keine sinnlose Gewalt gegen Frauen mehr. Keine Titten- und Arsch-Specials.

In Hollywood war es schnell herum, dass Panther für interessante und aufregende neue Projekte ein offenes Ohr hatte. Sie wurden mit Drehbüchern überflutet.

Und während alles seinen Weg ging, beobachtete und wartete Hollywood, was als Nächstes geschehen würde.

Lucky Santangelo hatte die Zügel in die Hand genommen. Es war ein schönes Gefühl.

80

Als sie das zweite Mal in die Gegend kam, wusste Abigaile genau, wo sie parken musste. Sie machte sich nicht die Mühe, um den Block herumzufahren. Sie ließ den Wagen in der roten Zone stehen, ging zum Haus und drückte auf den Summer, bei dem Franklin stand.

»Warner Franklin?«, sagte sie herrisch, als sich eine Frauenstimme meldete.

»Wer ist da?«

»Abigaile Stolli. Ich würde gern raufkommen und mit Ihnen reden.«

Es folgte eine lange Pause, in der Warner überlegte, was sie tun sollte. Endlich sagte sie: »Dritter Stock. Passen Sie auf die Lifttür auf. Sie klemmt manchmal.«

»Danke«, erwiderte Abigaile Stolli höflich und beherrscht. Heute schlug ihr Herz ganz normal. Sie zwang sich, die Kontrolle über sich nicht zu verlieren. Mickey sollte sie zum letztenmal belogen haben.

Im dritten Stock marschierte sie energisch auf das Apartment zu.

Warner riss die Tür auf und starrte sie an.

Abigaile starrte zurück. »Darf ich eintreten?«, fragte sie. Sie fühlte sich unbehaglich, war jedoch entschlossen, zu Ende zu bringen, was sie begonnen hatte.

»Sind Sie sicher, dass Sie diesmal nicht wieder wegrennen?«, sagte Warner sarkastisch. »Mir scheint, Sie scheißen sofort in die Hose, wenn Sie ein schwarzes Gesicht sehen.«

»Pardon, ich verstehe nicht?«, entgegnete Abigaile und setzte ihr hochnäsigstes und biestigstes Beverly-Hills-Gesicht auf.

»Ach, vergessen Sie's.« Warner wollte unbedingt erfahren, was Mickeys Frau zu ihr führte. »Kommen Sie rein.«

Hinter ihr betrat Abigaile das kleine Apartment.

»Was zu trinken?«, fragte Warner.

Schaudernd entdeckte Abigaile ein Schulterhalfter mit Revolver, die Warner achtlos auf einen Stuhl geworfen hatte. »Danke nein.«

»Setzen Sie sich«, sagte Warner.

Abigaile setzte sich und faltete die Hände im Schoß. Ihre perfekt manikürten Nägel schimmerten. Warners Fingernägel waren kurz und nicht lackiert.

»Sie haben mir etwas gesagt«, begann Abigaile. »Am Telefon. Sie erinnern sich?«

»Nein, was war es?«, fragte Warner. Sie war nicht besonders gut gelaunt, weil Johnny Romano, die neue Liebe ihres Lebens, ihre Anrufe nicht beantwortete. Warner war es nicht gewohnt, zu bumsen und zu gehen. Sie schätzte so etwas gar nicht.

»Sie haben gesagt, dass Sie die Geliebte meines Mannes sind«, fuhr Abigaile fort. »Ist das wahr?«

»Ich war es«, antwortete Warner. »War, das ist das entscheidende Wort.«

»Sie waren es? Soll das heißen, es ist aus zwischen Ihnen?«

»He – glauben Sie vielleicht, dass ich einen Kerl behalte, der mit Huren rummacht?«, fragte Warner überrascht. »Sie mögen sich vielleicht damit abfinden, aber ich ganz bestimmt nicht.«

»Ich sehe, Sie haben den Artikel auch gelesen«, sagte Abigaile seufzend.

»Nee, nicht gelesen«, korrigierte Warner. »Ich war die Polizeibeamtin, die ihn festgenommen hat.«

Abigaile wurde es ganz flau. »Wie lange waren Sie mit Mickey zusammen.«

»Ungefähr anderthalb Jahre.«

Abigaile war erschüttert. »Anderthalb Jahre!«

»Machen Sie es sich ruhig ein bisschen bequem«, sagte Warner und dachte, dass die meisten Männer verdienten, was sie bekamen. »Wenn Sie wollen, erzähle ich Ihnen alles.«

Leslie war Eddies hektische Fahrweise gewohnt. Sie schnallte sich an und hoffte das Beste.

Doch es war nicht seine Fahrweise, die ihr Angst machte. Es war eine Angst, die ihr den Atem nahm, als sie zu vermuten begann, wohin er wollte.

Diese Vermutung bestätigte sich, als er vor Madame Lorettas Haus anhielt.

Leslie löste ihren Sicherheitsgurt nicht. Sie saß mucksmäuschenstill und wartete.

Er sagte kein einziges Wort.

Nach ein paar Minuten fragte sie leise: »Eddie, was tun wir hier?«

»He«, sagte er, »wir sind zum Tee gekommen. Warst du nicht auch immer deshalb hier? Um Tee zu trinken und ein bisschen zu schwatzen?«

»O ja. Aber ich habe jedesmal vorher angerufen.«

»Das ist schon okay, Schätzchen. Madame Loretta ist sehr gastfreundlich, wie man so hört. Immer bereit, Leute zu empfangen. Sie wird sich freuen, uns zu sehen.«

»Eddie!« Sie sah ihn bittend an. »Warum quälst du mich?«

»Wieso quäl ich dich, Baby? Ich versteh nicht.«

»Du verstehst sehr gut.«

»Jemand hier, den du nicht sehen möchtest?«, fragte er

und schaute sich unschuldsvoll um. »Komm, Baby, steig aus, wir machen nur einen Besuch, ganz wie du früher.«

Langsam öffnete sie den Sicherheitsgurt und stieg aus dem Wagen.

Er nahm sie bei der Hand und zog sie zur Haustür.

Ein Hausmädchen öffnete.

»Ist Madame Loretta hier?«, fragte er.

»Wen darf ich melden?«

»Sagen Sie ihr – Leslie ist hier. Sagen Sie ihr, Leslie ist hier und möchte wieder arbeiten.«

Leslie wandte sich ihm zu, und ihre Augen füllten sich mit Tränen. »Du Miststück«, flüsterte sie. »Wann hast du es herausgefunden?«

»Warum hast du es mir nicht gesagt?«, fragte er zornig.

»Weil du es nicht verstanden hättest.«

»Wieso glaubst du das? Du weißt, du hättest es mir sagen müssen. ›Ich bin eine Hure, Eddie‹, mehr hättest du nicht zu sagen brauchen. ›Kerle haben mit mir für Geld geschlafen.‹ Du glaubst, ich wäre dir davongelaufen? Du glaubst, ich hätte dich dann nicht geheiratet?«

»Du bist ein ganz gemeiner Mistkerl!«

»Ich bin ehrlich. Du bist eine Betrügerin. Ich lasse dich jetzt hier, Baby, weil du hierher gehörst. In meinem Haus brauchst du dich nicht mehr sehen zu lassen.«

»Das kannst du doch nicht tun!«, sagte sie.

»Und ob ich kann. Du wirst es gleich merken.«

»Liebst du mich nicht?«, fragte sie traurig. »Du hast mir immer gesagt, dass du mich liebst.«

»He, ich habe das hübsche kleine Mädchen aus Iowa geliebt. Die Hure, die es wahrscheinlich mit jedem Typen in der Stadt getrieben hat, liebe ich nicht.« Er wandte sich ab, um zu gehen. »Leb wohl, Leslie. Und danke, dass ich's von dir kostenlos bekommen habe.«

»Willst du's wirklich so haben, Eddie? Ist das wirklich dein

Ernst? Wenn ja, erwarte bitte nicht, dass ich je zurück komme.«

Er lachte laut auf. »Wer möchte das schon? Ich müsste ja den Verstand verloren haben, wenn ich das wollte.«

Er machte kehrt und schwankte zu seinem kostbaren Maserati.

Stoned wie gewöhnlich, wusste Eddie eigentlich gar nicht, was er tat.

81

Da ist jemand, der Sie sprechen möchte«, sagte Otis. »Behauptet, er kennt Sie. Hat mir erklärt, er is 'n alter Freund.«

»Hat er einen Termin?«, fragte Lucky.

»Nein. Der Mann ist in einer Limousine mit Fahrer und zwei anderen Kerlen im Wagen aufs Gelände gefahren. Ich schätze, die Limousine hat die Sicherheitsleute beeindruckt. Niemand hat ihn aufgehalten.«

»Wie heißt er?«

»Carlos Bonnatti«, sagte Otis. »Klingt nach italienischem Gangster. Sieht auch so aus, der Mann. Das Besetzungsbüro hätte keinen besseren Typen finden können.«

»Bonnatti?«, sagte Lucky. »Was will denn Carlos hier?«

»Sie kennen ihn also? Soll ich ihn reinbitten?«

Carlos Bonnatti. Ein Name aus ihrer Vergangenheit. Die Bonnattis und Santangelos – eine Beziehung, die viele, viele Jahren überdauert hatte – zu viele Jahre …

»Ja, bitten Sie ihn herein.«

Carlos hatte den wiegenden Bonnatti-Gang und die von bogenförmigen Brauen überwölbten unheimlichen Bonnatti-Augen. Als er ihr Büro betrat, hatte Lucky das Gefühl, in eine verrückte Zeitmaschine geraten zu sein. Plötzlich überfluteten sie alle möglichen schlechten Erinnerungen. Der Mord an ihrer Mutter … Der Tag, an dem sie zu Enzio Bonnatti gegangen war, weil er ihr helfen sollte, ihr Hotel in Vegas zu finanzieren …

Enzio, Carlos' Vater, ihr Patenonkel. Ein Mann, so böse, dass es nur eine einzige Möglichkeit gab, mit ihm fertig zu werden …

Sie hatte Carlos ihr Leben lang gekannt und kannte ihn doch überhaupt nicht. War er wie sein sadistischer Bruder Santino? Oder geriet er dem von Grund auf bösartigen Enzio nach?

Sie wusste es nicht. Sie wollte es nicht wissen.

Es war auch nicht wichtig. Sie waren beide tot. Und fort mit Schaden.

»Nun, nun, nun!« Carlos betrat ihr Büro, als gehöre es ihm. »Die kleine Lucky Santangelo, so sieht man sich wieder!«

Sie hatte keine Lust, höflich zu sein. »Was, zum Teufel, willst du hier?«

Er schnitt eine Grimasse. »Was für eine hübsche Begrüßung. Etwas anderes hast du einem Freund aus Kindertagen nicht zu sagen?« Er machte eine Pause und fügte dann hinzu: »Was denkste denn, dass ich will, Lucky?«

»Ich habe keine Ahnung, Carlos. Warum sagst du es mir nicht und verduftest?«

Er ließ den unsteten Blick durch den Raum schweifen. Noch herrschte der Mickey-Stolli-Stil vor – hauptsächlich Chrom und Leder.

»Hübsch hier«, sagte er. »Wie es heißt, gehört jetzt alles dir. Ginos kleines Dummchen scheint sich ja mächtig herausgemacht zu haben.«

»Gib's auf, Carlos, und mach, dass du wegkommst, verdammt!«

»Noch immer die vollkommene Lady, wie?«

»Du könntest eine Lady nicht von einer Zehn-Cent-Hure unterscheiden.«

Er sah sie starr an. »Damit hast du allerdings Recht …«

Sie überlegte, ob sie Otis rufen sollte, damit er das Arschloch hinauswarf – aber warum sich Schwierigkeiten aufhalsen für nichts und wieder nichts?

»Panther schuldet mir eine Million Dollar«, sagte Carlos und setzte sich unaufgefordert. »Es wird mir ein diebisches Vergnügen sein, dir das Geld abzunehmen.«

Lucky stand auf. »Raus!«, sagte sie scharf. »Ich bin nicht in der Stimmung, mich erpressen zu lassen.«

»Ich glaube, du verstehst nicht«, erklärte er und blieb seelenruhig sitzen.

»Oh, ich verstehe sehr gut. Ich weiß alles, was hier vorging, bevor ich das Studio übernommen habe. Du hattest einen Vertrag mit Eddie Kane, und er hat dich bestohlen. Richtig?«

Carlos musterte sie unter gesenkten Lidern hervor. Plötzlich tauchte für einen Sekundenbruchteil Enzios Bild vor ihr auf. Enzios Gesicht in der Sekunde, bevor sie ihn erschoss …

Sie hatte in Notwehr gehandelt, der Fall war nie vor Gericht gekommen.

Aber dennoch – sein Gesicht …

»Verschwinde aus meinem Büro«, wiederholte sie.

»Lucky, du bist falsch informiert. Meine Firma hat für Panther diverse Dienstleistungen erbracht. Legale Dienstleistungen. Darüber existiert ein schriftliches Protokoll. Dein Studio schuldet mir eine Million Dollar. Ich bin hier, um zu kassieren.«

»Panther schuldet dir gar nichts.«

Ihre Blicke trafen sich, ließen einander nicht los.

Er griff in die Tasche, holte die Kopie eines offiziellen Schreibens heraus und legte sie ihr auf den Schreibtisch.

»Lies das«, sagte er und stand auf. »Ich komme wieder, und dann will ich mein Geld sehen.«

Ohne Gruß verließ er das Büro.

Otis steckte den Kopf durch den Türspalt. »Alles in Ordnung?«

»Ja, Otis. Danke.«

»Wer war der Kerl?«

»Das ist nicht wichtig.«

Sie nahm das Dokument und begann zu lesen. Es schien von einer angesehenen Anwaltsfirma in der Stadt aufgesetzt worden zu sein. Rasch überflog sie den Text. Es war eine legale Bestätigung darüber, dass die Panther Studios der Bonnatti Inc. für geleistete Dienste eine Million Dollar schuldete. Unterschrieben von Mickey Stolli.

Was für Dienste? Was für eine Gaunerei war das?

Lucky warf einen Blick auf das Datum. Es lag einen Monat zurück.

Unmöglich. Das konnte nicht wahr sein. Als Luce hatte sie im Vorzimmer jedes Gespräch mitgehört. Sie wusste, dass Eddie Kane das Geld schuldete und Mickey Stolli es abgelehnt hatte, die Verantwortung für Panther zu übernehmen. Wieso hatte Mickey nicht zu seiner Verpflichtung gestanden, wenn dieses Memo existierte? Irgendetwas ging da vor. Das Schriftstück musste eine Fälschung sein.

Sie rief in der Finanzverwaltung an und erreichte Teddy T. Lauden.

»Teddy«, sagte sie, »lassen Sie bitte nachsehen, was wir für Verbindlichkeiten haben, und wenn Sie etwas über die Bonnatti Incorporated finden, schicken Sie mir die Akte rüber.«

Selbstverständlich schickte Teddy ihr das Original der von Mickey Stolli unterschriebenen Bestätigung – und dazu eine Notiz von ihm, die besagte, dass er von diesem Vorgang nichts gewusst habe.

Also hatte Mickey dem alten Abe Panther eins ausgewischt und sie mit einer Millionenschuld belastet.

Mistkerl!

Sie hatte nicht die Absicht, Carlos Bonnatti auch nur einen

roten Cent zu zahlen. Sie wusste, was richtig und was falsch war, und es kam überhaupt nicht in Frage, dass sie klein beigab.

Das war für Lucky eine Sache des Prinzips.

82

Die Medien bombardierten sie. Wohin sie auch gingen, überall wurden Deena und Martin Swanson von neugierigen Journalisten belästigt.

»Ich kann so nicht leben«, sagte Deena eisig. »Ich fahre in irgendein Bad zur Kur.«

»Nach Golden Door?«, fragte Martin.

»Nein. Es gibt etwas Neues in Palm Springs, und angeblich ist es hervorragend. Ich muss hier raus, Martin! Du warst ehrlich zu mir, und ich weiß das zu schätzen. Doch jetzt muss ich allein sein.«

Er nickte. Deena nahm das besser als erwartet. Er hatte sie nicht mit der Erklärung überrumpelt, er wolle die Trennung, sondern sie nur um ein wenig Zeit gebeten, um sich zu entscheiden. Aber wenn er ganz ehrlich war, musste er gestehen, dass er die ganze Publicity genoss. Als Don Juan zu gelten, peppte sein Ego unglaublich auf. Außerdem war es gar nicht schlecht fürs Geschäft. Die Bestellungen für seinen neuen Wagen, den »Swanson«, strömten nur so herein. Und das sogar, bevor er ihn der Öffentlichkeit vorgestellt hatte.

Scheidung. Er hatte bisher noch nie ernstlich daran gedacht. Doch wenn Deena bereit war, ihn gehen zu lassen …

Natürlich durfte sie nicht erwarten, dass sie die Hälfte seines Geldes bekam. Sie musste verrückt sein, wenn sie das glaubte. Aber die Anwälte würden schon eine faire Regelung ausarbeiten.

»Du begleitest mich also nicht nach Detroit, zur Präsentation des ›Swanson‹?«

»Auf keinen Fall«, antwortete sie kühl. »Ich bin überzeugt, du kommst allein sehr gut zurecht.«

»Wie lange willst du fortbleiben?«

»Ungefähr zehn Tage.« Sie sah ihn einige Sekunden an. »Und du bist währenddessen in Detroit?«

»Ja. Und hinterher fliege ich nach Los Angeles, um bei Orpheus einiges zu regeln. Sobald ich Zeppo los bin, übernimmt Mickey Stolli die Geschäftsführung. Ich will außerdem die Einstellung der anderen leitenden Angestellten ein bisschen überwachen.«

»Eins musst du mir bitte versprechen, Martin«, sagte sie leise.

»Und das wäre?«

»Triff vor meiner Rückkehr keine Entscheidung. Gib auch keine Erklärungen ab. Wenn wir uns trennen sollten, müssen wir das gemeinsam und auf würdige Art bekannt geben. Einverstanden?«

Er nickte. »Ich möchte dich nie verletzen und demütigen.«

»Es würde mich schon verletzen und demütigen, wenn du dich in L. A. mit Venus Maria triffst. Also bitte tu's nicht. Nachdem wir uns entschieden haben, kannst du tun und lassen, was du willst.« Pause. »Das ist doch nicht zu viel verlangt, oder?«

Er nickte wieder. »Wie du willst.«

Sie sah ihn mit ihren leblosen blauen Augen starr an. »Ich bitte dich um dein Versprechen.«

»Ist es nicht ...«

»Dein Versprechen, Martin!«

»Nun gut«, sagte er widerstrebend.

»Danke.«

Oben in ihrem Schlafzimmer instruierte sie ihre Zofe, welche Kleider sie für die Reise einpacken sollte.

»Bleiben Sie lange fort, Mrs. Swanson?«, fragte das Mädchen.

»Ziemlich lange.«

Als das Mädchen gegangen war, öffnete Deena ihren Safe und suchte sich ein paar Schmuckstücke aus, die sie mitnehmen wollte. Ganz hinten im Fach lag die Pistole, die sie vor sechs Monaten unter einem falschen Namen gekauft hatte. Für alle Fälle. Es war immer gut, wenn man vorbereitet war, obwohl sie eigentlich nicht erwartet hatte, dass der Tag kommen könnte, an dem sie die Waffe benutzen musste.

Sie sperrte sich im Bad ein, lud die Waffe fachmännisch, sicherte sie und versteckte sie auf dem Boden ihrer Reisetasche.

Als sie wieder ins Schlafzimmer kam, zog Martin sich gerade aus, um ins Bett zu gehen. Er trug einen blauen Seidenpyjama und grinste zufrieden vor sich hin.

Sie musterte ihren untreuen Ehemann. Was zwang ihn in die Arme anderer Frauen? War sie eine so grässliche Ehefrau gewesen? Sie war attraktiv, immer gepflegt, zog sich hervorragend an. Sie liebte ihn, umsorgte ihn, war stets auch sexuell für ihn bereit, wenn er sie wollte. Was war es nur?

»Hast du das gesehen?« Er reichte ihr eine Illustrierte mit einem Foto von sich im Profil. »Das Bild ist nicht besonders. Sie haben meine falsche Seite erwischt.«

Wofür hielt er sich? Für einen Filmstar?

Hollywood stieg Martin Swanson zu Kopf. Seine Publicity gewann immer mehr Macht über ihn.

Am nächsten Morgen war Martin schon ins Büro gefahren, bevor Deena das Haus verließ. Sie hatte ihm gesagt, sie wünsche den Swanson Jet zu benutzen, und die Maschine erwartete sie startbereit auf dem Flughafen. Sie stieg ein, nickte dem Captain und der Crew zu und setzte sich ruhig auf einen Fensterplatz. Wenn das Ganze vorüber war, wollte sie alles neu einrichten. Zuerst die Maschine, dann ihr New Yorker Stadthaus, ihren Sommersitz und das Haus in Connecticut.

Die Maschine brachte sie direkt nach Palm Springs. Es war ein glatter Flug ohne Turbulenzen. Sie las ein paar Zeitschriften und schlief ein bisschen.

Nach der Landung wurde sie von einem Wagen mit Chauffeur direkt vom Flugzeug abgeholt. Er brachte sie auf schnellstem Weg zum Final Resort Health Spa.

Was für ein passender Name, dachte sie.

The Final Resort – der letzte Ausweg ...

Wie ein König stolzierte Emilio durch die Gegend, in der er aufgewachsen war. Er hatte sich einen Kamelhaarmantel und einen weißen Filzhut mit schwarzem Band gekauft.

Den Hut trug er im Gangsterstil schräg in die Stirn gerückt, den Mantel hängte er sich lässig über die Schultern.

Damit die Leute wirklich Bauklötze staunten, hatte er Rita mitgenommen. Rita, das Starlet aus Hollywood. Rotes Haar, knackiger Hintern und feines Benehmen.

»Trag Sachen, bei denen ihnen die Augen rauskullern, Schatz«, ermutigte er sie. »Sie sollen sehen, was ich habe.«

»Ich weiß, was du hast«, schmeichelte sie ihm kichernd.

Emilio war mit ihr in einem Hotel abgestiegen. Er hielt nichts davon, im Haus seines Vaters zu wohnen, da er wusste, dass seine Brüder ohne Ausnahme Rita anmachen würden. Das lag in der Familie. Aber was konnte er dagegen tun? Die Sierra-Männer waren nun mal ein geiler Haufen.

Als Rita und er am Sonntag zum Lunch kamen, drängten sich Freunde und Verwandte im Haus.

»Wo ist Venus?«, fragten alle. »Kommt sie nicht?« Enttäuschung hing in der Luft. Genügte es ihnen denn nicht, dass der große Emilio hier war, frisch aus Hollywood, mit seiner schönen Freundin, dem Starlet?

»Venus hat mich an ihrer statt geschickt«, sagte er großspurig und schüttelte den Mantel von den Schultern. »Sie hat im Moment eine Menge zu tun, aber ich habe noch ein paar Tage Zeit, bevor die Dreharbeiten zu meinem ersten Film beginnen.«

»Du machst einen Film?«, quiekte ein Cousin zweiten Grades. »Du?«

»Ja«, prahlte Emilio. »Einen Stallone-Film. Ich spiele Slys besten Freund.«

Rita warf ihm einen Blick zu. Sie hatte selbst schon gelogen, doch Emilio hatte die Lüge zur schönen Kunst erhoben.

Wie erwartet, drehten seine Brüder wegen Rita halb durch. Und wenn er sich so die Frauen ansah, die sie geheiratet hatten, konnte er auch verstehen, warum. Gott sei Dank hatte er sich entschlossen, Venus nach Hollywood zu folgen. Gott sei Dank war er aus Brooklyn abgehauen.

»Ich hab was über dich gelesen«, sagte der Vater und tätschelte seinen geschwollenen Bierbauch.

»Ach wirklich?« Emilio versuchte ein unbeteiligtes Gesicht zu machen, genoss es jedoch ungeheuer, so im Mittelpunkt zu stehen.

»Ja, in diesem *Truth and* ... Weiß der Kuckuck, wie der Scheiß heißt. Is 'n Foto von dir drin.«

»Sie haben mich extra fotografiert«, gab sich Emilio bescheiden, als erscheine sein Bild ständig in irgendwelchen Zeitschriften.

»Bezahlen sie dich?«, fragte sein Vater, sich an den Hoden kratzend – eine Familiengewohnheit der Sierras.

Man konnte sich darauf verlassen, dass der Alte vom Geld anfing.

»Klar haben sie mich bezahlt«, prahlte Emilio. »Ziemlich gut sogar.«

»Und wann schiebst du mir was davon rüber?«

Emilio hatte es zwar nicht vorgehabt, aber da er wie ein

großer Mann aussehen wollte, fischte er zwei zerdrückte Hundertdollarnoten aus der Tasche und reichte sie dem Vater. »Hier hast du 'n bisschen Bares, Pa. Wo das herkommt, gibt's noch mehr.«

Sein Vater musterte die Scheine, wollte eine geringschätzige Bemerkung machen, überlegte es sich anders und stopfte das Geld in die Tasche. Er wusste, dass er Glück hatte, von Emilio überhaupt etwas zu bekommen. Der Junge war immer ein Geizkragen gewesen.

Alle Verwandten und einen alten Kumpel nach dem anderen nahm Emilio beiseite und fragte sie aus: »*People* hat mich ersucht, was zu schreiben«, schwindelte er ihnen vor. »Über Venus. Was kannst du mir über sie erzählen? Woran erinnerst du dich? Als sie noch jünger war. Was hat sie gemacht? Mit wem war sie befreundet?«

»Sie war ein braves Mädchen«, sagte Onkel Mickey.

»Sie war eine kleine Schlampe«, sagte seine Frau.

»Sie hat fleißig gelernt«, sagte ein Cousin.

»Sie hat dauernd die Schule geschwänzt«, erklärte ein anderer.

»Ich habe sie gut gekannt«, sagte eine ehemalige Mitschülerin, die – daran erinnerte sich Emilio noch – Venus' gefürchtetste Feindin gewesen war.

»Wir waren die besten Freundinnen«, sagte ein anderes Mädchen, das nicht einmal mit ihr in dieselbe Klasse gegangen war.

Emilio quetschte die Brüder aus. »Wer war dieser schmierige Kerl, mit dem sie in der Schule gegangen ist? Hat sie mit ihm gepennt? War er ihr erster fester Freund?«

»O ja, ich erinnere mich an ihn«, sagte ein Bruder. »Zaundürrer kleiner Scheißkerl. Hab sie mal am Abend beim Petting in der Küche erwischt. Musste ihn rausschmeißen.«

»Wie hat er geheißen?«

»Vinnie Sowieso«, sagte ein Bruder.

»Nee«, widersprach der ältere, »es war Tony Maglion. Er fährt jetzt Taxi und säuft sich jeden Samstagabend im Pizzaschuppen einen an.«

Rita langweilte sich. Sie fand es nicht lustig, ständig von Emilios Vater und drei Brüdern gezwickt zu werden. Ihr gefiel es hier nicht. Anfangs war es ganz lustig gewesen. Sie konnte sich wie ein Star aufführen und ihnen eine Menge über Hollywood erzählen. Aber jetzt war es nur noch lästig, und sie wollte weg.

»Komm schon, Emilio, gehn wir!«, jammerte sie.

»Komm schon, Emilio!«, äffte ein Bruder sie nach und boxte Emilio heimlich in die Rippen. »Heiße Ware«, flüsterte er ihm zu, »hätte gar nichts dagegen, ein Stück davon abzukriegen.«

»Du hast Frau und Kind«, sagte Emilio.

»Ich kann doch Wünsche haben, oder?«, begeisterte sich sein Bruder und machte saugende Geräusche mit den Lippen.

Emilio fuhr mit Rita ins Hotel.

Wenn er diesen Tony erwischte, hatte er vielleicht bereits eine Geschichte.

Martin flog einen Tag nach Deenas Abreise nach Detroit, um dort seinen »Swanson« vorzustellen. Die große Publicity um ihn und Venus Maria schien für ihn eine ungeheure und positive Werbung gewesen zu sein. Wenn sie ihm half, mehr Autos zu verkaufen, war dagegen nichts einzuwenden.

Und wenn er Venus Maria überreden würde, nach Detroit zu kommen, würde die Presse wahrscheinlich explodieren.

Das wäre was! Nur würde Deena auch explodieren. Vor Wut. Er überlegte, wie es wäre, mit Venus Maria verheiratet zu sein. Aufregend, das stand fest. Anders … Stimulierend …

Es täte ihm Leid, Deena zu verlieren. Auf ihre Art war sie ein Aktivposten. Aber er war fünfundvierzig Jahre alt, und es war höchste Zeit für ein aufregenderes Leben.

Martin liebte es, Schlagzeilen zu machen.

In ihrem Kurhotel bestens untergebracht, war Deena ganz gelassen. Sie hatte einen einfachen Plan, den sie bald in die Tat umsetzen wollte.

Der Tag rückte immer näher.

83

Saxon war zu Venus Maria ins Haus gekommen, um ihr für die Dreharbeiten mit dem großen Antonio das Haar zu stylen.

»Ich komme mir vor wie eine Gefangene«, beklagte sie sich. »Sobald ich einen Schritt vor die Tür gehe, sind sie hinter mir her. Es ist lächerlich.«

»Ich weiß«, stimmte Saxon mitfühlend zu.

Wie konnte er denn wissen, wie es war, wenn man in Riesenlettern auf den Titelseiten aller Supermarkt-Schmierblätter erschien?

Guter Gott! Wenn sie Emilio je erwischte, erwürgte sie diesen verräterischen Saukerl mit eigenen Händen. Wie durfte er es wagen! Wie durfte er es wagen!

Sie versuchte ihn zu finden, doch offenbar war er abgehauen und versteckte sich irgendwo, denn sie kriegte immer nur seinen gottverdammten Anrufbeantworter an die Strippe.

Die zweite Folge in *Truth and Fact* war ein echter Tiefschlag. Lauter Quatsch – zum Beispiel, dass sie Lockenwickel trug, ohne Make-up rumlief, sich stundenlang im Spiegel bewunderte, manchmal Männerunterwäsche trug und gern nackt schwamm. Sie hatte das Gefühl, jemand sei in ihr Haus eingebrochen. Es war eine unglaubliche Verletzung ihrer Privatsphäre.

Saxon tanzte um sie herum. Cremte, schäumte, föhnte und warf dabei immer wieder seine eigene dicke Mähne zurück, die viel eindrucksvoller war als die irgendeiner seiner Kundinnen.

»Sind Sie schwul?«, fragte Venus Maria neugierig.

»Nein, Darling, nur glücklich«, antwortete er, ohne mit der Wimper zu zucken.

»Ehrlich?«

Er massierte ihr cremigen Schaum in die Kopfhaut. »Das ist eine sehr persönliche Frage.«

Ha! Trat sie ihm damit schon zu nahe? Wie gefiele es ihm, sich in allen Zeitungen wieder zu finden?

Wahrscheinlich wäre er begeistert.

»Nun, sind Sie's?«

»Ich glaube nicht, dass Sie das was angeht«, antwortete er, mit beiden Händen Schaum in ihrem Haar verteilend.

»Kommen Sie, Saxon, sagen Sie's mir«, neckte sie »Vielleicht könnte was zwischen uns laufen.«

»Sie sind vielleicht ein durchtriebenes Biest!«

»Sie aber auch.«

»Wenn Sie's unbedingt wissen müssen, ich bin nach beiden Seiten offen.«

»Was für ein herrlicher Ausdruck!«, rief sie. »So schön altmodisch. Aber was heißt das genau? Und ist das heutzutage nicht schrecklich gefährlich?«

»Sie stellen mutige Fragen. Das würde sich sonst keiner trauen.«

»Deshalb bin ich eben ich. Was – oder wen ziehen Sie übrigens vor?«

Er begann zu lachen. »Geht Sie nichts an.«

»Ach, kommen Sie schon«, schmeichelte sie. »Wenn Sie

wählen könnten zwischen – na ja, sagen wir, zwischen Ron und mir, wen würden Sie nehmen?«

»Sie beide«, antwortete er, seine Haarbürste schwingend.

Das brachte sie zum Schweigen. Grinsend beobachtete sie ihn im Spiegel, während er sich mit ihrem Haar beschäftigte.

Saxon bewunderte Venus Maria sehr.

Sie war nicht nur ein Superstar mit einer riesigen beruflichen Arbeitsleistung, sie fand auch Zeit, sich sozial zu engagieren. Sie arbeitete hart für die AIDS-Hilfe, für die VEREINIGUNG MUTTER GEGEN BETRUNKENE AUTOFAHRER und für die SELBSTHILFEGRUPPE VERGEWALTIGTER FRAUEN. Sie zog es jedoch vor, das im Stillen zu tun, damit es niemand als Publicity-Gag abstempeln konnte.

»Wenn wir schon ›Intime Fragen‹ spielen«, sagte Saxon. »Wie geht es mit Ihnen und Martin Swanson weiter?«

»Jetzt reden Sie wie Ron!« Sie stöhnte. »Das ist alles, was er wissen will.«

»Sie können sich mir ruhig anvertrauen. Wem sollte ich es schon erzählen?«

»Oh, nur ungefähr jeder Frau in Beverly Hills. Ihr Salon ist doch ein Klatschparadies, eine Brutstätte skurriler Skandalgeschichten. Stimmt das etwa nicht, Saxon? Bei Ihnen redet jeder über jeden.«

»Das kann ich nicht kontrollieren.«

»Weil Sie es lieben.«

Er streifte sie leicht. Sie warf im Spiegel einen Blick auf seine Jeans. Sie saßen fast so eng wie die des Ken-Püppchens, und das wollte etwas heißen.

»Ich wette, Sie hören in Ihrem Salon von so manchem saftigen Skandal«, ließ sie nicht locker.

»Sagen wir so – wir erfahren als Erste davon.« Er lächelte stolz.

»Haben auch alle über Mickey Stolli geredet, als er sich mit der Hure von der Polizei erwischen ließ?«

»Man könnte sagen, es war das heißeste Gesprächsthema seit langem.«

Sie lachte. »Aber ich bin noch heißer, wie?«

»Sie weniger als Martin Swanson. Alle lieben Martin Swanson.«

»Sie lieben sein Geld«, korrigierte sie ihn.

»Stimmt. Sie lieben sein Geld – und seine Macht. Um eine echte Hollywood-Frau zu sein, müssen Sie einen Mann heiraten, der beides besitzt, und allem Anschein nach hat Martin mehr davon als sonst jemand.«

Er lachte zweideutig. »Hat er mehr als sonst jemand, Liebling?«

»Eine Dame bumst und schweigt.«

Als Nächster tauchte Venus Marias Visagist Yves auf, und nach ihm kamen zwei Kostümbildner und Ron, der das Ken-Püppchen hinter sich herzog.

Es steckte wie immer in knallengen Jeans. Dazu trug es ein weißes T-Shirt aus den fünfziger Jahren, unter dem es seine Muskeln spielen lassen konnte. Es spannte sie für die Kostümbildner und stellte sich affektiert zur Schau.

»Er hat einen Werbespot für Bier gedreht, sieht er nicht himmlisch aus?«, sagte Ron, damit jeder gleich wusste, wem das Ken-Püppchen gehörte.

»Wirklich himmlisch«, antwortete Venus Maria sarkastisch. »Saxon kennt ihr doch, oder nicht?«

»Ob ich Saxon kenne?«, fragte Ron.

»Wir haben grade über sein Sexualleben gesprochen«, sagte Venus Maria hinterhältig.

»Ach, wirklich?«, fragte Ron interessiert. »Und was machen deine dreizehnjährigen Schuljungen, Saxon, mein Herz?«

Lachend warf Saxon seine Haarmähne zurück. »Du siehst das irgendwie falsch, Ron. Das ist dein Territorium.«

»O Gott!« Venus Maria begann zu kichern. »Es gibt nichts Schlimmeres als Neckereien unter Schwulen.«

Mittags erschien der große Fotograf Antonio, in Begleitung mehrerer schwer arbeitender Assistenten.

»Baby!«, begrüßte ihn Venus.

»Bellissima!«, flötete Antonio.

Sie umarmten und küssten sich.

Antonio war wahnsinnig berühmt, wahnsinnig launisch und wahnsinnig geizig. Zum Glück musste er nur selten die Hand in die eigene Tasche stecken, denn die Zeitschriften, die ihn beauftragten, die Stars zu fotografieren, zahlten immer. *Style Wars*, für die er diese Fotos machte, zahlte nicht so gut wie die anderen Publikationen, aber das lag daran, dass *Style Wars* die absolute Spitze war. Es war die Zeitschrift der Stunde. Die *avant garde*, die gelesen werden musste. Eine Mischung aus *Vanity Fair* und *Interview.*

Antonio strolchte, von seinen Sklaven gefolgt, durch das Haus und überlegte, wo er das Titelfoto schießen sollte. Normalerweise gestattete Venus Maria keine Fototermine in ihrem Heim, doch für Antonio und *Style Wars* hatte sie eine Ausnahme gemacht.

»Was du meinst, Darling? Wie wäre mit Schlafzimmer? Miss Venus Maria in Mitte von ihrem Bett, nackt, ihr Schönheit nur verdeckt von schwarzem Seidenlaken.«

Venus Maria war begeistert von der Idee, zwischen sich und ihrem unersättlichen Publikum nur ein dünnes Seidenlaken zu haben. »Ja«, sagte sie. »Das gefällt mir.«

»Warum nicht, Darling? Du bist großer Star. Glamour ist alles.«

»Was meinst du, Ron?«, wandte sie sich an ihren engsten Berater.

»Klingt gut, finde ich«, antwortete er, dachte aber nur an die große Geburtstagsüberraschungsparty, die er für sie geben wollte. Sie wurde in drei Tagen sechsundzwanzig, und er plante die Party schon seit sechs Wochen. Wenn alles klappte, würde es eine fantastische Sache werden.

»Stell dir vor«, sagte Antonio heftig gestikulierend. »Dein Körper, Bellissima, ein Bein schaut unter Tuch heraus. Das blonde Haar hoch auf Scheitel zu Krone aufgesteckt. Und schwarze Seide bis unter Kinn. Vielleicht wir werden wild und lassen eine Brust frei.«

»Keine Nacktaufnahmen«, erwiderte Venus entschieden. »Die habe ich nie gemacht und werde sie nie machen.«

»Für Antonio du überlegst es dir anders.«

Für Antonio war sie bereit, eine Menge zu tun, aber sie hatte sich zu Beginn ihrer Karriere geschworen, sich nie auszuziehen, und dabei blieb es.

Sie hätte es natürlich ohne weiteres tun können. Sie hatte schöne Brüste. Nicht zu groß. Nicht zu klein. Einfach perfekt.

Die perfekten Brüste der Venus Maria. Sie lächelte vor sich hin.

Saxon verstand genau, was Antonio sich vorstellte. Eine Fülle wilder Löckchen, das Haar hoch auf dem Scheitel aufgetürmt, ein paar verführerische Strähnchen auf beiden Seiten das Gesicht einrahmend.

»Sie sehen großartig aus, Venus«, sagte er hingerissen.

»Natürlich Sie sehen großartig aus«, verkündete Antonio. »Antonio – er sagen so.«

Während ihr Haar in Lockenwicklern trocknete, ging der Visagist an die Arbeit.

Antonio sah sich inzwischen die Kleider an, die die Kostümbildner für den Fall mitgebracht hatten, dass sie überhaupt etwas anziehen sollte. Er verwarf alles, offensichtlich hatte er sich in die Idee mit der schwarzen Seide verliebt.

Inmitten des ganzen Trubels rief Martin an. Sie wusste nicht mehr so recht, was sie eigentlich für ihn empfand. Seit ihre Romanze an die Öffentlichkeit gedrungen war und sie sich vor Publicity kaum retten konnten, war er ungewöhnlich zurückhaltend gewesen. Sie hatten die eine Nacht im Bel Air

Hotel gehabt, doch davon abgesehen, hatte er ihr erklärt, er habe mit der Übernahme von Orpheus zu viel zu tun, und außerdem habe er das Gefühl, verfolgt und überwacht zu werden. Er müsse mit seinen Anwälten reden, weil er Deena keinen Grund geben wollte, ihn um alles zu erleichtern, was er besaß. Und dann war er nach New York zurückgekehrt.

Verständlich, aber sie war trotzdem sauer. Entweder bekannte sich Martin zu ihr, oder er tat es nicht. Sie hatte keine Lust mehr, die Freundin in Hollywood zu spielen.

»Ich bin in Detroit«, sagte er, als warte sie besorgt darauf zu erfahren, wo er sich aufhielt.

»Ach, wirklich?«, sagte sie kühl.

»Das klingt, als wärst du sauer auf mich.«

»Ich bin sauer, Martin. Ich weigere mich, noch länger herumzusitzen und auf dich zu warten. Als du hier warst, haben wir uns ein einziges Mal gesehen – das genügt mir nicht. Inzwischen warst du fast eine ganze Woche in New York, und ich habe nichts von dir gehört. Wie steht es mit dir und Deena?«

»Am Telefon kann man doch über so etwas nicht reden«, sagte er sehr sachlich. »Ich muss mit dir zusammen sein.«

»Dann wirst du dich entscheiden müssen.«

»Ich habe mich entschieden.«

»Du hast dich entschieden?«

»Ja.«

»Verrätst du mir vielleicht, wie?«

Er holte tief Atem und erklärte: »Ich verlasse Deena.«

Sie hatte monatelang darauf gewartet, ihn genau diese Worte sagen zu hören, und als er es jetzt tat, fühlte sie eine merkwürdige Kälte. Wollte sie wirklich immer mit Martin zusammensein? War das die Verbindung, von der sie geträumt hatte?

»Nun?«, fragte er ungeduldig. »Hast du dazu gar nichts zu sagen?«

»Ich bin geschockt«, brachte sie heraus.

»Wieso geschockt?«

»Weil ich nie daran geglaubt habe, dass du es tun würdest.«

»Ich tu's für dich. Sobald ich hier meinen ›Swanson‹ der Öffentlichkeit vorgestellt habe, fliege ich zu dir.«

»Kommst du meinetwegen oder wegen Orpheus?«

Er verdrängte das Versprechen, das er Deena gegeben hatte. Sie würde ohnehin nie erfahren, dass er es gebrochen hatte. »Deinetwegen, Venus. Wir werden zusammensein und über unsere Zukunft reden.«

»Das klingt ernst«

»Es ist ernst. Sehr ernst.«

»Hm – wir werden sehen.«

»Wer war das?«, fragte Ron, als sie ins Ankleidezimmer zurückkam.

»Du bist so gottverdammt neugierig. Außerdem weißt du haargenau, wer es war. Martin natürlich.«

»Ah ... Und eilt der Superhengst an deine Seite?«

»Gut geraten.«

Rons Gedanken begannen zu rasen. Wenn er ihr Martin bei seiner Überraschungsparty präsentieren könnte, wäre das für sie der Höhepunkt des Abends.

Während sie telefoniert hatte, hatte sich Antonio offensichtlich in das Ken-Püppchen verliebt.

»Wir stellen ihn in den Hintergrund«, beschloss er und spitzte in Ken-Püppchens Richtung die Lippen. »Du, Venus, Darling, auf der Bett. Ken, er lehnen an Kopfbrett. Es wird wunderbar aussehen, so – wie sagt ihr? – macho. Ken, mach oberste Knöpfe von Jeans auf.« Er schnippte mit den Fingern. »Und behalte T-Shirt an. Stark. Sehr Marlon Brando, sehr sechziger Jahre.«

»Ich glaube, du meinst die Fünfziger«, korrigierte ihn Ron, der unbedingt ein paar Punkte machen wollte. »Natürlich war ich damals noch nicht geboren, aber du müsstest es wissen, oder?«

Antonio ignorierte Ron.

»Mmm«, murmelte Saxon. »Ich ahne Turbulenzen im Paradies.«

Venus Maria wurde grundiert und dann angemalt; ihre platinblonden Locken hoch gesteckt, der ganze Körper mit seidig glänzendem Make-up bestrichen. Mit einem winzigen Bikinihöschen bekleidet, hatte sie nur noch ihre Hände, um ihre anderen Blößen zu bedecken, und schlüpfte unter das schwarze Seidenlaken, das der Kostümbildner auf dem Bett drapiert hatte.

Sie wusste, was Antonio wollte. Die klassische Pose. Ein Bein herausfordernd ausgestreckt, aufrecht sitzend, das Laken unter dem Kinn festhaltend, die Schultern bloß, verführerisch lächelnd. Der Venus-Maria-Look. Sie hatte ihn vervollkommnet, jahrelang sorgfältig einstudiert.

»Bellissimo, Darling!«, flötete Antonio, durch sein Objektiv blickend. »Und jetzt komm bisschen näher, Ken.«

Der Augenkontakt zwischen Antonio und Ken, der lässig an der Wand lehnte, war kein Spiel mehr.

Ron, der gewissermaßen in den Kulissen stand, sah genau, was vorging. Venus Maria beobachtete, dass er den Mund zusammenpresste, bis die Lippen nur noch eine dünne Linie waren – ein Zeichen tiefen Kummers.

Jemand legte Stevie Wonder auf, und Musik überflutete das Haus.

Besser als alle anderen verstand es Venus Maria, mit der Kamera eine Liebesbeziehung einzugehen. Sie leckte sich die Lippen, machte sie irgendwie voller und verführerischer. Sinnlichkeit strahlte ihr aus den Augen. Ihr ganzer Körper war reine Erotik.

Sie blickte in die Kamera und genoss jeden Augenblick.

84

Gino traf früher ein als Steven und Mary-Lou. Lucky nahm sich den Tag frei und holte ihn zusammen mit Bobby vom Flughafen ab.

Als Gino im Terminal auf sie zukam, erkannte sie ihn beinahe nicht. Wo war der herausfordernde Gino-Gang? Wo das berühmte Santangelo-Grinsen? Wo Gino der Rammler?

O Gott, war es möglich, dass Gino alt wurde? Ihr Vater, ihr wundervoll vitaler Vater, der immer so viel jünger und kraftvoller gewesen war als alle anderen.

Sie umarmte ihn. »He, was ist los mit dir?«

Er erwiderte die Umarmung. »Ich hab's dir gesagt, Mädchen. Jetzt hat es mich doch noch eingeholt.«

»Was denn?«, fragte sie besorgt.

»Das *alte* Alter, schätze ich. Ich nutze mich ab, Mädchen. Ich bin müde geworden.«

Es traf sie tief, als sie Gino so reden hörte. »Du, Gino? Nie!«

»He, Großvater!«, schrie Bobby, der sich vernachlässigt fühlte.

»Hallo, Bobby!« Gino umarmte seinen Enkel.

Boogie fuhr sie zum Strandhaus, während Bobby aufgeregt von seiner Schule in London erzählte.

»Mein Freund ist auch hier!«, verkündete er stolz. »Ich habe ihm gesagt, dass er zum Flughafen nicht mitkommen kann, weil ich meinen Großvater zuallererst sehen muss.«

»So ist es richtig«, lobte ihn Gino. »Und vergiss das ja nie! Ich habe vor, dich ein paar wichtige Dinge zu lehren, solange ich hier bin.«

Bobby war hell begeistert. »O ja! Und was, Großvater?«

»Ich werde dich lehren, ein echter Santangelo zu werden.«

»Er ist kein Santangelo«, wandte Lucky ein. »Er ist ein Stanislopoulos.«

»Quatsch mit Soße! Bobby sieht nicht wie ein Stanislopoulos aus, sondern wie ein echter Santangelo.«

Sie lachte. »Du hast Recht. Ich rede Quatsch mit Soße.«

»Danke.«

Sie grinsten sich gegenseitig an.

»Und was machst du so den ganzen Tag?«, fragte Lucky.

»Eigentlich gar nichts. Ich sitze in der Wohnung rum, geh spazieren. Manchmal trommle ich eine Pokerpartie zusammen.«

Es war schrecklich für sie, sich ihren Vater so untätig vorzustellen. Seit er seine Unternehmen verkauft hatte, schien er sich für Geschäfte nicht mehr zu interessieren.

»Weißt du, was wir machen sollten?«, sagte sie.

»Nee. Was denn?«

»Ein neues Hotel bauen. Wir haben es mit dem Mirage und dem Magiriano geschafft, aber sie gehören uns nicht mehr. Warum bauen wir nicht ein neues Hotel und nennen es Panther. Und wir bauen es größer als das Mirage. Besser als das Magiriano. Was sagst du dazu?«

»Ich würde kein Hotel mehr bauen – und wenn du mich dafür bezahlst«, antwortete er, den Kopf schüttelnd.

»Warum nicht? Du hast deine Hotels geliebt. Warst in Vegas einer der ersten.«

»Das ist sehr, sehr lange her. Die Welt hat sich seither verändert.«

»Nicht so sehr. Wir würden es gemeinsam tun. Ich würde furchtbar gern ein neues Hotel bauen.«

»Ach ja, und dazu noch so ganz nebenbei deine Arbeit im Studio erledigen.«

»Ich habe viel Energie.«

»Sprich mir ja nicht mehr davon. Ich bin zu alt.«

Gino, der zugab, dass er zu alt war. Da stimmt doch irgendwo was nicht, dachte sie.

Sie wartete, bis sie zu Hause waren und Bobby davongestürmt war, um mit seinem Freund zu spielen, dann erst erwähnte sie Carlos Bonnatti.

»Er war bei dir?«, fragte Gino besorgt. »Hat er dich irgendwie bedroht?«

»Machst du Witze? Ich lasse mich doch von diesem Trottel nicht bedrohen. Ich weiß, dass diese Schuld nicht existiert, dass sie mich über den Tisch ziehen wollen, und deshalb bezahle ich auch nicht.«

»Weißt du was, Mädchen? Gib ihm das Geld, dann bist du ihn los. Wir brauchen keine neuen Schwierigkeiten mit den Bonnattis. Die wir im Lauf der Jahre hatten, reichen für den Rest unseres Lebens.«

Sie war überrascht. »Ich kann nicht glauben, dass du so redest, Gino. Etwas bezahlen, was wir gar nicht schulden? Den Bonnattis diesen Triumph gönnen? Kommt nicht in Frage.«

»Das Leben ist zu kurz, um sich mit solchem Kram abzugeben. Du hast das Geld – gib es ihm «

Sie kniff die Augen zusammen und sah ihren Vater so lange starr an, bis er den Blick senkte. »Ich habe gesagt, kommt nicht in Frage.«

Sie musste irgendetwas unternehmen, sich etwas Brillantes einfallen lassen, um Gino seiner Lethargie zu entreißen.

Nachdem er eine Weile mit Bobby gespielt hatte, beschloss Gino, sich ein bisschen hinzulegen. Lucky ging schnurstracks zum Telefon und rief Paige an. Ein Hausmädchen meldete sich.

»Ist Mrs. Wheeler zu Hause?«, fragte Lucky. Hoffentlich hatte sie Glück!

»Einen Moment bitte.«

Als Paige an den Apparat kam, war Lucky ungeheuer erleichtert. »Hallo, hier ist Lucky Santangelo. Wie geht es Ihnen?«

»Lucky!«, rief Paige. »Wie nett, dass Sie sich bei mir melden! Herzlichen Glückwunsch. Ich habe darüber gefreut, dass Sie Panther übernommen haben. Ryder allerdings ist weniger begeistert. Er hat mit dem reizenden Mickey Stolli gern Geschäfte gemacht. Wie ich höre, haben Sie gute Sachen vor.«

»Hoffentlich gelingt es mir«, antwortete Lucky. »Ich möchte Filme machen, in denen Frauen ihre Stärke beweisen können.«

»Sie schaffen das«, sagte Paige herzlich. »Sie schaffen alles, was Sie sich vorgenommen haben. Ihr Vater hat ununterbrochen mit Ihnen geprahlt.«

Lucky war angenehm überrascht. »Tatsächlich?«

»Immer«, versicherte ihr Paige.

»Können wir uns mal sehen?«, fragte Lucky. »Ich geh zwar nur selten zum Lunch, aber wenn es Ihnen passt, könnten wir etwas zusammen trinken oder so.«

»Sehr gern«, sagte Paige. »Ich würde Sie sehr gern sehen. Wann?«

»So bald als möglich.«

85

Südfrankreich war herrlich. Heiße Sonne, schöne Frauen, fantastische Restaurants und eine wirklich sorglose Atmosphäre.

Lennie war unglücklich. Er konnte an nichts anderes denken als an Lucky. Niedergeschlagen saß er am Pool des Eden Roc und beobachtete Brigette und Nona. Die beiden Mädchen amüsierten sich großartig. Sie hatten viele Freunde gefunden und verbrachten die Tage entweder am Pool oder beim Wasserskifahren. Er bekam sie nur beim Lunch zu sehen, den er gewöhnlich mit seinen Freunden Jess und Matt Traynor einnahm, die herübergeflogen waren, um ihm Gesellschaft zu leisten.

Jess, seine beste Freundin, machte ihm oft Vorwürfe. »Du bist richtig kindisch, Lennie«, schalt sie. »Lucky ist keine Durchschnittsfrau. Das wusstest du, als du sie geheiratet hast. Du liebst sie. Du willst mit ihr zusammen sein. Und jetzt spielst du den gekränkten kleinen Jungen, weil sie das Studio gekauft hat, ohne dich um Erlaubnis zu fragen.«

»Sie hätte es mir sagen müssen«, erklärte er eigensinnig.

»Warum?« Jess rümpfte die Stupsnase. »Es sollte eine Überraschung sein. Für dich.«

Niemand verstand ihn. »Nicht für mich, für sie selbst. Sie genießt es, das Kommando zu haben.«

»Nein«, widersprach Jess. »Sie wollte dich damit glücklich machen, weil du ununterbrochen über deinen Vertrag, den Film und die Leute gemeckert hast, mit denen du arbeiten musstest. Sie hat gedacht, es würde dich freuen. Und schließlich kann sie es sich auch finanziell leisten.«

»Ich habe das Gefühl, dass sie mich gekauft hat, Jess«, versuchte er zu erklären. »Verstehst du, was ich meine?«

»Was redest du da für einen Scheiß? Du bist ihr Mann, um Himmels willen. Gib dem Mädchen doch 'ne Chance.«

»Das versuche ich ja.«

»Wie?«

»Indem ich mich von ihr fernhalte.«

Jess warf ihm einen Blick zu. Sie kannten einander zu gut, um mit einer Lüge durchzukommen.

»Lucky Santangelo ist das Beste, das dir je passiert ist«, sagte sie energisch. »Wach auf und gesteh es dir ein, bevor es zu spät ist.«

Er schnitt eine Grimasse. »He – bei dir und Matt klappt es bestens. Wie macht ihr das?«

»Wenn du heiratest, gehst du eine Verpflichtung ein«, antwortete Jess ernst. »Einmal ist es bei mir schief gegangen – und bei dir ebenso. Wenn du es zum zweitenmal wagst, weißt du genau, worauf du dich einlässt. Ich will mit Matt zusammen sein, weil ich ihn liebe. Liebst du Lucky denn nicht?«

O ja! Er liebte Lucky. Liebte sie mehr als alles andere auf der Welt.

Aber konnte er mit ihr leben? Das war eine andere Frage.

»Ein großes Talent hast du, Lennie, das muss man dir lassen«, sagte Jess und seufzte gereizt.

»Und das wäre?«

»Du schaffst es doch immer wieder, dir dein Leben kaputtzumachen.«

»Danke.«

»Denk über das nach, was ich gesagt habe. Hat Lucky wirklich etwas so Schreckliches getan? Schließlich ist sie nicht mit ein paar Kerlen durchgebrannt und hat mit ihnen geschlafen, zum Kuckuck!«

»Sie hat mich belogen.«

Jess verlor allmählich die Geduld. »Sie hat für dich gelogen, Blödmann. Warum gehst du nicht wenigstens zu ihr und sprichst dich mit ihr aus? Vielleicht gibt es eine Lösung. Ich fände es schrecklich, wenn es so mit euch zu Ende ginge. Ihr seid beide zu große Dickschädel – das ist das Problem.«

Später, als Lennie allein im Hotel war, dachte er über alles nach, was Jess gesagt hatte. O ja, er war dickköpfig. Und Lucky auch. Aber das bedeutete nicht, dass sie nicht miteinander reden konnten.

Jess hatte Recht. Er liebte Lucky. Und er wollte mit ihr verheiratet bleiben. Es wurde allmählich Zeit, dass er etwas dafür tat.

»Sie sind entlassen«, sagte Lucky.

Eddies Nerv zuckte. »Warum?«

»Weil ich mit Ihrer Art und Weise, Geschäfte zu machen, nicht einverstanden bin.«

Eddie konnte einfach nicht glauben, dass eine Frau ihn an

die Luft setzte. »Oh, Sie sind seit fünf Minuten hier und billigen die Art nicht, wie ich Geschäfte mache, wie?«, sagte er aufsässig.

»Eddie, ich weiß, was hier los war.«

»He, he, he, nur keine Aufregung, man hat mir einen Job bei Orpheus angeboten.«

»Dann schlage ich vor, dass Sie ihn annehmen.«

»Ich packe noch heute meine Sachen zusammen.«

»Oh, und tun Sie mir einen Gefallen.«

»Und das wäre?«

»Wenn Ihre Drogendealerin erscheint, die schöne Miss Le Paul, dann richten Sie ihr etwas von mir aus, ja? Sagen Sie ihr, wenn sie noch einmal den Fuß auf dieses Gelände setzt, landet sie im Knast.«

Eddie sah sie wütend an, sein Nerv zuckte. Grußlos stürmte er hinaus.

Später traf Lucky sich mit Paige. Sie war eine sehr lebendige, amüsante Person. Lucky verstand sehr gut, wieso sie Gino so sehr fehlte.

Paige bestellte einen Campari mit Soda und lehnte sich dann gemütlich zurück. »Sie sehen wundervoll aus, Lucky. Hollywood bekommt Ihnen.«

»Danke. Sie verändern sich nie, Paige.«

Paige schüttelte das kupferfarbene Haar. »Ich versuche alles zusammenzuhalten. Wie geht es Klein-Bobby?«

»Sehr, sehr gut.«

»Und Lennie?«

»Ebenfalls sehr gut.« Lucky hatte nicht die Absicht, auch nur ein Wort von ihrer Trennung verlauten zu lassen. »Übrigens, raten Sie mal, wer hier ist?«

»Wer denn?«, fragte Paige, die es haargenau wusste.

»Gino. Er wohnt bei Bobby und mir im Strandhaus.«

Paige schlürfte ihren Campari. »Ach, wirklich?«

»Er wird alt, Paige.«

»Unsinn, Gino wird nie alt sein«, sagte Paige mit einem warmen Lächeln.

»Ohne Sie altert er zusehends.«

Paige spielte mit einem schweren Goldarmband. »Nicht ich habe mit ihm gebrochen, sondern er mit mir.«

»Wahrscheinlich, weil er Sie ganz für sich haben wollte. Sie kennen doch Gino.«

Paige lächelte noch immer. »Er war immer gierig.«

Lucky kam ohne Umschweife zur Sache. »Werden Sie Ryder nun verlassen oder nicht?«

»Sind Sie hier, um das herauszufinden?«

»Es ist ein guter Grund, oder nicht?«

Paige winkte dem Kellner und bestellte ein zweites Glas. »Hat Gino Sie geschickt?«

»Er weiß nicht, dass ich mich mit Ihnen treffe. Er würde mich umbringen, weil ich mich eingemischt habe.«

»O ja, das würde er wirklich.«

»Also?«

»Ihr Santangelos drängt einen immerzu ...«

»Überlegen Sie sich's, Paige. Tun Sie mir wenigstens diesen Gefallen?«

»Ich werde darüber nachdenken, Lucky.«

»Mehr wollte ich gar nicht hören.«

86

Deena mietete den Wagen zwei Tage bevor sie ihn brauchte. Es war ein Tourenwagen. Ein Ford. Dunkelbraun. Unauffällig.

Das Mädchen von der Mietwagenfirma würde sich nie an sie erinnern. Deena trug eine schwarze Langhaarperücke, eine dunkle Brille, Jeans und eine Jacke aus grobem Leinen. Ihre eigene Mutter hätte sie nicht erkannt.

Sie gab dem Mädchen einen gefälschten Führerschein mit dem entsprechenden Foto.

»Wie lange brauchen Sie den Wagen?«, fragte das Mädchen, Gummi kauend und von ihrem Fernfahrer-Liebsten träumend.

»Ungefähr eine Woche«, antwortete Deena und gab sich Mühe, so akzentfrei wie möglich zu sprechen. Sie bezahlte bar.

»Okay.« Dem Mädchen konnte nichts gleichgültiger sein. »Unterschreiben Sie hier.«

Deena fragte sich, ob die Verkleidung eigentlich nötig war. Wahrscheinlich nicht. Doch sie hatte jede Einzelheit ihres Plans sorgfältig ausgearbeitet, und es würde keine Spuren geben, die zu ihr führten.

Nachdem die Formalitäten erledigt waren, fuhr sie in eine Tiefgarage, holte sich ein Ticket und ließ den Wagen dort stehen. In derselben Tiefgarage parkte der silberfarbene Cadillac, den die Kuranstalt ihren Gästen zur Verfügung stellte.

Mit dem Cadillac fuhr sie zu Saks, ging in die Toilette, nahm die Perücke und die dunkle Brille ab, zog das Leinenjackett aus und tauchte als Deena Swanson wieder auf.

Sie kaufte ein paar Kleinigkeiten ein und fuhr dann mit dem Cadillac in die Kuranstalt zurück.

Mit dem Ford konnte sie fahren, wohin sie wollte. Niemand würde ihn je mit ihr in Verbindung bringen.

Der nächste Schritt war, ihn am Tag zu benutzen.

87

Wenn Ron wollte, war er ein erstklassiger Organisator. Seine Vorbereitungen für die Überraschungsparty an Venus Marias sechsundzwanzigstem Geburtstag liefen auf Hochtouren. Das Schwierige war, dafür zu sorgen, dass die

Überraschung nicht vorzeitig platzte. Aber er hatte jeden Gast persönlich eingeladen, und alle hatten drei heilige Eide schwören müssen, nichts zu verraten. Dann hatte er ihnen noch eine wunderschöne Karte geschickt, handgeprägt auf Tiffanypapier; der Text lautete: *Kommen Sie! Verraten Sie kein Wort!*

Dreihundert Gäste waren geladen. Angefangen bei Cooper Turner und den anderen Panther-Stars bis zu Mickey Stolli und seinem fröhlichen Haufen leitender Angestellter.

Natürlich hatte er die schon eingeladen, bevor der ganze Schlamassel bei Panther losging.

Jetzt hatte er auch Lucky Santangelo gebeten, und sie hatte gesagt, sie komme sehr gern.

Die Torte war bestellt – riesengroß, dreistöckig, mit einer Figurine, die Venus Maria darstellte, auf der obersten Etage und Schallplatten-Nachbildungen ihrer Hits, die an den Seiten hinunterhingen.

Der Zuckerguss auf dieser Torte sollte Martin Swanson sein. Wenn es ihm gelang, Martin herzuholen, würde Venus Maria bestimmt ausflippen.

Ron hatte für die Party in seinem Garten ein Zelt aufbauen lassen, exotische Blumen und Früchte und die erlesensten Speisen und Weine bestellt. Drei Gruppen würden live spielen, und außerdem hatte er noch eine Diskothek eingerichtet. Es gab einfach alles, was Venus Maria besonders gern mochte. Zu den Gästen würden ihre Tänzer und Tänzerinnen, ihre persönlichen Mitarbeiter, Freunde und Leute zählen, die sie nicht so gut kannte, vielleicht aber besser kennen lernen wollte.

Unglücklicherweise hatte er den Fehler gemacht, auch Emilio eine Einladung zu schicken. Doch sie war lange vor seinen hinterhältigen »Enthüllungen« hinausgegangen.

Ihr blöder Bruder würde hoffentlich nicht den Nerv haben, tatsächlich aufzutauchen?

Aber nein. Ron zog es nicht einmal als entfernte Möglichkeit in Betracht.

Um sicherzugehen, dass sich alle amüsierten und niemand sich langweilte, hatte er auch zwanzig schöne Mädchen und zwanzig schöne junge Männer eingeladen.

Die jungen Männer hatte Ken ausgesucht: Schauspieler, Freunde und die aufregendsten männlichen Models von Hollywood. »Achte darauf, dass mindestens die Hälfte hetero ist«, hatte Rons Anweisung gelautet.

»Willst du, dass ich jeden Einzelnen selbst teste?«, hatte Ken erwidert.

Miststück! Ron hatte verzweifelt den Kopf geschüttelt. »Ach, vergiss es!«

Um die Mädchen hatte er sich selbst gekümmert. Er hatte sich mit Madame Loretta in Verbindung gesetzt, die ohne Zweifel die schönsten Mädchen der Stadt vorrätig hatte. »Sie brauchen diesmal nicht zu arbeiten«, hatte er der lieben Madame erklärt. »Nur tanzen, sich amüsieren und absolut hinreißend aussehen.«

Nichts brachte eine Party schneller in Schwung als schöne Menschen. Und Venus Maria würde die unterschwellige Ironie köstlich finden, die darin lag, dass Huren sich unter die Ehefrauen mischten.

Ron hatte Cooper Turner zu seinem konspirativen Mitwisser gemacht; Cooper sollte Venus Maria zur Party bringen.

»Wenn sie glaubt, dass Sie mit Ihnen ausgeht, wird sie sich bestimmt fantastisch zurechtmachen«, hatte Ron erklärt. »Ich möchte mir nicht ihren Zorn zuziehen, wenn sie herkäme und nicht so himmlisch aussähe, wie sie aussehen kann. Mein Geburtstagsgeschenk für sie ist übrigens ein Modell von Gaultier mit allen Accessoires. Sie kann sich also auch notfalls hier umziehen.«

Die Party fand am Montag statt. Nur noch zwei Tage bis dahin. Es wurde immer schwieriger, sie geheim zu halten. Aber wenn es ihm bisher gelungen war, würde er es an den beiden letzten Tagen auch noch schaffen.

Zielstrebig marschierte Warner Franklin zum Eingang von Johnny Romanos landhausähnlicher Villa im Hancock Park und klingelte.

Irgendjemand vom Gefolge öffnete. Er erkannte in Warner nicht die einsachtzig große Schwarze, mit der sich Johnny vor ein paar Wochen im Bett gebalgt hatte. Er sah nur eine sehr große farbige Polizistin in Uniform.

»Mr. Romano«, sagte sie streng.

»Er ist leider beschäftigt«, antwortete der Laufbursche. Warner konnte sehr streng sein, wenn nötig. »Muss ich mit einem Durchsuchungsbefehl wiederkommen?«, sagte sie.

Der Laufbursche trat nervös von einem Fuß auf den anderen. »Um was geht's denn?«

»Das ist nur für Mr. Romano bestimmt. Wenn Ihnen Ihr Job lieb ist, dann holen Sie ihn gefälligst.«

Unverständliches vor sich hin murmelnd, enteilte der Typ. Nach ungefähr fünf Minuten kam er mit Johnny Romano wieder. Dem gut aussehenden Johnny. Dem schlehenäugigen Johnny. Dem sexy, macho, Mistkerl-Johnny.

Zu Warners größtem Ärger erkannte auch er sie nicht.

»Ja?«, sagte er. Er trug einen Frotteebademantel und ein paar Goldketten um den Hals. Das lange Haar lockte sich über dem Kragen.

Im Hintergrund standen zwei Leibwächter bereit.

Warner dachte daran, wie er im Bett gewesen war, und wollte ihn wieder.

Sie nahm die große dunkle Brille ab und sah ihn an. »Ich habe versucht, dich zu erreichen«, sagte sie. »Aber man kommt einfach nicht zu dir durch.«

Ihm dämmerte es allmählich. »Heiliger Bimbam!«, rief er. »Du bist das! Du siehst in Uniform ja umwerfend aus!«

Warner wusste, dass manche Männer auf Uniformen abfuhren. Und Johnny gehörte offenbar zu diesen Männern. Deshalb hatte sie sie anbehalten.

»Warum hast du nie zurückgerufen?«, fragte sie.

»Schätzchen, wer hat denn gewusst, dass du angerufen hast?« Er fuchtelte mit den Armen in der Luft herum. »He, Chuck, hat Warner mich angerufen?«

»Keine Ahnung, Johnny, müsste erst mal nachsehen.«

Johnny musste unwillkürlich grinsen. Er bewunderte Warners Courage, kam einfach daher, als sei das ihr gutes Recht. »Ich würde dich hineinbitten, aber ich habe – eh – na ja, eben Besuch«, sagte er.

Sie wollte ihm begreiflich machen, dass sie kein Groupie für eine Nacht war. »Wann kann ich dich sehen?«, drängte sie ihn. »Ich hab's satt, ständig am Telefon zu hängen und dich nie zu erreichen.«

Er überlegte rasch. Bei ihm lief im Moment nicht viel. Oben in seinem Bett wälzten sich blonde Zwillinge. Sie reichten für heute Nacht, aber danach …

»Hör mal, Babe. Am Montag muss ich zu 'ner großen Party. Da nehm ich dich mit. Hast du Lust?«

»Ja.«

»Abgemacht«, sagte Johnny, der sich an ihre unglaublichen Titten erinnerte.

Warner war zufrieden.

Er streckte die Hand aus und befingerte ihre Uniformjacke.

»Bring doch deine Uniform mit, wenn wir das nächstemal zu Hause bleiben.«

Sie nickte. »Vielleicht.«

Johnny war zufrieden.

»Gib mir deine Adresse. Ich schicke dir eine Limousine. Montagabend um sieben. Zieh dich richtig sexy an.«

»Für dich?«

»Für wen denn sonst, Baby? Für wen sonst? Weißt du's noch immer nicht? Johnny Romano – er ist der King.«

88

In seinem Penthaus in Century City kam Carlos Bonnatti ins Grübeln. Lucky Santangelo – sie behandelte ihn wie den letzten Dreck – ließ ihn auf Geld warten, das von Rechts wegen ihm gehörte. Die Santangelos hatten immer geglaubt, sie seien besser als der Rest der Welt. Wenn es diese gottverdammte Familie nicht gäbe ...

In Carlos' Kindheit und Jugend hatte Enzio sich ständig über Gino beklagt: »Dieser lausige Mistkerl. Glaubt, er ist klüger als alle anderen. Will nichts mit Drogen und Prostitution zu tun haben. Bildet sich ein, dass er ein anständiger Mensch ist, weil er nur Geld zu Wucherzinsen ausleiht und die Leute in den Kasinos ausnimmt. Zur Hölle mit ihm! Ich werd's ihm schon zeigen.«

Als das Santangelo-Weibsstück Enzio umgebracht hatte, hatte sich Carlos herausgehalten. Er wollte sich nicht in die Familienfehden hineinziehen lassen. Wollte seine Geschäfte auf seine Weise führen. Und als Santino Rache schwor, sagte sich Carlos: Zum Teufel mit Santino, er ist ein Idiot. Und er hatte sich von seinem Bruder distanziert. Nach einiger Zeit hatte auch Santino unter Fremdeinwirkung das Zeitliche gesegnet – war auch er ermordet worden. Aber Santino war immer ein Blödmann gewesen, mehr an Weibern interessiert als an etwas anderem.

Carlos hatte sich Prioritäten gesetzt. Geld kam an erster Stelle. Geld kam vor allem anderen. Und jetzt wollte das Santangelo-Weibsstück ihm die Zähne zeigen?

Höchste Zeit, dass sie kapierte, wo's langging.

Vierundzwanzig Stunden, Miststück. Und wenn du dann nicht zahlst …

89

Obwohl das Beverly Hills eines der luxuriösesten Hotels der Welt ist, war es nicht das Gleiche, wie wenn man in der eigenen Villa wohnte. Das stellte Mickey Stolli sehr bald fest.

Er hatte sich in einem Bungalow eingerichtet. Doch was hatte es für einen Sinn, eine Küche zu haben, wenn niemand da war, der für einen kochte?

Der Zimmerservice und er kamen sich bald sehr nahe.

Am Samstag bestand Tabitha darauf, ihn zu besuchen.

»Ich möchte an den Pool, Daddy. Dort gibt es eine Menge süßer Jungs.«

»Im Beverly Hills Hotel gibt es keine süßen Jungs«, erwiderte Mickey. »Nur alte Produzenten.«

»Wie du, Daddy?«

»Ich bin kein Produzent.«

Tabitha steckte in ausgebeulten Shorts und einem schlabbrigen Hemd. Einmal gingen sie zum Pool, sie zog Shorts und Hemd aus, und zum Vorschein kam ein für ein so junges Mädchen viel zu knapper Bikini. Er hatte gar nicht gemerkt, dass seine Tochter sich so schnell entwickelte. Hätte sie keine Zahnklammer tragen müssen, hätte man ihr nicht angesehen, dass sie erst dreizehn war.

»Zieh das Hemd wieder an!«, befahl er.

»Ich möchte sonnenbaden, Daddy.«

»Ich hab gesagt, du sollst dir was anziehen!«

Maulend griff sie nach dem Hemd. »Wann kommst du nach Hause?«

»Wer hat gesagt, dass ich nach Hause komme?«

»Mommy sagt es.«

»Ach, sagt sie das?«

»Ja. Mommy sagt, du hältst es allein nicht aus.«

»Will sie, dass ich wiederkomme?«

»Keine Ahnung.«

Er winkte einigen Bekannten zu, als er mit Tabitha zu dem Restaurant am Pool ging, wo sie sich an einen Tisch im Freien setzten.

Tabitha beschloss, alles zu bestellen, was auf der Speisekarte stand. Mickey überredete sie, sich mit einem Clubsandwich und einer Schoko-Malzmilch zu begnügen; er bestellte Eier Benedict.

»Kann ich meine ›Süße Sechzehn‹ bei Orpheus feiern?«, fragte Tabitha, während sie mit einem lüsternen Blick einem mexikanischen Hausboy nachschaute.

»Was weiß ich?«, sagte Mickey gereizt. »Jesus, wieso fragst du das ausgerechnet heute? Dein sechzehnter Geburtstag ist erst in drei Jahren.«

»Ich plane weit voraus«, verkündete seine Tochter. »Mommy sagt immer, das sollte man. Sie hat es mich gelehrt.«

Tabitha starrte den Hausboy an.

Er starrte zurück.

Man war in Beverly Hills, sie hatten keine Chance, sich je kennen zu lernen.

»Hast du gewusst, dass ich einen Haufen Geld erbe, wenn Großvater stirbt?«, fragte Tabitha.

Mickey richtete sich mit einem plötzlichen Ruck auf. »Tatsächlich?«

»Das ganze Geld, das er für das Studio bekommen hat, hat er zwischen mir, Tante Primroses Kindern und Inga aufgeteilt. Wenn Großvater stirbt, kriegen wir alles. *Alles,* Daddy. Dann bin ich richtig reich.«

»Gut, dann kannst du wenigstens für mich sorgen, wenn ich alt bin.«

»Du kannst selbst für dich sorgen. Bist doch selber reich.«

Nicht so reich, wie er gern gewesen wäre. »Und was ist mit deiner Mutter?«, fragte er neugierig.

»Keine Ahnung. Sie kriegt Zinsen oder so bis ich einundzwanzig bin, und dann krieg ich alles. Ich werde mir einen Porsche, einen Corvette und einen roten Thunderbird kaufen. Was hältst du davon, Dad?«

Wie ihre Mutter gab sie das Geld aus, bevor sie es hatte. Tabitha schnappte sich ein Brötchen und steckte es in den Mund. »Wie ist Orpheus? Ist es so schön wie Panther? Was für Stars sind dort verpflichtet? Tom Cruise? Wie ist es mit Matt Dillon? Kann ich Rob Lowe kennen lernen?«

»Ich hab den Vertrag noch nicht unterschrieben«, sagte er verärgert. »Muss warten, bis Zeppo draußen ist. Er schlägt Krach.«

»Wieso denn?«

Ging seine Fantasie mit ihm durch, oder blinzelte der Hilfskellner ihr zu? »Er droht das Studio zu verklagen, pocht auf seinen Vertrag. Sobald alles geregelt ist, fange ich dort an.«

Tabitha rutschte auf dem Stuhl hin und her. »Darf ich dich besuchen? Was für Filme wirst du machen?«

»Lass mich in Ruhe«, sagte Mickey düster. »Ich bin nicht in Stimmung.«

»Du musst nett zu mir sein«, erklärte Tabitha, an einem Niednagel kauend. »Ich bin ein unterprivilegiertes Kind, weil meine Eltern sich getrennt haben.« Sie schlürfte ihren Milchshake. »Können wir ins Kino gehen? Können wir nach Westwood fahren? Können wir zu Tower Records gehen?«

»Kannst du den Mund halten?«

Würde in Zukunft jeder Samstag so sein?

Mickey hatte das Gefühl, dass ihn die Wochenenden das Fürchten lehren würden.

Warner rief Abigaile an. »Ich habe getan, was Sie vorgeschlagen haben«, berichtete sie aufgeregt.

»Ich habe Ihnen gesagt, dass es funktionieren wird«, antwortete Abigaile.

Warner kicherte. »Er war sehr überrascht, mich zu sehen.«

»Davon bin ich überzeugt.«

»Er hat mich am Montag zu einer Party eingeladen.«

»Wie nett.«

»Wissen Sie, Abigaile«, sagte Warner herzlich, »ich habe Sie wirklich ganz falsch beurteilt. Was mir Mickey über Sie erzählt hat! Ich musste ja glauben, dass Sie das größte Miststück von Beverly Hills sind! Der Himmel weiß, dass ich als Verkehrspolizistin oft genug mit Miststücken zu tun hatte. Wenn ich nur gewusst hätte, wie Sie wirklich sind! Ich hätte nie eine Affäre mit Ihrem Mann angefangen.«

»Ich verstehe schon, meine Liebe«, sagte Abigaile beschwichtigend. »Mickey kann ja sehr überzeugend sein. Vielleicht lunchen wir irgendwann mal zusammen. Im Bistro Gardens, das wäre doch nett?«

»Im Bistro Gardens? Da war ich noch nie. Das wäre Klasse!«

»Gut«, sagte Abigaile. »Rufen Sie mich an, wann es Ihnen passt.«

Mit einem energischen Nicken legte sie auf. Es war besser, sich mit dem Feind anzufreunden. Man verschaffte sich dadurch einen Vorteil. Und Abigaile war gegen andere immer gern im Vorteil.

»Wir gehen zu einer Party«, teilte Madame Loretta einem ausgewählten Kreis ihrer Mädchen mit.

»Als Animiermädchen?«, fragte Texas, eine zarte blonde Zweiundzwanzigjährige.

»Aber nein, ihr braucht nicht zu arbeiten«, antwortete Madame Loretta. »Ihr sollt euch nur amüsieren, seid Gäste wie alle anderen.« Sie wandte sich an Leslie. »Eine einzigartige Gelegenheit für dich, meine Liebe.«

»Gelegenheit – wozu?«, fragte Leslie lustlos. Seid Eddie sie verlassen hatte, war sie völlig apathisch.

»Eine einzigartige Gelegenheit, dir einen Ehemann zu angeln«, sagte Madame. »Es wird dort von reichen und erfolgreichen Männern nur so wimmeln, und Leslie, meine Liebe, so sehr ich mir auch wünsche, du würdest wieder für mich arbeiten – noch lieber sähe ich dich in festen Händen. Du bist zum Heiraten geboren.«

Leslie nickte und fragte sich, wie Eddie ohne sie zurechtkam. Er war so gemein zu ihr gewesen, und doch konnte sie nicht aufhören, sich um ihn zu sorgen.

»Montagabend«, sagte Madame Loretta. »Und wir müssen alle glänzend aussehen und einen guten Eindruck machen. Wir gehen zur heißesten Party der Stadt.«

90

Umgeben von ihrer Familie – Gino und Bobby, Steven und Mary-Lou mit Carioca Jade –, fühlte Lucky sich wohl, wenn es auch nicht das Gleiche war, wie wenn Lennie hier gewesen wäre. Alle um sich zu haben bedeutete, dass sie ihn umso mehr vermisste.

Sie hätte gern gewusst, wo er sich aufhielt, was er machte und ob er glücklich war.

Im Studio schienen sich die Dinge allmählich einzupendeln. *Bombshell* war inzwischen umgeschrieben worden, und das neue Drehbuch war ausgezeichnet. Venus Maria hatte es gelesen und war begeistert.

Montana Grey traf sich mit Lucky und Venus Maria. Sie war eine interessante Frau. Groß, schick, intelligent und vor allem unglaublich talentiert. Lucky hatte ihr die Regie des Films übertragen.

Sie hatte zwei weitere Drehbücher gelesen, die ihr gefielen, und die ersten Vorarbeiten waren angelaufen. Und sie hatte auch eine schwarze Komödie entdeckt, die es Susie Rush ersparen würde, weiterhin die süßen kleinen Püppchen zu spielen, deren sie so müde war.

Susie war interessiert, hatte jedoch schon für ein anderes Projekt bei Orpheus zugesagt.

»Ist der Vertrag unterschrieben?«, hatte Lucky gefragt, und als sie feststellte, dass dem nicht so war, hatte sie Susie mehr Geld und noch ein paar andere Vergünstigungen versprochen.

Nichts konnte eine Schauspielerin schneller umstimmen als das Angebot einer höheren Gage. Außerdem war das die Gelegenheit, auf die Susie gewartet hatte. Sie sagte Ja.

Lucky hatte das Gefühl, dass sie in der kurzen Zeit, die sie bei Panther war, schon eine Menge geleistet hatte.

Unter anderem hatte sie sich die Vorführung der bisher gedrehten Szenen von *Macho Man* angesehen. Wenn Lennie bereit war, an dem Film weiterzuarbeiten, war er zu retten.

Vielleicht sollte sie ihn anrufen.

Nein.

Vielleicht sollte er sie anrufen.

Wie von ihr vorhergesagt, war *Motherfaker* ein Riesenflop. Zwar hatten die Leute am ersten Wochenende die Kinokassen gestürmt, doch bald hatte die Mundpropaganda den Film umgebracht.

Johnny Romano war kein glücklicher Superstar.

Das Wochenende war eine willkommene Arbeitspause. Am Samstag schlug Steven Lucky nach dem Lunch einen langen Strandspaziergang vor.

»Ich will auch mit!«, erklärte Bobby.

»Nein, ich möchte mit deiner Mommy allein sein«, wehrte Steven ab. »Ich bekomme sie ja sonst nie zu sehen. Dies ist unsere einzige Gelegenheit.«

Lucky packte seinen Arm. »Das ist nicht wahr, großer Bruder.«

»O doch!«

»Ich bin jetzt hier.«

»Deshalb gehen wir auch spazieren.«

Sie gingen zum Strand hinunter. »Ich bin so froh, dass ihr kommen konntet – du und Mary-Lou. Und selbstverständlich Carioca Jade – sie ist einfach hinreißend.«

Lucky drückte seinen Arm. »Du hast Recht, Steven, wir sehen uns zu selten.«

»Lieber Gott, sie gibt es tatsächlich zu!«

»Okay, Vater das Jahres, und was treibst du sonst so?«

»Was entscheidender ist – was hast du getrieben?« Er musterte sie einen Augenblick forschend. »Ich habe von deinem ›Geheimauftrag‹ gehört. Du bist schon eine Nummer, Lucky!«

»O ja«, sagte sie zerknirscht. »Und schau, wie weit ich damit gekommen bin. Hab ein Studio erworben und einen Ehemann verloren.«

Steven blieb stehen. »Was soll denn das wieder heißen?«

»Hast du's nicht gehört? Lennie hat gewütet wie ein Berserker, als er erfuhr, was ich getan hatte. Er ist nicht begeistert davon, dass Panther jetzt mir gehört. Wir ...« Sie zögerte. »Wir haben sogar schon von Scheidung gesprochen.«

Steven schüttelte den Kopf. »Das gibt es nicht!«

»Leider doch.«

»Dein Problem ist, dass du erwartest, es müsse immer nach deinem Kopf gehen. Hindernisse gibt es für dich nicht.«

»Okay, du kennst mich ja schon mein Leben lang, nicht wahr?«

»He – so lange ist es zwar noch nicht, aber ich fühle mich dir wirklich nahe. Dich zur Halbschwester zu haben, ist ein echtes Erlebnis.«

»O ja! Mir geht's genauso. Erinnerst du dich an unsere erste Begegnung? An den Lift?«

Er musste unwillkürlich lachen. »Ach ja, der berühmte Lift, in dem wir während des großen New Yorker Blackout festsaßen. Zwei Menschen, die sich absolut fremd waren. Wie wenig wir damals wussten …«

»Ich war sauer, weil Gino aus seinem Steuerexil zurückgekommen war. Und du warst richtig verkrampft.«

»Ja, weil ich das Gefühl hatte, es mit einer Irren zu tun zu haben. Wir haben im Stockdunklen gesessen, haben einander nicht gekannt, und du hast ununterbrochen nur von Sex geredet. Und ich hab gedacht: Wer ist die Verrückte, mit der ich hier in der Falle sitze?«

Sie lachte zerknirscht. »Damals war ich noch jung und wild.«

»He, Lucky, es hat sich nichts geändert, du bist noch immer unausstehlich.«

Sie sah ihn ernst an. »Habe ich Lennie wirklich etwas so Schreckliches angetan?«

»Nun, es zeugt nicht gerade von – wie sagt man so schön? – Partnerschaftsbewusstsein, oder? Mary-Lou hat mir beigebracht, dass eine Ehe nur funktioniert, wenn man alles gemeinsam tut. Einander vertraut. Nichts verschweigt.«

»Dann bist du also der Meinung, ich hätte Lennie mit Panther nicht überraschen dürfen? Ich hätte es ihm sagen und ihn daran teilhaben lassen sollen.«

»Das wär's gewesen, Kleine.«

»Steven! Du redest schon fast wie Gino.«

»Na, und ist das vielleicht schlecht?«

»Kannst du dir vorstellen, wie es war, bei einem Vater wie Gino aufzuwachsen? Ist dir klar, wie langweilig und eintönig das Leben der meisten Leute ist? Und ich hatte Gino, den aufregendsten Vater der Welt.«

»Tut mir Leid, dass ich das verpasst habe.«

»Du hast ihn jetzt. Er liebt dich, Steven.« Sie reckte sich und küsste ihn. »Und ich auch …«

»Beruht auf Gegenseitigkeit, Kleine.«

»Hör auf, mich Kleine zu nennen.«

Sie gingen weiter.

»Glaubst du, Lennie kommt zurück?«, fragte sie wehmütig.

»Aber sicher.«

»Woher weißt du das?«

»Weil du eben du bist. Und ich kann mir keinen Kerl vorstellen, der dich sitzen lässt.«

Sie lachte. »Danke, Steven. Genau das wollte ich hören.«

»Ich bin Anwalt. Ich gebe gute Ratschläge.«

»Und kriege ich auch ein paar?«

»Du wirst sie nicht befolgen.«

»Was?«

»Wenn Lennie zurückkommt, sag ihm, dass du das gottverdammte Studio verkaufst, wenn er es will.«

»He, he, he – ich habe keine Lust, das kleine Heimchen am Herd zu werden.«

»Lucky, gib deiner Ehe eine Chance. Denk dran, es ist nie falsch, etwas mit dem anderen zu teilen.«

»Ich will's versuchen.«

Im Haus gurgelte Carioca Jade in ihrem Bettchen fröhlich vor sich hin, Mary-Lou nahm ein Sonnenbad und Gino schlief. Bobby schleppte Eimer voller Sand vom Strand herauf und leerte sie auf der Terrasse aus.

Miko sah Lucky gepeinigt an.

»Ich habe Mr. Bobby gebeten, keinen Sand heraufzubringen, aber er hat behauptet, dass Sie es ihm erlaubt haben.«

»Das ist doch nicht schlimm, Miko«, antwortete sie gleichmütig. »Es ist Wochenende, soll er doch seinen Spaß haben.«

»Wenn Sie meinen, Madame.«

Miko war über die Invasion an Hausgästen nicht begeistert. Lucky jedoch genoss jede Minute.

»Wir fliegen nach Hause«, sagte Lennie.

»Was?« Brigette sprang überrascht auf. »Wir sind doch erst ein paar Tage hier. Warum müssen wir weg?«

»Willst du denn Lucky und Bobby nicht sehen?«

»Na und ob! Aber ich dachte, ihr redet nicht miteinander, Lucky und du?«

»Weißt du was?«, sagte Lennie. »Das Leben ist zu kurz. Höchste Zeit, dass wir versuchen, die Sache in Ordnung zu bringen.«

Brigette nickte glücklich. »Okay, dann geht ihr jetzt packen, Nona und du, und ich regle alles andere. Und dass du mir Lucky ja nicht anrufst! Ich will sie überraschen. Okay?«

Der Anruf kam Sonntagmittag. Lucky, die am Pool saß, hob ab. Es war Carlos Bonnatti, seine tiefe, schnarrende Stimme war unverkennbar.

»Zahl endlich, Miststück«, sagte er. »Ich hab's satt zu warten. Ich gebe dir noch vierundzwanzig Stunden. Wenn ich bis dahin mein Geld nicht habe – steckst du in großen Schwierigkeiten. Die Santangelos haben die Bonnattis lange genug über den Tisch gezogen. Jetzt ist die Zeit der Wiedergutmachung gekommen. Also zahl, Miststück, oder es passiert was – und du weißt genau, was.«

Sie sagte kein Wort. Sie legte auf und schaute zu Gino hinüber. Er wirkte in seinem Liegestuhl völlig entspannt, die Sonne schien ihm auf den Hinterkopf, und in der Nähe spielte Bobby.

Zum Teufel mit Bonnatti und seinen Drohungen.

Lucky Santangelo ließ sich weder von ihm noch von sonst jemand einschüchtern. Sie würde mit der Sache fertig werden. Ihr musste nur noch einfallen, wie.

91

Tony Maglioni, ein gut aussehender Ganove mit glattem Haar und einer großen Nase, saß in der Pizzeria und hielt Hof, als Emilio, Rita hinter sich herzerrend, großspurig das Lokal betrat.

»Was wollen wir in diesem Pisspalast?«, fragte sie angewidert.

»Wir sichern meine Zukunft«, antwortete er und fragte sich, woher sie wohl ihre blumige Ausdrucksweise hatte. »Also, versuch zu allen nett zu sein, denn hier könnten wir ganz groß absahnen.«

Rita machte ein finsteres Gesicht. Sie hatte es satt, zu allen nett zu sein. Als sie nach Hollywood gekommen war, hatte sie geglaubt, ihre alte Umgebung abgeschüttelt zu haben. Besonders Brooklyn.

Emilio erinnerte sich noch ganz schwach an Tony, obwohl der jünger war als er.

»Hallo, Tony«, begrüßte er ihn. »Emilio Sierra.«

Tony hatte ein gutes Namensgedächtnis. Er sprang sofort auf. »Emilio, mein Alter! Wie geht's denn so?«

»Bin zufällig in der Stadt. Wollte nicht wieder abhauen, ohne dir Guten Tag gesagt zu haben.«

Als er Tony vor sich sah, fiel ihm alles wieder ein. Venus Maria hatte diesen Typen sehr gern gehabt. Es war eine richtige Schulmädchenschwärmerei gewesen, sie war ihm monatelang nachgelaufen und nagelte ihn dann eines Abends in der Küche fest, als sonst niemand zu Hause war.

»Hab gehört, du fährst jetzt Taxi«, sagte Emilio. »Willst wohl Manhattan erobern, wie?«

Tony lachte. »Ja, ich fahr Taxi. Gehört anteilig mir, weißt du. Nebenbei hab ich noch 'n paar andere Sachen laufen. Mir geht's gut. Und du, Emilio – was hast 'n du so auf 'm Kasten?«

Emilio zuckte bescheiden mit den Schultern. »Ich lebe jetzt

in Hollywood und drehe demnächst ’n Film. Spiel den besten Freund von Sly Stallone.«

Tony war entsprechend beeindruckt. Ebenso seine Freundin, eine kleine Nutte mit künstlicher Haarkrause, Schielaugen und hübschen Titten.

Rita seufzte angeekelt. Was Emilio nur dauernd mit dieser Sly-Scheiße hatte, mit der er ständig angab?

»Was dagegen, wenn wir uns zu euch setzen?«, sagte Emilio.

»Setzt euch, setzt euch!« Auch Tony wollte jetzt Eindruck schinden. »Das is hier ’ne Pizzeria. Hab grad ’ne Pizza inner Mache.« Er schob ein fettiges Stück zu Emilio hinüber. »Iss. Lass dir’s schmecken.«

Emilio setzte sich und zog die widerstrebende Rita auf den Stuhl neben dem seinen.

»Tja, ich hab ja immer gewusst, dass du mal ’ne große Nummer wirst«, erklärte Emilio und biss zaghaft in eine fade schmeckende Peperoni. »Tony Maglioni war schon immer ’n toller Typ.«

Tony nickte. Dieser Emilio war ein smarter Junge. »Na«, sagte er mit einem lüsternen Grinsen, »und wie geht’s deiner Schwester.«

Emilio grinste ebenfalls. »Der geht es verdammt gut«, antwortete er.

»Ja, ja, die kleine Virginia«, sagte Tony nachdenklich.

»Ihr seid doch mal zusammen gegangen, oder?«

»Ja nun«, sagte Tony mit einer weitausholenden Geste, »bin ’n paar Mal mit ihr um die Häuser gezogen. War ’n wildes Ding, die Kleine.«

»Wette, du hättest dir damals nicht vorstellen können, dass sie mal ’n großer Filmstar wird, oder?«

Tony warf lachend den Kopf zurück. »Die Idee wär wohl keinem gekommen.«

»Weißt du was?«, legte Emilio einen Köder aus. »Wenn du

mal nach Hollywood kommst – Venus und ich haben ’n großes Haus da, du könntest doch bei uns wohnen. Sie tät sich riesig freuen, dich zu sehen. Spricht sehr viel von dir.«

Tony bekam ganz gierige Augen. »Wirklich?«

Seine Freundin beugte sich vor. »Der geht ohne mich nirgends nich hin«, erklärte sie.

»Hältste wohl die Klappe?«, fuhr Tony sie bösartig an. »Hier reden nur Männer und sonst keiner, verstanden?«

Das ließ Rita sich nicht gefallen. »Komm, Emilio«, sagte sie, »wir gehen.«

Emilio schwieg. Gab ihr unter dem Tisch einen leichten Tritt – eine Warnung, damit auch sie schwieg.

»Weißte«, wandte Emilio sich wieder an Tony, »Venus hat nie geheiratet, und ich hab so’n komisches Gefühl, dass sie’s eigentlich immer noch auf dich abgesehen hat. Das heißt, ich weiß es sogar sicher.«

»Auf mich?« Tony grinste und entblößte dabei zwei schiefe Schneidezähne; sie waren der einzige Makel in seinem sonst so hübschen Gesicht.

»Na ja, du wirst zugeben müssen, dass ihr eine Zeit lang ganz fest zusammen wart.«

Tony lachte dreckig. »Das kannste laut sagen. Noch fester geht’s gar nich mehr.«

Seine Freundin runzelte die Stirn. »Tony«, forderte sie ihn vorwurfsvoll auf, »sag dem Mann doch, dass wir heiraten werden. Los, mach schon, sag’s ihm!«

Tony drehte sich zu ihr um. Das war seine Gelegenheit, und er nutzte sie. »Weißte was, Baby? Ich hab unsere Verlobung grad wieder gelöst.«

92

Was hast du mit der Million gemacht, Eddie Kane?

Er stellte sich diese Frage jeden Morgen nach dem Aufwachen von neuem. Sie war schwer zu beantworten. Er wusste nur, dass er pleite war. Kein Geld auf der Bank. Und auch kein Geld in der Tasche.

Er konnte sich doch eine solche Riesensumme nicht durch die Nase gejagt haben?

Nein. Er hatte Auslagen gehabt. Das Haus, einen Schrank voller Designerklamotten, die Heirat mit Leslie, sein kostbarer Maserati. Ein Mann musste Geld ausgeben, um etwas darzustellen.

Was hast du mit der Million gemacht, Eddie Kane?

Die Frage verfolgte ihn. Seit er Leslie hinausgeworfen hatte, ging es mit ihm steil bergab. Die meisten Nächte verbrachte er in Arnies und Frankies Haus, wo eine Endlosparty lief. Drogen gab es genug und Mädchen ebenfalls.

Und doch – keins konnte Leslie das Wasser reichen.

Er dachte viel an sie. Ihre großen Augen, den üppigen Körper, das offene, herzliche Lächeln …

Scheiße, Mann. Sie war eine gottverdammte Hure! Es war richtig gewesen, sie in die Wüste zu schicken.

Vielleicht.

Aber jetzt wollte er sie wiederhaben, nur wusste er nicht, wie er sie zurückholen sollte, ohne das Gesicht zu verlieren.

Vielleicht fand er die Antwort im Kokain.

Wenn er nur genug schnupfte, fand er eine Lösung für fast alles.

Deena hielt sich in der Kuranstalt an eine feste Zeiteinteilung. Sie war gertenschlank, ihr Körper straff, mit den teuersten Lotionen und Cremes verhätschelt. Tatsächlich war sie absolut fit und bei bester Gesundheit und hatte in einem Kurbad überhaupt nichts verloren. Aber darauf kam es nicht an.

Jeden Morgen schwamm sie ein paar Längen im Pool, ließ sich massieren und nahm dann im Speisesaal einen leichten Lunch ein. Danach verschwand sie bis zum nächsten Morgen in ihrer Privatsuite.

Ein Stundenplan. Halte dich an einen festen Stundenplan. Das war das Wichtigste. Sie mied den Kontakt mit den anderen Kurgästen und blieb ganz für sich.

Natürlich wussten alle, wer sie war.

Am Montag lag die neueste Ausgabe von *Truth and Fact* in den Zeitungskiosken aus. Die Titelseite zierte ein riesiges Farbfoto von Venus Maria und Martin, die Hand in Hand entspannt durch den Park des Bel Air Hotels schlenderten und sich gegenseitig anhimmelten.

HEIMLICHES RENDEZVOUS DER LIEBENDEN lautete die Schlagzeile.

Deena betrachtete das Foto eingehend, und ihr war klar, dass sie lange genug gewartet hatte.

»Hallo, Dennis! Ich bin's, Ihr Freund Emilio – und wieder im Lande!«

Hängt die Fahnen raus, dachte Dennis erbittert. Wurde er den Kerl eigentlich nie los?

»Was haben Sie für mich?«, fragte er.

»Fragen Sie lieber, was ich nicht habe«, antwortete Emilio. »Diesmal isses ganz heiße Ware. Hab ihr erstes Mal mit einem Kerl – und alle Einzelheiten.«

»Wer war der Freund?«

»Zur Hölle mit Ihnen!«

»Wir können die Story nicht drucken, wenn wir seinen Namen nicht kennen.«

»Ich erzähl Ihnen die Geschichte, und dann erfahren Sie

den Namen. Sobald ich mein Geld habe, natürlich.« Emilio wurde auf seine alten Tage gerissen.

»Was ist los?«, fragte Dennis und setzte vorwurfsvoll hinzu: »Trauen Sie mir noch immer nicht?«

»Ich trau keinem«, antwortete Emilio verächtlich.

»Woher weiß ich, dass Ihre Story wahr ist?«

»Bring ich Ihnen höhere Auflagen – oder was?«, fragte Emilio zornig. »Muss ich jedesmal, wenn ich was für Sie habe, durch ’n dritten Grad – oder was?«

»Ihre Schwester bringt uns die höheren Auflagen«, korrigierte Dennis. »Ohne sie haben Sie nichts, Kumpel.«

»Scheiße!«, sagte Emilio. »Vielleicht sollte ich zum *Enquirer* gehen. Könnte sein, dass die mich besser behandeln.«

Dennis seufzte müde. »Okay, treffen wir uns«, sagte er. »Ich höre mir die Einzelheiten an, und wir setzen den Preis fest.«

Triumphierend legte Emilio auf.

Rita bewunderte sich im Badezimmerspiegel. Sie schien bei ihm eingezogen zu sein – ihre Sachen lagen überall herum. Er hatte nicht bemerkt, wie es passiert war, aber passiert war es.

Emilio hatte nichts dagegen. Er hatte noch nie mit einem Mädchen zusammengelebt. Und ganz besonders nicht mit einem so hübschen Mädchen wie Rita.

»Deine Schwester hat vielleicht eine Wut auf dich«, sagte sie, als sie ins Schlafzimmer kam.

»Woher weißt du das?«

»Ich habe deinen Anrufbeantworter abgehört. Sie kocht!«

»Sie wird sich wieder beruhigen. Tatsächlich … Weißt du was? Ich hab heut abend eine ganz besondere kleine Überraschung für dich, Baby.«

»Was denn?«, fragte sie und hoffte, dass er nicht seinen Körper meinte.

»Heut abend wirst du Venus kennen lernen. Ihr schwuler

Freund Ron gibt eine Geburtstagsüberraschungsparty für sie.«

»Ach, wirklich? Sie wird bestimmt begeistert sein, dich zu sehen.«

»Ich hab eine Einladung bekommen«, sagte er hochnäsig.

»Wann?«, fragte Rita misstrauisch.

»Das ist schon eine Weile her. Vergiss nicht, dass ich ihr Bruder bin. Natürlich rechnet sie damit, mich dort zu sehen.«

»Dass du ihr Bruder bist, macht sie umso wütender.«

Er hasste es, wenn eine Frau eine eigene Meinung hatte. Sein Vater hatte Recht gehabt – Frauen taugten auf der Welt nur zu drei Dingen: zum Kochen, zum Putzen und zum Bumsen. Ende der Fahnenstange.

»Das kratzt mich nicht. Ich will zu der Party gehen. Du nicht?«

Ritas Augen begannen zu glänzen. »Ist es eine große Party?«

»Ziemlich groß.«

Rita nickte. Sollte doch jemand versuchen, sie zurückzuhalten. »Wie du willst, Emilio.«

Am Montag hielt Deena gewissenhaft ihren Stundenplan ein. Nach dem Lunch verschwand sie in ihrem Zimmer und begann mit den Vorbereitungen. Sie holte die schwarze Langhaarperücke heraus, die derbe Leinenjacke und schließlich die Pistole aus ihrem Versteck.

Bald würde sie unbemerkt aus dem Haus schlüpfen, in den Cadillac einsteigen, in dem Parkhaus, in dem sie den Ford stehen gelassen hatte, die Wagen wechseln und direkt nach Los Angeles fahren.

Heute Abend wollte sie Venus Maria töten.

93

Unglücklich sah Ron sich in seinem Haus um. Überall rannten Leute umher. Es herrschte das totale Chaos.

Er wandte sich an Ken. »Hoffentlich wird sie das alles zu schätzen wissen«, jammerte er.

»Sie wird, sie wird«, versicherte ihm Ken. »Es wird wundervoll.«

»Wundervoll ist zu wenig. Es muss *die* Party des Jahres werden.«

»Das wird sie auch.«

»Glaubst du das wirklich?« Ron war ein nervöses Wrack. Die Party hatte ihn unendlich viel Kopfzerbrechen und Zeit gekostet. Erfreulich war, dass er Martin Swanson in Detroit aufgespürt und Martin versprochen hatte, einen Tag früher einzufliegen, um Venus Maria an ihrem Geburtstag zu überraschen.

»Werden Fotografen da sein?«, hatte er gefragt, weil er sich an das Versprechen erinnerte, das er Deena gegeben hatte.

»Auf keinen Fall!«, hatte Ron erklärt. »Das ist ein privates Fest. Vielleicht ist einer unserer eigenen Fotografen dabei, aber ich werde ihm sagen, dass er Sie und Venus auf keinen Fall zusammen fotografieren darf.«

»Ausgezeichnet.« Man hatte ihm eben die neueste Nummer von *Truth and Fact* vorgelegt. Wenn Deena sie sah, würde es noch mehr Schwierigkeiten geben. Aber – er würde Deena nicht mehr lange Rechenschaft schuldig sein …

Die Sitzordnung bereitete Ron fürchterliches Kopfzerbrechen. Er stellte keine Platzkarten auf die Tische, das wäre zu umständlich gewesen. Aber er gab an die Gäste Tischnummern aus, so dass sie genau wussten, an welchem Tisch sie saßen.

Sich selbst und Ken, Lucky Santangelo, Cooper Turner und

natürlich Martin hatte er an Venus Marias Tisch gesetzt. Vielleicht sollte er noch einen oder zwei andere große Stars dazunehmen.

Nervös ging er hinaus, um noch einmal das Zelt zu inspizieren. Alles sah fantastisch aus. Das Zelt war schwarz mit einer Unmenge von Lichterketten drumherum. Abends sahen sie wie tausend winzige Sterne aus. Das übrige Dekor war schwarz und silbern. Eine dramatische Wirkung, die Venus Maria gefallen würde. Und die Blumenarrangements waren exotische Blüten, frisch aus Hawaii importiert.

Zu beiden Seiten das Zeltes standen riesige Filmleinwände, auf die versteckte Projektoren die ganze Nacht überlebensgroße Fotografien von Venus Maria werfen würden.

»Du musst dich entspannen.« Beruhigend legte ihm Ken die Hand auf den Arm.

Ron schüttelte sie ab. Er hatte sich seit dem Fototermin mit Antonio noch nicht beruhigt. »Keine Flirts mehr!«, hatte er Ken gewarnt.

»Als ob ich so was tun würde«, hatte Ken ganz beleidigt erwidert, weil Ron ihm so etwas zutraute.

»Ich habe noch nie eine solche Party gegeben.« Ron seufzte. »Was für eine Verantwortung!«

»Sie wird erfolgreich sein«, sagte Ken. »Das kann ich dir versprechen.«

»Mir ist egal, ob sie erfolgreich ist«, antwortete Ron gereizt. »Wie ich schon sagte, muss es die Party sein, über die in diesem Jahr am meisten gesprochen wird.«

»Das ist doch das gleiche«, sagte Ken.

Ron warf ihm einen Blick zu. Was wusste er?

Abigaile hatte nicht die Absicht, sich nur deshalb aus dem gesellschaftlichen Leben zurückzuziehen, weil Mickey etwas getan hatte, das die meisten Männer der Stadt wahrscheinlich ständig taten, nur waren sie schlau genug, sich nicht erwischen zu lassen. An der Überraschungsparty für Venus Maria wollte sie auf jeden Fall teilnehmen. Ihr einziges Problem war, dass sie nicht wusste, wer sie begleiten sollte. Abigaile hatte keine persönlichen Freunde; die Männer, die sie kannte, gehörten alle zu Mickey.

Als sie im Salon Ivanas saß und Saxon mit ihren Haaren beschäftigt war, hatte sie eine brillante Idee. »Saxon, mein Lieber«, sagte sie leicht herablassend, »hätten Sie Lust, einmal zu einer ganz großen Hollywood-Party zu gehen?«

Saxon konnte kaum glauben, dass Abigaile Stolli ihn offensichtlich auffordern wollte, mit ihr auszugehen. Natürlich war sie nicht die erste Kundin, die sich an ihn wandte, doch von ihr hätte er es nie erwartet.

»Nun?«, sagte Abigaile ungeduldig.

Er wollte Zeit gewinnen, wollte überlegen. »Was nun, Mrs. S.?«

»Wollen Sie mich nun zu einer großen Hollywood-Party begleiten oder nicht?«

Als wäre er nicht schon bei zehntausend gewesen. »Tja, ich …« Er wusste nicht, was er sagen sollte. Vielleicht ganz einfach Ja. Sie sah verzweifelt aus. »Klar doch, welche Party soll's denn sein?«

»Eine Geburtstagsparty für Venus Maria.«

»Da bin ich selbst schon eingeladen, Mrs. S.«

»Ach, wirklich?« Sie war überrascht. Bei großen gesellschaftlichen Ereignissen erwartete man eigentlich keine Friseure zu sehen – es sei denn als Friseure.

»Ja, ich frisiere Venus Maria. Wir sind gute Freunde.«

»Tatsächlich? Das habe ich nicht gewusst. Sie haben nie von ihr gesprochen.«

Er grinste. »Ich bin diskret.«

»Nun, wenn Sie sowieso hingehen, könnten Sie mich ja begleiten.«

Saxon sah keinen Ausweg. Was für ein Knüller! Er konnte

es kaum erwarten, Venus Marias Gesicht zu sehen, wenn ihr klar wurde, dass er Abigaile Stollis offizieller Begleiter war. Es könnte sich lohnen, denn dann hätten sie wenigstens etwas zu lachen.

»Es wird mir ein Vergnügen sein, Mrs. S. Soll ich Sie abholen?«

Abigaile litt unter der Angst vor zu kleinen Wagen. »Was für ein Auto fahren Sie?«

»Einen Jaguar.«

Sie überlegte eine Weile, bevor sie zu dem Schluss kam, dass ein Jaguar akzeptabel war. »Hm – das wäre mir sehr angenehm.«

»Wann ungefähr?«

»Wann fängt es an?«

»Ron möchte, dass um halb acht alle da sind. Es soll die absolute Überraschung sein. Ich bin also um Viertel nach sieben bei Ihnen. Sie brauchen mir nur noch Ihre Adresse zu notieren.«

Abigaile tat es und verließ frohlockend den Schönheitssalon. Wenn Mickey eine Affäre mit einer einsachtzig großen schwarzen Polizistin haben konnte, konnte sie auf Venus Marias Party auch mit einem außergewöhnlich gut aussehenden Friseur erscheinen.

Warum nicht? In Liebe und Ehe war alles erlaubt.

Nachdem er ein paar Tage hin und her überlegt hatte, beschloss Mickey, zu Venus Marias Party zu gehen. Er hatte nichts anderes zu tun. Abend für Abend in einem Hotelzimmer zu sitzen, und mochte es noch so luxuriös sein, war nicht besonders erheiternd. Zu Hause hatte er seinen Swimming-Pool – so groß, dass man olympische Schwimmwettbewerbe darin austragen konnte –, seine Sauna, sein Dampfbad, seinen Fitnessraum und sein fantastisches Arbeitszimmer, das in sein Privatkino führte.

Ah, die Bequemlichkeiten des eigenen Heims – wie sehr vermisste er sie doch!

Wenn er sich von Abigaile scheiden lassen wollte, sollte er daran denken, sich ein Haus zu kaufen. Und das schnell. Das Leben im Hotel war nichts für ihn.

Martin Swanson ließ ihn auch hängen. Er konnte ihn nicht erreichen. Jedesmal wenn er anrief, bekam er einen von Martins Assistenten an die Strippe, der ihm die Zeppo-White-Story vorsetzte. Offenbar mussten sie Zeppo vorsichtig behandeln. Zeppo hatte einen äußerst lukrativen Vertrag mit Orpheus und nicht die Absicht zu gehen. Zumindest nicht freiwillig.

»Und wann wird das sein?«, hatte Mickey gefragt.

»Bald«, bekam er zur Antwort.

Bald war ein Wort, das er hasste.

Er hatte nicht einmal genug Energie, um wieder zu Madame Loretta zu gehen. Jedesmal wenn er an Sex dachte, erinnerte er sich fast zwanghaft an die Hand, die ihn bei der Schulter packte, und an eine schroffe Stimme, die ihn für festgenommen erklärte.

So konnte man einem Mann den Sex auch abgewöhnen.

Er vermisste jedoch nicht nur sein Heim, er vermisste auch Warner: den Sex und das unkomplizierte Vergnügen ihres Beisammenseins.

Aber es war vorbei. Dessen war er sicher.

94

Rita trug ein rotes Kleid, das jede Kurve ihres spektakulären Körpers betonte. Sie drehte vor Emilio eine Pirouette, damit er sie bewundern konnte.

»Gefällt es dir, Schätzchen?«

Er pfiff. »Heiß!«

Über seine Reaktion erfreut, drehte sie sich noch ein paarmal um die eigene Achse. »Was ziehst du an?«, fragte sie.

Emilio hatte eine neue braune Lederhose und eine passende Lederjacke. Dazu wollte er ein altrosa Rüschenhemd anziehen. Die Hose klebte jedoch wenig schmeichelhaft an seinen fetten Oberschenkeln, und er sah noch plumper aus als sonst.

Rita wollte ihn jedoch nicht darauf aufmerksam machen, denn Emilio war sehr eitel, und sie mochte ihn nicht verärgern.

»Seh ich auch heiß aus?«, fragte er und stolzierte wie ein Pfau vor ihr umher.

»Seh-ehr heiß«, antwortete sie, was nicht einmal eine Lüge war, denn er hatte schon angefangen zu schwitzen. »Bist du sicher, dass deine Schwester sich freuen wird, wenn du dort aufkreuzt?«, fragte Rita besorgt. »Sie hat alle möglichen Schimpfnamen in den Anrufbeantworter geschrien. Und nicht besonders feine. Es hat ganz und gar nicht so geklungen, als seist du derjenige, mit dem sie gern zusammen wäre. Besonders nachdem heute die neue *Truth and Fact* erschienen ist.«

»Hör endlich auf, sie liebt mich!«, behauptete Emilio prahlerisch. »Die Sierras halten zusammen.«

»Okay.« Rita wollte nicht streiten. Das würde eine aufregende Party werden, und sie wollte sie nicht versäumen. Irgendwie kam sie bestimmt hin. Mit oder ohne Emilio.

Warner ging aus und leistete sich den Luxus eines goldglitzernden Kleides. Wenn ihr Idol – Magic Johnson – sie je darin sah, würde er auf der Stelle für sie sterben. Außerdem erstand sie ein zum Kleid passendes Jäckchen.

Vor dem Spiegel paradierend, kam sie zu dem Schluss, dass Johnny Romano bestimmt begeistert sein würde. Sollte das wider Erwarten jedoch nicht der Fall sein, faltete sie ihre alte Uniform zusammen und legte sie mit ihren Handschellen in eine Reisetasche.

Als die Limousine kam, die sie abholte, bat sie den Fahrer, die Tasche im Kofferraum unterzubringen.

»Sollten wir nach der Party noch zu Mr. Romano fahren, sorgen Sie bitte dafür, dass ich die Tasche nicht vergesse«, fügte sie mit einem freundlichen Lächeln hinzu.

»Sehr wohl, Ma'am«, antwortete der Fahrer, musterte sie von Kopf bis Fuß und stellte fest, dass sie die besten Titten hatte, die er je gesehen hatte.

»Danke.« Warner stieg in den Wagen und zeigte dabei sehr viel Bein. »Holen wir Mr. Romano ab?«

»Wir sind unterwegs zu ihm«, antwortete der Fahrer, sehr zufrieden mit dem, was er sah.

»Ich bin ein Filmstar«, sagte Johnny Romano, während er sich im Spiegel bewunderte. »Kein Mann, ich bin ein Filmstar.«

Er war allein im Zimmer, aber Johnny liebte den Klang seiner Stimme. Sie turnte ihn an, gab ihm das Gefühl, besonders dynamisch zu sein. »He, Mann, ich bin ein Filmstar!« Er wiederholte die Worte zum drittenmal und grinste sein Spiegelbild an. *Cool.* Er sah wirklich *cool* aus.

Ein Model, mit dem er ein paarmal ausgegangen war, hatte ihn zu Armani gebracht, und das italienische Design stand ihm wirklich gut. Echter Schick. Schwarzer Anzug, schwarzes Hemd, weiße Krawatte. Mit den schwarzen Haaren, der olivfarbenen Haut und den dunklen Augen sah er wie ein echter Filmstar aus.

Der Hofstaat wartete unten. Der Hofstaat tat alles für ihn.

Filmstar zu sein bedeutete, dass man nie einen Finger krumm machen musste.

Er erinnerte sich noch an die Zeit, als es anders gewesen

war. Oh, und wie gut er sich erinnerte! Johnnys erster Job in Hollywood. Er hatte Autos geparkt. Große, schnittige, teure Autos.

Die meisten Leute, deren Wagen er parkte, behandelten ihn, als existiere er gar nicht. Die netteren unter ihnen gaben ihm ein Trinkgeld, doch in der Regel hatte er schon Glück, wenn er die zwei Dollar Parkgebühr verdiente.

Manchmal, bei Partys, traf er dieselben Leute, deren Rolls' und Porsches er geparkt hatte. Was für ein Spaß, wenn er ihnen sagen würde: »He, Mann, ich hab in Ihren Kofferraum gepisst. Ich hab Ihnen das Radio geklaut. Ich hab Ihre Kassetten gestohlen.«

Der Witz würde ihnen nicht gefallen. Aber ihm machte er großen Spaß.

Das war, bevor er zu Starruhm gelangte. Bevor er Johnny Romano wurde. Bevor er ein Filmstar wurde.

Ein letzter Blick in den Spiegel. Der Mann war heiß. Der Mann würde sie alle umschmeißen. Trotz der fürchterlichen Kritiken zu seinem Film und der ominösen Leere in den Kinokassen.

Was scherte ihn das? Die Leute liebten ihn. Sie würden wiederkommen.

Er riss die Schlafzimmertür auf. »He, Johnny Romano ist fertig!«, schrie er. »Gehn wir!«

Das Gefolge nahm militärische Grundstellung ein.

Die »Schmierigen Singles« hatten Eddie Kane gewissermaßen adoptiert. Er war ein Kerl nach ihrem Herzen.

»Gehst du zu der Party?«, fragte ihn Arnie. »Soll 'ne Überraschung für Venus Maria sein. Können dort vielleicht 'n paar Weiber aufreißen. Bessern Platz dafür findste inner ganzen Stadt nicht.«

»Klar«, stimmte Frankie zu. »Du kommst mit uns.«

Vage erinnerte Eddie sich daran, dass er vor ein paar Wochen selbst eine Einladung bekommen hatte. Lieber Gott! Vor ein paar Wochen – das schien ihm schon ein ganzes Leben her.

»Ja, warum eigentlich nicht?«, sagte Eddie. »Ich fahr nur schnell nach Hause, um mich umzuziehen. Duschen möchte ich auch noch.«

»Warum duschst du nicht hier?«, sagte Frankie, ganz großzügiger Gastgeber.

»Ja, warum, zum Teufel, ziehste nicht ganz zu uns?« Arnie bog sich vor Lachen, und die beiden anderen stimmten in sein Gelächter ein.

»Also, Jungs, wir sehen uns dort. Gebt mir die Adresse.«

Frankie kritzelte sie auf ein Stück Papier und reichte es ihm.

Eddie fuhr nach Hause. Von unterwegs rief er Kathleen Le Paul an. »Ich muss was kaufen«, sagte er. »Könnten Sie zu mir rauskommen?«

»Wofür halten Sie mich?«, fragte sie schroff. »Für Ihren Botenjungen? Zufällig hab ich heute Abend zu tun.«

»Und ich bin zufällig einer Ihrer besten Kunden.«

»Ja, einer meiner besten nicht zahlenden Kunden. Sie haben noch Schulden bei mir, und solange die nicht bezahlt sind, gibt es nichts mehr.«

Wütend knallte er den Hörer auf. Miststück!

Der Maserati flog über die Autobahn. Wie er dieses Auto liebte! Er würde sein Haus verkaufen, er würde seine Kleider verkaufen, aber nie und nimmer seinen gottverdammten Wagen.

Lucky stellte Gino vor vollendete Tatsachen. »Wir gehen zu einer Party«, sagte sie.

»Ach, komm schon, mit Partys hab ich nichts mehr am Hut«, antwortete er mit einem tiefen Seufzer.

»Du redest wie so ’n alter Miesepeter! Wir gehen zu einer

richtig großen Hollywood-Fete und werden uns fantastisch amüsieren.«

»Hast du fantastisch amüsieren gesagt?« Er sah sie an, als habe sie den Verstand verloren. »Weißt du, zu wie vielen von diesen Dingern ich Marabelle Blue begleiten musste, als ich mit ihr zusammen war? Und Susan? Sie hat mich während unserer Ehe zu drei Feten pro Abend gezerrt. Jesus! Fantastisch amüsieren – machst du Witze?«

»Hör bloß auf zu meckern! Ich möchte, dass du Venus Maria kennen lernst. Sie ist eine fabelhafte Frau.«

»He, Kleine, wenn man mal in meinem Alter ist, hat man alles gesehen, alles getan, und weißt du was? Man hat keine Lust mehr auf Neues.«

»Hör auf, so zu reden. Du gehst mir langsam auf den Geist. Du kommst mit, okay?«

Gino schüttelte den Kopf. »Du bist ein zähes Frauenzimmer.«

»Ja, ja, ja, ich weiß, und ich habe ein loses Mundwerk. Das hast du mir schon immer gesagt. Ich bin ganz meinem Daddy nachgeraten.«

Sie lachten beide. »Lucky, aus dir ist wirklich was geworden.«

»Und aus dir auch, Gino. Aus dir auch. Geh dich jetzt umziehen – ich will dich in einem Anzug sehen.«

Mary-Lou und Steven waren mit Carioca Jade, Cee Cee, Bobby und seinem Schulfreund nach Santa Barbara zu einer Tante von Mary-Lou gefahren. Sie übernachteten auch bei ihr.

Miko, der kurz vor einem Nervenzusammenbruch stand, hatte Lucky übers Wochenende freigegeben. Im Haus herrschte ein schreckliches Tohuwabohu, aber das war Lucky egal, solange sich nur alle wohl fühlten.

Sie durchforschte ihren Kleiderschrank und entschied sich für einen weißen Smoking mit nichts darunter. Als sie fertig war, sah sie mit der ungebärdigen Fülle jettschwarzer Locken, den schwarzen Zigeuneraugen, dem sinnlichen Mund und der übers Wochenende erworbenen Sonnenbräune atemberaubend schön aus.

»He, Kleine!«, rief Gino, als er sie sah. »Was soll man dazu sagen? Ich bin stolz auf dich.«

»Danke, Gino – Daddy.«

Ihre Blicke trafen sich – die Blicke von Vater und Tochter.

Sie waren wirklich eins.

»Gehen wir uns amüsieren«, sagte Lucky lächelnd.

95

Mach sie kalt«, sagte Carlos Bonnatti.

»Wen?«, fragte Link.

Carlos Bonnatti lief wie ein gefangener Tiger in seinem Penthaus in Century City umher. »Na, wen schon? Lucky Santangelo natürlich.«

»Das ist so gut wie gelaufen.«

»Hoffentlich.«

»Keine Sorge, die Lady ist praktisch schon jetzt tot.«

»Sie ist keine Lady, sie ist eine Santangelo. Es muss innerhalb der nächsten vierundzwanzig Stunden passieren und sollte nach einem Unfall aussehen.«

»Wie du wünschst, Boss.«

Carlos nickte. Die Zeit der Rache war gekommen.

96

Cooper holte Venus Maria pünktlich ab.

»Was gibt es denn so Wichtiges, dass wir zum Dinner ausgehen müssen?«, fragte sie. »Morgen hab ich Geburtstag, und Martin kommt. Ich brauche meinen Schönheitsschlaf.«

Cooper zuckte mit den Schultern. »Ich bringe dich um Mitternacht nach Hause, damit ich dir als Erster gratulieren kann. Wie findest du das?«

»Sehr amüsant.«

»Zu amüsieren ist mein Lebensziel.«

»Los, raus mit der Sprache – was hast du für ein großes Geheimnis? Warum hast du so hartnäckig darauf bestanden, dass wir uns heute Abend sehen.«

»Wenn ich's dir erkläre, wirst du es verstehen.«

»Hat es mit Martin zu tun?«

»In gewisser Weise. Erinnerst du dich, dass du mich gebeten hattest, mit ihm zu sprechen?«

»Das ist schon eine Weile her. Seither ist alles anders geworden.«

»Das habe ich gemerkt. Trotzdem glaube ich, wir sollten über einige Dinge reden, die er gesagt hat.«

Sie seufzte. »Okay, Cooper, wenn es dir Spaß macht.«

Auf seinem Gesicht zeigte sich kein Lächeln. »Ja, das tut es.«

Sie griff nach ihrer Handtasche. »Du bist heute Abend so furchtbar ernst.«

»Ich übe für den Augenblick, in dem du mir sagst, dass du heiraten wirst.«

»Wäre das schlimm für dich?«

Sie wechselten einen langen, stummen Blick, und dann wechselte Cooper auch das Thema. »Willst du so mit mir ausgehen?«, fragte er.

Sie trug in Kniehöhe abgerissene, fransige Jeans, ein enges weißes T-Shirt und eine übergroße Männerjacke. Und Ron hatte behauptet, wenn sie mit ihm ausging, würde sie etwas hinreißend Schickes anziehen.

»Oh, tut mir Leid«, sagte sie spöttisch. »Ist das für das Hamburger Hamlet nicht gut genug?«

»Ich habe einen Tisch im Spago bestellt.«

»Nicht schon wieder! Ich kann mich nicht jedesmal mit dir fotografieren lassen, wenn wir ausgehen. Ein- oder zweimal hat nichts zu bedeuten, aber jetzt wird es langsam lächerlich. Martin wird sauer sein.«

»Martin hat nichts dagegen, dass wir uns treffen. Schließlich sind wir nur Freunde, nicht wahr?«

»Ich ziehe mich nicht um«, sagte sie eigensinnig.

»Wie du willst. Sag aber hinterher nicht, dass ich dich nicht gewarnt habe!«

Sie sah ihn verblüfft an. »Mich gewarnt? Wovor?«

»Ach, nicht wichtig.«

»Du benimmst dich heute Abend sehr seltsam, Cooper.«

»Ach ja?« Er musterte sie forschend. Sie war die begehrenswerteste und aufregendste Frau, der er seit langem begegnet war, und sie gehörte einem anderen. »Wieso denn das?«

»Du bist so – eh – nervös.«

Er warf einen Blick auf seine Uhr. »Komm, gehen wir. Je früher wir aufbrechen, umso früher kann ich dich nach Hause bringen.«

»Wie charmant. Vielleicht sollten wir wirklich bis Mitternacht ausbleiben.«

»Woher kommt dieser Sinneswandel?«

»Ich hab's dir gesagt – um Mitternacht fängt mein Geburtstag an.«

»Damit hättest du früher rausrücken sollen, dann hätte ich ein Geschenk für dich besorgt.«

»Schon gut. Du kannst mir morgen Blumen schicken. Orchideen. Ich bin verrückt nach Orchideen.« Sie nahm seinen Arm. »Fahren wir los, ich bin halb verhungert.«

Lennie brachte die beiden Mädchen im Beverly Hilton unter. Er hielt es nicht für wünschenswert, zu einer Versöhnung mit Lucky mit Brigette und Nona im Schlepp zu erscheinen.

Sie waren begeistert von der Idee, allein in einem Hotel mit Zimmerservice und Kabelfernsehen zu wohnen. Ihr Glück kannte keine Grenzen.

»Und ihr seid sicher, dass ihr euch hier wohl fühlen werdet?«, fragte er zum fünften Mal.

»Verschwinde gefälligst«, sagte Brigette und schubste ihn zur Tür. »Wir sind keine kleinen Kinder.«

»Okay. Aber eins müsst ihr mir versprechen – ihr nehmt keine Jungs aufs Zimmer mit.«

Nona kicherte. »Wieso glaubst du denn, wir würden Jungs mit raufnehmen?«, fragte sie unschuldsvoll.

»Ich war auch mal so alt wie ihr. Die Erinnerung lässt nicht nach – nur der Körper. Versteht ihr, was ich meine?«

Die beiden Mädchen lachten und begleiteten ihn zur Tür. »Ja, ja, Lennie, und jetzt hau ab. Auf Wiedersehen.«

Er fühlte sich großartig, als sei ihm eine Zentnerlast von der Seele genommen. Es würde alles gut werden. Er wusste es.

Unten ließ er sich vom Türsteher ein Taxi rufen und zum Strand fahren. Unterwegs überlegte er, was er sagen sollte. Etwas Phänomenales musste es sein. Wie wäre es mit: Da bin ich wieder? O ja, das war genau richtig.

Ken, der sehr stolz war, dass man ihm eine so wichtige Aufgabe anvertraut hatte, holte Martin vom Flughafen ab.

»Venus Maria hat keine Ahnung, dass Sie kommen«, erzählte er. »Das heißt, sie weiß auch nichts von der Party.«

»Keine Fotografen«, sagte Martin. »Sind Sie ganz sicher?«

»Hundertprozentig sicher«, antwortete Ken und führte Martin zu einer wartenden Limousine.

»Ich will nicht fotografiert werden«, wiederholte Martin. »Die Presse steht mir bis oben hin. Ich kann keine Publicity brauchen. Allmählich wird das Ganze lächerlich.«

»O ja«, pflichtete Ken ihm bei und wünschte sich insgeheim, die Presse würde ihn so verfolgen.

»Gut«, sagte Martin, der keine Lust hatte, sich zu unterhalten.

»Die Überraschung wird sich lohnen«, meinte Ken und setzte, obwohl es schon dunkel war, die Sonnenbrille auf.

»Davon bin ich überzeugt«, erwiderte Martin nicht gerade freundlich.

Ahnungslos fuhren sie auf dem Highway aneinander vorbei, Lucky und Gino nach Beverly Hills – Lennie im Taxi nach Malibu.

Als Lennie am Ziel war, war er sehr enttäuscht, das Haus leer zu finden. Er schloss die Haustür auf und sah sich um. In den Räumen herrschte ein heilloses Durcheinander. Hatte Lucky Gäste gehabt?

Er rief ein paarmal nach Miko, dann wurde ihm klar, dass auch er nicht da war.

Verdammt! Er hätte ihr sagen sollen, dass er kam. Wieso bildete er sich ein, dass sie Abend für Abend zu Hause saß und darauf wartete, dass er erschien?

Verdammt! Na ja – irgendwann musste sie nach Hause kommen, und er würde auf sie warten.

Und auf einem anderen Highway, ein Stückchen außerhalb von Los Angeles, saß Deena am Steuer ihres Mietwagens und fuhr ihrem Ziel entgegen.

97

Die pulsierenden Rhythmen eines halb nackten Bongo-Spielers hießen die Gäste in Rons ein wenig ausgefallenem Heim willkommen. Er hatte eine Leidenschaft für hohe

Zimmerdecken, schwarzen Granit, Spiegel und riesige Glasflächen. Seine Behausung war hochdramatisch – gelinde ausgedrückt.

Die Gäste waren gebeten worden, vor acht zu erscheinen, so dass Ron ausreichend Zeit blieb, sie mit Getränken und köstlichen Horsd'œuvres versorgen zu lassen.

Eine ganze Armee von Angestellten arbeitete mit vollem Einsatz, während in der Tür eine Hollywood-Größe nach der anderen erschien. Ron kannte nicht alle, doch Venus Marias Name genügte, um sie alle anzulocken.

Unter den Ersten, die kamen, waren mehrere Ehepaare – die Tony Danzas, Roger Moores und Michael Caine mit seiner überwältigend schönen Frau Shakira. Ihnen auf dem Fuß folgte eine lächelnde Susie Rush in Begleitung ihres Mannes. Die nächsten waren der Gesangsstar Al King und seine exotisch aussehende Frau Dallas.

Dann kamen ein paar führende Studioleute – Zeppo und Ida White, Mickey Stolli und ein wüst aussehender Eddie Kane, den eingeladen zu haben Ron sich nicht erinnern konnte.

Die *Vibrations* waren gut. Es lag echte Spannung in der Luft.

Den legendären Regisseur Billy Wilder und seine elegante Frau Audrey, fraglos die schickste Erscheinung der Stadt, begrüßte Ron selbst. Und er winkte den Jourdans, Poitiers und Davis' zu. Der Abend wurde allmählich zu einer runden Sache.

Johnny Romanos silberne Limousine fuhr die gewundene Zufahrt entlang. Warner saß neben ihm, die Knie fest zusammengepresst, den Rock bis fast zum Ende ihrer Oberschenkel hochgeschoben.

»He, Baby, lässte mich 'n bisschen spielen?«, fragte Johnny und versuchte die Hand zwischen ihre Knie zu zwängen.

»Nicht jetzt«, protestierte sie. »Später.«

»Jetzt, Baby«, sagte Johnny, und seine Finger kämpften sich zu ihrem Ziel durch. »Johnny sagt es. Komm, Baby, mach auf. Für Daddy.« Sie schlug ihm auf die Hand.

»O Junge, du kannst aber zuhauen!«

»Ich hab's geübt.«

Er grinste. »Tatsächlich?«

Die Leibwächter fuhren in einem zweiten Wagen hinter ihnen her. Bei privaten Gesellschaften versuchten sie sich so unauffällig wie möglich zu benehmen. Das war nicht leicht. Doch die meisten Gastgeber bestanden darauf.

»Hast du's schon mal auf dem Rücksitz einer Limousine getrieben?«, fragte Johnny und musterte Warner lüstern von Kopf bis Fuß.

Sie wollte ihm nicht sagen, dass sie überhaupt zum erstenmal in einer Limousine saß, obwohl sie in ihrer Zeit als Streifenpolizistin eine ganze Reihe dieser Luxuskarossen mit Strafzetteln bedacht hatte. »Nein«, antwortete sie.

»He, Baby, dann ist deine Erziehung aber alles andere als komplett, meint Johnny. Johnny wird das ändern.«

»Aber nicht jetzt«, sagte sie heftig.

»Wann?«, fragte er. »Morgen? Soll ich dir morgen Früh den Wagen schicken?«

Sie hatte geplant, die Nacht bei ihm zu verbringen. »Ich bin morgen Früh doch ohnehin bei dir, oder?«

»O ja, klar, Baby, wenn du willst.«

»Genau das will ich, Johnny.« Warner Franklin ließ sich von ihm nicht auf dem Rücksitz seines Wagens vernaschen und hinterher nach Hause schicken.

»Okay, ich sag dir was, Baby. Wir schauen bei der Party rein, bleiben ein Stündchen und auf der Heimfahrt besorg ich's dir auf dem Rücksitz. Ich bumse dich auf dem ganzen Weg nach Hause. Wie findste das?«

Die Vorstellung erregte Warner. Solange es nur sein Haus war, zu dem sie fuhren.

Dieser Johnny Romano hatte etwas an sich, das sie windelweich machte.

Adam Bobo Grant hätte diese Party um nichts in der Welt versäumen mögen. Er hatte in New York davon erfahren, rief Ron persönlich an und bat um eine Einladung.

Ron war entzückt gewesen und hatte die Einladung sofort abgeschickt. Bobo war ins nächste Flugzeug gestiegen und herübergeflogen. Er hatte es gewiss nicht zu bereuen. Auf Schritt und Tritt stolperte er über Stars. Es waren so viele, dass er mit seiner Kolumne mindestens für einen Monat ausgesorgt hatte.

Mit einem glücklichen Lächeln auf den Lippen und fotografischem Gedächtnis sah er sich im Raum um.

»Ein erstaunliches Haus«, sagte er anerkennend zu Ron. »Einfach – anders.«

Ron freute sich. »Gefällt es Ihnen wirklich?«

»Hab ich doch gerade gesagt, oder?«, entgegnete Bobo scharf und entdeckte im selben Moment Lionel Ritchie mit seiner hübschen Frau, Luther Vandross und den Bacharachs.

»Dann hätten Sie vielleicht sogar Lust, irgendwann mal bei mir Hausgast zu sein?«

Bobo sagte weder ja noch nein. Er winkte Tita und Sammy Cahn zu, die eben durch die Haustür kamen, und machte sich auf die Suche nach Clint Eastwood.

Eddie wanderte umher und hielt nach Leuten Ausschau, die er kannte. Nach irgendeinem Menschen, der noch mit ihm redete. Neuigkeiten reisten schnell, und es war allgemein bekannt, dass er bei Panther hinausgeflogen war.

Er traf einen Schauspieler, mit dem er befreundet war.

»He, Mann, wie geht's denn so?«, fragte der Freund.

»Gut.« Eddie nickte, und es gelang ihm, den zuckenden Nerv unter Kontrolle zu halten.

Der Freund sah sich vorsichtig um und sagte dann: »Hast du Stoff dabei?«

Wofür hielt er ihn? Für einen beschissenen Dealer? Warum fragte dieser Schmock ausgerechnet ihn? Erstens hatte er keinen Stoff, und wenn er welchen hätte, würde er diesem Arschloch bestimmt nichts davon abgeben.

Er schaute sich nach Arnie und Frankie um, doch sie waren nirgends zu sehen.

Mickey unterhielt sich an der Bar mit Zeppo White. Eddie war überrascht, dass die beiden noch miteinander redeten. Er hatte gehört, dass Zeppo sich bei Orpheus nicht kampflos verdrängen lassen wollte. Im Moment war Mickey arbeitslos – es sei denn, Martin Swanson bezahlte ihn fürs Nichtstun.

Aber dies war Hollywood, und in Hollywood setzte man ein heiteres Gesicht auf und hoffte das Beste. Mickey wusste, wie man überlebte – genau wie sie alle.

Eine lange Wagenkolonne näherte sich der Zufahrt.

»Bist du sicher, dass wir eingeladen sind?«, fragte Rita wieder und musterte besorgt ihr Bild im Spiegel ihrer Puderdose. »Und wenn sie uns rausschmeißen? Das würde ich nicht überleben, Emilio. Ich bin noch nie irgendwo rausgeschmissen worden.« Was nicht die reine Wahrheit war, denn Rita war in drei Jobs gefeuert worden und aus einer Oben-ohne-Bar geflogen, weil sie sich geweigert hatte, mit dem Besitzer zu schlafen. Doch das lag weit zurück, war Vergangenheit Schließlich hatte sie inzwischen in drei Filmen Sprechrollen gehabt. Jetzt war sie Schauspielerin.

»Was ist los? Traust du mir nicht?«, fauchte Emilio. »Ich sag dir, Venus und ich sind richtige Kumpel.«

»Hat sie dir denn erlaubt, das ganze Zeugs über sie zu schreiben?«

Emilio wünschte, Rita würde mit ihren Nörgeleien aufhören. »Ich brauche sie nicht zu fragen. Sie versteht das schon. Sobald ich das Geld kriege, werde ich es wahrscheinlich mit ihr teilen.«

»Aber natürlich, sie braucht es ja so dringend«, sagte Rita sarkastisch.

»Also geb ich ihr eben keins. Ist doch egal. Wir sind Geschwister. Hältst du jetzt den Mund?«

Rita seufzte. »Wenn du es sagst. Aber was ist mit der neuen Story? Diesem ganzen Sexzeug, das Tony dir verklickert hat? Wie sie im Bett ist und wann sie's das erste Mal gemacht hat – das alles eben.«

Heiliges Kanonenrohr! Hatte er nichts, womit er sie knebeln konnte? »Wem macht das schon was aus? Ihr bestimmt nicht.«

»Ich kann mir sowieso nicht vorstellen, wie sie das drucken wollen«, sagte Rita und klappte ihre Puderdose zu.

Emilio wünschte, er könnte auch ihren Mund zuklappen. Sie redete zu viel.

Der Wagen rollte vor dem Haus aus, und zwei Angestellte stürzten herbei, um gleichzeitig die beiden Türen zu öffnen.

Rita ließ sich vom Sitz gleiten, stand einen Moment still und zog sich das Kleid über den Hüften herunter. Zwei der Angestellten, die zum Parken der Wagen eingeteilt waren, stießen vor Übereifer fast zusammen. Dann nahm Rita, den Kopf hoch erhoben, Emilios Arm und betrat das Haus.

»Wer, zum Kuckuck, ist das?«, murmelte Ron, als Rita durch die Haustür in die Halle tänzelte. Sie sah aus wie eine Hure vom Hollywood Boulevard. Madame Lorettas Huren präsentierten sich wenigstens wie Damen. Ron stöhnte innerlich, als er merkte, dass sie an Emilios Arm hing. Das wagte er! Dazu musste einer wirklich Courage haben. Und die hatte Emilio nicht.

Als Ron auf die beiden zugehen wollte, wurde er von Antonio aufgehalten. »Ah«, sagte der winzige Fotograf, »wo ist dein Freund? Ich möchte wegen des Fotos mit ihm reden.«

Ron war empört. War dieser zwergenhafte italienische Kretin noch immer hinter Ken her? »Er ist nicht hier«, sagte er verächtlich.

»Nicht hier?«, entgegnete Antonio verwirrt. »Ich verstehe nicht.«

»Hast du eine Nachricht für ihn?«, sagte Ron. »Ich werde dafür sorgen, dass er sie bekommt.«

Antonio ließ sich nicht so leicht abweisen. »Nein, nein, ich habe versprochen, selbst mit ihm zu reden.«

Geiler kleiner Affe. Ron marschierte davon und vergaß, dass er die Absicht gehabt hatte, Emilio und sein billiges Flittchen hinauszuwerfen.

Als es ihm wieder einfiel, waren die beiden in der Menge verschwunden.

Rita brannte darauf, sich umzusehen. Nachdem man sie tatsächlich eingelassen hatte, hatte sie keine Lust, sich mehr als nötig mit Emilio in seinem billigen Lederanzug sehen zu lassen. Er hatte große Ähnlichkeit mit einem Zuhälter vom Hollywood Boulevard.

»Hol mir einen Drink, Schatz«, schnurrte sie. »Ich muss mal verschwinden. Wir treffen uns dann an der Bar.«

Bevor er etwas einwenden konnte, hatte sie sich bereits davongeschlängelt.

Man drehte sich nach ihr um. Sie wusste, dass sie sensationell aussah. Warum hätte man sie wohl sonst so angestarrt? Heute Abend konnte sie wirklich großen Eindruck machen. Einen Eindruck, der sich auf ihre Karriere auswirken würde. Rita war fest entschlossen, sich so in Szene zu setzen, dass sie alle auf ihre Hollywood-Hintern fielen.

98

Als Saxon eintraf, um Abigaile Stolli abzuholen, sah er sich einer gehässigen Dreizehnjährigen gegenüber.

»Wer sind Sie?«, fragte Tabitha und starrte ihn so lange an, bis er den Blick senkte.

Was für ein frühreifes Früchtchen! »Saxon«, antwortete er.

»Sie sehen nicht aus wie ein Freund meiner Mutter«, sagte Tabitha unverschämt.

Dem Himmel sei Dank dafür, dachte Saxon. »Ist deine Mutter hier?«, fragte er. »Ich soll sie zu einer Party mitnehmen.«

Tabitha lachte laut auf. »Sie? Sie sollen Mommy zu einer Party mitnehmen? Du meine Güte! Warten Sie, bis mein Daddy das erfährt!«

»Deine Eltern haben sich doch getrennt?«, sagte Saxon.

»Das geht Sie nichts an«, antwortete sie höhnisch.

Zum Glück erschien Abigaile in diesem Moment und winkte Tabitha hastig, sie solle verschwinden.

Doch das ließ das Töchterchen sich nicht gefallen. Sie starrte ihre Mutter an. »Du siehst richtig blöd aus«, sagte sie. »Wozu hast du dir so viel Make-up ins Gesicht geschmiert? Es steht dir nicht. Du siehst gewöhnlich aus. Pfui!«

»Gute Nacht, Liebes«, sagte Abigaile mit zusammengebissenen Zähnen.

Im Wagen entschuldigte sie sich für das Benehmen ihrer Tochter. »Tabitha ist ganz durcheinander. Es war eine sehr unangenehme Zeit für uns alle – so peinlich. Sie haben bestimmt auch von der – Indiskretion meines Mannes gehört.«

Und ob er davon gehört hatte! In seinem Salon hatte es tagelang kein anderes Gesprächsthema gegeben.

Er zuckte mit den Schultern. »Künstlerpech. So was passiert eben.«

Abigaile trug einen schicken Hosenanzug von Valentino, viel echten Schmuck und duftete intensiv nach Joy.

»Sie riechen gut, Mrs. S.«, sagte Saxon, in die Luft schnüffelnd.

»Danke.« Sie sah starr geradeaus. Es hatte keinen Sinn, ihn zu sehr zu ermutigen. Schließlich war er nur ihr Begleiter für diesen Abend. Nichts sonst.

Als sie eintrafen, merkte sie, dass ein paar Köpfe sich nach ihnen umdrehten. Saxon war groß, sah gut aus und war kaum der Mann, den sie an Mickeys Stelle zu sehen erwartet hatten.

Ha! Triumphierend genoss Abigaile die allgemeine Aufmerksamkeit.

Sie entdeckte Zeppo und Ida White, packte Saxon bei der Hand und zog ihn mit.

Idas lüsterne Augen musterten ihn von Kopf bis Fuß. Dann nahm sie Abigaile beiseite und flüsterte ihr ins Ohr: »Wie konnten Sie nur! Man geht doch nicht mit seinem Friseur zu einer solchen Party. Tun Sie das nie wieder, Darling. Ich weiß, dass Sie verzweifelt versuchen, es Mickey heimzuzahlen – aber ein solches Benehmen ist nicht akzeptabel.«

Abigaile war empört. Wie durfte Ida White es wagen, sie zu tadeln! Diese ewig vollgedröhnte alte Kuh!

»Er ist nicht mein Friseur«, fauchte sie. »Er ist mein Liebhaber!«

Idas Brauen schossen förmlich in die Höhe. Sie war schockiert. »Tut mir Leid, ich – das hab ich nicht gewusst.«

Abigaile lächelte. »Warum, glauben Sie denn, hätte Mickey ins Bordell gehen müssen? Ich habe seit Monaten nicht mehr mit ihm geschlafen. Saxon und ich sind sehr intim.« Sie presste sich herausfordernd an Saxon und legte die Hand auf seine Gürtelschnalle.

Saxon war genauso überrascht wie Ida.

»Komm, Liebling«, sagte Abigaile, hängte sich an seinen Arm und führte ihn weg.

Ida starrte ihnen mit offenem Mund nach.

Jetzt musste Venus Maria bald eintreffen. Ron sah sich unter den Gästen um. Alle schienen sich blendend zu unterhalten, und die meisten waren auch pünktlich gekommen. Der Einzige, der noch fehlte, war Martin, aber Ken würde ihn rechtzeitig genug vom Flughafen bringen, um die Überraschung für Venus Maria komplett zu machen. Ron wusste, dass Cooper sich minuziös an seinen Plan halten würde. Er sollte Venus Maria abholen und so tun, als wolle er mit ihr essen gehen. Im Wagen sollte er plötzlich sagen: »Ich habe eine Überraschung für dich«, ihr die Augen verbinden und dann direkt zu Ron fahren.

Venus Maria würde darauf eingehen. Sie liebte Rätsel und Geheimnisse.

Ron hatte die Anweisung gegeben, dass alle mucksmäuschenstill sein sollten, wenn sie kam. Er hatte die Absicht, sie in die Mitte des Zimmers zu führen, ihr die Augenbinde abzunehmen, und dann sollten alle laut »ÜBERRASCHUNG!« rufen.

Er erläuterte den Gästen seinen Plan mit ein paar Worten. Einige Leute applaudierten, andere lachten. Aber mitmachen würden sie alle. Schließlich war man in Hollywood und Venus Maria ein Superstar.

Warner hängte sich fest an Johnny Romanos Arm, als er mit dem üblichen Gepränge seinen Auftritt inszenierte. Alle Köpfe drehten sich nach ihnen um. Was für ein Paar!

Warner wünschte sich, ihre Familie in Watts könnte sie jetzt sehen, bei einer großen Hollywood-Party, am Arm eines Filmstars. Keines x-beliebigen Filmstars. Sie hatte sich Johnny Romano geangelt. Den King.

Sie fragte sich, an wie viele der hier Anwesenden sie als Streifenpolizistin wohl Strafzettel verteilt hatte. Das war doch was. Das war wirklich was.

Warner Franklin und Johnny Romano.

Johnny lächelte breit und strahlend. Dieser Abend war für ihn sehr wichtig. Er zeigte sich zum erstenmal in der Öffentlichkeit, seit dem dramatischen Rückgang der Besucherzahlen von *Motherfaker.*

Er musste das Gesicht wahren.

Musste ihnen zeigen, dass es ihm verdammt scheißegal war.

Und mit Warner an seiner Seite fühlte er sich verdammt gut. Sie war keins der üblichen Hollywood-Flittchen. Sie war eine Frau. War ganz Frau. Einen Meter achtzig nur Frau.

Der Erste, auf den sie stießen, nachdem Ron sie begrüßt hatte, war Mickey Stolli.

Mickey war geschockt.

Warner triumphierte.

Er sagte »guten Abend« und wollte sich verdrücken, als er von hinten gewissermaßen in die Zange genommen wurde. Von Abigaile, die ein langhaariges Mannsbild hinter sich herzog.

Sie ignorierte Mickey. »Warner, meine Liebe!«, rief sie, als seien sie uralte Freundinnen. »Wie geht es dir? Und Johnny! Sie sehen wieder mal umwerfend gut aus.«

Mickey war fassungslos. Seit wann waren die vier so eng befreundet?

Er wandte sich halb ab und fragte Abigaile, fast ohne beim Sprechen die Lippen zu verziehen: »Was tust du denn hier? Und wer ist dieser widerliche Kerl?«

»Welcher widerliche Kerl?« Sie sah ihn verblüfft an. »Ich habe keine Ahnung, was du meinst.«

»Der Blödmann mit der Heavy-Metal-Frisur.«

»Ach, du sprichst von Saxon? Hab ich dir denn noch nie von ihm erzählt? Saxon gehört der wunderbare Salon auf dem Sunset. Ivanas. Bist du ganz sicher, dass ich ihn nie erwähnt habe, Mickey?« Zugleich packte sie Saxons Hand und drückte sie. »Darling, darf ich dir meinen bald Ex-Ehemann Mickey Stolli vorstellen?«

Saxon überragte Mickey genauso wie Warner. »He, Mann, nett, Sie kennen zu lernen«, sagte er. »Hab schon eine Menge über Sie gehört.«

»Komm, Saxon«, sagte Abigaile fröhlich, »wir müssen unter die Leute.« Sie warf Mickey einen triumphierenden Blick zu – und weg war sie.

Er konnte nicht glauben, was da passierte. Abigaile? Die sich auf einer Party amüsierte? Die lächelte? Einen Kerl im Schlepp hatte?

Abigaile sollte doch in ihrer Hollywood-Villa sitzen und schmollen, zerfallen mit sich und der Welt.

Mickey Stolli kam zu dem Schluss, dass dies nicht sein Abend war.

Rita erwischte Mickey, als er auf einem Tiefpunkt angelangt war. »Ich kenne Sie«, sagte sie aufgeregt. »Hab Ihr Foto in der Zeitung gesehen. Sie sind – Sie sind Mickey Sully. Ja?«

»Stolli.« Er musterte das mit einem zu engen roten Kleid herausstaffierte Mädchen. Zu viel Make-up. Zu viel Haar. Zu billig. »Wer sind Sie?«

»Ich bin Rita.«

»Rita und wie weiter?«

»Rita, das Mädchen, das die nächste Venus Maria sein wird«, sagte sie und versuchte einen Schuss ins Dunkle. »Ich tanze. Ich singe.« Sie rückte ein bisschen näher an ihn heran. »Ich tu, was Sie wollen – buchstäblich.« Und für den Fall, dass er die frohe Botschaft noch nicht verstanden hatte, fügte sie hinzu. »Und ich meine *alles.*«

Bevor Mickey dazukam, etwas zu sagen, marschierte Emilio auf Rita zu und riss sie weg. »Ich habe an der Bar auf dich gewartet«, sagte er vorwurfsvoll. »Wo warst du?«

Rita sah Mickey mit einem um Entschuldigung bittenden Blick an. »Mein Freund – er ist ein bisschen nervös.«

»Wer, zum Kuckuck, ist hier nervös?«, explodierte Emilio.

»Bitte entschuldigen Sie uns, Mr. Scully.« Sie zögerte. »Eh – haben Sie zufällig einen Film zu besetzen? Wenn ja, denken Sie an mich. Rita. Ich singe, ich tanze, ich …«

Emilio zerrte sie weg.

Auf der Fahrt zu Rons Haus lenkte Cooper den Wagen plötzlich an den Straßenrand und hielt an.

»O nein!«, rief Venus Maria spöttisch. »Weißt du noch, was passiert ist, als du das letzte Mal am Straßenrand gehalten hast.«

Er begann zu lachen. »Heute geht's um was anderes.«

»Okay, und um was, wenn ich fragen darf?«, erkundigte sie sich mit ihrer sachlichsten Stimme.

»Ich möchte, dass du was für mich tust.«

Jetzt neckte sie ihn wieder. »Ich blas dir keinen, kommt überhaupt nicht in Frage, Cooper.«

»Hältst du freundlicherweise den Mund?«

»Warum?«

Er nahm einen weißen Seidenschal aus dem Handschuhfach. »Halt einfach den Mund, und lass dir diese Augenbinde umlegen. Ich habe eine Überraschung für dich.«

»Oooh!«, quietschte sie entzückt. »Ich liebe Überraschungen! Machen mich richtig an.«

»Ich weiß. Also sei brav und tu, was ich dir gesagt habe.«

»Ich mag es, wenn du so streng mit mir bist, Cooper.«

Er drehte ihr Gesicht zu sich herum und verband ihr die Augen.

»Das ist sexy«, sagte sie. »Das muss ich mir merken. Wo werde ich mich wiederfinden? Nackt in deinem Bett?«

»Du flirtest wirklich auf Teufel komm raus, nicht wahr? Und noch etwas – du hast ein freches Mundwerk, aber es ist nichts dahinter.«

Sie lächelte belustigt. »Hm, wünschst du es dir denn nicht?«

»Darf ich mich vielleicht aufs Fahren konzentrieren?«

»Kannst du's?«, neckte sie ihn. »Wenn du dir vorstellst, dass ich nackt in deinem Bett …«

»Es reicht«, sagte er.

»Verrate mir, wohin wir fahren.«

»Soll ich dir die Überraschung verderben? Kommt nicht in Frage.«

Deena fuhr den Sunset hinunter. Die Türen ihres Wagens waren verriegelt. Sie hatte die Straßenkarten von L. A. und Beverly Hills studiert und wusste genau, wohin sie wollte.

An der Doheny Road bog sie links ab und fuhr in die Hügel hinauf.

Sehr bald schon würde sie vor Venus Marias Haus stehen.

99

Lucky dachte daran, Gino von Carlos Bonnattis Drohung zu erzählen, entschied sich dann jedoch dagegen. Warum sollte sie ihn beunruhigen? Mit Carlos wurde sie ganz allein fertig.

Sie wurde mit allem fertig, das sich ihr in den Weg stellte.

In ihrem Abendtäschchen steckte eine kleine Pistole zum Selbstschutz. Es war ihr schon zur Gewohnheit geworden, die Waffe bei sich zu haben; sie fühlte sich ganz einfach sicherer mit ihr.

»Verdammt!«, stöhnte Gino. »Ich hasse diese Partys. Warum hab ich mich nur von dir beschwatzen lassen?«

»Vielleicht lernst du eine wunderschöne Filmschauspielerin kennen, die dich aus New York fort und nach L. A. lockt«, foppte ihn Lucky. »Hättest du keine Lust, hier zu leben?«

»Na, auch schon was!«, knurrte er verächtlich. »Wenn du einen Filmstar gesehen hast, kennst du sie alle.«

»Was ist eigentlich aus Marabelle Blue geworden?«

»Sie hat einen Stierkämpfer geheiratet und nach ihm einen Sänger, aber wie's weiterging, weiß ich nicht.«

»Lebt sie noch hier?«

»Wen interessiert das schon.«

»Ich kann mich umhören, wenn du willst.«

Gino brach in lautes Gelächter aus. »Wozu? Ich freu mich auf ein ruhiges Leben. Ich bin ein alter Mann.«

»Hörst du endlich auf, mir das dauernd vorzubeten? Es macht mich ernstlich sauer. Vor kurzem hast du mir noch erklärt, du bist fünfundvierzig, und im nächsten Moment behauptest du, du seist ein alter Mann. Was ist passiert?«

»Nichts ist passiert, meine Kleine. Ich akzeptiere nur endlich die Realität.«

Sie trafen fünf Minuten vor Venus Maria auf der Party ein und setzten sich an die Bar.

Lucky war der geborene Voyeur. Sie beobachtete begeistert die Stars, die rastlos hin und her liefen, um die besten Plätze zu ergattern.

»Macht dir das keinen Spaß?«, flüsterte sie Gino zu, als Al King vorbeikam.

»Ungefähr so viel wie eine Zahnwurzelbehandlung während einer Hitzewelle.«

»Überraschung!«

Venus Maria riss sich die Augenbinde herunter und schnappte nach Luft. »Das ist ja unglaublich! Wer hat das arrangiert?«

»Na, wer schon«, antwortete Ron, der neben ihr stand, voller Stolz.

»O mein Gott! Was für eine wundervolle Überraschung! Sie sind alle hier.«

»Aber selbstverständlich, meine Prinzessin. Und warte nur,

bis du die Geschenke siehst! Wir werden beim Auspacken einen Riesenspaß haben.«

»Danke, Ron.« Sie drehte sich zu ihm um und küsste ihn. »Du bist der beste Freund, den ein Mädchen haben kann.«

»Ich habe noch ein Geschenk für dich, etwas sagenhaft Tolles zum Anziehen. Vielleicht willst du's gleich probieren?«

Zerknirscht musterte sie ihre abgeschnittenen Jeans und die übergroße Männerjacke. »Scheiße! Cooper, du hättest mir auch einen Wink geben können.«

»Komm mit, Süße. Ich bring dich in mein Schlafzimmer.«

»Ach, Ron«, neckte sie ihn, »du kannst einem Mädchen wirklich einheizen!«

Sie gingen in Rons Schlafzimmer hinauf, und Venus Maria musste unterwegs unzählige Glückwünsche entgegennehmen. Ron öffnete ihr die Tür, sie trat auf die Schwelle – und blieb wie festgewurzelt stehen. In der Mitte des Zimmers wartete Martin auf sie.

»Überraschung! Überraschung!«, rief Ron. »Es hat wunderbar geklappt – genau wie geplant.«

»Herzliche Glückwünsche zum Geburtstag«, sagte Martin.

Venus Maria lächelte. »Bist du mein Geschenk?«

»Eines von mehreren«, mischte Ron sich ein. »Ich lass euch jetzt allein, aber nur für ein paar Minuten. Kommt schnell wieder hinunter zu den anderen. Hier ist noch ein Geschenk.« Er zeigte auf eine große, flache Schachtel, die auf dem Bett lag.

»Danke, Ron.«

»Es hat mir selbst viel Freude gemacht«, sagte er.

Und ging.

Venus Maria schlenderte ganz langsam auf Martin zu, legte ihm die Arme um den Hals, schmiegte sich mit dem ganzen Körper an ihn und gab ihm einen langen, unendlich langen Kuss. »Hmmm«, sagte sie mit einem zufriedenen Seufzer. »Du bist wieder da. Herzlich willkommen.«

Sie küssten sich erneut, und dann fragte Venus Maria mit einer Stimme, die an die junge Marilyn Monroe erinnerte: »Hast du mich vermisst?«

»O ja«, sagte er.

»Beweise es mir.«

Er presste sich an sie. »Hier hast du deinen Beweis.«

Sie lachte leise. »Oooh, Martin, du hast dich wirklich aufgespart!«

Dann fiel sie auf die Knie, öffnete seinen Reißverschluss, und ehe er wusste, wie ihm geschah, hatte sie ihn in den Mund genommen.

Das war es, was er an Venus Maria so mochte. Sie hatte Geburtstag, und er bekam das Geschenk.

Als Ron hinunterkam, waren Antonio und Ken in eine lebhafte Unterhaltung vertieft. Er lief zu ihnen und packte besitzergreifend Kens Arm.

»Antonio sagt, meine Fotos sind fantastisch geworden«, berichtete Ken ganz aufgeregt. »Er sagt auch, ich kann nach diesen Fotos mit Venus Maria ganz groß Karriere machen. Was meinst du dazu?«

Ron seufzte. Warum stieß er nur immer wieder auf die Ehrgeizigen? Wäre es nicht nett gewesen, wenn Ken damit zufrieden gewesen wäre, zu Hause zu bleiben und hübsch auszusehen?

»Ich finde es super«, antwortete er.

Voller Eifer beugte sich Ken zu Antonio hinunter. »Wann darf ich die Bilder sehen?«, fragte er. »Ich kann's kaum erwarten.«

»Morgen. Und zwar in meinem Studio.« Antonio warf Ron einen triumphierenden Blick zu. »Mein Haus ist zugleich mein Studio. Wir essen eine Kleinigkeit, und ich zeige dir die Fotos.«

»Wunderbar«, sagte Ken.

Ha!, dachte Ron und funkelte Antonio wutentbrannt an.

Warum machst du nicht deine Hose auf und zeigst es ihm jetzt gleich?

Madame Lorettas Mädchen mischten sich unauffällig unter die Gesellschaft. Und sie gehörten zweifellos zu den schönsten Frauen im Raum. Madame Loretta hatte ein gutes Auge. Sie holte sie frisch aus dem Zug oder Flugzeug. Die Mädchen kamen nach Hollywood, um Stars zu werden. Wenn sie vorher eine Zeit lang als Prostituierte arbeiteten, schadete es weder ihrer Schönheit noch ihrer künftigen Karriere.

Madame Lorettas Stall war berühmt. Einige ihrer Mädchen hatten schon Filmstars und Produzenten geheiratet, und eins war mit einem arabischen Milliardär verlobt. Für Madame Loretta eine Quelle ständigen Entzückens.

Leslie war ganz gewiss eines der ungewöhnlichsten Mädchen, die sie je gehabt hatte, und sie wollte sie gut versorgt sehen.

Heute Abend bildete Leslie ein Paar mit Tom, einem Freund von Ken, ebenfalls einem Model. Sie hatten die Anweisung zu zirkulieren und alle Leute zu bezaubern.

»Wirst du dafür bezahlt?«, fragte Tom.

»Wer sollte mich wohl bezahlen und warum?«, entgegnete Leslie abwehrend.

»Man erzählt sich, dass ein paar von den Mädchen – hör zu, ich behaupte nicht, dass du dazugehörst, aber angeblich sind ein paar von Madame Lorettas Mädchen hier.«

»Man erzählt sich auch, dass ein paar Kerle schwul sind«, konterte Leslie. »Bist du schwul?«

Tom wurde rot. »Ich bin Schauspieler.«

»Eben. Oder willst du mir einreden, dass es keine schwulen Schauspieler gibt?«

»Ich bin bisexuell«, erklärte er.

»Ich schätze, das deckt eine Vielfalt von Sünden ab«, sagte sie vor sich hin.

Als Venus mit Martin an der Seite wieder erschien, ging ein lautes »Ah!«, durch den Raum. Sie hatte sich aus einer kleinen Streunerin in Blue Jeans in die Venus Maria verwandelt, die alle kannten und liebten – die sexy, hinreißend aufregende Video-Königin. Herausfordernd, furchtlos, ein Vamp, wie die ganz Großen des Films es gewesen waren. Sie hatte das Geburtstagsgeschenk von Ron angezogen, ein Tunikakleid aus dem Salon Jean Paul Gaultier; darüber trug sie eine mit Juwelen besetzte Weste und mehrere rot und schwarz emaillierte Ketten.

»Alle starren uns an«, flüsterte sie Martin zu. »Ich schätze, sie sind überrascht, dich zu sehen.«

»Keine Fotos!«, warnte er.

»Sei nicht so paranoid. Ron würde zu einer solchen Party nie Fotografen zulassen.«

Ein Kellner reichte ihnen Champagner. Martin drückte ihr die Hand. »Diesmal bin ich für immer gekommen.«

Sie nahm einen Schluck Champagner und rümpfte die Nase. »Wirklich?«

»Das ist es doch, was du willst, nicht wahr?«

Sie lächelte. »O ja, Martin! Das ist es, was ich will. Das ist es wirklich.«

Doch schon während sie es sagte, beschlichen sie leise Zweifel, wurde ihr klar, dass sie nicht sicher war.

100

Amüsieren Sie sich?«, fragte Cooper trocken.

Lucky lächelte. »Ich mache immer das Beste aus allem. Es ist eine interessante Party.«

»Wenn man Partys mag«, sagte Cooper rastlos.

»Und Sie mögen keine?«

»Ich säße lieber mit einem guten Buch zu Hause.«

»Also nach allem, was ich so höre, benutzen Sie Ihr Schlafzimmer höchst selten dazu, ein gutes Buch zu lesen.«

Er sah sie verblüfft an. »Warum glauben eigentlich alle Leute, dass ich eine unersättliche Sexmaschine bin?«

»Ganz einfach – weil Sie es sind.«

»Das wissen Sie genau, nicht wahr?«

»Ich habe eine Menge über Sie gelesen.«

»Und selbstverständlich glauben Sie alles, was Sie lesen?«

Sie grinste. »Selbstverständlich. Sie nicht?«

»Wie kommt es eigentlich, dass ich Sie nie mit Ihrem Mann sehe? Wo ist Lennie überhaupt?«

»Im Moment in Europa.«

»Was ist das zwischen Ihnen? Eine dieser Ehen, in denen jeder seiner Wege geht? Er dorthin und Sie dahin?«

»Das ist nicht Ihr Bier.«

»Ich verstehe. Es ist absolut okay, wenn Sie über mein Liebesleben reden – aber wenn man auf das Ihre zu sprechen kommt, dann heißt es: Hände weg, oder ... Ist das so richtig?«

Sie seufzte. »Wir haben im Moment ein paar Probleme.«

Mehr brauchte Cooper nicht zu hören. Er hatte sich vom ersten Moment an von Lucky angezogen gefühlt. »Ich bin ein sehr begabter und guter Problemlöser. Das ist meine Spezialität.«

»Davon bin ich überzeugt. Aber mit den meinen werde ich schon selbst fertig.«

Ihre Blicke trafen sich, hielten sich gegenseitig fest. Hätte es Lennie nicht gegeben, hätte sie Cooper unwiderstehlich gefunden, trotz seines geradezu tödlich schlechten Rufs.

Na und? Was hieß das schon? Auch ihr Ruf war früher nicht der beste gewesen.

»Sie sind eine sehr interessante und reizvolle Frau«, sagte er und ließ ihren Blick nicht los.

Lucky indessen tat es. »Hören Sie«, sagte sie spöttisch, »ist das Ihr üblicher Text? Oder denken Sie sich für jede Gelegenheit etwas Neues aus?«

Gino stand an der Bar und ließ sich sein Glas frisch füllen.

»Hallo, Gino!«

Er drehte sich um und sah sich Paige gegenüber. »He, was machst denn du hier?«

»Das Gleiche wie du – ich langweile mich lausig.«

»Bist du mit Ryder gekommen?«

»Nein.«

Ihm fiel auf, dass sie ihren Ehering nicht trug, und er begann sich zu wundern. »Mit wem bist du dann hier?«

Sie legte ihre perfekt manikürte Hand auf die seine. »Ich wollte dich etwas fragen, Gino.«

Er atmete ihren Duft ein. »Ja?«

»Hast du den Ring aufgehoben?«

»Welchen Ring?«

Sie verdrehte die Augen. »Welchen Ring, fragt er! Den mit dem großen Diamanten, erinnerst du dich vielleicht zufällig? Den ich kurz überstreifen durfte, als du mich gebeten hast, Ryder zu verlassen.«

Er nahm einen kräftigen Schluck von seinem Scotch. Sie heizte ihm tüchtig ein. »Nein, ich hab ihn zurückgegeben. Warum willst du das wissen?«

»Ach, wie schade!«, sagte sie leise.

»Was ist eigentlich los, Paige? Was ist passiert?«

Sie fuhr sich mit der Zungenspitze über die vollen Lippen. »Na, was denkst du denn?«

»Ich habe das Gefühl, dass du mich …«

»… dass ich bereit bin, mit dir nach Hause zu gehen, Gino«, beendete sie den Satz für ihn.

»Für immer?«

»Ja.«

Er fing laut zu lachen an. »Höchste Zeit, mein Schatz!«

»Martin, könnte ich vielleicht ein Statement von Ihnen haben?«

Martin prallte entsetzt zurück. Was, zum Teufel, hatte Adam Bobo Grant hier verloren? Ron hatte gesagt, es werde niemand von der Presse anwesend sein. Absolut niemand.

»Guten Abend, Bobo«, sagte er liebenswürdig, klug genug, sein Missvergnügen nicht zu zeigen.

»Es tut mir so schrecklich Leid, was ich über Sie und Deena gehört habe«, schmeichelte Bobo und legte Martin mitfühlend die Hand auf den Arm. »Aber was sein muss, muss sein.«

Verzweifelt sah sich Martin nach Ron um. Sobald er ihn fand, würde er ihn erwürgen. Wenn Bobo etwas über heute Abend schrieb, würde Deena versuchen, ihm alles abzunehmen, was er besaß – bis auf den letzten Penny.

Mickey und Abigaile begegneten sich vor dem offenen Kamin.

»Du benimmst dich widerwärtig«, flüsterte Mickey scharf.

»Ich benehme mich widerwärtig?«, entgegnete Abigaile. »Und wie ist das mit dir und dieser – dieser Hure?«

»Das ist immer noch besser, als mit einem Friseur herumzuziehen. Er ist jünger als du. Wie kannst du dich derart lächerlich machen?«

»Sag du mir nicht, was ich zu tun habe, Mickey Stolli. Du hast mich verlassen und damit für immer die Tür hinter dir zugeschlagen. Mein Leben gehört jetzt mir, und ich tue, was ich will.«

»Ich möchte aber wieder zurückkommen«, platzte Mickey, für sich selbst überraschend, heraus.

»Du willst zu uns zurück?«

»Ja, Abbey. Was meinst du dazu?«

Das Dinner wurde serviert.

Auf einem endlos langen Büffet waren alle Köstlichkeiten

der Welt aufgebaut, angefangen bei frischem Hummer bis zu Brathühnchen, gegrillten Rippchen, in der Pfanne gebratenen Kartoffeln, Sahnemais, heißem, knusprigem Knoblauchbrot und riesigen Salaten.

»Alles meine Lieblingsspeisen«, sagte Venus Maria begeistert. »Ron, du hast dich wirklich selbst übertroffen. Ich bin so glücklich. Das ist ein sensationeller Abend. Wie hast du es nur geschafft, die Sache geheim zu halten.«

»Es war nicht einfach«, antwortete er. »Aber du bist es mir wert.«

Sie saß zwischen Ron und Martin und genoss die allgemeine Bewunderung. Noch nie hatte jemand eine Geburtstagsparty für sie gegeben, und sie war gerührt.

Lucky kam mit einem hoch beladenen Teller und setzte sich zu ihnen. »Seelennahrung«, sagte sie. »Alles, was ich am liebsten esse.«

Venus Maria lachte. »Geht mir genauso. Übrigens – haben Sie schon Martin Swanson kennen gelernt?« Lucky reichte ihm die Hand. Er erwiderte ihren festen Griff mit einem schlaffen Druck. Hm. In der Schule hatten die Mädchen sich über Kerle mit schlaffem Händedruck immer lustig gemacht. »Schlaffer Händedruck – schlaffer Schnickel«, hatten sie behauptet. Was machte Venus Maria mit diesem Mann, wenn das stimmte?

Manchmal schaffte es Lucky, nicht auszusprechen, was sie gerade dachte. »Ich habe schon eine Menge von Ihnen gehört«, sagte sie.

»Ich habe Ihren verstorbenen Mann gekannt«, erwiderte Martin. »Dimitri war eine interessante Persönlichkeit.«

»Hatten Sie einmal geschäftlich mit ihm zu tun?«, fragte sie.

»Wir haben ein paar Gespräche geführt, aber es ist nie etwas Konkretes herausgekommen.«

»Da haben Sie Glück gehabt. Dimitri war ein Killer.«

Martin zog eine Braue in die Höhe. »Ich bin auch kein sanftes Kätzchen.«

»Das habe ich nicht behauptet, aber Dimitri war in geschäftlichen Dingen ein echter Killer.«

»Soviel ich weiß, werden wir beide jetzt Konkurrenten«, sagte Martin.

»Wie meinen?«

»Sie haben Panther gekauft. Ich übernehme Orpheus. Mickey Stolli wird das Studio für mich leiten.«

»Wenn es Ihnen gelingt, Zeppo White loszuwerden.«

»Oh, den werde ich schon los.« Er wartete eine Sekunde. »Sie müssen doch sehr bedauern, dass Sie Mickey verlieren.«

»Ja«, sagte sie traurig, »wir bedauern es unendlich, er wird uns bei Panther schrecklich fehlen.«

»Und dass Sie Venus verlieren, wird Sie noch härter treffen.«

»Wer sagt, dass sie mich verliert?«, mischte Venus sich ein.

»Wir haben noch nicht darüber gesprochen«, sagte Martin mit herablassender Selbstzufriedenheit, »aber ich habe bei Orpheus große Pläne mit dir.«

»Ich bin bei Panther sehr glücklich«, antwortete Venus und winkte Angel und Buddy Hudson zu. »Lucky hat *Bombshell* für mich umschreiben lassen, und *Strut* ist großartig. Warte nur, bis du den Film siehst! Ich trenne mich nicht von Panther.«

Martin lächelte höflich. »Das brauchen wir doch nicht jetzt zu besprechen«, sagte er. »Ich erzähl dir ein andermal, was wir für dich geplant haben.«

Venus wurde störrisch. »Martin, es ist mir egal, was *du* geplant hast. Ich bin bei Panther, und ich bleibe bei Panther. Punktum. Okay?« Er verfolgte das Thema nicht weiter. Sobald er mit Venus Maria allein war, würde er ihr die Tatsachen des Lebens schon beibringen. Wenn sie geheiratet werden wollte, musste sie ein Orpheus-Star werden. Ohne Widerrede.

Ein Kellner tippte Lucky auf die Schulter. »Miss Santangelo?«

»Ja?«

»Ich habe eine Nachricht von Ihrem Vater für Sie.«

Sie nahm den Zettel entgegen, den Gino ihr geschickt hatte.

> Du bist allein, meine Kleine. Paige und ich sind ins Beverly Wilshire Hotel gefahren. Halte jetzt nicht den Atem an. Vielleicht komme ich morgen wieder.
> PS: Du hattest übrigens Recht. Ich bin nicht so alt, wie ich dachte.

Lucky grinste. Gino war wieder in Aktion. Und das war genau das Richtige für ihn.

Die Geburtstagstorte war so ungeheuer groß, dass sie auf einem eigenen Servierwagen hereingefahren werden musste.

Als Venus die Kerzen ausblies, sprang ein nackter Junge aus der Torte heraus.

»O du liebe Güte!«, rief Venus Maria überwältigt. »Genau das hab ich mir immer gewünscht!«

Hunderte von Luftballons schwebten von der Decke, und zwanzig brasilianische Tänzer bildeten eine Conga-Reihe zwischen den Tischen.

Venus wandte sich an Ron. »Das ist wirklich fantastisch«, sagte sie und umarmte ihn.

»Eine Party, an die du dich dein Leben lang erinnern sollst«, antwortete er. »Von einem alten Freund für eine alte Freundin.«

Sie sahen sich gegenseitig an und dachten beide an die alten Zeiten.

»Danke, Ron«, sagte sie herzlich. »Ich liebe dich sehr.«

Und keiner merkte, dass sich der Mann unter die Gäste mischte, den Carlos Bonnatti Link nannte.

101

Wir wollen um unser aller willen hoffen, dass dieser Tag nie kommt ...«

Deena dachte an die Worte, die sie zu Steven Berkeley und Jerry Myerson gesagt hatte. Wie viele Monate war das her? Und hatte sie selbst eigentlich je daran geglaubt, dass der Tag kommen würde?

Wahrscheinlich nicht. Aber jetzt war er einfach da, und Deena schreckte vor der Aufgabe nicht zurück, ,die vor ihr lag.

Sie saß, ein paar Meter vom Eingang entfernt, in ihrem gemieteten Ford vor Venus Marias Haus. Sie wusste, dass nur die Haushälterin da war, die nach hinten hinaus schlief. Sie kannte auch das Alarmsystem, wusste, wo die Strahlen waren und wie der Alarm ausgelöst wurde. Die Informationen, für die sie sehr viel bezahlt hatte, waren gründlich und sehr genau recherchiert worden.

Venus Maria ... Das Bild des Mädchens tanzte wie ein Irrlicht vor ihren Augen auf und ab. Ein Flittchen. Ein kleines Flittchen. Ein Miststück.

Das Miststück.

Was sah Martin nur in ihr? Er liebte sie nicht, wollte nur Sex von ihr. Und Deena wusste, dass sie ihn vor Venus Marias käuflichen Klauen bewahren musste. Wenn »Das Miststück« nach Hause kam, wollte sie das Problem aus der Welt schaffen. Für immer. Und niemand würde sie je verdächtigen. Dazu war Deena viel zu klug und gerissen. Für alle Welt lag sie längst im Kurbad von Palm Springs in ihrem Zimmer im

Bett und schlief. Wie sollte sie jemand in Los Angeles vermuten?

Deena ließ ihre Gedanken in die Vergangenheit schweifen.

Vierzehn … Sie war vierzehn gewesen, als sie ihren Vater mit einer anderen Frau im Bett ertappt hatte …

Deena Akveld sah wie ein Fohlen aus. Sie hatte ein blasses, ernstes Gesicht, lange rote Haare und lebte für die Wochenenden mit ihrem Vater. Am Wochenende waren sie immer zusammen unterwegs. Ihr Vater fischte und jagte gern, und da Deena ein Einzelkind war, nahm Rione Akveld sie in Ermangelung eines Sohnes überallhin mit. Sie konnte laufen wie ein Junge. Sie konnte fischen wie ein Junge. Sie konnte schießen wie ein Junge. Ihr Vater war stolz auf sie.

Deena hatte es sogar geschafft, flachbrüstig zu bleiben. Ein wahres Meisterstück, wenn alle anderen Mädchen um sie herum auf ihre sprießenden Brüste so stolz waren. Sie war stolz darauf, dass sie so stark war und so sicher auf den Beinen stand wie jeder Junge.

Rione Akveld besaß in der Nähe von Amsterdam ein kleines Gasthaus. Bei ihm trafen sich die Leute, die jagen und fischen wollten. Er vermietete den Gästen Zimmer, verköstigte sie und stattete sie mit Campingausrüstungen aus.

Wenn Deena nicht in der Schule war, half sie im Gasthaus. Sie machte die Betten, spülte Geschirr, putzte. Es war keine schwere Arbeit. Solange sie sich auf die Wochenenden mit ihrem Vater freuen konnte, war sie zufrieden.

An diesem besonderen Wochenende war sie seit genau einem Monat vierzehn.

Ihre Mutter, die unter der Woche in der amerikanischen Botschaft als Dolmetscherin arbeitete und oft müde und erschöpft nach Hause kam, sagte: »Du kannst deinen Vater heute nicht begleiten. Du musst hierbleiben und mir helfen.«

Deena war verzweifelt. Es war Sonntag. Ihr schönster Tag. »Aber Vater erwartet, dass ich mitkomme!«, rief sie.

»Nicht heute«, wiederholte ihre Mutter. »Du wirst mir helfen. Es gibt hier eine Menge zu tun.«

Deena war wütend, doch im Lauf des Tages ging es ihrer Mutter ein bisschen besser, und als sie sah, dass die Tochter so traurig war, erlaubte sie ihr schließlich, ihrem Vater in die kleine Jagdhütte nachzufahren, die etwa eine Stunde entfernt war.

Deena bedankte sich, gab der Mutter einen Kuss, sprang auf ihr Fahrrad und strampelte los. Sie wusste ein paar neue Witze, die sie dem Vater erzählen wollte. Sie hatte sie von den Kindern in der Schule und eigens für den Vater auswendig gelernt. Es war so schön, wenn sie beide mit dem Boot hinausfuhren – wenn die Sonne schien und eine leichte Brise wehte. Nur sie beide allein.

Deena war selig. Vergnügt vor sich hin pfeifend, fuhr sie, so schnell sie konnte.

Als sie zur Jagdhütte kam, war sie glücklich, dass der kleine schwarze Wagen ihres Vaters davorstand. Gut, er war also nicht ohne sie auf den See hinausgefahren.

Fröhlich trat sie ein, wollte ihn überraschen.

Und wie sie ihn überraschte! Er lag nackt in der Mitte des Bettes, machte einen komischen Buckel, und sein nackter Hintern zuckte wie wild auf und ab. Dabei gab er schreckliche Töne von sich, stöhnte und keuchte.

Im ersten Moment begriff Deena gar nichts. War er krank? Was war mit ihm los?

Und dann sah sie die Frau, die unter ihm lag. Eine Frau mit riesigen Brüsten und unglaublich vielen Schamhaaren. Ihr Mund war weit geöffnet, und sie stieß leise Seufzer aus. »Oh, wie schön! Gib mir mehr – mehr – mehr!«

Deena war ganz ruhig. Sie nahm das Jagdgewehr ihres Vaters, das neben der Tür an der Wand lehnte.

Der Vater schien ihre Anwesenheit zu ahnen und ließ sich gerade noch rechtzeitig von der Frau herunterrollen.

Deena feuerte.

Eine Kugel traf die Frau in die Brust und tötete sie auf der Stelle. Deena hatte zum Blattschuss angelegt, wie sie es vom Vater gelernt hatte.

»O du mein Gott!«, schrie der Vater, stürzte auf sie zu und riss ihr das Gewehr aus der Hand. »Was hast du getan? Was, in Gottes Namen, hast du getan?«

Deena starrte ihn verständnislos an.

Es war alles so schnell gegangen, sie wusste nicht sicher, was sie getan hatte.

»Du hast sie umgebracht! Du hast sie umgebracht!«, schrie der Vater.

»Können wir fischen gehen?«, fragte sie sehr leise und ganz gelassen.

Nach einer Weile, als der Vater den ersten Schock überwunden hatte, setzte er sich hin und sprach mit ihr. »Du wirst keiner Menschenseele erzählen, was heute hier passiert ist, verstehst du mich? Du wirst kein Wort sagen, denn wenn du es tust, stecken sie dich ins Gefängnis und werfen den Schlüssel weg, und du wirst nie wieder frei sein.« Er packte sie bei den Schultern und schüttelte sie heftig. »Deena! Hörst du mir überhaupt zu, Deena? Verstehst du, was ich sage?«

Sie nickte mit ausdruckslosem Gesicht. »Ja, Vater. Können wir fischen gehen?«

Verzweifelt schüttelte er den Kopf.

Die Frau im Bett war eine Anhalterin, die er am Morgen mitgenommen hatte. Niemand hatte ihn mit ihr gesehen.

Es gab nichts, das sie mit ihm oder ihn mit ihr in Verbindung bringen konnte. Deena musste ihm helfen, die Leiche in die Laken einzurollen, bis sie nur noch ein blutgetränktes Leinenbündel war. Dann verstauten sie sie im Kofferraum seines Wagens.

Als es dunkel war, fuhren sie mit ihr an den Fluss. Der Vater schob mehrere große Steine in das Bündel und warf es schließlich in das kalte dunkle Wasser. Es ging, von den Steinen in die Tiefe gezogen, sofort unter.

»Das ist nie geschehen«, sagte er. »Verstehst du mich, Deena? Es ist nie geschehen.«

»In Ordnung, Vater«, antwortete sie. »Können wir morgen fischen gehen?«

»Ja«, sagte er.

Weder sie noch er hatten diesen Zwischenfall je wieder erwähnt.

Deena konnte es sich leisten, geduldig zu sein. Irgendwann musste Venus Maria nach Hause kommen. Und wenn sie kam, würde für sie alles vorbei sein. Niemand kam Deena Akveld in die Quere.

102

Lennie schlenderte ein paar Mal ums Haus herum. Er hatte keine Ahnung, wo Lucky war – oder alle anderen. Das nur nebenbei. Nicht einmal Miko war erschienen. Was für eine Heimkehr!

Er stöberte im Kühlschrank, entdeckte einen Rest kaltes Roastbeef und Kartoffelsalat. Heißhungrig schlang er alles hinunter.

Seit er wieder da war, konnte er es kaum erwarten, mit Lucky zu sprechen. Es hatte jedoch den Anschein, als müsse er sich in Geduld üben.

Er hätte sie anrufen und darauf vorbereiten sollen, dass er unterwegs war.

Um elf Uhr war er müde. Er beschloss zu tun, was sie getan hatte, betrat ihr gemeinsames Schlafzimmer, zog sich aus und legte sich ins Bett. Vorher drehte er aber noch die Glühbirne heraus, damit Lucky ihn nicht sofort entdeckte, wenn sie hereinkam. So konnte er sie ganz bestimmt überraschen. Sie würde ins Bett steigen – und er wäre da!

Als er schließlich lag, fand er, eigentlich könne er für ein paar Minuten die Augen zumachen und ein bisschen dösen, doch bevor er sich's versah, war er tief und fest eingeschlafen.

Irgendwann musste es ja passieren – Venus Maria entdeckte Emilio, bevor Ron ihn und seine schrille Freundin hinauswerfen lassen konnte. Sie starrte das abscheuliche Paar auf der anderen Seite des Raums an und begann innerlich zu kochen. »Ron! Was, zum Teufel, macht er denn hier? Schmeiß ihn raus! Aber schnell! Er ist ein triefnasiges Scheusal und soll mir nie wieder unter die Augen kommen!«

Ron winkte zwei Sicherheitsleuten und zeigte auf Emilio und Rita.

»Seht zu, dass ihr die beiden los werdet, aber diskret, wenn ich bitten darf«, sagte er zu den Männern, und das wäre okay gewesen, wenn – ja, wenn Emilio nur ohne Aufhebens verschwunden wäre.

Doch das war natürlich nicht der Fall. »Fasst mich gefälligst nicht an!«, kreischte er, als die Sicherheitsmänner schließlich handgreiflich wurden, nachdem sie vergeblich versucht hatten, ihn zum Verlassen der Party zu überreden.

Die Leute wurden aufmerksam und hörten begierig zu.

»Entschuldigt mich einen Moment.« Venus Maria sprang vom Stuhl auf und marschierte hinüber.

Rita winkte ihr zaghaft zu. »Hallo, ich bin Rita. Emilio hat gesagt, es ist okay, wenn wir heute Abend herkommen. Ich bin ein großer Fan von Ihnen. Ich ...«

Venus Maria brachte sie mit einem stählernen Blick zum Schweigen. »Emilio«, sagte sie mit harter, eiskalter Stimme, »verschwinde gefälligst von meiner Party! Und zwar sofort.«

»He, kleine Schwester – was hab ich denn getan?«, winselte er. »So schlimm war es doch nicht, oder?« Er setzte eine tief verletzte Miene auf. »Ich bin dein Bruder. Wir sind eine Familie. Wir sollten uns nahe stehen. Tatsächlich glaube ich, wir ...«

Sie holte aus und schlug ihm ins Gesicht. »Das ist dafür, dass du mich verkauft hast«, sagte sie zornig. »Leb wohl, Emilio, und lass dich nie wieder blicken!«

Emilio drehte durch. Öffentliche Demütigung konnte er nicht ertragen. »Was denkst du eigentlich, mit wem du redest, verdammt?«, schrie er mit krebsrotem Gesicht. »Für mich bist du kein großer Star! Ich weiß alles über dich, und ich werde mein Wissen an den verkaufen, der mir am meisten dafür bietet! Nimm dich in Acht, kleine Schwester – dich krieg ich schon noch und – dich pack ich schon noch bei deinem verdammten Arsch! Dir wird deine Hochnäsigkeit schon noch vergehen! Gründlich!«

Venus Maria kehrte ihm den Rücken. »Schafft ihn weg«, sagte sie zu den Sicherheitsleuten.

Sie wollten Emilio packen, doch er schüttelte sie ab. »Ich kann auf eigenen Füßen hier rausgehen«, sagte er schroff. »Aber das heißt nicht, dass ich nicht wiederkomme.«

»Tja«, kommentierte Ron, der Emilio und Rita nachsah, die wie ein jämmerlicher Schatten hinter ihm herschlich, »ich schätze, den sind wir los.« Mit einer weitausholenden Armbewegung wandte er sich an die anderen Gäste. »Lassen wir uns doch die Party nicht verderben.« Dann fragte er Venus Maria. »Bist du in Ordnung?«

Sie nickte. »Ein Bruder weniger, der mir Kummer macht. Er ist jetzt schon Vergangenheit.«

Lucky, Cooper, Venus und Martin verließen die Party zur selben Zeit. Ron brachte sie an die Tür.

»Du hast dieses Ding tatsächlich durchgezogen«, sagte Venus Maria liebevoll und schlang ihm die Arme um den Hals.

»Und meine Geschenke – was für eine erstaunliche Ausbeute. Ich kann's kaum erwarten, sie aufzumachen.«

»Komm morgen Vormittag vorbei und wir machen es gemeinsam«, schlug Ron vor, den die Neugier plagte.

»Trau dich ja nicht, eins anzufassen! Ich kenne dich.«

»So was würde ich doch nie tun.«

»Es war der schönste Abend meines Lebens, wirklich, Ron. Ich habe mich großartig amüsiert.«

Lucky stimmte ihr zu. »Eine fantastische Party.«

»Abgesehen von Emilio«, sagte Ron und schnitt eine Grimasse.

»Vergiss ihn.« Venus Maria schüttelte den Kopf. »Er ist nichts.«

»Wie ich gemerkt habe, hat Ihr Vater nicht lange gebraucht, um Anschluss zu finden«, sagte Cooper trocken und sah Lucky an.

Sie lächelte. »Ja, ja, der große Gino. In den guten alten Tagen hat man ihn ›Gino der Rammler‹ genannt. Er hatte wahrscheinlich noch mehr Frauen als Sie, Cooper.«

Alle lachten.

»Ich war zuerst auch ganz schön scharf auf ihn«, sagte Venus Maria. »Er hat diese gewissen dunklen Augen, die geradezu unverschämt sexy sind. Wau! Als er jung war, muss er einiges drauf gehabt haben.«

»O ja, das hat er.« Lucky nickte nachdrücklich.

»Wie verteilen wir uns also?«, fragte Cooper. »Vielleicht nehme ich Martin mit. Lucky, Sie fahren mit Venus. Und, Ron, Sie haben die freie Auswahl.«

Wieder lachten alle.

»Aber jetzt mal ernst.« Cooper legte Lucky den Arm um die Schultern. »Sie fahren mir nicht allein zum Strand zurück. Ich bringe Sie nach Hause.«

»Das müssen Sie nicht, wirklich nicht! Irgendwo wartet mein Fahrer mit dem Wagen.«

»Ich habe gesagt, ich bring Sie nach Hause«, wiederholte Cooper.

Sie fühlte sich besonders verletzlich. Und Cooper hatte etwas an sich … »Gut – solange Sie nicht erwarten, dass ich Sie noch auf eine Tasse Kaffee hineinbitte.«

»Was ist in letzter Zeit nur mit euch Frauen los? Ich bringe Venus nach Hause, und sie erklärt mir, dass ich mir keine Hoffnungen machen soll. Jetzt will ich Sie begleiten, und Sie halten mir die gleiche Ansprache. Dabei sitzen wir noch nicht einmal im Wagen. Bin ich weg vom Fenster oder was?«

»Ich bin verheiratet.«

»Aber natürlich! Ich sehe ja auch Ihren lieben Mann ständig um Sie herum.«

»Sie wissen genau, dass es nicht so ist. Aber Sie würden es auch nicht verstehen.«

»Also fahre ich Sie nach Hause. Nichts wird passieren.«

Früher einmal wäre sehr viel passiert. Cooper war ein unglaublich anziehender Mann. Aber Lucky hatte noch immer nur Lennie im Kopf.

»Wo ist Ken?« Ron sah sich verdrießlich um.

Einer der Parkwärter meldete ihm, dass Ken mit Antonio weggefahren sei.

Ron presste die Lippen zusammen, bis sie nur noch ein blutleerer Strich waren. »Sind Sie sicher?«

»Ja – ich kenne Ken. Sie haben Antonios Cadillac genommen.«

»Ron, du weißt doch, dass er für dich nie gut genug war«, flüsterte Venus Maria ihm zu.

Ron versuchte zu verbergen, wie sehr Ken ihn verletzt hatte. »Du hast Recht«, sagte er. »Ich habe viel zu viel Geld für ihn ausgegeben. Der nächste Glückliche muss reicher und älter sein. Zur Abwechslung möchte nämlich einmal ich verwöhnt werden.«

»So ist es recht«, pflichtete Venus Maria ihm bei. »Such dir diesmal den Richtigen aus. Du verdienst das Beste.«

Martin wartete bei der Limousine.

Sie warf einen Blick zu ihm hinüber und sah dann wieder Ron an. »Soll ich bleiben?«, fragte sie. »Ich tu's, wenn du willst.«

»Nein, nein«, antwortete er. »Ich bin ein großer Junge, ich werde schon damit fertig. Lauf du nur zu. Mister New York wartet.«

»Lass ihn warten«, sagte sie unbekümmert. »Es ist mir egal.«

»Herzlichen Glückwunsch zum Geburtstag«, sagte Ron und küsste sie auf den Mund. »Wir haben beide eine ganze Menge geschafft.«

»O ja, das haben wir.«

Sie verließ ihn und schlenderte zu Martin hinüber. Währenddessen stieg Lucky in Coopers Mercedes.

Ron machte kehrt und ging langsam ins Haus. Für ihn war die Party zu Ende.

Wenn Johnny Romano geil war, gab es für ihn kein Halten mehr. Auf der Rückfahrt zu seinem Haus ließ er Warner keine Sekunde in Ruhe.

Sie versuchte ihn abzuwehren, doch das war vergebliche Liebesmüh. »Beine auseinander!«, sagte er und lachte dann über seinen eigenen Scherz. »Sagst du nicht genau das zu allen Kriminellen? ›Beine auseinander!‹«

»Johnny, nicht!« Sie wollte ihre Würde bewahren, doch ihr Rock war so kurz, dass er ihn im Nu bis zu ihrer Taille hinaufgeschoben hatte.

Mit einer Hand zog er ihr fachmännisch das Höschen aus.

»Und was ist mit dem Fahrer?«, protestierte sie.

»Der schaut nicht zu«, sagte er und dachte: Er hat es schon viel zu oft gesehen, um sich noch dafür zu interessieren …

Im nächsten Augenblick hatte er sich auf sie geworfen und drang in sie ein, während die Limousine den Sunset Boulevard hinunterraste.

Einerseits genoss es Warner. Andererseits musste sie immer wieder denken: Lieber Himmel, ich hoffe nur, dass uns keine Verkehrsstreife anhält. Die Blamage, festgenommen zu werden, weil sie es im Auto getrieben hatte, hätte sie nicht ertragen.

»Wenn die kleine Ratte etwas schreibt, verklage ich ihn, dass ihm der Arsch auf Grundeis geht«, sagte Martin vor sich hin, als die Limousine den Hügel hinunterfuhr.

»Wen?«, fragte Venus Maria, die sich fest an ihn kuschelte.

»Das Arschloch Adam Bobo Grant – oder wie er sonst heißt.«

»Bobo ist harmlos.«

»Ja, ungefähr so harmlos wie Johnny Romanos Schwanz.«

»Martin!« Sie quietschte vor Lachen. »Ich hab gar nicht gewusst, dass du so urkomisch sein kannst.«

»Ich auch nicht«, erwiderte er grimmig. »Ach, ich kann's dir ja genauso gut sagen: Ich habe Deena fest versprochen, dich während dieser Reise nicht zu sehen. Wenn Bobo etwas druckt, wird sie furchtbar wütend auf mich sein.«

»Na und? Du verlässt sie doch – oder nicht?«

»Ja, aber ich möchte eine freundschaftliche Trennung, weil ich ihr nämlich nicht die Hälfte meines Geldes geben will.«

Dachte er eigentlich nie an etwas anderes als an Geld? »Gesetzlich wärst du nicht dazu verpflichtet, oder?«

»Nein, aber wenn man eine Frau wütend macht, gibt sie den Ehemann ihrem Anwalt zum Abschuss frei. Ich habe ihr etwas versprochen, und ich finde, ich hätte es halten sollen.«

»Jetzt daran zu denken ist wohl ein bisschen zu spät, Martin.«

»Du hast Recht.«

»Ich sag dir was«, schlug sie vor. »Morgen früh rufe ich Bobo an und gebe ihm ein Exklusivinterview über irgendwas anderes. Ich bin sicher, er wird darauf eingehen, wenn ich ihn bitte, uns aus dem Spiel zu lassen. Bist du damit zufrieden?«

»Ja. Aber ich bin trotzdem sauer. Ich habe Ron gesagt, dass ich bei der Party keine Presse sehen will.«

»Niemand sieht in Bobo die Presse. Er gehört zur Szene.«

»Nicht zu meiner Szene. Was macht er übrigens hier? Gewöhnlich treibt er sein Unwesen in New York.«

»Zeig Bobo eine Party, und schon ist er da.«

Die Limousine bog in ihre Zufahrt ein.

»Du solltest in einem besseren Haus wohnen«, sagte Martin. »Du hast kein elektronisches Tor. Jeder könnte dir auf dein Grundstück folgen.«

»Ich habe ein Alarmsystem.«

»Das ist kein ausreichender Schutz für jemanden wie dich. Und ganz bestimmt nicht für mich. Morgen fängst du an, dich nach einem neuen Haus umzusehen. Es ist mein Geburtstagsgeschenk für dich.«

War ihm denn nicht klar, dass sie arbeiten musste? »Ich habe keine Zeit. Du musst eins finden.«

»Warum suchen wir nicht gemeinsam? Juan Alvarez soll mir ein paar passende Vorschläge machen. Und nächstes Wochenende sehen wir uns dann die Häuser an.«

Sie wusste nicht, ob sie umziehen wollte. Sie liebte ihr Haus.

»Du bleibst heute Nacht doch hier?«, fragte sie.

»Selbstverständlich.«

Sie schickten die Limousine weg und betraten das Haus.

»Nun, Mr. Swanson!« Sie drehte sich zu ihm um. »Ich habe Geburtstag. Was hast du für mich?«

Martin lächelte. »Frag mich lieber, was ich nicht für dich habe. Komm her.«

Langsam ging sie auf ihn zu, legte ihm die Arme um den Hals und zog ihn ganz fest an sich.

Es gelang ihm, ihr das Oberteil ihres Kleides abzustreifen und ihre Brüste zu berühren.

»Oh, ich finde es wunderbar, wie du das machst.« Sie zitterte vor Erwartung. »Berühr mich, wie es sich an einem Geburtstag gehört. Und lass es nicht zu schnell passieren. Wir wollen uns viel, viel Zeit lassen. Heute Nacht möchte ich es langsam haben. Ganz, ganz – langsam.«

Er machte allmählich ernst mit seinen Küssen.

Sie stöhnte leise und ließ sich auf die Couch fallen. »Mach mir den Reißverschluss auf.«

Er tat, worum sie ihn gebeten hatte. Unter dem Kleid war sie nackt bis auf ein winziges schwarzes Bikinihöschen.

Martin schüttelte das Jackett ab, löste die Krawatte und beugte sich zu ihr, um sie wieder zu küssen.

Weder Venus Maria noch Martin hörten, dass Deena den Raum betrat.

Venus Maria warf die Arme über den Kopf und seufzte wollüstig. »Oh, Martin, dein Mund macht mich richtig verrückt. Und ich liebe es, wie du mich berührst ...«

Weder Venus Maria noch Martin hörten das Klicken, als Deena die Pistole entsicherte.

Venus Maria griff ihm an die Hose und öffnete den Reißverschluss. »Mit Befriedigungsgarantie«, scherzte sie und befreite ihn.

»O Gott, ich liebe dich!«, stöhnte er, als sie ihn mit der Zunge zu streicheln begann.

Martins Worte trafen Deena wie ein tödlicher Schlag.

Er liebte sie?

Martin liebte »Das Miststück«?

Unmöglich!

Undenkbar!

Der letzte Verrat.

»Ich habe darauf gewartet, dich das sagen zu hören«, murmelte Venus Maria. »Ist es dir Ernst damit, Martin? Ist es dir wirklich Ernst?«

»O ja, Baby, o ja!«

Ein Pistolenschuss peitschte durch das Zimmer, und alle Worte erstarben.

103

Sie fahren nicht schnell genug«, sagte Lucky.

»Haben wir es denn eilig?« Cooper sah mit einem fragenden Ausdruck in seinem hübschen Gesicht zu ihr hinüber.

»Es ist ein Uhr morgens, und ich muss in sechs Stunden wieder im Studio sein.«

»Ich auch. Wäre es da nicht ganz praktisch, wenn ich über Nacht bliebe?«

Sie begann zu lachen. »Hab ich's Ihnen nicht deutlich genug gesagt? In unserem Haus gibt es keine Übernachtungsmöglichkeit für Sie. Keine Tasse Kaffee. Überhaupt nichts. Ich bin eine verheiratete Frau.«

Er streckte die Hand aus und legte sie ganz leicht auf ihr Knie. »Sie sind eine wunderschöne verheiratete Frau.«

»Darf ich Sie etwas fragen?« Energisch entfernte sie seine Hand von ihrem Knie und legte sie aufs Steuer.

»Ja, bitte, nur zu.«

»Fühlen Sie sich eigentlich verpflichtet, jede Frau anzumachen, mit der Sie allein sind?«

Er lächelte. »Warum nicht? Wenn man meinen Ruf hat, erwarten es die Frauen. Wenn ich es nicht versuche, fragen sie sich, was mit ihnen nicht stimmt. Und ich möchte auf keinen Fall, dass Sie glauben, Sie seien unattraktiv.«

Lucky lachte hellauf. »Ich kann Ihnen versichern, Cooper, dass es mir an Selbstbewusstsein nicht mangelt. Meinetwegen brauchen Sie sich wirklich nicht zu sorgen.«

»Oh, aber ich tu's trotzdem.«

»Was für ein Gentleman!«

»Vielen Dank.«

»Außerdem«, sagte sie, »bin ich sehr feinfühlig.«

»Ach ja?«

»Ich weiß, dass Sie Venus mögen.«

»Wir sind befreundet«, sagte er abwehrend.

»Sie sind befreundet, und Sie haben sie sehr gern, oder?«

»Venus gehört zu Martin.«

»O ja, er ist ein echter Gewinn!«

»Die beiden sind sehr glücklich.«

»Aber, aber, Cooper! Sie und ich wissen, dass das keine Beziehung ist, die im Himmel geschlossen wurde. Wie lange wird es dauern, und er fängt wieder an herumzubumsen? So läuft es nun mal. Von einer Eroberung zur anderen. Viele dieser mächtigen Industriemagnaten sind so. Die Jagd macht für sie den ganzen Reiz aus.«

»Möglich«, sagte er zurückhaltend.

»Hören Sie auf mich, vertrauen Sie mir, ich weiß, wovon ich rede. Ich war früher selber so.«

»Wie – so?«

»Ach, Sie wissen schon, der Reiz der Eroberung war alles, und dann ging's weiter zum nächsten. Mein Vater hat mir immer gesagt, dass ich mich wie ein Mann benehme. Wenn ich einem Mann begegnete, der mir gefiel, musste ich ihn haben. Das ›Ruf-mich-nicht-an-ich-ruf-dich-an-Syndrom‹. Nur ja keine echten Gefühle, nur ja keine feste Bindung. Das war natürlich noch in den guten alten siebziger Jahren, als es ungefährlich war, herumzuschlafen. Heutzutage braucht man nicht nur eine Finanzauskunft, sondern auch ein Gesundheitszeugnis, in dem alle Krankheiten der letzten sieben Jahre registriert sind. Ganz zu schweigen von den Profiten, die man seinem Lieblingskondomfabrikanten verschafft.«

»Sie halten nichts davon, um den heißen Brei herumzureden, und sprechen immer unverblümt aus, was Sie denken, nicht wahr?«

»Selbstverständlich. Nur so kommt man klar.«

»Es ist erfrischend.«

»Vielen Dank.«

»Tatsächlich ...«

»Ja, Cooper?«

»Darf ich Sie als ›einen von den Jungs‹ bezeichnen?«

Sie lachte. »Aber selbstverständlich. Nennen Sie mich, wie immer Sie wollen. Lennie und ich werden Ihre neuen besten Freunde sein.«

»Das finde ich riesig.«

Wenn er je zurückkommt, dachte sie mit einem tiefen Seufzer.

Der Mercedes jagte über den Pacific Coast Highway.

»Biegen Sie hier links ab«, sagte sie. »Das Haus ist in der Colony.«

Cooper bog ab und fragte, ob sie glaube, dass Gino heute Nacht nach Hause finde.

»Das bezweifle ich«, antwortete sie. »Wenn er und Paige zusammenkommen, kann man nie vorhersagen, wann sie aus dem Bett wieder rausfinden.«

»Sie meinen – in seinem Alter?«

»So beisammen zu sein wie er ist wahrscheinlich der Wunschtraum eines jeden Mannes.«

»Hm.«

»Aber wenn ich Sie mir so ansehe, wird es bei Ihnen wahrscheinlich kein Wunschtraum bleiben.«

Er hielt vor ihrem Haus an.

»Okay«, sagte sie energisch, »Sie dürfen auf eine Tasse Kaffee mitkommen. Aber mehr ist nicht drin.«

Er lächelte. »Ich weiß Ihr großzügiges Angebot zu schätzen, werde Sie aber nicht beim Wort nehmen.«

»Gute Nacht, Cooper«, sagte sie, ebenfalls lächelnd.

Er beugte sich zu ihr hinüber und küsste sie auf die Wange. »Gute Nacht, Lucky.«

Sie stieg aus, ging zur Haustür, winkte und verschwand im Haus.

Weder Lucky noch Cooper hatten den schwarzen Sedan bemerkt, der lautlos vorüberfuhr und ein Stückchen weiter unten an der Straße hielt.

Sie war höchstens zwei Minuten im Haus, als es klingelte. Da sie dachte, es sei Cooper, riss sie bedenkenlos die Haustür weit auf.

Link gab ihr keine Chance, sich zu wehren. Er packte sie, bevor sie schreien konnte, und presste ihr grob den Arm auf den Mund.

Wild um sich schlagend, versuchte sie ihn zu beißen.

Er holte aus und versetzte ihr mit der anderen Faust einen Hieb ins Gesicht.

Lucky wurde es schwarz vor den Augen, und sie fiel bewusstlos zu Boden.

104

Rita zeterte und tobte auf der ganzen Heimfahrt. »Noch nie war mir etwas so entsetzlich peinlich! Noch nie habe ich mich so gedemütigt gefühlt! Wie konntest du mir nur so etwas antun? Auf dieser Party waren viele wichtige Leute, Emilio, ich hätte alle möglichen Verbindungen knüpfen können, und du hast es geschafft, dass man uns hinausgeworfen hat. Wie konntest du nur?«

»Keine Sorge, du wirst alles über diese blöde Party in *Truth and Fact* nachlesen können«, sagte Emilio mürrisch. »Ich werde jedes dieser hochnäsigen Arschlöcher bloßstellen. Der Welt zeigen, was für ein Haufen heuchlerischer Blödmänner das ist. Niemand wirft Emilio Sierra ungestraft hinaus.«

»Was wirst du machen, wenn dir die Geschichten ausgehen?«, spottete Rita. »Denn sie sind alles, was du hast, Emilio. Mach dir diese Leute zu Feinden, und du hast in dieser Stadt ausgespielt. Nie kriegst du hier einen Job.«

»Was weißt denn du schon?«, fauchte er.

»Eine Menge.«

Ihr Streit nahm immer heftigere Formen an, und als sie in seiner Wohnung ankamen, hatte Rita sich entschlossen, auszuziehen. Sie packte ihre Sachen und rief ein Taxi.

»Einen Kerl wie mich findest du nie wieder!«, schrie Emilio ihr nach.

»Na, das will ich doch hoffen!«, schrie Rita zurück.

Im Beverly Wilshire Hotel küsste Paige Gino auf den Mund und kuschelte sich in seine Arme.

»Gute Nacht, Gino.« Sie seufzte zufrieden.

»He – was ist so gut daran?«

Sie schüttelte die kupferroten Locken. »Wir sind zusammen, nicht wahr?«

Er streckte die Hand aus und zog mit den Fingern die geschwungene Linie ihres Beines nach. »Für immer?«

»Ich will meinen Ring!«

»Liebling, er gehört schon dir. Morgen gehen wir einkaufen.«

Sie umarmten sich wieder und legten sich dann bequem zurecht.

»Wieso hast du so lange gebraucht?«, fragte er und streichelte ihren Oberschenkel.

»Ich hatte Angst.«

»Vor mir?«

»Vor einer neuen festen Bindung.«

»Aber jetzt hast du sie.«

Sie lächelte glücklich. »Ich weiß, Gino. Ich weiß.«

»Gewöhn dich dran, meine Kleine.«

»Das hab ich bereits.«

»Wie schön, wieder zu Hause zu sein«, sagte Mickey.

»Du bist noch nicht zu Hause«, antwortete Abigaile scharf. »Behalte du nur deinen Bungalow im Beverly Hills Hotel, bis wir beide ganz sicher sind. Du bist auf Bewährung hier, Mickey.«

»Auf Bewährung? Was ist denn das für ein Unsinn? Wir sind lange genug verheiratet, um zu wissen, dass wir zusammengehören.«

»Wenn wir beschließen sollten, wieder zusammen zu leben, muss es anders werden als früher«, sagte Abigaile. »Keine Mätressen mehr. Keine Huren mehr. Ich habe mir überlegt, dass wir vielleicht zu einem Eheberater gehen sollten.«

Mickey schüttelte ungläubig den Kopf. »Zu einem Eheberater? Du und ich? Die Leute würden sich über uns zu Tode lachen.«

Venus Maria war zwar gegangen, doch waren immer noch genug Gäste da. Ron wünschte sie alle zum Teufel. Er kam nicht darüber hinweg, dass Ken mit Antonio abgehauen war. Sie waren fast ein Jahr zusammen gewesen. Loyalität. Ha! Die gab es nicht mehr. Ken hatte nur genommen und genommen. Venus Maria hatte von Anfang an Recht gehabt. Das Ken-Püppchen. Was für eine passende Charakterisierung.

Adam Bobo Grant kam auf ihn zu. »Sensationelle Party, Ron. Du hast Stil – alles, was du machst, hat Stil.«

»Danke, Adam.«

»Sag mal, wo ist eigentlich dein Freund?«

»Er ist nicht mehr mein Freund.«

»Wirklich nicht?«

»Nein, wirklich nicht.«

»Du hast wunderbares Haar«, sagte Saxon und streckte die Hand aus, um es zu berühren.

»Danke«, erwiderte Leslie zurückweichend.

»Du bist auch sonst ein sehr schönes Mädchen. Bist du Schauspielerin?«

Sie sah ihn aus großen, sinnlichen Augen an. »Nein. Bist du Schauspieler?«

Er warf die Haarmähne zurück. »Seh ich wie einer aus?«

»Also hübsch genug bist du«, sagte sie scheu.

»Mit wem bist du gekommen?«

»Mit Freunden. Und du?«

»Mit einer verheirateten Dame, die sich scheiden lassen wollte, sich aber heute Abend mit ihrem Mann wieder versöhnt hat.«

»Gehst du immer mit verheirateten Frauen aus?«

»Sie – sie finden mich irgendwie anziehend.« Er musterte ihre frische Schönheit. »Warum? Bist du verheiratet?«

Sie senkte den Blick. »Das weiß ich nicht genau.«

Frankie und Arnie hatten sich vier Mädchen ausgesucht. »Wir fahren jetzt nach Hause und feiern dort weiter«, sagte Arnie und griff nach Eddie. »Beweg deinen Arsch ein bisschen.«

Eddie war die ganze Zeit rastlos hin und her gelaufen. Er hatte Leslie schon ziemlich früh entdeckt und sie im Auge behalten. Jetzt quatschte sie mit irgendeinem langhaarigen Arschloch, und das machte ihn sauer. Er hatte nicht mit ihr gesprochen, weil er nicht wusste, was er sagen sollte.

Er schüttelte Arnie ab. »Klar, klar, ich komme sofort.«

»Wir hauen auf der Stelle ab«, sagte Frankie. »Dann sehen wir uns später.«

Eddie ging noch einmal auf die Toilette. Er schüttete sein letztes Kokain auf die verspiegelte Platte am Waschbecken, verteilte es auf drei dünne Linien und schnupfte es durch eine zusammengerollte Hundertdollarnote.

Als das Kokain in seinem Hirn explodierte, hatte er eine Eingebung.

Eddie Kane würde aufhören zu koksen.
Leslie würde ihm dabei helfen.
Zum Teufel mit allen anderen. Er hatte seinen Entschluss gefasst.

Und so endete die Party. Die Angestellten erledigten noch die letzten Arbeiten, und dann fuhr einer nach dem anderen nach Hause. Die Musiker packten zusammen und gingen. Die Parkwärter fuhren den allerletzten Wagen vor.
Endlich war alles wieder friedlich und still.
Die Party war zu Ende.

105

In Venus Marias Haus tastete eine Hand zitternd nach dem Telefon und wählte 911.
»Hilfe!«, stöhnte eine Stimme verzweifelt. »Bitte helfen Sie uns. Es ist jemand erschossen worden. Kommen Sie, so schnell Sie können.«

Irgendetwas weckte Lennie. Er wusste nicht, was es war. Noch halb im Schlaf streckte er die Hand aus, um zu sehen, ob Lucky neben ihm im Bett lag. Sie war nicht da. Verdammt!
Er stand auf und ging ins Bad. Auf halbem Weg warf er einen Blick auf die Uhr. Es war schon nach eins.
Etwas stimmte nicht. Er hatte es im Gefühl. Es war wie das Gefühl nach einem schlimmen Albtraum.
Er durchsuchte das ganze Haus. Es war niemand da, aber es kam ihm so vor, als höre man das Donnern, mit dem sich die Wellen am Strand brachen, viel lauter als sonst.
Im Wohnzimmer stellte er fest, dass die Verandatür offenstand.

Komisch, er konnte sich nicht erinnern, dass sie schon vorhin offen gewesen wäre.

Er ging hinüber und wollte sie schließen, als er etwas sah, das er nie wieder vergessen sollte.

Ein Mann – im hellen Mondlicht deutlich zu erkennen – zerrte eine leblose Gestalt ins Meer.

»Hallo!«, rief Lennie instinktiv.

Der Mann drehte sich um, ließ die Gestalt fallen und lief den Strand entlang davon.

Lennie raste die Treppe hinunter und rannte über den Sandstrand zu der Stelle, an der er den Mann beobachtet hatte.

Als er ankam, war der Mann jedoch längst im Dunkel der Nacht untergetaucht.

Lennie watete ins brodelnde Wasser. Er sah nichts, und doch war er sicher, dass der Kerl jemanden ins Meer gezerrt hatte.

Wieder schlug eine Welle an den Strand und wich zurück. Plötzlich entdeckte Lennie die Gestalt, die langsam ins Meer hinaustrieb. Es war Lucky. Du lieber Heiland, es war Lucky!

Taumelnd und stolpernd schaffte er es, sie unter den Armen zu packen, und Stück für Stück – weil sie wie eine tote Last an ihm hing – zog und zerrte er sie auf den Sandstrand. Atmete sie noch? Er wusste es nicht. Er versuchte sich ins Gedächtnis zu rufen, was er irgendwann über erste Hilfe gelernt hatte. Ertrinken – Ertrinken – was zum Teufel musste man tun, wenn man jemanden vor dem Ertrinken gerettet hatte?

Hol sie aus dem Wasser, dreh sie auf den Bauch … O Gott! Der schlimmste aller Albträume war Wirklichkeit geworden.

Und Lennie wusste nicht, ob er es schaffen würde, Lucky zu retten.

106

Die Beerdigung war ein düsteres Ereignis. Die Trauernden trugen Schwarz. Und eine riesige Menschenmenge überschwemmte die Kirche.

Martin war da. Er ignorierte die wie verrückt knipsenden Paparazzi, als er mit gesenktem Kopf das Gotteshaus betrat. In der Luft hingen mehrere Hubschrauber, die keine Genehmigung für diesen Flug hatten.

O ja, dies war der Preis des Ruhms …

»Ich habe noch immer das Gefühl, als hätte ich zehn Runden mit Mike Tyson absolviert«, sagte Lucky stockend. Ihr Unterkiefer, den der unbekannte Angreifer mit der Faust traktiert hatte, war grün und blau, und außerdem hatte ihr der Mann den Arm gebrochen. Das war passiert, ehe er sie beinahe ertränkt hatte.

»Wenn dir je etwas zustieße –«, begann Lennie.

Sie legte ihm den Finger auf die Lippen. »Ich bin hier, du bist hier. Das ist genug. Denken wir nicht an das, was hätte geschehen können, wenn du nicht zu mir zurückgekommen wärst.«

Er sah sie kopfschüttelnd an. »Ich schätze, es ist mir und dir bestimmt, dass wir zusammenbleiben, Mrs. Golden.«

Zerknirscht lächelte sie zu ihm auf und antwortete schlicht: »O ja, das glaube ich auch, Mr. Golden.«

»Sie war eine vornehme Frau«, sagte der Geistliche. »Vornehm und hoch geachtet. Und viele Menschen werden sie vermissen.«

Martin blickte starr geradeaus, als der Geistliche mit seiner Lobrede fortfuhr.

Ja, man würde sie vermissen – ebenso wie Venus Maria, die nach Mexico City geflohen war und Cooper Turner geheiratet hatte, drei Tage nachdem Deena ihre Pistole gegen sich selbst gerichtet und sich vor ihnen das Gehirn aus dem Schädel geblasen hatte.

Schicksal.

Wer vermochte es zu kontrollieren?

Martin war innerhalb weniger Tage bei der Öffentlichkeit in Ungnade gefallen und zutiefst gedemütigt worden. Es wirkte sich böse auf sein Image aus.

Doch er würde wieder groß werden – aufsteigen wie Phönix aus der Asche.

Nichts konnte Martin Swanson zurückhalten. Ein glanzlos gewordenes Image konnte wieder aufpoliert werden. Das zu erreichen, war sein einziges Ziel.

Sie sahen sich die Beerdigung im Fernsehen an.

»Das ist wirklich hart«, sagte Lennie leise.

»Für wen?«, fragte Lucky.

»Für alle.«

»Ja.«

»Hör zu«, sagte Lennie, »ich habe wieder mit der Polizei gesprochen. Sie haben noch immer keinen Hinweis darauf, wer der Täter gewesen sein könnte. Bist du absolut sicher, dass du nichts weißt?«

»Ich habe keine Ahnung«, antwortete Lucky, nahm eine Zeitschrift in die Hand und blätterte darin.

»Du bist wirklich sicher?«

Bobby stürmte herein. »Großvater wird heiraten!«, schrie er. »Großvater wird heiraten!« Er hüpfte aufs Bett und begann darauf herumzuspringen wie auf einem Trampolin.

»Wann?«, fragte Lucky und warf die Zeitschrift auf den Boden.

»Sobald er kann!«, schrie Bobby. »Und ich bin sein Brautführer. Das hat er mir gesagt, das hat er ganz bestimmt gesagt!«

Brigette folgte Bobby ins Schlafzimmer. »Es stimmt«, bestätigte sie kichernd. »Gino sagt, er und Paige wollen sofort heiraten, wenn ihre Scheidung durch ist. Und sie werden in Palm Springs leben.«

»Gino wird Palm Springs hassen«, entgegnete Lucky kopfschüttelnd.

»Mit Paige geht er auch nach Alaska«, korrigierte Lennie.

Brigette sprang ebenfalls aufs Bett. »Dürfen Nona und ich uns deinen Wagen ausleihen, Lennie? Wir wollen Paul vom Flugplatz abholen.«

»Den Ferrari? Kommt nicht in Frage. Nehmt den Jeep.«

Brigette zog ein Gesicht. »Du weißt, dass ich mich mit der Schaltung auskenne«, sagte sie von oben herab.

»Wie schön für dich. Nimm den Jeep.«

»Darf ich mitkommen?«, schrie Bobby.

»Ein bisschen leiser, wenn ich bitten darf. Deine Mutter soll sich ausruhen.«

»Darf ich?«, kreischte Bobby auf und ab hüpfend.

»Komm, du Lausejunge«, antwortete Brigette. »Fang mich, wenn du kannst.«

Lärmend rannten sie hinaus.

»Hm«, sagte Lucky. »Und du willst noch mehr Kinder? Reichen dir die beiden noch nicht?«

Er lächelte. »Ich hab gedacht, dass ich noch mehr will, doch seit ich weiß, wie es ist, dich beinah zu verlieren, werden wir tun, was du willst. Es ist deine Entscheidung.«

»Und ich habe sie getroffen.«

»Wie?«

»Wir sind schwanger, Lennie.«

»Was sind wir?«

»Schwanger, mein Schatz. Und wir besitzen ein Studio, und wir werden deinen Film machen, und wir sind noch immer verheiratet, und – he, du! Ist dir eigentlich klar, dass wir schon fast zwei Jahre verheiratet sind?«

Grinsend schüttelte er den Kopf. »Zwei Jahre, wie? Und sie haben alle behauptet, die Ehe werde nicht halten.«

»Mach den Champagner auf, Mann!«

»Sofort, Weib.«

Ihre Blicke begegneten sich, und sie lächelten. Zwei verrückte, eigensinnige, smarte Menschen.

Ein neues Abenteuer begann.

Epilog

Mickey und Abigaile Stolli versöhnten sich.

Mickey wurde später doch noch Chef bei Orpheus; allerdings gehörte das Studio inzwischen einem japanischen Konglomerat.

Abigaile gab weiterhin ihre geschmackvollen Dinnerpartys. Mickey bumste weiterhin herum.

Tabitha feierte ihren vierzehnten Geburtstag, indem sie mit einem achtzehn Jahre alten spanischen Kellner durchbrannte.

Abigaile und Mickey fanden das nicht besonders lustig. Sie schickten sie nach L'Evier, ein strenges Schweizer Mädcheninternat, und hofften das Beste.

Johnny Romano hörte auf Luckys Rat und drehte eine schlichte, herzerwärmende Komödie, in der er den Helden spielte. Das Wort *motherfucker* kam kein einziges Mal darin vor.

Der Film – eine Panther-Produktion – war ein Riesenerfolg.

Johnny feierte ihn, indem er Warner Franklin mitten auf einer Promotion-Tour durch Europa fragte, ob sie ihn heiraten wolle.

Am Vorabend ihrer Hochzeit in Italien lernte sie einen zwei Meter großen amerikanischen Basketballspieler kennen und verliebte sich rasend in ihn.

Johnny wartete in der Kirche vergeblich auf seine Braut.

Emilio Sierra verkaufte so viele Geschichten wie möglich über seine Schwester, bis es nichts mehr zu sagen gab.

Als sein Geld zu Ende ging, kehrte er nach New York zurück und wurde Barmann in einer heißen Diskothek. Dort lernte er eine verarmte alternde Contessa aus einem heruntergekommenen europäischen Adelsgeschlecht kennen, die sich in seinen etwas schelmischen Charme verliebte. Emilio begleitete sie nach Marbella und lernte Tango tanzen. Sie waren ein merkwürdiges Paar.

Eddie Kane bemühte sich sehr um eine Versöhnung mit seiner schönen Frau.

Leslie wollte auch zu ihm zurückkehren – schließlich brauchte er sie, und er hatte ihr fest versprochen, einen Strich unter seine Vergangenheit zu ziehen und nie wieder zu koksen. Aber irgendetwas ließ sie noch zögern, und sie sagte ihm, sie müssten warten.

Auf der Fahrt zum Strandhaus – noch einmal high von einer letzten Dosis Kokain – verlor er die Kontrolle über seinen heiß geliebten Maserati und fuhr frontal gegen eine Betonmauer.

Eddie Kane überlebte nicht.

An seinem neunundachtzigsten Geburtstag heiratete Abe Panther seine langjährige Gefährtin Inga Irving.

Seinen beiden Enkelinnen – Abigaile und Primrose – brach das Herz.

Ron war noch immer zornig, weil er das Ken-Püppchen an den diebischen Antonio verloren hatte. Nach einer kurzen, praktisch schon tot geborenen Affäre mit Adam Bobo Grant erfüllte sich Rons großer Wunsch. Er lernte einen älteren, sehr reichen und viel weiseren Mann kennen. Sein neuer Freund besaß eine Plattenfirma und verfügte über Mega-Dollars. Zum erstenmal war Ron der Nehmende und selig, als sein Freund ihm in kürzester Zeit einen Rolls Royce, eine Rolex aus massivem Gold und einen kleinen Picasso schenkte.

Venus Maria freute sich wahnsinnig für ihn.

Leslie Kane arbeitete als Empfangsdame bei Ivanas. Dadurch

hatte Saxon die Möglichkeit, sie immer im Auge zu behalten. Unglücklicherweise hatte Eddie ihr nur Schulden hinterlassen.

Eines Tages entdeckte Abigaile Stolli sie und fand, dass sie das schönste Geschöpf sei, das sie je gesehen hatte.

»Sind Sie Schauspielerin, meine Liebe?«, fragte Abigaile.

Leslie sagte Nein, sie sei keine Schauspielerin, doch Abigaile bestand darauf, dass Mickey mit ihr Probeaufnahmen machen ließ.

Die Kamera brachte ihre Schönheit zum Leuchten.

Innerhalb eines Jahres war sie ein Star.

Brigette Stanislopoulos lernte den Enkel eines Mannes kennen, der auf wirtschaftlichem Gebiet ein Erzrivale ihres Großvaters Dimitri gewesen war. Der Enkel war groß, blond und würde eines Tages noch reicher sein als sie.

Als sie ihre Verlobung bekannt gab, tauchte plötzlich Paul Webster auf und erklärte, dass er sie liebe.

Brigette jedoch wurde mit jedem Jahr klüger. »Zu spät«, sagte sie. »Versuch es doch mit jemandem, der mit dir nicht fast gleichaltrig ist.«

Als Steven von Deena Swansons bizarrem Selbstmord erfuhr, fühlte er sich beinahe verantwortlich für das, was geschehen war.

»Du hättest ihr nicht helfen können«, tröstete ihn Mary-Lou. »Es war ihr vorherbestimmt, sich selbst zu zerstören.«

»Aber vielleicht hätte ich mit Martin reden sollen – irgendetwas tun.«

»Nein«, sagte Mary-Lou energisch.

Zu Jerry Myersons größtem Zorn fand Steven heraus, dass der Vorschuss von einer Million Dollar, den Deena ihnen gegeben hatte, noch immer auf dem Firmenkonto lag. Steven zwang seinen Partner, das Geld für wohltätige Zwecke zu stiften. Danach fühlte er sich besser.

Gino Santangelo regelte die Angelegenheit mit einem einzigen Telefongespräch.

Carlos Bonnatti fiel einem tragischen Unglücksfall zum Opfer – er stürzte aus dem Fenster seines in der neunzehnten Etage gelegenen Penthouses in Century City.

Es wurde nie geklärt, wie es geschehen konnte.

Link, seine ehemalige rechte Hand, wurde bei einem vorgetäuschten Raubüberfall erschossen. Die Täter wurden nie gefasst.

Martin Swanson fand sich nach dem Skandal allmählich wieder im Leben zurecht. Er vermisste Deena – sie war eine wirkliche Partnerin gewesen und hatte ihm in jeder Beziehung geholfen.

Venus Maria vermisste er nicht. Sie bedeutete eine zu große Verantwortung.

Als sein Firmenimperium einzustürzen begann, weil er sich auf Spekulationen mit wertlosen Industrieanleihen eingelassen hatte, zog er, um der Festnahme zu entgehen, nach Spanien und fing dort ein Verhältnis mit einer üppigen Opernsängerin an.

Nach und nach begann er seine triumphale Rückkehr nach New York zu planen.

Venus Maria und Cooper Turner blieben die Lieblinge der Skandalpresse.

Was für eine explosive Verbindung!

Über alles, was sie taten, wurde bis in die kleinste Einzelheit geschrieben und berichtet.

Sie führten eine glückliche Ehe. Aber die Paparazzi belauerten sie auf Schritt und Tritt.

Warteten, beobachteten, bereit, jederzeit zuzuschlagen …

Lucky und Lennie wurden die stolzen Eltern eines dunkelhaarigen und dunkeläugigen Mädchens.

Sie nannten es Maria.

Gemeinsam leiteten sie die Panther Studios; gemeinsam strebten sie danach, interessante, unterhaltsame und intelligente Filme jeden Genres zu machen. Es waren brillante Komödien und mutige Dramen, in denen es Frauen auf eine bisher nie dagewesene Weise ermöglicht wurde, sich zu entfalten.

Und die Panther Studios wurden wieder groß – wie Lucky es versprochen hatte.

Ein Jahr nach Marias Geburt bekamen die Goldens ein zweites Kind. Diesmal einen Jungen.

Sie nannten ihn Gino.

Mitch Robertson & Julia Dubner (Hrsg.)

Roll ihn rüber

Gefühlsechte Geschichten vom Gummi

Die einen sind hauchzart und reißfest, die anderen beinhart, aber gefühlsecht: Mit einem Kondom schützt man sich vor jeder Menge unangenehmer Dinge – und mit den Geschichten in diesem besonderen und immer wieder überraschenden Lesebuch schützt man sich vor literarischer Langeweile. T.C. Boyle, Martin Amis, Anne Rice, John Irving, Amistead Maupin und viele andere geben alles – und manchmal sogar noch ein bisschen mehr …

»Eine unwiderstehliche Anthologie mit rasiermesserscharfen Autoren!«
Elle

Knaur Lemon